Antje Babendererde

Julischatten

Weitere Bücher von Antje Babendererde im Arena-Taschenbuch:
Libellensommer (Band 50019)
Der Gesang der Orcas (Band 2393)
Lakota Moon (Band 2936)
Talitha – Running Horse (Band 2937)
Rain Song (Band 50423)
Indigosommer (Band 50222)
Die verborgene Seite des Mondes (50516)

Alle Titel sind auch als Hörbuch erhältlich.

Antje Babendererde,
geboren 1963, wuchs in Thüringen auf und arbeitete als Arbeitstherapeutin mit Kindern in einem Fachkrankenhaus für Psychiatrie und Neurologie. Seit 1996 ist sie freiberufliche Autorin mit einem besonderen Interesse an der Kultur, Geschichte und heutigen Situation der Indianer. Ihre einfühlsamen Romane zu diesem Thema für Erwachsene wie für Jugendliche fußen auf intensiven Recherchen und USA-Reisen und werden von der Kritik hoch gelobt.

Antje Babendererde

Julischatten

Roman

Arena

Für Ulli

Aus folgenden Quellen wurde zitiert:

Medusa's Child: Damnatio Memoriae, »Wounded Knee«, »Damnatio Memoria«,
T-Recs Music, 2010.

Annie Pazzogna: »Inipi – Das Lied der Erde«,
Arun-Verlag, Engerda, 1998.

MIX
Papier aus verantwortungsvollen Quellen
FSC® C110508
FSC www.fsc.org

1. Auflage als Sonderausgabe 2015

Umschlaggestaltung: Frauke Schneider unter Verwendung der Fotos von Konkolas; © shutterstock und Maxim Petrichuk; © shutterstock
Umschlagtypografie: knaus. büro für konzeptionelle und visuelle identitäten, Würzburg
Gesamtherstellung: Westermann Druck Zwickau GmbH
ISSN 0518-4002
ISBN 978-3-401-50514-5

www.arena-verlag.de
Mitreden unter forum.arena-verlag.de

Der Vergangenheit hinterherzujagen,
ist eine beschissene Art zu leben.

Ernest Hemingway

No way to run
Nowhere to hide
No chance for a fight

Aus dem Lied »Wounded Knee«
von *Medusa's Child*

1. Kapitel

Verbannung. Anders konnte Sim das, was ihr bevorstand, nicht bezeichnen. Sie starrte aus dem kleinen Fenster auf die endlose weiße Wolkenlandschaft, die sich unter ihr erstreckte wie die Weiten der Arktis. Ihre Eltern schickten sie in die Verbannung. Die Erziehungsmaßnahmen waren gescheitert, ihre Geduld war am Ende, sie wussten nicht mehr weiter.

Du trinkst zu viel, Simona.

Sim presste ihre Stirn an die Plexiglasscheibe und schloss die Augen. Mit sechzehn bestand das Leben aus einer ganzen Reihe von Problemen und der Alkohol war nichts weiter als ein Mittel, sie für eine Weile verschwinden zu lassen. *Simsalabim und weg.*

Am liebsten mochte sie Tequila. Der mexikanische Agavenschnaps war zwar teuer (sie war auf Taschengeld angewiesen), aber das Trinkritual gefiel ihr: erst das Salz auf der Zunge, dann der Schnaps in der Kehle und zum Schluss der Biss in ein Stück Zitrone. Die Geschmacksnerven der Zunge meldeten: salzig und sauer. Den Alkohol registrierten sie gar nicht.

Tequila wird aus dem süßen Herz der blauen Agave gebrannt, das die mexikanischen Ureinwohner *Das Haus des blauen Mondes* nennen. Konnte etwas mit einem so schönen Namen verwerflich sein? Der Agavenschnaps half Sim, sich zu entspannen, er verbesserte ihre Laune, machte sie mutig. Er war ein guter Freund, verlässlicher als alle anderen, und ihn in ihrer Nähe zu wissen, war ein beruhigendes Gefühl. Aber sie konnte auch gut ohne ihn auskommen, obwohl ihre Eltern zuletzt vehement das Gegenteil behauptet hatten.

So ein Blödsinn. Sie wusste genau, wann sie aufhören musste – bis auf das eine Mal, in der Nacht vor ihrem sechzehnten Geburtstag. Das war ein Ausrutscher gewesen, so etwas konnte schließlich jedem passieren. Sogar Merle, Sims Superschwester, war mal sturzbetrunken von einer Party nach Hause gebracht worden. Sie hatte zwei Wochen Hausarrest bekommen und die Sache war vergessen.

So lief das bei Familie Klinger: Für Merle (die Perle) zwei Wochen Stubenarrest und für Sim sechs Wochen Verbannung. Ihre Eltern und Merle, das passte in einen Rahmen – nur Sim hatte immer das Gefühl herauszufallen. Das fing beim Aussehen an und endete bei ihrer umfassenden Talentlosigkeit. Als ob sie und Merle nicht aus demselben Genpool stammten.

Irgendwann hatte Sim ihre Eltern gefragt, ob sie adoptiert worden war und sie vielleicht den Zeitpunkt verpasst hatten, ihr das zu sagen – aber sie hatten nur gelacht.

Sim wohnte mit ihren Eltern auf dem Land, in Weisburg, einem kleinen Dorf in Thüringen mit dreihundert Seelen. Ihr Vater war Internist und arbeitete im nahe gelegenen Provinzkrankenhaus.

Als sie noch kleiner war, hatte Sim das Landleben gemocht. Das Wiehern der Pferde auf der Weide des Nachbarn, das kleine Schwimmbad am Rande des Dorfes, die Obstwiese, die zum Grundstück gehörte, der nahe Wald. Dass ihre Mutter Lehrerin war und sie im Auto zur Schule mitnehmen konnte, ersparte ihr und Merle die Fahrt mit dem Schulbus, führte allerdings auch dazu, dass sie die Verabredungen der anderen Kinder aus Weisburg oft nicht mitbekamen, die auf der Heimfahrt im Bus ausgemacht wurden. Für einen Großteil der Dorfbewohner waren sie nach all den Jahren immer noch die Zugezogenen, auch wenn ihre Eltern sich einbildeten, inzwischen dazuzugehören, bloß weil ihr Vater brav zu den Gemeindeversammlungen ging und ihre Mutter jedes Jahr einen Kuchen für das Dorffest backte.

Die Tatsache, dass in diesem Nest nichts, aber auch gar nichts los war, was einen Teenager dazu animieren könnte, *keinen* Blödsinn zu machen, kam Sims viel beschäftigten Eltern überhaupt nicht in den Sinn. Ihr Maßstab war Merle-Perle, die personifizierte Tüchtigkeit. Sie sang im Schulchor, besuchte die Aristoteles-AG (ein Verein jugendlicher Hobbyphilosophen) und nahm Violinstunden an der Musikschule. Doch das war noch nicht genug. In ihrer verbliebenen Freizeit machte Sims Schwester sich im Tierheim nützlich und gab dem Jungen des Nachbarn (einer kleinen Dumpfbacke) Nachhilfe in Mathe.

Es war aussichtslos, da noch mithalten zu wollen. Sim blieb nichts, womit sie die Anerkennung ihrer Eltern erringen konnte, denn in allem, was sie anfing, war Merle um Längen besser. Sim zog in ihrer Freizeit mit Nadja und ein paar anderen ums Dorf und trank, was gerade da war.

Als eines Sonntagmorgens die Polizei vor der Tür stand, wurden Herr und Frau Klinger unsanft aus ihren Träumen gerissen. Jemand war ins dorfeigene Freibad eingebrochen und hatte Geld aus der Kasse mitgehen lassen. Hinweise von Leuten, deren Grundstück ans Freibad grenzte, deuteten darauf hin, dass ihre Tochter Simona an diesem Einbruch beteiligt war.

Einbruch. Das klang nach Verbrechen. Dabei hatte der Abend ganz harmlos angefangen. Es war eine warme Sommernacht gewesen und sie hatten zusammen im Bushäuschen gesessen und Bier getrunken. Am Ende waren nur noch sie und Cook (der eigentlich Alexander Koch hieß), ihre beste Freundin Nadja und Kull, der Sohn des Bürgermeisters, übrig gewesen.

Im Nachhinein konnte Sim nicht einmal mehr sagen, wer eigentlich die idiotische Idee gehabt hatte. Mit einer Flasche Whisky waren sie zum Freibad gezogen und durch ein Loch im Maschenzaun gekrochen. Im Mondlicht hatten sie zusammen die Flasche geleert und waren im Becken geschwommen (nackt). Es war romantisch gewesen. Sim hatte sich frei und erwachsen gefühlt. Und schön. Bereit für alles, was kommen mochte und was sie seit Wochen in ihren Tagträumen herbeisehnte: dass aus Cook und ihr ein Paar wurde.

Immer, wenn sie an diese Nacht zurückdachte, ging ihr eine Liedzeile der alten DDR-Rockband *Lift* im Kopf herum, deren Musik ihre Mutter so oft hörte: *Fällt der Mond in ihren Teich, wird in ihrem Schattenreich jede Frau katzengrau. Königin bis in den Tau.*

Der Mond fiel nicht in den Teich, sondern ins Schwimmbecken. Diese Nacht würde Sim nicht vergessen. *Niemals.* Nicht nur wegen des Mondes und des blödsinnigen Einbruchs. In dieser Nacht war ihre Welt in Scherben gefallen.

Einen Versuch, den Einbruch abzustreiten, machte Sim erst gar nicht. Dazu fehlte ihr an diesem schrecklichen Morgen einfach die Kraft. Vor Enttäuschung und Scham war sie wie gelähmt und leugnen wäre ohnehin sinnlos gewesen. Sie sah völlig verheult aus und abgesehen davon hatte besagter Nachbar sie dabei beobachtet, wie sie durch den Zaun gestiegen waren.

Sim und Nadja waren fünfzehn, Cook und Kull gerade noch siebzehn. Alle vier wurden sie vom Jugendrichter zu je zwanzig Arbeitsstunden verdonnert: das Becken im Freibad reinigen (eine ziemlich schmierige Angelegenheit), Büsche und Blumen pflanzen, Papierkörbe leeren. Außerdem mussten sie für die kaputte Tür aufkommen und das gestohlene Geld ersetzen.

Sie waren das Topthema im Dorf. Cook würdigte sie keines Blickes mehr und sein Freund Kull verbreitete überall, dass das Ganze Sims Idee gewesen war und sie Cook dazu angestiftet hatte, die Tür zum Badhäuschen aufzubrechen. Sim rechtfertigte sich nicht, es wäre ohnehin zwecklos gewesen. Sie ließ die Leute denken, was sie wollten. Kull war der Sohn des Bürgermeisters und Cook sein bester Freund. Es war von vornherein klar, wem sie mehr glauben würden.

Das lag jetzt ein Jahr zurück. Damals hatte Sim versucht, die Sache mit Cook zu vergessen. Über das, was in jener Nacht passiert war, redete sie mit niemandem. Was wirklich wehtut, behält man lieber für sich.

Wem hätte sie auch davon erzählen sollen? Ihrer Mutter etwa? Oder ihrem Vater? Undenkbar. Merle schied auch aus – sie war nach dem Abi für ein freiwilliges soziales Jahr nach England gegangen. Und was Nadja, ihre (ehemals) beste Freundin anging: Nadja konnte Sim nicht verzeihen, in was für einen Schlamassel sie sie geritten hatte, und war seit jener Nacht unversöhnlich. Nicht mal in der Schule wechselten sie noch ein Wort miteinander. Nadja erzählte allen, Sim sei völlig durchgeknallt, und scheinbar fiel es den meisten nicht schwer, ihr zu glauben.

Manche Menschen wurden mit einem unerschütterlichen Selbstbewusstsein geboren, doch Sim gehörte nicht dazu. Sie wollte und konnte mit niemandem über diese Nacht reden, über den Film, der in Endlosschleife in ihrem Kopf ablief. Aber ganz alleine schaffte sie es dann doch nicht, damit klarzukommen. Und weil sie nicht noch einmal so gedemütigt und verletzt werden wollte, machte sie dicht.

In dieser Zeit wurde sie zur störrischen Einzelgängerin und der Tequila ihr treuer Gefährte.

Sim war auf der Suche nach Anerkennung, Freundschaft, Liebe. Aber gleichzeitig hatte sie Angst davor, sich zu verlieben und die Tür zu ihrem Herzen noch einmal so weit zu öffnen. Die Mauern, die sie um sich baute, waren dick und hoch. Sie ließen niemanden rein und sie selbst nicht mehr raus. Ihr Leben rutschte immer mehr aus den Fugen, bis zwei Jungen aus dem Dorf sie in einer Nacht vor fünf Wochen halb ertrunken aus dem Dorfteich fischten. Sim hatte 2,1 Promille im Blut, ihr Kopf war schwer wie Zement und sie konnte sich an nichts mehr erinnern, als sie im Krankenhaus zu sich kam – mit einer Nadel im Arm, die durch einen Schlauch mit einem Beutel Kochsalzlösung verbunden war.

Es war ihr sechzehnter Geburtstag.

Ihre Eltern gerieten in helle Panik und kannten kein Pardon: Eine stationäre Entgiftung oder während der Sommerferien sechs Wochen zu Tante Johanna in die USA, das waren Sims Optionen.

Die Wahl fiel ihr nicht schwer, auch wenn die Reise nicht das war, wonach es sich im ersten Moment anhörte. Die Schwester ihres Vaters wohnte nämlich nicht in New York oder San Francisco und auch an keinem coolen Ort in der Wildnis, wo nachts die Wölfe im Wald heulten.

Nein, Sim saß in einer winzigen Propellermaschine mit siebenunddreißig Sitzen und war auf dem Weg nach *Rapid City*, South Dakota, irgend so ein Nest im Wilden Westen, das unter der weißen Wolkendecke lag. Tante Jo würde sie abholen und mit ihr nach *Pine Ridge* fahren, das Indianerreservat, in dem ihre Tante seit neun Jahren lebte, mitten im Nirgendwo.

Johanna – Jo – war das schwarze Schaf der Familie, bevor Sim ihr diesen Rang abgelaufen hatte. Auf Wunsch ihrer Eltern sollte Jo Violinistin werden (laut Opa Werner hatte sie das Zeug dazu), hatte sich jedoch auf einer ihrer Reisen quer durch die USA in einen Lakota-Indianer namens James Kills A Hundred verliebt und beschlossen, ihn zu heiraten. Sims Großeltern waren verzweifelt. Ihr Vater versuchte, seine Schwester dazu zu bewegen, sich das mit dem Heiraten noch einmal zu überlegen. Aber Tante Johanna packte ihre Siebensachen und verschwand für immer zu ihrem Liebsten nach Pine Ridge, South Dakota.

Sim hatte ihre Tante damals glühend dafür bewundert. Sie war acht Jahre alt und ihre Fantasie lief auf Hochtouren. Tante Johanna, die im Tipi hauste, am offenen Feuer kochte, wilde Pferde ritt, einen Typen mit Zöpfen zum Mann hatte und jetzt Jo Kills A Hundred hieß. *Toll.* Sie war schon immer Sims Lieblingstante gewesen, aber nun wurde sie ihr großes Vorbild. Wenn es sich schon nicht vermeiden ließ, erwachsen zu werden, dann wollte sie wenigstens so sein wie ihre abenteuerlustige Tante.

Damals fing Sim an, englische Wörter zu lernen, damit sie gewappnet war, in die Fußstapfen ihrer Tante zu treten. Als Zwölfjährige besaß sie einen reichhaltigen englischen Wortschatz, dessen Existenz sie jedoch gut zu verbergen wusste. Schließlich sollte niemand aus ihrer Familie etwas von ihren Auswanderplänen wissen.

Ein paar Jahre später hörte Sim ihre Eltern munkeln, dass Onkel James trank und Tante Johanna geschlagen hätte. Ihr Vater flog nach South Dakota, um seine Schwester in den sicheren Schoß der Familie zurückzuholen. Aber davon wollte Jo nichts wissen. *Das ist mein Leben,* hatte sie zu ihm gesagt, *und mir gefällt es.*

Ihr Vater kehrte todunglücklich ohne seine Schwester nach Hause zurück. Und Sim bewunderte Tante Jo nur noch mehr.

Inzwischen war Jo geschieden und hieß wieder Klinger. Sie unterhielt einen kleinen Laden, der sich »Horse Hill Arts & Crafts Shop« nannte. Darin verkaufte sie Kunstgewerbliches von Leuten aus dem Reservat an Touristen und Rohmaterial wie Perlen, Leder, Schnüre an die Indianer. Das Geschäft lief einigermaßen, zumindest konnte sie inzwischen davon existieren. Das war auch schon alles, was Sim über das Leben ihrer Tante wusste.

Als Kind hatte Sim sämtliche Indianerbücher gelesen, die sie in die Finger bekam, und hatte jeden Indianerfilm gesehen. Sie war ein Wildfang. Sogar in der Schule trug sie Stirnbänder und selbst genähte Hemden mit indianischen Mustern. Sie baute Buden im Wald, kletterte auf Bäume und alles, was die anderen Mädchen in ihrem Alter interessierte (Vampire, Prinzessinnen, Nagellack und BHs), fand sie langweilig. Stattdessen nähte sie einen kleinen Lederbeutel mit Fransen, packte besondere Steine, Mäuseknöchlein und ihre Milchzähne (und die der Katze) hinein und trug den Medizinbeutel verborgen unter ihren Kleidern auf der Brust. In ihren Träumen streifte sie durch die Prärie und der Held auf dem rabenschwarzen Pferd (natürlich ohne Sattel) wartete ungeduldig hinter dem nächsten Busch auf sie, um sie in sein Tipi zu entführen.

Damit war es schlagartig aus, als nach ihrem zwölften Geburtstag etwas über sie hereinbrach, das sich Pubertät nannte und jegliche Kommunikation mit Erwachsenen unmöglich machte. Sim fand, dass ein einziges Wort mit acht Buchstaben nicht umfassen konnte, was mit ihr passierte. Das Chaos von tausend Fragen in ihrem Kopf, die nach einer Antwort suchten. Das Auf und Ab ihrer Gefühle, das einer Achterbahnfahrt glich. Die Selbstzweifel vor dem Spiegel. Das plötzliche Klar-Sehen. Der Wunsch, unsichtbar zu sein, und gleichzeitig die große Hoffnung, von den Jungen beachtet zu werden und für einen von ihnen etwas Besonderes zu sein. Doch keiner machte sich bei Sim die Mühe, zweimal hinzusehen.

Neben ihrer hübschen Schwester fühlte sie sich wie eine graue Maus. Sim war mittelgroß und die Farbe ihrer störrischen Haare lag irgendwo zwischen Braun und Blond. Sie war weder dick noch dünn (abgesehen von ihren Beinen, die definitiv zu dünn waren), weder geistreich noch begabt, weder witzig noch musikalisch. Das einzig Auffällige an ihr war dieser kleine Makel, der ihr seit ihrer Geburt anhaftete: Sim war mit einer Lippenspalte geboren, landläufig Hasenscharte genannt. Jedes fünfhundertste Kind kam mit solch einer Fehlbildung auf die Welt. Genau genommen war also nicht mal das etwas Besonderes.

Ihre Mutter behauptete, sie hätte großes Glück gehabt, weil bei ihr nicht der Gaumen, sondern nur die Lippe von der Fehlbildung betroffen war, was mit einer einzigen Operation behoben werden konnte, als Sim ein paar Monate alt gewesen war.

Glück nannte ihre Mutter das: mit einer fetten Narbe in der Oberlippe herumzulaufen, während sich um einen herum alles um Schönheit und Perfektion drehte. Sie hatte diese Narbe schließlich mitten im Gesicht, dort, wo alle zuerst hinschauten. Ohne Narbe hätte sie wenigstens ein hübsches Lächeln gehabt, aber so geriet es immer ein bisschen schief. Deshalb lächelte Sim selten. Sie fand, es passte einfach nicht zu ihr.

Ihre schräge Kleidung aber war etwas, das ihr ganz allein gehörte, etwas, womit sie die Leute in ihrer Umgebung schockieren und von der Narbe ablenken konnte.

Zuerst kam die Grufti-Ära. Sie färbte ihre Haare schwarz, schminkte sich mit viel Schwarz und trug ausschließlich schwarze Klamotten. Unter dem dicken schwarzen Lippenstift war ihre Narbe kaum noch zu erkennen. Sim sah aus wie ein unglücklicher Rabe. Merle amüsierte sich über ihre Verwandlung. Ihre Eltern hielten es für eine pubertäre Phase und hofften, dass es vorübergehen würde, genauso wie ihre Indianermacke.

Ging es auch.

Sim verwandelte sich in eine Punkerin: kahler Schädel mit einem roten Iro (für den sie jeden Morgen eine Stunde brauchte, damit er stand wie ein Brett), zerrissene Klamotten, jede Menge

Ketten und Piercings, Stachelhalsband und sogar einen Stecker in der Zunge, den zu stechen verflucht wehgetan hatte. Aus welcher Mülltonne sie denn gekrochen sei, hatte ihr Lehrer sie eines Tages entgeistert gefragt.

Sogar Merle war schockiert, zumindest das hatte Sim mit ihrem Outfit erreicht. Ihre Eltern verhielten sich immer noch tapfer, ließen sie jedoch wissen, dass sie sich lächerlich machte. Davon abhalten konnten sie Sim nicht. Insgeheim hofften sie, dass ihre Tochter zu Verstand kommen würde, ehe sie sich vollkommen entstellt hatte.

Damals kam Sim sich vor wie in einem tiefen Schlammloch. Sie ruderte mit Händen und Füßen, um nicht im zähen Schlick zu versinken, der ihr Leben war. Am Ufer standen ihre Eltern, die Großeltern, ihre Lehrer, sogar Merle, ihre ach so perfekte Schwester. Sie riefen und streckten hilfreich die Arme nach ihr aus, wollten ihr heraushelfen auf festen Boden, hinein in die Welt der Erwachsenen.

Aber dort wollte Sim gar nicht hin. Sie war noch nicht bereit, in die Haut eines Erwachsenen zu schlüpfen. Also trat und strampelte sie verzweifelt weiter. Bis sie Cook entdeckte, sich verliebte und hoffte, er würde derjenige sein, der ihr zurück an Land half. Doch ausgerechnet Cook war es, der sie in ihr Schlammloch zurückstieß.

War die große Liebe Schicksal oder eine rein chemische Angelegenheit – das hatte sie sich seither immer wieder gefragt. Wurden wir zu Opfern von Hormonen und biochemischen Vorgängen, die wir nicht im Griff hatten, wenn wir uns verliebten? Wissenschaftler hatten Parallelen zwischen den chemischen Vorgängen im Gehirn von Verliebten und denen von zwangsneurotischen Patienten entdeckt. Liebe war also so etwas wie eine Krankheit, eine Krankheit, gegen die man sich nicht impfen lassen konnte. Dieser Gedanke half Sim.

Auf dem Flughafen in Denver, wo Sim zwischengelandet und nach der Einreiseprozedur in diese kleine Propellermaschine umgestiegen war, hatte man sie angestarrt, als käme sie aus einer Freakshow. Es war wie in Weisburg: Die Leute sahen nur die schrägen Klamotten, nicht sie. Aber Denver war nicht die thüringische Provinz, sondern eine amerikanische Hauptstadt, da sollten die Menschen an auffälliges Styling gewöhnt sein – oder etwa nicht?

Das, was Sim inzwischen trug, ließ sich in keine Schublade mehr stecken. Sieben Löcher mit Silberringen im rechten Ohr und drei im linken Ohr. Ihre Klamotten: schwarze Lederstiefel mit weißen Punkten, kunstvoll zerrissene Nylons, bunte Oberteile, Kleider und kurze Röcke aus Stoffen, die sie selber zuschnitt, bleichte, batikte, färbte und neu zusammennähte – mit Knöpfen, Pailletten und Spitze besetzte. Sie nannte es die *Sim-Phase*. Es war eine Mischung aus allem, was es so gab, Hauptsache, nichts passte zusammen. Hauptsache, es lenkte von dem ab, was darunter war.

Meistens funktionierte das auch.

»Unsere Tochter sieht aus wie ein Paradiesvogel«, hatte ihr Vater mit einem tapferen Lächeln behauptet. »Nein, wie eine Vogelscheuche«, hatte ihre Mutter widersprochen.

Sim wünschte, sie wäre adoptiert. Dann hätte sie wenigstens ein Ziel gehabt. Sie hätte sich auf die Suche nach ihren richtigen Eltern machen können. Aber das mit dem Wünschen war so eine Sache – meistens funktionierte es nicht. Deshalb saß sie jetzt neben diesem Cowboy im karierten Hemd und war unterwegs ins Nirgendwo.

Kurz vor dem Landeanflug auf Rapid City riss die Wolkendecke auf und Sim sah endloses weites Grasland unter sich. Kaum mal ein Baum, geschweige denn Häuser. Ein großes gelbgrünes

Nichts, das in der Ferne in eine bizarre Kraterlandschaft überging.

Von ihrem Vater wusste sie, dass Tante Jo einsam wohnte, ungefähr sechs Meilen vom nächsten Ort entfernt, der Manderson hieß. Ihre Google-Earth-Recherche vor ihrer Abreise war ernüchternd gewesen und hatte den Gedanken an das Wort *Verbannung* heraufbeschworen.

Sim hatte ihre Tante Jo ewig nicht mehr gesehen und fragte sich, ob sie wohl miteinander klarkommen würden. Die Schwester ihres Vaters war immer eine lustige Tante gewesen, sie hatte die Dinge stets leicht genommen – im Gegensatz zu ihrem Bruder. Hoffentlich hatte sich Tante Jo nicht verändert und war inzwischen genauso drauf wie ihre Eltern. Sim hatte keine Lust, sich jeden Tag irgendwelche Moralpredigten oder Vorträge über das wahre Leben anhören. Obwohl das am Ende immer noch besser war als die Entzugsklinik, in die ihre Eltern sie einsperren wollten. Davor hatte sie ziemlichen Schiss gehabt und war auch jetzt noch froh, dass es eine Alternative gegeben hatte.

Im Pine-Ridge-Indianerreservat waren der Besitz und das Trinken von Alkohol unter Strafe verboten. Wer von der Polizei erwischt wurde, musste Strafe zahlen und für acht Stunden hinter Gitter. Diese Tatsache hatte ihren Vater auf die Idee gebracht, sie zu Tante Jo zu schicken.

Was sie in Pine Ridge erwartete, war Sim immer noch nicht klar. Sie wusste nur, dass sie ihrer Tante im Laden und bei den Pferden helfen sollte. Pferde hätten therapeutische Wirkung, hatte Jo ihren Eltern am Telefon versichert. Sim hatte nichts gegen Pferde, solange sie sich auf der anderen Seite des Zaunes befanden, aber das interessierte offensichtlich niemanden. Sie traute keinem Tier, das größer war als sie selbst. Abgesehen davon: Ihr ganzes Leben war ein Fiasko und sie machte sich wenige Hoffnungen, dass sechs Wochen umgeben von Armut plus ein bisschen Pferdetherapie daran etwas ändern würden.

Der Cowboy neben ihr schlug seine Zeitschrift zu und Sim blickte hoch. Über den Sitzen leuchtete das Anschnallzeichen auf. In zehn Minuten würden sie landen.

2. Kapitel

Der Regionalflughafen von Rapid City lag ein paar Meilen außerhalb der Stadt, mitten in der Prärie. Der kleine Flieger wackelte ziemlich beim Landeanflug und Sim war froh, als sie endlich sicheren Boden unter den Füßen hatte.

Während sie in der kleinen Halle am Gepäckband stand und auf ihre Reisetasche wartete, blickte sie sich nach ihrer Tante um. Der Flieger war mit Verspätung gelandet, Tante Jo hätte längst da sein müssen. Sim war todmüde, fror in der klimatisierten Halle und wollte nur noch ins Bett.

Einer nach dem anderen verschwanden die Reisenden durch die Drehtür nach draußen und mit ihnen die Verwandten und Bekannten, die sie abgeholt hatten.

Immer noch keine Spur von Tante Jo. Langsam wurde Sim mulmig zumute und ihre Müdigkeit wandelte sich in nervöse Unruhe. Was, wenn ihre Tante einen Unfall gehabt hatte? Wenn es dunkel wurde und niemand kam, um sie abzuholen? Wenn sie zurückfliegen und am Ende doch noch in diese blöde Entzugsklinik musste?

Sim kam sich abgeschoben vor, verlassen, ausgesetzt. Aber heulen würde sie bestimmt nicht. Aus ihrer Unruhe wurde Wut. Innerlich verfluchte sie ihre Eltern und diese blödsinnige Idee mit dem Indianerreservat, als sich die große Drehtür erneut bewegte und zwei junge Männer mit dunklen Men-in-Black-Brillen die Eingangshalle betraten. Sie steckten in schmuddeligen T-Shirts und weiten, tief sitzenden Jeans. Sim schätzte sie auf achtzehn oder neunzehn und trotz der grässlichen Klamotten verdienten sie einen näheren Blick.

Der mit der verdrehten Baseballkappe auf dem Kopf war schlank und ein Stück größer als sein Begleiter, der durchtrainiert aussah und dessen rechter Arm dunkel war von Tätowierungen. Der Große hatte seine Hand auf der Schulter des anderen und sie lachten über etwas, das sie sich gerade erzählt hatten. Als der Tätowierte einer vollbusigen Scarlett Johansson hinterherblickte, sah Sim den langen Pferdeschwanz, der bis zur Hälfte seines Rückens reichte.

Mitten in der Eingangshalle blieben die beiden Indianer stehen. Pferdeschwanz nahm seine Sonnenbrille ab und hängte sie in den Halsausschnitt seines T-Shirts. Der andere war so cool, dass er seine Brille auch im Gebäude aufbehielt.

Sim merkte, wie sie taxiert wurde. Sie konzentrierte sich auf das Gepäckband, doch nach ein paar Sekunden siegte die Neugier und ihr Blick wanderte wieder zurück zu den beiden Indianern, die immer noch an derselben Stelle standen. Jetzt sah sie, dass Pferdeschwanz ein Stück Pappe in der Hand hielt und es langsam vor seine Brust hob. Darauf stand in Großbuchstaben: SIMONA.

Das Herz sank ihr in die Knie und ein ungläubiger Seufzer kam aus ihrer Kehle. Das. Darf. Doch. Nicht. Wahr. Sein.

Jimi Little Wolf war auf einiges gefasst gewesen, nur nicht darauf, dass Jos Nichte wie ein roter Igel aussah. Wie ein *überfahrener Igel.* Aber viel Auswahl gab es sonst nicht in der Empfangshalle des Flughafens.

Einen Moment lang starrte er das Mädchen an, sich durchaus darüber im Klaren, das ihm und Lukas dieselbe intensive Begutachtung zuteilwurde. Sein Blick wanderte vom Kopf des Mädchens zu ihren Füßen und wieder zurück. So ein Wesen hatte er noch nie gesehen. Flammend rotes Haar, das in kleinen Spitzen vom Kopf abstand, die auf der linken Seite platt gedrückt waren. Lange, rot bestrumpfte Beine – wie ein Storch. Sie steckten in schwarzen Lederstiefeln mit weißen Punkten. Der superkurze Rock war zusammengenäht aus bunten Stoffresten, die in ausgefransten Zipfeln endeten. Unter dem völlig zerlöcherten grünen T-Shirt lugte knallroter Stoff hervor.

Das Gewicht des Rucksacks schien das Mädchen nach hinten zu ziehen. Es hob die Hand zum Gruß und verzog den Mund zu einem schiefen Lächeln.

»Ich sehe was, was du nicht siehst«, sagte Jimi zu Lukas, »und das ist . . .«

»Hübsch?«, fragte Lukas erwartungsvoll.

»Darüber reden wir später, okay?«, brummelte Jimi.

Zusammen bewegten sie sich auf das kunterbunte Mädchen zu.

»Hi«, sagte Jimi, als sie bei ihm angelangt waren. »Bist du Simona?« Sie war genauso groß wie er und sah ihm direkt in die Augen.

»Wo ist meine Tante?«, fragte sie argwöhnisch. »Ist etwas passiert?«

Ihre Stimme war unerwartet dunkel und kräftig. Die schwarz umrandeten Augen hatten dieselbe Farbe wie reife Stachelbeeren: helles Gelbgrün. Trotz einer Schicht Make-up im Gesicht war die hässliche Narbe in ihrer Oberlippe nicht zu übersehen. Als ob die Lippe in zwei Hälften geteilt und wieder zusammengenäht worden war. Jimi gab sich redlich Mühe, nicht auf diese Narbe zu starren, stattdessen musterte er Simonas rechte Ohrmuschel, die vom Ohrläppchen aufwärts mit zahlreichen kleinen Silberringen durchbohrt war.

»Keine Sorge«, antwortete er schließlich. »Deine Tante hatte einen Wasserrohrbruch, und gerade als sie zum Flughafen wollte, kamen die Männer mit ihren Geräten, um den Schaden zu beheben. Sie hat Lukas und mich beauftragt, dich abzuholen.« Er räusperte sich. »Ich bin Jimi.«

Der Blick des Mädchens wanderte misstrauisch von ihm zu Lukas.

»Hi«, sagte der mit einem breiten Grinsen. (Lukas' Timing war ein Phänomen.)

»Lass dich von seinem debilen Gesichtsausdruck nicht irritieren«, sagte Jimi zu ihr. »Er ist vollkommen harmlos und will nur spielen.«

Jos Nichte war offensichtlich nicht zu Späßen aufgelegt. »Woher weiß ich, dass ihr die Wahrheit sagt?«, fragte sie und verschränkte die bleichen Arme vor der Brust. Sie hatte blau lackierte Fingernägel und an ihren Handgelenken baumelte ein Gewirr aus zerschlissenen Armbändern mit metallenen Anhängern, die leise klimperten. Sie starrte auf Jimis tätowierten Arm, als wäre er eine Boa constrictor.

»Gar nicht.« Inzwischen war er leicht genervt. »Du kannst mitkommen oder hier versauern, ganz wie du willst.«

Was natürlich großer Blödsinn war. Jo würde ihm den Kopf abreißen, wenn er ohne ihre Nichte zum Horse Hill zurückkäme. Die Kohle, die er dringend brauchte, könnte er in den Wind schreiben und er würde natürlich auch keinen anderen Job mehr von Simonas Tante bekommen.

Lukas schnaubte leise neben ihm, sein Griff an Jimis Schulter wurde fester.

»Ach kommt schon, ich hab bloß Spaß gemacht«, sagte er mit versöhnlicher Stimme. »Sehen wir etwa nicht aus wie ein Empfangskomitee?« Er breitete seine Arme aus und setzte sein charmantestes Lächeln auf. Offenbar gehörte dieses deutsche Mädchen nicht zu denen, die Indianer toll finden, was, das musste er zugeben, eine völlig neue Erfahrung für ihn war.

Es war nicht das erste Mal, dass er jemanden für Jo vom Flughafen abholte. Einige ihrer Gäste waren schon bei der Ankunft mit indianischem Schmuck behängt wie Weihnachtsbäume mit Lametta und begannen meist sofort, über ihre Leidenschaft für die Kultur der amerikanischen Ureinwohner zu reden. Manchmal konnte Jimi sich das Lachen über ihre Bemühungen, nicht in eins der vielen kulturellen Fettnäpfchen zu treten, kaum noch verkneifen.

Er erinnerte sich an die kleine blonde Lehrerin aus Österreich mit dem üppigen Vorbau und den Angelina-Jolie-Lippen, die er noch in der Kurve hinter der Rockyford-Schule in Jos Pickup flachgelegt und ihr damit zu ihrer ersten spirituellen Erfahrung im Reservat verholfen hatte.

Doch Jos Nichte sah nicht so aus, als ob sie sich überhaupt etwas aus spirituellen Erfahrungen machte. Finster starrte sie auf das Laufband, wo jetzt eine große, mit Aufklebern bekleisterte Reisetasche auftauchte.

Sie beugte sich vor, aber Jimi war schneller. »Gehen wir?« Triumphierend hielt er ihre Tasche in der Hand.

Simona warf ihm einen müden und frustrierten Blick zu. »Wie lange fahren wir denn bis zu meiner Tante?«

»Anderthalb Stunden. Warum?«

»Ich muss mal.«

Jimi deutete nach rechts, wo sich in einem Gang die Toiletten befanden. Simona schien ihm immer noch nicht zu trauen, denn ihr Blick lag lauernd auf seiner Hand, die ihre Tasche festhielt.

»Willst du die lieber mitnehmen?« Langsam brachte ihn ihr Verhalten auf die Palme.

Auf einmal gab sich das Mädchen geschlagen und verschwand in Richtung Toilette. Erleichtert atmete Jimi aus.

»Was hat sie denn?«, fragte Lukas.

»Ganz einfach: Sie traut uns nicht.«

Lukas' rechte Hand tastete wieder nach Jimis Schulter. »Ich würde dir auch nicht trauen, wenn ich ein Mädchen wäre«, sagte er. »Sei einfach ein bisschen netter zu ihr, Champ. Sie ist seit was weiß ich wie vielen Stunden unterwegs und bestimmt furchtbar müde.«

Typisch Luke, dachte Jimi. Er hatte immer für alle und alles Verständnis. »Müde kann sie ja von mir aus sein«, entgegnete er. »Aber ich hätte nicht gedacht, dass sie zickig ist.« Von Jos Nichte hatte er sich einfach mehr erwartet – in jeglicher Hinsicht. Jo Klinger war die einzige weiße Frau im Reservat, die er respektierte.

»Du bist ja bloß frustriert, weil sie dich nicht anhimmelt.«

Jimi stieß empört Luft durch die Zähne. »Wohl kaum.«

Ein paar Minuten später kam Simona von der Toilette zurück. Ihr Blick hellte sich auf, als sie Jimi und Lukas und vor allem ihre Tasche sah. Verdammt, was ging der eigentlich im Kopf herum? Glaubte sie etwa, dass Lukas und er mit ihren schrägen Klamotten abhauen würden, um sie bei Ebay zu versteigern?

»Sie kommt«, raunte Jimi und Lukas setzte wieder sein Lächeln auf, das das Herz jeder Schwiegermutter zum Schmelzen gebracht hätte.

»Hoka hey!«, sagte Jimi mit einem lautlosen Seufzer, als das Mädchen wieder bei ihnen angelangt war. »Auf geht's, Simona! Deine Tante wartet.«

»Sim«, sagte sie.

»Wie?« Irritiert sah Jimi sie an.

Sie nahm ihm das Pappschild aus der Hand und verdeckte mit ihrer klimpernden Rechten die letzten drei Buchstaben ihres Namens. »Nur Sim, okay?«

Er zuckte mit den Achseln. »Meinetwegen.«

Vor dem Flughafengebäude stellte Jimi Sims Tasche ab und

zog die selbst gedrehte Zigarette hervor, die über seinem rechten Ohr steckte. Er schob sie zwischen die Lippen, zündete sie an und nahm einen Zug. Sim beobachtete jede seiner Bewegungen mit ihren Stachelbeeraugen.

Sie liefen zum Parkplatz, wo Jo Klingers alter Chevrolet stand, ein Pick-up mit geschlossener Ladefläche. Der 1975er-Silverado war von blassgelber Farbe und hatte weiße Seitenstreifen. Mit seinem klapprigen Aufbau sah er aus wie ein echter Oldtimer. Jimi machte es Spaß, die Kiste zu fahren, auch wenn sie ein Spritfresser war und gelegentlich streikte.

Er ging zum Heck des Trucks und öffnete die hintere Klappe, um Sims Tasche auf die Ladefläche zu stellen. Dann schloss er die Klappe wieder, stieg in die Fahrerkabine und setzte sich hinter das Lenkrad. Mit den Fingern an der Karosse lief Lukas um den Wagen herum, öffnete die Beifahrertür und machte eine einladende Handbewegung.

Jimi blickte zur Seite und sah Sims hellen, misstrauischen Blick. Sie traute dem Gefährt genauso wenig wie ihm und Lukas, aber ihr blieb keine Wahl. Zögerlich kletterte sie auf die rissige Sitzbank, aus der an manchen Stellen bröseliger Schaumgummi quoll, und stellte den Rucksack zwischen ihre Füße. Lukas schob sich neben sie und zog mit einem lauten Knall die Beifahrertür zu.

Der Truck begann zu vibrieren, als Jimi den Motor startete. Er jagte den ersten Gang rein und die Kiste rollte los. Zugegeben, die Geräusche, die der Silverado von sich gab, klangen beängstigend, aber der Truck hatte Bremsen (was nicht selbstverständlich war für einen Res-Car) – und er fuhr (was ebenfalls nicht selbstverständlich war für einen Res-Car). Jimi hoffte, dass die Kiste ihn nicht im Stich ließ, so wie vor zwei Wochen. Er wollte dieses seltsame Mädchen so schnell wie möglich bei Jo abliefern.

Wie konnte man bloß in solchen merkwürdigen Klamotten herumlaufen, in Sachen, die selbst die Heilsarmee aussortiert hätte? Jimi wusste nicht, ob er Sim(ona) ihres schrägen Outfits wegen bemitleiden oder ob er ihren Mut bewundern sollte. Das konnte lustig werden, wenn sie erst in dieser Verkleidung im Reservat herumspazierte. Jo tat ihm ein bisschen leid, denn es würde sich schnell herumgesprochen haben, dass das Mädchen ihre Nichte war. *Hoka hey!* Diesmal dachte er es nur und sprach es nicht laut aus. Auf geht's! Bringen wir es hinter uns.

Keine Gurte. Vor hundert Jahren, als dieser Pick-up gebaut worden war, hatte noch niemand ans Anschnallen gedacht. Zu dritt saßen sie in der alten Kiste, zusammengedrängt wie in einer Sardinenbüchse. Lukas rechts neben Sim und Jimi am Steuer. Die tiefbraunen Arme der Jungen so dicht neben ihrer blassen Haut.

Ich bin ein *Bleichgesicht,* dachte sie.

Der Mai und die ersten beiden Juniwochen waren kühl und regnerisch gewesen in Deutschland, sodass Sims Haut bisher kaum einen Sonnenstrahl abbekommen hatte. Hier war der Himmel blassblau und es war immer noch unglaublich warm draußen, obwohl der Tag sich dem Ende neigte. Unter dem aromatischen Zigarettenrauch, der durch die Fahrerkabine zog, konnte Sim den Schweiß der beiden Jungen riechen. Sie zog die Schultern zusammen und klemmte ihre Hände zwischen die Schenkel, um sich so dünn wie möglich zu machen. Solange es sich vermeiden ließ, wollte sie keinen von ihnen berühren.

Vom Rückspiegel, also genau vor ihr, baumelte ein Traumfänger mit zerzausten Federn. Sim hatte von ihrer Tante zum zehnten Geburtstag einen wunderschönen großen Traumfänger geschickt bekommen, mit einem schwarzen Netz in einem mit rotem Leder umwickelten Weidenring, an dem gepunktete

Federn baumelten. Er hing zu Hause über ihrem Bett. Die guten Träume sollten sich im Netz verfangen und über die Federn in den Kopf des Träumers geleitet werden. Die schlechten Träume fielen angeblich durch das Loch in der Mitte und verschwanden auf Nimmerwiedersehen. Ihr hatte der Traumfänger nichts genützt, denn in den letzten Monaten war sie oft von verwirrenden Träumen geplagt worden und schweißgebadet daraus erwacht. Es funktionierte nur, wenn man auch daran glaubte, so wie die Indianer.

Jimi schnippte die Kippe aus dem offenen Fenster. Sim betrachtete seine braunen Hände auf dem vibrierenden Lenkrad.

Irgendein Typ sang im Radio. »Indians, Indians, Indians. Let me tell you about Indians . . .« Lukas und Jimi grinsten vor sich hin und sangen mit.

Ganz normale Jungs, Sim.

Da ganz offensichtlich keiner der beiden an Konversation interessiert war (kein »Wie-war-dein-Flug?« – oder so etwas in der Art), steckte sie die Stöpsel ihres iPods in die Ohren und versuchte, sich zu entspannen. Was natürlich nicht funktionierte – unter diesen Umständen. Schließlich tat sie so, als wäre sie an der Landschaft links und rechts der Straße interessiert. Dabei warf sie zunächst einen verstohlenen Blick auf ihren linken Sitznachbarn.

Aus Jimis lockerem Pferdeschwanz waren ein paar Strähnen entwischt und klebten an seiner Schläfe. Er trug jetzt wieder seine Sonnenbrille, aber sie wusste, dass seine Augen dunkelbraun waren. Er hatte kantige Gesichtszüge mit breiten Wangenknochen und schrägen Augen. Über seiner Oberlippe schimmerte dunkler Flaum und seine Wangen waren zerfressen von Aknenarben.

Die Tätowierungen auf seinem Arm, das konnte sie jetzt sehen, stellten Tiere dar: einen Wolf (auf dem beachtlichen Bizeps), eine Schlange, die sich um sein Handgelenk wand, und über der Ellenbeuge ein Adler, der – wenn Jimi den Arm bewegte – aussah, als würde er fliegen.

Sim blickte wieder geradeaus. Sie wollte nicht zu lange auf die grauschwarzen Tattoos starren, denn ihr Interesse würde Jimi vielleicht irgendeine spöttische Bemerkung entlocken.

Wenn Jimi schalten musste, drückte er Sim jedes Mal seinen Ellenbogen mit dem Adlerschnabel in die Rippen, deshalb rückte sie ein Stück nach rechts, in der Hoffnung, dass Lukas ihr Platz machen würde. Aber er saß, wo er saß, und jetzt berührten sich ihre Oberschenkel auf der ganzen Länge.

Sim biss die Zähne zusammen.

Mit den Fingern seiner Linken trommelte Lukas den Takt der Musik auf sein Knie, mit der Rechten hielt er sich am Griff über der Tür fest. Auf seiner Brust lag ein schimmernder geflochtener Zopf, dick wie ein Seil. Er musste ihren Blick bemerkt haben, denn jetzt wandte er sich ihr lächelnd zu. Schnell schaute sie wieder nach vorn.

Es irritierte Sim, dass seine Augen von Anfang an hinter schwarzen Brillengläsern verborgen gewesen waren. An den Augen eines Menschen konnte man erkennen, ob man ihm trauen konnte oder ob er ein gefährlicher Irrer war. Zugegeben, wie gefährliche Irre sahen alle beide nicht aus, aber Sim fühlte sich dennoch unwohl zwischen ihnen.

Trotz der offenen Fenster schwirrte die Luft in der Fahrerkabine vor Testosteron. Wie konnte Tante Jo ihr das bloß antun? Und vor allem: Was hatte sie diesen beiden Machos über sie erzählt? Wussten die Jungs, dass sie nicht aus freien Stücken hier war? Und kannten sie den Grund dafür?

Die Straße vom Flughafen ins Reservat führte nach Osten – später machte sie einen Bogen in südliche Richtung. Sie fuhren durch welliges Grünland, in dem Bäume eine Seltenheit waren.

Der Wind wehte über die Gräser und formte silbrig grüne Wellen. Ein Ozean aus Gras.

Als Lukas ihren Arm berührte, zuckte Sim zusammen. »Was hörst du denn da?«, fragte er. »Klingt gut.«

Sie zog die Stöpsel aus den Ohren. *»Medusa's Child«,* antwortete sie, »ist eine Schweizer Band.« Das Lied, das gerade spielte, hieß *Wounded Knee.* Sim mochte die Musik und die Jungs von der Band waren cool, sie hatte sie mal live auf einem Konzert erlebt.

»Aber sie singen auf Englisch«, stellte Lukas fest.

»Jap.« Es lief immer noch Musik aus dem Radio und Sim hatte ihren iPod nicht sonderlich laut gestellt. Dieser Lukas musste Ohren haben wie eine Fledermaus.

»Cooles Teil«, bemerkte Jimi. Es war das Erste, was er von sich gab, seit sie losgefahren waren.

»Schön klein«, erwiderte sie unnötigerweise. Den iPod hatte sie sich von ihren Eltern zum Geburtstag gewünscht und auch bekommen. Ihr sechzehnter Geburtstag, den sie im Krankenhaus verbracht hatte, mit einer Nadel im Arm. Noch jetzt wurde ihr übel, wenn sie daran dachte, wie elend sie sich gefühlt hatte.

»Alles okay mit dir?« Lukas wandte ihr das Gesicht zu.

»Alles bestens.«

Immerhin, er versuchte wenigstens, nett zu sein, während Jimi höchstens Interesse für ihren iPod aufbrachte.

»Seid ihr eigentlich Brüder?«

»Ja«, sagte Jimi.

»Nein«, antwortete Lukas im selben Atemzug.

Langsam wurde es doch spannend.

»Wir sind keine leiblichen Brüder«, klärte Lukas sie auf.

»Blutsbrüder?«, fragte Sim und biss sich auf die Lippen. Das war ihr so herausgerutscht.

Lukas wandte ihr erneut das Gesicht zu, seine Mundwinkel

zuckten. Schließlich lächelte er amüsiert und präsentierte dabei sein weißes Gebiss mit einem angeschlagenen Schneidezahn. »Ja, so was in der Art«, sagte er. »Wir sind *Hunka*-Brüder.«

»Hunka-Brüder?«

»Wird man durch eine Zeremonie«, meldete sich Jimi zu Wort.

Sim nickte. *Zeremonie*. Klar. Welcome to Indian Country, Simona Klinger!

Lukas erzählte von einer Pflegemutter, bei der sie beide lebten, und dass sie seit ihrem siebten Lebensjahr befreundet waren. Trotz seines lädierten Schneidezahns sprach er deutlich und sie konnte ihn gut verstehen. In der Schule war sie immer unter den Besten gewesen in Englisch – das einzige Fach, in dem sie hin und wieder eine Eins nach Hause gebracht hatte.

Die Straße wurde zur Baustelle, loser Schotter und abgefräster Asphalt. Jimi musste das Tempo drosseln und Sim stützte sich mit ausgestreckten Armen am staubigen Armaturenbrett ab. Kurz nachdem sie den Highway, der weiter in Richtung Osten führte, verlassen hatten, wurde die Straße schmaler, dafür aber auch wieder besser.

Lukas war unterdessen in Schweigen verfallen, aber Sim stöpselte ihren iPod nicht wieder ein.

Sie kamen durch einen kleinen Ort, der sich Scenic nannte. Die grob zusammengenagelten Bretterbuden links und rechts der Straße schienen aus einem alten Wildwestfilm zu stammen. Jimi fuhr jetzt im Schritttempo und Sim sah, dass es sich bei den Hütten um eine Bar nach der anderen handelte. Bei einigen Gebäuden waren die Fenster mit Bretterkreuzen vernagelt. Eine Bar – vergessene Weihnachtsbeleuchtung zierte die verwitterte Fassade und das Dach war mit zahllosen Kuhschädeln bestückt – war jedoch geöffnet und ein Klappschild wies darauf hin, dass es Budweiser gab. Ein kaltes Bier, dachte Sim, wäre jetzt genau das richtige Heilmittel für ihr Unwohlsein.

Auf dem Dach der Bar stand in schwarzer Schrift, eingerahmt von den bleichen Kuhschädeln, der Spruch: *Indians allowed.*

»Das ist der Longhorn Saloon«, erklärte Jimi, als sie die Bar passiert hatten. »Früher hieß es *No* Indians allowed, aber das No haben sie irgendwann mit weißer Farbe überpinselt. Der Saloon ist cool, Sägemehl auf dem Boden und alte Sättel als Barhocker.« Er sprach schnell und Sim hatte einige Mühe, seinem verwaschenen Englisch zu folgen. »Touristen trauen sich da kaum noch rein«, fuhr er fort, »zu viele betrunkene Indianer . . .« Er grinste.

Sim stockte der Atem. Wusste er etwas? War das eine Anspielung gewesen?

Sie suchte nach Worten für einen Kommentar, aber Jimi erwartete offensichtlich keinen. Er schaltete in einen höheren Gang, trat wieder aufs Gas und die Meilen flogen rasch dahin. Das Gras, bemerkte Sim erst jetzt, war nicht mehr grün, sondern von einem blassen Gelb. Anscheinend regnete es in South Dakota nur selten. Es war erst Mitte Juni und alles schien bereits verdorrt zu sein.

Bald veränderte sich die Landschaft zu beiden Seiten der Straße und kalkweiße Felsen in bizarren Formen tauchten auf. Es sah aus, als wäre die filzig braungelbe Haut der Erde aufgebrochen und ihre Knochen ragten daraus hervor. Je tiefer sie in dieses wüstenhafte Gebiet hineinfuhren, umso mehr schwand die Grasdecke und pilzförmige Gebilde wechselten sich mit Spitzkuppeln und Felstafeln ab. Hier sah es aus wie auf dem Mond. Jedenfalls wirkte die Gegend nicht sonderlich einladend. Amerika, das war ein fremdes Land, aber sie war unversehens auf einem fernen Planeten gelandet. Sim wurde noch mulmiger zumute.

»Die Ausläufer der Badlands«, erklärte Jimi, der Sims Blick bemerkt hatte. »Bei Sonnenuntergang sehen sie besonders irre aus.«

Neben ihr gab Lukas ein kaum hörbares Schnauben von sich und Sim brummte ein gelangweiltes »Hmm«. Von irren Sonnenuntergängen wollte sie lieber nichts wissen. Nicht von einem Typen wie diesem Jimi.

Die Abendsonne näherte sich dem gezackten Horizont und überpinselte die grau-weißen Felsen mit einem rötlichen Schimmer, der immer intensiver wurde, bis es schien, als würden die Felswände glühen. Es *sah* irre aus. Wie es wohl sein würde, in dieses Felsgewirr hineinzulaufen, sich darin zu verlieren, alles zu vergessen? Eine andere zu werden. Metamorphose. Transformation. Ein Flügelkleid überwerfen und davonfliegen.

»Willkommen im Res«, sagte Jimi und holte sie in die Wirklichkeit zurück. Der Adler auf seinem tätowierten Arm entfaltete seine Flügel, als er auf ein Schild an der rechten Straßenseite wies.

SIE BETRETEN DAS PINE-RIDGE-INDIANERRESERVAT, HEIMAT DER OGLALA SIOUX. LAND VON RED CLOUD, BLACK ELK UND CRAZY HORSE.

Namen, die Sim aus ihren Büchern von früher kannte. Aber wer diese Männer waren, hatte sie längst vergessen.

Das nächste Verkehrsschild, eine Geschwindigkeitsbegrenzung, war durchsiebt von Einschusslöchern und Sim schluckte trocken. Jimi ignorierte das Schild und jagte den Pick-up auch weiterhin mit sechzig Meilen die Stunde (mehr gab die Kiste vermutlich nicht her) über die Landstraße.

»Wie lange bleibst du im Res?«, erkundigte sich Lukas.

Für ihre Antwort brauchte Sim nicht lange zu überlegen, sie hatte die Tage ihrer Verbannung mehr als einmal gezählt und es waren doch nicht weniger geworden. »Genau vierzig Tage.«

»Das klingt, als wärst du nicht sonderlich begeistert davon, hier zu sein«, bemerkte er und wandte ihr fragend das Gesicht zu.

»Ich kenne meine Tante nicht besonders gut«, sagte sie schnell. Anscheinend wussten die beiden doch nichts über den Grund ihres Aufenthaltes. »Wir haben uns vor vier Jahren das letzte Mal gesehen und ich weiß nicht, wie sie jetzt drauf ist.«

Damals war Sims Großvater sechzig geworden und Tante Jo zu diesem Anlass nach Deutschland gekommen. Aber sie hatten kaum Gelegenheit gehabt, miteinander zu reden, weil ihre Tante ständig umlagert gewesen war von neugierigen Familienmitgliedern, die sie über ihr Leben im Indianerreservat ausfragten.

»Deine Tante ist in Ordnung«, sagte Lukas. »Wird dir bestimmt gefallen bei ihr.«

Jimi drehte das Radio lauter. Die Musik kannte Sim. Es war John Trudells unverkennbarer Sprechgesang. In den vergangenen Jahren hatte Tante Jo ihr immer eine CD mit indianischer Musik zum Geburtstag und eine zu Weihnachten geschickt, darunter war auch »Bone Days« von John Trudell gewesen.

How do we sell our Mother? Crazy Horse, we hear what you say.

Schon wieder Crazy Horse, dachte sie und versuchte, sich daran zu erinnern, was sie in ihrer Indianerphase über ihn gelesen hatte. Crazy Horse war ein berühmter Häuptling der Lakota gewesen, aber mehr wollte ihr dazu nicht einfallen. Nun, das sollte nicht das Problem sein. Immerhin hatte sie volle sechs Wochen, um ihre Erinnerungen aufzufrischen.

Sie hatten eine Schule passiert und kurz darauf machte die Straße einen scharfen Linksknick. Die knochigen Felsen wichen hügeligem Grasland. Täler und Anhöhen wie Wellen aus schimmerndem Gold. Das Land war leer. Nur hier und da ein paar Sträucher oder eine Baumgruppe. Das graue Asphaltband der Straße war durchbrochen von schwarzen Teerflicken und abgrundtiefen Löchern. *Krater* war wohl das bessere Wort. Jimi umfuhr sie schnittig, als würde er jedes Schlagloch persönlich kennen.

Die Behausungen, die wie hingewürfelt am Straßenrand und zwischen den Hügeln auftauchten, waren auf Hohlblocksteine aufgebockte Wohntrailer (sie erinnerten Sim an große Bauwagen) und hier und da auch mal ein Holzhaus. Meist waren die Buden umgeben von irgendwelchem Krempel, der schon vor langer Zeit ausgedient hatte: Autoreifen, Kühlschränke, Klobecken. Dazwischen buntes Plastikspielzeug und achtlos hingeworfene Fahrräder. Eine Reifenschaukel, ein Trampolin. Autos in verschiedenen Stadien des Verfalls.

Irgendwann tauchte ein weißes Hinweisschild mit der Aufschrift »Horse Hill Arts & Crafts« auf und kurz darauf lenkte Jimi den Pick-up nach links auf eine Auffahrt. Die ansteigende Schotterpiste war gesäumt von unzähligen kurzstieligen Sonnenblumen. Nach einer langen Kurve erblickte Sim ein großes Blockhaus und mehrere Nebengebäude.

Das Haupthaus schmiegte sich auf halber Höhe an den Hang und seine hellen Rundbalken leuchteten in der Abendsonne in einem warmen Orangerot. Auf den breiten Holzstufen, die zum oberen Eingang führten, saß ein großer weißer Hund.

Jimi parkte den Pick-up vor dem Haus, und nachdem die Jungen ausgestiegen waren, nahm Sim ihren Rucksack und kletterte ebenfalls aus der Fahrerkabine. Ein paar wild aussehende Katzen huschten davon und versteckten sich unter einem langen Trailer mit türkisfarbener Blechverkleidung, der – quer zum Hügel – dem Blockhaus gegenüberstand. Der Hund kam schwanzwedelnd auf sie zugelaufen und beschnupperte Sims rot bestrumpfte Beine gründlich.

»Hey, Juniper«, sagte Jimi. Juniper sah aus wie ein weißer Wolf und war ziemlich fett. Während Jimi sich nicht weiter um die Hündin kümmerte, kniete Lukas nieder und verteilte großzügig Streicheleinheiten. Er klaubte Kletten und Zecken aus Junipers Fell und nannte sie liebevoll »Little Mum«.

Die Hundedame war also nicht fett, sondern trächtig.

Sim schaute sich um. Das Blockhaus mit seinem massiven Unterbau schien auch den Laden ihrer Tante zu beherbergen. Zu ebener Erde gab es einen separaten Eingang, daneben eine Bank mit einem Tisch. In den großen Fenstern zu beiden Seiten der Tür sah Sim Plakate und Traumfänger in verschiedenen Größen.

Eine Holztreppe führte zu einer kleinen Veranda und zum oberen Eingang – vermutlich in den Wohnbereich. Die dunkelroten Vorhänge hinter den Fenstern waren zugezogen.

Zwei alte Autos, eine graue Limousine und ein roter Sportwagen mit eingedellter Fahrertür und einem weißen Blitz auf der Motorhaube, parkten vor dem Trailer. Weiter hinten stand ein rostiger Pferdeanhänger, der einmal blau gewesen war. Ein paar Meter unterhalb des Trailers vervollständigten ein Schuppen und eine kleine Blockhütte (die vermutlich noch aus der Goldgräberzeit stammte) das Gebäudeensemble.

Der Hügel hinter dem Wohnhaus musste der Horse Hill sein, nach dem Tante Jo ihre Residenz und den Laden benannt hatte. Hinter einem Drahtzaun entdeckte Sim Pferde, große Tiere, die mit den Köpfen nickten, als wollten sie die Ankömmlinge begrüßen.

Sim schluckte. *Das war alles.* Pferde, Katzen, eine trächtige Hündin. Es gab keine Nachbarn, keinen Baum, keinen Strauch. Die Blumen im Steingarten vor dem Haus schienen um ihr Überleben zu kämpfen. Tante Jo wohnte tatsächlich in einer absoluten Einöde. Sim fragte sich, wie sie es hier sechs lange Wochen aushalten sollte, ohne einen Koller zu kriegen.

In diesem Moment sprang die Ladentür auf und ihre Tante kam mit langen Schritten auf sie zu. Jo war braun gebrannt und hager, die kurzen braunen Haare von silbernen Fäden durchzogen. Sie trug Jeans und ein dünnes kariertes Hemd über dem weißen T-Shirt. Mit einem strahlenden Lächeln auf dem Gesicht streckte sie ihre Männerhände nach Sim aus.

»Mona«, sagte sie und erdrückte Sim fast in ihrer Umarmung. Unwillkürlich zog sie ihre Schultern hoch und versteifte sich. *Mona,* so hatte Merle sie genannt, als sie geboren wurde und ihre damals dreijährige Schwester ihren Namen nicht richtig aussprechen konnte. Manchmal hatten auch ihre Eltern und Großeltern sie Mona gerufen, aber Sim mochte diese Abkürzung nicht. Mona klang brav und altmodisch. *Sim* passte viel besser zu ihr.

Jo schob ihre Nichte auf Armeslänge von sich und musterte sie. »Gut siehst du aus«, rief sie voller ehrlicher Begeisterung.

Sim warf einen verstohlenen Seitenblick auf Lukas und Jimi. Lukas verzog keine Miene, aber Jimi grinste übers ganze Gesicht. *Idiot,* dachte sie.

»Jungs, habt vielen Dank, dass ihr eingesprungen seid«, wandte sich Jo an die beiden, »ihr habt was gut bei mir.« Sie drückte Jimi ein paar Dollarscheine in die Hand. Er schob sie mit einer lässigen Geste in die Gesäßtasche seiner Jeans und bedankte sich. Jo sprach gerade eine Einladung zum Abendessen aus, als das lang gezogene Heulen eines Wolfs ertönte. Es kam aus Jimis Hosentasche. Juniper spitzte die Ohren.

Jimi kramte sein Handy hervor, hielt es ans Ohr und entfernte sich ein paar Schritte. Sim sah ihm nach. Das war wirklich der freakigste Klingelton, den sie je gehört hatte.

Nach zwei Minuten kam Jimi zu ihnen zurück. »Sorry«, sagte er, »aber ich habe noch was zu erledigen.«

Trotz Sonnenbrille (er trug sie immer noch, obwohl die Sonne sich längst verabschiedet hatte) bemerkte Sim ein Aufflackern von Enttäuschung im Gesicht von Lukas.

»Ich hoffe, die beiden haben dich gut unterhalten?« Jo zwinkerte Sim zu.

Sie zuckte betont gleichgültig mit den Achseln.

»Wir müssen los«, sagte Jimi. »Man sieht sich.« Er legte Lukas eine Hand auf die Schulter, was offensichtlich *Nichts wie weg hier* bedeutete.

»Bis bald.« Lukas hob eine Hand zum Gruß und lächelte.

»Bye«, sagte Sim.

Jimi schob seinen Freund zu dem alten roten Sportwagen mit dem weißen Blitz über der Motorhaube, der vor dem Trailer parkte. Anscheinend war Jimi derjenige, der bei den beiden das Sagen hatte.

»Und denkt daran, ich brauche euch zum Heumachen«, rief Jo ihnen nach. »Möglichst bald.«

Sie stiegen in den Wagen und fuhren davon. Sim blickte ihnen nach. Über die Heckscheibe von Jimis Flitzer zog sich ein Spinnennetz aus feinen Rissen.

»Sind die beiden eigentlich schwul?«, wandte sie sich an ihre Tante. Das würde immerhin erklären, warum Jimi und Lukas die Finger nicht voneinander lassen konnten.

Jo warf den Kopf in den Nacken und begann, laut und herzhaft zu lachen. »Oh nein, ganz sicher nicht.« Wieder lachte sie, bis ihr die Tränen kamen. »Aber falls du versucht haben solltest, Lukas Brave schöne Augen zu machen, dann war das zwecklos. Er ist blind wie ein Maulwurf.«

»Was?« Ungläubig starrte Sim ihre Tante an. »Das habe ich überhaupt nicht gemerkt.«

»Vielleicht deshalb, weil du nur Augen für Jimi Little Wolf hattest.« Fragend musterte sie Sim. »Oder liege ich da falsch?«

»Ich habe keinem von beiden schöne Augen gemacht«, sagte

Sim und hatte Mühe, sich das Grinsen zu verkneifen. *Jimi Kleiner Wolf und Lukas Mutig.*

»Das ist auch besser so. Die beiden haben nämlich den Ruf, die größten Herzensbrecher im Umkreis von hundert Meilen zu sein, und du solltest dich vor ihnen in Acht nehmen.«

»Du schickst zwei Schürzenjäger, um mich vom Flughafen abholen zu lassen? Gehört das auch zum Therapieprogramm?« Sie sah ihre Tante aufmerksam an.

Jo hatte die gleichen, weit auseinanderstehenden hellen Augen und dieselbe Adlernase wie sie. Überhaupt war die Ähnlichkeit zwischen ihnen verblüffend. Auf einmal wusste Sim, wie sie in dreißig Jahren aussehen würde. Und dass sie ganz sicher nicht adoptiert war.

Jo zuckte mit den Achseln, sie ging nicht auf ihren Seitenhieb ein. »Sie waren gerade da, als die Monteure kamen, und Jimi ist der Einzige hier, der meinen Silverado mit Gangschaltung fahren *und* reparieren kann. Der Toyota ist im Eimer.« Sie nickte hinüber zu der grauen Limousine.

»Arbeitet er öfter für dich?«

Jo nickte. »Jimi ist ein guter Handwerker, er kann fast alles reparieren. Und Lukas, der kennt sich bestens mit Pferden aus.«

»Wohnen die beiden weit weg von hier? Sie haben etwas von einer Pflegemutter erzählt.«

»Bernadine Jumping Eagle. Zurzeit kümmert sie sich um zwölf oder dreizehn Pflegekinder. Sie wohnt drüben in Manderson.« Jo musterte ihre Nichte mit einem amüsierten Blick. »Hey, höre ich da etwa doch so etwas wie Interesse herausklingen?«

»Na ja, sonst gibt es hier ja nicht viel Abwechslung, wie es scheint.« Sim machte eine umfassende Handbewegung.

»Nur keine voreiligen Schlüsse ziehen«, sagte ihre Tante, »hier passiert mehr, als du denkst.« Sie stupste Sim unters Kinn. »He,

Mona, du bist endlich einmal woanders! Genieß es einfach.« Sie unterbrach sich für einen Moment, bevor sie fortfuhr. »Aber dass du erst betrunken in den Dorfteich fallen musstest, bevor sie dich mal zu mir lassen, finde ich ganz schön deprimierend.«

Noch einmal nahm Jo Sim fest in den Arm und sie spürte, wie stark ihre Tante war. Peinlich berührt über Jos Offenheit wand Sim sich aus der Umarmung.

»Ich wollte dich schon früher besuchen«, sagte sie. »Aber Paps hat behauptet, du vegetierst in einem Loch, das könne er nicht verantworten.«

Besuchen war wohl nicht das richtige Wort. Ein paar Tage, nachdem Sim vierzehn geworden war (Beginn der Punk-Phase), hatte sie heimlich ihren Rucksack gepackt, fest entschlossen, nach Amerika abzuhauen und von nun an bei ihrer Tante zu leben – frei und ungehindert von den quälenden Einschränkungen der westlichen Zivilisation. Aber ihr Plan war aufgeflogen, bevor sie ihn in die Tat hatte umsetzen können. Um sich größeren Ärger vom Hals zu halten, hatte sie einfach vorgegeben, Sehnsucht nach Tante Jo gehabt zu haben.

»Da ist was dran.« Jo seufzte. »Es hat eine Weile gedauert, bis ich nach der Scheidung wieder auf die Beine kam. Aber jetzt vegetiere ich nicht mehr in einem *Loch,* wie du siehst. Es war übrigens unser alter Trailer dort drüben, den dein Vater damit meinte. Die Bude ist fünfunddreißig Jahre alt. Dreißig Jahre entsprechen in etwa hundert Trailerjahren.« Ihre Tante zuckte mit den Achseln. »Klaus war schockiert, dass ich so leben konnte.«

»Was meinte er mit *so?«*

»Ohne Wasser und Strom. Ohne funktionierendes Bad und WC.«

Sim wurde blass und Jo lachte über ihr Gesicht. »Keine Angst, Schätzchen, du wirst allen lebenswichtigen Komfort haben.«

»Kino, Schwimmbad, Eiscafé, Livemusik?«, zählte Sim hoffnungsvoll auf.

Jo wiegte nur lächelnd den Kopf hin und her. Sie schnappte sich Sims Tasche. »Gehen wir nach oben und reden drinnen weiter. Ich mache den Laden dicht und dann gibt es Abendessen.«

3. Kapitel

Lukas bedauerte, dass Jimi die Einladung zum Essen ausgeschlagen hatte. Er mochte Jo und war gerne bei ihr. In ihrem Blockhaus war es gemütlich und sauber (es war das gemütlichste und schönste Haus, in dem er je gewesen war). Er mochte den Geruch von Holz in den Räumen und die Duftexplosion exotischer Gewürze, wenn er den Küchenschrank über dem Herd öffnete. Die Deutsche konnte gut kochen. Sie benutzte die Gewürze für ihre fremdartigen Gerichte, die sich von dem, was Lukas sonst zu essen bekam, wenn er mit Jimi zu Big Bat's, Subway oder zu Taco Bell ging, ziemlich unterschieden. Ganz zu schweigen vom ewigen Dosenfutter, das ihn zu Hause bei Bernadine erwartete.

Jo hatte einen kleinen Garten hinter dem Haus, in dem sie Gemüse, verschiedene Salatpflanzen, Tomaten und Kräuter anbaute. Den Samen ließ sie sich aus Deutschland schicken und den besten Salat im ganzen Res gab es bei ihr. Genauso wie den besten Kaffee und die köstlichste Schokolade.

Aber Jimi hatte einen Anruf bekommen und musste einer Frau aus Porcupine ein Beutelchen Stachelschweinborsten vorbeibringen, die sie dringend für eine Halskette brauchte – ein Geschenk für eine Namensgebungszeremonie. Das war ein triftiger Grund und Lukas musste ihn akzeptieren.

Zweimal im Monat fuhr Jimi mit Bernadines Sohn Tyrell den weiten Weg bis nach Denver, um dort bei einem Großhändler billig Perlen, Leder, verschiedenfarbige Stoffe, künstliche Sehne und andere Grundmaterialien für kunsthandwerkliche Arbeiten einzukaufen, die Bernadine dann mit einer kleinen Gewinnspanne an die Leute im Reservat weiterverkaufte. Damit machte sie Jo Klinger und ihrem Laden zwar Konkurrenz, aber Jo hatte deswegen nie ein böses Wort verloren. »Leben und leben lassen« war ihre Devise, ganz im Gegensatz zu vielen Einheimischen im Res, die sich gegenseitig nicht das Fleisch in der Suppe gönnten. Die alten Tugenden der Lakota, zu denen neben Selbstbeherrschung, Standhaftigkeit und Tapferkeit auch Großzügigkeit gehörte, waren im Kampf ums tägliche Überleben verschütt gegangen.

Die besagten Stachelschweinborsten hatte Jimi allerdings nicht vom Großhändler aus Denver, sondern von einem unglücklichen Stachelschwein, das er letzte Woche auf dem Weg nach Pine Ridge über den Haufen gefahren hatte.

Lukas' Magen knurrte. Seit dem Frühstück hatte er nichts Ordentliches mehr zwischen die Zähne bekommen. Bestimmt hatte Jo etwas Besonderes gekocht für ihre Nichte. Wie gerne würde er jetzt mit Jo und Sim im Blockhaus am Tisch sitzen und ihren Gesprächen lauschen. Wenn Jo Sommergäste hatte, dann erfuhr er jedes Mal etwas Neues aus der Welt, die hinter den Reservatsgrenzen lag. Fremde Länder faszinierten ihn, vielleicht deshalb, weil sie unerreichbar für ihn waren.

Manchmal wechselten Jos Landsleute in seinem Beisein Worte in ihrer Muttersprache. Er mochte den poltrigen, gewittrigen Klang der deutschen Worte. Jimi dagegen behauptete, wenn Deutsche sich unterhielten, würde es immer nach Streit klingen.

Vor allem aber interessierte ihn Sim, die anscheinend nicht freiwillig hier war. Als Jimi seinen Mustang vom Schotterweg auf die Asphaltstraße lenkte, hielt Lukas es nicht länger aus. »Nun erzähl schon, wie sieht sie aus?«

»Keine Ahnung«, antwortete Jimi nach einigem Zögern, »jedenfalls nicht wie ein Mädchen.«

Nicht wie ein Mädchen? »Wie dann?«

»Na ja, eher wie ein komischer Vogel. Sie trägt keine ... wie soll ich sagen ... üblichen Klamotten.«

»Kannst du ein bisschen ins Detail gehen?« Lukas platzte beinahe vor Neugier. »Wie wär's, wenn du sie mir einfach beschreibst, ohne deine geschätzte Wertung, bitte.«

Jimi seufzte dramatisch und legte los: »Sie ist ein richtiges Bleichgesicht mit heller Haut, an die vermutlich nie ein Sonnenstrahl gelangt. Gelbgrüne Stachelbeeraugen, so dick mit schwarzer Schminke umrandet, dass sie aussieht wie ein Waschbär. Rot gefärbte Stachelhaare, Storchenbeine und Titten winzig wie Mäusenasen. Ach ja und sie hat da diese hässliche Narbe in der Oberlippe.«

Lukas amüsierte sich über den Zoo in Jimis Beschreibung. Jimi Little Wolf war in den vergangenen Jahren ein Meister der Beobachtungskunst geworden und Lukas wusste das zu schätzen. Durch Jimis Fantasie wurde seine dunkle Welt bunter und größer. Während er ihm die schräge Kleidung von Jos Nichte schilderte und von ihren blauen Fingernägeln erzählte, entstand ein Bild in Lukas' Kopf, ein Bild von einem bunten, geheimnisvollen Mädchen mit winzigen Brüsten und einer furchtbaren Narbe im Gesicht.

Die meisten Leute glaubten, Lukas könne nicht viel anfangen mit Farben. Aber das war ein Irrtum. Er war nicht von Geburt an blind gewesen – sieben Jahre lang hatte er sehen können. Bis zu dem Unfall, bei dem seine Mutter starb und sein Leben in undurchdringliches Schwarz getaucht wurde. Doch die Farben waren in seinem Kopf. Er kämpfte beharrlich darum, sie nicht an die Dunkelheit zu verlieren. Indem er sie mit Eigenschaften, Gerüchen und Gefühlen verband, versuchte er, sie festzuhalten.

Die Farbe Grün war der Duft frisch geschnittenen Grases, Gelb so gemütlich wie ein Nickerchen am Nachmittag. Weiß war so weich wie der Flaum einer Adlerfeder und Braun der bittersüße Kakaogeschmack von Schokolade. Die Farbe Blau war die Weite des Himmels, Rot bedeutete glühende Hitze und Blut und Hass. Schwarz war so sanft wie die Nüstern eines Pferdes, war die Fülle von schwerem Indianerhaar.

Durch ihre verrückten Klamotten würde sich Sim von den Mädchen im Reservat unterscheiden, die meistens in Einheitskleidung unterwegs waren: Jeans und T-Shirt im Winter. Shorts und T-Shirt im Sommer. Mädchen in Röcken gab es hier so gut wie gar nicht, außer auf dem Powwow natürlich, aber das war etwas anderes.

Simona. Er mochte den Klang ihres Namens, was sie anscheinend nicht tat. Sie hatte abgeklärt wirken wollen, aber ihre Stimme war unsicher und rau. Sie hatte kaum etwas gesagt, und wenn, dann hatte sie langsam gesprochen, als müsse sie die Worte erst suchen. Dabei sprach sie ziemlich gut Englisch. Ihre Stimme klang ehrlich und verriet ihm mehr als die Worte, die sie sich abgerungen hatte.

Da ihm die Mimik der Menschen verwehrt blieb, war die Stimme sein erster Eindruck, wenn er auf einen Unbekannten traf – und meistens blieb es auch dabei. Mit den wenigsten Menschen wurde Lukas so vertraut, dass sie ihn ihre Hände oder gar ihr Gesicht berühren ließen, damit er sich eine echte Vorstellung von ihnen machen konnte. Viele Menschen hielten das gar nicht aus, selbst wenn sie Lukas besser kannten. Also musste er sich auf ihre Stimmen verlassen, um sich ein Bild von ihnen zu machen.

Die Leute ahnten nicht, wie sehr sie sich beim Sprechen offenbarten. Lukas lauschte auf die Nuancen im Klang der Stimme. So konnte er herausfinden, ob jemand log, ob er ängstlich war oder wütend. Er konnte erkennen, ob sein Gegenüber klug war oder eher träge im Geist. Ob er spontan war oder zurückhaltend, spröde oder offen. Er konnte Zweifel aus der Stimme herauslesen, Sehnsüchte und manchmal sogar Wünsche.

Sim hatte cool wirken wollten, doch dahinter verbarg sich Unsicherheit. Unter ihrem mürrischen Desinteresse brodelte Neugier. Und sie war von Jimi beeindruckt gewesen, obwohl sie mit aller Macht versucht hatte, das zu verbergen. Ihr Atem hatte sie verraten. Wenn sie mit Jimi gesprochen hatte, war Befangenheit in ihrer Stimme gewesen.

Nicht, dass ihn das überrascht hätte. Jimi gefiel jedem Mädchen, sie warfen sich ihm reihenweise an den Hals. Er sah gut aus (das sagte jede) und seinem verwegenen Charme konnte kaum eine widerstehen. Sein großes Vorbild war Crazy Horse, der zum Mythos gewordene Häuptling, der mit seinen Kriegern und Verbündeten die Siebte Kavallerie unter General Custer am Little Bighorn vernichtend geschlagen hatte.

Was Lukas allerdings überraschte: Sim hatte auch Eindruck auf Jimi gemacht.

Jimi Little Wolf grub jede an, ob sie nun hübsch war oder hässlich, klein oder groß, dick oder dünn. Er testete seine Wirkung, das konnte er einfach nicht lassen. Nur weiße Mädchen passten nicht in sein Beuteschema, sie interessierten ihn nicht, da hatte er seine Prinzipien. Dass es bei Jos Nichte anders war, musste etwas bedeuten.

Sollte er Jimi fragen, ob er richtig lag? Mit Sicherheit würde er alles abstreiten und ihn auslachen.

Jimi drosselte das Tempo, sie hatten Manderson erreicht. Nach dem Ortsschild durfte man bloß noch fünfundzwanzig Meilen pro Stunde fahren, der Kinder wegen. Jimi bog von der Straße und der Mustang rumpelte durch ein tiefes Schlagloch. Wie immer machte Jimi halt vor Pinkys Laden, um sich noch eine Cola, Tabak oder Kondome zu kaufen.

»Brauchst du was?«, fragte er.

»Ein paar neue Augen.«
»Okay. Ich frag mal, ob heute welche mitgekommen sind.«
»Ein Sandwich wäre super«, sagte Lukas, »und ein Wasser.«
»Ja, klar. Was sonst, du Langweiler.«

Jo zeigte Sim, wo sie schlafen würde. Es war ein geräumiges Zimmer mit zwei unverkleideten Holzwänden, die runden Balken waren auf der Innenseite lackiert worden. An der rückwärtigen Wand stand ein Doppelbett mit einem großen Starquilt, einer aus gelben, orangefarbenen und roten Rauten zusammengenähten Steppdecke. Auf dem Quilt lag eine hübsche, bunt gewebte Umhängetasche.

»Die ist für dich«, sagte Jo. »Ein kleines Willkommensgeschenk.«

Sim bedankte sich brav und nahm den Raum weiter in Augenschein. In einer Ecke standen ein kleiner Schreibtisch und ein Stuhl, in der anderen ein Kleiderschrank. Die Lampe auf dem Nachtkästchen hatte einen roten Stoffschirm mit schwarzen Pferden und an den beiden weiß gestrichenen Wänden hingen gerahmte Bilder mit Pferdemotiven. Meine Schwester, die Pferdenärrin, hatte ihr Vater Tante Jo immer genannt.

Sim ließ ihren Rucksack aufs Bett fallen und trat ans Fenster. Es bot Aussicht auf die Zufahrt vor dem Haus, die anderen Gebäude und die baumlosen Hügel, die sich bis zum Horizont erstreckten. Nur Gras und Himmel.

Gegenüber von ihrem Zimmer lag ein zweiter, fast identisch eingerichteter Raum, dazwischen befand sich das Bad.

»Im Sommer vermiete ich an Urlaubsgäste«, sagte Jo. Derzeit war das andere Zimmer von einem Journalisten aus Deutschland bewohnt, der sich für mehrere Wochen eingemietet hatte, zurzeit aber in den Black Hills unterwegs war.

Wenig später saßen sie in dem großen Raum mit den breiten

Holzdielen, der sich in Küche und Wohnzimmer teilte, am Tisch. Während sie Büffelstew, Salat aus Jos Garten und selbst gebackenes Graubrot aßen, wurde es draußen dunkel. Jo fragte ihre Nichte eine Menge über ihre Eltern und Großeltern aus, und obwohl Sim der lange Flug in den Knochen steckte und sie todmüde war, gab sie so gut sie konnte Auskunft. Sie wollte ihrer Tante das Gefühl geben, dass mit ihr alles in Ordnung war und sie sich keine Sorgen um sie machen musste. Wenn Erwachsene sich Sorgen machen, dann stellten sie zu viele unangenehme Fragen, beobachteten einen unablässig und warfen nur so mit Verboten um sich.

Und trotzdem kam sie, die gefürchtete Frage.

»Warum trinkst du, Mona?«

Sim verschränkte die Arme vor der Brust und lehnte sich im Stuhl zurück. »Weil ich Lust dazu habe.«

»Du hättest sterben können.«

Sim sah aus dem Fenster in die Nacht und verdrehte die Augen. Sie war noch nicht mal richtig angekommen und schon ging der Psychoterror los. Die Fantasieunterhaltung mit ihrer Tante war eine ganz andere gewesen.

»Ich will nicht darüber reden, okay?«

»In Ordnung«, sagte Jo. »Aber wenn dir danach ist, mit jemandem zu sprechen, ich bin da, um zuzuhören.«

»Ja, schon klar.« Sim machte sich keine Illusionen darüber, was bei den Erwachsenen *zuhören* bedeutete. Man kam mit etwas nicht klar und machte den Fehler, es ihnen zu erzählen. Daraufhin teilten sie einem mit, wo es langging im Leben – obwohl sie im Grunde selber von nichts eine Ahnung hatten. Zumindest war das bei ihren Eltern der Fall. Ihr Vater verbrachte mehr Zeit in seinem Krankenhaus als mit seiner Familie. Und ihre Mutter – die kümmerte sich aufopferungsvoller um die Probleme ihrer Schüler als um die ihrer eigenen Tochter.

Seit Merle in England war, hatten sie als Familie kaum noch etwas zusammen unternommen, so, als ob Sim allein den Aufwand nicht lohnte. Abgesehen davon, dass sie gar keine Lust hatte, etwas mit ihren langweiligen Eltern zu unternehmen – sie hätten es ja wenigstens versuchen können.

Tante Jo legte ihr eine Hand auf den Arm. »Du bist müde, nicht wahr? Geh und schlaf dich ordentlich aus.« Aber als Sim erleichtert aufstehen wollte, griff die Hand zu und hielt sie fest. »Da ist noch etwas, Mona.«

Jetzt kommt's, dachte sie und hob den Kopf.

»Es gibt ein paar Regeln für deinen Aufenthalt hier.«

Regeln? »Und die wären?« Misstrauisch starrte sie ihre Tante an.

»Regel Nr. 1: Keinen Alkohol und keine Drogen. Regel Nr. 2: An den Wochentagen wird halb acht aufgestanden, es gibt eine Menge Arbeit. Ab vier hast du Freizeit – und an den Wochenenden natürlich auch.«

»Freizeit?«, stieß sie hervor. »Was soll ich denn hier tun in der Pampa?«

»Prärie«, sagte Jo.

»Was?«

»Prärie, nicht Pampa. Wir sind in Nordamerika.«

Sim verdrehte die Augen.

»Was du hier mit deiner freien Zeit anfangen kannst, wirst du schnell herausfinden. Ich werde dich nicht festbinden, okay? Regel Nr. 3: Ich will immer wissen, wo du bist. Das Reservat ist nicht Weisburg.«

»Ach nee, da wäre ich nie drauf gekommen.« Weisburg war ein Kuhdorf, aber das hier, das war ein großes, allumfassendes Nichts. Ein Nichts mit *Regeln.*

»Wir kriegen das schon hin, Mona«, sagte Jo und strich Sim mit der Hand über die Wange.

Sie zog den Kopf weg. »Hör auf, mich Mona zu nennen, okay? Ich hasse diesen Namen.«

»Kein Problem.« Ihre Tante hob beschwichtigend die Hände. »Komm erst einmal an, wir reden morgen weiter. Und schlaf gut, ja?«

Sim rang sich ein »Du auch« ab. Sie duschte und ging ins Bett. Doch der Schlaf wollte nicht kommen. Es war warm – trotz des offenen Fensters. Die Grillen zirpten und Sim hörte das leise Schnauben der Pferde. In der Ferne heulte ein Kojote und Juniper, die weiße Wolfshündin, antwortete.

Sim war todmüde und gleichzeitig völlig aufgedreht. Es war die Wut in ihrem Bauch, die sie nicht schlafen ließ. Und die Angst. Die Angst, ohne ihren treuesten Freund klarkommen zu müssen, wo es doch nichts gab da draußen, was sie von ihm ablenken konnte.

Keinen Alkohol und keine Drogen. Als ob sie ein süchtiger Freak wäre. *7:30 Uhr aufstehen und bis 16 Uhr arbeiten.* Das klang verdammt nach Arbeitslager. *Ich will immer wissen, wo du bist . . .* Wo, zum Teufel, sollte sie denn hingehen?

Jetzt hätte sie wirklich einen kräftigen Schluck vertragen können. Etwas, das sie herunterholen würde von ihrem Zorn und ihr helfen würde einzuschlafen. Aber mit Sicherheit war das Blockhaus ihrer Tante eine alkoholfreie Zone. Sonst wäre sie schließlich nicht hier.

Jimi betrachtete seinen Freund, der mit Kopfhörern auf seinem Bett lag und mit geschlossenen Lidern alten Lakota-Gesängen lauschte. Lukas hatte sich in seine Welt zurückgezogen, an irgendeinen Ort in seinem Kopf, an dem niemand ihn erreichen konnte. Jimi kannte das. Wenn er Lukas jetzt anspräche, würde der Freund ihn nicht hören, obwohl er Ohren wie ein Luchs hatte.

Er machte sich Lukas' geistige Abwesenheit zunutze und ging die paar Meter nach drüben in den *Präsidentenpalast.* Der Präsidentenpalast war das große Doppelhaus mit vier Schlafzimmern und zwei Bädern, in dem Bernadine Jumping Eagle mit Tyrell, ihrem fünfundzwanzigjährigen Sohn, und sieben Pflegekindern wohnte. Misty, die Jüngste, war acht, dann kam der zwölfjährige Trent. Zwei Mädchen – Debbie und Tunie – hatten selber kleine Kinder, obwohl sie noch nicht mal achtzehn waren. Außerdem wohnten die beiden vierzehnjährigen Cousins Marcus und Nunpa und der sechzehnjährige Chance im Haupthaus. Lukas, die dreizehnjährige Roxie, Teena (sie war sechzehn) und er selbst wohnten in einem baufälligen Trailer, der rund fünfzig Meter entfernt unter einer Pappel stand.

Das große Haus mit den vielen Zimmern wurde von allen Präsidentenpalast genannt, weil es ein Geschenk von Bill Clinton an Bernadine war, nachdem 1999 ein Tornado ihren alten Trailer in Oglala dem Erdboden gleichgemacht hatte. Präsident Clinton hatte Bernadine die Super-Mom von Pine Ridge genannt und dafür gesorgt, dass sie und ihre vielen Pflegekinder das Haus bekamen. Die Geschichte von Super-Mom, der großartigen Bernadine Jumping Eagle, die sich rührend um obdachlose Waisenkinder kümmerte, hatte damals in allen Zeitungen gestanden. Aber da hatte Jimi noch bei seinem Großvater und Lukas bei seiner Mutter gelebt, und was in der Zeitung stand, hatte sie nicht die Bohne interessiert.

Ein Zuhause mit einem eigenen Bett zu haben, war die eine Seite der Medaille, doch mit einer Super-Mom hatte Bernadine wenig zu tun. Und das große Haus auch nichts mit einem Palast – jedenfalls nicht mehr, nachdem Bernadine und verschiedene Kids zwölf Jahre darin gehaust hatten. Die Zimmer waren heruntergekommen, die Möbel abgeschabt und überall lagen Klamotten und Unrat herum, weil sich niemand verantwortlich fühlte, am allerwenigsten die Hausherrin. Sie war der Meinung, dass ihre Pflegekinder für Ordnung zu sorgen hatten, wo sie ihnen doch ein Dach über dem Kopf und drei Mahlzeiten am Tag ermöglichte.

Jimi sah das anders, aber was sollte er machen?

Bernadines Zimmer war für die Kids tabu. Jimi hatte hin und wieder einen Blick hineinwerfen können und gestaunt. Es war sauber und ordentlich, die hellen Möbel gepflegt, vor den Fenstern hingen violett schimmernde Vorhänge. Der Bildschirm des Plasmafernsehers, der in Bernadines Zimmer flimmerte wie ein buntes Kaminfeuer, war riesig.

Bernadine Jumping Eagle schien es an nichts zu fehlen. Was nicht weiter verwunderlich war, schließlich kassierte sie für elf Jugendliche und zwei Babys Pflegegeld vom Staat, das war mit Sicherheit ein ansehnliches Sümmchen. Jimi nahm an, dass davon auch der Fernseher und die Möbel abgefallen waren. Manchmal hatte er nicht übel Lust, Bernadine beim Jugendamt anzuzeigen. Aber es war nicht nur er, der von ihr abhing, sondern auch Lukas und all die anderen.

Bevor Jimi das Haus betrat, atmete er noch einmal tief durch. Tyrell durfte nicht merken, wie angespannt er war. Er durfte die Angst nicht spüren, die Jimis Herzschläge beschleunigte. Alles ist wie immer, so redete er sich Mut zu. Tyrell verdächtigte ihn nicht. Eine Menge Leute konnten das Päckchen mit dem Kokain genommen haben. Er musste nur cool bleiben.

Fucking-Tyrell saß mit Debbie und Chance auf der Couch vor dem Fernseher und guckte Spiderman. Eine Stimme aus dem Fernseher mahnte: »Aus großer Kraft folgt große Verantwortung, merk dir das.«

Jimi blieb einen Moment neben der Couch stehen. »Komme ich ungelegen?«, fragte er schließlich.

Tyrell seufzte und stemmte sich aus dem Polster. Jimi folgte ihm zu seinem Zimmer, das abgeschlossen war. Der Schlüssel hing um Tyrells stiernackigen Hals. Aus dem Nachbarraum (Bernadines Reich) ertönte lautes abgehacktes Schnarchen und Tyrell grinste kopfschüttelnd.

Er schloss auf und knipste das Licht an. Das Bett mit der zerwühlten Bettwäsche nahm einen Großteil des Raumes ein. Am Fußende stand ein riesiger Plasmafernseher, obwohl Tyrell sowieso meistens mit den anderen im Wohnzimmer vor der Glotze hing.

Jimi kannte jeden Winkel in Tyrells Zimmer, der mit Blicken erfassbar war. Ein verschlossener Spind stand in einer Zimmerecke und ein Kleiderschrank ohne Türen in einer anderen. Im Regal an der Wand befand sich nur eine teure Musikanlage und auf dem Tisch unter dem Fenster entdeckte er eine Neuanschaffung: ein Computer mit Fünfundzwanzig-Zoll-Flachbildschirm.

Wie immer, wenn er hier war, blieb sein Blick an dem Spind mit dem fetten Vorhängeschloss hängen. Jimi war felsenfest davon überzeugt, dass sich irgendwo in diesem Raum das kleine Holzkästchen befand, das ihm gehörte. Es war unscheinbar, aber sein Inhalt von großem Wert. Damals, vor zehn Jahren, als er todunglücklich und völlig verstört ins Haus von Bernadine gekommen war, hatte Tyrell seine Sachen durchwühlt – dessen war er sich sicher. Seitdem war das Kästchen verschwunden.

Deshalb blieb Jimi nichts anderes übrig, als gute Miene zum bösen Spiel zu machen und auf den richtigen Zeitpunkt zu warten, um das Kästchen mit seinem wertvollen Inhalt aus Tyrells Fängen zu befreien. Vorher konnte er nicht von hier weg.

Es war jetzt fünf oder sechs Wochen her, da hatte der Zufall ihm einen Trumpf in die Hand gespielt, eine Gelegenheit, es Tyrell mit gleicher Münze heimzuzahlen. Debbie hatte eine Party gefeiert. Kurz zuvor waren Chance und Tyrell mit einer frischen Ladung Kokain aus Denver zurückgekommen und Tyrell wollte wie immer das Kokain unter die Leute bringen. Das meiste in Zwei-Gramm-Zeitungsbriefchen, aber gelegentlich hatte er auch größere Deals am Laufen.

Im großen Haus war es an diesem Nachmittag zugegangen wie in einem Taubenschlag. Tyrell hatte getrunken oder sich anderweitig zugedröhnt. Trotzdem stieg er in seinen Wagen und wollte wegfahren, als er anscheinend etwas vergessen hatte und noch mal ins Haus zurücklief.

Jimi war kurz darauf aus dem Präsidentenpalast gekommen und an Tyrells Wagen vorbeigegangen, als er die in Zeitungspapier gewickelten Päckchen auf dem Beifahrersitz liegen sah. Ohne eine Sekunde nachzudenken, hatte er durch das offene Fenster gegriffen und eines davon unbemerkt an sich genommen.

Unbemerkt? – Das war die große Frage, die ihn seither verfolgte. Als Tyrell ein paar Minuten später wieder aus dem Haus kam und losfuhr, war Jimi längst auf der Koppel bei den Pferden gewesen. Unterdessen waren drei Autos gekommen und wieder abgefahren. Vermutlich hatte Tyrell erst bei der Abwicklung seiner Deals gemerkt, dass eines der Päckchen fehlte. Jeder im Reservat konnte das Kokain genommen haben.

Tyrell hatte sich nichts anmerken lassen, bis heute nicht. Aber Jimi spürte, dass Bernadines Sohn ihn beobachtete. Wenn er anfing, das Koks im Res unter die Leute zu bringen, wäre er geliefert. Er musste verdammt vorsichtig sein.

Fucking-Tyrell war groß und bullig wie seine Mutter. Ein fusseliger Schnurrbart zierte sein Kinn und meistens trug er ein blaues Bandana auf dem Kopf. Seine groben Gesichtszüge hatte er ebenso von Bernadine geerbt wie seine verkorkste Figur. Tyrell war nicht besonders schlau (Lukas behauptete, er hätte den Intelligenzquotienten eines Maulwurfshügels), aber er war gerissen und stark.

Jimis Blick fiel auf die Hanteln am Boden, mit denen Tyrell täglich seine Armmuskeln trainierte. Jimi kannte seine eigenen Kräfte und überschätzte sie nicht. Körperlich war Bernadines Sohn ihm weit überlegen. Dafür trug Jimi den *Wotawe* um den Hals – den Kriegstalisman von Crazy Horse, der den Häuptling einst unverwundbar gemacht hatte.

Tyrell bot Jimi keinen Stuhl an, er machte es wie immer so kurz wie möglich. Jimi bekam von ihm eine bunte Plastiktüte ausgehändigt und warf einen kurzen Blick hinein. Acht Kokstütchen à zwei Gramm im Wert von je fünfzig Dollar. Eines der Tütchen war für Jimis Eigenbedarf. Er konnte eine Line ziehen und sich für eine kurze Zeit unschlagbar fühlen. Wenn er wollte, konnte er es aber auch verkaufen – es war sein Lohn.

Jimi nickte ungeduldig. *Nur raus hier.*

»Ich bekomme im Laufe der nächsten Woche dreihundertfünfzig Mäuse von dir.«

»Geht klar. Wann ist die nächste Tour?«, fragte Jimi beiläufig.

»Montag in einer Woche wahrscheinlich. Bist du dabei?« Tyrells Augen funkelten wie schwarze Murmeln.

»Ja, klar.«

»Okay.«

Jimi wandte sich zum Gehen. Als er im Türrahmen stand, sagte Tyrell: »Ach, Jimbo?«

Jimi rutschte das Herz in die Hose. »Ja?« Er drehte sich um.

»Halte die Augen offen. Ich glaube, das FBI ist im Res.«

»Was?« Instinktiv legte sich Jimis Hand auf den glatten Kiesel, der verborgen unter dem T-Shirt an einem Lederband um seinen Hals hing.

Tyrell lachte, dass seine mächtigen Schultern zuckten. »Mach dir nicht ins Hemd, Bro, es ist bloß ein Gerücht. Und nun verschwinde, sonst verpasse ich Spiderman.«

Wie Jimi es hasste, wenn Tyrell ihn Bro nannte, auch wenn er wusste, dass er es nur tat, um ihn zu ärgern. Er verließ das Haus und lief zurück zum Trailer, wo er sich im Dunkeln mit dem Rücken gegen die Blechwand lehnte und erst einmal tief durchatmen musste. Tyrells Bemerkung hatte ihn aufgeschreckt. War wirklich das FBI im Reservat? Hatten sie Tyrell – hatten sie ihn selbst womöglich schon auf dem Kieker? Oder wusste Fucking-Tyrell etwas von dem Kokspäckchen und wollte ihm Dampf machen?

Er nahm sich vor, *extrem* vorsichtig zu sein. Besonders, was das Päckchen anging. Dreihundert Gramm reines Kokain, das bedeutete siebentausendfünfhundert Mille. Genug Geld, um ein ordentliches Auto zu kaufen und hier zu verschwinden. Nur, dass es unmöglich war, den Stoff einfach im Res zu verklingeln. In seinem Revier würde Tyrell ihm sehr schnell auf die Schliche kommen. Außerdem war es gut möglich, dass das FBI tatsächlich im Reservat war.

Auf das Dealen mit Drogen standen harte Strafen und Jimi hatte nicht vor, für Jahre hinter Gitter zu gehen. Eingesperrt zu sein, war eine schreckliche Vorstellung. Lieber tot als im Gefängnis, da hielt er es wie Crazy Horse. Der hatte allerdings zuletzt doch nachgegeben und war mit seinen Leuten nach Fort Robinson gekommen. Aber nur, weil sie hungerten und froren und er nicht wollte, dass Frauen und Kinder starben wie die Fliegen. Diese Schwäche war ihm zum Verhängnis geworden.

Als Jimi die Stufen zur kleinen Veranda vor dem Eingang des Trailers hinaufstieg, saß Lukas auf der zerfledderten Autositzbank unter dem Blechdach und lauschte in die Nacht. Komisch, aber Lukas' Anblick gab ihm wieder etwas Sicherheit. Alles würde gut werden.

Er setzte sich neben seinen Freund, nahm seine Hand und legte einen Packen zusammengerollte Dollarscheine hinein.

»Danke, Champ.« Lukas' Finger schlossen sich um die Geldscheine.

Wie immer ließ Jimi ihn in dem Glauben, das Geld käme von Bernadine. Anfangs war das auch der Fall gewesen, aber seit ein paar Jahren gab sie Lukas kaum noch etwas von dem Geld ab, das sie vom Sozialamt für ihn bekam. Und soweit Jimi wusste, war das eine ganze Menge.

»Lass dich nicht wieder übers Ohr hauen, okay?«, sagte er. Gelegentlich kam es vor, dass jemand Lukas einen Fünf- oder gar Zehndollarschein abknöpfte, obwohl er nur einen Dollar zahlen brauchte. Die Dollarscheine hatten die gleiche Größe, deshalb konnte er sie nicht unterscheiden. Seitdem wechselte Jimi seinem Freund das Geld meist in Ein-Dollar-Noten.

Lukas ließ die Scheine in seiner Hosentasche verschwinden.

Jimi holte seinen Tabak heraus und drehte sich eine Zigarette. Er schob sie zwischen die Lippen, formte eine hohle Hand um die kleine Flamme des Feuerzeugs und zündete die Zigarette an. Er zog den Rauch in die Lunge und lehnte den Kopf zurück.

Wie er hasste, was er da tat: Koks an Leute im Reservat zu verkaufen. An sein eigenes Volk. Weißes Pulver, das Hunger, Schmerz und Müdigkeit vertrieb und einem das Gefühl gab, unschlagbar zu sein – für eine Weile. Nach der kurzen Euphorie kam der große Katzenjammer und unweigerlich der Wunsch, sich so schnell wie möglich wieder unschlagbar zu fühlen.

Obwohl das Kokain aus den Blättern des immergrünen Kokastrauches gewonnen wurde, war seine Wirkung zerstörerisch. Anfangs hatte Jimi sich eingeredet, was von Mutter Erde kam, konnte nicht schlecht sein. Für die Anden-Indianer war der Strauch heilige Medizin. Ihre Medizinmänner erhielten im Kokarausch Visionen.

Inzwischen hatte Jimi erlebt, dass der Kokainrausch die Menschen die dümmsten Dinge tun ließ, und schlimmer noch, er wusste, dass der Konsum von Koks Vergiftungen und Hirnschäden nach sich ziehen konnte. Einer der unschlagbaren Gründe dafür, warum er selbst die Finger davon ließ.

Wenn Jimi darüber nachdachte, konnte er selbst nicht genau sagen, wann und wie er in den ganzen Schlamassel hineingeraten war. Er war gerade zehn geworden, als Tyrell ihn zum ersten Mal auf Botengang geschickt hatte. Jimi sollte jemandem ein Päckchen vorbeibringen und Tyrell versprach ihm dafür eine Taschenlampe. Jimi hatte den Auftrag ausgeführt, hatte sich wie verrückt über die billige Wal-Mart-Taschenlampe gefreut und nichts kapiert. So war es weitergegangen. Erst kleine Geschenke als Gegenleistung und schließlich Geld. Was er da unter die Leute brachte (anfangs Gras, später Koks), war ihm erst aufgegangen, als er anfing, nachzudenken und sich die Empfänger von Tyrells Zeitungsbriefchen genauer anzusehen.

Jimi verachtete sich selbst für das, was er tat, und mehr als einmal hatte er sich vorgenommen aufzuhören. Aber er steckte schon zu tief mit drin. Und seit das Kokainpäckchen in seinem Baumversteck lag, war an Aufhören sowieso nicht zu denken, denn dann könnte er ebenso gut gleich zu Tyrell gehen und sagen: »He, Bro, ich habe, was du vermisst.«

Ihm blieb gar keine andere Wahl, als die nächsten paar Wochen noch durchzuziehen. Er hatte seine Fühler vorsichtig nach einem potenziellen Käufer ausgestreckt und seit ein paar Tagen schien es so, als wäre er fündig geworden. Nur die Nerven nicht verlieren! Bald wurde er achtzehn und dann würde er die ganze verdammte Scheiße hinter sich lassen. Er würde sich aus Tyrells Zimmer holen, was ihm gehörte, und mit seinem Hunka-Bruder aus dem Res verschwinden.

Da gab es nur ein Problem: Lukas wollte nicht fort, er hatte sich in den Kopf gesetzt, Medizinmann zu werden wie der alte He Dog. Aber wenn Jimi ihm alles erzählte, *einfach alles,* dann würde er schon begreifen, warum es sein musste. Lukas würde seinen besten Freund nicht im Stich lassen. Sie würden zusammen nach Mexiko gehen und sich dort ein besseres Leben aufbauen. Ein gutes Leben für sie beide, mehr wollte Jimi nicht.

Mit Sicherheit würde Lukas ausrasten, wenn er erfuhr, dass sein bester Freund ein Koks-Dealer war. Er wäre bitter enttäuscht. Der Gedanke, Lukas könnte sich von ihm abwenden, war furchteinflößender als die Angst, von Tyrell entlarvt zu werden.

Einmal, es war jetzt ungefähr drei Jahre her und Tyrell war gerade vom Dealen mit Marihuana auf Kokain umgestiegen, hatte Jimi versucht, Lukas von den Drogen zu erzählen. Er hatte sich gewunden wie ein Wurm, bis Lukas schließlich losgelachte hatte. »Ich weiß, dass es kein Süßgras ist, was du da ab und zu rauchst, Jimi«, hatte er gesagt. »Mach dir deswegen keine Gedanken, ich verkrafte das.«

Daraufhin hatte Jimi nicht mehr den Mut aufgebracht weiterzureden. Er hatte es einfach nicht fertiggebracht, von Tyrell, den Fahrten nach Denver und dem Kokain zu erzählen. Lukas Brave war ein Träumer, er glaubte an das Gute im Menschen. Und er glaubte an das Gute in Jimi Little Wolf. Jimi wollte ihm diesen Glauben nicht zerstören.

»Ich gehe schlafen«, sagte er und ließ die Kippe in das Gurkenglas neben der Bank fallen.

»Sweet Dreams«, sagte Lukas. »Ich bleibe noch ein bisschen sitzen.«

4. Kapitel

Völlig verzweifelt suchte Sim nach einer Erklärung dafür, wie sie in diese missliche Lage geraten war: Verschnürt wie ein Paket lag sie im Gras und dunkle Gesichter beugten sich kopfschüttelnd über sie. Sie hörte den dumpfen Schlag einer Trommel und Gesang, der so fremd und furchterregend war, dass ihr der Schweiß aus den Poren trieb. Unter den wildfremden Gesichtern tauchte plötzlich eines auf, dass ihr bekannt vorkam. Narbige Wangen, schräge braune Augen und ein spöttisches Lächeln auf den Lippen. *Jimi Little Wolf.*

Ihre Lippen formten das Wort »Hilfe«, aber kein Laut kam aus ihrer Kehle. Sie starrte auf Jimis tätowierten Arm, sah die Schlange, die sich leise zischend von seinem Handgelenk löste und auf sie zukroch. Panisch versuchte sie, sich von ihren Fesseln zu befreien, während das Zischeln immer näher kam. Vergeblich. Als die Schlange sie erreicht hatte und ihre gespaltene Zunge aus dem Maul schoss wie ein kleiner schwarzer Pfeil, schrie Sim auf und versuchte mit letzter Anstrengung, sich zur Seite zu rollen.

Sim fiel, landete hart auf dem Boden und war schlagartig wach. Das nass geschwitzte Bettlaken hatte sich fest um ihren Körper gewickelt und sie hatte Mühe, sich daraus zu befreien. In diesem Moment flog die Tür auf und ihre Tante kam ins Zimmer gestürmt. Der Gesang und die Trommeln aus ihrem Albtraum wurden lauter und Kaffeeduft stieg in Sims Nase. Träumte sie etwa immer noch? A dream within a dream? Sie stöhnte.

»Himmel, Mädchen«, rief Tante Jo. »Was machst du denn da? Morgendliche Turnübungen?«

Also doch kein Traum. »Sehr witzig.« Sim rappelte sich auf und rieb sich die Augen. Sie war tief gefallen, das Bett hatte zwei übereinandergestapelte Matratzen. »Was ist das überhaupt für ein Geschrei?«, fragte sie mürrisch. Jo zog den Vorhang auf und Sim blinzelte in die Morgensonne.

»KILI Radio«, antwortete Jo. »Powwow-Musik.«

Sim rieb sich den Hintern.

»Hast du dir wehgetan?«

»Geht so«, brummte sie. »Wieso muss das Bett eigentlich zwei Matratzen haben, das ist doch idiotisch!«

Tante Jo zuckte mit den Achseln. »Ist üblich so in Amerika.«

»Und warum?«

»Ich nehme an, es ist ein Relikt aus der Pionierzeit, als die Leute versuchten, möglichst hoch zu schlafen, damit ihnen keine Schlange oder anderes Getier ins Bett kroch.« Sim klappte der Mund auf und Jo fing an zu lachen. »Keine Angst, hier drinnen bist du vor Schlangen sicher. Und nun ab ins Bad, das Frühstück ist fertig.«

Es gab Toastbrot, Rühreier und selbst gemachte Beerenmarmelade, Orangensaft und Kaffee. Sim war geduscht und hellwach und hungrig. Während sie aßen, zählte Jo die Aufgaben auf, die Sim fortan übernehmen sollte. Unaufgefordert, wie sie ausdrücklich betonte. Dinge wie Abwaschen, sich um die Wäsche kümmern, das Bad sauber halten, dafür sorgen, dass die Tiere (Hund, Katzen, Pferde!) Wasser und Futter hatten. Waren diese Arbeiten erledigt, hatte Sim sich im Laden einzufinden und würde von Jo neue Anweisungen erhalten.

Das klang nach Stress, aber sie protestierte nicht, weil sie nicht schon wieder mit ihrer Tante streiten wollte. Zu ihrem Erstaunen fiel während des gemeinsamen Frühstücks kein

Wort über ihren kurzen Disput vom gestrigen Abend. Es schien, als hätte Tante Jo vor, sie in Ruhe zu lassen, wenn sie ihre Aufgaben ohne Widerspruch erledigte.

Nun ja, nicht ganz. Tante Jo hatte nämlich ganz entschieden ein Problem mit ihren Klamotten.

»Abgesehen davon, dass deine Sachen völlig unpraktisch sind, passen sie auch nicht ins Reservat, Simona. Die Leute werden dich anstarren, als wärst du Lady Gaga.«

Wow. Tante Jo war auf dem Laufenden.

»Das bin ich gewöhnt«, antwortete sie. »Soll ich in XXL-T-Shirts und 08/15-Shorts herumlaufen, nur damit ich nicht auffalle?«

Jo zuckte mit den Achseln. »Falls du es dir anders überlegen solltest, die Kleiderkiste im Laden steht dir zur Verfügung.«

Nach dem Frühstück zeigte Jo ihrer Nichte den kleinen Gemüsegarten hinter dem Haus und die Gartengeräte. »Beete hacken und Unkrautbekämpfung – das ist dein Job für heute. Aber zuerst solltest du zu Hause anrufen. Ich habe Klaus eine Mail geschickt, dass du heil angekommen bist, habe ihm aber geschrieben, dass du dich noch einmal persönlich meldest.« Jo ging zurück ins Haus.

Sim folgte ihr. Sie hatte keine Lust, ihre Eltern anzurufen, aber darum kam sie wohl nicht herum. Schon nach dem ersten Klingeln hatte sie ihre Mutter am Apparat. In Deutschland waren Schulferien und vermutlich hatte sie bereits neben dem Telefon gelauert. Merkwürdig, die Stimme ihrer Mutter (Sabine) so nah zu hören, wo sie doch so weit weg war. Das Gespräch verlief wie alle Gespräche zwischen ihnen in den letzten Monaten: kurz und schmerzlos.

Der Flug war okay gewesen, das Abholen hatte geklappt, Tante Jo ist in Ordnung, das Reservat ist eine schreckliche Einöde und sie müsse jetzt anfangen, im Garten zu arbeiten.

»Wir haben dich lieb«, sagte ihre Mutter.

»Hm«, brummte Sim und legte auf. Keine Spur von Heimweh, nicht im Geringsten. Das einzig Gute an ihrem Zwangsaufenthalt war, dass zwischen ihr und ihren Eltern der große weite Ozean lag.

Pünktlich um zehn öffnete Tante Jo den Laden. Zur gleichen Zeit stand Sim mit einer Hacke in der Hand über einem Beet und starrte auf die verschiedenen Pflanzen. Kraut oder Unkraut, war die große Frage. Man sollte das Schaf eben nicht zum Gärtner machen. Obwohl ihre Tante die Beete im Gemüsegarten gewässert hatte – offensichtlich noch vor Sims Sturz aus dem Bett – war der Boden hart wie Beton. Das hohe Präriegras versuchte, das urbar gemachte Land zurückzuerobern (oder hatte es nie aufgegeben), die Wurzeln waren lang und reichten tief. Sim hasste Gartenarbeit, hatte sie schon immer gehasst, und es war das Letzte, was sie hier im Indianerland erwartet hatte.

Wütend hackte sie auf den festen Boden ein. Schon nach kurzer Zeit waren ihre Sachen (sie trug orangefarbene Shorts, die mit blauen Erdbeeren bedruckt waren, und ein flaschengrünes Top mit einem kreisrunden Labyrinth aus weißen Wäscheknöpfen) staubig und verschwitzt. Ihre Füße, die in den knöchelhohen Lederstiefeln stecken, glühten.

Nach dem Telefonat mit ihrer Mutter hatte Sim interessehalber einen Blick in die Kleiderkiste im Laden geworfen, einem großen Karton mit gebrauchten Kleidungsstücken, die ihre Tante von allen möglichen Leuten gespendet bekam, um sie an Bedürftige weiterzugeben. Die Klamotten waren langweilig, sie wäre sich darin vorgekommen wie eine Vierzigjährige. Also hatte sie ihre Sachen anbehalten, auch wenn die Gefahr bestand, sie bei der Gartenarbeit zu ruinieren. Gegen Verbannung und Zwangsarbeit konnte sie wenig tun, aber sie wollte wenigstens versuchen, ihre Würde zu bewahren.

Erneut ließ sie die Hacke auf die Erde sausen, doch das Ding kratzte bloß an der Oberfläche, obwohl Sim eine Menge Kraft aufwandte.

Sie ging auf die Knie, zerrte und rupfte verbissen mit beiden Händen am Gras und am Unkraut, das an manchen Stellen einen halben Meter hoch wuchs und gesünder aussah als die Tomatenpflanzen. Wenigstens die erkannte sie zweifelsfrei. Wie eine Furie stürzte sie sich auf alles Grün, das nicht essbar aussah. Schließlich griff sie wieder zur Hacke und malträtierte, was übrig geblieben war. Als die Sonne ums Haus wanderte, wurde es unerträglich heiß, aber das merkte Sim in ihrer Rage gar nicht.

Als sich eine Schlange zwischen ihren Füßen hindurchschlängelte – sie war mindestens einen Meter lang –, entfuhr Sim ein gellender Schrei. Automatisch hob sie die Hacke, um ihr Leben zu verteidigen.

»Nicht«, rief ihre Tante, die wie ein Geist auf der hinteren Veranda erschienen war und zu ihr herabblickte. »Das ist doch bloß Bully, der ist harmlos.« Jo kam die Stufen herunter auf sie zu.

Die Schlange glitt im Gras davon und Sim ließ die Hacke sinken. *Bully?* Wollte Tante Jo sie auf den Arm nehmen? Sie blickte an sich herunter. Ihre Knie waren aufgeschrammt, die Finger vom Gras zerschnitten und der blaue Nagellack abgeblättert. Ihr Herz klopfte, als wollte es aus der Brust springen, und das nicht nur vor Schreck, sondern weil sie völlig fertig war.

Sie hatte die Nase gestrichen voll. Tränen der Wut stiegen ihr in die Augen und am liebsten hätte sie ihrer Tante die bescheuerte Hacke vor die Füße geschleudert. Aber noch ehe sie es tun konnte, schlug Jo entsetzt die Hände über dem Kopf zusammen. »Ach du meine Güte«, rief sie, »du siehst ja furchtbar aus. Es tut mir leid, aber ich hatte dich völlig vergessen.«

Zu perplex, um auch nur ein Wort hervorzubringen, starrte Sim ihre Tante an. Jo hatte sie einfach *vergessen* und gab es auch noch zu? Sie warf die Hacke auf den Boden und verschränkte die Arme vor der Brust.

»Mir reicht's. Das ist doch alles für die Katz. Deine dämliche Hacke ist eine Krücke und der Boden viel zu fest dafür. Ich buckle mich hier krumm und am Ende wird nichts dabei herauskommen, außer, dass ich von einem Schlangenmonster gebissen werde. Wenn du hier in der Pampa Radieschen ernten willst, dann kümmer dich selber darum. Ich bin nicht deine Sklavin.«

Sim marschierte an ihrer Tante vorbei auf die Veranda und verschwand türenschlagend im Haus. Sie ging ins Bad und wusch sich den Dreck von Gesicht, Händen und Armen. Die Schminke, die sie am Morgen noch sorgfältig aufgetragen hatte, war zu einer grotesken Maske verlaufen. Wütend schrubbte Sim sie ab. Hier interessierte es ja doch niemanden, wie sie aussah.

Als sie aus dem Bad kam, war ihre Tante dabei, das Essen vom Vorabend aufzuwärmen. Zwei Teller standen auf dem Tisch.

»Keinen Hunger«, murmelte Sim und verschwand in ihrem Zimmer. Doch ihre Tante kam hinterher.

»Ich hab gesagt, dass es mir leidtut, okay? Ich hatte jede Menge Kundschaft im Laden und habe einfach nicht mehr daran gedacht, dass du da draußen arbeitest. Du darfst deinen Verstand nicht ausschalten, während du die Aufgaben erledigst, die ich dir gebe. Du hast recht, du bist nicht meine Sklavin, Simona. Du bist meine Nichte. Du brauchst einen geregelten Tagesablauf und ich brauche deine Hilfe, sonst schaffe ich das alles nicht.«

Mit mürrischem Gesicht blickte Sim ihre Tante an. So lief das also: Man befolgte die Befehle der Erwachsenen, um es ihnen recht zu machen, und dann hieß es: »Du darfst deinen Verstand nicht ausschalten.« – »Wie schaffst du es dann, wenn ich nicht da bin?«, fragte sie ungehalten.

»Meistens helfen die Gäste, die bei mir wohnen. Oder ich bezahle jemanden dafür. Du wirst natürlich auch etwas bekommen.«

»Du willst mich bezahlen?« Sim glaubte, sich verhört zu haben.

»Ja, natürlich. Was dachtest du denn? Mehr als fünf Dollar die Stunde kann ich dir allerdings nicht geben.«

Die Tatsache, dass ihre Tante sie für die Plackerei bezahlen wollte, nahm Sim den Wind aus den Segeln. Fünf Dollar die Stunde war ein Hungerleiderlohn, aber besser als nichts.

»Ist nicht die Wucht«, sagte sie, »aber ich bin schließlich auch keine Fachkraft.«

Jo lachte. »Ja, meine Indianerminze musste daran glauben, aber das ist halb so wild. Das nächste Mal nehme ich mir die Zeit, dir zu zeigen, was essbar ist und was nicht. Und nun leiste mir wenigstens Gesellschaft beim Essen, wenn du schon nicht hungrig bist.«

Sie setzten sich und Jo tat sich auf.

Sim schob ihrer Tante den Teller hin. »Und was ist mit Bully? Weiß er, dass ich deine Nichte bin?«

»Bully ist eine Bullsnake. Sie frisst Mäuse und Insekten, aber sie ist nicht giftig.«

Sim war froh, dass sie und ihre Tante die Kurve gekriegt hatten. Sie nahm sich vor, sich zusammenzureißen, schließlich war sie kein Kind mehr. Außerdem war ihr klar, dass ihre Eltern schon bald nachfragen würden, wie sie sich führte. Sie sollten ruhig in dem Glauben bleiben, dass es eine gute Idee war, ihre missratene Tochter hierher ins Reservat zu schicken.

Es waren ja bloß ein paar Wochen, die würde sie schon irgendwie hinter sich bringen.

Die Hände im Nacken verschränkt, lag Lukas auf dem Rücken im hohen Gras und lauschte dem Summen der Insekten. Der würzige Geruch von Wacholder lag in der Luft und der rauchig süße Duft des wilden Salbeis, der um ihn herum in kleinen Inseln wuchs. Er mochte es, so auf der Erde zu liegen und mit dem ganzen Körper ihren pulsierenden Herzschlag zu spüren.

In solchen Augenblicken fühlte er sich eins mit der Welt und seine Gedanken bewegten sich frei in Zeit und Raum. Er konnte die Lieder der Erde hören. Von glühenden Sommern und großen Festen mit Hunderten Tänzern. Von kalten Wintern und den Geschichten der Alten, den *Wintercounts*. Von den gewaltigen Büffelherden im Frühling, die die Erde mit ihren Hufen zum Beben gebracht hatten und die Fleisch in Hülle und Fülle boten.

Aber das war lange vorbei, war nur noch in den Geschichten lebendig, die der alte Henry He Dog ihm erzählte. Das Leben der Lakota hatte sich grundlegend verändert in den vergangenen hundertdreißig Jahren. Ihre Kultur konnte nicht atmen, wurde von einer anderen erdrückt. Sie war abgeschnitten von ihrer Blutzufuhr, dem spirituellen Weg, dem alten Glauben, den heilenden Zeremonien. Wenn das nicht anders wurde, würde das Volk der Lakota vor die Hunde gehen.

Lukas wollte alles, was in seiner Macht stand, tun, um das zu verhindern. Die Alten sagten, dass jeder Mensch in seinem Leben eine gewisse Aufgabe zu erfüllen hat. Welcher Art diese Aufgabe war, konnte ein Lakota-Junge auf einer *Hanbleceya*, einer Visionssuche, herausfinden. Mit fünfzehn war Lukas auf den Berg gegangen, den *Paha Mato*. Er hatte den Medizinmann Henry He Dog gebeten, ihn auf die Hanbleceya vorzubereiten und ihn zu begleiten, wenn er vier Tage lang in einer Visionsgrube ausharrte, ohne Essen, ohne Trinken.

In seiner Vision, die er in der dritten Nacht erhielt, hatte er in der offenen Prärie gestanden, im Zentrum eines großen, steinernen Medizinrades, umgeben von Menschen aus seinem Leben. Sie hatten keine Gesichter, aber er erkannte ihre Stimmen (auch die seiner Mutter), lauschte voller Staunen auf das, was sie zu sagen hatten. Er begriff, dass auch die Toten unter ihnen waren.

Als die Prärie um ihn herum plötzlich in Flammen aufging, machten die Menschen einfach weiter mit dem, was sie gerade taten, als würden sie die Gefahr nicht sehen. Rotes Feuer loderte auf, walzte über sie hinweg und ihre Stimmen erstarben eine nach der anderen. Vor Lukas machte das Feuer halt. Im Steinkreis des Medizinrades war er sicher vor den alles verzehrenden Flammen, doch die Hitze drohte, ihm das Herz in der Brust zu schmelzen.

Er wusste sich keinen anderen Rat, als den Kopf in den Nacken zu legen und zu singen. Mit seinem Lied, das von der verbrannten Erde kam, bat er *Wankan Tanka* um Hilfe. Und der Große Geist erhörte ihn. Der blaue Himmel zerbarst in Scherben, die als Regen herabfielen und das Feuer löschten. Zurück blieb weiße Asche, die sich wie Schnee auf sein Haar legte und den verbrannten Boden düngte, damit er neues Leben hervorbringen konnte.

He Dog hatte ihm später seine Vision gedeutet. Dass seine Augen zwar blind waren, er jedoch das Herz eines Sehers hatte. Dass es seine Aufgabe war, die Verbindung zwischen den Lakota und ihrer alten Kultur wieder neu zu knüpfen. Um diese Aufgabe erfüllen zu können, würde er viele Lieder lernen und harte Prüfungen bestehen müssen, am Ende jedoch ein weiser alter Mann sein.

»So wie ich«, hatte He Dog behauptet und gelacht, als er merkte, dass die Vision Lukas Angst einjagte.

Seufzend setzte Lukas sich auf und zog die Beine in den Schneidersitz. Im Gras machte es hundertmal Plopp. Das waren die Grashüpfer, die er aufgeschreckt hatte und die bei ihrer Landung auf den Halmen wie große Regentropfen klangen. In ein paar Metern Entfernung graste Ghost Face. Lukas bräuchte bloß leise zu pfeifen, dann würde das Pferd kommen und ihm seinen süßen Grasatem ins Gesicht blasen. Er konnte sich auf Ghost Face verlassen, der ihm seit vier Jahren ein treuer Freund war.

Jimi hatte das Fohlen mit den unheimlichen Augen und der schönen Scheckenzeichnung auf einem Rodeo entdeckt und es seinem Besitzer abgekauft, um es Lukas zu schenken. Ghost war halb Pinto, halb QuarterHorse. Er war nicht so groß wie Black Arrow, Jimis Rappe, aber kräftiger und weniger launisch. Von Anfang an waren sie ein unzertrennliches Duo gewesen, genauso wie Jimi und er.

Lukas klappte den Deckel seiner Armbanduhr auf (ein Geschenk von Michael, dem deutschen Journalisten) und tastete nach den Zeigern. Die Sonne schien nun schon seit einer halben Stunde auf Lukas' Gesicht, so lange, wie er auf Jimi wartete. Lukas verehrte die Sonne. Er liebte ihre Wärme, das Licht, das durch seine Augenlider bis in sein Inneres drang und alles in ihm zu erhellen schien. Aber die Dunkelheit, die ihn einhüllte, kannte keine Schattierungen, sie blieb immer gleich. Wakan Tanka hatte ihm diese Prüfung auferlegt und Lukas haderte nicht mit seinem Schicksal.

Im Herbst würden Jimi und er zusammen aufs College gehen. Jimi hatte nicht viel am Hut mit Schule und Ausbildung (das Einzige, wofür er sich wirklich interessierte, waren Mädchen), deswegen hätte er im letzten Jahr fast die Highschool nicht geschafft. Mit Lukas' Hilfe hatte es dann doch noch geklappt. Und nun hatten sie eine Abmachung: Jimi sollte seinen Abschluss als Automechaniker machen und Lukas würde dafür sorgen, dass er ihn auch schaffte.

Lukas schob sich den Schirm seiner Baseballkappe tiefer ins Gesicht. Die Grashüpfer machten plopp. Es war Ende Juni und die Nachmittagssonne glühte über der Prärie. Schon seit zwei Wochen hatte es nicht mehr geregnet und das spröde Gras pikte ihn in den Rücken.

Diesen Ort am Rande einer felsigen Schlucht hatte Jimi vor ein paar Jahren entdeckt und ihn mit hierher genommen. Von da an war der grasbewachsene Hügel mit seinen duftenden Salbeiinseln zu Lukas' Lieblingsplatz geworden. Manchmal saß er an der Kante der großen Felsplatte, von der die Schlucht fast dreißig Meter abfiel, und ließ die Füße baumeln. Dann atmete er den harzigen Duft der Pinien, die auf dem Grund wuchsen, lauschte dem Rauschen der Wipfel und dem Pfeifen des Adlerpärchens, das irgendwo in der Nähe sein Nest hatte und sich im Aufwind treiben ließ.

Der Nachteil dieses Platzes war, dass es keinen Schatten gab. Nur ein paar einzeln stehende Wacholderbüsche wuchsen auf dem Hügel. Wenn Jimi nicht bald auftauchte, würde Lukas einen Sonnenstich bekommen. Pünktlichkeit war nicht unbedingt Jimis Stärke. Bei Jimi Little Wolf lief alles nach *Indian Time* und da machte er selten eine Ausnahme.

Das leise Schnauben von Ghost Face ließ Lukas aufhorchen. *Endlich.* Sein Gehör täuschte ihn nie. Kurz darauf klopften Hufe auf den trockenen Grasboden. Ein Schatten fiel auf ihn und Jimi sagte: »Ich sehe was, was du nicht siehst. Es ist braun und ringelt sich und hat . . .«

Lukas sprang auf und rief: »Wo?«

»Rechts von dir«, sagte Jimi, begann zu lachen und ließ sich neben ihm im Gras nieder.

»Blödmann.« Lukas setzte sich ebenfalls. Er hätte es besser wissen müssen, doch er fiel immer wieder auf Jimis kleine Späße herein.

»Sorry, Amigo, aber es hat ein bisschen länger gedauert, als ich dachte«, sagte Jimi und drückte Lukas eine kalte Getränkedose in die Hand. »Hier, für dich.«

Jimi hatte hier und da ein paar Brocken Spanisch aufgeschnappt und benutzte sie gerne. Seine Mutter hatte ihm erzählt, dass sein Vater (den er nie kennengelernt hatte) ein mexikanischer Indianer vom Volk der Zapoteken war und er deshalb die scharfen Wangenknochen, die schrägen Augen und tiefdunkle Haut hatte.

Lukas hielt die Dose an seine heiße Stirn. »Noch ein bisschen länger und du hättest mich als echte Indianermumie im Red Cloud Museum abgeben können«, beschwerte er sich.

Jimi lachte leise. »Tut mir leid, aber die Frau, bei der ich den Quilt für Jo abholen sollte, war nicht zu Hause. Ich musste auch warten.«

Mit einem lauten Knall öffnete Lukas die Dose und trank. Es war Soda Pop. Das süße Zeug rann kühl in seine trockene Kehle, aber später würde ihm davon die Zunge am Gaumen kleben. Am liebsten trank er Wasser, doch die meisten Leute im Res hatten nur diese furchtbar süßen Soda Pops in ihren Kühlschränken, von denen die Kinder schlechte Zähne bekamen.

Jimis Feuerzeug klickte und gleich darauf zog der typisch aromatische Duft von Tabak und Wildnis in Lukas' Nase. Jimi drehte seine Zigaretten selbst und mischte dem Tabak immer etwas rote Weidenrinde und manchmal auch Kräuter wie Salbei oder Süßgras bei. Gelegentlich rochen Jimis Zigaretten allerdings nach ganz anderem *Gras*. Er vertrat die Meinung, Marihuana sei ein Kraut, das ihnen von Wakan Tanka geschenkt worden war, um in Visionen zu lebenswichtigen spirituellen Einsichten zu kommen.

Lukas hielt Kiffen für eine von vielen Möglichkeiten, sich das Hirn aufzuweichen. Aber da sich Jimis Marihuanakonsum in Grenzen hielt, hatte er seinem Freund nie Vorhaltungen gemacht. Die lebenswichtigen Einsichten vermisste er allerdings nach wie vor.

»Wollen wir los?« Lukas stand auf und pfiff nach Ghost Face.

Jimi seufzte. »Warum hast du es so eilig, Amigo? Das Gras läuft uns schließlich nicht davon.«

»Nun mach schon«, drängte Lukas. »Ghost hat Durst. Wir warten hier seit einer Ewigkeit auf dich.«

Nach ihrem anstrengenden Garteneinsatz am Vormittag wurde es nach dem Mittagessen für Sim leichter: abwaschen, die Dielen fegen, Wäsche aufhängen, abnehmen und zusammenlegen. Ihr letzter Auftrag für diesen Tag war, die Pferdetränke zu säubern und frisches Wasser nachzufüllen.

Sim hatte den schlammigen Wasserrest mit den aufgeweichten Grashalmen ausgekippt und schrubbte den badewannenartigen Plastiktrog mit einer Wurzelbürste. Kein noch so winziges Wölkchen stand am Himmel und die Nachmittagssonne brannte unbarmherzig auf sie herab. Ihre Tante hatte ihr eine hellblaue Baseballkappe geschenkt, auf die ein Medizinrad in den vier Farben der Lakota aufgestickt war: Schwarz, Rot, Gelb und Weiß. Aber so ein dämliches Ding würde sie natürlich nicht aufsetzen – niemals.

Sie spritzte den Trog mit Wasser aus dem Schlauch sauber und ließ neues einlaufen. Schweiß rann zwischen ihren Brüsten herab und das funkelnde kalte Wasser war eine echte Versuchung. Am liebsten hätte sie sich die verschwitzten Klamotten vom Leib gerissen und wäre in den Trog gesprungen.

Beinahe hätte sie es wirklich getan, doch da erblickte sie zwei Reiter, die aus einer Talsenke hinter dem Hügel auftauchten, und sie ließ den Gedanken an ein kühles Bad augenblicklich fallen. Anscheinend war es hier doch nicht so einsam wie vermutet.

Die beiden Reiter kamen geradewegs auf Sim zu und schließlich erkannte sie die dunklen Gesichter von Jimi und Lukas unter ihren Baseballkappen und schwarzen Brillen. Sie stieß einen leisen Fluch aus. Mussten die beiden ausgerechnet jetzt hier auftauchen? Wie sah sie aus? Nass, dreckig und zerzaust. Sie hatte sich eigentlich vorgenommen, Jimi und Lukas auch weiterhin cool zu begegnen. Aber wie *cool* konnte man in ihrem Zustand wohl wirken?

Am liebsten hätte sie sich in Luft aufgelöst.

Die Pferde verfielen in einen kurzen Galopp und kamen rasch näher. Für einen Moment durchzuckte Sim die Vision ihrer Kindheit: der Held auf dem rabenschwarzen Pferd, der nur darauf wartete, sie in sein Tipi entführen zu können.

Vorsichtshalber stieg sie durch den Zaun auf die andere, die sichere Seite (nicht wegen des Helden, sondern wegen der Pferde), auch auf die Gefahr hin, sich lächerlich zu machen. Viel zu retten war an diesem grässlichen Tag ohnehin nicht mehr.

Inzwischen waren die beiden fast bei ihr angelangt und Sim konnte den Blick nicht von Lukas' Pferd wenden. Die Grundfarbe des Schecken war dunkelbraun, die weißen Flecken verteilten sich in einem schönen Muster auf dem ganzen Körper. Mähne und Schweif waren elfenbeinfarben und er hatte ein weißes T über den Augen. Ein außergewöhnliches Pferd.

Beim Wasserbottich angekommen, stiegen die Jungen ab und ließen ihre Pferde trinken. Jimi – in blütenweißem T-Shirt – begrüßte Sim mit einem lässigen »Hi«, das sie ihrerseits mit einem »Hi« erwiderte.

Beide waren ohne Sattel geritten und Jimi trug einen Rucksack. Sims Blick wanderte wie hypnotisiert zurück zu den Augen des Schecken. Sie waren blaugrau, mit einer dunklen Pupille, die wie eine Supernova aussah. Das Pferd betrachtete sie ebenfalls und Sim hatte das Gefühl, als würde ihr Innerstes gescannt. Schnell wandte sie den Blick ab. Das wäre ja noch schöner, wenn sie sich von einem Pferd in die Seele schauen ließe.

Lukas fragte höflich, wie es ihr ging. Das übliche »How are you?«.

I am beschissen, dachte sie. Mir tut alles weh, von den Füßen bis zu den Händen. Ich bin völlig fertig und verschwitzt und durstig. Ich hasse diese Ödnis, ich hasse mich. *I hate the world today.*

Sie bräuchte dringend eine Dusche und einen Tequila (oder wenigstens ein Bier).

»Prima«, antworte Sim. Lukas wandte das Gesicht in ihre Richtung, als hätte er etwas anderes erwartet. Er trug ein ausgewaschenes rotes Achselshirt mit einer stilisierten Schildkröte darauf. Als er die Arme hob, um die Zügel über dem Hals seines Schecken zusammenzuknoten, sah sie die blasse Haut unter seinen Achseln.

»Ist deine Tante im Laden?«, fragte Jimi.

»Jap.«

Das war es dann auch schon an Konversation. Die beiden stiegen durch den Zaun und machten sich zusammen auf den Weg in Richtung Haus. Lukas hatte seine rechte Hand auf Jimis Schulter gelegt und folgte ihm. Jetzt, wo Sim wusste, dass Lukas Brave blind war, betrachtete sie jede seiner Bewegungen mit anderen Augen. Er machte nicht den Eindruck, als ob seine Behinderung ihn in irgendeiner Weise beeinträchtigte, und das imponierte ihr.

Das Plätschern von Wasser riss sie aus ihren Gedanken. Die

Pferdetränke war vollgelaufen und Sim flitzte zum Wasserhahn hinunter, um ihn abzudrehen. Als sie den Schlauch zusammenrollte, sah sie ihre Tante mit den beiden im Schuppen verschwinden. Kurz darauf kam Jimi mit einer Sense heraus und Lukas mit einem Holzrechen. Sie waren zum Heumachen gekommen, wie hatte sie das nur vergessen können?

Jo zeigte den beiden, wo das hohe Präriegras geschnitten werden sollte. Augenblicklich vergaß Sim ihre schmerzenden Muskeln, die brütende Hitze und den Groll auf ihr Schicksal. Es war fast vier. Ihr erster Arbeitstag war zu Ende. Die Belohnung hatte sich ganz unerwartet eingestellt: Jetzt durfte sie Jimi Little Wolf und Lukas Brave beim Arbeiten zusehen.

Die Neugier, wie Lukas sich mit dem Rechen anstellen würde, trieb sie hinter dem Trailer hervor – und schon hatte ihre Tante sie entdeckt. Sie winkte Sim zu sich. Leise fluchend trottete sie zum Schuppen. Womöglich war Tante Jo noch etwas eingefallen, das unbedingt erledigt werden musste.

Doch sie legte lächelnd eine Hand auf Sims Schulter. »Danke, Simona. Du hast mir sehr geholfen heute.«

Erleichtert atmete sie aus.

»Eine Bitte hätte ich doch noch.«

Verdammt, dachte sie, *ich hab's gewusst.*

»Kannst du den Jungs etwas zu trinken bringen? Ich muss zurück in den Laden.« Sie deutete auf einen Wagen, Kundschaft, die gerade die Zufahrt heraufkam.

Sim schoss das Blut in die Wangen und sie hoffte, es würde ihrer Tante nicht auffallen. »Ja, mach ich«, sagte sie gelangweilt.

Jo warf noch einen kurzen Blick hinüber zu Jimi und Lukas. »Lass dir Zeit«, sagte sie und zwinkerte Sim lächelnd zu. »Sie können erst einmal etwas tun für ihr Geld.«

5. Kapitel

In Windeseile war Sim im Haus und unter der Dusche. Es tat ungeheuer gut, sich Schweiß und Staub von der Haut zu spülen. Jo hatte sie gebeten, nicht stundenlang zu duschen, um Wasser zu sparen, aber dafür hatte sie auch gar keine Zeit. Schnell rieb sie sich trocken und spürte dabei, wie ihre Haut an jenen Stellen glühte, die ungeschützt der Sonne ausgesetzt gewesen waren. Hoffentlich würde sich die Haut nicht schälen. Sie musste Tante Jo unbedingt nach Sonnenschutzcreme fragen.

Mit einem um Brust und Hüften geschlungenen Handtuch flitzte Sim in ihr Zimmer und wühlte in ihrer Reisetasche. Zuerst flogen die limonengrünen Shorts mit den ausgewaschenen Jeansflicken aufs Bett und wenig später das schwarze Top mit den kleinen roten Totenköpfen drauf. Sie ließ das Handtuch fallen und zog beides an.

Dann huschte sie zurück ins Bad, schmierte ein bisschen Gel in die Haare, kurz durchgerubbelt, fertig. Sie war schon fast auf der Treppe, die im Haus nach unten in den Laden führte, als sie noch einmal umkehrte und ihre dünne gelbe Bluse mit dem großen Silberschmetterling auf dem Rücken aus dem Zimmer holte. Auf dem Weg nach unten zog sie sie über.

Vorbei am unteren Gästebad ging sie in den Laden. Die Kundschaft ihrer Tante war eine beleibte Lakota-Indianerin mit zwei kleinen Mädchen. Sim begrüßte sie mit einem »Hi« und hörte, wie ihre Tante sagte: »Das ist meine Nichte Simona aus Deutschland.«

Darauf folgte das unvermeidliche »Hi, how are you?«, aber Sim war klar, dass die Frau nicht wirklich wissen wollte, wie es ihr ging. An diese Höflichkeitsfloskeln würde sie sich erst gewöhnen müssen.

»Fine«, sagte sie und schaute in den Kühlschrank.

»Lukas mag nur Wasser und Jimi trinkt gern Cola«, sagte Jo.

Sim schnappte sich zwei Dosen Coke und eine Wasserflasche und verließ den Laden durch die Eingangstür, die hinter ihr mit einem lauten Rums zuklappte.

Die Sonne knallte unbarmherzig auf ihren Kopf und der ganze Duscheffekt war nach einer halben Minute dahin. Vor dem Laden stand das Auto der dicken Indianerin und Sim starrte verblüfft auf den offenen Motor. Der Wagen hatte keine Kühlerhaube mehr. Sie musste zweimal hinsehen, um es zu glauben.

Im Schatten des Wagens lag Juniper. Ein kleines Mädchen hockte daneben und streichelte sie.

»Hey«, sagte Sim. »How are you?« (Na, das klappte doch schon ganz gut.)

Bei genauerem Hinsehen entpuppte sich das Mädchen allerdings als Junge, und statt einer Antwort wandte er sich scheu ab. Okay, dachte Sim, auch gut. Schließlich hatte sie nicht vor, mit jedem Gör in diesem Reservat Freundschaft zu schließen.

Als sie sich Jimi und Lukas näherte, wurden ihre Schritte langsamer und sie überlegte, was anders war an den beiden. Bis es ihr klar wurde: Sie hatten ihre schwarzen Sonnenbrillen nicht auf.

Sie arbeiteten in schweigendem Einvernehmen. Jimi ging voran und schwang die Sense. Lukas lief ihm hinterher und nahm mit dem Rechen das schon halb vertrocknete Gras zusammen. Wider Erwarten kamen sie sich dabei nicht in die Quere.

Lukas Brave hatte lange Gliedmaßen, ein breites Kreuz und schmale Hüften. Auf seinem roten Achselshirt zeichnete sich zwischen den Schulterblättern, dort, wo sein schimmernder Zopf lag, ein großer dunkler Schweißfleck ab.

Jimi war muskulöser als sein Freund, bewegte sich aber deshalb nicht schwerfälliger. Mit erstaunlicher Leichtigkeit glitt die Sense durchs Gras, während der Adler auf seinem tätowierten Arm mit den Flügeln schlug. Er war so in seine Arbeit vertieft, dass er Sims Näherkommen gar nicht bemerkte. Der blinde Lukas war es, der sich als Erster zu ihr umdrehte und sie *ansah,* während sie auf ihn zuging.

Seine Augen wirkten ganz normal. Eingehend studierte sie sein Gesicht. Seine Züge waren weicher als Jimis. Er hatte eine gerade Nase und volle Lippen und auf seinem glatten Kinn verlief eine dünne helle Narbe.

»Hi, ihr beiden«, sagte sie betont fröhlich, »ich bringe etwas zu trinken.«

Jimi drehte sich um. »Na endlich«, sagte er, »ich bin am Verdursten.« Er ließ die Sense fallen und kam zu ihr und Lukas herüber. Mit der Rechten griff er unter sein T-Shirt und wischte sich damit den Schweiß aus dem Gesicht. Dabei erhaschte Sim einen Blick auf seine Bauchmuskeln.

Jimi bemerkte ihre Blickrichtung, sie hatte einen Moment zu lange hingesehen. Sim prickelten die Ohren. Hastig hielt sie ihm eine Cola und die Wasserflasche hin und er nahm beides mit einem spöttischen Funkeln in den Augen entgegen. Das Wasser reichte er an Lukas weiter. Sim registrierte, wie Jimi seinem blinden Freund die Wasserflasche gegen die Brust drückte und Lukas zielsicher danach griff. So funktionierte das also.

Mit einem Knacken öffnete Jimi seine Dose, legte den Kopf in den Nacken und trank. Sim verfolgte das Auf und Ab seines Adamsapfels, während er das kühle Getränk in seine Kehle rinnen ließ. Sie wollte etwas sagen – irgendetwas –, doch die Worte schienen vor ihr zu fliehen. Jimi setzte die Dose ab und wischte sich mit dem Handrücken über die Lippen. Sein Blick kreuzte ihren, wanderte über die Narbe in ihrer Lippe an der Kinnlinie entlang nach unten und blieb an ihren Brüsten hängen.

Höchste Zeit zu verschwinden. »Bis später dann.«

Sie wollte kehrtmachen, als Lukas fragte: »Kommst du klar mit Jo . . . äh, deiner Tante?«

Jimi legte eine Hand auf die Schulter seines Freundes und dirigierte ihn ein paar Schritte in den Schatten des alten Pferdehängers. Dort ließ er sich im Gras nieder. Lukas setzte sich neben ihn und kreuzte die Beine. Er öffnete sein Wasser und trank ebenfalls.

Einen Moment zögerte Sim noch, aber schließlich siegte die Neugier. Sie lief den beiden nach und hockte sich an Lukas' Seite.

»Tante Jo ist okay«, sagte sie. »Aber ich hasse Gartenarbeit.« Sie hielt ihre geschundenen Handflächen in die Höhe.

»Du musstest im Garten arbeiten?« Sichtlich amüsiert schüttelte Jimi den Kopf. »Sie gibt einfach nicht auf, was? Vergangenes Jahr haben die Heuschrecken alles abgefressen und dieses Jahr wird es nicht anders sein.«

Er drehte sich eine Zigarette und zündete sie an. Kleine Schweißbäche rannen über seine Schläfen. Die Zigarette zwischen den Lippen, griff er sich mit beiden Händen in den Nacken, um seinen Pferdeschwanz zu straffen. Dann lehnte er den Kopf gegen den Reifen des Hängers und rauchte mit geschlossenen Augen.

»Ich mag Jos Salat und ihre Tomaten«, bemerkte Lukas.

Erst jetzt, als sie den Blick von Jimi nahm und sich Lukas zuwandte, sah Sim die Mokassins an seinen Füßen. Sie waren staubig und voller Grassamen, dennoch konnte sie das Muster aus weißen, roten und gelben Perlen erkennen. Lukas saß kaum einen halben Meter von ihr entfernt. Seine dunklen Schultern glänzten wie poliert.

Normalerweise vermied es Sim, andere Leute anzustarren, schließlich wusste sie sehr gut, wie sich das anfühlte. Aber Lukas war blind, also konnte es ihn kaum stören. Wie hatte sie nur glauben können, die beiden wären Brüder, so verschieden, wie sie waren und auch aussahen. Jimi unverbindlich und distanziert, Lukas die Freundlichkeit in Person.

Sim wünschte, ihr würde etwas Geistreiches einfallen, das sie sagen konnte. Aber in Sachen Smalltalk war sie nun mal eine Null und die Jungs machten es ihr auch nicht gerade leicht. Schon bereute sie, sich zu ihnen gesetzt zu haben und nun diesem einträchtigen indianischen Schweigen ausgeliefert zu sein, das sie zunehmend nervös machte.

»Hast du dir bei der Gartenarbeit einen Sonnenbrand eingefangen?«, fragte Lukas unvermittelt und wandte den Kopf in ihre Richtung.

Blut schoss in Sims Wangen und sie blickte wieder nach vorn. Woher, verflixt noch mal, wusste Lukas von ihrem Sonnenbrand?

»Sie sieht aus wie eine Tomate«, sagte Jimi grinsend und ohne die Augen zu öffnen.

»Aber du riechst nicht wie eine Tomate«, sagte Lukas zu ihr, »du riechst viel besser, wie . . .« Er schnupperte in ihre Richtung, schien jedoch keinen Vergleich zu finden.

»Das ist mein Duschgel.«

»Und wonach riecht es?«

»Nach . . .«, sie zögerte, »Himmel.«

Seinem Gesicht nach zu urteilen, schien Lukas nichts anderes erwartet zu haben.

»Es ist von GAP«, klärte sie ihn auf, »und heißt *Heaven.«*

Sim sah ihm direkt in die Augen. Das Weiß darin war klar, Iris und Pupille verschmolzen zu zwei schwarzen Löchern, die das Licht zu verschlucken schienen. Lukas' Blick war vollkommen leer. Obwohl Sim wusste, dass er sie nicht sehen konnte, fiel es ihr schwer, ihm standzuhalten. Für einen kurzen Moment hatte sie das Gefühl, als könnten seine Nachtaugen in sie hineinschauen und etwas sehen, das anderen verborgen blieb. Etwas, das verborgen bleiben sollte.

»Stimmt«, sagte er lächelnd. »Du riechst tatsächlich blau.«

Blau? Lukas hatte ein sympathisches Lächeln, auch wenn es durch das fehlende Stück seines linken Schneidezahns etwas angeschlagen wirkte.

Er ist auch nicht perfekt, dachte Sim. Wie ich.

Jimi schnaubte leise. »Hey Amigo, wir sind nicht zum Flirten hier, okay? Ich will fertig werden und endlich unter die Dusche.« Er drückte seine Kippe an der Schuhsohle aus, schob sie durch das Loch in der Getränkedose und stand auf.

»Bestimmt könnt ihr bei Tante Jo im Laden duschen, wenn ihr fertig seid«, sagte Sim, aber Jimi war schon wieder auf dem Weg zu seiner Sense.

»Sind wir denn bald fertig?«, fragte Lukas.

»Keine Ahnung«, erwiderte sie und schaute über die grasbewachsenen Hügel, die sich nach allen Seiten bis zum Horizont erstreckten. »Sieht nach einer Menge Arbeit aus.«

»Na, dann.« Lukas tastete nach dem Rechen, der neben ihm lag, und stand auf. Einen Moment lauschte er mit schief gelegtem Kopf, dann lief er zielgerichtet los, benutzte den Stiel des Rechens, um sicherzugehen, dass nichts in seinem Weg lag, über das er stolpern konnte.

Sim blieb noch eine Weile im Schatten sitzen und sah den beiden zu. Für ein paar Minuten schloss sie die Augen und versuchte, sich vorzustellen, wie Lukas die Welt sah. Schwarz. Aber das war selbst gemachte Dunkelheit. Und hinter ihren Lidern war nicht nur Schwärze, da formten sich farbige Muster, die sich fortwährend veränderten und neu gestalteten. Sim wurde schwindelig und sie riss die Augen wieder auf. Es musste ein immerwährender Albtraum sein, in einer Welt zu leben, die nur aus Dunkelheit bestand. Der Himmel konnte voller Wolken oder Sterne sein – Lukas wusste nichts davon. Er wusste nicht, ob Tag oder Nacht war, ob der Mensch, mit dem er sprach, ihn anlächelte oder eine gelangweilte Grimasse zog. Ob Schritte, die sich näherten, Freund oder Feind bedeuteten. Er sah die Hässlichkeit nicht, die Schönheit aber auch nicht. Für ihn war alles anders, Raum und Zeit – das ganze Leben.

Könnte sie so stark sein wie er? Lieber hätte sie sich vor einen Zug geworfen, als blind durch die Gegend zu stolpern. So gesehen war ihre Narbe eine Lappalie. Aber nicht mal dafür war sie stark genug.

Sim stand auf der rückwärtigen Veranda des Blockhauses und sah Jimi und Lukas nach, wie die beiden nach getaner Arbeit auf ihren Pferden davonritten. Über ihnen erstreckte sich ein Himmel, der in zartem Rosa und Orange erglühte. Die Szenerie kam ihr vor wie der Abspann in einem alten Wildwestfilm, nur dass die Indianer keine Federhauben, sondern Baseballkappen trugen. Als Jimi sich umdrehte und ihr zuwinkte, musste sie lächeln und winkte zurück.

»Verlieb dich nicht«, sagte Tante Jo, die lautlos neben sie getreten war. Sie stand so dicht neben Sim, dass sich fast ihre Arme berührten.

Sim zuckte zusammen, machte unwillkürlich einen Schritt zur Seite. Sie mochte es nicht, wenn man sich an sie heranschlich und körperliche Nähe herstellte, ohne dass sie es wollte.

Nach der Geschichte mit Cook hatte Sim, was Jungen anging, vollkommen dichtgemacht. Sie hatte sich geschworen, keinem mehr zu vertrauen, bis sie einem begegnete, der sich vor Liebe zu ihr verzehrte. Denjenigen würde sie dann hinhalten und eine lange Zeit auf Herz und Nieren prüfen – mit Sicherheit länger als sechs Wochen. Weder von Lukas noch von Jimi ging also eine ernsthafte Gefahr aus.

»Warum eigentlich nicht?«, fragte sie, verschränkte ihre geröteten Arme vor der Brust und funkelte ihre Tante herausfordernd an. »Willst du es mir verbieten?«

»Jimi wird dir das Herz brechen, wenn du es ihm schenkst. Ich will dir bloß Kummer ersparen.«

Sim stieß Luft durch die Zähne. »Ich hab nicht vor, jemandem mein Herz zu schenken«, versicherte sie. »Ich will bloß ein bisschen Spaß haben.«

Tante Jo zog eine Augenbraue hoch und Sim zuckte mit den Achseln. »Ich meine: quatschen, Cola trinken, ein bisschen was übers Reservat erfahren, das vorher nicht durch deinen Filter gegangen ist.«

»Ach so.« Jo schmunzelte. »Na, wenn's dabei bleibt, dann ist es okay. Komm«, sagte sie, »das Essen ist fertig.« Sie legte Sim einen Arm um die Schultern und zog sie mit sich hinein.

»Die Zeit mit Onkel James muss ja wirklich mies gewesen sein«, bemerkte Sim neugierig, als sie am Tisch saßen und aßen. Scheinbar war das etwas, das ihre Tante und sie gemeinsam hatten: Was Männer anging, hatten sie beide kein gutes Händchen.

»Shit happens«, gab Jo kauend zu. »James war ein Schweinehund, zugegeben ein sehr charmanter Schweinehund. Deshalb hat es so lange gedauert, mir einzugestehen, dass ich mich in ihm geirrt habe. Ich will ja auch nur, dass du vorsichtig bist, okay? Ich habe die Verantwortung für dich.«

Sim schüttelte den Kopf. »Ich brauche keine Babysitterin. Ich bin sechzehn und kein Kind mehr.«

»Du bist das Kind meines Bruders, Simona. Ich hab dich schon als Baby geliebt, als wärst du meine eigene Tochter.«

Darauf erwiderte Sim nichts, sie starrte auf ihren Teller und stocherte mit der Gabel im Gemüsereis. Mit derartigen Liebesbekundungen konnte sie nichts anfangen. Sim hielt das ganze »Hab-dich-lieb-Getue« für verlogen. Entscheidend war doch, dass jemand einem zuhörte und ausreden ließ, selbst wenn er das Gesagte lieber nicht wissen wollte. Aber das brachte kaum ein Erwachsener fertig, weil alle nur mit ihren eigenen Problemen beschäftigt waren. Auch ihre Tante war da (mit Sicherheit) keine Ausnahme.

»Was ich sagen wollte: Ich bin keine Jungfrau mehr, Tante Jo. Du brauchst dir also nicht die Mühe machen, mich aufzuklären.«

»Nun«, sagte Jo, »das hatte ich auch nicht vor.« Ihre hellen Augen musterte Sim aufmerksam. »Du hast also einen Freund. Er wird dich sicher vermissen. Wenn du ihn anrufen möchtest, dann . . .«

»Wir sind nicht mehr zusammen«, stieß Sim hervor. Plötzlich hatte sie einen Kloß im Hals.

»Verstehe.«

Gar nichts verstehst du. Woher auch?

Sie und ihre Tante waren Fremde, hatten sich seit vier Jahren nicht gesehen. Niemand verstand sie. Nicht einmal ihre Eltern. Gleich nachdem sie aus dem Krankenhaus gekommen war, hatten sie Sim zu einem Psychologen geschleift, in der Hoffnung, dass der herausfinden würde, was mit ihr los war. Der Seelenklempner hatte sie nach ihren Gefühlen gefragt. Ob sie wütend wäre. Und ob Sim wütend war. Auf alles, auf jeden, auf sich selbst, auf die ganze Welt. Sie könnte platzen vor Wut.

»Hat er . . . ich meine, hat die Trennung von deinem Freund etwas damit zu tun, dass du trinkst?«

»Ich *trinke* nicht, okay? Und: Ja, wir haben Schluss gemacht und ich habe mich volllaufen lassen deswegen. Shit happens, okay? Aber ich bin darüber hinweg, so toll war der Typ nun auch wieder nicht.« Sim funkelte Jo angriffslustig an. »Die Zeiten, in denen man erst verlobt sein musste, um miteinander ins Bett zu gehen, sind lange vorbei, Tante Jo.«

Ihre Tante verzog keine Miene. »Und du glaubst, das hat sich noch nicht bis zu mir hier ins Reservat herumgesprochen?«

»Keine Ahnung.« Sie hob die Schultern. »Ich weiß nicht, wie es hier läuft.«

»Nein«, erwiderte Jo nachdenklich, »das weißt du tatsächlich nicht. Wie auch? Ich habe schließlich Jahre gebraucht, um es herauszufinden.«

Sim ließ sich gegen die Lehne zurückfallen. »Klär mich doch mal auf. *Wie* läuft es denn?«

Ihre Tante sah ihr jetzt direkt in die Augen, mit demselben gelbgrünen Blick, den Sim aus dem Spiegel kannte. Sie sagte: »Die meisten Kids im Reservat fangen an, Sex zu haben, wenn sie dreizehn oder vierzehn sind – oder noch eher. Durch Sex, Drogen oder Alkohol versuchen sie, der Trostlosigkeit ihres Lebens zu entkommen. Sie verwechseln Sex mit Zuneigung. Das Ergebnis ist, dass es haufenweise Siebzehnjährige gibt, die zwar keinen Schulabschluss haben, dafür aber schon zwei Kinder am Hals. Die Väter haben sich meistens verdrückt.« Jo holte tief Luft. »So läuft es hier, Simona. Wenig Zukunft, dafür jede Menge Hoffnungslosigkeit.«

Sim hob abwehrend die Hände. »Entschuldige, dass ich gefragt habe.«

Jo fuhr sich mit einer Papierserviette über den Mund. »Nein, ich finde es gut, dass du gefragt hast. Wenn du unbedingt mit einem von diesen Burschen Sex haben willst, dann sollst du wissen, was dich erwartet. Jungen wie Jimi und Lukas wissen ganz genau, was sie tun müssen, um ein Mädchen wie dich ins Bett zu kriegen.«

Ein Mädchen wie mich? Was für ein Mädchen war sie denn? Abrupt stand Sim auf, damit ihre Tante nicht sah, wie ihr die Tränen in die Augen schossen. »Ich muss mir das nicht anhören, okay? Behandele mich nicht wie eine Idiotin! Du klingst ja schlimmer als meine Mutter.«

Mit wenigen schnellen Schritten war sie in ihrem Zimmer, warf die Tür hinter sich zu und verriegelte sie. Sie ließ sich aufs Bett fallen. Ihre Kehle war eng, aber sie würde nicht anfangen zu weinen. Das war sowieso etwas, das sie sich abgewöhnen wollte.

Wie erwartet, klopfte es gleich darauf an der Tür.

»Ich habe das nicht so gemeint, Simona. Mach auf und lass uns miteinander reden.«

Reden? Was sollte dabei schon herauskommen? »Lass mich einfach in Ruhe, okay? Ich will nicht reden.« Alles, was ihr in diesem Moment helfen würde, war ein kräftiger Schluck aus einer Tequilaflasche.

»Okay«, hörte sie Jo leise sagen. Dann nichts mehr.

Okay? Einfach so? Das war neu für Sim. Ihre Eltern akzeptierten nie, wenn sie sich in ihrem Zimmer einschloss und nicht reden wollte. Jedenfalls ihre Mutter nicht. Jedes Mal klopfte sie unter endlosem Gemeckere so lange gegen die Tür, bis Sim vor Wut fast explodierte. Oder ihre Mutter verlegte sich auf Drohungen, was noch lächerlicher war. Jede Auseinandersetzung mit ihren Eltern hatte in einem bescheuerten Kräftemessen geendet. Ihre Eltern siegten meistens. Aber Sim wusste, dass der Sieg oft schal schmeckte, denn es war ganz leicht, den Finger auf die Wunde zu legen und die beiden moralisch unter Druck zu setzen.

Geschirr klapperte in der Spüle, Sim hörte, wie ihre Tante telefonierte und sich später die Nachrichten anschaute. Dann wurde es still. Jo war schlafen gegangen.

Sim entriegelte die Tür und schlich sich ins Bad, wo sie auf die Toilette ging und Zähne putzte. Ihre Zähne waren schön weiß, aber die oberen standen leicht schief – eine Folge ihrer Rebellion gegen die Eltern (mit der sie *was* verfolgte?). Sie hatte ihre Zahnspange nie getragen, deshalb zahlte die Krankenkasse die anteiligen Kosten für den Kieferorthopäden nicht. Sim hatte ihre schiefen Zähne behalten, während Merle-Perle, die ihre Spange immer brav getragen hatte, ein Gebiss wie ein Filmstar hatte.

Manchmal gingen die Dinge eben auch nach hinten los.

Sie stieg zurück ins Bett und zog fröstelnd das Laken über ihren Körper. Vermutlich hatte sie einen leichten Sonnenstich und sollte in Zukunft doch lieber die hässliche Baseballkappe aufsetzen.

Sim schloss die Augen und schlief auf der Stelle ein.

6. Kapitel

Ein Strahl der Morgensonne, der durch den Spalt im Vorhang fiel, kitzelte Sim an der Nasenwurzel und weckte sie. In der Küche lief das Radio und sie hörte ihre Tante herumhantieren. Sim fühlte sich immer noch komisch und ihr war ein bisschen übel. Am liebsten wäre sie im Bett liegen geblieben, aber zu ihrem Leidwesen war da auch noch das vertraut verhasste Ziehen im Unterleib. Sie bekam ihre Tage.

»Du hast einen Sonnenstich«, sagte Jo, als Sim beim Frühstück nichts essen wollte und sich mit beiden Händen den Kopf hielt. »Du musst etwas auf den Kopf setzen, wenn du draußen bist. Ich habe dir doch die Baseballmütze gegeben. Und ein T-Shirt ist besser als die ärmellosen Dinger, die du immer trägst.«

Du musst . . . Ich habe dir doch . . . ist besser als . . . Sim schaltete auf Durchzug.

Jo verschwand in ihrem Zimmer und kam mit einem kurzärmligen weißen T-Shirt wieder heraus, auf dem bunte Pferde abgedruckt waren. Es war nagelneu und die stilisierten Gäule fand Sim gar nicht so übel. Nur dass sie die sackähnlichen amerikanischen T-Shirts mit dem engen Halsausschnitt nicht ausstehen konnte.

Des lieben Friedens willen nahm sie es trotzdem und murmelte ein Dankeschön.

»Heute betreut Almona den Laden«, eröffnete Jo ihr. »Ich muss nach Pine Ridge einkaufen. Am besten, du kommst mit. Bei der Gelegenheit kann ich dir gleich ein bisschen was vom Reservat zeigen.«

Sim hatte wenig Lust auf eine Autofahrt mit ihrer Tante, aber sie protestierte nicht. Herumfahren und einkaufen, war immer noch besser als alles andere, was sonst auf sie wartete, wenn sie hierblieb.

»Sag mir einfach, wann es losgeht.«

Almona, eine rundliche Lakota um die vierzig, mit zurückgebundenem Haar, freundlichen Gesichtszügen und einem umwerfend herzlichen Lachen, kam halb zehn. Sim mochte die Indianerin sofort. Jo stellte sie einander kurz vor und gab Almona noch einige Anweisungen, dann nahm sie Sim beiseite.

»Was du *hier* trägst, Simona, ist mir egal. Aber wir fahren nach Pine Ridge und dafür sind deine Shorts einfach zu kurz und das Top ist zu weit ausgeschnitten.«

Sim blickte an sich herunter. Sie hatte ihr apricotfarbenes Top an, das mit dem großen bunten Schmetterling darauf, und trug ihre grünen Shorts von gestern, die mit den aufgenähten Jeansflicken. Die Shorts waren kurz, *normal* kurz. Shorts eben.

»Ich habe nichts anderes«, entgegnete sie.

»Du hast nichts anderes als diese kurzen Höschen und Röckchen?«, fragte Jo entgeistert.

»Es ist Sommer.«

»Läufst du damit auch in Weisburg herum?«

Sim zuckte mit den Achseln. »Ja, klar. Wieso nicht?«

Am Anfang hatte es ihr einiges an Mut abverlangt, in den verrückten Klamotten herumzulaufen. Doch dieser schräge Mix, den sie inzwischen trug, war längst keine Verkleidung mehr. Das war sie. Sim Klinger. Niemand trug dasselbe – niemand war wie sie. In normalen Jeans und T-Shirts herumzulaufen, kam ihr überhaupt nicht in den Sinn.

»Bitte, Simona«, sagte Jo. »Es macht mir keinen Spaß, dir vorzuschreiben, was du anziehen darfst und was nicht, aber es gibt ein paar grundsätzliche Regeln für Besucher des Reservats. Ohne BH, mit deinen ultrakurzen Röcken und Höschen, outest du dich für die einheimische Männerwelt als Freiwild. Ist es das, was du willst?«

Freiwild? Was war das denn für ein paranoider Scheiß? Sollte sie etwa als Neutrum herumlaufen? Sim hatte das Gefühl, im falschen Film gelandet zu sein. War das wirklich ihre tolle Tante Jo, die sie immer so bewundert hatte?

»Du solltest dich mal reden hören«, sagte sie leise.

Jo seufzte. »Simona, du wirst sechs Wochen lang hier sein und ich kann nicht immer auf dich aufpassen. Das Reservat ist nicht . . .«

». . . Weisburg, schon klar«, konterte Sim. »Ich kann selbst auf mich aufpassen, okay? Und wenn du willst, dass ich mitkomme, dann musst du mich so nehmen, wie ich bin.« Sie musterte ihre Tante, spürte, wie es in ihr arbeitete.

»Wie du meinst, Simona«, sagte Jo schließlich.

Nach rund sechs Meilen auf der Asphaltstraße erreichten sie Manderson, eine der typischen Siedlungen im Reservat, die aus einheitlich aussehenden Holz- oder Backsteinhäusern bestand. Manderson hatte einen kleinen Lebensmittelladen, zwei Kirchen, eine College-Zweigstelle mit einem riesigen Parkplatz und eine große Schule mit mehreren Gebäuden.

Jo fuhr langsam, fast Schritt. Kinder tobten mit ihren bunten Plastikrädern auf der Straße herum, verfolgt von einer kleinen Hundemeute, die zwar räudig aussah, aber harmlos zu sein schien. Zwei junge Frauen mit Babys auf dem Arm standen vor dem Laden, der sich *Pinky's Store* nannte, und unterhielten sich.

Ihre Tante lenkte den Pick-up auf die gegenüberliegende Straßenseite und hielt vor einem fensterlosen grauen Betongebäude mit Stahltür, auf dessen Blechdach das Sternenbanner gehisst war.

»Was ist das denn?«, entfuhr es Sim, obwohl sie sich fest vorgenommen hatte, während der gesamten Fahrt schweigendes Desinteresse zu demonstrieren.

»Die Post«, antwortete ihre Tante einsilbig. Sie griff nach einem Stapel Briefe und stieg aus. »Bin gleich wieder da.«

Sim schob sich einen Kaugummi in den Mund und beobachtete ihre Tante, wie sie die schwere Tür aufschob und im Inneren des Zementblocks verschwand. Was war das für ein Ort, an dem die Post wie ein Bunker gebaut war, fensterlos und mit einer Stahltür gesichert?

»Es wird sonst dauernd eingebrochen«, erklärte Jo, als Sim sie ein paar Minuten später danach fragte. »Aber nicht mal die Stahltür kann die Diebe abhalten – vor zwei Wochen erst ist diese Poststelle ausgeraubt worden. Die Postbeamtin liegt noch im Krankenhaus und die Stellvertreterin starrt jeden, der hereinkommt, mit angsterfüllten Augen an.«

Sim kaute auf ihrem Kaugummi, sah aus dem Fenster und schwieg.

Hinter Manderson änderte sich die Landschaft. Die Straße führte durch ein grünes Tal, das mit Büschen und Bäumen bewachsen war. Linker Hand erhoben sich aus den grasbewachsenen Hügeln, die das Tal begrenzten, knochenweiße Steilhänge, Bluffs genannt. Auf dem Kamm standen die Pinien, die dem Reservat seinen Namen gaben. *Pine Ridge.*

Rechter Hand ragten schwarze Stämme ohne jeden Ast aus den Grashügeln. Hier musste es irgendwann einmal gebrannt haben, was bei dieser Trockenheit nicht weiter verwunderlich war.

Die nächste Ortschaft, durch die sie fuhren, war Wounded Knee. Auf Sim wirkte der Ort noch um einiges trister als Manderson, weil schlichtweg die Bäume fehlten. Nur hier und da ein zerzauster Busch oder ein Cottonwood – eine Baumwollpappel. Dafür entdeckte sie einen nagelneuen Kinderspielplatz, eingezäunt von knapp drei Meter hohem Maschendrahtzaun. Die Spielgeräte aus buntem Plastik, Rutsche, Schaukel, Wippe und Klettergerüst, wirkten wie Zeugen aus einer anderen Welt inmitten der grauen Wirklichkeit.

Als sie den Ort verließen, tauchte linker Hand auf einem Hügel eine braune Kirche auf. Sim betrachtete das Steintor mit dem Metallbogen darüber. Der Friedhof von Wounded Knee, schoss es ihr durch den Kopf, und sie reckte den Hals. Hier hatte vor mehr als hundert Jahren ein Massaker der US-Armee an Männern, Frauen und Kindern stattgefunden. Sim hatte während ihrer Indianerphase darüber gelesen und jetzt erinnerte sie sich daran, wie diese Geschichte ihr damals schlaflose Nächte bereitet hatte. Das Bild des erfrorenen Häuptlings Bigfoot im Schnee. Die Verwundeten, denen niemand half. Und besonders die Geschichte von Lost Bird, einem kleinen Mädchen, das vier Tage nach dem Massaker lebend gefunden worden war, geschützt vor der eisigen Kälte vom toten Körper ihrer Mutter.

»Können wir anhalten«, bat Sim ihre Tante, nachdem sie ihren Stolz endgültig über Bord geworfen hatte. »Ich würde mir das gerne ansehen.«

Jo hielt an einer Y-Kreuzung und blinkte in Richtung Pine Ridge.

»Ich gehe mit dir auf den Hügel, wenn du bereit bist, den Toten Respekt zu zollen, indem du dich respektvoll kleidest«, erwiderte ihre Tante und bog um die Kurve.

Eins zu null für Tante Jo, dachte Sim und zog es vor, den Rest der Fahrt zu schweigen.

Als die ersten Häuser von Pine Ridge, dem Hauptort des Reservats, auftauchten, begriff Sim endgültig, dass sie nicht mehr ganz auf dem Laufenden war, was die Helden ihrer Kindheit betraf. Heruntergekommene Wohntrailer standen zwischen verwahrlost wirkenden Häusern, die von Müll und allerlei abenteuerlichem Krempel umstellt waren. Dazwischen entdeckte Sim ab und zu ein Haus oder einen Vorgarten, mit dem sich jemand Mühe zu geben schien.

Jo parkte vor dem *Sioux-Nation*-Supermarkt und bat ihre Nichte, einen Einkaufswagen zu holen. Spätestens als sie ausstieg, wurde Sim klar, dass ihre Tante ausnahmsweise recht gehabt hatte und die Shorts keine gute Idee waren. Zwei räudige Hunde kamen angerannt und schnüffelten mit ihren feuchten Nasen an ihren nackten Beinen. Der kleinere von beiden hatte ein verletztes, von Fliegen umschwirrtes Auge. Sim verzog das Gesicht und wandte den Blick ab.

Auf der Ladefläche eines geparkten Pick-ups saßen drei halbwüchsige Jungen mit Achselshirts und blauen Halstüchern um die Stirn. Sie lachten über sie und riefen etwas, das Sim nicht verstand. Zwei offensichtlich betrunkene Männer standen bei den Einkaufswagen und stritten sich. Als sie Sim erblickten, hielten sie inne und grinsten zahnlos, während sie mit ihren Blicken Sims Beine verschlangen.

Tapfer zog Sim einen Einkaufswagen aus der Reihe und schob ihn zum Auto, wo ihre Tante die leeren Wasserkanister einlud. Auf dem Weg in den Supermarkt holte Jo einen zweiten Wagen. In der klimatisierten Halle war es kühl und Sim bekam eine Gänsehaut. Sie musste die Zähne zusammenbeißen, sonst würden sie anfangen zu klappern.

Jo zeigte ihr, wo sie die mitgebrachten Trinkwasserkanister auffüllen konnte. Es war ein blödes Gefühl, die Blicke der Leute im Rücken zu spüren wie Pfeile – aber wenn sie sich umdrehte, um zurückzuschießen, waren alle mit irgendetwas beschäftigt. Niemand starrte sie offen an und mit dieser verstohlenen Art konnte Sim nur schwer umgehen. Am liebsten hätte sie laut gerufen: »He Leute, was glotzt ihr denn so? Noch nie nackte Beine gesehen?« Aber dann wäre ihre Tante mit Sicherheit stinksauer geworden und deshalb war es keine gute Idee.

Als sie den letzten Kanister abgefüllt hatte, kam Jo mit einem vollgeladenen Einkaufskorb zurück. Auf dem Weg zur Kasse entdeckte Sim im Regal ein paar weiße Segeltuchturnschuhe für fünfzehn Dollar und schlug zu.

Während sie draußen den Pick-up beluden, trippelte eine ältere Frau auf sie zu und fragte schüchtern, ob sie ihr eine Kette abkaufen würden, die sie am Vormittag erst gemacht hatte. Die zehn Dollar bräuchte sie dringend für Benzingeld, um ihre Mutter im Krankenhaus zu besuchen.

Es war eine Kette aus winzigen rosafarbenen Perlen mit einer weißen Schildkröte als Anhänger. Sim roch den Alkohol, den die Frau auszuatmen und durch alle Poren zu schwitzen schien. Mit ihren blutunterlaufenen Augen blickte sie an Jo vorbei, während sie redete, und Sim begriff, dass die Frau gar nicht so alt war, wie sie erst geglaubt hatte. Unmöglich, ihr Alter zu schätzen. Sie konnte dreißig, aber auch schon fünfzig sein.

Ohne lange nachzudenken, griff Sim in ihre Hosentasche und zog einen Zehndollarschein hervor. Die Frau schnappte danach, drückte ihr die Kette in die Hand und verschwand erstaunlich flink um die Ecke des Supermarktes.

»Na, eine original Lakota-Handarbeit *Made in Taiwan* erstanden?« Jo schlug die Heckklappe zu und stieg in die Fahrerkabine. Sim hängte sich die Kette mit der Schildkröte um den Hals und kletterte neben ihre Tante auf die Sitzbank.

»Sie wird die zehn Dollar in der nächsten halben Stunde in Alkohol umsetzen«, bemerkte Jo.

»Ich denke, der ist im Reservat verboten«, konterte Sim schnippisch.

»Schon richtig. Aber nur zwei Meilen von hier verläuft die Staatsgrenze zu Nebraska. In White Clay, einem kleinen Örtchen mit sage und schreibe vierzehn Einwohnern, gibt es vier Schnapsläden, über deren Ladentische täglich zwölftausend Bierdosen wandern.«

Hey, das waren ja mal erfreuliche Nachrichten.

»Ich wollte nur helfen, *okay?«* Sie verdrehte die Augen.

»Ich weiß, Simona. Aber du solltest wissen, dass die Dinge hier manchmal nicht so sind, wie sie scheinen.«

Sie bogen zurück auf die Main Street und fuhren zu *Big Bat's,* einer großen Tankstelle mit angeschlossenem Lebensmittelladen und Restaurant. Offensichtlich war *Big Bat's* das wirtschaftliche und soziale Zentrum von Pine Ridge, wie Sim feststellte, nachdem sie ihrer Tante in das große Gebäude gefolgt war.

Die Halle teilte sich in zwei Hälften: den typischen Selbstbedienungsladen mit Snacks und Getränken und das Restaurant. Sim, die am Morgen nichts gegessen hatte, betrachtete skeptisch die rötlichen Hotdogs und die riesigen Sandwiches an der Theke, die von einem Lakota-Mädchen mit Plastikhandschuhen belegt wurden.

»Hungrig?«, fragte Jo.

»Jap.« Sie nickte. »Aber nicht so verzweifelt, dass ich das hier essen würde.«

Jo musste lachen. »Na komm«, sagte sie, »ich weiß, wo wir was Besseres bekommen können.«

Nach ein paar Metern auf der Main Street bog Jo nach links und lenkte den Pick-up auf einen kleinen Parkplatz hinter einem hübschen, in einem warmen Rot gestrichenen Gebäude mit aufgemalten Tierspuren und einer umzäunten, schattigen Terrasse. *Higher Ground Café* las Sim auf dem Schild über dem blumenumrankten Eisentor und begriff, dass die Tierspuren eigentlich große Kaffeebohnen darstellen sollten.

Im Café war es eng, aber sauber und gemütlich. Sim staunte nicht schlecht über das Angebot: Es gab Cappuccino, Latte macchiato, Frappuccino in allen Geschmacksrichtungen, verschiedene Sorten Tee, leckeren Kuchen und Sandwiches, die unvergleichlich besser aussahen als die bei *Big Bat's*.

»Ich lade dich ein«, sagte Jo in versöhnlichem Tonfall.

Sim nahm das Friedensangebot ihrer Tante an. Als sie draußen auf der Terrasse im Schatten der großen Cottonwoods saßen, ihre Sandwiches verspeisten und Eistee tranken, fragte Sim ihre Tante, warum sie die einzigen Gäste waren. »Ich meine, es gibt leckere Sachen hier und jemand hat sich echt Mühe gegeben, das Café schön zu gestalten.« Sim empfand den Ort wie eine Oase. Niemand da, der sie anstarrte. Hier konnte man es aushalten.

»Das Café gehört zur Kirche«, erklärte Jo. »Higher Ground soll heißen, dass auf alle, die dieses traurige Leben geduldig ertragen, ein besserer Ort wartet. Jedes Jahr kommen unzählige Kirchengruppen ins Reservat, um den armen Indianern zu helfen und sie zum wahren Glauben zu bekehren. Aber die meisten Lakota halten sich lieber an *Wakan Tanka* als an Jesus.«

»Wakan Tanka«, sagte Sim. »Der Große Geist?«

»Eher das Große Geheimnis«, korrigierte ihre Tante. »Die Lakota haben viele Götter und Geister und in ihrem Verständnis sind die verschiedenen Wesen vereint in Wakan Tanka. Wenn sie beten, dann zu Wakan Tanka und zu *Tunkashila,* dem heiligen Großvater. Früher habe ich versucht dahinterzukommen, wie die Lakota denken, aber das habe ich längst aufgegeben. Wenn James und ich uns stritten, hat er immer behauptet, wir Weißen würden beim Denken die linke Gehirnhälfte benutzen, die verantwortlich ist für die Logik und den analytischen Verstand. Während die Lakota mit der rechten Gehirnhälfte denken, dem Sitz der Intuition und des gefühlsmäßigen Verstandes. Deshalb wäre es schlichtweg unmöglich, dass wir einander verstehen.«

Nicht lange darauf machten sie sich auf den Heimweg. Jo erzählte Sim von einem holländischen Ehepaar, das in ein paar Tagen mit seiner Tochter ins Reservat kommen würde und sich bei ihr für eine Woche eingemietet hatte.

»Wo werden sie wohnen? In der Blockhütte?« Sim wusste, dass in dem kleinen Blockhaus zwei Etagenbetten standen. Es war nicht das Ritz, aber wer Goldgräberromantik mochte, würde sich darin sicher wohlfühlen.

»Im Trailer. Jimi ist dabei, alles herzurichten. Es wäre schön, wenn du ihm ein bisschen zur Hand gehen könntest. Ich glaube, das liegt dir mehr als Gärtnern.«

»Ich fürchte, da irrst du dich. Ich bin auch handwerklich nicht sonderlich begabt.« *Die Wahrheit ist, dass ich in jeglicher Hinsicht unbegabt bin.*

Sie dachte an das Gemecker ihrer Mutter und an die treuen Augen ihres Vaters, die zu sagen schienen: »Ich glaube an dich!« Aber er hatte es nie ausgesprochen.

»Ach, mach dir da mal keine Sorgen. Du musst nur putzen und alles ein bisschen nett dekorieren. Dafür hast du offensichtlich ein Händchen.«

»Fürs Putzen?«, fragte sie mit gerunzelter Stirn. Da war ihre Mutter aber ganz anderer Meinung.

»Fürs Dekorieren.«

»Woher willst du das denn wissen?«

»Na, deine Klamotten. Die machst du doch selber, oder?«

»Schon«, meinte Sim verwundert. »Aber ich dachte, du findest meine Klamotten scheiße.«

»Scheiße kurz«, erwiderte Jo, »aber nicht uninteressant. Du hast Fantasie.« Sie lächelte.

»Wirklich?«

»Klar.«

»Ich kann's versuchen«, sagte Sim. Alles war besser, als Unkraut zu jäten.

Als sie den Schotterweg zum Haus hinauffuhren, parkte ein schlammverschmierter weißer Geländewagen vor dem Trailer und Sim sah, wie ein überraschtes Lächeln über das Gesicht ihrer Tante huschte. Jo hielt vor dem Haus, und während sie ausluden, kam ein großer Typ in Jeans, schwarzem T-Shirt und Trekkingboots aus dem Laden. Sein dunkles, fast schulterlanges Haar und sein Vollbart waren von silbrigen Strähnen durchzogen. Jo umarmte den Mann und sagte: »Michael, das ist meine Nichte Simona. Simona, das ist Michael, dein Zimmernachbar.«

»Hallo Simona«, er schüttelte ihr lächelnd die Hand. »Schön, dich endlich kennenzulernen. Schon ein wenig eingelebt?«

»Ich arbeite daran«, antwortet sie trocken.

Michael half, die Einkäufe ins Haus zu tragen. Der Journalist kannte sich gut aus im Haushalt ihrer Tante. Er wusste, wo sie das Hunde- und Katzenfutter aufbewahrte, dass die Paletten mit den Getränkedosen unten im Laden blieben (wo sie von Sim später in den Kühlschrank geräumt werden würden) und wo die verschiedenen Lebensmittel ihren Platz hatten.

Er sah aus wie einer von diesen Althippies, die nicht merkten, dass ihre Zeit längst abgelaufen war. Aber ansonsten machte er einen sympathischen Eindruck, schließlich wollte sie nicht voreingenommen sein. Allerdings nervte es Sim, dass sich nun ein weiteres Exemplar der Spezies *Erwachsener* im Haus befand, mit dem sie sich auch noch das Bad teilen musste.

Zum Glück war Michael müde und verschwand für ein Nickerchen auf seinem Zimmer. Almona übergab den Laden an ihre Chefin und fuhr nach Hause. Sim bat ihre Tante um den

Schlüssel für den Trailer, damit sie sich ein Bild von den Aufgaben machen konnte, die sie in den nächsten Tagen erwarteten.

Das Innere des Trailers war geräumiger, als Sim es von außen vermutet hatte. Sie trat ein und stand in einem großen, mit dünnem Pressholz vertäfelten Raum, der Wohnzimmer und Küche zugleich war. Die Luft war stickig (eine Klimaanlage konnte sie nicht entdecken) und die Einrichtung spartanisch. Der Wohnbereich auf der rechten Seite bestand aus einer ingwerfarbenen Couch mit braunen Karomustern und einem passenden Sessel, einem Bücherregal und einem quadratischen Holztisch mit vier Stühlen.

Die Einbauküche war uralt (vermutlich hundert Trailerjahre) und sah abgenutzt, ja fast schäbig aus. Der große Kühlschrank war angeschlossen und brummte laut. Aber als Sim probehalber den Wasserhahn über der Spüle aufdrehte, kam kein Tropfen. Werkzeug lag auf dem Boden, offenbar hatte Jimi es zurückgelassen.

Sim inspizierte den Rest des Trailers. Vom Wohnraum ging ein schmaler Gang mit mehreren Türen ab. Hinter den ersten beiden Türen befanden sich zwei winzige Zimmer, kaum größer als Abstellkammern, in denen jeweils ein Bett und ein Stuhl standen. Zwei Einbauschränke ohne Türen und zwei identische Kommoden vervollständigten die Einrichtung. Die nächste Tür gehörte zu einem geräumigen Schrank mit Fächern, dann folgte das Bad mit einer neuen Einbaubadewanne, Toilette und Waschbecken. Auch hier lag Werkzeug herum und ein Stück Wand war aufgerissen. Dahinter ein neuer Boiler.

Das letzte Zimmer am Ende des Ganges war das größte, fünf mal fünf Meter, schätzte sie. Darin standen ein Doppelbett, ein kleiner Schreibtisch, ein Regal und es gab einen begehbaren Kleiderschrank. Um die warme, abgestandene Luft rauszulassen, öffnete Sim eines der beiden Schiebefenster. Sie setzte sich auf das Bett mit der nackten Matratze und ließ ihren Blick über die Wände aus hellem Holzimitat und den offensichtlich neuen himmelblauen Teppichbelag schweifen. Beides gab dem Zimmer ein freundliches Aussehen.

Mit ein paar Dollar und ein wenig gutem Willen ließ sich auf jeden Fall etwas daraus machen.

Sie verließ den Trailer durch die Hintertür, die gleich neben dem letzten Zimmer vom Gang abging, und lief geradewegs zu ihrer Tante in den Laden. Sie fragte Jo, ob sie bereit war, ein paar Dollar zu investieren, um den Trailer als Unterkunft für Gäste aufzupeppen.

Ihre Tante war einverstanden und so besorgte sie sich Stift und Zettel, um alles aufzuschreiben. Der Ehrgeiz hatte Sim gepackt. Zwar starrte der Trailer vor Dreck, und den zu beseitigen, gehörte zu den weniger angenehmen Aufgaben, aber der Gedanke, die Räume nach ihren eigenen Vorstellungen wohnlich herrichten zu dürfen, gefiel Sim. Sie würde das Vertrauen ihrer Tante nicht enttäuschen.

Als es Abend wurde, stieg sie den Hügel hinter dem Trailer hinauf und füllte die Pferdetränke wieder auf. Diesmal waren die Tiere da – denn sie hatten Durst, deshalb blieb Sim auf der anderen Seite des Zaunes. Tante Jo kam dazu und versicherte ihr, dass sie ganz unbesorgt das Pferdeland betreten konnte.

»Sie sind an Menschen gewöhnt und tun dir nichts.« Jo klopfte einem riesigen Braunen mit weißen Fesseln den Hals und sagte: »Darf ich vorstellen: Das ist Big Boy. Big Boy, das ist Simona.« Eine trächtige schwarze Stute, die auf den Namen Ebony hörte, knabberte verspielt am Hemd ihrer Tante. »Sie muss bald so weit sein«, sagte Jo und Sim vermeinte zu sehen, wie sich eine Sorgenfalte auf der Stirn ihrer Tante bildete.

Insgesamt waren es sieben Pferde, die Jo ihr nacheinander mit Namen vorstellte. Abgesehen von der trächtigen Stute und dem großen Braunen, besaß ihre Tante noch Forrest, einen mageren Araber, zwei braune Stuten (Sweety und Angel) mit fast identischer Blesse auf der Stirn und zwei braun-weiß gescheckte Wallache, die auf Habar und Paco hörten.

Ich werde mich nie mit diesen Tieren anfreunden, dachte Sim, als sie merkte, dass die Pferde sie mit demselben Argwohn musterten, wie sie es tat.

Nachdem ihre Tante wieder in den Laden gegangen war, fütterte Sim die Katzenmeute und mischte Juniper ihr Hundemamaspezialfutter zusammen: Trocken- und Nassfutter und ein Schuss Milch. Sie setzte sich auf die Treppenstufen vor dem Haus und sah der Hündin beim Fressen zu. Als sie satt war, kam Juniper angetrottet und legte ihr den Kopf auf die Knie.

»Wann haben wir denn Freundschaft geschlossen, hm?«, fragte Sim und kraulte die Hündin hinter dem Ohr.

Vermutlich bedurfte es dazu nicht viel. Juniper mochte jeden, der sie fütterte und sie von Zecken und Kletten befreite.

Als Sim zurück ins Haus ging, fand sie Michael beim Kochen vor. Er hatte die Musik laut aufgedreht (Jefferson Airplane), tanzte mit einer Schürze um die Hüften und einem Gewürzdöschen in jeder Hand vor dem Herd herum und sang lautstark mit. Er bemerkte Sim gar nicht, als sie sich frische Sachen aus ihrem Zimmer holte und im Bad verschwand, um zu duschen.

Später, als ihre Tante den Laden dichtgemacht hatte und von unten heraufkam, servierte Michael Spaghetti mit Shrimps. Mit einem geheimnisvollen Lächeln verschwand er in seinem Zimmer, und als er wieder herauskam, zauberte er mit leuchtenden Augen eine Flasche Rotwein hinter dem Rücken hervor – wie ein Magier ein weißes Kaninchen aus seinem Zylinder.

»Ta-ta! Ein 2006er-Zinfandel! Hab ihn unter Einsatz meines Lebens ins Reservat geschmuggelt.« Er grinste. Drei Weingläser standen auf dem Tisch und Sim sah, wie ihre Tante die Stirn in Falten zog.

Die Situation war fatal. Wenn sie sich von Michael ein Glas Wein einschenken ließ (was für ein wunderbarer Gedanke!), würde ihre Tante nicht zulassen, dass sie es trank. Jo würde dem Journalisten erzählen, warum Sim hier war – was sie bisher ganz offensichtlich nicht getan hatte. Sim würde auf den Wein verzichten müssen und Michael wüsste trotzdem Bescheid.

Also legte sie schweren Herzens eine Hand auf ihr Glas und sagte: »Für mich bitte nicht, ich kann dann nicht gut schlafen.«

Ihre Tante atmete erleichtert aus und hielt gleichzeitig Michael ihr eigenes Glas hin. Genauso lief es doch immer: Die Erwachsenen machten einem täglich Dinge vor, die sie später, wenn der Nachahmungseffekt einsetzte, mit Worten verteufelten.

So war Sim auch zu ihrem ersten Tequila gekommen – er hatte, neben den anderen Spirituosen, ganz offen im Vorratsregal ihrer Eltern gestanden, genauso wie die Himbeermarmelade und die eingelegten Gurken. Ihre Eltern hatten nicht bemerkt, dass Sim die Flasche immer wieder mit Wasser auffüllte – bis ein befreundeter Kollege ihres Vaters mit seiner Frau zu Besuch kam und ihr Vater vorschlug, gemeinsam einen Tequila zu trinken. Die Frau des Kollegen hatte Sim gerade in ein Gespräch über Ausländerfeindlichkeit verwickelt, deshalb konnte sie sich nicht einfach verdrücken, als die Katastrophe unabwendbar wurde.

Nachdem sie alle ihr Salz geleckt, das Leitungswasser geschluckt und in die Limette gebissen hatten, herrschte sekundenlang tödliche Stille und Sim dachte, sie müsse auf der Stelle sterben. Dann sah der Freund ihres Vaters sie an, seine Kiefermuskeln begannen zu zucken und er brach in schallendes Gelächter aus. Seine Frau stimmte mit ein und schließlich auch ihre Eltern – deren Lachen allerdings eher wie ein Zähneknirschen klang. Obwohl Sim mit allem Möglichen, nur nicht damit gerechnet hatte, wäre sie am liebsten in einem Mauseloch verschwunden, so furchtbar schämte sie sich.

Das Ganze wurde als Witz des Abends verbucht und hatte kein Nachspiel. Aufgrund dessen wurde Sim mutiger und ließ beim nächsten Mal gleich die ganze Flasche verschwinden. Doch selbst das fiel ihren Eltern nicht auf.

Michael goss Sim Wasser in ihr Weinglas und prostete ihr und ihrer Tante zu. Die Gläser klirrten leise, als sie anstießen, und der Wein roch gut. Sim kostete den betretenen Ausdruck im Gesicht ihrer Tante noch einen Moment aus, dann machte sie sich über die Spaghetti mit den Shrimps her, die wider Erwarten großartig schmeckten.

Michael Holzbauer stammte aus Weimar, hatte Journalistik studiert und einige Jahre als Kulturredakteur für die Thüringer Landeszeitung gearbeitet, bevor er zu reisen begann. Mittlerweile schrieb er Auslandsreportagen für den SPIEGEL. Er war nie verheiratet gewesen, hatte aber eine Tochter, die selber schon Mutter war. Sein Enkelsohn hieß Paul und kam bald in die Schule.

Michael war einer dieser schrecklich sympathischen Typen, die einen unerschöpflichen Vorrat an Verständnis zu haben schienen und schon allein deshalb mit Vorsicht zu genießen waren.

Während sie aßen, erzählte er von den Menschen, denen er auf seiner Fahrt durch die Black Hills begegnet war und die ihm aus ihrem Leben berichtet hatten. Skurril, lustig, aber auch traurig, die Geschichten, die der Journalist mitgebracht hatte, hatten alle etwas ganz Besonderes.

Im Laufe des Abends wurde Sim klar, dass Michael Holzbauer

kein normaler Gast war – dafür gingen er und Jo viel zu vertraut miteinander um. Hatte ihre Tante etwas mit ihm? Wenn ja, dann war das bestimmt kein Nachteil für sie, denn Jo hätte auch noch anderes im Kopf, als die Babysitterin für ihre Nichte zu spielen.

Als Sim schon fast die Augen zufielen, wünschte sie den beiden eine gute Nacht und ging schlafen. Zwei Stunden später wurde sie wach, weil sie ihre Tage so heftig hatte, dass sie ins Bad musste, um den Tampon zu wechseln. Sie wollte gerade wieder in ihr Zimmer zurückgehen, da hörte sie leise Stimmen und flüsterndes Gelächter aus dem Schlafzimmer ihrer Tante.

Nun war die Sache sonnenklar: Michael und ihre Tante hatten Sex. Sie hatten Spaß. Spaß beim Sex. Sim beneidete sie darum. Besonders um den Spaß. Würde sie dieses Land jemals betreten?

Tränen füllten ihre Augen und sie rieb sie mit einer zornigen Handbewegung weg. Sobald sie auch nur an Sex dachte, war schlagartig alles wieder da und der immer gleiche Film lief ab. Das Gefühl der Demütigung verursachte ihr Übelkeit und Herzrasen. Wie ferngesteuert ging sie zum Kühlschrank und öffnete ihn. Die Rotweinflasche stand in der Tür. Michael hatte sie in seiner Ahnungslosigkeit dort hineingestellt und ihre Tante war zu sehr mit ihm beschäftigt gewesen, als dass sie daran gedacht hätte, sie vor Sim zu verstecken.

Sim lauschte. Aus dem Zimmer ihrer Tante kam ein rhythmisches Knarren, dann ein unterdrücktes Stöhnen. Sie griff nach der Flasche, zog den Korken heraus, setzte an und trank.

7. Kapitel

Nach dem gemeinsamen Frühstück am nächsten Morgen fuhren Michael und Jo nach Pine Ridge, um sich mit Matteo Lone Elk, einem jungen Officer, zu treffen, der sich bereit erklärt hatte, Michael etwas über den Kampf der Stammespolizei gegen Jugendgangs und Drogenkriminalität im Reservat zu erzählen. Zurzeit arbeitete Michael an einer größeren Reportage über Pine Ridge, die im Herbst im SPIEGEL erscheinen sollte.

Ihr Vater hatte den SPIEGEL seit Jahren abonniert und Sim freute sich schon diebisch darauf, wenn sie in zwei, drei Monaten auf Michaels Artikel tippen und zu ihrem Vater »Übrigens: Der Typ, der das geschrieben hat, vögelt deine Schwester« sagen konnte.

Doch im Augenblick war ihr Zuhause Lichtjahre entfernt – genauso wie der Herbst.

Sim hatte von ihrer Tante den Auftrag bekommen, Almona im Laden zur Hand zu gehen und der Indianerin um die Mittagszeit ein Sandwich zu belegen. »Nicht erst fragen, ob sie Hunger hat und etwas möchte«, hatte Jo ihr eingeschärft, »sondern einfach hinstellen.«

Das war keine große Sache. Leicht verdientes Geld. Sim mochte die Lakota-Frau und im Laden war es angenehm kühl – im Gegensatz zum Trailer, der sich in der prallen Sonne aufheizte wie ein Backofen. Bevor die holländische Familie einzog, musste Jimi unbedingt eine Klimaanlage einbauen.

Sim war nicht unzufrieden mit der Richtung, in der sich die Dinge entwickelten: Ihre Tante hatte einen Liebhaber und war abgelenkt. Die anstehenden Arbeiten erwiesen sich (abgesehen von der Gartenarbeit) als ein Kinderspiel und das Reservat war auch nicht so »trocken«, wie sie befürchtet hatte. Ihr Zwangsaufenthalt entpuppte sich doch noch als ziemlich easy. Auf diese Weise würde sie die Zeit mit links durchstehen.

Der Laden hatte schon eine Weile geöffnet, aber bisher war noch keine Kundschaft aufgetaucht. Das war anscheinend öfters so: Manchmal kam zwei Stunden lang niemand und dann alle auf einmal, als hätten sie sich abgesprochen.

Almona und Sim saßen zusammen am Holztisch neben dem Eingang und beschäftigten sich mit Arbeiten, die Jo ihnen aufgetragen hatte. Sim schnitt dünne Bänder von einem großen Lederstück, während die Indianerin Perlenstränge fädelte. Almona erzählte Sim, dass sie in der vergangenen Nacht eine Eule von ihrem Grundstück vertrieben hatte, und zwar mit dem Gewehr.

»Eulen sind Todesboten«, erklärte sie ihr, »und niemand will sie auf seinem Land haben. Außerdem töten sie Katzenbabys. Wusstest du, dass Eulen das Greinen von Katzenbabys nachahmen können?« Mit ungläubiger Miene schüttelte Sim den Kopf, aber Almona redete schon weiter. »Sie imitieren das Greinen der Katzenbabys, um die Katzenmutter von ihnen wegzulocken, und dann holen sie sich die Kleinen. Aber ich habe die Eule ins Visier genommen und geschrien: ›Mach, dass du von meinem Land kommst, sonst drücke ich ab und mache Powwowfedern aus dir.‹«

Sim konnte sich ein Grinsen nicht verkneifen, als sie sich die dicke Almona vorstellte, wie sie mit der Flinte auf die arme Eule zielte.

»Man muss auf Lakota mit ihnen reden, nur das verstehen sie«, sagte die Indianerin. »Die Eule hat's kapiert und ist auf und davon.«

Die Türglocke schellte. Almona hob den Kopf und Sim, die mit dem Rücken zur Tür saß, wandte sich um. Es war Jimi Little Wolf, der in den Laden kam. Sie war so vertieft in Almonas Geschichte gewesen, dass sie sein Auto nicht gehört hatte.

Sim erwartete, dass die Türglocke gleich noch einmal schellen und Lukas hereinkommen würde, aber die Glocke blieb still. Jimi war offensichtlich alleine. Auf seinem hellblauen T-Shirt stand in verwaschenen schwarzen Buchstaben IN THE SPIRIT OF CRAZY HORSE.

Er begrüßte Almona und nickte Sim zu. »Hey Sim«, sagte er und sein Blick wanderte über die Sachen, die sie trug. Ausgewaschene, über den Knien abgeschnittene Jeans, die sie von ihrer Tante bekommen hatte, dazu die hellen Segeltuchturnschuhe aus dem *Sioux-Nation*-Supermarkt. Aus dem weißen T-Shirt mit den stilisierten Pferden hatte sie den engen Halsausschnitt kurzerhand herausgeschnitten und würde ihn später umnähen. Jimis Blick nach zu urteilen, schien er sich zu fragen, ob sie in der Mauser war.

Sie erwiderte sein »Hey« und konzentrierte sich schnell wieder auf das weiche Leder in ihren Händen.

Jimi holte sich eine Cola aus dem Kühlschrank, öffnete sie und trank ein paar Schlucke. Er schlenderte am Ständer mit den T-Shirts vorbei und betrachtete die Auslagen in den Vitrinen. Schließlich kam er zum Tisch zurück und setzte sich in lässiger Haltung auf einen der beiden freien Stühle.

»Wie stellt sie sich an?«, fragte er Almona.

Die Indianerin lachte. »Nicht übel für eine *Wasicun.*«

Wasicun war das Lakota-Wort für Weiße und laut Tante Jo bedeutete es so viel wie »Die sich immer nur das Beste nehmen«. Nicht sonderlich schmeichelhaft. Ärgerlich hielt Sim den Kopf gesenkt und schnitt ein weiteres Lederband ab.

Die Türklingel ging erneut und ein Lakota mit Zöpfen, der einen Bauch wie einen Ballon vor sich herschob, kam in den Laden und fragte nach Perlen und Häkchen für Ohrringe. Almona legte ihre Arbeit nieder und verschwand hinter dem Ladentisch.

»Macht das Spaß?«, fragte Jimi und deutete auf das Leder in Sims Händen.

Sie hob den Kopf, um ihm in die Augen zu sehen. Wollte er sie auf den Arm nehmen? Er wich ihrem Blick aus, als hätte er etwas Unanständiges gefragt.

»Es gibt Schlimmeres«, sagte sie möglichst gleichmütig. »Zum Beispiel Gartenarbeit.«

»Wenn du Lust auf Abwechslung hast, ich bin im Trailer und könnte eine helfende Hand gebrauchen.«

Sim schoss die Röte ins Gesicht und Jimi grinste. »Beim Einbauen der Fenster natürlich«, fügte er hinzu. Er setzte die Getränkedose an und ließ den letzten Rest Cola in seine Kehle rinnen. Die Dose zerdrückte er in der Faust und schleuderte sie mit einem machomäßig gekonnten Wurf in den Abfalleimer. Plopp.

»Die gehören da nicht rein, Little Wolf«, pfiff Almona ihn an. Offenbar hatte sie alles im Blick, obwohl sie immer noch mit ihrem Kunden beschäftigt war. »Schon mal was von Recycling gehört? Draußen steht eine Tonne für die leeren Dosen.«

Jimi zuckte nur mit den Achseln und machte, dass er aus dem Laden kam. Anscheinend ließ er sich von einer Frau nichts sagen. Schimpfend ging Almona zum Mülleimer und fischte die Coladose wieder heraus.

»So viel zu unserem Image als Hüter der Erde«, sagte sie zu Sim und trug die Dose nach draußen in die extra dafür vorgesehene Tonne neben der Ladentür.

Kaum zu glauben, aber Recycling war immer noch ein Fremdwort im Reservat. Jo hatte Sim erzählt, dass es inzwischen jemanden gab, der Dosen und Altpapier sammelte und der Wiederverwertung zuführte. Sie hatte es sich auf die Fahnen geschrieben, den Indianern mit gutem Beispiel voranzugehen, aber bei solchen ignoranten Machos wie Jimi Little Wolf war das vermutlich vergebliche Liebesmüh.

Sim setzte die Schere an, um den nächsten Lederstreifen abzuschneiden, aber sie war zu nervös und das Band bekam dicke und dünne Stellen.

»Nun geh schon«, sagte Almona mit verschwörerischem Grinsen zu ihr, »bevor du hier einen Haufen Ausschuss produzierst.« Sim warf der Indianerin einen verunsicherten Blick zu und Almona lachte kopfschüttelnd. »Na los, er hat gesagt, er braucht dich für die Fenster. Und keine Dummheiten machen, sonst bekomme ich Ärger mit deiner Tante.« Sie drohte Sim mit dem Zeigefinger.

Sim war hundert Prozent sicher, dass Almona sich mit dem Ballonbauch unterhalten hatte, während Jimi ihr sein Angebot unterbreitete. Doch anscheinend hatte die Indianerin nicht nur alles gesehen, sondern auch alles gehört.

Sim ging auf die Toilette, und während sie ihre Hände wusch, warf sie einen prüfenden Blick in den Spiegel. Ihre Augen waren geschminkt, aber auf Make-up und Lippenstift hatte sie am Morgen verzichtet. Mit nassen Händen fuhr sie durch ihre Haare, die kreuz und quer vom Kopf abstanden. Keine Igelspitzen. Es war vollkommen sinnlos, Zeit für eine aufwendige Frisur zu verschwenden, wenn sie nach zwei Stunden nicht mehr als solche zu erkennen war.

»Viel Spaß«, rief Almona ihr nach. Draußen knallte die Sonne auf sie herab und es war schon wieder bestialisch heiß. Schützend hielt sie eine Hand über die Augen. Jimis roter Sportwagen stand vor dem Trailer und er war gerade dabei, sein Werkzeug auszuladen. Als er sie kommen sah, hielt er inne. Sim rechnete damit, dass er – jetzt, wo Almona es nicht hören konnte – eine Bemerkung über ihre Kleidung von sich geben würde, doch sie irrte sich.

»Du kannst mir helfen, das Zeug reinzutragen«, sagte er.

Und das tat sie.

Der Trailer war aufgeheizt wie ein Backofen, doch Jimi schien das gar nicht zu merken. Er gab sich wortkarg, während er in der Küche den Abfluss unter der Spüle montierte. Mehr als »Halt mal hier« und »Bring mir mal das« war nicht drin. Sim versuchte, ihren Job als Handlanger so gut wie möglich zu erledigen, und nach ein paar anfänglichen Schwierigkeiten wusste sie meistens, welches Werkzeug Jimi gerade brauchte. Von da an begann das Ganze, Spaß zu machen.

»Wo ist eigentlich Lukas?«, fragte sie irgendwann. »Ich dachte, ihr beiden klebt immer zusammen.«

»Manchmal auch nicht«, antwortete Jimi. »Als Handlanger ist Lukas ungefähr so brauchbar wie du.«

Augenblicklich ließ Sim das Plastikteil fallen, das sie in der Hand gehalten hatte. »Dann mach doch deinen Mist alleine«, sagte sie und wandte sich der offenen Tür zu. Jimi, der halb unter der Spüle lag, wollte sie zurückhalten und stieß sich den Kopf an einer scharfen Eisenstrebe.

»Scheiße, verdammt«, fluchte er und hielt sich die Stirn. »Nun hau doch nicht gleich ab, ich hab bloß Spaß gemacht.«

Sim drehte sich in der Tür um. »Ich auch«, sagte sie, ohne zu lächeln.

Für ein paar Sekunden war Jimi wie vor den Kopf gestoßen, im wahrsten Sinne des Wortes. Dass er versuchen würde, ihr hinterherzurennen, hatte er nicht erwartet. Und noch weniger hatte er damit gerechnet, dass Sim so schlagfertig sein würde.

Zögernd kam sie zurück und kniete sich neben ihn. Er roch den herbfrischen Duft ihres Duschbades. *Heaven.*

»Zeig mal her«, sagte sie und nahm seine Hand von der Stirn. Sie begutachtete die verletzte Stelle eingehend, strich sanft darüber und meinte: »Bis du heiratest, ist davon nichts mehr zu sehen.«

Jimi zog seine Hand aus ihrer und stand auf. Dieses Mädchen, aus dem er nicht schlau wurde, machte sich doch tatsächlich über ihn lustig. Wer war sie denn schon? So wie sie aussah, konnte sie froh sein, dass er sich überhaupt mit ihr abgab.

Er öffnete den Kühlschrank, holte sich eine Cola heraus und setzte sich damit auf die Holztreppe vor der Eingangstür des Trailers. Sim hockte sich neben ihn und legte das Kinn auf ihre angezogenen Knie. Er holte seinen Tabak aus der Hosentasche, dreht sich eine Zigarette und zündete sie an. Nachdem er zwei Züge genommen hatte, hielt er sie Sim hin.

Überraschenderweise nahm sie sie und zog daran. Die meisten haute seine Mischung um, aber Sim hustete nicht einmal.

»Was ist da drin?« Sie nahm noch einen Zug und gab ihm die Zigarette zurück.

Jimi stieß den Rauch aus, eine aromatisch süße Wolke, die sich in den Himmel kräuselte. »Alles Mögliche«, antwortete er. »Tabak, rote Weidenrinde, Salbei, Bärentraube, ein bisschen Gras.«

Nun hustete sie doch und er lachte, denn endlich hatte er wieder die Oberhand. »Süßgras natürlich oder was hast du gedacht?«

Süßgras war eine heilige Pflanze der Lakota, die zu Zöpfen geflochten getrocknet und bei Zeremonien abgebrannt wurde. Ihre Tante verkaufte die Zöpfe für drei Dollar das Stück im Laden.

Eine Weile rauchten sie schweigend. Sim plapperte nicht drauflos, wie andere Mädchen es in dieser Situation getan hätten, und das versöhnte ihn.

»Danke«, sagte sie schließlich.

»Wofür?«

»Dass du die Friedenspfeife mit mir rauchst.« Ihre hellen Augen schienen zu lächeln und er musste schließlich auch grinsen. Sein Blick glitt von ihren Augen zur Narbe in ihrer Oberlippe, die nicht von Lippenstift verdeckt war. Sim trug auch kein Make-up.

»Was macht Lukas denn so – ohne seinen *Hunka*-Bruder?«, fragte sie und wandte den Kopf nach vorn, sodass er die Narbe nicht mehr sehen konnte.

»Er ist bei einem Medizinmann, sein Name ist Henry He Dog«, antwortete Jimi in einem Anfall von Offenheit, der ihn selbst überraschte.

»Und was macht er da? Ist er krank?«

Jimi schüttelte den Kopf und lachte. »Er lernt Lieder und Zeremonien, die man zum Heilen braucht . . . seine spirituellen Kräfte zu nutzen . . . Zuhören . . . Die Geister herbeirufen oder auf Abstand halten. Eben alles, was ein Medizinmann so können muss.«

»Lukas will Medizinmann werden?«

»Glaub schon.« Jimi erzählte Sim, dass He Dogs Tochter seit einigen Jahren in Minneapolis lebte, ihr Sohn Tim jedoch bei seinem Großvater geblieben war, um in seine Fußstapfen zu treten. »Letzes Frühjahr ist Timmy . . . » Er schluckte, weil ihn die Erinnerung einholte. ». . . er ist bei einem Autounfall ums Leben gekommen und Luke ist seitdem so eine Art Enkelersatz für den Alten. He Dog bringt ihm Peyote- und Yuwipi-Songs und solche Sachen bei. Luke will den Leuten im Res helfen, mit ihrem Leben klarzukommen.«

Jimi Little Wolf sprach schnell und Sim hatte Mühe, seinem verwaschenen Englisch zu folgen.

»Wie will er ihnen denn helfen?«, fragte sie. »Ich meine, er kann sie ja nicht mal *sehen.*«

»Es besteht ein Unterschied zwischen einem Arzt und einem Heiler«, erwiderte er. »Und außerdem: Luke sieht mehr, als du denkst.«

Sims Blick wurde betreten. »Was ist eigentlich passiert mit seinen Augen?«, fragte sie. »Ist er von Geburt an blind?«

Jimi schüttelte den Kopf und drückte seine Zigarette auf dem Brett aus, auf dem sie saßen. »Seine Mutter ist im Regen mit dem Auto von der Straße abgekommen. Der Wagen hat sich überschlagen, dabei wurde Luke durch die Windschutzscheibe geschleudert. Die Kiste fing Feuer und seine Mum ist darin verbrannt. Es hat eine Weile gedauert, bis man ihn fand. Er hatte eine Gehirnerschütterung und Verletzungen hinter den Augen. Die Sehnerven auf beiden Seiten waren gequetscht, aber das haben die Ärzte nicht gleich erkannt. Erst als Luke die Ärzte nach zwei Tagen fragte: ›Wann wird es denn wieder hell?‹, wurden sie stutzig. Die Sonne schien nämlich ins Zimmer. Aber es war zu spät. Hinter den Augen hatten sich Blutergüsse gebildet und dadurch waren die Sehnerven gerissen. Für Luke wurde es nie wieder hell.«

»Er hätte also sein Augenlicht noch, wenn die Ärzte aufmerksamer gewesen wären?«, fragte Sim mit rauer Stimme.

»Möglicherweise.«

»Das ist schrecklich. Immer im Dunkeln. Ich glaube, ich würde durchdrehen. Er tut mir echt leid.«

»Das muss er nicht. Mitleid macht ihn bloß wütend.«

Bei den meisten Mädchen im Reservat hatte Lukas diesen Betroffenheitsbonus. Er tat ihnen leid und sie meinten, ihm helfen zu müssen. Manche gingen sogar so weit, dass sie glaubten, der arme Kerl hatte bestimmt nie Sex, und stellten sich bereitwillig zur Verfügung. Doch Lukas fühlte sich genervt davon.

»Und nach dem Unfall kam er zu ... zu eurer Pflegemutter?«, fragte Sim.

»Ja. Er und ich kamen am selben Tag zu Bernadine. Er hatte seine Mutter verloren und ich meinen Großvater. Wir hatten beide niemanden mehr.«

»Also wurdet ihr Freunde.«

»Wir wurden Brüder. *Hunka*-Brüder.« Jimi dachte an die ersten Tage und Nächte in Bernadine Jumping Eagles Haus. Er war sieben, hatte die letzten zwei Jahre mit seinem Großvater zusammengelebt und nun musste er auf einmal mit einem Haufen fremder Leute klarkommen. Alles war neu und ungewohnt. Luke, der ein paar Wochen älter war als er, hatte auf einen Schlag seine Mutter und sein Augenlicht verloren. Aber wenn Jimi nachts vor Kummer heulte wie ein Wolf, dann kam Lukas zu ihm ins Bett und beteuerte, dass er nicht alleine wäre, weil sie ja jetzt einander hätten. Und so war es dann auch.

»Was bedeutet eigentlich *Hunka*-Bruder?«, fragte Sim.

»Das Band zwischen *Hunka*-Brüdern oder -Schwestern ist stärker als zu leiblichen Geschwistern«, erklärte Jimi. »Es ist eine Freundschaft . . . wie soll ich sagen . . . besonderer Art. Eine Freundschaft auf Leben und Tod.«

Während der *Hunka*-Zeremonie hatte He Dog ihm und Lukas die Hände mit roter Farbe bemalt, sodass es aussah, als wären sie in Blut getaucht. Für Jimi war es das Eindrücklichste an der ganzen Zeremonie gewesen, doch Lukas hatte es nicht sehen können. Gedankenversunken hob Jimi den Kopf und starrte in die Ferne.

»Luke würde für mich durchs Feuer gehen, verstehst du – und ich für ihn. Das bedeutet *Hunka*-Bruder.« Er nickte, wie um seine Worte zu unterstreichen.

»Lukas kann froh sein, dass er einen Freund wie dich hat, jemand, der immer für ihn da ist.«

Jimi wandte ihr das Gesicht zu und sah sie an. »Hey«, sagte er, »jetzt hast du mich die ganze Zeit über Lukas ausgefragt. Du magst ihn, nicht wahr?«

Sie erwiderte seinen Blick nicht. »Na ja, es interessiert mich eben, wie er so klarkommt ... ich meine, ohne etwas sehen zu können.«

»Luke kommt bestens klar, mach dir da mal keine Gedanken.« Jimi erhob sich abrupt. Es war gar nicht seine Art, so viel über sich und Lukas zu erzählen.

Schweigend ging er zurück ins Haus. Noch ein paar Handgriffe und der Wasserzulauf in der Küche funktionierte wieder. Danach kümmerte er sich um den Anschluss im Bad. Sim räumte währenddessen im Trailer auf und begann zu putzen. Es war erst ihr dritter Tag im Reservat und schon hatte sie sich von einem bunten Vögelchen in ein (fast) normales Mädchen verwandelt. Zu seiner eigenen Überraschung bedauerte er das sogar. Im Nachhinein musste er sich eingestehen, dass ihn ihre verrückten Klamotten beeindruckt hatten.

Gegen zwölf ging Sim nach drüben, um Sandwiches zu machen. Die aßen sie dann zusammen mit Almona im Laden. Nach der Mittagspause nahm Jimi das Fenster im vorderen kleinen Zimmer in Angriff. Das alte Fenster schloss nicht mehr und er musste es gegen ein neues austauschen.

Sim half ihm, wenn er sie brauchte, aber sie wechselten kaum noch ein Wort. Wieso fiel es ihm heute bloß so schwer, sich auf die Arbeit zu konzentrieren?

Als er draußen auf der Leiter stand und das Fenster einsetzte, während Sim von innen dagegenhielt, erhaschte er durch die Scheibe einen Blick in den weiten Ausschnitt ihres T-Shirts, den sie – ganz klar – extra für diesen Zweck ausgeschnitten hatte. Sie trug keinen BH und ihre Brüste waren durchaus einen zweiten Blick wert. Den riskierte er und wäre beinahe von der Leiter gefallen. Blieb nur zu hoffen, dass Sim es nicht bemerkt hatte.

Sie ging ganz schön zur Sache, das verwirrte ihn. Die weißen

Mädchen aus den Kirchengruppen, die jeden Sommer ins Reservat einfielen wie Heuschreckenschwärme, gaben sich eher zugeknöpft und waren für ihn nie von Interesse gewesen. Lakota-Mädchen waren bis auf wenige Ausnahmen scheu und zurückhaltend, jedenfalls die, die traditionell aufgewachsen waren und deshalb später eine gute Ehefrau abgeben würden.

Jimi hatte nicht den leisesten Schimmer, woran er bei Sim war. Erst fragte sie ihn stundenlang über Lukas aus, dann zeigte sie ihm ihre Brüste. Wollte sie etwas von ihm oder war das Ganze nichts weiter als ein Spiel für sie? Sie war seit Stunden allein mit ihm in diesem Trailer, kein Lakota-Mädchen ohne ernsthafte Absichten würde dergleichen tun. Aber sie war kein Lakota-Mädchen und er wusste nicht, was ihre Signale bedeuteten. Er könnte sich Klarheit verschaffen, könnte den ersten Schritt wagen und versuchen, sie zu küssen. Doch obwohl er ihr Verhalten als Ermutigung auffasste – irgendwie ergab sich nie eine Gelegenheit, und wenn er ehrlich sein sollte, dann fürchtete er sich davor, eine Abfuhr zu bekommen.

Am späten Nachmittag, er hatte noch zwei weitere Fenster eingesetzt, packte er sein Werkzeug zusammen. Jo kam zurück, zusammen mit dem deutschen Journalisten – Michael. Sie hatte etwas mit dem Typen, das war kein Geheimnis. Nach der Scheidung von James hatte Sims Tante offenbar die Nase voll von Lakota-Männern.

Jo inspizierte Jimis Arbeit und gab ihm sofort seinen Lohn. Sie zahlte gut, zehn Dollar die Stunde, das bekam er nirgendwo sonst. Aber nicht nur deshalb arbeitete er gerne für Jo, sie war fair und vertraute ihm. Und zufrieden war sie auch, das sah er ihr an.

»Bis Freitag«, sagte Jo, als sie sich von ihm verabschiedete. »Du kommst doch?«

»Ja, geht klar.«

Sim saß auf der Treppe vor dem Trailer. Er setzte sich zu ihr und rauchte noch eine Selbstgedrehte, bevor er sich auf den Weg machte.

»Freitag arbeitest du weiter?«, fragte sie.

»Nein. Ich muss erst noch ein paar Dinge besorgen, bevor ich weitermachen kann. Freitagnachmittag kommen Luke und ich, um mit den Pferden zu arbeiten. Deine Tante hat da so ein Gruppending laufen, therapeutisches Reiten mit psychisch auffälligen Kindern. Wir helfen ihr, weil sie gleichzeitig den Laden geöffnet hat.«

Jimi reichte Sim die Zigarette und sie nahm einen Zug. »Ich hab Angst vor Pferden.«

»Du kannst nicht reiten?«

Sie schüttelte den Kopf.

»Ich bring's dir bei, okay?« Er stand auf und ging zu seinem Wagen. »Bis Freitag«, sagte er.

Als Antwort winkte sie ihm.

Michael hatte indisches Hühnchen gekocht und der Duft von Curry und Ananas zog durch den Raum. Beim gemeinsamen Abendessen erfuhr Sim einiges über die trostlose Situation der Jugendlichen im Reservat.

Es gab an die vierzig Gangs in Pine Ridge, dem Reservat der Oglala-Lakota, das nur ein paar Quadratkilometer kleiner war als Thüringen. Von ungefähr sechsundzwanzigtausend Reservatsbewohnern zählte die Stammespolizei rund fünftausend männliche Jugendliche zu den Mitgliedern einer Gang. Sie nannten sich Wild Boys, Nomads oder Indian Mafia und hinterließen ihre Gangzeichen an Straßenschildern und verlassenen Häusern. Sie waren bewaffnet und dealten mit Drogen. Eltern und Großeltern hatten Angst vor ihren eigenen Kindern, deren Gewalt sie nicht mehr Herr werden konnten.

Als Sim nach Gründen fragte, erzählte Jo von einer verlorenen Generation, von Kindern, die weit weg von ihren Familien in Internatsschulen gesteckt worden waren, wo sie ihre Sprache nicht mehr sprechen durften und systematisch ihrer Kultur entfremdet wurden.

»Diese Generation brachte die nächste verlorene Generation hervor«, sagte Jo. »Wenn du keine Liebe erfährst, kannst du auch keine weitergeben. Es ist ein Teufelskreis. Viele Leute im Reservat haben kein Zusammengehörigkeitsgefühl mehr, keinen Sinn für die Zukunft. Sie kriegen einfach nichts auf die Reihe. Ihr Leben ist so beschissen, dass sie sich mithilfe von Alkohol oder Drogen in eine bessere Welt hineinträumen. Und betrunkene oder drogenabhängige Eltern sind einfach nicht in der Lage, sich um ihre Kinder zu kümmern.« Jo seufzte resigniert. »In vielen Häusern läuft die Glotze rund um die Uhr, Simona. Tag und Nacht schauen sich die Kids Gewaltfilme an und dann werden sie selber ein *Gangsta*. Die meisten wachsen in dem Glauben auf, dass es für sie nur das Res gibt und sie kein Recht darauf hätten, anders zu leben.«

Sim dachte an Lukas und Jimi und fragte sich, wie sie sich ihre Zukunft vorstellten. Ob sie für immer hierbleiben wollten, in Pine Ridge.

Als Michael das Gespräch auf Bernadine Jumping Eagle brachte, horchte sie auf.

Ihre Tante erzählte von Bill Clintons Besuch im Reservat vor elf Jahren, nach dem verheerenden Tornado, der Pine Ridge heimgesucht und den Ort Oglala verwüstet hatte. Dabei war auch Bernadine Jumping Eagles Trailer in Mitleidenschaft gezogen worden.

»Clinton war beeindruckt, wie rührend sie sich um die obdachlosen Kinder kümmerte, ihnen ein Zuhause gab und Zuwendung. Damals bekam sie von ihm das Doppelhaus hingestellt.«

»Bei meinen Recherchen habe ich die Leute munkeln hören, dass nicht alle Kinder Waisen wären, die mit ihr unter einem Dach leben, und Bernadine für sie trotzdem das Pflegegeld vom Staat kassiert.«

Jo zuckte mit den Achseln. »Mag schon sein, dass da eine Nichte oder ein Neffe dabei sind«, gab sie zu. »Aber solange Bernadine nicht alles für sich behält, ist es okay. Jeder sieht zu, wo er bleibt.«

»Tyrell, ihr leiblicher Sohn, soll mit Drogen dealen.«

Jo musterte Michael misstrauisch. »Woher hast du das denn?«

»Informantengeheimnis«, antwortete er lächelnd.

Jo schüttelte unwillig den Kopf. »Glaube den Leuten nicht alles, was sie erzählen«, riet sie ihm. »Da ist irgendwer neidisch auf Bernadine und will ihr an den Karren fahren. Du solltest auf solche Beschuldigungen nichts geben.«

»Ich bin Journalist, Jo«, erwiderte Michael. »Das hört sich nach einer Story an, also werde ich der Sache nachgehen.« Er lehnte sich zurück. »Am besten frage ich Jimi und Lukas, die können mir sicherlich einiges erzählen.«

Jo schien wenig begeistert von dieser Idee zu sein. »Die beiden werden dir nichts erzählen, Michael, selbst wenn sie etwas wissen. Hast du immer noch nicht begriffen, wie es hier läuft? Die Jungs sind abhängig von Bernadine, sie hat ihnen ein Zuhause gegeben. Warum sollten sie an dem Ast sägen, auf dem sie sitzen, nur damit irgendein Journalist aus Deutschland seine Story schreiben kann? Sie müssen hier im Reservat leben, werden nie hier wegkommen, während du in den Flieger steigen und verschwinden kannst.«

Sim spürte, wie die Luft knisterte von Dingen, die zwischen ihrer Tante und dem Journalisten standen, unüberbrückbare Dinge.

»Die Jungs sind bald achtzehn«, warf Michael ein. »Ist es nicht viel eher so, dass du Angst hast, ich könnte bei meinen Recherchen etwas aufdecken, das ein paar Leute gewaltig stören würde? Leute, die schnell herausfinden werden, dass ich bei dir wohne und mit dir befreundet bin?«

Jo straffte ihre Schultern und wollte etwas erwidern, als ihr auf einmal einzufallen schien, dass Sim auch noch da war. »Ich glaube, darüber reden wir ein anderes Mal«, sagte sie und stand auf, um das Geschirr zur Spüle zu tragen.

Michael beließ es dabei und half ihr schweigend beim Abwasch.

Sim lag noch lange wach und dachte über das nach, was ihre Tante und Michael über die Lakota und das Leben im Reservat erzählt hatten. Jimi und Lukas kamen ihr nicht vor wie zwei Menschen, die ohne Hoffnung waren. Und wie zwei drogensüchtige Freaks auch nicht.

8. Kapitel

Am Freitag war der Himmel schon am Morgen bedeckt, eine sehr willkommene Abwechslung nach den heißen Tagen. Michael war auf Recherchetour im Reservat und Sim half im Laden. Nachmittags kam Almona, um für ein paar Stunden das Geschäft zu übernehmen.

Jo holte drei Strickhalfter aus dem Schuppen, in dem sie die Sättel, Decken und all die übrigen Pferdeutensilien aufbewahrte, und ging mit Sim auf den Hügel, um Big Boy, Forrest und Angel in den Korral zu holen, der sich unterhalb der kleinen Blockhütte befand.

Ganz wohl war Sim nicht bei der Sache, aber zu ihrer Erleichterung ließen sich die Tiere ohne Probleme das Halfter anlegen. Als Jo mit Big Boy und Angel voranlief, folgte Forrest, den Sim am Halfter führte, von alleine. Er war nicht so groß wie die anderen beiden Pferde und unter dem dunkelbraunen Fell zeichneten sich deutlich seine Rippen ab. Sie brachten die Tiere in den Korral und Jo zeigte ihr, wie man sie bürstete. Was sie dabei mochten und was nicht. Dann ließ sie Sim allein mit den drei Pferden.

Big Boy und Angel ließen die Köpfe hängen und machten ein Nickerchen. Forrest, der magere Araber, kam neugierig auf sie zu und blies ihr seinen Atem ins Gesicht, was wohl so viel wie »Ich mag dich, aber wer bist du?« bedeutete. Sie hob die Hand, um seine weichen Nüstern zu streicheln. Er war zu ihr gekommen und er war das kleinste der Pferde, also beschloss sie, mit ihm anzufangen. Zuerst putzte sie nur zaghaft, und als sie merkte, wie es ihm gefiel, etwas kräftiger und mit mehr Enthusiasmus.

Sie war so vertieft in ihre Aufgabe, dass sie Jimi und Lukas erst bemerkte, als sie von ihren Pferden stiegen. Jimi öffnete das Tor und sie kamen zu ihr herein.

»Hi«, sagte er.

»Hey«, erwiderte Sim seinen Gruß mit einem Lächeln.

»Hey Sim«, sagte Lukas. »Hi Forrest.« Der Araber begann, Lukas am T-Shirt zu knabbern, und er strich über den Hals des Pferdes.

»Woher weißt du, dass es Forrest ist«, fragte Sim verblüfft.

»Er hat Asthma, in seiner Lunge pfeift es ein bisschen.«

Sim dachte, Lukas wollte sie auf den Arm nehmen, aber sein Gesichtsausdruck war ernst.

»Wie es aussieht, hast du dich schon mit ihm angefreundet«, bemerkte Jimi.

»Forrest mag mich.« Sie zuckte mit den Achseln. Es war ihr selbst ein Rätsel, wieso. »Er hat es mir leicht gemacht.«

Jo kam mit dem Pick-up gefahren und brachte zwei Sättel und Satteldecken. Jimi und Sim halfen beim Ausladen und sie war überrascht, wie schwer so ein Ledersattel wog. Nun wusste sie auch, woher Tante Jo ihre Armmuskeln hatte.

Die Kinder, zwei achtjährige Mädchen und ein etwas älterer Junge in einem viel zu großen T-Shirt, wurden von einem Indianer mit Schnurrbart und schwarzem Cowboyhut gebracht, der gleich wieder davonfuhr.

Die Kleinen hießen LeeLee, Vicky und Randy und waren Sim gegenüber auffällig scheu. Sie vermieden es, ihr in die Augen zu sehen, und sprachen sie auch nicht an. Aber Sim spürte, dass sie Jo und den Jungs vertrauten und dass sie sich auf den Reitunterricht freuten. Die Tiere waren brav und geduldig, während ihnen die Sättel aufgelegt wurden. Zu brav für Randy, den schmächtigen Burschen mit schulterlangem Haar, der gerne ein richtiger Krieger gewesen wäre. Er saß (ohne Sattel) auf Big Boy, dem größten der drei Pferde, schielte jedoch immer wieder zu den beiden Tieren von Lukas und Jimi, die vor dem Korral grasten.

Als ihre Tante zur Sattelkammer ging, um für Angel, die sich an einem Draht verletzt hatte, eine Wundsalbe zu holen, nahm Randy all seinen Mut zusammen. »Kann ich Ghost Face reiten?«, fragte er.

Ghost Face. Sim wusste sofort, dass damit Lukas' Schecke gemeint war. Ein passender Name für das Pferd mit den unheimlichen Augen.

»Du bist zu leicht für ihn«, erwiderte Lukas. »Er würde denken, du bist eine Fliege, und mit dir bis in die Badlands laufen. Dort holt dich *Unktehi,* das Wassermonster.«

Randy zog einen Flunsch, den Lukas allerdings nicht sehen konnte.

»Ich weiß, was wir machen«, lenkte Jimi ein. »Du wirst mit Luke zusammen auf Ghost reiten und Sim darf sich dafür mal auf Big Boy setzen.«

Randy strahlte und Sim rutschte das Herz in die Hose. Big Boy war wirklich *big* und sie war wenig begeistert von Jimis Vorschlag, mit dem er offenbar nichts anderes bezweckte, als sie zu blamieren. Sie wollte schon protestieren, aber Randy rutschte vom Pferderücken und schaute erwartungsvoll zu ihr herüber. Es war das erste Mal, dass der schüchterne Junge sie ansah. Sim hatte das Gefühl, ihn furchtbar zu enttäuschen, wenn sie jetzt kniff.

»Na los«, sagte Jimi mit seinem charmanten Grinsen.

Sie stand vor Big Boy, starrte auf seinen Rücken, der ungefähr auf ihrer Nasenhöhe endete, und fragte sich, wie sie ohne Steigbügel da hinaufkommen sollte. Jimi lachte, dass seine weißen Zähne blitzten. Er schlang die Zügel um eine Metallstrebe, verschränkte die Hände in Schoßhöhe zu einer Räuberleiter und nickte ihr aufmunternd zu. »Halt dich an der Mähne fest, okay? Und nicht auf seinen Rücken plumpsen lassen, das mag er nicht.«

Sim klammerte sich an Big Boys Mähne, stellte ihren linken Fuß in Jimis Hände, zog sich nach oben und schob ihr rechtes Bein über den breiten Pferderücken. In ihrem Rücken hörte sie die Kinder kichern, was sie ihnen kaum verübeln konnte. Sie musste ein jämmerliches Bild abgeben und innerlich schwor sie Jimi Rache.

Unsicher hob sie die Schultern. Jimi drückte ihr die Zügel in die Hand und begann, Big Boy herumzuführen. Als das Pferd sich in Bewegung setzte und sie die kräftigen Muskeln unter sich spürte, drückte Sim den Rücken durch und setzte sich kerzengerade auf. Die Kinder kicherten wieder.

»Locker bleiben«, sagte Jimi.

Toller Vorschlag! Die Frage war nur, wie man locker bleiben sollte, wenn man ohne Sattel auf einem schnaubenden Monstrum saß, das nur aus Muskeln und schweren Knochen zu bestehen schien?

Lukas holte Ghost in den Korral, stieg auf und zog den Jungen vor sich auf den Pferderücken. Der Schecke tänzelte ein wenig, aber Lukas sprach ein paar beruhigende Worte und schnalzte mit der Zunge. Sie begannen ebenfalls, Runden zu drehen.

Randy strahlte über das ganze Gesicht. Für einen Augenblick war seine Welt in Ordnung. Er saß auf einem richtigen Pferd, während sie auf einem alten Gaul herumgeführt wurde, vor dem sie auch noch Angst hatte. Beinahe musste Sim lachen. Und weil sie sich nicht mehr auf das große Tier unter ihr konzentrierte, ließ sie unwillkürlich locker und passte sich Big Boys schaukelnden Bewegungen an.

Jimi ließ das Halfter los. »Jetzt du alleine.«

Big Boy blieb stehen, schlug mit dem Schweif. Sim zog an den Zügeln, drückte die Fersen in Big Boys Flanken und sagte: »Na los, alter Junge. Hü!«

Jimi grinste kopfschüttelnd. »Benutze deine Knie, okay? Lass die Zügel locker. Keine Stimme, keine Hände, nur die Knie.«

Er drückte gegen ihr rechtes Knie, schnalzte mit der Zunge und Big Boy lief los.

Tante Jo kam mit einem Topf Salbe zurück und nickte Sim anerkennend zu. »Du machst dich nicht schlecht«, sagte sie anerkennend. »Vielleicht können wir ja mal zusammen ausreiten.«

Ausreiten? Nachdem sie ein paar Runden im Kreis gegangen war? Niemals!

»Nein danke!«, sagte sie. »Mir reicht's auch so schon.«

Als Jimi Big Boy endlich zum Stehen brachte und Sim mit schmerzendem Hintern vom Pferderücken glitt, landete sie ungewollt in seinen Armen. Ihre Brust an seiner, ihr Gesicht nur ein paar Zentimeter von seinem entfernt. Sie spürte Hitze aufsteigen und geriet in Panik, da ließ er sie mit einem undefinierbaren Grinsen los. Sie stolperte zum Gatter und hielt sich an einer Strebe fest, bis ihr Herz sich wieder beruhigt hatte.

Die Sättel wurden abgeschnallt, die Bürsten eingesammelt und aus der nebenbei laufenden Unterhaltung der Kinder bekam Sim mit, dass der nächste Tag ein Feiertag war.

»Was wird denn gefeiert?«, fragte sie in die Runde.

»Unser Sieg am Little Bighorn«, antwortete Jimi.

Sim, die sich auf den Arm genommen fühlte, warf ihrer Tante einen fragenden Blick zu. Jo zuckte mit den Achseln. »Morgen jährt sich Custers letzte Schlacht zum hundertfünfunddreißigsten Mal«, erklärte sie, »das nehmen einige im Reservat zum Anlass, um den Weißen ein bisschen Feuer unter dem Hintern zu machen.«

Auch ihre Tante wollte sie anscheinend auf den Arm nehmen und Sims fragender Blick schwenkte zu Lukas. Der grinste bloß vor sich hin.

»Glaub ihr kein Wort«, meinte Jimi schließlich. »Das Ganze ist nichts weiter als ein Spaß. Morgen Nachmittag finden Pferderennen statt, drüben, auf dem Land der Yellowhawks, nur drei, vier Meilen von hier.«

Pferderennen, dachte Sim. Da war in dieser Einöde endlich mal etwas los und es hatte natürlich mit Pferden zu tun. Ihre Hände, ihre Sachen, alles roch nach Pferd und bei jedem Schritt schmerzte ihr Hintern – nein, ihr ganzer Körper. Pferderennen interessierten sie nicht, kein bisschen.

»Am Abend spielt eine Band und es wird gefeiert. Wir könnten dich abholen und wieder zurückbringen, wenn du Lust hast.«

Sim horchte auf. Eine Band? Das klang schon vielversprechender. Und Jimi hatte eben so etwas wie eine Einladung ausgesprochen – oder etwa nicht? Sim hatte nichts dagegen, mal von hier wegzukommen, auch wenn es nur drei oder vier Meilen waren.

»Darf ich?«, wandte sie sich an Jo.

»Ich weiß nicht.« Das Gesicht ihrer Tante zeigte wenig Begeisterung. »Yellowhawks Söhne sind dafür bekannt, dass sie trinken und kiffen und sich gerne mal prügeln.«

Jimi kehrte Jo den Rücken zu, damit sie nicht sehen konnte, wie er in sich hineingrinste. Aber Sim hatte es bemerkt.

»Alkohol und Drogen sind strikt verboten auf Yellowhawks Land«, sagte Lukas mit ernster Miene.

»Ja, klar«, Jo drehte die Augen zum Himmel, »und ich bin der Weihnachtsmann.«

»Komm schon«, bettelte Sim ihre Tante. »Da ist tatsächlich mal was los und du willst mich hier versauern lassen. Es ist schließlich Wochenende. Außerdem hättest du mal einen Abend allein mit Michael.«

Natürlich war ihr klar, dass sie offiziell nicht hier war, um Spaß zu haben, aber Tante Jo würde ihr doch diese winzige Freude nicht verwehren wollen. »Du hast gesagt, du wirst mich nicht einsperren«, fügte sie vorwurfsvoll hinzu.

Ihre Tante rang mit sich. Sim wusste: Wenn sie etwas erreichen wollte, hielt sie jetzt lieber die Klappe.

Da kam ihr Lukas zu Hilfe. Er tastete sich mit ausgestreckter Hand an Jimi heran und legte einen Arm um die Schulter seines Freundes. »Jimi und ich, wir werden schon aufpassen, dass ihr nichts passiert. Indianerehrenwort.«

Sim lächelte.

»Ich kann auch auf sie aufpassen«, meldete sich Randy, »ich bin morgen dabei.«

Endlich musste Jo lachen. »Also gut«, sagte sie, »aber Punkt zehn Uhr ist Simona wieder hier.«

»Schon um zehn?«, maulte Sim. »Normalerweise muss ich am Wochenende erst um zwölf zu Hause sein.«

»Na ja, du weißt ja am besten, was dabei herausgekommen ist«, erwiderte ihre Tante spitz. »Halb elf, okay? Schreib dir das hinter die Ohren. Das Res ist nicht . . .«

». . . Weisburg«, beendete Sim den Satz. Diskutieren war sinnlos, das wusste sie inzwischen. Außerdem hatte sie erreicht, was sie wollte, und es schien ihr klug, den Bogen nicht zu überspannen.

»Halb elf, das geht klar«, sagte Jimi. »Dann sehen wir uns morgen«, wandte er sich an Sim. »Wir holen dich gegen Mittag ab.« Er griff in die schwarze Mähne von Black Arrow und mit einer einzigen fließenden Bewegung saß er auf seinem Pferd.

»See you«, sagte Lukas und stieg auf seinen Schecken. Nachdem Ghost noch ein paar Pferdeäpfel fallen lassen hatte, ritten die beiden davon.

Der Indianer mit dem Cowboyhut kam und holte die Kinder wieder ab. Sim bemerkte, wie Jo ihm ein paar Scheine in die Hand drückte. Benzingeld. Langsam begriff sie, wie es hier lief. Die Mädchen kletterten auf den Rücksitz. Randy verabschiedete sich mit einem verschämten Grinsen und winkte Sim zu.

Der Wagen verschwand in einer Staubwolke.

»Randy flirtet mit dir«, sagte Jo.

»Er ist süß.«

»Ja, das ist er. Ich mag ihn. Er hat es nicht leicht, seine Eltern sitzen beide im Gefängnis und er lebt bei seiner Oma in Wounded Knee. Sie hat kaputte Nieren und muss zweimal die Woche zur Dialyse nach Pine Ridge. Er kümmert sich um sie. Randy hätte so gerne ein Pferd, aber seine Oma ist bettelarm. Der Junge hat große psychische Probleme.«

»Davon habe ich gar nichts gemerkt.«

»Nein, wenn er auf einem Pferderücken sitzt, ist er glücklich.«

»Warum sind seine Eltern denn im Gefängnis?«

»Sie haben mit Drogen gedealt, sind selber abhängig. Jahrelang musste der Junge das mit ansehen. Sie haben ihn beide verprügelt. Es ist erst ein paar Wochen her, da hat er mich gefragt, ob ich seine Mutter sein wolle und er bei mir leben dürfe.«

Sim sah ihre Tante an. Jo war einundvierzig und hatte keine Kinder. Sim wusste, dass sie Kinder mochte, aber anscheinend lag ihr nicht daran, welche aufzuziehen. »Und? Was hast du ihm geantwortet?«

Jo rieb sich die Stirn. »Es hat mir das Herz gebrochen, ihm diesen Wunsch auszuschlagen. Randy ist ein ganz besonderer Junge. Er ist klug und voller Ideen, die er niemals umsetzen können wird, aus dem einfachen Grund, weil er Randy Butterfly ist und in diesem Reservat geboren wurde. Er macht nachts noch oft ins Bett und bräuchte rund um die Uhr Aufmerksamkeit. Die kann ich ihm nicht geben. Ich habe ihm gesagt, dass ich immer für ihn da sein werde, aber dass er eine Mutter hat, die irgendwann zu ihm zurückkommt.«

Sie hat ihn belogen, dachte Sim, *und sie belügt sich selbst.*

»Randy ist nur einer von Hunderten Jungen und Mädchen in diesem Reservat, die ein gutes Zuhause bräuchten. Jemanden, der sich um sie kümmert und auf ihre Bedürfnisse eingeht. Ich kann sie nicht alle retten.«

»Aber fängt man nicht am besten damit an, indem man einen rettet?«

Jo schüttelte den Kopf. »Du verstehst das nicht, Simona, du kannst es gar nicht verstehen, du bist erst fünf Tage hier. Ich helfe den Leuten, so gut ich kann. Aber Randy bei mir aufzunehmen, wäre den anderen gegenüber nicht fair.«

Das verstand Sim tatsächlich nicht.

Sie ließ es jedoch dabei bewenden und verbrachte den Rest des Nachmittages damit, den Halsausschnitt des T-Shirts umzunähen, das sie von ihrer Tante bekommen hatte.

9. Kapitel

Schon seit über einer Stunde war Sim fertig angezogen. Duftend, geschminkt und fest entschlossen, sich zu amüsieren, wartete sie darauf, endlich abgeholt zu werden. Sie trug das schwarze Top mit den roten Totenköpfen, einen ausgefransten, schräg abgeschnittenen Jeansrock und die Segeltuchturnschuhe, die sie gestern extra gewaschen hatte. Ihre widerspenstigen Haare standen in allen Richtungen vom Kopf, doch mit dem neuen *undone*-Look hatte sie sich längst angefreundet. Sie wirkte damit lässiger, erwachsener. Ihre Augen hatte sie sorgfältig geschminkt und die Narbe mit Make-up und Lippenstift abgedeckt.

Unruhig tigerte sie im Wohnraum auf und ab und warf hin und wieder einen missmutigen Blick aus dem Fenster. Das Warten schien ihr von Minute zu Minute sinnloser. Lukas und Jimi hatten sie versetzt – aber was hatte sie eigentlich erwartet? Dass die beiden ihre Verabredung ernst nahmen? Auf welchem Planeten lebst du eigentlich, Sim?

Ihre Tante kam aus dem Laden herauf und begann, laut zu lachen, als sie ihre Nichte am Fenster stehen sah. »Sag bloß, du hast noch nichts von *Indian Time* gehört? Lukas und Jimi sind Lakota, bei denen läuft alles nach Indianerzeit.«

Sim sah ihre Tante aus schmalen Augen. »Das bedeutet?«

»Wenn die Jungs da sind, dann sind sie da.«

»Jimi hat gesagt: Mittag. Mittag ist zwölf Uhr.«

»Er hat gesagt: Um Mittag *herum*. Das heißt, jederzeit *nach* zwölf Uhr, aber auf keinen Fall *vor* zwölf.«

Sim warf einen Blick auf die Wanduhr. »Jetzt ist es eins durch.«

»Sie werden schon kommen.«

Nur ein paar Minuten später hupte es draußen. Jo schaute aus dem Fenster und lächelte. »Na, wer sagt's denn?«

Ein letztes Mal rannte Sim ins Bad, fuhr sich mit der Hand durch die Haare und prüfte das Make-up im Spiegel. Dann schnappte sie die gewebte Umhängetasche, die Jo ihr geschenkt hatte, und flitzte an ihrer Tante vorbei zur Tür hinaus.

Jimi stand in der offenen Fahrertür seines Ford Mustang und rauchte. Er trug ein blütenweißes T-Shirt mit dem Aufdruck CUSTER DIED FOR YOUR SINS. Die kurzen Ärmel waren bis über die Schultern hochgerollt, sodass seine Tätowierungen vollständig zu sehen waren. Er musterte Sim kurz von oben bis unten, was ausreichte, um sie nervös zu machen.

»Wo ist Lukas?«, fragte Jo von der Veranda herab.

»Schon auf dem Rennplatz, bei den Pferden.«

Sim winkte ihrer Tante.

»Viel Spaß«, sagte Jo. »Und sei pünktlich. Indian Time dulde ich nicht.«

Sim stieg ein. Als ihre nackten Schenkel mit dem Kunstledersitz in Berührung kamen, entfuhr ihr ein Fluch. Der Sitz glühte von der Sonne. Jimi lachte. Sie zog die Tür zu und sah sich um. Das Innere des Wagens glich einer Müllhalde. Alles war mit einer dünnen gelben Staubschicht bedeckt und im Fußraum vor dem Beifahrersitz kullerten leere Getränkedosen und eine Taco-Bell-Schachtel herum. Am Rückspiegel baumelte ein Dreamcatcher, der gehörte im Reservat anscheinend zur Standardausrüstung in jedem Auto.

»Du hast gewartet?«, fragte Jimi mit hochgezogenen Augenbrauen, als er den Motor anließ. »Das tut mir leid.«

Sim lief rot an und verfluchte ihre Tante. »Kein Problem«,

versicherte sie. Die Klimaanlage funktionierte nicht und sie fing auf der Stelle an zu schwitzen.

Am Ende der Schotterpiste ging Jimi auf die Bremse. Als er sich über Sim beugte, kam ein überraschter Laut aus ihrer Kehle und sie presste sich unwillkürlich in den Sitz. Ihr Mund wurde trocken und ihr Herz schlug so heftig, dass es den Motor übertönte. Trotz der Hitze war ihr Körper wie schockgefroren.

»Deine Tür ist nicht richtig zu.« Mit einem kräftigen Ruck zog Jimi am Türgriff und das Schloss rastete ein. Jimi schob sich in den Fahrersitz zurück und setzte den Blinker, um auf die Asphaltstraße zu biegen.

Sim atmete tief ein und versuchte, sich zusammenzunehmen. Ein unergründliches Lächeln umspielte Jimis Lippen. Mit Sicherheit glaubte er, dass sie scharf auf ihn war, und deshalb amüsierte er sich so prächtig. Das weiße Gör aus Deutschland, das sich einbildete, eine Einladung zum Pferderennen käme einem Date gleich. Das nur darauf wartete, von ihm angemacht zu werden, damit sie zu Hause erzählen konnte, sie hätte eine wilde Romanze mit einer Rothaut gehabt. Lange Haare, Tattoos, schwarzes Pferd, Sportwagen mit einem weißen Blitz auf der Kühlerhaube.

Tante Jo hatte ihr erzählt, wie es lief mit den weißen Frauen und den Lakota-Männern.

Aber Jimi hatte sie nicht angefasst, nur die Tür richtig verschlossen. Und schließlich konnte er nicht wissen, was sie für Erinnerungen mit sich herumtrug.

Auf der Asphaltstraße gab Jimi Gas, der Motor heulte auf und der Wind blies ihr durch das offene Fenster ins Gesicht. Sie fuhren schweigend und auf halber Strecke zwischen Horse Hill und Manderson bog Jimi auf das Land der Yellowhawks. Eine staubige Piste, gesäumt von wilden Heckenrosen, führte durch ein Gebiet mit großen Cottonwoods und Sim sah linker Hand einen grasbewachsenen Platz, auf dem drei Tipis standen. Das weiße Segeltuch leuchtete in der Mittagssonne.

Nach einer weiteren Meile erreichten sie das Gelände, auf dem die Pferderennen stattfinden würden. Es war eine überschaubare Grasebene, gesäumt von Laubbäumen, die Schatten spendeten. Dahinter erstreckte sich das baumlose Hügelland. Eine Oase inmitten der ausgedorrten Prärie.

Links und rechts des Weges parkten staubige Autos und Pferdeanhänger, dazwischen standen Pferde. Schwarze, braune, gescheckte, helle mit grauen Flecken. Sim dachte daran, was Michael gesagt hatte – dass die Lakota mit ihren schnellsten Pferden hier sein würden. Kinder ritten auf ihren Ponys den Weg entlang oder jagten im Galopp über die Wiese.

Jimi fuhr Schritt und fand schließlich eine Lücke zwischen den parkenden Autos. Jetzt war Sim dankbar dafür, dass der Wagen nicht klimatisiert war, denn die Hitze, die ihr unbarmherzig entgegenschlug, als sie aus dem Mustang stiegen, hätte sie sonst umgebracht. Zwischen den Hügeln stand die Luft und sie war angereichert mit Staub, Pferdeschweiß und dem Geruch von Pferdeäpfeln.

»Dort drüben.« Jimi wies in Richtung einer großen Erle mit einer breiten Krone. Ghost und Arrow grasten in der Nähe und im Schatten des Baumes entdeckte sie Lukas, der mit zwei Mädchen in ein Gespräch vertieft war. Auch das noch, dachte Sim, während sie Jimi zwischen Autos und schwatzende Grüppchen hindurch folgte.

Obwohl niemand sie offen anstarrte, spürte Sim, wie sie taxiert wurde. Zugegeben, zwischen all den Jeans und XXL-T-Shirts war ihr optischer Unterhaltungswert enorm. Falsche Frisur, falsche Klamotten, falsche Hautfarbe. Fehlte nur das »Bitte-nicht-füttern«-Schild.

Die Indianer, an denen sie vorbeiging, sahen allesamt angestrengt weg, aber sobald sie ihnen den Rücken zukehrte, kicherten und tuschelten sie. Auch die Mienen der beiden Mädchen, mit denen sich Lukas unterhielt, deuteten nicht unbedingt auf einen Willkommensgruß, als sie sich mit Jimi zu ihnen gesellte.

»Marola und Cammie«, sagte Jimi, »das ist Sim, Jos Nichte aus Deutschland.«

»Hi«, sagte Cammie. Marola, deren Augen in einem unnatürlichen Blau strahlten, hatte nur ein knappes Nicken für Sim übrig.

Beide blickten sofort wieder weg, irgendwohin, wo niemand stand. Cammie hatte etliche Kilo zu viel auf den Rippen, die sie unter einem weiten malvenfarbenen T-Shirt versteckte. Eigentlich hatte sie ein hübsches Gesicht, aber ihre Wangen waren rund wie Äpfel, die gegen ihre Unterlieder drückten und die dunklen Augen zu schmalen Schlitzen werden ließen. Ein Gummi hielt ihr die langen Haare straff aus dem Gesicht, was auch nicht gerade vorteilhaft war.

Marola hingegen hätte Modell für eine dieser Indianerprinzessinnen auf den Kitschpostkarten stehen können, von denen ihre Tante ein ganzes Sortiment im Laden hatte. Makellose milchkaffeebraune Haut, Haare bis zum Hintern, wunderschöne kontaktlinsenblaue Mandelaugen und eine klassische Nase. Sie trug ein eng anliegendes weißes Top, das ihre schlanke Figur betonte und im Kontrast zu ihrer dunklen Haut leuchtete wie aus der Waschmittelwerbung. Ihre langen Beine steckten in Jeans und staubigen Reitstiefeln mit Sporen. *Wow.*

Lukas begrüßte Sim mit einer Umarmung, die etwas linkisch ausfiel. Ein verwaschenes blaues Tuch mit kleinen weißen Büffeln hielt ihm das offene Haar aus der Stirn und in Kombination mit seiner Men-in-Black-Sonnenbrille sah er damit ziemlich verwegen aus.

Sim kam sich von Minute zu Minute lächerlicher vor in ihrem

Outfit und sie fragte sich, wie sie es hier bis halb elf aushalten sollte. Welcher Teufel hatte sie geritten, sich für beinahe zehn Stunden in die Obhut von zwei Jungen zu begeben, die sie überhaupt nicht kannte?

Sie spürte den Druck, der sich in ihr aufbaute und gegen den es nur ein einziges Heilmittel gab: Alkohol. Jetzt könnte sie ein eiskaltes Bier vertragen, das würde nicht nur ihren Durst löschen, sondern auch ihre Zweifel und die Unsicherheit fortspülen. Aber ein Bier war hier garantiert nicht zu bekommen und wie es aussah auch nichts anderes, das Abhilfe versprach. Das große Schild am Eingang zum Wettkampfgelände war nicht zu übersehen gewesen: No drugs, no guns, no alcohol. Sie würde endlose Stunden auf dem Trockenen sitzen.

Jimi und Lukas diskutierten angeregt mit den beiden Mädchen über die bevorstehenden Rennen und Sim hatte zumindest so viel mitbekommen, dass alle vier mit ihren Pferden an den Wettkämpfen teilnehmen würden. Auch Lukas. Zwar war Sim neugierig, wie das funktionieren sollte, gleichzeitig wurde ihr jedoch mit einem gewissen Unbehagen klar, dass sie die meiste Zeit würde alleine verbringen müssen.

Ein Lautsprecher knackte und eine tiefe Männerstimme (laut Lukas war es Yellowhawk, der Veranstalter der Rennen) kündigte an, dass die Eröffnung der Wettkämpfe in wenigen Minuten beginnen würde. Marola und Cammie gingen zu ihren Pferden, die auf der anderen Seite des unbefestigten Weges an einem Hang grasten. Jimi holte sich eine Dose Pepsi aus einer blauen Eisbox und ließ sich in einen der beiden Klappstühle fallen, die mit bester Sicht auf den Rennplatz im Schatten der Erle standen.

»Bedien dich«, sagte er zu Sim.

Sie öffnete den Deckel der Box und zog sich eine Wasserflasche aus den Eiswürfeln.

»Bringst du mir bitte ein Wasser mit«, bat Lukas.

Sim zog eine weitere Wasserflasche heraus, ging zu ihm und drückte sie gegen seine Brust, wie sie es von Jimi abgeguckt hatte. Lukas klopfte mit der Hand gegen die Lehne des zweiten Stuhles.

»Setz dich.«

»Ich kann stehen«, sagte Sim, obwohl sie sich vor Hitze und Anspannung kaum noch auf den Beinen halten konnte. »Setz du dich, ist ja dein Stuhl.«

»Ich bin nicht behindert, okay?«, sagte Lukas. »Ich kann nur nicht sehen.«

»So habe ich das nicht gemeint«, stotterte sie.

Jimi verdrehte die Augen. »Nun setz dich schon hin, verdammt noch mal, sonst ist er gekränkt. Luke ist ein Gentleman, noch nicht bemerkt?«

Sim ließ sich in den Stuhl fallen und Lukas hockte sich ins Gras.

Vorne, am Start, wurde eine Trommel angeschlagen und jemand begann zu singen. Es war ein durchdringender Falsettgesang, der Sim einen Schauer nach dem anderen über den Rücken jagte. Das dumpfe *Dum, dum, dum* der Trommel vibrierte bis in ihr Herz.

Ein Lakota-Ältester eröffnete das Pferderennen mit einer Rede. Er erinnerte die auf dem Gelände Versammelten an die Schlacht am Little Bighorn und an den tapferen Kriegshäuptling Crazy Horse, der mit seinen Männern und den verbündeten Kriegern vom Volk der Cheyenne und Arapaho General Custer und seiner Siebten Kavallerie vor hundertfünfunddreißig Jahren den Todesstoß versetzt hatte. Sim hatte sich von Michael und ihrer Tante am gestrigen Abend die Zusammenhänge erklären lassen und sie hatten lange über das Dilemma gesprochen, in dem das Volk der Lakota auch heute noch steckte. Michael hatte ihr ein Buch geliehen, das ein Freund von ihm geschrieben hatte – Kent Nerburn. Das Buch hieß *Neither Wolf nor Dog*. Sie hatte angefangen, darin zu lesen, war aber über die ersten vier Seiten nicht hinausgekommen, weil sie so müde gewesen war.

»Es war unser letzter Sieg«, fuhr der alte Mann fort, »danach folgte eine Niederlage nach der anderen. Sie haben unser Land genommen und uns in Reservate gesteckt. Sie haben unsere Sprache genommen und unsere Art zu leben. Wir müssen ihnen zeigen, dass wir nicht mehr bereit sind, Niederlagen einzustecken.« Seine Stimme bekam einen kämpferischen Tonfall. »Wir müssen unseren Kindern wieder eine Zukunft geben.«

Während die Leute zustimmend klatschten, tauchte wie aus dem Nichts ein alter Büffelbulle zwischen den Büschen auf der gegenüberliegenden Seite der Rennarena auf. Ein erstaunter Aufschrei ging durch die Menge. Yellowhawk (der Besitzer des Landes *und* des Bullen) trat ans Mikrofon und warnte die Zuschauer, dem Büffel nicht im Weg zu stehen. »Er ist alt und meint, er wäre hier der Chef. Macht einfach Platz, wenn er kommt.«

Erstaunlich schnell pflügte sich der braune Koloss einen Weg durchs Gras. Er brüllte ärgerlich und die Leute schrien auf. Sim saß schon in den Startlöchern. Falls der Bulle in ihre Richtung schwenken sollte, würde sie sich auf die Ladefläche eines Pickup-Trucks retten, der hinter dem Stamm der Erle parkte.

Damit er besser sehen konnte, stand Jimi auf und kommentierte das Geschehen für Lukas. Der Bulle schüttelte drohend seinen mächtigen Schädel und rannte schließlich direkt auf ein paar Pferde zu, die angebunden am Startzaun standen. Ein ängstlicher Aufschrei ging durch die Menge und Sim sprang nun ebenfalls auf, um den Weg des Büffels besser verfolgen zu können. Die angebundenen Pferde wieherten ängstlich, sie schlugen mit den Hinterbeinen aus und auf einmal war es ganz still, als würden alle den Atem anhalten.

»Was ist passiert?«, fragte Lukas verunsichert.

Jimi kommentierte wie ein Sportreporter. Der Bulle lief – unbeeindruckt von ihren durch die Luft fliegenden Hufen – an den Pferden vorbei, nahm das rote Plakat mit der Aufschrift »Remember Greasy Grass« auf die Hörner und trollte sich.

»Jeeez, das war knapp«, bemerkte Yellowhawk trocken durch den Lautsprecher. Kollektives Ausatmen, erleichtertes Lachen. Jetzt, wo die Gefahr vorüber war, wurde das Auftauchen des alten Büffelbullen auf dem Wettkampfareal allseits als gutes Omen gewertet.

»In solchen Momenten bedaure ich, dass ich nichts sehen kann«, gab Lukas zu. Sim antwortete nicht. Es hatte ihr schlichtweg die Sprache verschlagen.

Nachdem Yellowhawk den Start des ersten Rennens angekündigt hatte, das sich *Over-&-Back*-Rennen nannte, schwangen sich auch Jimi und Lukas auf die Rücken ihrer Pferde und gingen mit ein paar anderen jungen Männern an den Start. Das Rennen ging über eine Distanz von einer Meile – eine halbe Meile hin, eine halbe zurück.

Als der Startschuss fiel, stand Sim mit gezückter Kamera am Rand und schoss ein Foto nach dem anderen. Mindestens fünfzehn Reiter in Jeans und T-Shirts jagten an ihr vorbei, aber sie erkannte Jimi und Lukas an ihren auffallenden Pferden. Beide ritten ohne Sattel, wie die meisten anderen auch. Mit lauten Rufen, Gejohle und Trillern, die Sim an Kriegsgeschrei aus Wildwestfilmen erinnerten, feuerten die Lakota die Reiter an. Von einer unerwarteten Erregung gepackt, fieberte Sim mit. Als die Reiter zurückkehrten, hob sie erneut die Kamera und versuchte, Jimi und Lukas im Bild einzufangen. Black Arrow hatte die Führung übernommen, dicht gefolgt von Ghost Face, aber wer als Erster ins Ziel ging, das konnte sie von ihrem Platz aus nicht erkennen.

Die Zuschauer pfiffen anerkennend und klatschten und dann, wie auf ein geheimes Zeichen hin, ließen sie sich in ihre Klappstühle fallen oder setzten sich auf ihre bunten Patchworkdecken und schwatzten.

Sim fühlte sich unwohl so allein und freute sich, als Ghost seinen blinden Reiter zurück zur Erle brachte. Aus unerfindlichen Gründen schien das Pferd Lukas' Ziel stets zu kennen. Doch dann bemerkte Sim den Leinensack, der an einem Ast des Baumes hing und der, wie sich herausstellte, Hafer enthielt. Nachdem Lukas dem Schecken eine Handvoll Körner zur Belohnung gegeben hatte, rief er Sims Namen.

»Ich bin hier«, meldete sie sich.

»Die Kühlbox«, fragte er, »wo steht sie?«

Sim sprang auf und lief zur Kühlbox. Sie öffnete den Deckel und fragte: »Ein Wasser?«

Lukas antwortete nicht gleich. »Du musst mich nicht bedienen«, sagte er schließlich. »Sag mir einfach, wo der Cooler steht, okay?«

Der verdrießliche Unterton in seiner Stimme war Sim nicht entgangen, deshalb klappte sie den Deckel leise wieder zu und richtete sich auf. Von Lukas bis zur Kühlbox waren es kaum drei Schritte. »Hmm . . .« Sie kratzte sich am Hinterkopf.

»Okay, es ist überhaupt nicht schwer.« Nun klang er nachsichtig. »Entweder ›rechts von dir‹ oder ›links von dir‹ oder ›auf drei Uhr‹, je nachdem.«

Sim betrachtete Lukas und die Kühlbox. »Genau vor dir«, sagte sie. »Drei Schritte.«

»Auf zwölf also.« Er lief die drei Schritte, bis sein Fuß gegen den Cooler stieß. Er ging in die Knie, öffnete den Deckel und fuhr mit der Hand ins Eis, um eine Wasserflasche herauszuziehen. Als er sich wieder aufrichtete, sah Sim ein Lächeln auf seinen Lippen. »Gut gemacht«, sagte er. »Zur Belohnung darfst du mich jetzt zu den Stühlen führen.«

Er streckte die Hand aus, doch Sim ergriff sie nicht. Stattdessen nahm sie ihn am Arm und führte ihn zu den Stühlen.

»Rechts von dir.«

Lukas tastete nach dem Stuhl und setzte sich. Er schraubte den Verschluss von seiner Wasserflasche und trank. Sim ließ sich im zweiten Stuhl nieder.

»Sorry«, sagte sie, »ich wollte dich nicht ...« Verdammt – *was* wollte sie eigentlich nicht? Ihn wie einen Blinden behandeln?

»Kein Problem.« Lukas wischte sich mit dem Handrücken über die Lippen, »du hast nichts falsch gemacht. Du wolltest nur helfen und ich ... ich wollte dir beweisen, dass ich auch ohne deine Hilfe klarkomme.«

»Aber warum?«

Er zuckte mit den Achseln. »Das ist nicht so leicht zu erklären. Vermutlich hat es etwas mit Selbstwertgefühl zu tun. Wenn ich gewollt hätte, dass du mir das Wasser holst, hätte ich es dir gesagt, okay? Ich bin blind, aber kein Invalide.«

»Verstehe.« Sim hoffte, dass sie das irgendwann tatsächlich tun würde.

»Hey«, sagte er, »keine Sorge, aus uns wird schon noch ein gutes Team.«

Sim schluckte. Was sollte sie darauf auch sagen? »Wer hat eigentlich gewonnen?«, fragte sie, um dem Gespräch eine andere Richtung zu geben.

»Jimi. Black Arrow ist schnell.«

Ein Mädchen in ihrem Alter kam vorbei und klopfte Lukas auf die Schulter. »Du warst gut, Luke.« Sie hatte einen üppigen Vorbau und schielte leicht auf dem linken Auge.

Ein erkennendes Grinsen erschien auf seinem Gesicht. »Hi, Sally.« Er ließ sich von dem Mädchen umarmen und sagte: »Ghost ist gut in Form.«

Lukas stellte sie einander vor. Schiele-Sally schien nicht sonderlich erbaut über Sims Anwesenheit zu sein. Mit schiefem Blick nahm sie ihre vermeintliche Konkurrenz in Augenschein. Sie flirtete eine Weile heftig mit Lukas, das war offensichtlich. Wusste er, dass Sally ganz und gar keine Schönheit war?

Sally ging schließlich, ohne Sim eines zweiten Blickes gewürdigt zu haben.

Über die Lautsprecher rief Yellowhawk zum nächsten Rennen auf, das sich *Women-Half-Mile-Saddle*-Rennen nannte. Sim blieb neben Lukas sitzen – aus Höflichkeit. Wenn sich niemand vor sie stellte, würde sie auch von ihrem Stuhl aus einen guten Blick haben.

Unter den Reiterinnen, die in halsbrecherischem Tempo an ihnen vorüberjagten, erkannte Sim die dicke Cammie und Marola. Die Indianerprinzessin ritt wie der Teufel, ihre Haare flogen, es war eine Schau. So reiten zu können, musste ein tolles Gefühl sein. Mit Sicherheit lagen Marola die Jungen reihenweise zu Füßen.

Als das Trommeln der Pferdehufe verklungen war, fragte Lukas: »Hast du Marola gesehen?«

Oh ja. »Sie war die Erste, hatte mindestens fünf Meter Vorsprung.«

»Marola ist eine klasse Reiterin. Ein bisschen wild, aber sie heimst immer alle Preise ein bei Pferderennen. Ich wünschte, ich könnte sie sehen.«

Sim hörte die Bewunderung in Lukas' Stimme. Ihm war offenbar bewusst, dass Marola schön war. Klar, Jimi hielt bestimmt nicht hinter dem Berg mit dem Aussehen der Mädchen.

Was er Lukas über sie erzählt hatte, wollte sie lieber nicht wissen.

»Die Mädchen«, fragte sie, »Marola und Cammie, seid ihr zusammen?«

»Manchmal«, antwortete Lukas und leerte mit einem tiefen Zug seine Wasserflasche.

»Nein«, meinte Sim verlegen, weil sie merkte, dass sie den falschen englischen Ausdruck benutzt hatte. »So meine ich das nicht. Ich meine, seid ihr befreundet?«

»Ja«, sagte er, »seit der Grundschule.«

Sie seufzte und kramte in ihrem Kopf nach der richtigen Vokabel. Verflixt, warum war es nur so schwer, sich in der fremden Sprache unmissverständlich auszudrücken? Doch als Sim Lukas' Gesicht sah, wurde ihr bewusst, dass er sie aufzog.

»Wir sind nur Freunde«, sagte er.

»Hat Jimi eine Freundin?«

»Im Augenblick nicht.«

»Stimmt es, dass er der totale Mädchenschwarm ist?«

»Wer sagt das? Deine Tante?« Er schlug mit der leeren Wasserflasche in die offene Handfläche seiner Linken.

Keine gute Frage, Sim.

In diesem Moment wurde über den Lautsprecher zum nächsten Wettkampf aufgerufen, der sich das *Rettet-den-gefallenen-Krieger*-Rennen nannte und laut Yellowhawk an die Zeiten der Indianerkriege erinnern sollte, als die Verwundeten während des Kampfes vom Schlachtfeld geholt werden mussten.

Lukas stand auf und pfiff leise nach Ghost. »Bis später«, sagte er zu Sim, als er auf dem Pferderücken saß.

Der Startschuss für das erste Reiterpaar fiel kurz darauf und Sim beobachtete neugierig, was passieren würde. Die beiden Wettkämpfer jagten, angefeuert von den Zuschauern, auf ihren

Pferden an ihr vorbei. An einem mit einem Fahnenstab markierten Punkt ließ sich einer von beiden vom Pferd gleiten, der andere nahm ihn auf und das Pferd des Retters trug beide zurück zum Ausgangspunkt.

Als Jimis und Lukas' Name fiel, reckte Sim den Hals. Wer von beiden würde der gefallene Krieger sein?

Mit einem Vorsprung von ein paar Sekunden ritt Lukas voran. An der Markierung stoppte Ghost (offensichtlich kannte er das Fähnchen), Lukas sprang ab und streckte seine Arme Jimi entgegen, der auf Arrow angeritten kam. Lukas griff nach Jimis Arm, mit einem Satz schwang er sich hinter seinem Freund auf den Pferderücken und Jimi wendete Arrow, bevor er ihn wieder antrieb. Das ganze Manöver hatte keine Minute gedauert, sie mussten es Hunderte Male geübt haben.

Black Arrow machte seinem Namen alle Ehre. Obwohl er die zweifache Last zu tragen hatte, flog er wie ein Pfeil dem Ziel entgegen. Die Menge johlte, als das Pferd mit Jimi und Lukas auf seinem Rücken die Ziellinie erreichte.

Sim hatte ein paar Fotos geschossen und verstaute gerade ihre Kamera wieder in der Tasche, als ein alarmierendes Krachen im Gebüsch hinter ihr sie erschrocken herumfahren ließ. Im ersten Moment dachte sie beim Knacken der Äste an den Büffelbullen und sah sich voller Panik nach einem Fluchtweg um. Doch es war Marola auf ihrem Pferd, die zwischen den Blättern des Strauches erschien wie ein indianischer Geist mit tiefblauen Augen.

Sie umkreiste Sim einmal, zog hart an den Zügeln und das Pferd rollte mit den Augen. Sein Fell glänzte vor Schweiß. Sims Herz machte einen Satz, als wolle es aus ihrer Brust springen. Marola ritt ein Stück von ihr weg, riss erneut an den Zügeln und ihr Pferd stieg wiehernd. Dann wendete sie das Tier fast auf der Stelle und lenkte es direkt auf Sim zu. Marolas indigoblauer

Blick war wirr, die schwarzen Pupillen starr. Sim sprang zur Seite und hörte Marolas boshaftes Lachen.

Einige Indianer, die in ein paar Metern Entfernung standen, begannen, aufmerksam zu werden, und riefen Marola etwas auf Lakota zu. Sie gab eine patzige Antwort zurück.

Plötzlich war Jimi neben Marola und ihrem Pferd. Er packte die Zügel, und als das Tier endlich stand, kamen schnelle, harsche Worte auf Lakota aus seinem Mund. Zu gerne hätte Sim gewusst, was er zu dem Mädchen sagte. Marola wandte den Kopf und ihre Blicke trafen sich. Die Verachtung und die Wut in den Augen der jungen Indianerin jagten Sim einen kalten Schauer über den Rücken. Schließlich ließ Jimi die Zügel los. Marola zog den Kopf ein, um ein paar Ästen auszuweichen, trieb ihr Pferd zwischen den parkenden Autos hindurch und jagte davon.

Jimi sah Sim mit besorgt gerunzelter Stirn an. »Alles klar?«

»Was war das denn?« Sie zitterte, stand immer noch unter Strom.

»Zu viel Adrenalin«, meinte Jimi achselzuckend.

Adrenalin? »Ist sie immer so?«

»Marola ist tough. Manchmal übertreibt sie es eben ein bisschen.« Er holte sich eine Dose aus der Kühlbox und verschwand ebenso plötzlich, wie er aufgetaucht war. Die Umstehenden, die das Schauspiel mit Blicken verfolgt hatten, wandten sich wieder ab und Sim hatte das Gefühl, als wäre alles bloß ein Traum gewesen.

10. Kapitel

Inzwischen war später Nachmittag geworden. Eine leichte Brise wehte durch das Tal und machte die Hitze für Menschen und Tiere erträglicher. Während die Wettkämpfe weiterliefen, erkundete Sim das Areal und entdeckte, dass sie nicht mehr die einzige Weiße auf dem Gelände war. Eine Gruppe Jugendlicher stand im Pulk um einen Stand mit T-Shirts. Sie gesellte sich zu ihnen, nur um gleich darauf festzustellen, dass sie auch von den weißen Jungen und Mädchen angestarrt wurde.

Okay, Sim, sagte sie sich, *du hast es nicht anders gewollt.*

Für zehn Dollar erstand sie ein rotes und ein schwarzes T-Shirt mit aufgedruckten Pferden, die ein indianischer Künstler entworfen hatte. Mit Schere, Nadel und Faden würde sich etwas Passables daraus machen lassen.

Auf dem Weg zurück zu ihrem Schattenplatz fiel Sim ein Reiter mit langem blondem Haar, Schnauzbart und schwarzem Cowboyhut ins Auge. Er trug eine Lederweste und saß steif wie ein Brett auf seinem Pferd. Der Typ sah aus wie die Reinkarnation von General Custer, dessen Niederlage am Little Bighorn der Anlass des heutigen Feiertags war. Was machte jemand, der dem verhassten General so ähnlich sah, auf einem Pferderennen zu seinem Todestag? Der Mann musste lebensmüde sein, anders konnte Sim sich seine Anwesenheit nicht erklären.

Sie nahm wieder in einem der Klappstühle Platz und hielt Ausschau nach Lukas und Jimi, allerdings vergeblich.

Laut Durchsage waren sie nun beim Höhepunkt des Tages angekommen, dem *Capture-the-Flag*-Rennen. »Doch zuvor wollen wir all derer aus dem Volk der Lakota gedenken, die in den Jahren nach der Schlacht am Little Bighorn ihr Leben gelassen haben«, sagte Yellowhawk.

Lakota, die gesessen hatten, standen auf. Ein Gebet, dachte Sim geistesgegenwärtig und erhob sich ebenfalls. Sie war nicht religiös, aber nicht sitzen zu bleiben, war ein Zeichen des Respekts.

Jemand anderer als Yellowhawk redete auf Lakota. Sim reckte den Hals, konnte den Sprecher jedoch nicht erkennen, um den sich eine kleine Menschentraube drängte. Sie glaubte, Lukas' Stimme zu erkennen, war sich aber nicht sicher. Die dumpfen Schläge einer Handtrommel erklangen, verstärkt durch die Lautsprecher rollten die langsamen Töne über den Platz. Dann setzte der Gesang ein, so hoch und durchdringend, dass schon die ersten Töne haltlos in Sims Inneres drangen und ihr Herz berührten. Sie schloss die Augen, um die Bilder um sich herum auszuschließen und nur der Stimme zu lauschen. Der Duft von verbranntem Süßgras wehte zu ihr herüber.

Okshila ceya I yayayo
Taku wakan wanicelo aheee o.
Oksila ceya I yayayo
Wanbli Gleska wan
Ikce wicasa ca
Cehpikoma yankelo
Okshila ceya I yayayo
Taku wakan wanicelo aheee o.

Obwohl sie kein Wort verstand, wusste Sim, dass es ein trauriges Lied war. Die Stimme hatte etwas Flehendes an sich, strahlte aber auch Kraft aus. Die Trommel verklang. »*Wopila* Lukas Brave«, sagte Yellowhawk und die Leute klatschten und pfiffen anerkennend.

Lukas hatte gesungen. Sim war immer noch völlig gefangen von seiner schönen, tragenden Stimme und der Eindringlichkeit des kurzen Liedes. Jimi hatte ihr erzählt, dass Lukas die Lieder von einem alten Medizinmann lernte, um später damit zu helfen und zu heilen. Jetzt begriff sie. Für einen Moment hatte Lukas' Lied eine Tür geöffnet, um ihr den Blick in eine fremde, geheimnisvolle Welt zu gewähren.

Wenig später kam der Sänger auf Ghost angeritten und Sim bemerkte, wie die Lakota ihm ehrfürchtig Platz machten. Er glitt vom Pferd und legte die Zügel über Ghosts Rücken, der seine Handvoll Hafer bekam.

»Zwei Uhr . . . sieben Schritte«, sagte Sim. Lächelnd kam er auf sie zu. »Links von dir.«

Er tastete nach dem freien Stuhl und setzte sich neben sie. Die Indianer in ihrer Nähe steckten die Köpfe zusammen und tuschelten, aber Sim achtete nicht mehr darauf.

»Das war ein trauriges Lied«, sagte sie, »und du hast eine schöne Stimme.«

»Danke.«

»Wovon hat es gehandelt?«

»Es geht darin um die alten Lehren unseres Volkes.« Lukas sprach so leise, dass sie sich zu ihm beugen musste, um ihn überhaupt verstehen zu können. »Darum, dass wir unsere Traditionen bewahren müssen, die zunehmend in Vergessenheit geraten. Wir wissen nicht mehr, was unsere Vorfahren wussten, und das macht uns kaputt. Die Leute sind erschöpft. Das Leben kommt ihnen unerträglich vor, deswegen trinken sie und nehmen Drogen. Sie haben vergessen, wie man ein gutes Leben führt.« Er wandte ihr das Gesicht zu. »Darum das Lied. Die Leute sollen sich daran erinnern, dass wir einst stark waren und warum wir es waren.«

Sim dachte daran, was ihre Tante gesagt hatte, und ihr wurde klar, dass Lukas, obwohl er blind war, genau zu wissen schien, was um ihn herum passierte.

»Du hast noch nicht viel mitbekommen vom Leben im Reservat, Sim. Das hier«, er machte eine umgreifende Handbewegung, »ist nicht der Alltag.«

Seine Worte gingen in fröhlichem Geschrei unter. Der letzte Wettkampf hatte begonnen.

»Was passiert jetzt?«, wollte sie von ihm wissen.

»Ein armes Bleichgesicht wird Custer spielen«, sagte Lukas. »Er bekommt die amerikanische Flagge in die Hand gedrückt und muss den Hügel hinaufreiten. Dann jagen alle hinter ihm her und derjenige gewinnt, der es schafft, ihm die Flagge abzunehmen und damit als Erster durchs Ziel zu reiten. Dem Sieger winkt übrigens ein Geldpreis.«

»Ich habe den Mann gesehen.« Nun wurde Sim einiges klar. »Er sieht tatsächlich aus wie Custer. Wo haben sie den denn her?«

»Yellowhawk schafft es immer wieder, einen aufzutreiben, der lange blonde Haare hat und willens ist, sich vor allen zum Trottel zu machen.«

Sims Blick suchte die Reiter. Der Blondschopf mit dem Hut hatte mit der Flagge in der Hand die Spitze des Hügels erreicht und der Anpfiff zur Verfolgungsjagd ertönte. Mindestens fünfundzwanzig Reiter jagten hinter dem Mann den Hügel hinauf. Vorneweg Jimi auf Black Arrow.

Die Strahlen der sinkenden Sonne fielen auf die Hügel und ließen sie in einem goldenen Licht erstrahlen. Mit wildem Kriegsgeschrei ritten die Indianer dem falschen Custer hinterher und Sim kam es für einen Augenblick so vor, als wäre sie in eine andere Zeit versetzt worden.

»In den letzten beiden Jahren hat Jimi die Flagge als Erster durchs Ziel gebracht, und wie ich ihn kenne, wird er es auch diesmal schaffen.« Mit seinen Worten holte Lukas sie ins Hier und Jetzt zurück. Die Reiter waren hinter dem Hügel verschwunden. Sim spürte die Aufregung um sich herum.

Jetzt hielt sie nichts mehr auf ihrem Klappstuhl. Sie lief ein paar Schritte nach vorn und spähte zum Hügel hinüber. Würde Lukas recht behalten und Jimi als Erster mit der Flagge in der Hand ins Ziel reiten?

Black Arrow hatte einen schnellen Start hingelegt und schon nach wenigen Minuten konnte Jimi die anderen Reiter abhängen. Es ging bergauf und er beugte seinen Oberkörper nach vorn, den Schweißgeruch seines Pferdes in der Nase. Die kräftigen Muskeln unter ihm bebten, während er hinter Custer den Hügel hinaufjagte. Das lange blonde Haar des Mannes, das unter seinem Hut hervorquoll, bauschte sich im Wind. Krampfhaft umklammerte das Bleichgesicht den Stiel der amerikanischen Flagge.

Obwohl das Ganze nur ein Spiel war, kam es Jimi in diesem Moment nicht so vor. Sein Gesicht war mit einer weißen Zickzacklinie, einem schwarzen Streifen und weißen Punkten bemalt, und vor dem Startschuss hatte er das Gummiband aus seinem Pferdeschwanz gezogen. Nun flogen seine langen Haare im Wind. Er war nicht mehr länger Jimi Little Wolf, Waisenjunge und Drogendealer aus Pine Ridge, dem ärmsten und hoffnungslosesten Indianerreservat der Vereinigten Staaten von Amerika. Jetzt war er Crazy Horse, Kriegshäuptling und unversöhnlicher Feind aller Weißen. *Tashunka Witko,* der dem verhassten General George Armstrong Custer und seiner Siebten US-Kavallerie am Little Bighorn in Montana ein bitteres Ende bereitet hatte.

Adrenalin schoss durch Jimis Adern bis unter die Haarwurzeln und er drückte Arrow die Fersen in die Flanken. Hinter sich hörte er das Kriegsgeheul der anderen und auch aus seiner Kehle flog ein gellender Schrei, der dem blonden Mann vor ihm, das hoffte er, einen Schauer über den Rücken schicken würde.

Gelbhaar jagte den Hügel hinab ins Tal und verlor seinen schwarzen Hut. Hell und schutzlos leuchteten seine blonden Locken in der Sonne. Jimi war inzwischen auf fünf Meter an ihn heran und der Abstand schwand zusehends. Jimi (Crazy Horse) konnte das Schlachtgetümmel hören, die Schüsse der Soldaten und die Schreie der getroffenen Krieger.

Er selbst war unverwundbar, denn auf seiner Brust lag der *Wotawe,* die Kriegsmedizin, die Crazy Horse in jener Schlacht getragen hatte und die ihn vor den Kugeln seiner Feinde beschützt hatte.

Schon war er auf zwei Meter an Custer heran und spürte die wachsende Panik des Mannes, der nicht mehr sicher sein konnte, dass alles nur ein Spiel war und er bei dieser Hatz mit dem Leben davonkommen würde.

Gelbhaar stieß einen verzerrten Laut aus, als Jimi sich herüberbeugte und mit ausgestrecktem Arm nach der Flagge griff. Für den Bruchteil einer Sekunde trafen sich ihre Blicke und Jimi sah die nackte Angst in den Augen des Weißen. Dieser Moment verschaffte ihm ungeheure Befriedigung. Er entriss dem Mann die Flagge und stieß ein Triumphgeheul aus, das selbst in seinen Ohren wie das eines Wahnsinnigen klang.

Jimi trieb Arrow an Gelbhaar vorbei, jagte das Pferd in halsbrecherischem Tempo zwischen den Hügeln entlang zum Ziel, während das Bleichgesicht zurückblieb, geschlagen und froh, unversehrt davongekommen zu sein.

Als Jimi mit geschwenkter Flagge über dem Kopf durchs Ziel ritt, brüllte die versammelte Menge los. Jimi Little Wolf war der Held des Tages, ein Krieger, eine Hoffnung, wie Crazy Horse es gewesen war. Ein grandioses Gefühl. In diesem Moment schwor er sich, den Medizinbeutel des Häuptlings und die ledernen Geisterfiguren wieder in seinen Besitz zu bringen und dafür zu sorgen, dass ihre Macht dafür eingesetzt wurde, sein Volk stark zu machen, damit es wieder in der Lage war, gegen die fortwährende Ungerechtigkeit zu kämpfen.

Zur anschließenden Siegerehrung erschien auch Lukas. Er und Jimi waren die Gewinner des *Gefallenen-Krieger*-Rennens. Yellowhawk las nacheinander die Namen der Gewinner in den übrigen Kategorien vor. Zuletzt wurde Jimi als Sieger des *Capture-the-Flag*-Rennens bekannt gegeben und noch einmal bejubelten ihn die Leute. Er war der Champion, der Star des Tages.

Jimi wusste, dass das seine Chancen bei den Lakota-Mädchen an diesem Abend enorm erhöhen würde. Aber hatte er auch Sim beeindrucken können?

Yellowhawk verteilte die Preisgelder an die Gewinner. Dollar, die Jimi ein, zwei Joints und einen angenehmen Abend sichern würden.

Doch das allerletzte Rennen des Tages stand noch aus. Es war das *Thundering-Hooves*-Rennen, ein Zwanzig-Meilen-Ritt, der sie von Oglala über die Grass Creek Road hierher zurückführen sollte. Zwar würde das Rennen erst gegen Sieben in Oglala starten, aber die extreme Hitze des Tages hatte sich bisher kaum gelegt und das Rennen würde den Pferden und ihren Reitern viel abverlangen. Nur wenn beide in guter Verfassung waren, durften sie an den Start gehen. Arrow war nach der wilden Jagd über die Hügel verschwitzt, doch in einer Stunde würde er sich so weit erholt haben, dass Jimi sich mit ihm ins Feld einreihen konnte.

Sie trennten sich. Lukas ritt zum Festplatz, wo die Tipis standen und wo es später ein Lagerfeuer und Livemusik geben würde. Jimi ritt zu Sim zurück. Als er bei ihr ankam, hob sie die Kamera und drückte auf den Auslöser. Das Klicken versetzte ihm einen Stich und er schluckte ärgerlich. Wie schon sein Idol wollte auch Jimi nicht fotografiert werden. Von Tashunka Witko gab es kein einziges Abbild, keine Fotografie und auch kein Gemälde. Man erzählte sich, dass er groß und gut aussehend gewesen war und dass sein Haar sich leicht wellte.

Jimi stieg vom Pferd, doch als Sim noch einmal auf den Auslöser drücken wollte, wandte er den Kopf zur Seite und wehrte ein zweites Foto mit der Hand ab wie ein Filmstar, der sich vor Paparazzi schützen musste.

»Tut mir leid.« Sim ließ die Kamera sinken.

Jimi sagte nichts, was ihn selbst wunderte. Einen normalen Touristen hätte er jetzt zur Schnecke gemacht.

Gemeinsam packten sie die Sachen zusammen und er holte den Mustang, um Stühle und Kühlbox in den Kofferraum zu laden.

»Wo ist eigentlich Lukas?«, fragte Sim.

»Schon auf dem Festplatz.« Er schlug die Kofferraumklappe herunter und warf ihr den Autoschlüssel zu. Sim fing ihn auf und sah Jimi mit großen Augen an. »Ich reite beim letzten Rennen mit und komme später nach«, erklärte er. »Fahr zum Festplatz, Lukas wartet dort auf dich.«

»Aber . . .«

»Was?«

»Ich kann nicht Auto fahren.«

»Der Mustang hat Automatikschaltung, das ist kinderleicht.« Langsam wurde Jimi ungeduldig. Er hatte Sim für cool gehalten, aber nun war er sich dessen nicht mehr so sicher. Erst fotografierte sie ihn mit seiner Gesichtsbemalung wie ein exotisches Tier und nun zierte sie sich, seinen Wagen die eine Meile zum Festplatz zu fahren.

»Ich habe noch nie hinter einem Steuer gesessen«, beteuerte Sim. »Und du hängst doch an deinem Auto, oder?«

Jimi seufzte. Er musste für Arrow noch einen Platz in einem der Pferdeanhänger finden und würde zu spät in Oglala am Start sein, wenn er nicht in der nächsten halben Stunde hier wegkam.

Er sah sich um, entdeckte seinen Kumpel Rob Whitefeather und winkte ihn heran. »Kannst du mein Auto zum Festplatz fahren?«

Robs Blick fiel auf Sim. »Ja, klar.«

»Nimm sie mit.«

»Okay.« Rob grinste.

Jimi schnappte sich Arrows Zügel und führte ihn zu einem der Pferdeanhänger.

»Viel Glück«, rief Sim ihm nach, aber er war in Gedanken schon beim Rennen.

Lukas stand mit Ghost an der Zufahrt zum Festgelände und wartete auf die Ankunft von Jimis Mustang. Endlich hörte er das vertraute Motorengeräusch. Das Auto hielt, Türen klappten und jemand kam auf ihn zu. Ein Hauch von Himmel stieg in seine Nase. »Sim? Jimi?«

»Nur ich«, antwortete Sim. »Jimi nimmt am letzten Rennen teil. Ein Kumpel von ihm hat mich hergefahren.«

Sie war enttäuscht und versuchte, es zu verbergen, doch ihre Stimme verriet sie. Das versetzte Lukas einen Stich. Bis Jimi vom *Thundering-Hooves*-Rennen zurückkehrte, musste Sim wohl oder übel mit ihm vorliebnehmen, und wie es schien, hatte sie sich das Ganze anders vorgestellt.

Lukas mochte Sim. Er mochte ihren Geruch, ihre Stimme und seine Vorstellung von ihr. Doch sie interessierte sich für seinen besten Freund. Okay, das war nichts Neues, doch in diesem Fall wusste er nicht, ob er damit klarkommen würde.

»In zwei Stunden ist er wieder da«, sagte er.

»Sicher?«

»Nichts ist sicher.« Das klang defensiver, als er beabsichtigt hatte, und er bereute seine Worte sofort.

»Wenn ich nicht halb elf zu Hause bin, lässt meine Tante mich nie wieder weg.«

Das war es also, dachte er, schon halb versöhnt. Sie machte sich Sorgen, nicht rechtzeitig nach Hause zu kommen. »Du wirst pünktlich sein, ich verspreche es.« Er hörte, wie Sim erleichtert ausatmete. »Jetzt würde ich gerne Ghost zu den anderen Pferden bringen. Hilfst du mir?«

»Ja, klar.«

Ghost wusste, wo es zur Koppel ging. Sim folgte den beiden.

»Wieso machst du eigentlich nicht beim Rennen mit?«, fragte sie ihn.

Lukas antwortete nicht gleich. Er überlegte, ob er die Wahrheit sagen sollte, denn es würde so klingen, als ob er Jimis Teilnahme am Rennen missbilligte.

»Tut mir leid, wenn ich was Falsches gefragt habe.« Sie klang verunsichert.

»Nein, warum solltest du nicht fragen?«

Zweimal war er mit Ghost dieses Rennen geritten, hatte sein Pferd bis an die Grenze seiner Kräfte getrieben. Das wollte er nie wieder tun. Lukas beteiligte sich gerne an den Wettkämpfen, jedoch ohne den ehrgeizigen Siegeswillen, den Jimi dabei an den Tag legte. »Ich war zweimal dabei, das ist genug.«

Sim schwieg. Das schätzte er so an ihr. Sie wartete, bis er von sich aus weiterreden würde.

»Im vergangenen Jahr hat einer der Reiter sein Tier derart gejagt, dass es in der Hitze zusammenbrach und erschossen werden musste«, erzählte er. »Seitdem heißt es auch das Selbstmord-Rennen. Pferde tun alles für ihre Reiter, deshalb ist es umso schlimmer, wenn man ihr Vertrauen missbraucht. Ghost ist für mich nicht nur ein Pferd, er ist mein Freund, mein *Kola*, und sein Vertrauen ist mir wichtiger, als bei einem Rennen Sieger zu sein.«

»Und Jimi sieht das nicht so?«

»Jimi ist Jimi. Er will gewinnen. Und wenn sich die Gelegenheit dazu bietet, ist er dabei.«

Mit Sims Hilfe führte er Ghost auf die kleine Koppel unter Bäumen, auf der noch andere Pferde standen. Der Schecke schnaubte unwillig.

»Ich weiß«, Lukas strich über seinen Hals, »du kennst einige hier nicht. Aber du wirst schon klarkommen mit ihnen. Es ist ja nur für eine Weile.« Ghost war ein geselliges, ein verträgliches Pferd, und wenn die anderen ihn in Ruhe ließen, würde er keinen Ärger machen.

Eine Weile standen sie noch am Koppelzaun, weil Sim sich die Tiere anschauen wollte. Lukas musste schon seit geraumer Zeit auf die Toilette, aber auch wenn er ungefähr wusste, in welcher Richtung die Klohäuschen standen, ohne Hilfe würde er nicht hinfinden. Er konnte sich in Sims Beisein aber auch nicht einfach an den Wegesrand stellen und pinkeln. Der quälende Druck auf der Blase trieb ihm die ersten Schweißperlen auf die Stirn.

»Alles in Ordnung mit dir?«, fragte Sim.

Starrte sie ihn etwa an? »Ja. Das heißt, *nein*«, presste er hervor. »Kannst du mich zur Toilette bringen? Sie muss irgendwo dort drüben sein.« Er deutete in Richtung Westen.

»Klar, kein Problem, ich muss auch mal.«

Erleichtert atmete Lukas auf. Er streckte seine rechte Hand aus und ließ sie auf halber Höhe in der Luft schweben, um sie auf Sims Schulter zu legen. »Du musst mich führen, okay?«

»Okay.« Sie nahm seine Hand und legte sie auf ihre linke

Schulter. Dann lief sie los, langsam, damit er ihr folgen konnte. Aber es funktionierte nicht, sie kamen einfach nicht in einen vernünftigen Gleichklang mit ihren Schritten und Lukas trat ihr in die Fersen.

»Sorry«, sagte er.

Sim blieb stehen. »Bei Jimi und dir sieht es ganz leicht aus.«

»Kein Problem.« Lukas versuchte ein Lächeln und hoffte, dass es bei ihr ankam. »Lauf einfach los, vergiss, dass ich da bin.« Hauptsache, wir kommen ans Ziel, bevor ich in die Hose gepinkelt habe.

Sim versuchte es, aber nach ein paar Schritten stoppte sie unvermutet und er stieß gegen ihren Rücken. Ihre Hand griff nach seiner.

»Versuchen wir es so.«

Lukas' Finger schlossen sich um ihre Hand, die warm war und ein bisschen klebrig. Er war es gewohnt, sich an anderen festzuhalten und führen zu lassen. Nach dem Unfall, als Siebenjähriger, hatte er lernen müssen, anderen Menschen zu vertrauen, sonst wäre er erledigt gewesen.

Schon bald roch Lukas, dass sie die beiden Plumpsklos erreicht hatten. Sim blieb stehen, ließ ihn aber nicht los.

»Was ist?«

»Beide besetzt, wir müssen warten.«

Auch das noch. Um sich abzulenken, versuchte Lukas, sich vorzustellen, was für ein Bild sie abgeben mussten, Hand in Hand vor den beiden Klohäuschen. Wenn er nicht so dringend gemusst hätte, hätte er es komisch finden können.

Zwei Türen klappten gleichzeitig. Sim führte ihn, legte seine Hand auf den Türgriff.

»Ist das auch das Männerklo?«, fragte er mit gerunzelter Stirn.

»Ja. Kommst du klar?«

»Ja. Und du, kommst du klar?«

»Das hoffe ich doch. Bin nebenan.«

»Na denn.«

Nachdem er sich erleichtert hatte, verließ er das Klohäuschen, ging ein paar Schritte und lauschte, bis er das Plopp, plopp, plopp deutlich vernahm. Zielgerichtet lief er auf den Wasserhahn zu und wusch seine Hände. In seinem Rücken hörte er, wie eine Tür geöffnet wurde und wieder zuschlug. Gleich darauf stand Sim neben ihm.

»Wie hast du den Wasserhahn gefunden?«, fragte sie erstaunt.

»Ich habe das Wasser gerochen – wie ein Pferd.«

»Wirklich?«

Lukas rieb sich die Hände an seiner Hose trocken. »Unsere Vorgänger haben den Wasserhahn aufgedreht, also kannte ich die Richtung.« Er musste schmunzeln. »Der Wasserhahn tropft. Ich bin dem Tropfen nachgegangen.«

»Dann stimmt es also, was man sagt. Dass bei Menschen, die nicht sehen können, die anderen Sinne stärker ausgeprägt sind.«

Er zuckte mit den Achseln. »Wenn das Sehen wegfällt, laufen die übrigen Sinne auf Hochtouren. Außerdem kann man es trainieren, das Hören, Riechen und Tasten.«

»Verstehe. Aber woher wusstest du, dass ich einen Sonnenbrand hatte?«

»Du kamst aus der Dusche und deine Arme haben geglüht wie Heizstrahler.« Lukas lächelte. »Gehen wir zurück zum Festplatz? Mein Geruchssinn ist jedenfalls dafür.«

Sim schob ihre Hand in seine.

Sie holten sich jeder einen Hotdog, mit dem sie sich auf einen abgesägten Stamm unter einen Baum setzten. Lukas genoss den Schatten, seinen Hotdog und Sims Gesellschaft. Er lauschte den Stimmen und dem Gelächter der anderen, hörte das Schnauben der Pferde und fühlte sich zufrieden.

»Warum mag Jimi es eigentlich nicht, fotografiert zu werden?«, fragte Sim mitten in sein Wohlbefinden hinein.

Jimi, Jimi, Jimi, dachte er. »Hast du etwa versucht, ihn zu fotografieren?«

»Ja. Er sah cool aus mit seiner Kriegsbemalung und ich habe mir nichts dabei gedacht.«

»Jimi hält es wie Crazy Horse. Der hat sich auch nie fotografieren oder malen lassen.«

»Weil er Angst hatte, dass man ihm die Seele rauben könnte?«

»Tashunka Witko hatte vor nichts Angst. Er wollte einfach nicht abgebildet werden. Abgesehen von seinen Verwandten und Freunden brauchte niemand zu wissen, wie er aussah.«

»Was war eigentlich so Besonderes an ihm?«, fragte Sim. »Ich meine, außer dass er Custer am Little Bighorn besiegt hat.«

»Willst du das wirklich wissen?«

»Jap.«

Lukas überlegte kurz, wo er anfangen sollte, und begann zu erzählen. »Als sich Häuptling Red Cloud nach dem Vertrag von Fort Laramie ins Reservat zurückzog, wurde Crazy Horse zum Anführer der letzten freien Lakota und damit zum Symbol des Widerstandes gegen die Weißen. Er war ihr unversöhnlichster Feind und wollte die Black Hills, in denen sie Gold gefunden hatten, nicht aufgeben. Bis ins Frühjahr 1877 streifte er durch die Paha Sapa. Seine Leute, es waren so an die neunhundert Männer, Frauen und Kinder, litten Hunger. Sie hatten keine Munition mehr und überall in den Bergen lauerte die Armee. Die Lage war aussichtslos, aber er gab nicht auf.«

»Dann sieht sich Jimi also als Rebell und würde am liebsten wie Crazy Horse gegen die Weißen kämpfen?«

Ihre Frage klang nicht spöttisch, eher ein wenig befremdet. Kein Wunder, schließlich war sie selber eine Weiße.

»Tashunka Witko war nicht nur ein mutiger und loyaler

Kriegshäuptling, er war immer auch besorgt um die Alten und Kranken, die Frauen und Kinder«, verteidigte Lukas den Häuptling. Oder verteidigte er Jimi?

»Ein richtiger Held also?«

»Kann man so sagen.«

»Aber wenn seine Leute hungerten, während er Krieg führte, dann kann er nicht so besorgt um sie gewesen sein, wie du behauptest.«

»Er führte keinen Krieg, er wollte unsere heiligen Berge nicht aufgeben, das ist etwas ganz anderes. Außerdem beugte er sich schließlich der Aufforderung seines Onkel Spotted Tail und erschien Anfang Mai mit seinen Leuten in Fort Robinson in Nebraska, um sich zu ergeben. Doch die weißen Soldaten trauten ihm nicht. An einem Abend im September sollte er in einen Gefängnisraum gesperrt werden. Er wehrte sich, zwei Wachposten packten ihn an den Armen und ein Soldat stieß ihm sein Bajonett in die Seite.«

Lukas verschwieg Sim, dass die Wachposten Lakota gewesen waren. »Das Bajonett durchbohrte seine Niere und er starb noch in der Nacht. Kurz vor seinem Tod hat er noch mit seinem Vater gesprochen: ›Sag den Leuten, dass sie sich jetzt nicht mehr auf mich verlassen können.‹«

»Er ist am Wounded Knee begraben, nicht wahr?«

»Niemand weiß, wo er wirklich begraben liegt. Aber es könnte sein. Tashunka Witko hatte einen Cousin, er hieß Horn Chips und wurde später sein Medizinmann. Er war bei der Bestattung dabei und wusste, wohin der Leichnam gebracht worden war. Jimi ist ein Nachfahre von Horn Chips, er . . .« Lukas beendete den Satz nicht wie beabsichtigt, weil ihm klar wurde, dass es Jimi nicht gefallen würde, wenn Sim etwas über ihn wusste, das er ihr nicht selbst erzählt hatte. Stattdessen sagte er: »Er ist sehr stolz darauf.«

Gitarrenklänge ertönten. Die Band – vier Halbwüchsige aus Pine Ridge, die sich *Red Eagles* nannten, hatte inzwischen ihr Equipment aufgebaut und die Jungs stimmten ihre Instrumente. Lukas hatte die *Red Eagles* hin und wieder auf KILI Radio gehört und wusste, dass die Gitarren- und Sangeskünste der vier haarsträubend waren – dafür hatten ihre selbst geschriebenen Texte etwas durchaus Kämpferisches, das den Leuten im Res gefiel.

Inzwischen musste die Sonne untergegangen sein, denn die Luft war kühler und das Atmen leichter geworden. Der Duft von verbranntem Süßgras zog in Lukas' Nase.

Hufgetrappel und anerkennende Rufe und Pfiffe drangen jetzt an sein Ohr. Die hohen Triller der Frauen gingen ihm jedes Mal durch Mark und Bein. Er wusste, was die Aufregung bedeutete: Die Reiter vom *Thundering-Hooves*-Rennen waren zurück – und mit ihnen Jimi. In seinem Inneren spürte Lukas leises Bedauern darüber, dass die Zeit, in der er Sim für sich allein gehabt hatte, so schnell vergangen war.

»Das Rennen ist vorbei«, sagte sie mit aufgeregter Stimme, »die Reiter sind zurück.«

»Ich weiß.«

»Nur Zweiter«, stieß Jimi frustriert hervor, als er ein paar Minuten später vor ihnen stand. Lukas roch Arrows Schweiß an Jimis Kleidern.

»Man kann nicht immer gewinnen, Champ.«

»Ich hol mir was zu trinken, bin gleich wieder da.«

Lukas hätte gerne gewusst, wer das Rennen gewonnen hatte, aber es war besser, Jimi nicht danach zu fragen. Die Tatsache, *nur* Zweiter geworden zu sein, würde ihn den ganzen Abend nicht loslassen und Lukas wusste, was das bedeutete.

11. Kapitel

Nachdem die Sonne hinter den Bäumen verschwunden war, wurde es schnell dunkel. Die Band spielte mittelmäßige Songs und ein paar Leute tanzten. Einige Lakota hatten sich um das große Lagerfeuer geschart, das auf dem Festplatz brannte. Sim saß auf einer Holzbohle, die über zwei Hohlblocksteinen lag. Rechts von ihr hockte Lukas und auf der anderen Seite Teena, ein hübsches, blauäugiges Mädchen in ihrem Alter, das auch ein Pflegekind von Bernadine Jumping Eagle war. Lukas hatte ihr erzählt, dass Teena mit ihm, Jimi und einem jüngeren Mädchen namens Roxie zusammen in einem alten Trailer wohnte, der noch älter war als der von ihrer Tante Jo.

Teena (indigoblaue Kontaktlinsen schienen der neuste Schrei im Reservat zu sein) gab sich ihr gegenüber unbefangen und kontaktfreudig, ganz anders als Cammie oder Marola. Ab und zu plapperte sie wild drauflos und erzählte Sim abenteuerliche Geschichten – unter anderem über blaue Lichter auf dem Friedhof von Manderson, die angeblich Geister der Verstorbenen waren und sie des Nachts verfolgt hatten. Dann wiederum schwieg sie und stierte gedankenverloren in die Flammen.

Mit Jimi hatte Sim noch kein Wort gewechselt, seit er zurückgekommen war. Seine Kriegsbemalung fing an zu verlaufen und verlieh seinem Gesicht im Schein des Feuers eine dramatische Note. Er teilte sich eine Zigarette mit Marola und Sim war sich sicher, dass diesmal nicht nur Süßgras in der Selbstgedrehten brannte, denn der unverkennbare Geruch von Marihuana zog ihr in die Nase. Vermutlich hatte Jimi Little Wolf sein

Preisgeld längst in Dope umgesetzt, dem breiten Grinsen nach zu urteilen, das auf seinem Gesicht lag. Er schien sich prächtig zu amüsieren mit der Dramaqueen.

Vor einer Stunde war er noch verärgert und missmutig gewesen, weil er das Rennen nicht gewonnen hatte, doch das schien jetzt vollkommen vergessen zu sein. Genauso wie sie.

Inzwischen fragte sich Sim, wie sie nach Hause kommen sollte, wenn Jimi einen Joint nach dem anderen rauchte. Andererseits beneidete sie ihn, weil er etwas hatte, das ihn aufheiterte, während sie auf dem Trockenen saß und immer missmutiger wurde. Den ganzen Tag hatte sie nichts als Wasser oder Cola zu trinken bekommen und hätte jetzt einen Schluck Alkohol vertragen können. Sie fühlte sich klebrig und staubig zugleich und verloren noch dazu. Mit ein paar Umdrehungen im Blut würde sie weniger Hemmungen haben, Smalltalk zu machen, und sich vielleicht sogar amüsieren.

Vor einer Weile hatte Sim eine Flasche Jim Beam herumgehen sehen. Die Frage war nur, wie man an etwas Illegales kam, wenn man am Jahrestag von Custers letzter Schlacht die einzige Weiße unter lauter Lakota-Indianern war?

Sie hätte Jimi fragen können. Aber der war mit der Dramaqueen beschäftigt und Lukas . . . Lukas unterhielt sich schon seit geraumer Zeit angeregt mit Cammie. Außerdem: Nach allem, was er ihr heute erzählt hatte und was sie inzwischen über ihn wusste, würde er bestimmt nicht begeistert reagieren, wenn sie ihn fragte, wie sie an die Whiskeyflasche kommen konnte.

In Lukas' schwarzer Brille spiegelten sich die Flammen des Lagerfeuers. Als Cammie ihm etwas ins Ohr flüsterte und kicherte wie eine Zwölfjährige, lachte er.

Hatte Sim gerade das Wort *Wasicun* gehört – oder war sie paranoid? Lachten die beiden über sie? Schließlich war sie hier die einzige Weiße weit und breit.

Sim sah auf ihre Uhr und wurde langsam nervös. Es war Viertel vor zehn. Abgesehen davon, dass ihre Laune auf dem Tiefpunkt angelangt war, hasste sie es, abhängig zu sein und nicht einfach verschwinden zu können.

Sie stieß Lukas ihren Ellenbogen in die Seite. »Es ist gleich zehn«, flüsterte sie. »Tante Jo reißt mir den Kopf ab, wenn ich nicht pünktlich bin.«

Lukas wandte sich ihr zu: »Was ist mit deinem Kopf?«

Sim verdrehte die Augen und verfluchte die fremde Sprache. Warum verstand er nicht, dass sie nach Hause musste, er war doch sonst nicht so schwer von Begriff. »Nichts ist mit meinem Kopf, ich muss nach Hause, das ist alles.«

Er nickte. »Du musst Jimi Bescheid sagen.«

»Er ist mit der . . . mit Marola beschäftigt und raucht einen Joint nach dem anderen.«

Lukas erhob sich, lauschte in das Stimmengewirr und lief mit ausgestreckten Händen direkt auf Jimi zu. Der brach mitten im Satz ab und blickte an Lukas hoch. »Was gibt's, Amigo?«

»Sim muss nach Hause«, sagte Lukas, laut genug, dass alle es hören konnten. Sim spürte Blicke auf sich, fragende Blicke, amüsierte Blicke, unfreundliche Blicke, hämische Blicke. Hörte wieder das Wort *Wasicun*. Ihre Münder schienen es zu formen, wenn die Indianer sie ansahen.

»Ich komme ja schon«, brummte Jimi genervt, stützte sich mit den Händen auf den Oberschenkeln ab und stand auf. Er hängte sich an Lukas' Schulter und schob ihn an den Leuten vorbei vom Feuer weg. Sim verabschiedete sich von Teena und Cammie und folgte den beiden.

»Warum fährst du sie nicht?«, nuschelte Jimi auf dem Weg zu seinem Auto. »Es ist doch sowieso stockdunkel.« Er lachte, als hätte er soeben einen grandiosen Witz gemacht. Sein Gang war schwankend und Sim fragte sich, wie er in diesem bekifften Zustand ein Auto lenken wollte.

Bei Jimis Mustang angelangt, war Lukas anscheinend zum selben Schluss gekommen. »Du bist völlig zugedröhnt, Champ«, sagte er. »So kannst du nicht fahren.«

Jimis Lachen klang nicht sehr vielversprechend. »Und ob ich fahren kann, ich kann sogar besonders gut fahren, ich . . .« Auf einmal verstummte er. Es schien, als hätte er einen Geist gesehen, was in seiner Verfassung nicht weiter verwunderlich gewesen wäre.

Doch dann entdeckte Sim den Grund für sein plötzliches Schweigen. Der Tankdeckel an seinem Mustang stand offen. Mit einem leisen Fluch ließ Jimi ihn zuschnippen. Er ging um den Wagen herum, öffnete schweigend die Fahrertür und setzte sich. Er startete den Motor und ließ ihn aufheulen. Dann stellte er den Motor wieder ab, stieg aus und schlug die Tür zu.

»Wenn ich das Arschloch in die Finger kriege . . .«, fluchte er und trat wütend gegen einen Hinterreifen. »Du hast recht, Amigo, ich kann nicht fahren.« Damit ließ er Sim und Lukas stehen, machte kehrt und lief zum Feuer zurück.

»Was meint er damit?«, fragte Sim entgeistert.

»Anscheinend hat jemand mit seiner Res-Kreditkarte getankt.«

»Mit seiner *was?*«

»Irgendjemand hat aus Jimis Wagen das Benzin abgezapft. Das kommt immer wieder mal vor. Die Leute haben kein Geld und na ja . . .« Lukas zuckte verlegen mit den Achseln.

Okay, dachte Sim, der Tank ist leer. »Und wie komme ich jetzt nach Hause?«

»Ich bringe dich«, sagte Lukas, ohne zu zögern.

»Du?«, stieß sie ungläubig hervor. »Aber wie . . .«

»Du hast doch gestern reiten gelernt.« Er lächelte in ihre Richtung.

»Oh nein.« Voller Inbrunst schüttelte sie den Kopf. »Das kommt gar nicht infrage. Ich habe ganze fünfzehn Minuten auf einem alten Gaul gesessen. Ich kann nicht reiten.« Das meinte er doch nicht im Ernst?

»Aber ich kann es. Und wenn du nicht willst, dass deine Tante sauer auf dich wird, dann vertraust du mir einfach.«

Sims Blick wanderte zurück zum Festplatz, wo das Feuer brannte. Ein Großteil der Jugendlichen war entweder betrunken (die Glücklichen) oder bekifft – oder beides. Lukas besaß ein Handy und sie hätte ihn bitten können, ihre Tante anzurufen, damit sie sie abholen käme. Doch Sim wusste, dass das keine gute Idee war, und stieß einen ratlosen Seufzer aus.

»Na komm, sei kein Frosch. Ich werde hinter dir sitzen, es kann nichts passieren.« Lukas streckte seine Hand aus und resigniert griff sie danach.

Zusammen liefen sie zur Koppel. Lukas pfiff nach Ghost und der Schecke wieherte freudig, als er den vertrauten Pfiff hörte. Sofort kam er angelaufen. Lukas erklärte seinem Pferd, dass gleich jemand aufsteigen würde, der das noch nicht oft gemacht hatte.

»Schön still stehen alter Junge, okay?« Lukas verschränkte seine Finger zu einer Räuberleiter. »Linker Fuß hier rein und an der Mähne hochziehen. Na los, du hast es doch schon mal gemacht.«

In diesem Moment wurde Sim bewusst, warum kein einziges Mädchen im Reservat einen Rock trug. Weil es jederzeit passieren konnte, dass der Tank leer war und man unvermutet heimreiten musste.

Ohne weiter darüber nachzudenken, stieg Sim mit ihrem linken Fuß in Lukas' Hände, griff in Ghosts Mähne und schwang das rechte Bein über den breiten Pferderücken. Ihr kurzer Rock rutschte dabei so weit nach oben, dass sie mehr oder weniger im Slip dasaß.

Ghost tänzelte ein wenig zur Seite, aber Lukas konnte ihn mit geflüsterten Worten schnell beruhigen. Ehe sich Sim versah, schlang auch er seine Hand in die Mähne und schwang sich hinter sie. Er griff um ihre Hüften herum nach den Zügeln, drückte die Schenkel leicht zusammen und das Pferd setzte sich in Bewegung. »Na los, mein Freund, wir haben es ein bisschen eilig.«

Unwillkürlich versteifte sich Sims Körper, als Lukas erst in ihre Hüfte griff und dann seinen linken Arm um ihren Bauch legte. War das seine Art, sich an ein Mädchen heranzumachen?

»Locker lassen und mit Ghosts Bewegungen mitgehen«, sagte er und sein warmer Atem streifte ihr Ohr. »Ich weiß, dass du es kannst.«

Das hatte schon lange niemand mehr zu ihr gesagt und es bewirkte, dass sie tatsächlich locker ließ. Lukas verstärkte den Druck seiner Schenkel und Ghost verfiel in eine schnellere Gangart. Die Nacht war warm. Pferdeschweiß stieg von Ghosts Rücken auf und mischte sich mit dem Duft der wilden Heckenrosen, die am Wegesrand wuchsen.

Nach einer Weile wurden die Musik und die Stimmen immer leiser. Sim dachte an Jimi und die fiese Tour, die er an diesem Abend durchgezogen hatte. Als ihm klar geworden war, dass der Tank seines Mustangs leer war, hatte er sie einfach ihrem Schicksal überlassen. Na gut, vielleicht nicht ihrem Schicksal, er hatte sie Lukas überlassen. Und Lukas war stockblind.

»Alles okay?«

»Ja, alles bestens.«

Sie querten die Straße und ritten auf dem Grasstreifen längs der Drahtzäune entlang. Der frische Duft von wildem Salbei erfüllte die Nachtluft, wenn Ghosts Hufe über eine der vielen Salbeiinseln stapften. Nur selten kam ein Auto die Straße entlang. Als sie den Schotterweg erreicht hatten, der zu Tante Jos Blockhaus führte, schlug Ghost ganz von alleine den richtigen Weg ein.

Junipers Bellen begrüßte sie. Das Außenlicht ging an, als der Bewegungsmelder sie erfasste. Es war zwei Minuten vor halb elf, sie war tatsächlich pünktlich, wie Lukas es versprochen hatte. Jo und Michael kamen aus dem Haus und sahen von der Veranda aus zu ihnen herunter.

»Bin wieder da«, rief sie.

Lukas stieg ab und half Sim, die sich mit schmerzendem Hintern vom Pferderücken gleiten ließ. Während er sie immer noch festhielt, versuchte sie, ihren Rock unauffällig nach unten zu ziehen, was ihr schließlich auch gelang.

»Danke fürs Heimbringen, Luke.« Sie drückte ihm einen Kuss auf die Wange. »Du bist mein Held.«

Ein hoffnungsvolles Lächeln glitt über sein Gesicht. »Steht Jo auf der Veranda?«, fragte er leise.

»Jo *und* Michael«, sagte sie schnell.

Da ließ er sie los. »Gute Nacht, Sim.«

»Gute Nacht, Luke.«

Er stieg wieder auf Ghosts Rücken und winkte Michael und Jo – fast in die richtige Richtung. Sim sah ihm nach, wie er begleitet von Juniper in der Dunkelheit verschwand, dann lief sie mit steifen Beinen die Stufen zum Eingang hinauf.

Statt zufrieden zu sein, dass sie pünktlich war, verlangte Tante Jo eine Erklärung dafür, dass Lukas sie auf dem Pferd nach Hause gebracht hatte. Sim berichtete von Jimis leerem Tank und Lukas' Angebot, mit Ghost einzuspringen.

»Es ist mitten in der Nacht und der Junge ist blind. Es war unglaublich gefährlich, was er da getan hat«, schimpfte Jo. »Ich werde ein ernstes Wörtchen mit ihm reden müssen. Wieso hast du mich nicht einfach angerufen? Ich hätte dich abgeholt.«

Sim hob die Schultern. »Es war keine große Sache, Tante Jo.«

»Na komm«, mischte Michael sich ein, »sie ist doch unversehrt wieder da und pünktlich war sie auch. Ich glaube nicht, dass Lukas unverantwortlich gehandelt hat.« Er massierte Jo beschwichtigend den Rücken. Schließlich gab sie nach und lenkte ein.

»War es denn wenigstens schön?«

»Ja, das war es. Aber jetzt bin ich todmüde.«

Sim duschte ausgiebig und verschwand in ihrem Zimmer.

Jimi Little Wolf hatte im Schatten eines Baumes gestanden und den beiden lange nachgesehen. Trotz des Marihuananebels, der sein Hirn wie Watte umhüllte, wusste er, dass Lukas Sim sicher nach Hause bringen würde. Auf die Idee, die drei Meilen zu reiten, hätte er auch kommen können. Aber Black Arrow war völlig erledigt von diesem letzten Rennen, Jimi hatte dem Schwarzen alles abverlangt und trotzdem hatte ein anderer gesiegt. Noch hatte Jimi seine Niederlage nicht verschmerzt. Dass er jetzt Minuspunkte bei Sim sammelte, weil er sie nicht wie versprochen nach Hause gebracht hatte, trug auch nicht unbedingt zur Besserung seiner Laune bei.

Außerdem saß er immer noch auf drei von den acht Kokstütchen und Tyrell machte ihm Druck wegen des Geldes. Deshalb war es vielleicht ganz gut, dass die beiden nicht mehr da waren, denn unter Sims wachsamen Blicken war es noch schwieriger, den Stoff unter die Leute zu bringen.

Trotz allem wurmte es ihn, dass die beiden jetzt allein unterwegs waren. Lukas zeigte auffallendes Interesse an Sim, Jimi war das nicht entgangen. Zwar war Lukas zu allen Mädchen zuvorkommend und höflich, aber seit der Sache mit Nima hatte er sich um keine mehr ernsthaft bemüht. Nicht, dass er keine Chancen gehabt hätte. Cammie umgarnte ihn schon seit einigen Wochen, und auch wenn Jimi verstehen konnte, dass Lukas sich nicht ernsthaft mit ihr einließ – ihre Titten waren spektakulär, und wenn Lukas sie richtig durchvögelte, würde ihr bestimmt das Kichern vergehen. Aber Lukas machte keine Anstalten, ihr mehr als deutliches Angebot anzunehmen, etwas, das Jimi ganz und gar nicht nachvollziehen konnte. Warum Sex ausschlagen, den man so einfach haben konnte?

Vermutlich lag es daran, dass Lukas ein echter Ehrenmann war. Einer der letzten einer aussterbenden Spezies im Reservat. Solange er keine ernsthaften Absichten hegte, ging er auch mit keiner ins Bett. Jedenfalls war das seit Nima so, der kleinen Tibetanerin, die für ein halbes Jahr ins Reservat gekommen war, um ein Praktikum am College zu absolvieren.

Wochenlang waren sie unzertrennlich gewesen, bis Nimas Zeit am College unausweichlich zu Ende ging und sie nach Tibet zurückkehrte. Das Ganze lag jetzt ein Jahr zurück und in diesem Jahr hatte Lukas kein Mädchen mehr angerührt. Jimi hatte nicht viel aus ihm rauskriegen können, über Herzensangelegenheiten redete Lukas nicht gerne. Nur einmal, sie hatten eine längere Debatte über Frauen und Männer geführt, da hatte er zu ihm gesagt, dass die Menschen im Reservat vergessen hätten, dass Liebe heilig ist.

Wenn Lukas vorhatte, ein Heiliger zu werden, dann war das sein Ding. Auch Jimi fand, dass Sex durchaus etwas Heiliges hatte, aber das musste ja nicht gleich bedeuten, dass man vor lauter Heiligkeit darauf verzichten sollte.

Was Mädchen anging, waren sie sich noch nie ernsthaft in die Quere gekommen, aber nun war es anscheinend so weit. Lukas bemühte sich um Sim und das Verwirrende daran war, dass es ihn störte. Warum, wusste er selbst nicht. Als Trophäe war

Sim vollkommen untauglich. Trotzdem wollte er sie. So, wie er seit Marola keine gewollt hatte. Er hatte immer irgendwelche Mädchen gehabt, aber um ehrlich zu sein – die meisten langweilten ihn zu Tränen.

Jimi hatte versucht, seine Gefühle für Sim damit abzutun, dass sie eine neue Herausforderung für ihn war, doch sie gingen offenbar tiefer.

Noch einmal starrte er in die Dunkelheit, dorthin, wo die beiden verschwunden waren, dann machte er kehrt, um zum Feuer zurückzugehen. Sein Platz neben Marola war nicht mehr frei. Fucking-Tyrell hatte ihn eingenommen, was ihr offensichtlich nichts ausmachte. Jimi fand Tyrell abstoßend, weil er wusste, was für ein skrupelloser Mensch der leibliche Sohn seiner Pflegemutter war. Dass er, ohne mit der Wimper zu zucken, andere bestahl und dass er die Mittel hatte, jeden, der es wagte, sich gegen ihn zu stellen, mundtot zu machen.

Tyrell flüsterte Marola etwas zu. Ihre blauen Augen blitzten und sie lachte schrill. Das Lachen verursachte Jimi Gänsehaut. Ihr war jeder recht, der sie mit dem nötigen Stoff versorgte. Seit der Sache vor knapp zwei Jahren war sie nicht mehr dieselbe. Marola Swallow war einfach sensationell gewesen, allseits begehrt im ganzen Reservat. Eine Herausforderung für Jimi, eine *echte* Trophäe. Und dann war sie schwanger geworden.

Er starrte in die Flammen, überschwemmt von Schuldgefühlen, von Hass und Hoffnungslosigkeit. Und Angst.

Jemand trat aus der Dunkelheit heraus neben ihn. Es war Chance Spotted Elk. Der magere Sechzehnjährige lebte seit elf Jahren bei Bernadine, ein Jahr länger als er selbst. Und obwohl sie sich schon seit Ewigkeiten kannten, wusste Jimi (abgesehen davon, dass auch Chance einer von Tyrells Laufburschen war) wenig über diesen stets gut gelaunten Jungen. Seine Eltern lebten beide noch, saßen aber in Sioux Falls hinter Gittern. Chance hatte ihm mal offenbart, dass er ganz froh war über die Tatsache, dass sie weggesperrt waren und er nicht bei ihnen leben musste.

»Hey Champ, hast du Lust, ein paar Cookies zu drehen? In ein paar Minuten treffe ich mich mit einigen Leuten am White Horse Creek. Bist du dabei?«

»Klar«, sagte er. Das Angebot kam Jimi gerade recht, um seine bitteren Gedanken loszuwerden und den Kopf freizukriegen. Dann fiel ihm wieder ein, dass sein Tank leer war.

»Ich habe einen Kanister dabei«, sagte Chance, als Jimi seinem Pflegebruder davon erzählte. »Drei Gallonen, macht zwanzig Bucks.«

»Hey, Bro, das ist Wucher.« Jimi boxte Chance vor die Schulter.

Der Junge feixte und zuckte mit den Achseln. Jimi wusste, dass Chance sich nicht herunterhandeln lassen würde.

»Okay, du Halsabschneider.« Er zog ein Bündel Geldscheine aus der Tasche und gab Chance zwei Zehner. Zusammen gingen sie zu Chance' Wagen, um den Kanister zu holen. Nachdem Jimi seinen Tank wieder aufgefüllt hatte, fuhr er den Rücklichtern von Chance' klapprigem Ford hinterher zum White Horse Creek.

Der unbefestigte Weg führte eine lang gezogene Anhöhe hinauf. Als er die Hügelkuppe erreicht hatte, ging Jimi vom Gas und trat auf die Bremse. Vor ihm, in der Senke, konnte er die Lichter der anderen Autos deutlich erkennen. Er zählte drei Wagen (vier mit Chances Schrottkarre) und das Spiel hatte bereits begonnen.

»Cookiedrehen« war ein harmloser Ausdruck für ihren halsbrecherischen Flirt mit dem Tod. Sie stiegen in ihre Wagen, beschleunigten auf fünfzig Meilen die Stunde und gingen dann mit voller Wucht auf die Bremsen. Das Auto drehte sich um die eigene Achse und hinterließ eine kreisrunde Spur im Boden. Einen Cookie.

Das Spiel war lebensgefährlich, denn wer sein Auto nicht hundertprozentig beherrschte, konnte sich bei diesem waghalsigen Manöver leicht überschlagen oder gegen die Felswand knallen. Die Autos waren ausnahmslos alt und hatten in der Regel keine Gurte.

Im vergangenen Jahr, in einer sternenklaren Nacht im Mai, war Timmy am White Horse Creek gestorben. Das Wrack seines Wagens rostete dort unten vor sich hin. Es lag auf dem Dach, halb in der Uferböschung, verdeckt vom Grün der Sträucher. Tim He Dog war nur sechzehn Jahre alt geworden. Sein Herz hatte aufgehört zu schlagen, während Jimi versucht hatte, mit seinen von Blut glitschigen Fingern die klaffende Wunde an Timmys Hals zu schließen. Eine Wunde, die er sich bei seinem Flug durch die Windschutzscheibe zugezogen hatte und aus der das Blut im Rhythmus des Herzschlages pulsierte.

Jimi schluckte und versuchte, die Bilder von Timmys schreckgeweiteten Augen und dem vielen Blut zu verscheuchen. Er beherrschte seinen 1992er-Ford-Mustang. Er hatte schon Hunderte Cookies gedreht, und auch wenn es manchmal hart an der Grenze gewesen war, passiert war ihm nie etwas. Weil er den Talisman auf seiner Brust trug – davon war er überzeugt. Und weil seine Ahnen aus dem Grab heraus schützend die Hand über ihn hielten.

Seine Großeltern Corbin und Arvella hatten ihm das Kästchen mit dem *Wotawe,* dem Medizinbeutel und den Geistertieren vermacht. Sein Ururgroßvater Horn Chips war der Cousin und Medizinmann von *Tashunka Witko.* Die beiden waren zusammen aufgewachsen und Horn Chips hatte die Medizin hergestellt, mit der sein Cousin in den Krieg zog und siegte. Nachdem der Häuptling in Fort Robinson ermordet worden war, hatten ihn sein Vater und Horn Chips an einem geheimen Ort begraben, in der Nähe des Wounded Knee.

Tashunka Witkos Medizin wurde von Horn Chips aufbewahrt und an seinen Sohn weitergegeben, der sie wiederum an seinen Sohn übergab. Nach dessen Tod ging er an seine Tochter Arvella, Jimis Großmutter. Als sie starb, hütete sein Großvater Corbin Little Wolf das Holzkästchen mit dem wertvollen Medizinbeutel und den Geistertieren.

Nur ein einziges Mal – an Jimis siebtem Geburtstag – hatte der Großvater in Gegenwart seines Enkels das Kästchen geöffnet. Darin lag, eingeschlagen in weich gegerbtes Leder, ein flacher weißer Stein mit einem Loch in der Mitte, der an einer Lederschnur hing. Ein *Wotawe*, Kriegsmedizin. Crazy Horse hatte, so erzählte Corbin, diesen Stein zu seinem Schutz an einer Lederschnur unter dem rechten Arm getragen, während er gegen die Weißen kämpfte. Der alte Mann hatte Jimi den Stein in die Hand gelegt und jetzt erinnerte er sich daran, wie seine Finger ihn für einen Augenblick ehrfurchtsvoll umschlossen hatten.

Im Kästchen aber waren noch andere Dinge gewesen. Der Medizinbeutel des Kriegshäuptlings, mit dem getrockneten Herz und dem Hirn eines Adlers, zusammen mit den Blüten wilder Astern. Eine ungewöhnlich große bemalte Adlerfeder und eine Schachtel aus steifem Leder, bemalt mit roten und gelben Mustern.

Der Großvater hatte die Schachtel geöffnet und Jimi nacheinander zwanzig winzige Lederfigürchen auf die offene Handfläche gelegt. Ein Büffel so groß wie ein halber Männerdaumen. Ein Hase, ein wunderschönes Pferd. Ein Schmetterling mit zarten Fühlern aus Leder und beweglichen Flügeln, eine winzige menschliche Hand. Jimi staunte sprachlos und konnte kaum glauben, dass die zarten Miniaturkunstwerke von Männerhänden gefertigt worden waren.

Schließlich hatte Corbin die heiligen Dinge behutsam zurück in das Kästchen gelegt. »Deine Großmutter ist gestorben und ich kann dir alles nur aus zweiter Hand erzählen«, sagte er zu Jimi. »Das Amulett und die Medizin von Tashunka Witko sind in der Familie Chips von Generation zu Generation weitergegeben und behütet worden. Ihre Macht hat die Tiospaye beschützt und geleitet, hat sie vor Irrwegen, Neid und falschem Stolz bewahrt. Eigentlich wäre deine Mutter Vida diejenige, die das Kästchen und seinen Inhalt jetzt hüten sollte. Aber bei ihr hat die Medizin nichts ausrichten können. Sie ist krank geworden und gestorben.«

Seine Mum, daran konnte Jimi sich noch vage erinnern, war sehr krank gewesen. Ihre Nieren hatten versagt und sie hatte mehrmals in der Woche ins Krankenhaus nach Pine Ridge gemusst, um ihr Blut reinigen zu lassen. Vergeblich hatte sie auf eine Spenderniere gewartet. Auch ein Besuch bei einem Lakota-Medizinmann hatte ihr nicht helfen können, sie war einfach gestorben, obwohl sie nicht einmal dreißig gewesen war. Nur ein paar Wochen später hatte auch seine Großmutter Arvella ihren Weg ins Land der Ahnen angetreten und er war mit seinem Großvater alleine geblieben.

»Ich bin ein alter Mann«, hatte Corbin gesagt, »und wenn ich sterben sollte, dann bist du der Hüter der Medizin. Du musst gut auf das Kästchen aufpassen, denn die heiligen Dinge haben große Macht. Wenn sie in falsche Hände geraten, kann damit viel Leid angerichtet werden.«

Sein Großvater hatte ihn ernst angesehen. »Einst gab es einige Lakota, die Crazy Horse seine Macht und seinen Einfluss neideten. Sie haben Lügen über ihn verbreitet. Ihre Nachfahren wissen von der Existenz dieser Medizin und der Kraft, die ihr innewohnt. Du musst den Inhalt des Kästchens vor diesen Menschen beschützen. Mit deinem Verstand und der Hilfe der heiligen Dinge kannst du eines Tages Gutes bewirken für dein Volk.«

Mit weit aufgerissenen Augen hatte Jimi den Worten seines Großvaters gelauscht. Ihm war schlecht geworden angesichts der Verantwortung, die der alte Mann ihm aufbürdete. Aber er hatte auch Stolz empfunden und er hatte seinem Großvater geschworen, gut achtzugeben auf die Medizin des Häuptlings, damit sie nicht in falsche Hände fiel.

Aber ein paar Monate später starb auch sein Großvater. Jimi hatte das Kästchen geöffnet und den Wotawe um seinen Hals gehängt, weil er hoffte, dass er ihn gegen den Schmerz des Verlustes und gegen die Einsamkeit schützen würde. Wenige Tage später wurde er vom Jugendamt in Bernadine Jumping Eagles Obhut gegeben.

Das Holzkästchen mit seinem geheimnisvollen Inhalt hatte sich, eingewickelt in ein T-Shirt, unter seinen Sachen befunden. Doch im heillosen Durcheinander seiner Ankunft im Präsidentenpalast war es plötzlich verschwunden.

Zusammen mit der Sozialarbeiterin hatte Bernadine ihm das Zimmer gezeigt, das er mit dem anderen Neuen, der ebenfalls unterwegs war, bewohnen würde. Er hatte seinen abgeschabten Lederkoffer mit ein paar Kleidungsstücken und seinen Rucksack mit den übrigen Habseligkeiten dort aufs Bett gelegt. Bernadine hatte ihn an die Hand genommen, hatte ihn im Haus herumgeführt und den anderen vorgestellt. Tyrell, Chance, Debbie, Tunie und ein paar anderen, die jetzt nicht mehr da waren.

Das Doppelhaus war ihm riesig und ungeheuer luxuriös erschienen und alle, die ihn begrüßten, waren freundlich gewesen und gut angezogen. Damals hatte er durch das taube Gefühl seines Kummers hindurch gedacht, dass er es hätte schlechter treffen können.

Dann war Lukas gebracht worden und die Show (zu diesem

Zeitpunkt konnte er nicht wissen, dass es eine war) wiederholte sich. Lukas' Sozialarbeiterin erklärte Bernadine und den anderen Pflegekindern, was sie im Umgang mit einem Blinden beachten mussten. Lukas zu beobachten, das hatte ihn ein wenig abgelenkt von sich selbst und seinem Schmerz über den Verlust des Großvaters und seines Zuhauses. Er ging mit, als Lukas aufs Zimmer gebracht wurde, und sah gerade noch, wie Tyrell, der damals vierzehn oder fünfzehn gewesen war, aus dem Zimmer huschte.

Als er und Lukas schließlich allein waren und sie ihre Sachen auspackten, um sie in den gemeinsamen Schrank zu räumen, hatte er sein Kästchen vermisst. In panischem Schrecken hatte Jimi das ganze Zimmer durchwühlt. Vergeblich. Den Rest des Tages hatte er wie gelähmt auf seinem Bett gesessen und gegrübelt, was er tun konnte.

Bereits an seinem ersten Tag in Bernadine Jumping Eagles Haus hatte er begriffen, dass er vor Tyrell auf der Hut sein musste. Er war der Prinz im Palast und durfte uneingeschränkt alles tun. Sogar die älteren Pflegekinder hatten Angst vor ihm. Jimi erzählte niemandem etwas vom Diebstahl des Kästchens, weil er wusste, dass er auf diese Weise keine Chance hatte, es zurückzubekommen. Damals schwor er sich, nur so lange bei Bernadine zu bleiben, bis er wiederhatte, was ihm gehörte. Dann wollte er von diesem Ort verschwinden, an dem er so schändlich bestohlen worden war.

Das war vor zehn Jahren gewesen und er war immer noch da. Tashunka Witkos Medizin befand sich in Tyrells abgeschlossenem Spind, an diese Tatsache klammerte sich Jimi wie ein Ertrinkender an einen Strohhalm. Er musste in der Nähe der heiligen Dinge bleiben, sie beschützen, so gut es ging. Bekam Tyrell spitz, welcher Wert in diesem unscheinbaren Kästchen schlummerte, wären die heiligen Dinge für immer verloren. Mit der

Vergangenheit seines Volkes hatte Bernadines Sohn nichts im Sinn, er würde das Kästchen sofort an den meistbietenden Sammler losschlagen. Für ein paar Dollar hätte Tyrell sogar seine Großmutter verkauft.

Deswegen schwieg Jimi. Wenn er volljährig war und das Jugendamt ihm nichts mehr konnte, würde er das Schloss an Tyrells Spind knacken, sich das Kästchen holen und auf Nimmerwiedersehen aus dem Reservat verschwinden.

Lukas versuchte, ihn immer wieder davon zu überzeugen, dass das Leben schön war und jeden neuen Tag etwas Gutes passieren konnte. Er hatte ihn glauben gemacht, dass die Zukunft eine Entscheidung war, die er selbst treffen musste. Doch irgendwann in den vergangenen Jahren war Jimi, ohne es zu merken, falsch abgebogen und war auf einem rutschigen Abhang gelandet. Eine ganze Weile war er nun schon auf Talfahrt und wusste nicht, ob er am Ende die Kurve kriegen würde.

Jimi löste die Handbremse, fuhr hinunter ins Tal und parkte seinen Mustang neben dem Ford seines jüngeren Pflegebruders. Er stieg aus und begrüßte die anderen, die mit ihren alten Autos zum Creek gekommen waren: Leo Poor Bear, Marolas Cousin Arvin Swallow, Tyler Old Fish, Marcus Jandreau und Vic Ten Fingers. Mit Leo und Arvin verband ihn so etwas wie Freundschaft, Tyler, Vic und Marcus kannte er, wie man sich eben kennt im Res. Alle waren aus demselben Grund hier versammelt: Sie liebten den Kick, den Rausch der Gefahr und sie waren sich darüber im Klaren, dass der Einsatz für dieses Spiel ihr Leben war.

Sie legten die Reihenfolge fest und Jimi stieg wieder in seinen Wagen. Leo startete als Erster. Jimi hörte das Aufheulen des Motors, sah die Rücklichter von Leos Datsun im Dunkeln, sah, wie das Heck des Wagens kurz vor der Felswand ausbrach und die Kiste sich um ihre Achse drehte.

Leo Poor Bear schaffte keinen vollständigen Cookie.

Jimi war der Nächste. Er brachte seinen Mustang in Position, löste die Bremse und trat aufs Gas. Der Wagen wurde rasch schneller. Jimi beschleunigte auf vierzig Meilen. Er schwelgte im Rausch der Gefahr, liebte den Adrenalinstoß, kurz bevor er die Bremse anzog. Es war dasselbe Gefühl wie noch vor wenigen Stunden beim Pferderennen. Die wilde Jagd im Gelände, der Schweißgeruch seines Pferdes, das Gefühl, Flügel zu haben und einfach davonfliegen zu können.

Jimi wusste, den anderen ging es genauso wie ihm: Beim Pferderennen wie beim Cookiedrehen forderten sie den Tod heraus, sie spielten mit ihrem Leben, weil es nichts wert war, hier im Res. Weil es niemanden interessierte, dass sie sich allein gelassen fühlten. Dass sie Angst vor der Zukunft hatten, weil die Zukunft für Kids wie sie ein trauriger Ort war. Und weil sie Angst vor dem hatten, was sie außerhalb des Reservats erwartete.

Draußen, das war eine unbekannte Welt mit fremden Regeln. Das Res, das waren elftausend Quadratmeilen Ödland, die Bewohner vom Rest der Welt vergessen. Für junge Leute wie ihn, Leo, Chance und die anderen gab es keine Jobs, es sei denn, sie gingen zur Army und kämpften in Afghanistan.

Manchmal beneidete Jimi seinen Freund darum, dass er das alles nicht sehen musste: den Müll, die Verwahrlosung, die von Alkohol, Drogen und Hoffnungslosigkeit gezeichneten Gesichter seines Volkes. Ohne das alles täglich vor Augen zu haben, war es leicht zu sagen: *Das Leben ist schön.*

Manchmal hatten er und Lukas darüber gestritten, was sie tun konnten, um die Dinge zu ändern. Krieger werden wie Crazy Horse und nach Afghanistan gehen, um ehrenvoll (oder tot) zurückzukehren. Oder studieren und ins Res zurückgehen, um Hoffnung zu verbreiten und neue Wege aufzuzeigen.

Nicht schwer herauszufinden, wer welcher Lösung den Vorrang gab.

Das Dröhnen des hochgefahrenen Motors vibrierte in Jimis Herzen, die Felswand raste auf ihn zu. Die rote Nadel auf dem Tacho glitt über die Fünfzig. Jimi riss das Steuer herum und zog die Handbremse. Der Wagen brach aus und das Heck drehte sich. Die Scheinwerferlichter der anderen Autos rasten an ihm vorbei, wahnwitzige Leuchtstreifen in der Dunkelheit. Erdklumpen und Steine krachten gegen die Radaufhängung seines Mustangs. Ihm schwindelte, sein Herz raste, die Drehung katapultierte ihn in höhere Sphären als jeder Joint, den er an diesem Abend geraucht hatte. Er fühlte sich körperlos, ganz Geist, und brauchte nichts anderes mehr zu sein.

Nach einer kompletten Dreihundertsechzig-Grad-Drehung kam der Mustang zum Stehen. Jimi schloss die Augen. Ein paar Sekunden lang genoss er noch das Gefühl des Losgelöstseins, dann vernahm er das Rauschen des Blutes in seinen Ohren und den wilden Schlag seines Herzens. Er war zurück in seinem Körper, zurück in der Wirklichkeit. Er ließ den Motor aufheulen, gab Gas und fuhr zurück zu den anderen, die ihn mit lautem Pfeifen und Johlen empfingen.

12. Kapitel

Nachdem er Sim bei ihrer Tante abgeliefert hatte, machte sich Lukas mit Ghost direkt auf den Heimweg. Er verspürte keine Lust, noch einmal zum Festplatz zurückzukehren. Die meisten dort würden inzwischen ohnehin bekifft oder betrunken sein und dann fühlte er sich jedes Mal ausgeschlossen, mehr noch als durch seine Blindheit.

Wind kam auf und die Luft schmeckte nach fernem Regen. Durch den Wind bekam die Dunkelheit, die ihn umgab, Konturen. Er brachte die Dinge zum Klingen, verwandelte seine eindimensionale Finsternis in eine dreidimensionale Welt.

Flüsternd fuhr der Wind durchs Gras, ließ die Blätter in den Beerenbüschen rascheln und rief die Geister herbei, gute wie böse. Lukas fürchtete sich nicht vor den Geistern, sie gehörten ebenso zu seiner Welt wie die Menschen. Geister waren körperlos, aber das blieben die meisten Menschen für ihn auch.

Leises Donnergrollen ertönte in der Ferne. Wenn es donnerte, bekam er das Gefühl, als hätte der Himmel ein Dach und wäre nicht endlos, was unvorstellbar und ein wenig beängstigend war für ihn. Noch war das Gewitter weit weg, aber er spürte den Druck auf den Ohren und wusste, wie schnell es näher kommen konnte. Also schlug er mit Ghost den direkten Weg nach Hause ein.

Auf seiner Wange spürte Lukas die kühle Stelle von Sims Kuss und ihr blauer Duft war noch in seiner Nase. Bisher hatte er nur eine Stimme und einen Geruch gehabt, eine flüchtige Umarmung und eine Hand. Doch nach ihrem Ritt durch die

Dunkelheit war aus den Puzzleteilen, die er von Sim hatte, ein Bild geworden. Noch nicht ganz vollständig, aber doch so lebendig, dass er sich der Gefühle, die es in ihm auslöste, nicht mehr erwehren konnte.

Nur – was war mit Sim? Bedeutete der Kuss, dass sie ihn auch mochte? Oder war er nur eine Geste der Dankbarkeit gewesen? Fühlte sie dasselbe, was er fühlte? Oder würde sie sich bei der erstbesten Gelegenheit dem Champion an den Hals werfen?

Als Lukas über den Hügel am White Horse Creek ritt, hörte er, wie sich das näher kommende Donnergrollen mit aufheulenden Motoren und quietschenden Reifen vermischte. Pfiffe und Gejohle schallten aus dem Tal. Ghost wurde nervös und er fuhr ihm beruhigend mit der Hand über den Hals.

Lukas musste daran denken, was Henry He Dog ihm über den Tod seines Enkelsohnes Tim erzählt hatte. Er war bei einem Spiel, das sich Cookiedrehen nannte, verunglückt und gestorben. Ein anonymer Anrufer hatte die Ambulanz zum White Horse Creek geschickt, aber als sie dort ankam, hatte Tim He Dog in seinem Blut gelegen und war nicht mehr zu retten gewesen. Lukas hatte Tim nur von seinen damals noch sporadischen Besuchen bei dem alten Medizinmann gekannt, aber inzwischen war ihm der Junge durch Henrys Geschichten vertraut geworden und er empfand Trauer, wenn er an ihn dachte.

Als er Jimi das erste Mal von Tim erzählt hatte, war sein Freund ganz still geworden und Lukas hatte sein betretenes Schweigen als tiefe Betroffenheit gewertet. Doch ein paar Wochen später hatte er zufällig mitbekommen, wie Jimi und Chance sich zum Cookiedrehen verabredeten, und ihm war aufgegangen, dass Jimi über diese illegalen Mutproben, die in unregelmäßigen Abständen am White Horse Creek stattfanden, einiges mehr wusste. Jimi Little Wolf hatte Geheimnisse vor ihm. Geheimnisse waren okay, doch Lügen, die hasste Lukas. War schweigen dasselbe wie lügen?

Er lauschte mit schief gelegtem Kopf und war sich sicher, das vertraute Motorengeräusch von Jimis Mustang im Tal zu hören. Vielleicht setzte er in diesem Moment sein Leben aufs Spiel. Bloß weil er den Kiesel des Häuptlings auf der Brust trug, glaubte er, dass ihm nichts passieren konnte. Manchmal war Jimi ein richtiger Kindskopf.

Ghost hatte sich beruhigt und Lukas ließ ihn antraben. Zu Hause angekommen brachte er den Schecken auf die Koppel und nahm ihm das Zaumzeug ab. Black Arrow kam herbei und begrüßte sie beide mit einem leisen, erschöpften Schnauben. Lukas rieb Arrow den Hals und spürte, dass sein Fell schweißverklebt war. Vermutlich hatte Jimi den armen Kerl bei dem Rennen bis an die Schmerzgrenze gejagt.

Lukas bedankte sich bei Ghost dafür, dass er ihn sicher nach Hause gebracht hatte, gab ihm eine Handvoll Hafer und lief hinüber zum Trailer. Im Flur hängte er das Zaumzeug an den Haken und ging zu dem Zimmer, das er seit vier Jahren mit Jimi bewohnte. Ihr Zimmer im Präsidentenpalast hatten sie für neue Pflegekinder geräumt. Nunpa und Marcus, die beiden Vierzehnjährigen, wohnten jetzt darin.

Lukas war froh, dass sie im Trailer ihr eigenes Reich hatten, auch wenn er alt war. Bernadine kam so gut wie nie zu ihnen herüber und Lukas war auch nur selten im großen Haus. Irgendetwas sagte ihm, dass er dort nicht sonderlich willkommen war.

Die Tür zu ihrem Zimmer war verschlossen. Lukas hatte Durst und ging in die Küche. Seine Schuhsohlen blieben auf dem löchrigen Linoleum kleben, irgendwer hatte etwas Klebriges verschüttet und es nicht für nötig gehalten, es aufzuwischen. Es roch nach Essensresten, die in der Hitze vergammelten. Irgendwo musste ein fauliger Apfel herumliegen. Die ganze Küche war ein Saustall, doch das überraschte ihn wenig. Nur gewöhnen würde er sich nie daran.

Auf dem Weg zum Kühlschrank stolperte Lukas über einen Stuhl, den jemand mitten im Raum stehen gelassen hatte, und konnte sich gerade noch abfangen. Auf diese Weise hatte er die Ecke seines Schneidezahns verloren. Er mochte Roxie und Teena wirklich. Aber es schien so, als ob ihr Grips nicht ausreichte, sich die einfachste Regel zu merken, die das Zusammenleben mit einem Blinden erforderlich machte.

Lukas tastete über die vollgestellte Arbeitsfläche, warf Müll in den Abfalleimer, fluchte, als er in Bohnenbrei fasste, den jemand hatte stehen lassen, und begann, das Geschirr abzuwaschen. Niemand außer ihm schien sich an diesem Chaos zu stören – aber das war auch nichts Neues.

Im Kühlschrank fand er nur Ketchup und Salatdressing und eine Dose, von der er annahm, dass es ein Soda Pop war. Er schüttelte den Trinkwasserkanister, aber einer der anderen hatte ihn leer in den Kühlschrank zurückgestellt. Auch hinter dem Vorhang nur leere Kanister. Niemand fühlte sich dafür verantwortlich, die verbrauchten Vorräte wieder aufzufüllen.

Lukas konnte nach drüben gehen, in Bernadines Haus, da gab es mit Sicherheit Trinkwasser. Aber er wollte Tyrell nicht begegnen, der ihn behandelte wie einen geistig Behinderten. Und wenn die Kleinen, die bestimmt noch vor dem Fernseher saßen und Horrorfilme guckten, ihn sahen, würden sie ihn in Beschlag nehmen und nicht wieder weglassen.

Lukas holte sich ein sauberes Glas, drehte den Wasserhahn auf und ließ kaltes Wasser hineinlaufen. Er wusste, dass haufenweise schädliche Stoffe darin waren, Stoffe, die vermutlich für das Nierenversagen bei Jimis Mutter verantwortlich waren.

Im Frühjahr hatte Jo einen deutschen Wasserexperten zu

Gast gehabt, der auch Bernadines Leitungswasser auf Schadstoffe getestet hatte. Und er war fündig geworden: Radon, Uranium, Arsen. Nein, Lukas mochte das Wasser aus der Leitung nicht mehr trinken.

Er drehte den Wasserhahn wieder zu und schüttete das Wasser in den Ausguss. Mit der Dose aus dem Kühlschrank setzte er sich draußen auf die alte Autositzbank unter dem Dach der Veranda. Er ließ den Verschluss knacken und süßer Colageruch stieg ihm in die Nase. Er hatte Durst und trank.

Staub und kleine Pflanzenteile wehten ihm ins Gesicht, die Blätter der Pappel rauschten. Der Ozongeruch nach Regen war stärker geworden. Das Gewitter war jetzt ganz nah, aber Lukas wusste, dass das nichts zu bedeuten hatte. Wenn in zwei Meilen Entfernung ein Gewitterguss herunterkam, hieß das noch lange nicht, dass es auch hier regnen würde.

Scheppernd trieb der Wind eine leere Getränkedose vor sich her. Lukas genoss die kühle Nachtluft auf seiner Haut und lauschte den Geräuschen, die von der Koppel kamen. Das leise Schnauben der Pferde, die entspannten Hufschläge, das Mahlen der Kiefer. Etwas krabbelte über sein Gesicht – eine Spinne – vorsichtig wischte er sie weg. Schließlich klopften die ersten Tropfen auf das Vordach, laut wie Gewehrschüsse. Dann wurde daraus ein Prasseln.

Regen hatte viele Stimmen. Um Lukas herum begann es, zu drippeln, zu platzen, zu rascheln. Andächtig lauschte er dem Regenkonzert. Er hörte, wie das Wasser in der kaputten Rinne rauschte, wie es auf die Blätter der Pappel und den ausgedorrten Boden traf. Es spritzte in den Pfützen, plätscherte auf das Trampolin und trommelte auf dem Vordach.

Lukas atmete den violetten Duft des Regens, der jetzt in Strömen vom Dach rann. Er lauschte darauf, wie die Erde trank, wie sie das Wasser gierig einsog. Als mehrere Autos durch die Pfützen gefahren kamen, hörte er Jimis Mustang heraus und er dachte wieder an Sim, was er für sie fühlte. Er musste mit Jimi reden, am besten gleich. Sein Herz schlug schneller, als der Mustang vor der kleinen Veranda hielt. Eine Autotür klappte und Jimis Schritte kamen die Holzstufen herauf.

Schweigend ließ sich Jimi neben ihm auf die alte Autobank fallen. Lukas hörte das Klicken des Feuerzeugs und kurz darauf hüllte ihn eine Marihuanawolke ein. Während er noch überlegte, wie er das Thema anschneiden sollte, begann Jimi von selbst damit.

»Das bunte Vögelchen heil nach Hause gebracht?«

»Ja.«

»Du magst sie.«

»So ist es.« Er hörte, wie Jimi an seinem Joint zog, den Rauch in den Lungen hielt und dann ausatmete.

»Wieso ausgerechnet sie, Luke? Bald ist sie wieder weg und dir bleibt nichts, als ihr nachzutrauern. Das hast du doch alles schon mal durch.«

Dass Jimi ihm die Sache mit Nima unter die Nase reiben würde, hätte er voraussehen müssen. Seine Worte sollten vermutlich Besorgnis ausdrücken, doch der aggressive Unterton war Lukas nicht entgangen.

»Machst du dir Sorgen um mein Seelenheil oder versuchst du, mir zu sagen, dass Sim dich aufregender findet als mich? Das weiß ich nämlich schon.«

Eine Antwort auf seine Frage bekam er nicht. »Warum bemühst du dich um sie? Ich versteh's nicht.«

Die Geräusche rinnenden Wassers um sie herum waren leiser geworden, der Regen hatte sich in ein gleichmäßiges, sanftes Rieseln verwandelt, das die Blätter der Pappel flüstern ließ. Lukas trank den letzten Schluck aus seiner Coladose und drückte sie zusammen.

»Ich habe mich nicht um sie bemüht, Champ. Ich habe sie nach Hause gebracht, weil du dazu nicht mehr in der Lage warst.«

Verdammt, das war ihm so herausgerutscht, weil er sich über Jimi ärgerte. Er hätte einfach sagen sollen: Weil du kein Benzin im Tank hattest. Lukas hörte Jimi hart schlucken. »Ich bin gerne mit ihr zusammen und ich muss wissen, ob du ein Problem damit hast«, fügte er rasch hinzu.

»Warum sollte ich?«

Das kam zu schnell und zu aggressiv. Lukas spürte den Anflug von Eifersucht in Jimis Stimme. Nie hätte er gedacht, dass der Champion mal eifersüchtig auf ihn sein würde. Aber da war noch ein anderes Gefühl, etwas Dunkleres und Härteres, das ihre Freundschaft bisher nicht kannte.

»Was ist eigentlich mit dir?«, fragte er vorsichtig.

»Was soll mit mir sein?«

Wenn Jimi gewusst hätte, was seine Stimme alles verriet, hätte er lieber geschwiegen.

»Sim ist nicht wie die anderen Mädchen, die du vögelst, Champ. Sie ist . . .« Ihm fehlten die Worte.

». . . eine Iyasica«, ergänzte Jimi. »Es macht keinen Sinn, sich in sie zu verlieben, weil sie bald wieder weg sein wird.«

Iyasica war das Lakota-Wort für Deutsche. Es stammte noch aus der Zeit der Besiedelung Amerikas, als die Lakota feststellten, dass die Deutschen schlecht Englisch sprachen. Deshalb gaben sie ihnen den Namen Iyasica – die schlecht Sprechenden.

»Lass ausnahmsweise mal die Finger von ihr, okay?«, bat Lukas ihn. »Ich habe nämlich das Gefühl, dass sie nicht zum Vergnügen hier ist.«

»Hey, Amigo, du hast dir ja richtig Gedanken um unser buntes Vögelchen gemacht.«

Lukas hasste den spöttischen Unterton in Jimis Stimme und ahnte, dass sein Ehrgeiz nun erst recht angestachelt war.

Jimi stand auf. »Ich gehe schlafen.«

»Gute Nacht«, murmelte Lukas. »Ich bleibe noch ein bisschen draußen sitzen.«

Jimi würde seine Bitte in den Wind schlagen. Der Champ konnte nicht anders. Er würde alles dransetzen, um bei Sim zum Zug zu kommen.

13. Kapitel

Am Horse Hill begann der nächste Morgen mit heller Aufregung. Ebony hatte in der Nacht ihr Fohlen bekommen, aber Jo hatte bei ihrem morgendlichen Rundgang bemerkt, dass sie das Kleine nicht trinken ließ.

»Ich will die beiden von den übrigen Pferden trennen«, entschied sie, »und ihr müsst mir dabei helfen.«

Schlaftrunken schlüpfte Sim in ihre Sachen. Sie folgte Michael und ihrer Tante zu den Pferden, die sich bei der Tränke aufhielten und aufgeregt mit den Schwänzen schlugen. Ebony, die schwarze Schöne, stand grasend im Abseits und wirkte seltsam unbeteiligt. Ihr falbes Fohlen, ein dürres Ding auf staksigen Beinen mit knubbeligen Gelenken, saugte stattdessen an Angels Euter, die – laut Tante Jo – im vergangenen Jahr ihr Fohlen verloren hatte. Angel beleckte das Kleine mit einer Hingabe, als wäre es ihr eigenes. Die übrigen Pferde standen schützend um die beiden herum.

Jo schlüpfte durch den Zaun und legte Ebony ein Strickhalfter an. Dann winkte sie Sim zu sich heran. Die Pferde drängten sich um die falsche Mutter und ihr Fohlen und die Nervosität der Tiere war zu spüren wie ein herannahendes Gewitter. Big Boy rollte mit den Augen und wieherte durchdringend, ein Laut, der Sim durch Mark und Bein ging. Sie hatte Angst und zögerte, der Aufforderung ihrer Tante nachzukommen.

Michael stieg durch den Zaun und sie folgte ihm schließlich. Jo drückte ihr die Leine von Ebonys Halfter in die Hand. »Bring sie runter in den Korral, okay?« Die Leine in der Hand, stand

Sim da und starrte die schwarze Stute an. »Nun mach schon, Simona. Sie muss hier weg sein, bevor wir versuchen können, Angel von dem Kleinen zu trennen.«

Zaghaft zog Sim an der Leine. »Na los, meine Schöne«, sagte sie, »gleich bekommst du dein Baby zurück.«

Ebony folgte ihr ohne Probleme, sie schien froh zu sein, von den anderen wegzukommen. Jo kam ihnen hinterhergelaufen und schnappte nach Sims Hand, mit der sie die junge Stute führte. »Niemals die Leine um ein Körperteil wickeln«, stauchte sie Sim zusammen, »wenn das Pferd scheut und losrennt, reißt es dir die Hand ab. Und sieh zu, dass sie dir nicht ihr Hinterteil zuwendet.« Jo öffnete den Zaun. »Binde sie im Korral an, damit du das Tor offen lassen kannst.«

Sim führte Ebony vom Hügel. Immer auf genügend Abstand bedacht, lief sie neben der Stute her, deren Fell glänzte wie das einer Robbe. Pferde waren geheimnisvolle Tiere mit einem ebenso geheimnisvollen Eigenleben und Sim empfand großen Respekt vor ihnen.

Vom Korral aus verfolgte sie, wie ihre Tante und Michael versuchten, Angel vom Fohlen zu trennen. Die Pferde wurden immer aufgeregter, sie stiegen und wieherten und Angel schlug aus, um die Zweibeiner daran zu hindern, ihr das Fohlen wegzunehmen. Sim stand wie gelähmt im Korral, streichelte Ebony und sah dem Ganzen mit wachsender Skepsis zu.

Jo schaffte es schließlich, Angel und das Kleine von den anderen Pferden abzudrängen und durch das Tor im Zaun zu bringen. Michael schloss das Tor, bevor die übrigen Pferde ihnen folgen konnten.

Es dauerte noch einmal eine halbe Stunde, bis Michael das Fohlen einfangen und in den Korral bringen konnte. Begleitet von Angels verzweifelten Schreien versuchte Jo, Ebony mit ihrem Fohlen zusammenzubringen. Aber dann musste sie zurück zum Haus und den Laden öffnen, denn die ersten Kunden warteten schon vor der Tür.

»Lassen wir sie erst einmal für eine Weile in Ruhe«, sagte sie, »vielleicht besinnt Ebony sich ja noch.«

Michael hatte einen Termin am College in Kyle, und nachdem er geduscht und einen Kaffee getrunken hatte, machte er sich dorthin auf den Weg. Jo hatte den ganzen Vormittag über Kundschaft im Laden, deshalb blieb ihr keine Zeit, um nach Ebony und ihrem neugeborenen Fohlen zu sehen.

Um sich abzulenken, schrubbte Sim die Küche im Trailer, rückte dem uralten Dreck mit Handschuhen und scharfen Putzmitteln zu Leibe. Zwischendurch lief sie immer wieder zum Korral, in der Hoffnung, das Fohlen endlich trinken zu sehen. Aber es stand nur mit traurig hängendem Kopf da und Ebony beachtete es überhaupt nicht.

Rabenmutter, dachte Sim mit zugeschnürter Kehle.

Gegen eins aßen Jo und Sim eine Kleinigkeit, und weil endlich einmal keine Kundschaft im Laden war, gingen sie zusammen zum Korral. Der Blick ihrer Tante verhieß nichts Gutes. »Hat sie es trinken lassen?«

»Nein, ich glaube nicht.«

»Das sieht nicht gut aus.«

»Wir können es mit der Flasche aufziehen«, sagte Sim. »Es hat bestimmt schrecklichen Durst.«

Jo presste die Lippen zusammen und schüttelte den Kopf. »Das bringt nichts, Simona. Ein Fohlen braucht die erste Milch seiner Mutter, da sind die ganzen lebenswichtigen Abwehrstoffe drin. Bekommt es die nicht, wird es immer schwach bleiben und kränkeln. Ich würde es nicht durch den Winter kriegen.«

Es brauchte eine Weile, bis Sim dämmerte, dass ihre Tante soeben das Todesurteil für das Fohlen gesprochen hatte. »Das ist nicht dein Ernst, oder?«

»Doch, Simona. Ich habe das alles schon mal hinter mir. Schlaflose Nächte, Tierarztkosten, die teure Aufzuchtmilch – und am Ende ist mir das Tier trotzdem gestorben. Wir sind hier nicht in Deutschland, wo viele Tiere zum Teufel komm raus am Leben gehalten werden.«

»Aber . . . können wir es nicht wenigstens versuchen? Ich würde mich auch kümmern. Ich würde es gerne tun«, sagte Sim und untermauerte ihren Vorschlag mit einer leidenschaftlichen Geste.

»Es hat keinen Sinn, hörst du?« Jo legte ihr tröstend eine Hand auf die Schulter, doch Sim schüttelte sie ab. »Bring ihnen Wasser, mehr können wir nicht tun«, sagte ihre Tante und ging zum Haus zurück.

Tränen rannen über Sims Wangen. Sie hasste ihre Tante dafür, dass sie dem Fohlen keine Chance gab. Dass sie ihr keine Chance gab zu beweisen, dass sie es retten konnte. Auf zitternden Beinen stand es da und sein Kopf wurde ihm so schwer, dass er immer tiefer sank, bis das Maul fast den Boden berührte.

Sim füllte Wasser in einen Eimer und stellte ihn in den Korral. Sie überwand ihre Furcht und versuchte, abwechselnd Ebony zu ihrem Fohlen zu führen oder das Kleine zu seiner Mutter. Es war geschwächt, doch Sim hatte Mühe, es vorwärtszuschieben. Jeder Schritt ein Akt. Einige Male gelang es ihr, das Fohlen unter seine Mutter zu schieben, aber immer, wenn es den Kopf nach den rettenden Zitzen ausstreckte, zwackte Ebony zu und es lief erschrocken davon. So verging der Nachmittag.

Das Fohlen wurde immer müder und kraftloser. Schließlich musste Sim zusehen, wie seine Vorderbeine einknickten und es zu Boden ging. Mit geschlossenen Augen lag es auf der blanken Erde. Das war der Moment, in dem Sim begriff, dass niemand mehr etwas für das kleine Wesen tun konnte, am allerwenigsten sie. Das Fohlen würde nicht mehr aufstehen, es würde auch nicht trinken, es würde sterben – noch heute. Diese Gewissheit fühlte sich an wie ein Schlag in die Magengrube.

Sie ging neben dem Fohlen auf die Knie und streichelte es, hoffte, dass es schnell vorbei sein möge. Tränen rannen über ihre Wangen und ihr Körper wurde von wilden Schluchzern geschüttelt. Sie weinte um das Fohlen, weinte, weil sie sich so machtlos fühlte. Nach wie vor war sie überzeugt davon, dass sie das Fohlen hätte mit der Flasche aufziehen können. Alle Wut und ihr ganzer Schmerz richteten sich nun gegen ihre Tante. Sim weinte, weil sie mit allem Möglichen gerechnet hatte, als sie ins Reservat gekommen war, nur nicht damit, dem Tod zu begegnen.

Ebony kam herangetrottet und stupste Sim sanft gegen die Schulter, als wollte sie ihr sagen: »Sei nicht traurig, alles hat seine Richtigkeit.« Aber Sim war auch wütend auf Ebony, weil die Stute nicht um ihr Kleines gekämpft hatte. Weil sie es gebissen und getreten hatte, statt es trinken zu lassen, was ihre Aufgabe gewesen wäre.

»Rabenmutter«, sagte sie. »Geh weg.«

Sim wünschte, sie könnte singen, so wie Lukas, aber das konnte sie nicht. Deshalb sprach sie leise mit dem Fohlen. »Bald ist alles gut, du bist nicht allein. Ich bin bei dir, du bist nicht allein.« Immer wieder sagte sie diese Worte, wie ein Mantra.

Jedes Mal, wenn sie die Augen öffnete, hoffte sie, dass es vorbei war. Doch das kleine Herz wollte nicht aufgeben, es schlug weiter. Immer schwächer zwar, aber noch atmete das Fohlen, kämpfte einen aussichtslosen Kampf.

Als jemand seine Hand auf ihre Schulter legte, dachte Sim, es wäre ihre Tante. Sie holte tief Luft und hob den Kopf, bereit, ihre Wut und ihren Schmerz an Jo auszulassen, als sie durch den Tränenschleier sah, dass es Lukas war. Ihre Schultern bebten. Er ging neben ihr auf die Knie, legte seine Hand auf den Hals des Fohlens und es machte einen letzten tiefen Atemzug.

»Es ist vorbei«, sagte er.

Sim vergrub den Kopf an seiner Brust und er hielt sie. Als ihr seine körperliche Nähe bewusst wurde, machte sie sich rasch von ihm los und stand auf. Ihre Beine waren eingeschlafen und kribbelten, als würden Ameisen durch die Adern rennen. Außerdem schmerzten ihre Muskeln, die Knochen und der Kopf. Aber dieser Schmerz war dumpf.

Lukas erhob sich ebenfalls und rief nach Ebony. Tatsächlich kam die Stute zu ihm getrottet und stupste ihn gegen die Brust. Er liebkoste ihren Hals, streichelte ihre Nüstern und sprach leise tröstende Worte.

»*Sie* musst du nicht trösten«, bemerkte Sim und wischte sich mit dem Handrücken übers Gesicht. »Ebony hat ihr Kleines nicht trinken lassen, sie hat es gezwickt und getreten. Sie ist schuld, dass es jämmerlich verdurstet ist.«

»Niemand hat Schuld«, sagte Lukas. »Sie ist noch ein Teenager, die anderen haben sie als Mutter nicht akzeptiert.«

»Woher weißt du das?«, fragte Sim trotzig. Und wenig später: »Was machst du überhaupt hier?«

Sie war heilfroh, dass Lukas da war, aber das konnte sie nicht zugeben, nicht in diesem Moment. Sie brauchte jemanden, an dem sie ihren Schmerz auslassen konnte, und er kam ihr gerade recht.

»Deine Tante hat Jimi angerufen und ihn gebeten zu kommen, aber er hatte zu tun. Ich habe mich gleich auf den Weg gemacht, als er mir von ihrem Anruf erzählt hat.«

Warum hatte Tante Jo ihr verschweigen, dass sie Jimi um Hilfe gebeten hatte? »Wann hat sie ihn denn angerufen?«

Lukas hob die Schultern. »Ich glaube, Mittag herum.«

Mittag, dachte Sim. Das war vor Stunden. Da hatte das Fohlen noch tapfer auf seinen vier Beinen gestanden. Vielleicht hätte es eine Chance gehabt, wenn Jimi gleich gekommen wäre. Aber er war nicht gekommen.

»Und warum konnte er nicht?«

Wieder ein Achselzucken. »Na, er hatte Dinge zu erledigen.«

»Was denn für *Dinge?*«

»Jobs. Sachen reparieren. Was er für deine Tante auch macht.«

»Die *Sachen* wären ihm doch nicht weggelaufen. Hier ging es um ein Leben.« Auch wenn es nur ein winziges Fohlenleben war. »Ich hätte es mit der Flasche aufziehen können.«

»Hey«, Lukas kam auf sie zu und streckte die Hand nach ihr aus, aber sie wich einen Schritt zurück. Er ließ seine Hand wieder sinken. »So, wie die Dinge standen, hatte das Fohlen keine Chance. Es war einfach ein Zusammentreffen unglücklicher Umstände. Niemand hat Schuld. Deine Tante nicht, Jimi nicht und Ebony auch nicht. Sie trauert um ihr Baby. Sie versteht es nicht. Sie ist ein Pferd, Sim, kein Mensch.«

»Es hat so tapfer gekämpft.« Ein rauer Laut kam aus ihrer Kehle.

Lukas machte einen Schritt auf sie zu und nahm sie fest in seine Arme. Sim zögerte einen Moment, aber dann ließ sie es geschehen.

Während ihre Tante mit dem gerade erst aus Kyle zurückgekehrten Michael das Fohlen zu einem hundert Meter entfernten, mit Sträuchern bewachsenen Graben brachte, saßen Sim und Lukas auf den Holzstufen vor dem Haus. Lukas kraulte Juniper hinter den Ohren und las ihr die Zecken aus dem Fell, von denen einige so groß waren wie Heidelbeeren. Er ließ sie auf die Bretter fallen und die Hündin fraß sie. *Igitt.*

»Es ist der Lauf der Dinge, Sim«, sagte Lukas. »Ich weiß nicht, wie das bei euch in Deutschland ist, aber wir Lakota überlegen uns sehr gut, ob wir in die Natur eingreifen oder nicht. Wir Menschen glauben nur, dass wir klüger sind, aber meistens stimmt das nicht. Ebony wird ein neues Fohlen haben und dann wird sie wissen, was zu tun ist.«

»Ja«, sagte sie, »ich hab's begriffen.« Das klang mürrischer als beabsichtigt, aber Lukas redete mit ihr, als wäre sie ein kleines Mädchen, das nicht über den Verlust seines geliebten Pferdes hinwegkam. Dabei hatte sie noch vor ein paar Tagen nicht einmal etwas für Pferde übrig gehabt.

Was war aus der coolen Sim geworden? Ein tränenverschmiertes Etwas, das einen Schuldigen brauchte, weil es ihr schlecht ging und weil ihr das einzige Heilmittel für solche Fälle verwehrt blieb. Zu Hause hätte sie sich jetzt mit Tequila volllaufen lassen, um den Schmerz zu betäuben. Aber hier hatte sie keine Chance, an Alkohol zu kommen, nicht mal an ein simples Bier, obwohl die Budweiserdosen angeblich überall im Reservat kursierten. Sim saß auf dem Trockenen und musste ihre beschissenen Gedanken und Gefühle ertragen.

Diesmal blieb Lukas zum Abendessen. Michael hatte eine Gemüsepfanne mit Büffelfleisch zubereitet, dazu gab es frischen Salat aus Jos Garten. Lukas aß mit gutem Appetit und Sim faszinierte es, wie hervorragend er beim Essen zurechtkam. Sie hatte noch nie einen Blinden bei der Nahrungsaufnahme beobachtet, einfach weil sie es noch nie mit einem zu tun gehabt hatte. Nicht ein einziges Mal führte Lukas eine leere Gabel zum Mund.

Sie selbst bekam kaum einen Bissen herunter, obwohl ihr Magen knurrte. Lustlos schob sie ihr Essen auf dem Teller hin und her. Auch wenn Sim ihrer Tante schon halb verziehen hatte, die Stimmung am Tisch war angespannt. Bis Michael das Gespräch auf Henry He Dog lenkte und begann, Lukas über die Möglichkeiten und die Akzeptanz alter Heilzeremonien unter den Lakota im Reservat auszufragen.

Sim hob den Kopf und sah Lukas an. Seine Sonnenbrille lag neben dem Teller auf dem Tisch und seine blicklosen Augen suchten Michaels Richtung. Was würde er antworten?

»Wirkliche Heilung«, sagte er, »ich meine, im Sinne von *Heil werden,* ist nur dann möglich, wenn wir Lakota es schaffen, wieder Eigenverantwortung für unser Leben zu übernehmen, und nicht mehr darauf hoffen, dass andere das in die Hand nehmen.« Er lehnte sich zurück. »Jeden Sommer fallen die Hilfsorganisationen in unser Reservat ein wie Heuschrecken, aber ihre Hilfe ist nur bis zu einem bestimmten Punkt wirklich sinnvoll.«

Michael nickte. »Man kann ein Pferd zum Wasser führen, aber saufen muss es schon selbst«, sagte er.

»Stimmt.« Lukas lächelte. »Wir müssen uns auf die Stärken unserer eigenen Kultur besinnen. Dazu gehört auch die Arbeit der Medizinmänner.«

»Aber du bist ein kluger Bursche, Luke«, wandte Michael ein. »Du könntest auf eine Uni gehen und studieren.«

Ein milder Ausdruck machte sich auf Lukas Gesicht breit. »Ich will bei meinen Leuten bleiben. Sie brauchen mich. Alles, was ich mir wünsche, ist hier.«

»Du könntest Anwalt werden und deinen Leuten auf diese Weise helfen. Mit der Magie von Paragrafen zum Beispiel.«

»Dafür wird es andere geben«, erwiderte Lukas, als hätte er das alles bereits gründlich überdacht. »Ich will nicht erst auf den Plan treten, wenn jemand im Gefängnis sitzt, weil er seine Frau verprügelt oder einen Nebenbuhler erschossen hat. Ich will dafür sorgen, dass die Leute gar nicht erst ins Gefängnis kommen.«

Das klingt nach Sozialarbeiter und nicht nach Medizinmann, dachte Sim.

»So ein Medizinmann«, fragte sie, »kann der auch richtige Krankheiten heilen? Ich meine, Krebs zum Beispiel?«

»Ein Medizinmann ist kein Wunderheiler«, sagte Lukas, »aber er kann versuchen, mithilfe der Geister in einer Zeremonie die Ursache der Krankheit herauszufinden. Manchmal setzt das die Selbstheilungskräfte in Gang.«

Zuerst dachte Sim, er wollte sie auf den Arm nehmen, als er von Geistern sprach, aber Lukas' Miene zeigte keinerlei Spott und sie begriff, dass er es ernst meinte.

Nachdem Lukas sich verabschiedet hatte, ging Sim in ihr Zimmer. Sie fühlte sich völlig erschlagen von den Ereignissen des Tages, wollte sich nur noch in ihrem Bett verkriechen und die Decke über den Kopf ziehen. Doch so erschöpft und müde sie auch war, der Schlaf wollte nicht kommen. Immer wieder schob sich das Bild des sterbenden Fohlens vor ihre Augen. Sie schwitzte und wälzte sich auf ihrem Bett herum, lag schließlich auf dem Rücken und starrte an die Decke.

Zum ersten Mal, seit sie hier war, verspürte sie so etwas wie Heimweh. Sie hatte Sehnsucht nach der normalen, geordneten Welt zu Hause, die ohne derart unangenehme Überraschungen war. Der Wunsch, sich mit etwas Hochprozentigem wegzubeamen, überkam sie stärker als je zuvor.

Als ihre Blase drückte, ging Sim ins Bad und sah, dass Michaels Zimmertür weit offen stand. Der Lichtstreifen aus ihrem Zimmer fiel auf sein Bett und seinen Rucksack, der an der Wand lehnte. Sim lauschte und hörte eindeutige Laute aus dem Zimmer ihrer Tante. Ein totes Fohlen war es jedenfalls nicht, was die beiden gerade beschäftigte.

Sim hatte bloß einen kurzen Blick in Michaels Zimmer werfen wollen, doch dann sah sie hinter seinem Rucksack die Hälse zweier Weinflaschen hervorlugen. Und ehe sie an die Folgen denken konnte, war sie auch schon hineingegangen und hatte eine davon an sich genommen.

Sie versteckte die Flasche unter ihrem Kopfkissen, ging pinkeln und schloss sich in ihrem Zimmer ein. Zu ihrem Glück hatte die Weinflasche einen Schraubverschluss. Sim öffnete ihn, setzte die Flasche an und trank. Schon wenige Minuten später merkte sie, wie ihre Gedanken von dem toten Fohlen wegdrifteten und sich ihr Heimweh samt Fluchtgedanken in Luft auflöste.

Wenn man sich nicht wirklich vom Acker machen konnte, blieb einem nur, es im Kopf zu tun. Der Alkohol war das Fortbewegungsmittel auf dieser Reise. Bier war wie ein Bummelzug. Langsam und manchmal kam man nicht ans Ziel. Wein war der ICE und Tequila . . . Tequila war der Düsenjet.

Sim nahm einen weiteren kräftigen Schluck und hörte erst damit auf, als sie ausreichend betrunken war. Sie schraubte die fast leere Flasche zu und versteckte sie unter den Kleidungsstücken in ihrer Tasche. Wenige Minuten später schlief sie endlich ein.

14. Kapitel

Es war kein schlimmer Kater, mit dem Sim am Morgen aufwachte, aber sie hatte Kopfweh und einen trockenen Mund. Das Frühstück stand auf dem Tisch und ihre Tante trieb sie zur Eile. Ein Großeinkauf in Rapid City stand auf dem Programm.

»Vergiss deine Liste nicht«, sagte Jo. »Wir werden alles besorgen, was du für den Trailer brauchst.«

Mühsam versuchte Sim, einen klaren Gedanken zu fassen. Am kommenden Sonntag würde die niederländische Familie eintreffen und bis dahin musste der Trailer bezugsfertig sein. Ihre Liste, wo war die gleich noch mal? Sim stöhnte. Im Augenblick war ihr alles zu viel.

Michael trug leere Wasserkanister nach draußen ins Auto, und als er zu ihnen zurückkam, machte er ein geheimnisvolles Gesicht. »Kommt mal mit«, sagte er.

Sie folgten ihm nach draußen, und als sie ein paar Holzstufen nach unten gestiegen waren, hörte Sim ein vielstimmiges Fiepen. Sie beugten sich herunter, um unter die Stufen schauen zu können. Da lagen sie, ein Knäuel aus rosa Schnauzen, tapsigen Pfötchen, Schlappohren und winzigen Schwänzen – Junipers Nachwuchs.

Juniper kam über die Wiese gelaufen und Sim machte ihr respektvoll Platz. Jo streichelte und lobte die Hündin, dann spendierte sie Juniper eine Sonderportion Futter.

»Du wirst deinen Spaß mit ihnen haben«, sagte Michael lächelnd.

Sim zuckte mit den Achseln. Wenn er glaubte, die Welpen

würden sie über das Fohlen hinwegtrösten, lag er falsch. Aber wenigstens hatte er das Fehlen der Weinflasche noch nicht bemerkt.

Schon am Vormittag wurde es wieder unerträglich heiß und Sim wünschte, sie würde in Michaels klimatisiertem Geländewagen sitzen, der hinter ihnen fuhr. Sie brauchten fast zwei Stunden bis Rapid City, wo sie die Ladefläche des Trucks mit Lebensmitteln, Wasserkanistern und jenen Dingen füllten, mit denen Sim den Trailer verschönern wollte: zwei Stehlampen, einem kleinen Klapptisch aus Holz, einem Überwurf für die alte Couch, Badvorlegern – und vielem mehr. Sims Liste war lang gewesen und sie staunte, dass ihre Tante die Sachen widerspruchslos einkaufte.

Nach ihrem Großeinkauf aßen sie im Red Lobster zu Mittag, einem Restaurant beim Parkplatz der *Mount Rushmore Mall.* Danach trennten sie sich. Michael fuhr in die Innenstadt, wo er sich mit einem Redakteur vom *Rapid City Journal* treffen wollte. Jo und Sim machten sich mit dem Truck auf den langen Rückweg ins Reservat.

Während der Fahrt hatte Sim die Kopfhörer ihres iPod eingestöpselt und hörte »Medusa's Child«. *Time can raise you! Time can change you! Time can break you! Time can kill you!*

Ihre Tante schien zu akzeptieren, dass sie nicht reden wollte.

Nachdem sie die Lebensmittel ins Haus getragen und verteilt hatten, schaffte Sim die übrigen Sachen in den Trailer. Türen und Fenster waren den ganzen Tag verschlossen gewesen und es war stickig und heiß in den Räumen. Obwohl Sim beim Kauf der Dinge wieder Lust bekommen hatte, den Trailer wohnlich einzurichten, fehlte ihr jetzt der Elan, noch mit der Arbeit zu beginnen. Überall lag Jimis Werkzeug herum. Bevor er mit seinen Reparaturarbeiten nicht fertig war, hatte es wenig Sinn, sauber zu machen und mit ihren Verschönerungen anzufangen.

Sim lüftete gründlich, dann verschloss sie den Trailer wieder und stattete Juniper und ihrem Nachwuchs einen Besuch ab. Die Hündin hatte ihre Höhle unter der Treppe inzwischen etwas geräumiger gescharrt, sodass sie und die Welpen mehr Platz hatten. Die Kleinen tranken und Sim beobachtete sie eine Weile dabei. Als sie ein lautes Wiehern hörte, blickte sie auf und sah die Pferde auf dem Hügel am Wassertrog stehen und mit den Schwänzen schlagen. Big Boy hob den Kopf und wieherte erneut. *Wir haben Durst,* schien er ihr sagen zu wollen.

Sie lief den Trampelpfad hinauf und stellte fest, dass nur noch ein Rest Wasser im Trog war, schlammig und voller Gras. Seufzend machte Sim kehrt, holte sich die grobe Bürste aus dem Schuppen und schraubte den Schlauch an den Wasserhahn. Sie stieg durch den Stacheldrahtzaun, kippte das schlammige Wasser aus und schrubbte den Trog. Dass die Pferde dicht um sie herumstanden und sie neugierig beobachteten, machte ihr nichts aus. Sim hatte keine Angst mehr vor ihnen.

Sie spritzte den Bottich sauber und hängte den Schlauch hinein. Die Pferde tranken und Sim beobachtete, wie Ebony immer wieder von Angel und Sweety, den beiden älteren Stuten, abgedrängt wurde. Erst ganz zuletzt, als die übrigen Pferde schon wieder davontrabten, trank auch sie.

Sim hob die Hand und streichelte das sonnenwarme Fell der Stute. Ebony blickte sie mit ihrem unergründlichen Pferdeblick an – dann wandte sie sich ab und trottete den anderen hinterher.

Sim rieb sich den Schweiß aus der Stirn. Das Thermometer am Trailer zeigte fünfunddreißig Grad im Schatten, es war der heißeste Tag seit ihrer Ankunft vor einer Woche. Obwohl es schon Nachmittag war, lag die Hitze zäh wie Sirup über den gelbgrünen Hügeln. Der Baumwollstoff ihres T-Shirts klebte an ihrem Körper wie eine zweite Haut.

Als der Wassertrog fast vollgelaufen war, lief Sim zum Wasserhahn und drehte ihn ab. Sie ging noch einmal zurück zur Tränke, um den Schlauch herauszuziehen. Einmal hatte sie das vergessen und der Trog war durch den Schlauch wieder leer gelaufen.

Der Schweiß rann ihr die Schläfen und zwischen ihren Brüsten herab und das Wasser im sauberen Bottich funkelte im Sonnenlicht wie eine kühle Verheißung. Sim blickte sich um. Die Pferde grasten inzwischen wieder in der schattigen Senke unter dem Horse Hill und weit und breit war niemand zu sehen. Kurz entschlossen zog sie sich das T-Shirt über den Kopf und schlüpfte aus ihren Shorts (samt Slip). Mit einem Rundumblick versicherte sie sich noch einmal, dass niemand in der Nähe war, und stieg in die Pferdetränke.

Das Wasser war so kalt, dass sie ein paar merkwürdige Geräusche ausstieß, um die Kälte auszuhalten. Prustend und schnaubend tauchte sie unter und zählte. Dreiundzwanzig, vierundzwanzig – eine ganze Minute. Nach Luft schnappend tauchte sie wieder auf. Herrlich erfrischend war das und sie fragte sich, warum ihre Tante den Bottich nicht wenigstens hin und wieder als Pool nutzte.

Ein zweites Mal holte Sim tief Luft und tauchte. Einundzwanzig, zweiundzwanzig, dreiundzwanzig . . . Teufel, was das kalt! Kurz bevor ihre Lunge zu bersten drohte, tauchte sie wieder auf. Als sie sich das Wasser aus den Haaren schüttelte und die Augen öffnete, starrte sie auf ein gelbes Pferdegebiss – direkt vor ihrer Nase. Ein Schrei schlüpfte aus ihrer Kehle und reflexartig tauchte sie ins Wasser zurück.

Ghost scheute und stieg, vermutlich dachte der Schecke, ein böser Geist würde im Wassertrog sitzen. Nur mit Mühe konnte Lukas sich auf seinem Rücken halten. Er beruhigte sein Pferd und stieg ab.

»Wer ist denn da?«, fragte er. »Sim, bist du das?«

Ihr war kalt und er war blind, aber sie traute sich nicht aus dem Wasser.

»Nimmst du etwa ein Bad in der Pferdetränke?« Er klang fassungslos.

Sim stieg aus dem Bottich, die Arme vor der Brust verschränkt. Was natürlich Unsinn war, weil Lukas sie ja nicht sehen konnte.

»Kannst du Ghost mal ein Stück zur Seite führen«, bat sie ihn zähneklappernd.

»Wieso? Hast du etwa immer noch Angst vor ihm?«

»Er steht auf meinem Slip . . . äh, meinen Shorts.«

»Du hast nichts an?« Auf Lukas' Gesicht machte sich ein Grinsen breit. Seine weißen Zähne leuchteten in der Sonne. »Ich meine, *überhaupt* nichts?«

»Halt den Mund, okay?«

Er führt Ghost ein Stück von der Tränke weg. Sim klaubte ihre Sachen aus dem Gras und versuchte, sich anzuziehen. Aber sie war nass und der Stoff blieb auf der Haut kleben, was das Ganze zu einer schwierigen Prozedur machte.

»Deine Tante kriegt einen Herzanfall, wenn sie das herausfindet«, bemerkte Lukas immer noch sichtlich amüsiert.

Sim rubbelte mit beiden Händen durch ihre Haare. »Und warum sollte sie?«

»Mann, wenn dich jemand gesehen hat, dann weiß spätestens morgen das ganze Reservat, dass Jos Nichte aus Deutschland splitternackt im Pferdebottich badet.«

»Na und, was ist schon dabei?«

Lukas stieß kopfschüttelnd Luft durch die Zähne. »Was dabei ist? Du hast vielleicht Nerven. Wir rennen hier nicht einfach nackt in der Gegend herum.«

Sim hatte es endlich geschafft, ihre von Pferdehufen gezeichneten Sachen anzuziehen, und nun musste sie lachen. »Ich renne nicht nackt in der Gegend herum, ich habe ein Bad genommen. Und außerdem: Du ärgerst dich ja bloß, weil du mich nicht sehen konntest.«

Einen Moment lang schwieg Lukas. Sim glaubte schon, ihn verletzt zu haben, indem sie ihn an sein Handicap erinnerte hatte.

Doch dann sagte er: »Stimmt.« Seine Mundwinkel zuckten. »Verrat mich nicht, okay?«

»Okay. Bist du wieder angezogen?«

»Ja.«

»Lust auf einen Ausritt?«

Sim schlüpfte in ihre Turnschuhe. »Ja, gern. Aber ich muss vorher meiner Tante Bescheid sagen.«

Als Lukas Sim half, auf Ghosts Rücken zu steigen, spürte er, dass sie ihre Angst vor Pferden abgelegt hatte. Der Schecke stand ganz still, denn Sim war keine Fremde mehr für ihn. Lukas schwang sich hinter ihr aufs Pferd, schnalzte mit der Zunge und Ghost lief los. Er folgte dem schmalen Pfad von Jos Pferden ins Tal und dann den Hügel wieder hinauf. Eine Weile ritten sie am Zaun entlang. Vor einem Tor blieb der Schecke stehen. Lukas sprang ab, öffnete das Tor, führte Ghost auf die andere Seite und schloss es wieder. Er stieg auf und ließ Ghost antraben. Das Pferd kannte seinen Weg.

Sim erzählte ihm, dass sie in Rapid City einkaufen gewesen waren und dass sie sich für den nächsten Tag vorgenommen hatte, den Trailer für die neuen Gäste herzurichten.

»Wo ist eigentlich Jimi?«, fragte sie beiläufig. »Tante Jo hat gesagt, er würde noch eine Klimaanlage einbauen. Tagsüber wird es so heiß im Trailer, dass man es kaum aushält.«

»Das liegt daran, dass die alten Dinger nur schlecht isoliert sind«, sagte Lukas. »Soweit ich weiß, hat Jimi die Klimaanlage schon besorgt. Wahrscheinlich wird er am Mittwoch kommen und sie einbauen. Heute und morgen ist er in Denver.«

»Denver? Was macht er denn da?«

Gute Frage.

»Material kaufen«, antwortete Lukas und konnte den Zweifel in seiner eigenen Stimme hören. »Leder, Perlen, Stoffe, künstliche Sehne ... solche Sachen. Tyrell und Jimi holen die Sachen aus Denver und Bernadine verkauft sie im Res.«

»Aber Tante Jo hat das doch alles in ihrem Laden. Warum kauft Bernadine die Sachen nicht bei ihr ein und spart sich das Benzingeld?«

»Weil Tyrell die Materialien beim Großhändler holt, wo sie um einiges billiger sind als bei deiner Tante – behauptet Jimi jedenfalls.«

Vor zwei Tagen hatte Lukas Fetzen eines Handygesprächs zwischen Jimi und Wer-weiß-wem aufgeschnappt – unbeabsichtigt – und seitdem ahnte er, dass Glasperlen und Leder nur ein Vorwand für die monatlichen Fahrten nach Denver waren.

Lukas hatte immer gewusst, dass Jimi Marihuana rauchte. Das taten eine Menge Leute im Reservat. Dass er allerdings damit dealte, war eine ganz andere Sache. Dafür konnte er ins Gefängnis gehen.

Von dem Handygespräch hatte Lukas nur Bruchteile mitbekommen und sich den Rest zusammengereimt: Tyrell Jumping Eagle holte das Marihuana ins Reservat und Jimi verdiente sein Geld damit, dass er das Gras unter die Leute brachte. Nicht selten hatte Lukas ihn auf seinen Liefergängen begleitet, weil er nicht ahnen konnte, mit *was* Jimi da handelte. Er war im wahrsten Sinne des Wortes blind gewesen.

Das Erkennen der Wahrheit war wie ein Tritt in die Magengrube gewesen und sein Vertrauen in Jimi ins Wanken geraten. Zahllose Fragen gingen seitdem durch seinen Kopf. Waren nur Tyrell und Jimi an dem Geschäft beteiligt oder noch andere Pflegekinder? Verpackten sie im großen Haus Perlen und Lederbänder in Zeitungsbriefchen oder Marihuana? Lukas hatte keine Ahnung, wie er sich verhalten sollte, jetzt, wo er mit seinem Wissen nicht nur Jimi in Schwierigkeiten bringen konnte.

Als Jimi später ins Zimmer gekommen war, hatte er sich schlafend gestellt und es bisher nicht fertiggebracht, seinen Freund auf die Sache anzusprechen. Vorher musste er sich über einiges klar werden. Darüber, was für Konsequenzen Jimis Tun für ihn selbst, für andere und für ihre Freundschaft hatte.

Lukas seufzte leise. Er versuchte, den Gedanken an Jimi als Drogendealer für eine Weile beiseitezuschieben und sich auf Sim zu konzentrieren, die vor ihm saß. Er hatte seinen linken Arm um sie gelegt, obwohl das nicht zwingend notwendig war.

Plötzlich scheute Ghost. Lukas hörte den schrillen Warnschrei einer Eule und ein aufgeregtes Zischen und Klappern. Er zog straff an den Zügeln. Der Schecke wieherte erschrocken und tänzelte auf der Stelle, bevor er stehen blieb. Etwas flatterte davon.

»Das war eine kleine Eule«, sagte Sim, die sich an Lukas' Arm geklammert hatte und auch jetzt noch nicht losließ. »Sie kam aus einem Erdloch. Es muss eine Klapperschlange drin sein, ich habe sie gehört.«

»Keine Klapperschlange«, versuchte er, Sim zu beruhigen, obwohl sein eigenes Herz so hart schlug, dass es in seinen Ohren dröhnte. »Das Zischen und Klappern kam von der Eule. Sie leben in den Erdhöhlen der Präriehunde und können eine Klapperschlange nachmachen.«

Er brachte Ghost dazu weiterzulaufen, weg von diesem Ort. Sie hatten eine Prärieeule aufgescheucht und Eulen waren Todesboten. Lukas' Magen verkrampfte sich angesichts dieses bösen Omens und er versuchte, nur noch an Sim zu denken. Sie saß vor ihm, er konnte sie spüren. Sie hatte seinen Vorschlag auszureiten, ohne zu zögern, angenommen. Hatte das etwas zu bedeuten oder machte er sich bloß etwas vor, so wie bei Jimi?

»Almona hat mir erzählt, dass Eulen auch das Greinen von Katzenkindern nachmachen können, um die Mütter von ihren Jungen wegzulocken«, sagte Sim.

»Ja, das ist wahr.«

»Stehlen Eulen Hundebabys?«

»Ich glaube nicht, jedenfalls habe ich so etwas noch nie gehört.« Warum konnte sie nicht aufhören, über Eulen zu reden?

»Juniper hat ihre Welpen unter der Treppe bekommen, obwohl sie ein schickes Hundehaus hat.«

Erleichtert über den Themenwechsel atmete er auf. »Sie ist eben ein eigensinniges Mädchen. Wie viele sind es denn?«

»Fünf. Sie sehen aus wie Ratten.«

»Nein, das glaube ich nicht.«

»Du wirst schon sehen«, sagte sie.

Daraufhin schwieg er.

Eine halbe Stunde später stieg Ghost eine Anhöhe hinauf und Lukas wusste, dass sie bald am Ziel waren. Er hatte beschlossen, Sim seinen Lieblingsplatz zu zeigen, das kleine Felsplateau am Rande der bewaldeten Schlucht. Abgesehen von Nima hatte er bisher kein Mädchen mit hierher genommen, aber er fand, Sim passte hierher.

Oben angelangt blieb Ghost stehen und sie stiegen ab. Der

Schecke bekam ein paar Pellets aus Lukas' Hosentasche, dann begann das Pferd zu grasen. Lukas näherte sich der Felskante, indem er seine Schritte auf der glatten Steinfläche zählte. Schon konnte er sie hören, die Tiefe. Die Schlucht war ein Labyrinth aus Geräuschen. Das Rauschen der Kiefernwipfel im Abendwind. Die Schreie der Adler, die den Auftrieb nutzten und über den Bäumen kreisten. Das Pfeifen des Windes in den Felsspalten und das Flüstern des Grases, das in ihnen wuchs.

»Es ist schön hier«, sagte Sim, die neben ihn getreten war. »Können wir ein bisschen bleiben?«

»Ja, deswegen sind wir hergekommen. Aber«, er hielt sie am Arm fest, »warte einen Moment, bevor du dich setzt.«

»Okay.«

»Wachsen hier irgendwelche kleinen Pflänzchen mit dreigeteilten Blättern in den Rissen im Fels?«

»Nein.«

»Kein brauner Schwanz mit Hornklapper am Ende im Umkreis von fünf Metern?«

Ihre Antwort kam zögerlich. »Nein.«

»Dann können wir uns setzen.« Er ging noch einen Schritt näher an den Rand der Schlucht und hörte, wie Sim scharf Luft einsog. Hatte sie etwa Angst um ihn? Lächelnd setzte er sich, suchte nach einem Stein und schleuderte ihn in die Tiefe. Sim hockte sich neben ihn, so dicht, dass er die Wärme ihres Armes spüren konnte.

»Wie findet Ghost all diese Orte?«, fragte sie. »Er scheint immer genau zu wissen, wo du hinwillst.«

»Wir haben lange geübt«, antwortete er. »Der Trick ist die jeweilige Richtung, die ich mit ihm einschlage. Aber er kennt auch die Namen der Orte. Wenn ich mit ihm am Horse Hill bin und ihn bitte, mich zur Schlucht zu bringen, dann läuft er hierher. Als Belohnung bekommt er einen Leckerbissen.«

Eine Weile war es still und er hörte Sims Atem, spürte ihre Blicke auf seinem Gesicht.

»Du starrst mich an«, sagte er.

»Gar nicht wahr.«

Er musste schmunzeln. »Mach die Augen zu, okay?«

»Okay.« Nach einer Weile fragte sie. »Kommst du oft an diesen Ort?«

»Nicht mehr so oft wie früher.«

»Bringst du manchmal deine Freundinnen mit?«

Ihre direkte Frage brachte ihn aus dem Konzept und er begann zu stottern. »Nein . . . natürlich nicht.«

»Nie?«

Verdammt.

»Die Mädels mögen dich, Luke.«

»So?«

»Cammie, zum Beispiel, oder diese Sally, die . . .«

»Cammie und Sally interessieren mich nicht«, unterbrach er sie. »Und dass sie sich für mich interessieren, das bilden sie sich bloß ein. Sie sind auf der Suche nach einem brauchbaren Ehemann. Aber ich kann nicht Auto fahren, kann kein Dach flicken und ein Mädchen im Notfall nicht verteidigen. Das sind drei der wichtigsten Dinge, die ein vollwertiger Mann im Res können muss.« Es gab noch eine wichtige Nummer vier, aber die verschwieg er ihr lieber.

»Vielleicht ist da ja noch etwas anderes, das den Mädchen an dir gefällt.«

Er konnte das Lächeln in ihrer Stimme hören und wurde unsicher. Machte sie sich über ihn lustig oder meinte sie es ernst? »Ja«, sagte er, fand einen weiteren Stein und warf ihn in die Schlucht. »Sie wissen, dass ich keiner anderen nachschauen kann.«

Sim lachte. Es war ein weiches Geräusch, wie Wind in nackten Zweigen. Er spürte, wie dieses Lachen ihn einschloss, und verliebte sich noch ein wenig mehr.

»Wie heißt sie?«, fragte Sim.

»Wer?«

»Die du mit hierher genommen hast.«

Langsam wurde ihm unheimlich zumute. Sim stellte ihm Fragen, die kein Lakota-Mädchen sich zu fragen getraut hätte. Und es schien, als wisse sie Dinge über ihn, die er niemandem je erzählt hatte. »Nima«, sagte er mit rauer Stimme. Nima hieß Sonne in ihrer Sprache und eine Sonne, das war sie für ihn gewesen. In ihrer Gegenwart war ihm alles hell erschienen und er hatte erfahren, was Liebe wirklich ist. Aber Nima war fort, und was er für sie empfunden hatte, war nur noch Erinnerung.

»Warst du in sie verliebt?«

»Ja.«

»Was ist aus ihr geworden?«

»Sie ist nach Tibet zurückgegangen«, sagte er. Und weil er nicht über Nima reden wollte, stellte er selbst eine Frage. »Und du, warst schon mal richtig verliebt?«

»Nein«, sagte Sim.

Viel zu schnell und viel zu hart, wie er fand. Lukas wohnte mit einer Dreizehnjährigen und einer Sechzehnjährigen zusammen und wusste, dass das Thema Verliebtsein bei Mädchen in diesem Alter unerschöpflich war. Manchmal vergaßen Roxie und Teena, dass er da war, und er erfuhr mehr über diese Dinge, als ihm eigentlich lieb war.

Roxie war dabei, erste Erfahrungen zu machen, obwohl sie viel zu jung war dafür. Sie war ein hübsches Mädchen (das wusste er von Jimi), sensibel und klug. Sie konnte ihr erstes Mal kaum erwarten. Es wäre Bernadines Aufgabe gewesen, sich um die Mädchen zu kümmern, mit ihnen über Sex und Verhütung zu reden. Aber Bernadine fühlte sich nur dafür verantwortlich, ihre Pflegekinder mit dem Lebensnotwendigsten zu versorgen. Für Gespräche hatte sie keinen Nerv.

Teena hatte bei Roxie die Rolle der großen Schwester übernommen. Sie hatte bereits sexuelle Erfahrungen. Lukas würde nie vergessen, was sie einmal zu Roxie gesagt hatte: »Am Anfang sind alle Jungen nett. Aber wenn sie dann kriegen, was sie wollen, behandeln sie dich wie Dreck.« Er hatte protestieren wollen, es jedoch nicht getan. Was wusste er schon von Teena und ihren Erfahrungen mit Männern?

Dass Sim noch nie verliebt gewesen war, entsprach sicher nicht der Wahrheit. Aber warum dann diese Reaktion?

»Hey, bist du noch da?«, fragte er.

»Klar.«

»Augen noch zu?

Sie lachte. »Ja«.

»Hast du eigentlich Geschwister?«

»Eine Schwester.«

»Älter oder jünger?«

»Sie ist drei Jahre älter als ich.«

»Wie heißt sie?«

»Merle.«

»Seht ihr euch ähnlich?«

»Überhaupt nicht«, antwortete sie abweisend.

Er hörte die Stacheln in ihrer Stimme. Sim war sehr direkt gewesen, als es um seine Person ging. Aber nun, da er etwas über sie wissen wollte, musste er ihr jedes Wort aus der Nase ziehen.

»Und deine Eltern?«

»Ganz nett.«

»Ganz nett?«

»Auch nette Eltern können einem das Leben zur Hölle machen.«

Lukas gefiel die Richtung nicht, die ihr Gespräch auf einmal genommen hatte. Sim verschloss sich. Wie gerne würde er sie noch einmal zum Lachen bringen, aber ihm fiel nichts ein, was er sagen könnte.

Plötzlich begann der Boden unter ihm zu vibrieren. Lukas hob den Kopf und lauschte. Im selben Moment stockte ihm der Atem und sein Herzschlag setzte einen Moment aus.

»Sim . . .«

»Tut mir leid, dass ich . . .«

»Sim«, sagte er mit Nachdruck.

»Ja?«

»Dreh dich mal um.«

»Scheiße.« Sie schnappte nach Luft und er hörte sie aufspringen.

»Bleib ganz ruhig stehen, okay!« Auch Lukas erhob sich. »Wie weit ist er von uns weg?«

»Ungefähr . . . sieben Meter. Na ja, vielleicht sind es auch bloß fünf.«

Lukas schluckte trocken und überlegte, wie viel Fuß fünf Meter waren. Nicht viel, das war klar. Er konnte das Schnauben des Büffels hören. Drohend scharrte er mit einem Huf im Gras.

»Mann oder Frau?«, fragte er.

»Was?«

»Hörner, ja oder nein?«

»Hörner«, flüsterte sie.

»Keine Angst«, sagte er und schob sich vor sie. Er hörte ihren raschen Atem und das wilde Pochen ihres Herzens. Auch sein eigenes Herz schlug wie der Schlägel einer Trommel, während er fieberhaft überlegte, was er tun konnte. Vor ihnen der Büffelbulle, hinter ihnen der Abgrund. Sim verrückt vor Angst und er blind.

Wieder vibrierte der Boden unter seinen Füßen.

»Nur noch vier Meter«, flüsterte Sim.

Und Lukas tat das Einzige, was in seiner Macht stand. Er holte tief Luft und begann zu singen:

Tatanka wa ma'niye
Ate heyelo Ate heyelo
Mako'ce wan waste ci cupi ca
Yanpi ktelo
Ate heyelo Ate heyelo
Tatanka wa ma'niye
Ate heyelo Ate heyelo
Canunpa wan ci cupi ca
Yanipi ktelo
Ate heyelo Ate heyelo

Sim hielt den Atem an. Der Büffel (er hatte die Größe eines Kleinwagens) stand nur wenige Meter vor ihnen. Langsam drehte er den wuchtigen Schädel zur Seite, um sie mit seinem dunkelbraunen Auge zu mustern. Sim starrte auf die kurzen gebogenen Hörner und den zotteligen Bart, der fast bis auf den Boden reichte. Der dunkelbraune Koloss schien nur aus Muskeln zu bestehen. Einen Meter hinter ihr der Abgrund, vor ihr ein zotteliges Urtier mit Hörnern. Dazwischen Lukas, der blinde Held, mit nichts als seinem Lied.

Das war's dann also.

Doch der Büffel schien wie gebannt Lukas' Stimme zu lauschen. Auch wenn Sim kein Wort Lakota verstand, begriff sie, dass er das Lied bereits von Neuem begonnen hatte. Der Wind trug seine Worte über die offene Prärie, die Schwingungen in seiner Stimme schienen das Tier zu erreichen, denn der Büffelbulle rührte sich nicht.

Sim kitzelte der Schweiß im Nacken, aber sie wagte nicht, sich zu bewegen. Zum dritten Mal begann Lukas sein Lied. Noch volltönender und eindringlicher kamen die Worte aus seiner Kehle, wie eine Bitte, eine Hoffnung, die mehr umfasste als den Wunsch an den Büffel, dass er seiner Wege ziehen möge.

Schließlich schnaubte der braune Riese ein letztes Mal drohend und schüttelte seinen mächtigen Schädel. Langsam wandte er seinen schwerfälligen Körper von ihnen ab und stapfte gelassen davon.

Sie stieß einen erleichterten Seufzer aus. Lukas sang weiter, bis das Stapfen der Hufe auf dem trockenen Boden verklungen war. Sein letztes *Ate heyelo Ate heyelo* schwebte über die Prärie davon wie ein Wolkenschleier. Er legte den Kopf schief und lauschte.

»Ist er weg?«

»Jap.«

»Das war knapp.«

»Kann man so sagen.«

»Wahrscheinlich ist er irgendwo abgehauen. Wir erzählen es deiner Tante, sie muss es melden.«

»Ghost ist weggelaufen.«

»Der kommt schon wieder.« Lukas lächelte. »Hey, du bist ja ganz weiß um die Nase.«

»Was?« Verwirrt starrte sie ihn an.

»War ein Scherz.«

Sim ließ ihren Blick noch einmal über die grasbewachsenen Hügel streifen. Der Büffelbulle wanderte gemächlich durch eine Senke und entfernte sich weiter von ihnen.

»Das war mutig«, sagte sie erleichtert. »Du trägst deinen Namen zu Recht.«

Lukas schien einen Augenblick zu überlegen, was sie damit meinte.

»In meinem Namen bedeutet das Wort *brave* nicht mutig«, sagte er.

»Nicht? Was dann?«

»Krieger.«

»Lukas, der Krieger?«

Er zuckte mit den Achseln. »Früher mussten wir uns unsere Namen verdienen. Heute werden sie einfach weitergegeben, so wie das bei euch Weißen üblich ist.«

»Ich finde, dass du deinen Namen verdient hast.«

»Ein Krieger, der nicht kämpfen kann.« Lukas schüttelte den Kopf.

»Du hast gekämpft. Mit einem Lied.«

Er wandte sich ab und Sim spürte, dass sie ihn in Verlegenheit gebracht hatte. Lukas schob die Finger in den Mund und pfiff. Kurz darauf kam Ghost über den Hügel gelaufen.

»Danke, Luke«, sagte sie.

»Danke wofür?«

»Für diesen Ort hier, für den Büffel, für dein Lied.«

Lukas wandte ihr sein Gesicht zu. Für einen Moment fiel das Licht in einem ungewöhnlichen Winkel in seine Augen und die schwarzen Pupillen wurden zu zwei silbernen Scheiben, als ob der Mond sich darin spiegelte.

15. Kapitel

Am nächsten Tag musste Lukas ins Krankenhaus nach Pine Ridge, wo er zu seiner halbjährlichen Routineuntersuchung erwartet wurde. Auch wenn Bernadine sich sonst kaum um seine Belange kümmerte: Darauf, dass er zu diesen Kontrollen ging, achtete sie streng. Den Stempel, den er nach abgeschlossener Untersuchung bekam, brauchte sie für seine Behindertenrente und zur Vorlage beim Jugendamt. Für ihn als behindertes Pflegekind erhielt sie einen höheren Satz Pflegegeld, eigentlich gedacht für besondere Hilfsmittel, die ihm das Leben erleichtern sollten.

Abgesehen von der Schreibmaschine in Brailleschrift, die er zu seinem zehnten Geburtstag auf Druck seiner Lehrerin hin bekommen hatte, wurde das Geld jedoch regelmäßig für andere Dinge verwendet. Eine neue Schultasche für Roxie zum Beispiel, als ihre geklaut worden war. Oder für einen neuen Kühlschrank im Trailer, als der alte den Geist aufgegeben hatte.

Lukas machte das nichts aus, so hatte er wenigstens das Gefühl, etwas zum Familienunterhalt beizutragen – auch wenn er diese Besuche im Krankenhaus hasste. Der sterile Geruch nach Desinfektionsmitteln rief jedes Mal die Erinnerung an den Unfall in ihm wach, der seiner Mutter das Leben gekostet und ihm den Blick auf die Welt für immer genommen hatte.

Wie jedes Mal war er auch heute froh gewesen, die Prozedur hinter sich zu haben und wieder draußen im Freien zu stehen.

Chance hatte ihn heute Morgen nach Pine Ridge mitgenommen, aber um eine Rückfahrgelegenheit musste er sich selbst kümmern. Er war zur Tankstelle Big Bat's gelaufen, in der Hoffnung, jemanden zu finden, der ihn wieder nach Manderson zurückbringen würde. Big Bat's war der Dreh- und Angelpunkt von Pine Ridge, trotzdem stand er nun schon seit einer geschlagenen Stunde hier und hatte immer noch keine Mitfahrgelegenheit auftreiben können.

Als Jo ihn ansprach, wusste er, dass das Warten ein Ende hatte.

»Wir nehmen dich mit«, sagte sie. »Du musst dich aber ein bisschen gedulden, ich habe noch etwas zu erledigen.«

»Kein Problem.« Lukas war mächtig erleichtert und sein Herz begann, schneller zu schlagen. *Wir* nehmen dich mit, hatte Jo gesagt. War Sim bei ihr?

»Setzt euch so lange ins Restaurant. Wenn ich fertig bin, hole ich euch ab.«

Sims Hand fasste nach seiner. Im Tankstellengebäude roch es nach Frittieröl und Ketchup. Sim führte ihn nach links und legte seine Hand auf eine klebrige Stuhllehne. »Ich hole mir einen Eistee«, sagte sie. »Möchtest du auch irgendetwas?«

Dich, war er versucht zu sagen. »Ein Wasser ohne Eis und irgendein Sandwich.« Lukas hatte zur Blutabnahme im Krankenhaus nüchtern erscheinen müssen und nun knurrte sein Magen wie ein verärgerter Bär. Er griff in die Gesäßtasche seiner Jeans und holte ein paar Dollarnoten hervor. »Hier«, sagte er. »Nimm dir, was du brauchst.«

»Schon gut, meine Tante hat mir Geld gegeben.«

Lukas schob das Geld zurück in die Tasche und setzte sich. Während Sim sich anstellte, um die Getränke und sein Sandwich zu kaufen, merkte er, wie sehr er sich freute, sie so unvermutet getroffen zu haben. Nach ihrem gestrigen Ausritt zerbrach er sich den Kopf darüber, welche Bedeutung die Zeichen hatten. Eine Eule und ein Büffelbulle, die konnte er nicht so einfach ignorieren.

Gestern hatte Sim ihn gnadenlos ausgefragt. Dinge, die Mädchen über Jungen wissen möchten, bevor sie sich mit ihnen einlassen. War sie bereit, sich auf ihn einzulassen? Er hatte angenommen, dass sie auf den Champion stand, aber dessen war er sich nun nicht mehr so sicher. Er wurde einfach nicht schlau aus ihr und den widersprüchlichen Signalen, die sie aussandte.

Sie kam zurück an den Tisch, stellte die Becher ab und legte das in Folie eingewickelte Sandwich vor ihm auf den Tisch. Nachdem sie sich gesetzt hatte, schob sie den Becher mit dem Wasser gegen seine Hand. Das hatte sie sich von Jimi abgeguckt. Lukas lächelte und seine Finger schlossen sich um den Becher. Er trank ein paar Schlucke.

»Was macht ihr in Pine Ridge?«, fragte er.

»Meine Tante muss irgendwelche Papiere unterzeichnen, drüben, im Büro für Stammesangelegenheiten.«

Er sog ihren blauen Duft ein. Sie roch nach Sim und da war noch eine fremde Note – Lackfarbe.

Lukas fragte sie danach.

»Ich habe die Küche im Trailer gestrichen. Orange und dunkelgrün. Sieht jetzt ganz anders aus.«

Er nickte und versuchte, die Folie von seinem Sandwich zu wickeln. Immer wieder glitten seine Fingerkuppen über die Folie, aber er konnte den Anfang nicht finden.

»Kann ich dir helfen?«

Er gab sich geschlagen und reichte Sim das Sandwich über den Tisch. Auch sie brauchte eine Weile, aber schließlich hörte er die Folie rascheln und hielt die Hand über den Tisch, um sein Sandwich entgegenzunehmen. Ihre Finger berührten sich und ein Gefühl wie ein Stromschlag jagte durch seinen Körper. Da wusste er, dass es um ihn geschehen war.

»Danke.«

»Kein Problem.«

Er biss in sein Sandwich. Putenfleisch, Tomaten, Zwiebeln und grüner Salat, alles zusammengehalten von Mayonnaise. Lukas hatte im *Big Bat's* schon schlechtere Sandwiches gegessen. Er kaute und dachte darüber nach, wie er das Gespräch auf sie beide bringen konnte, ohne dass es nach plumper Anmache klang.

Er fühlte sich unsicher, weil er nicht wusste, wer in Hörweite saß und möglicherweise etwas aufschnappen konnte, was dann als wilder Klatsch im Res die Runde machte. Aber er hatte auch nicht ewig Zeit. Wenn Jo zurückkehrte, war seine Chance vertan.

»Schmeckt das?«, fragte Sim.

Er nickte kauend.

»Ich verstehe nicht, wie du diesen Fraß überhaupt essen kannst«, sagte sie und er hörte verblüfft auf zu kauen. »Wenn ich diese Brotlappen sehe, wird mir ganz schlecht. Sie erinnern mich an etwas ... etwas Totes. Und der Salat ist wahrscheinlich vom vergangenen Jahr.«

Lukas zwang sich, zu kauen und zu schlucken. Verlegen fuhr er sich mit der Hand über den Mund, um eventuelle Mayonnaisereste zu entfernen.

»Das war nicht nett«, sagte er.

»Es ist die Wahrheit.«

»Das mag ja sein, aber bis jetzt hat es mir noch geschmeckt.«

»Das *kann* gar nicht schmecken«, entgegnete sie leidenschaftlich.

»Na ja, das ist vielleicht kein Gourmetsandwich, aber es ist okay – wenn man es nicht sieht«, fügte er frustriert hinzu. »Jetzt, wo ich dank dir weiß, dass das Brot wie etwas *Totes* aussieht, schmeckt es auch so.«

»Tut mir leid.«

»Das glaube ich dir nicht«, sagte er und biss tapfer noch einmal in sein Sandwich. Jetzt schmeckte es wirklich scheußlich und er legte es zur Seite, weil es ihn störte, wenn ihm jemand beim Essen zusah. Er trank einen Schluck Wasser und spülte die Reste des Sandwichs herunter. Auf einmal war er nicht mehr in der Stimmung, Sim zu fragen, wie sie zu ihm stand.

»Und du, was machst du eigentlich in Pine Ridge?«, fragte sie ihn.

»Routineuntersuchungen im Krankenhaus. Für meinen Behindertenausweis.«

»Zeig mal.«

Zögernd griff er in seine Gesäßtasche, holte den Ausweis hervor und reichte ihn über den Tisch. Jimi hatte ihm versichert, dass er auf dem Foto aussehen würde wie jemand aus einer Verbrecherkartei. »Er berechtigt mich, kostenlos U-Bahn zu fahren, und ich bin von der Hunde- und der Kraftfahrzeugsteuer befreit.«

Sims Lachen klang gut und er entspannte sich ein wenig. Sie gab ihm den Ausweis zurück.

»Warum trägst du deine Sonnenbrille eigentlich auch in Räumen?«, wollte sie als Nächstes wissen. »Ich meine, wenn du sie nicht aufhättest, würde niemand merken, dass du blind bist.«

»Das ist ja das Problem.« Mit einem Seufzer steckte er den Ausweis wieder ein. »Wenn ich die Brille nicht aufhabe, passiert es manchmal, dass ich Leute ungewollt anstarre. Einmal habe ich deswegen ein paar auf die Nase bekommen und das Risiko will ich nicht mehr eingehen.«

Obwohl er das gerade gesagt hatte, nahm er die Brille ab und hakte sie mit dem Bügel in den Halsausschnitt seines T-Shirts. Nima hatte die Sonnenbrille auch nicht gemocht, sie hatte seine

Augen sehen wollen, wenn sie mit ihm sprach. Er hatte das nie verstanden. In seinen Augen gab es nichts zu lesen.

Bevor Sim die nächste Frage stellen konnte, sagte er: »So, nun haben wir genug von mir und meinen Augen geredet. Jetzt bist du dran.«

»Ich?«, fragte sie verwundert. »Was soll ich dir über mich erzählen?«

»Was du anhast, zum Beispiel.«

Sim schwieg einen Augenblick.

»Ich dachte immer, Äußerlichkeiten sind nicht wichtig für dich.«

»Weil ich blind bin?« Er gab sich Mühe, seine Augen auf die Quelle ihrer Stimme zu richten.

»Nein, nur . . .« Sie verstummte.

»Ich hätte gerne eine Vorstellung davon, wie du heute aussiehst. Ist das so abwegig?«

»Na ja«, sagte sie. »Nein . . . eigentlich nicht.« Wieder schwieg sie und Lukas vermutete, dass sie an sich herunterschaute. »Orangefarbene Shorts mit blauen . . . Erdbeeren.« Sie holte tief Luft. »Grünes T-Shirt, limonengrün, mit aufgesticktem Spinnennetz und einer Spinne aus roten Pailletten.«

»Pailletten?«

»Kleine runde glitzernde Plättchen.«

Sims Bild entstand vor Lukas' innerem Auge und er grinste in sich hinein.

»Ich hab mir das alles nur ausgedacht«, sagte sie hastig.

»Hast du nicht.«

»Woher willst du das wissen?«

»Weil ich höre, wenn jemand lügt.«

»Okay«, Sim seufzte, »du hast gewonnen. Wahrscheinlich hast du jetzt eine ganz furchtbare Vorstellung von mir.«

»Mir gefällt sie.«

»Was auch immer du dir vorstellst«, sagte sie, »ist mit Sicherheit meilenweit von der Realität entfernt.«

»Aber du hast dich doch selbst beschrieben. Zweifelst du an meinen Fähigkeiten?«

»Ich habe dir meine Klamotten beschrieben, nicht mich.«

Als Lukas merkte, dass die Unterhaltung ihn auf dünnes Eis führte, war es bereits zu spät.

»Dass ich eine hässliche Narbe in der Oberlippe habe, hat Jimi dir vermutlich gleich am ersten Tag erzählt.«

Ihre Stimme klang auf einmal verletzlich.

Lukas nickte. Was sollte er sonst tun? Was sie sagte, traf die Wahrheit ziemlich auf den Punkt. Er hörte, wie Sim scharf die Luft einsog.

»Was hat er noch gesagt?«

»Dass du . . . na ja, dass du Storchenbeine hast und . . . winzige Titten.«

Ein erstickter Laut kam aus ihrer Kehle und sie schwieg – bestimmt eine geschlagene Minute lang. Nicht mal ihr Atmen konnte Lukas noch ausmachen, dafür hörte er die Kohlensäure in seinem Becher sprudeln.

Jimi bei einem Mädchen so bloßzustellen, das hatte er noch nie getan, er wusste selbst nicht, was in ihn gefahren war. Vielleicht wollte er, dass Sim sich über Jimi ärgerte.

»Hey, bist du noch da?«

Auf einmal schnappte Sims Hand nach seiner, und ehe er begriff, was das werden sollte, hatte sie seine Hand über den Tisch gezogen und auf ihre rechte Brust gelegt. So hastig, als hätte er sich verbrannt, riss er seine Hand zurück. Dabei stieß er seinen Becher um, das Wasser schwappte über die Tischkante und rann ihm in den Schritt, wo es vom Jeansstoff seiner Hose aufgesaugt wurde.

»Das war unfair.«

Der Abdruck ihrer wohlgeformten kleinen Brust brannte in seiner Handfläche. Sim trug keinen BH. In einer nassen Hose eine Erektion zu bekommen, war kein angenehmes Gefühl.

»Genauso unfair wie Jimis Behauptung.«

»Du hast recht.« Betreten schüttelte er den Kopf. »Mann, du schreckst wirklich vor gar nichts zurück, was? Bestimmt haben alle zugesehen.«

»Mir ist egal, was die Leute denken«, sagte Sim trotzig.

Jimi hatte ziemlich untertrieben, als er die Behauptung »winzig wie Mäusenasen« aufgestellt hatte. Schon vor langer Zeit war Lukas der Verdacht gekommen, dass Jimi ihm die Dinge so schilderte, wie *er* sie sah, nicht, wie sie wirklich waren. Vermutlich war auch Sims Narbe nicht so schrecklich, wie Jimi es ihm hatte weismachen wollen, und es war an der Zeit, der Sache auf den Grund zu gehen.

»Was ist passiert mit deiner Lippe?«, fragte er. »Hattest du einen Unfall?«

»Nein, es ist ... ich bin mit einer Spalte in der Oberlippe geboren und sie ist genäht worden, als ich ein Baby war. Angeblich haben sich die Ärzte alle Mühe gegeben, trotzdem ist die Narbe hässlich.« Wieder hörte er diesen rauen Ton in ihrer Stimme und bekam eine Ahnung davon, dass mehr auf ihrer Seele lastete als diese Narbe, an die sie ja gewöhnt sein musste.

»Das empfindest du so, aber anderen muss es ja nicht genauso gehen.«

»Ich weiß ziemlich genau, wie es den anderen geht«, sagte sie. »Nach meiner Schwester drehen sich die Jungen um, weil sie schön ist. Mich nennen sie die Monster-Schwester.«

Er musste lächeln. »Es ist bloß eine Narbe.«

»Na ja«, meinte sie, »du kannst sie nicht sehen, also kannst du das auch nicht beurteilen.«

»Ich könnte.« Er streckte ihr seine Hand entgegen.

Aber Sim nahm sie und drückte sie auf den Tisch zurück. »Lieber nicht.«

»Okay.«

Okay? Ihre Brust durfte er berühren, hier, in aller Öffentlichkeit, mitten in *Big Bat's,* aber ihre Lippe nicht. Lukas begriff die Welt nicht mehr. Und woran er bei Sim war, das wusste er immer noch nicht.

Jo kam zurück und es blieb ihm nichts anderes übrig, als mit dem nassen Fleck im Schritt seiner Hose an den anderen Gästen vorbeizugehen. Er hatte seine Hand auf Jos Schulter gelegt (mit ihr klappte das Laufen auf diese Weise) und sich halb hinter ihr versteckt. Jemand kicherte – mit Sicherheit über ihn. Lukas straffte seine Schultern und war heilfroh, als er endlich im Silverado saß und nicht mehr den Blicken der Leute ausgesetzt war.

Als sie auf der Heimfahrt am Hügel von Wounded Knee auf die Straße nach Manderson bogen, schien Tante Jo eine Art Eingebung zu haben. Sie lenkte den Silverado auf den Parkplatz vor einen runden, dunkelbraun angestrichenen Zementblock. Zwei Reihen großer Punkte, gelb und blau, liefen von einer weißen Linie getrennt um das Gebäude, das von den Einheimischen *Thunder Lightning Teepee* genannt wurde.

»Das wolltest du doch sehen«, sagte sie. »Also, hier sind wir.«

»Ich bin nicht passend gekleidet«, bemerkte Sim spitz, als sie ausstiegen.

»Damit musst du selber klarkommen«, erwiderte ihre Tante gelassen.

Erwachsene waren nun mal schwer zu durchschauen.

Als Sim diesmal nach Lukas' Hand griff, um ihn zu führen, spürte sie die Kluft der Verlegenheit zwischen ihnen. Sie wusste selbst nicht, was im *Big Bat's* in sie gefahren war, als sie so spontan reagiert hatte. So frech und selbstbewusst war sie überhaupt nicht, trotzdem hatte sie es getan und damit etwas in ihrem Verhältnis zu Lukas verändert, das sie bisher als rein freundschaftlich empfunden hatte.

Hatte er sich womöglich in sie verliebt? Aber in was verliebte sich eigentlich ein Blinder? In eine Stimme? Einen Geruch? Eine Vorstellung?

Erst jetzt, als sie das nervöse Zucken in seinen Fingern spürte, wurde ihr bewusst, dass sie mit Lukas in den letzten Tagen mehr Körperkontakt gehabt hatte als mit jedem anderen Menschen im vergangenen Jahr. Es hatte ihr nichts ausgemacht, seine Hand zu halten, sich von ihm umarmen zu lassen oder ihn im Rücken zu haben, als sie auf Ghost geritten waren. Weil er ein Freund war. Weil sie sich sicher fühlte in seiner Gegenwart und ihr Magen nicht zu flattern begann, wie das in Jimis Nähe (dieser Blödmann) der Fall war.

Aber nun fragte sie sich, ob Lukas nicht anders empfand als sie und sie ihm Hoffnungen gemacht hatte mit ihrer verrückten Beweisführung. Die – das gestand sie sich jetzt ein – mit Sicherheit auch nicht so ausgefallen wäre, wenn Lukas sein Augenlicht noch hätte. So viel zum Thema Selbstbewusstsein.

Im Schlepptau ihrer Tante betraten sie das Halbdunkel des Betonbaus. Es gab nur zwei winzige Fenster mit schmutzigen Scheiben im Raum und die beiden Sechzig-Watt-Birnen, die im Abstand von ein paar Metern von der Decke hingen, konnten das fehlende Tageslicht nicht ersetzen.

Die Wände waren bemalt mit verschiedenen Szenen aus der Vergangenheit der Lakota und die grimmigen Gesichter großer Männer starrten sie von oben herab an. Der Raum hatte die Atmosphäre einer Grabkammer, daran änderte auch der Geruch nach verbranntem Süßgras nichts.

Vier Holztische standen nebeneinander. Hinter einem davon

saßen ein Mann und eine Frau, die auf einem roten Tuch indianischen Schmuck vor sich ausgebreitet hatten. Jo begrüßte die beiden mit Namen und stellte ihnen Sim als ihre Nichte aus Deutschland vor. Lukas sagte »Hi«. Er stand verloren da – jetzt, wo Sim seine Hand losgelassen hatte.

»Warst du schon mal hier drin?«, fragte sie.

Er schüttelte den Kopf. Sie fasste ihn am Arm, und während ihre Tante Smalltalk betrieb, nahm sie ihn auf einen Rundgang mit. Die Wandgemälde und die eingerahmten Zeitungsausschnitte hinter Glas erzählten vom Massaker am Wounded Knee im Dezember 1890, von der Belagerung des Ortes durch die amerikanische Armee im Frühjahr 1973, von AIM, dem American Indian Movement, und von Leonard Peltier, dem politischen Häftling, der seit fünfunddreißig Jahren im Gefängnis saß, weil er zwei FBI-Beamte getötet haben sollte.

All diese Dinge waren Sim nicht völlig fremd, aber ihre Vorkenntnisse bedurften einer Auffrischung und Lukas war bestens geeignet dafür, wie sie schon nach kurzer Zeit feststellen konnte. Geduldig beantwortete er ihre Fragen, schien sich jedoch unwohl zu fühlen in diesem merkwürdigen Schrein der Ungerechtigkeiten.

Eine blonde Frau in Birkenstocksandalen und einem knielangen, sackähnlichen Sommerkleid betrat den düsteren Raum, grüßte und begann, sich umzusehen. Schließlich betrachtete sie die Schmuckstücke der beiden Lakota und das obligatorische »Where are you from?« fiel.

»Germany«, antwortete sie, »Berlin.«

Der Indianer erkundigte sich, ob sie eine Unterkunft bräuchte, und als die Deutsche nickte, verwies er sie gleich an Jo. Die beiden Frauen begannen eine angeregte Unterhaltung in deutscher Sprache.

»Können wir rausgehen?«, fragte Lukas.

Sie verließen das Gebäude und Sim bemerkte, wie er tief durchatmete.

Es war ein sonnendurchglühter Nachmittag, die Grillen zirpten um die Wette und ein leichter Wind strich durch die Gräser.

»Warst du schon mal oben auf dem Friedhof?«, fragte Lukas.

»Nein. Ich bin zum ersten Mal hier. Das letzte Mal, als wir vorbeikamen, war meine Tante der Meinung, ich wäre nicht respektvoll genug gekleidet, um auf einen Friedhof zu gehen.«

Ein Lächeln huschte über Lukas' Gesicht. »Ich wette, den Toten ist das egal.« Er streckte seine Hand in ihre Richtung. »Kommst du?«

Sim nahm seine Hand und alles schien wieder normal zu sein zwischen ihnen. Sie stiegen die Anhöhe hinauf zu den beiden weiß gestrichenen Backsteinpfeilern, die durch einen Gitterbogen mit einem weißen Kreuz darauf verbunden waren. Das steinerne Tor war der Eingang zum Friedhof. Ein paar Schritte weiter, in einem von einem Maschendrahtzaun begrenzten Karree, stand auf einem Betonsockel ein verwitterter Obelisk, ein Grabstein für die Toten von 1890. Bunte Stoffstreifen in den Farben der vier Himmelsrichtungen Schwarz, Rot, Weiß und Gelb, perlenbestickte Lederfiguren und winzige Tabakbeutelchen waren in die Maschen des Zauns geknüpft. Die bunten Bänder bewegten sich matt im warmen Wind.

Sim spürte ein Kribbeln im Nacken, als die aufgeladene Atmosphäre von Wounded Knee sie umfing. Die Luft knisterte wie kurz vor einem Gewitter, aber am Himmel standen nur ein paar harmlose weiße Sommerwolken.

Sie umrundete das Karree, um die Namen der Toten zu entziffern, als sie bemerkte, wie Lukas' Finger sich in die Maschen des Zaunes hakten und er seine Stirn gegen den Draht drückte. Er hatte die Lider geschlossen. Es sah aus, als wäre ihm schwindelig, als müsse er sich festhalten, um nicht zu fallen. Besorgt trat sie zu ihm. Trotz der brütenden Hitze überzog Gänsehaut seine nackten Arme. Ein paar Haarsträhnen, die sich aus seinem Zopf gelöst hatten, klebten an seinen feuchten Schläfen.

»Was ist denn los?«, fragte sie und berührte ihn am Arm. »Ist dir schlecht? Du siehst aus, als wärst du einem Geist begegnet.«

»Ich kann sie sehen und hören«, flüsterte Lukas.

»Wen?« Sim drehte sich einmal um ihre eigene Achse. Außer ihnen war niemand auf dem Friedhof.

»Ihre Geister«, stieß Lukas hervor. »Das Massaker . . . die vielen Toten . . . Männer, Frauen, Kinder. Wir stehen auf ihrem Grab und etwas von ihnen ist noch hier, in den Gräsern, im Wind. Ich kann die Schüsse der Soldaten hören, die Schreie der Getroffenen, das Knirschen des Schnees, wenn wieder einer fällt.« Seine Kiefermuskeln zuckten und seine Hände klammerten sich so fest an den Draht, dass die Knöchel weiß hervortraten. Er hob den Kopf und wandte ihr das Gesicht zu, richtete seine blicklosen Augen auf sie.

»Manchmal höre ich Stimmen aus der Vergangenheit, sehe Menschen, die vor uns gelebt haben«, sagte er nach einigem Zögern. »Es ist . . .«, er brach den Satz ab und wie zur Entschuldigung hob er die Schultern.

». . . unheimlich?«, ergänzte Sim trocken.

»Ja, manchmal schon.«

Lukas erzählte ihr von Sitting Bulls Gefährten, die sich nach seinem gewaltsamen Tod in North Dakota auf den Weg in den Süden zu Red Clouds Agentur in Pine Ridge gemacht hatten. Unterwegs war der kranke Häuptling Big Foot mit seinen Leuten zu ihnen gestoßen.

»Es waren an die dreihundert Männer, Frauen und Kinder, sie froren bitterlich und waren hungrig. In den Badlands stießen sie auf die Soldaten der amerikanischen Armee, die am Wounded Knee Creek lagerten. Big Foot ließ seine Leute die weiße

Flagge hissen. Aber die Soldaten hatten ein Fass Whiskey getrunken und wollten Rache für ihre Toten am Little Bighorn. Als unsere Männer ihre Waffen abgaben, kam es zu einem Zwischenfall, bei dem sich ein Schuss löste. Da eröffneten die Soldaten das Feuer.«

Lukas' Stimme bebte, als er Sim das Gemetzel schilderte. Wie die Menschen zu fliehen versuchten und die Soldaten sie rücksichtslos niederschossen. *No way to run, nowhere to hide, no chance for a fight.* Die Liedzeile von *Medusa's Child* ging Sim durch den Kopf. *So many died – under the blood red sky.*

»Wer nicht gleich durch die Kugeln der Soldaten starb«, fuhr Lukas fort, »der erfror danach in der eisigen Kälte, denn niemand kümmerte sich um die Verwundeten. Vier Tage nach dem Massaker, als sie die steif gefrorenen Toten einsammelten, haben sie ein kleines Mädchen gefunden. Es hatte unter dem Körper seiner Mutter die eisigen Nächte überlebt.«

»Lost Bird«, flüsterte Sim.

Lukas hob erstaunt den Kopf.

»Ich habe von diesem Mädchen gelesen«, erklärte sie ihm. »Sie ist von der Familie eines weißen Soldaten adoptiert worden, nicht wahr?«

»Ja«, sagte er, »das stimmt.«

Lukas' Schilderungen waren sehr lebendig, doch mit seiner Offenbarung, Menschen sehen zu können, die nicht mehr existierten, kam Sim nur schwer klar. Sie glaubte einfach nicht, dass am helllichten Tag Geister über die Hügel irrten. Wahrscheinlich hatte Lukas, weil er blind war, die Gabe einer besonderen Vorstellungskraft. Und was die Einzelheiten seiner Schilderung betraf: Mit Sicherheit war das Massaker am Wounded Knee Teil des Unterrichts für jedes Indianerkind, genauso wie an deutschen Schulen die Reichskristallnacht durchgenommen wurde.

»Es ist mehr als hundert Jahre her«, fuhr er fort, »aber die Leute können es einfach nicht vergessen, weil die Toten hier herumgeistern und sie immer wieder an den schrecklichen Tag erinnern, als die Welt, die sie kannten, für immer begraben wurde.«

Zu ihrer Erleichterung klang seine Stimme wieder ganz normal und er schien zurück im Hier und Jetzt zu sein. »Du meinst, du bist nicht der Einzige, der . . . der sie sieht?«

»Nein, natürlich nicht.«

Irgendwie war sie erleichtert, das zu hören, auch wenn es nicht minder verrückt klang als die Tatsache selbst.

Als ob er ihre Gedanken lesen konnte, fragte er: »Denkst du, dass ich verrückt bin, weil ich die Stimmen von Leuten höre, die nicht mehr da sind?«

»Nein«, sagte sie. »Aber was ist mit dir? Glaubst du, dass du verrückt bist?«

»Nein«, erwiderte er kopfschüttelnd. Und beließ es dabei.

Sie brachten Lukas nach Hause und Sim sah zum ersten Mal den alten Trailer mit der kleinen überdachten Veranda, in dem er mit Jimi und den beiden Mädchen hauste. Eine alte Autorückbank war gegen die Wand gelehnt und diente als Sitzbank. Ihr Blick streifte über die Autoreifen, die das Dach hielten, über das Trampolin vor dem Haus, den Müll, der überall herumlag, und das achtlos fallen gelassene Plastikspielzeug.

Sie sah die Traumfänger, die von der Veranda hingen, den bleichen Pferdeschädel an einem der Holzpfosten, die das windschiefe Vordach stützten. In ein paar Metern Entfernung stand das von Präsident Clinton gesponserte Doppelhaus und der Weg dorthin war gepflastert mit platt gefahrenen Getränkedosen.

»Danke fürs Bringen«, sagte Lukas. Er öffnete die Beifahrertür, um auszusteigen.

»Du kannst Jimi ausrichten, dass die Klimaanlage unbedingt noch eingebaut werden muss«, sagte Jo. »Am Sonntag kommen meine Gäste.«

»Mach ich«, sagte er. »Das wird schon klargehen.« Er schlug die Tür zu, schob die Hände in die Hosentaschen und trat ein paar Schritte vom Auto weg. Jo wendete und fuhr zurück auf die Hauptstraße.

Sim war enttäuscht. »Ich hätte gerne gesehen, wie er wohnt.«

»Besser nicht.«

»Wieso sagst du das?«

»Ich war mehr als einmal drin in der Bude und dort herrschte jedes Mal ein Saustall. Lukas schämt sich dafür, obwohl er den Dreck ja nicht mal sehen kann. Seitdem gehe ich nicht mehr mit rein.«

»Aber was ist denn mit seiner Pflegemutter, dieser . . .«

»Bernadine.« Jo schnaubte ärgerlich. »Anscheinend schert sie sich einen feuchten Kehricht darum, wie es in den Zimmern ihrer Schützlinge aussieht. Sie sorgt dafür, dass immer genügend Konserven im Haus sind, damit alle einigermaßen satt werden, alles andere ist ihr egal.«

»Aber Jimi und Lukas sind froh, dass sie sie aufgenommen hat.«

»Ja, natürlich. Ein Dach über dem Kopf und ein eigenes Bett sind immer noch besser, als in einem Autowrack zu pennen oder in einem feuchten Rattenkeller mit zwanzig anderen Leuten. Schließlich wird man auch von Dosenfutter und Eipulver satt.«

»Du scheinst nicht viel zu halten von dieser Frau.« Sim sah ihre Tante fragend an. »Aber Michael gegenüber hast du sie verteidigt.«

»Ich wollte nicht, dass er herumfährt und Fragen stellt über Bernadine.«

»Und warum nicht?«

»Weil ihm das gefährlich werden kann.«

»Gefährlich? Wieso denn?«

»Nun ja, die falschen Fragen am falschen Ort«, wich Jo ihr aus.

»Michael hatte also recht mit seiner Vermutung?« Sim begann zu begreifen. »Du hast Angst um ihn?«

Jo hob die Schultern und zog es vor, das Thema nicht weiter zu erörtern.

16. Kapitel

Am nächsten Morgen wurde Sim zum ersten Mal nicht von einem vorwitzigen Sonnenstrahl geweckt. Eine dichte graue Wolkenschicht bedeckte den Himmel und es sah nach Regen aus.

Michael brach gleich nach dem Frühstück auf, er war zu einem Sonnentanz in den Black Hills eingeladen und würde erst am Montag ins Reservat zurückkehren. Sim atmete erleichtert auf, als sein Geländewagen in einer Staubwolke verschwand. Das Fehlen der Weinflasche war ihm offensichtlich noch nicht aufgefallen, vielleicht hatte er ja vergessen, dass es zwei gewesen waren.

Wobei – vermutlich machte sie sich damit etwas vor, denn Michael war so stolz darauf gewesen, den köstlichen Tropfen ins Reservat geschmuggelt zu haben. Irgendwann würde der Diebstahl ans Licht kommen und dann würde es mächtigen Ärger geben.

Um vorsorglich ein paar Pluspunkte zu sammeln, machte sie sich daran, den Trailer weiter herzurichten. Die Farbe auf den Küchenschränken war getrocknet. Sim saugte den verfilzten Teppichboden und wienerte das Bad.

Am späten Vormittag, der Wind hatte die grauen Wolken vertrieben und die Sonne schien heißer denn je, hielt Jimis Mustang vor dem Trailer. Sim spähte aus dem Fenster im Bad und der Anblick von Jimi und Lukas, wie sie aus dem Wagen stiegen, versetzte sie in Panik. Hatte Lukas seinem Freund von dem Vorfall im *Big Bat's* erzählt?

Gut möglich. Jungen tickten so. *Hey, du hast mich angelogen, ihre Titten sind gar nicht so winzig.* Woher weißt du das? *Na ja, wir saßen gestern zusammen im Big Bat's und da hat sie meine Hand genommen und . . .*

Außerdem war sie immer noch sauer auf Jimi, weil er nicht gekommen war, als Ebonys Fohlen so dringend seine Hilfe gebraucht hätte.

Jimi trug einen weißen Blechkasten von der Größe einer Mikrowelle ins Haus, während Lukas Juniper begrüßte und mit ihr bis zur Treppe lief, um ihren Wurf gebührend zu bewundern.

Sim ging zurück in den Wohnraum.

»Hi.« Jimi setzte die Klimaanlage auf dem Tisch ab und begutachtete gleich das dafür infrage kommende Fenster auf der rückwärtigen Seite des Trailers. Er verhielt sich wie immer, doch Sims Begrüßung kam mit so großer Verzögerung und klang so vorwurfsvoll, dass er sich verwundert umdrehte und sie ansah. »Ist irgendetwas?«

»Wieso bist du nicht gekommen, als meine Tante dich angerufen hat?«, stieß sie anklagend hervor. »Das Fohlen könnte noch leben.«

Jimi schien eine Weile zu brauchen, bis er kapierte, wovon sie eigentlich sprach. Langsam kam er auf sie zu und seine Augen verengten sich zu schmalen Schlitzen.

»Wer behauptet, das Fohlen könnte noch leben? Deine Tante? Oder Luke, der große Pferdeflüsterer?«

»Ich«, sagte sie und trat einen Schritt zurück.

Jimi folgte ihr, und als Sim weiter zurückwich, hatte sie die Spüle im Rücken.

Leise sagte er: »Ich konnte nicht kommen, weil ich Wichtigeres zu tun hatte, okay?«

Sim spürte, dass sie mit ihrem Vorwurf eine Grenze überschritten hatte. Niemand machte Jimi Little Wolf Vorhaltungen, er war es nicht gewöhnt, dass man ihm Dinge ins Gesicht sagte. Aber das spielte jetzt keine Rolle mehr, denn es war bereits passiert.

»Was war denn so wichtig, dass du den Tod eines Fohlens in Kauf genommen hast?«, fragte sie. »Ich dachte immer, für euch Indianer hat alles eine Seele, auch die Tiere, die Bäume, die Steine.«

Jimi packte sie fest am Arm, kam mit seinem Gesicht so nah an ihres heran, dass sie seinen Tabakatem roch. »Jetzt schalt mal einen Gang runter, okay? Deine Tante ruft an und ich springe ... glaubst du wirklich, so läuft es? Was mir wichtig ist, geht dich einen Scheiß an.«

Sim machte sich von ihm los und schaffte es, sich seitlich wegzuschieben. »Es war schrecklich, dem Fohlen beim Sterben zuzusehen.«

»Warum, verdammt noch mal, hast du es dann getan?«

»Weil ich es nicht allein lassen wollte. Es muss furchtbar sein, alleine zu sterben.«

Jimi wollte etwas erwidern, aber die Fliegengittertür klappte und Lukas kam herein. Sim ging auf ihn zu und begrüßte ihn mit einer Umarmung.

»Und?«, fragte sie, »wie findest du die Kleinen?«

»Sie sind großartig«, erwiderte er begeistert, »so weich. Ich werde Jo fragen, ob ich einen haben kann.«

Jimi, der nur mit Mühe zu begreifen schien, wovon sie redeten, schüttelte genervt den Kopf und widmete sich wieder der Klimaanlage. Zusammen mit Lukas setzte er den Kasten in das Fenster ein und machte sich daran, ihn mithilfe von Holzleisten zu befestigen.

Sim ertappte ihn immer wieder dabei, wie er sie anstarrte, wenn er glaubte, sie würde es nicht merken. Ob er sie jetzt für eine hysterische Kuh hielt? Was war schon ein totes Fohlen angesichts der Toten von Wounded Knee? Genauso dachte Jimi Little Wolf mit Sicherheit.

Die Klimaanlage saß endlich fest in der Fensteröffnung, und als Jimi sie einschaltete, fauchte sie los wie ein in die Enge getriebenes Raubtier. Er testete die verschiedenen Einstellungen, doch selbst beim Einschalten der höchsten Stufe verschaffte der Kasten einem nur dann Kühlung, wenn man sich direkt davorstellte.

Lukas, der von draußen gegengehalten hatte, kam durch die Hintertür wieder herein, tastete sich durch den Gang bis zum Tisch vor und setzte sich auf einen der Stühle. Mit dem Zeigefinger seiner Linken fuhr er immer wieder über die rechte Handfläche und an einer Stelle verzog er das Gesicht.

»Hast du dich verletzt?«, fragte Sim.

»Ich glaube, ich habe mir einen Splitter eingefangen.«

»Zeig mal her.« Sie nahm seine Hand und stieß einen mitfühlenden Laut aus. Ein Holzsplitter von der Größe eines Zahnstochers hatte sich in das Fleisch unter seiner Daumenwurzel gebohrt. »Das ist ein halber Balken, den du dir da unter die Haut gejagt hast. Ich hole ihn raus, okay? Bin gleich wieder da.«

Lukas murmelte ein »Danke«.

Sim lief nach drüben ins Blockhaus und kam mit einer Nadel, einer Pinzette, Desinfektionsspray (Jo hatte darauf bestanden) und einer Mullbinde zurück. Jimi stand rauchend vor dem Trailer. Als sie an ihm vorbeiwollte, sagte er leise: »Wenn eine Stute ihr Fohlen nicht annimmt, dann gibt es einen Grund dafür. Vermutlich war es krank.«

Sie blieb stehen und blickte ihn an. An seinen Augen sah sie, dass er nicht mehr wütend war.

»Wenn ich gekonnt hätte, dann wäre ich gekommen. Okay?«

Sim sagte nichts. Sie nickte nur.

Lukas saß am Tisch und wartete. Sim zog einen Stuhl zu ihm heran, und als sie sich setzte, stießen ihre Knie zusammen. Lukas legte seine Hand mit dem Handrücken auf die Tischplatte.

Jimi kam zurück in den Trailer, holte sich eine Cola aus dem Kühlschrank und setzte sich ihnen gegenüber. »Was soll denn das werden?«, fragte er spöttisch. »Ein chirurgischer Eingriff?«

Panisch zog Lukas seine Hand zurück. Sim griff nach seinem Handgelenk und legte die Hand auf den Tisch zurück.

»Er spinnt«, sagte sie. »Ich hab bloß etwas zum Desinfizieren mitgebracht. Vertrau mir.«

Mit skeptischer Miene öffnete Lukas seine Hand erneut und Sim weitete mit der Nadel vorsichtig den Eintrittskanal des gut vier Zentimeter langen Holzsplitters, um ihn dann einfacher mit der Pinzette herausziehen zu können.

Jimi kippelte auf seinem Stuhl und beobachtete Sim mit einem spöttischen Grinsen im Gesicht. Seine Blicke machten sie nervös, aber es gelang ihr gleich beim ersten Versuch, den Holzspan herauszuziehen. Lukas' Hand hatte nicht einmal gezuckt während der Prozedur, doch der Schweiß rann ihm in Bächen von den Schläfen, trotz der laufenden Klimaanlage.

Als Sim das Desinfektionsmittel auf die Eintrittswunde sprühte, entfuhr ihm ein erschrockenes »Fuck« und er zog die Hand weg.

»Tut mir leid«, sagte sie, »ich hätte dich warnen müssen.«

»Jetzt hast du Sim aber bitter enttäuscht.« Jimi kippte mit seinem Stuhl wieder nach vorne. »Die Wasicun glauben doch alle, wir Indianer kennen keinen Schmerz.« Seine Augen flackerten.

Sim legte Lukas einen leichten Mullverband an.

»Du bist ja bloß eifersüchtig, weil sie so nett zu mir ist«, entgegnete Lukas mit einem breiten Grinsen.

Sim klebte das Ende der Binde mit einem Pflaster fest und stand auf. Die beiden frotzelten nur, doch sie konnte die unterschwellige Rivalität spüren, die sich hinter ihren Neckereien versteckte.

Sie ertappte sich dabei, wie sie Vergleiche anstellte. Damals, auf der Fahrt vom Flughafen zu ihrer Tante, waren ihr die beiden so ähnlich vorgekommen. Doch mittlerweile wusste sie, dass Jimi und Lukas grundverschieden waren. Lukas, der fast immer gut gelaunt war, machte auf sie einen offenen und verlässlichen Eindruck, während Jimi sehr verschlossen sein konnte. Er hatte etwas Beunruhigendes an sich und insgeheim musste sie zugeben, dass es genau das war, was sie an ihm faszinierte.

»Ich bringe mal die Sachen wieder rüber und mache uns ein paar Sandwiches«, sagte Sim und verschwand.

Jimi bedauerte, dass die Pause vorbei war. Nachdem sie die Brote gegessen hatten, erledigte er die letzten Arbeiten am Trailer. Aber immer, wenn er glaubte, endlich fertig zu sein, hatte Sim noch irgendwo eine Kleinigkeit entdeckt, die nicht in Ordnung war. Die nach *ihren* Maßstäben nicht in Ordnung war. Ein loses Stück Verkleidung, ein lockeres Scharnier, eine Tür, die nicht richtig schloss. Während ihre Stachelbeeraugen seine Arbeit kritisch beäugten, versuchte er, Ruhe zu bewahren.

Zugegeben, die frisch gestrichenen Einbauschränke machten was her, der ganze Raum wirkte viel freundlicher durch die hellen Farben. Nach und nach verwandelte sich der alte, abgewohnte Trailer in ein echtes Zuhause. Wie hatte Sim es bloß geschafft, in so kurzer Zeit die schäbige Einrichtung so aufzupeppen, dass man den Trailer kaum wiedererkannte?

Gerade scheuchte sie Lukas auf, der es sich auf dem abgeschabten Sofa mit dem braunen Karomuster gemütlich gemacht hatte, und ließ das hässliche Ding unter einem dunkelroten Überwurf verschwinden. Jimi beobachtete sie dabei und dachte, dass er sich so ein Zuhause wünschte. Und ein Mädchen wie Sim, aber ihm war noch keine wie sie über den Weg gelaufen.

Es hatte nichts damit zu tun, dass es im Res keine passablen Mädchen gab. Es lag daran, wer Jimi Little Wolf war. Zu wem er geworden war. Er dachte an die neue Ladung Koks, die Tyrell und er aus Denver geholt hatten, und an die Kohle, die er bekommen würde, wenn er erst sein eigenes Geschäft durchgezogen hatte.

Inzwischen hatte er die dreihundert Gramm Kokain, die er aus Tyrells Wagen hatte mitgehen lassen, mit hundert Gramm Milchzucker und hundert Gramm Ketamin gestreckt. Den Milchzucker hatte er leicht besorgen können, den gab es in jeder Drogerie. Schwieriger war es gewesen, an das Ketaminpulver heranzukommen. Über einen Pferdedoktor aus Chadron, Nebraska, war es ihm schließlich gelungen. Aber erst, nachdem er ihm dafür Häuptling Red Clouds original Friedenspfeife versprochen hatte.

Ketamin wurde bei Pferden als Betäubungsmittel eingesetzt. Jimi hatte es dem Kokain-Milchzucker-Gemisch beigemengt, weil der Käufer dann nicht so schnell merken würde, dass der Stoff gestreckt war. Manche Leute snieften die Pferdedroge auch pur und der Doktor aus Chadron hatte das vermutlich über Jahre hinweg getan, denn sein Hirn war löchrig genug, um Jimis Märchen von der Friedenspfeife zu glauben.

Fünfhundert Gramm hatte er jetzt zusammen, die er auf einen Schlag verkaufen wollte. Über Arvin Swallow, Marolas Cousin, hatte er Kontakt aufgenommen zu einem Crow aus Montana und der Deal sollte in den nächsten Tagen über die Bühne gehen. Über zwölf Mille Reingewinn warteten auf ihn.

Jimi dachte daran, dass er sich mit diesem Geld den Traum von einem eigenen Zuhause verwirklichen konnte, wenn er das wollte. Er dachte auch daran, wofür er sein Geld tatsächlich ausgab und dass ihn das nicht von seinen Dämonen befreien würde. Von Timmy, von dem toten Baby, von der zerstörten Zukunft derer, denen das Kokain das Hirn zerfressen hatte. Er hatte es vermasselt, er hatte seine Chance auf ein besseres Leben in den Dreck getreten. Er würde nie ein Mädchen wie Sim haben, die aus einem schäbigen Kasten mit Fenstern ein Zuhause zaubern konnte.

Er war es einfach nicht wert.

Sim stand mit dem Rücken zu ihm, die Arme vor der Brust verschränkt, und betrachtete zufrieden ihr Werk. Ihr rotes Haar stand wie Präriegras von ihrem Kopf ab. Als sie sich unvermutet umdrehte, trafen sich ihre Blicke. Jimi sah sie mit anderen Augen und sein Magen verkrampfte sich.

»Kann ich mich jetzt wieder hinsetzen?«, murrte Lukas.

»Ja«, antworte Sim und wandte sich von Jimi ab.

Lukas ließ sich auf das Sofa fallen und seine Finger glitten über den roten Samt. »Schön«, sagte er. »Weich, wie ein kurzes Fell.«

»Das ist Samt.« Sim setzte sich neben ihn.

Jimi warf noch einen Blick auf die beiden, dann verließ er den Raum, um das lose Brett an den Stufen vor dem Eingang anzuschrauben.

Manchmal nervte Lukas ihn. Seine aufrichtige, unschuldige Art. Wie oft hatte Jimi sich gewünscht, seine Mutter würde noch leben oder wenigstens seine Großeltern. Dann wäre er nicht zu Bernadine gekommen und das Kästchen mit den heiligen Dingen nicht in falsche Hände geraten. Aber dann wäre er Lukas vielleicht nie begegnet. Lukas, seinem Hunka-Bruder, der ihm Rettung und Fluch zugleich war. Der ihn an das Gute glauben ließ und doch nicht vom Bösen abhalten konnte.

Irgendetwas war zwischen Lukas und Sim passiert, während er mit Tyrell in Denver gewesen war, dazu brauchte er kein Seher zu sein. Lukas hatte ihm erzählt, dass er Jo und Sim bei *Big Bat's* getroffen hatte und dass sie zusammen am Wounded Knee gewesen waren. Die beiden wirkten merkwürdig vertraut und dafür gab es mit Sicherheit einen Grund. Manchmal setzten sich Dinge in Jimis Kopf fest, die nicht gut waren, die er jedoch nicht wieder losbekam.

Am späten Nachmittag kam Jo in den Trailer, um zu begutachten, wie weit sie vorangekommen waren.

»Hey«, sie klatschte in die Hände, »das ist ja ein richtiges Schmuckstück geworden.«

Schmuckstück schien Sim eindeutig übertrieben. Trotz der Reparaturen und Verschönerungen blieb es immer noch ein alter Trailer, der nach europäischen Standards bestenfalls als Sommerbungalow herhalten konnte, als Zuhause aber völlig inakzeptabel war. Trotzdem war Sim stolz auf das, was sie geleistet hatte.

Jo drehte die Wasserhähne in Küche und Bad auf, betätigte die Klospülung und schob die neu eingebauten Fenster auf und zu. Sie war voll des Lobes für Jimi, doch er stand mit vor der Brust verschränkten Armen da und gab nichts als unbestimmte Brummlaute von sich.

»Morgen kommt der Gasmann und schließt den Tank an, dann gibt es auch warmes Wasser«, sagte Jo. Und an Sim gewandt: »Dir gebe ich noch frische Bettwäsche für drei Betten, dann können die Gäste kommen. Ich danke euch, ihr habt das toll gemacht.«

Von draußen klopfte es an der Fliegengittertür. Eine Frauenstimme rief: »Hallo-ho, ist da jemand?«

Sie liefen den Gang in den Wohnraum zurück, wo hinter der

Fliegengittertür die blonde Frau stand, der sie gestern im *Thunder Lightning Teepee* begegnet waren.

»Ah, doch jemand zu Hause.« Sie öffnete die Tür und kam herein. »Die Frau im Laden sagte mir, dass du hier bist«, sagte sie zu Jo.

»Hallo Tabea. Darf ich dir vorstellen: meine Nichte Simona, Jimi und Lukas.«

Ein verhaltenes dreistimmiges »Hi« war die Antwort.

»Tja«, sagte Jo, »schön, dass du da bist.«

Tabea erkundigte sich, wo sie ihr Zelt aufstellen konnte, und Jo breitete die Arme aus. »Überall.«

»Gibt es hier Schlangen?«

»Ja«, sagte Sim, »meterlange.« Dafür fing sie einen ärgerlichen Blick von ihrer Tante ein.

»Es gibt Schlangen«, sagte Jo, »aber meistens sind sie ungefährlich. Am besten immer einen Stock bei sich haben und vor jedem Schritt, den man macht, aufs Gras schlagen.«

Lukas grinste und Sim sah, wie Jimi die Augen verdrehte.

»Kann man bei dir eine geführte Tour durch die Badlands buchen?«, fragte Tabea. Die Aussicht, einen Schlangenstock zu brauchen, schien ihre Fröhlichkeit etwas zu dämpfen.

Jo sah Jimi fragend an.

»Zweihundert Bucks plus Benzingeld«, sagte er. »Und ein Wagen mit Allradantrieb.«

»Bucks?« Tabea runzelte die Stirn.

»Dollar«, übersetzte Jo.

»Ach so. Zweihundert Dollar sind in Ordnung und Allradantrieb hat mein Wagen auch. Wie wär's mit morgen? Freitag geht mein Flieger.«

»Abgemacht«, sagte Jimi, obwohl sein Blick wenig Begeisterung ausdrückte. »Wir sind gegen neun hier.«

»Indian Time?«, fragte Sim spitz, aber Jimi ignorierte sie.

»Feste Schuhe, Sonnenhut und genügend Wasser nicht vergessen«, sagte Lukas.

Erst jetzt schien Tabea ihre potenziellen Führer genauer in Augenschein zu nehmen. Sim bemerkte, wie sie Jimi und Lukas einer kritischen Musterung unterzog, wobei ihr Blick an Jimis tätowiertem Arm hängen blieb.

»In Ordnung«, sagte sie, doch es lag überraschend wenig Vorfreude in ihrer Stimme.

Lukas und Jimi fuhren nach Hause, Tabea baute ihr Zelt auf der Kuppe des Hügels auf und Sim sah sie später mit gekreuzten Beinen davorsitzen und mit gen Himmel zeigenden Handflächen meditieren. Jo hatte ihr erzählt, dass jeden Sommer eine Menge Esoteriker im Reservat unterwegs waren, auf der Suche nach einem Medizinmann, der ihnen einen indianischen Namen verpassen und ihnen ihr Seelenheil zurückgeben konnte.

Ganz offensichtlich gehörte Tabea zu ihnen. Sim beneidete die Frau, weil Jimi mit ihr durch die Badlands fahren würde, auch wenn es offensichtlich war, dass er wenig Freude an dieser Tour haben würde.

Am Abend kam Tabea zum Duschen in den Laden. Sim, die im Büro ihrer Tante am Computer saß, um eine längere Mail an Merle zu schreiben, hörte mit, wie die Deutsche ihre Tante über Jimi und Lukas aushorchte.

»Die Jungs sind in Ordnung«, sagte Jo knapp, »sie haben schon öfter Leute für mich durch die Badlands geführt.«

Im nächsten Moment fürchtete Tabea um ihr Mietauto.

»Jimi ist ein sicherer Fahrer«, sagte Jo, »du kannst ihm vertrauen. Außerdem kannst du ja auch selber fahren, wenn dir das lieber ist.«

Sim spitzte die Ohren, als Tabea sagte: »Dieser Lukas, der hat mich so seltsam gemustert, er war mir richtig unheimlich. Kann ich sicher sein, dass die beiden die Situation nicht ausnutzen . . . ich meine, sie sind zu zweit und ich . . .«

Sim hielt sich die Hand vor den Mund, um nicht laut loszuprusten. Und die Antwort ihrer Tante fiel auch etwas brüsk aus.

»Du *kannst* dir sicher sein, okay? Für die Jungs lege ich meine Hand ins Feuer. Aber wenn dir wohler ist, kann ich meine Nichte bitten, euch zu begleiten.«

»Oh ja«, sagte Tabea erleichtert, »das ist eine wunderbare Idee.«

Eine wunderbare Idee, das fand Sim auch. Sie setzte sich wieder an den Computer und beendete die Mail an ihre Schwester mit dem Satz: »Morgen fahre ich mit Jimi und Lukas auf Tour in die Badlands. Ich melde mich wieder, Sim.«

17. Kapitel

Pünktlich um neun Uhr am nächsten Morgen hielt der rote Mustang vor dem Haus. Jimi und Lukas stiegen aus, beide wie aus dem Ei gepellt. Saubere Jeans, in der Sonne leuchtende weiße T-Shirts, Baseballkappen und die verwegenen Men-in-Black-Sonnenbrillen.

Sim trug ihre abgeschnittenen Jeans und das rote T-Shirt, das sie beim Pferderennen gekauft hatte. Den engen Halsbund hatte sie herausgeschnitten und mit der Hand umgenäht. Ihr Rucksack beherbergte eine große Wasserflasche, einen Apfel, den Fotoapparat und ein paar Dollar.

Tabea trug Trekkingstiefel, knielange Khaki-Shorts und ein violettes T-Shirt mit einer Indianerprinzessin darauf, die große Ähnlichkeit mit Marola hatte. Ein breitkrempiger Safarihut zierte ihren Kopf.

»Fertig?«, fragte Jimi mit überheblicher Miene und hielt die Hand auf. Mit rotem Kopf und fahrigen Bewegungen kramte Tabea nach ihrem Portemonnaie. Jimi seufzte. »Die Autoschlüssel.«

Jo nickte Tabea aufmunternd zu und die Deutsche übergab Jimi den Autoschlüssel für ihren Leihwagen.

Es war ein Chevy Blazer mit Allradantrieb, ein geräumiger Wagen, das Innere blitzsauber. Tabea saß neben Jimi auf dem Beifahrersitz, Sim und Lukas auf der Rückbank. Am vergangenen Abend hatte ihre Tante Tabea gegenüber Lukas' Handicap nicht erwähnt und Sim fragte sich, wann sie wohl bemerken würde, dass Lukas sie gar nicht angestarrt haben konnte.

Jimi fuhr und gab ab und zu eine knappe Erklärung ab, wenn

sie einen historisch bedeutsamen Ort passierten. Lukas' Ergänzungen waren ausführlicher und farbiger, als ob er überall dabei gewesen wäre. Sein Wissen imponierte Sim und es gefiel ihr, ihn anzusehen, wenn er so lebendig erzählte. Tabea fragte ihn nach spirituellen Plätzen im Reservat und bekam zum ersten Mal eine ausweichende Antwort.

Sie fuhren über Sharps Corner, wo Jimi den Wagen auftankte, vorbei am Oglala Lakota College nach Kyle. Von dort ging es weiter nach Potatoe Creek. Ihr erstes Ziel war Cedar Pass in den Badlands.

Bisher hatte sich die Landschaft kaum verändert. Karges Ödland wechselte sich mit grasbewachsenen Bodenwellen ab und hinter Potatoe Creek erstreckten sich eintönige Kornfelder, die weißen Farmern gehörten.

Im Wagen machte sich indianisches Schweigen breit. Sim störte das nicht, aber Tabea begann, nervös auf ihrem Beifahrersitz hin und her zu rutschen.

Doch dann waren sie unversehens mittendrin in den Badlands, den grauen Schluchten und Sandkuppeln, das Gebiet größer und die Kalkfelsen mächtiger, als Sim es erwartet hatte. Dieser Teil der Badlands war Nationalpark, er gehörte nicht zum Reservat. Hier gab es eine große Lodge und einen Zeltplatz und jede Menge Touristen. Bleiche Männer und Frauen in T-Shirts und Shorts, weiße Socken, hochgezogen bis zu den Knien, die Bauchtaschen mit der Kreditkarte um die Hüften geschnallt.

Tabea taute auf und verbreitete hektische Fröhlichkeit. Sie fotografierte wie eine Wilde, spendierte ihnen im Restaurant der Cedar Pass Lodge ein Mittagessen (wo sie dann endlich kapierte, dass Lukas blind war) und hörte nicht auf, Fragen zu stellen, die Jimi einsilbig und Lukas ausführlich beantwortete.

Nach dem Essen stöberte Tabea im Souvenirladen nach Mitbringseln und die drei saßen draußen im Schatten einer Pappel auf einer Mauer. Jimi rauchte und ließ sich über Tabea aus.

»Sie fährt mit einem fetten Chevy Blazer im Reservat herum und hält Ausschau nach heiligen Plätzen. Typisch weiß. Wie ich solche Weiber hasse. Und ich Blödmann mime auch noch den Scheißreiseleiter für die Birkenstocktrulla.«

Sim verschluckte sich an ihrer Cola und prustete los. Lukas lachte und schließlich brach auch Jimi in Gelächter aus.

Wie schön es war, zwischen ihnen zu sitzen und dazuzugehören. Sie waren ein Team, zogen zusammen über die Birkenstocktrulla her.

»Ach, komm schon«, sagte Lukas zu Jimi, »du verdienst zweihundert Bucks und sie hat uns zum Essen eingeladen. Außerdem hat Sim die Badlands noch nicht gesehen.«

»Ich finde, du machst dich ganz gut als Reiseleiter«, fügte sie hinzu.

Aber Jimi ließ sich nicht überzeugen. »Sie ist eine ignorante Kuh, die nur sieht, was sie sehen will.«

»Was regst du dich auf?«, sagte Lukas. »Von solchen Leuten leben wir schließlich.«

»Sie kommt«, zischte Sim.

»Hoka hey.« Jimi drückte seine Zigarette an der Mauer aus und setzte sein Reiseleitergesicht auf.

In Serpentinen ging es den Berg hinauf. Das Asphaltband der Straße wand sich wie eine schwarze Schlange zwischen Gesteinssäulen und zinnenartigen Sandkegeln hindurch. Die Felsen waren keine richtigen Felsen, sondern poröse Erde. Lukas erzählte ihnen, dass hier in grauer Vorzeit ein Meer gewesen war und dass man in der Erde Knochen von Riesenechsen gefunden hatte.

»Aber auch die Fossilien prähistorischer Pferde, Schafe, Nashörner und Schweine«, dozierte er. »Außerdem elftausend Jahre alte Funde, die von menschlicher Zivilisation zeugen.«

Ständig musste Jimi anhalten, damit Tabea Fotos schießen konnte. Auch Sim nutzte die Gelegenheit und fotografierte. Wie gerne hätte sie ein Foto von Lukas und Jimi gemacht, aber sie hatte Jimis Reaktion und das, was Lukas ihr darüber erzählt hatte, nicht vergessen. Umso mehr wunderte es sie, dass Jimi nicht protestierte, als Tabea sie bat, ein Foto von ihnen dreien machen zu dürfen. Die Jungen nahmen Sim in die Mitte und alle drei lachten.

Tabea versprach, Sim das Foto zu mailen.

Das Gebiet der Badlands schien endlos. Der Highway 40 führte sie über eine Hochebene und sie hatten freie Sicht in alle Himmelsrichtungen. Jimi zeigte ihnen riesige Präriehundestädte und ein grünes Tal, in dem frei lebende Büffel grasten. Ein paar Meilen weiter verließ er die Touristenstraße mit ihren riesigen asphaltierten Parkplätzen und Schautafeln und bog auf eine Schotterpiste ein, die sie durch bewirtschaftetes Gebiet führte.

Nach endlosen Meilen über ödes Farmland kamen sie schließlich in eine kleine Ortschaft, und erst, als Jimi den Blazer wieder auf die Hauptstraße lenkte, erkannte Sim, dass sie in Scenic gelandet waren. Sie waren einen großen Bogen gefahren und befanden sich nun auf dem Heimweg.

Erst jetzt merkte sie, wie müde sie war. Es war schon fast sieben und sie waren seit zehn Stunden unterwegs. Sie schloss für einen Moment die Augen und sah erst wieder aus dem Fenster, als Tabea Jimi entrüstet fragte: »Wo willst du denn jetzt noch hin?«

»Sheep Mountain Table«, sagte er. »Ist genau der richtige Zeitpunkt dafür.«

Wieder fuhren sie in die Badlands hinein, eine unbefestigte Piste, die immer ausgewaschener wurde und schließlich auf ein

Hochplateau führte. Nur filziges gelbes Gras und Himmel in jeder Richtung. Eine gewaltige Leere, ein blaues Nichts.

Warum brachte Jimi sie hierher? Der Weg wurde immer beschwerlicher, die Rinnen tiefer. Sim klammerte sich am Griff über der Tür fest. Als Tabeas Leihwagen sich wieder einmal in bedrohlicher Schieflage befand, begann die Deutsche zu schimpfen.

»Das ist ein Leihwagen«, erinnerte sie Jimi. »Damit darf man nicht auf unbefestigten Straßen fahren. Wenn was passiert, bekomme ich Ärger.«

»Die meisten Straßen im Res sind Schotterpisten«, sagte er ungerührt.

»Aber das ist keine Schotterpiste, das ist ein . . . eine . . .« Sie fand kein treffendes Wort und ruderte stattdessen mit den Armen.

Lukas' Mundwinkel zuckten spöttisch.

»Wir sind ja gleich da«, brummte Jimi ungehalten. »Sie waren doch scharf auf spirituelle Plätze. Zu denen führen nun mal keine glatte Asphaltstraßen.«

Tabea schluckte ihren Protest herunter. Wenige Minuten später hielt Jimi an und sie stiegen aus. Auf der Hochebene wehte ein leichter Wind und die Luft war angenehm. Lukas im Schlepptau, lief Jimi zum Rand des Plateaus und Sim folgte den beiden.

»Wahnsinn.« Unter ihr erstreckte sich ein Wirrwarr aus scharfen Gebirgskämmen und steilwandigen Schluchten. Im weichen Gestein wechselten sich farbige Schichten ab – violett, braun, gelb. Auf dem Weg zum Horizont verloren die Felsen an Höhe, sahen aus wie spitze Drachenzähne. Ein ausgetrockneter Fluss mäandrierte um die Felsen und kleinen Tafelberge und die bizarre Landschaft endete in einer weiten, endlos scheinenden grünen Ebene.

Am Horizont zogen dunkle Wolken herauf und die bleichen Sandformationen reflektierten das Licht der Abendsonne, sodass sie vor dem dunklen Hintergrund fast weiß leuchteten. Jetzt wusste Sim, was Jimi mit dem *richtigen Zeitpunkt* gemeint hatte.

Sie sah ihn an und ihre Blicke kreuzten sich für einen Moment. Lukas' rechte Hand lag immer noch auf der Schulter seines Freundes und nun schob er ihn sanft vorwärts. Jimi sah sich suchend nach seiner Auftraggeberin um. Tabea saß weit weg von ihnen am Rand des Plateaus im Schneidersitz und schien zu meditieren.

»Lassen wir sie eine Weile alleine, sie macht vermutlich gerade eine wichtige spirituelle Erfahrung. Wakan Tanka is watching you«, sagte er mit verstellter Stimme und sie lachten alle drei.

Er hat recht, dachte Sim. Vielleicht kam Tabea runter von ihrem Frust, wenn sie eine Weile allein blieb, um mit wem auch immer zu kommunizieren.

Sie liefen einen schmalen Pfad ein Stück ins Tal hinunter, tauchten ein in das Labyrinth aus turmhohen Spitzen und zerklüfteten Kegeln. Einer nach dem anderen ließen sie sich auf einer Felsplatte nieder und blickten in die Ferne, wo die Dunkelheit lebendig wurde. Natürlich konnten nur Sim und Jimi in die Ferne blicken, aber es schien so, als würde Lukas es ebenfalls tun.

Jimi drehte sich eine Zigarette, und nachdem er sie angezündet hatte, rutschte er näher an Sim heran, um sie einen Zug nehmen zu lassen. Sie hatte die Beine an die Brust gezogen und ihre Arme darumgeschlungen. Schweigend beobachtete sie Lukas. Er war derjenige von ihnen, der sich am weitesten nach vorn gewagt hatte – die Beine im Schneidersitz gekreuzt, saß er direkt am Rand des Abgrunds.

Lukas sah aus, als würde er irgendetwas vor sich hin murmeln, doch Sim begriff, dass er nicht mit ihnen redete. Die Geister der Vergangenheit schienen sich wieder einmal um ihn geschart zu haben und offenbar hatte er die Außenwelt völlig ausgeblendet.

Sie legte ihren Kopf auf die Knie. »Er ist mir unheimlich, wenn er so ist.«

»Mir auch«, erwiderte Jimi im Flüsterton. »Wahrscheinlich sieht er wieder irgendwelche Gespenster. Unter uns liegt ein alter Geistertanzplatz. Unsere Leute trafen sich an geheimen Plätzen und tanzten, in der Hoffnung, dass ihre Toten und die Büffel zurückkommen und die Weißen dafür von dieser Erde verschwinden würden. Sie trugen bemalte Lederhemden, die sie vor den Kugeln der Weißen schützen sollten.«

»Es hat nicht funktioniert.« Das war keine Frage.

»Nein. Aber die Weißen hatten Angst vor den Geistertänzern. So große Angst, dass sie die Tänze unter Todesstrafe verboten. Das Tanzen hat uns stark gemacht. Aber dann haben sie Sitting Bull erschossen, oben im Norden.« Er nahm einen tiefen Zug und blies den Rauch in den Himmel. »Am Wounded Knee war alles vorbei. Die geheimen Zeichen auf ihren Hemden konnten sie nicht vor den Kugeln der Soldaten schützen. In dieser kalten Dezembernacht haben sie unseren Mut und unsere Hoffnung getötet.« In Jimis Stimme schwang so viel Resignation mit, dass Sim ein kalter Schauer über den Rücken fuhr. »Die Toten, sie haben noch eine Rechnung offen, verstehst du? Deshalb kann Luke sie hören und sehen.«

»Aber irgendwann muss es doch mal vorbei sein«, sagte sie.

Ein finsterer Ausdruck erschien auf Jimis Gesicht. »Es ist nie vorbei, niemals«, sagte er leidenschaftlich und Sim dachte, dass hundertzwanzig Jahre anscheinend nicht ausreichten, um zu vergessen und aus einem Ereignis Geschichte werden zu lassen.

»Die Leute haben große Hoffnungen auf Obama gesetzt«, fuhr Jimi fort. »Er hat Versprechungen gemacht, aber nichts ändert sich, alles wird nur noch schlimmer. Und dann kommen Leute wie diese Tabea, mieten sich riesige Allradschlitten und holen sich, was uns noch von unserer Würde und dem Wissen geblieben ist, das uns einst stark gemacht hat.«

»Warum hast du sie an diesen Ort geführt, wenn du sie doch hasst?«, fragte Sim.

»Ich hasse sie nicht«, erwiderte Jimi verächtlich, »mein Hass ist ganz anderen Leuten vorbehalten. Und außerdem habe ich nicht *sie* hergeführt, sondern dich. Ich habe dafür bloß ihren Wagen benutzt, denn ohne Allradantrieb kommt man hier nicht rauf.«

Sim spürte, wie ihr die Röte ins Gesicht stieg und ihr Herz zu galoppieren begann. Sie fühlte sich verwirrt und geschmeichelt zugleich. »Danke«, sagte sie. »Es ist der schönste Ort, den ich je in meinem Leben gesehen habe.«

Jimi lächelte zufrieden. »Ich weiß.«

Sim wandte den Blick wieder zum Horizont, wo sich die dunklen Wolken zu einer schwarzblauen Wand verdichtet hatten, die jetzt langsam auf sie zukam. Die Felsen veränderten ihre Farben in der sinkenden Sonne. Sim vergaß Tabea, die irgendwo dort oben saß. Für einen vollkommenen Moment gab es nur sie drei, vereint durch die Magie dieses Ortes. Und wie schon am ersten Tag wünschte Sim, ihr würden Flügel wachsen, damit sie wie ein Vogel über diese unwirkliche Landschaft fliegen konnte.

Sie hätte ewig so sitzen und träumen können. Doch Lukas erwachte ganz plötzlich von den Toten und stand auf. »Wir sollten aufbrechen«, sagte er, »da braut sich ordentlich was zusammen.«

Sim sah Jimi fragend an und er hob die Schultern. »Er hat immer Druck auf den Ohren, wenn ein Unwetter naht.« Er stand ebenfalls auf und half ihr auf die Beine. Jimis Hand war warm und trocken, und als sie ihn losließ, schien er es zu bedauern.

Während sie den Pfad zum Plateau hinaufstiegen, wurde der Wind stärker und wehte ihnen Staub und vertrocknete Pflanzenteile ins Gesicht. Sim wandte sich noch einmal um und sah, wie eine Windböe Tabeas Safarihut ins Tal wehte. Sie machte Jimi darauf aufmerksam und er lachte kopfschüttelnd.

»Ich nehme an, ihre Laune wird dadurch nicht besser«, sagte er. »Ich hoffe, sie verlangt nicht von mir, dass ich ihn ersetze. Sie sah sowieso dämlich aus damit.«

Tabea rannte wie ein aufgescheuchtes Huhn um den Wagen. »Wo seid ihr gewesen?«, schrie sie. »Ein Tornado kommt, wir werden alle sterben.«

»So schnell stirbt sich's nicht«, bemerkte Lukas lakonisch, als sie ins Auto stiegen.

Jimi wendete den Blazer und fuhr vorsichtig den holprigen Weg zurück ins Tal. Jo hatte recht, er war ein guter Fahrer mit seinen nicht mal achtzehn Jahren. Völlig ruhig und gelassen lenkte er den schweren Wagen durch tiefe Rinnen und aus dem Boden gewaschene Felsbrocken. Sim fühlte sich sicher, aber insgeheim fragte sie sich, wie befahrbar der Weg noch sein würde, wenn das schwarze Ungeheuer am Himmel sie hier oben erwischte.

Zurück auf der Asphaltstraße begann Tabea, vor Erleichterung belangloses Zeug zu plappern. Die dunkle Wand war verschwunden, aber der Wind hatte zugenommen und drückte gegen die Seiten des Autos. Jimi stellte das Radio an und suchte KILI FM, den Reservatssender. Als er ihn gefunden hatte, hörten sie die eindringliche Warnung des Sprechers, in den nächsten Stunden lieber zu Hause zu bleiben.

Das klang alarmierend, aber da die Sonne schien, machte Sim sich keine Gedanken. Sie würden ohnehin bald zu Hause sein.

Doch als Jimi an der Rockyford-Schule nach Manderson abbog, stand die dunkle Wand plötzlich wieder vor ihnen, so nah und bedrohlich, dass Sim das Herz in die Hose rutschte. Die Sonne war schlagartig verschwunden, es wurde finster und im nachtblauen Dunkel zuckten grelle Blitze. Die ersten Tropfen knallten auf die Windschutzscheibe wie Gewehrschüsse. Tabea schrie auf und Sim zog erschrocken den Kopf ein. Eine ungeheure Windböe erfasste den Wagen, rüttelte und schüttelte ihn und Jimi hatte Mühe, den Blazer auf der Straße zu halten.

Tabea war von der Rückbank aus nicht mehr zu sehen, so tief war sie in ihren Sitz gerutscht. Angstvoll packte Sim nach Lukas' Hand und er hielt sie fest.

»Ich hab gesagt, damit ist nicht zu spaßen«, bemerkte er.

Vom Beifahrersitz kam ein leises Wimmern.

»Klappe«, fauchte Jimi und trat aufs Gas, als könne er der Urgewalt davonfahren. Inzwischen war es stockdunkel und der Regen so stark, dass die Scheibenwischer die Wassermassen kaum noch bewältigen konnten. Jimi hatte offensichtlich Schwierigkeiten, die Schlaglöcher auf der Straße auszumachen, und nachdem er zweimal in eines hineingekracht war, fuhr er an den Straßenrand und stellte die Warnblinkanlage ein.

Wasser wie aus Eimern floss über das Dach des Blazers und strömte über die Scheiben. Der Sturm rüttelte und zerrte an den Seiten des Wagens und mehr als einmal befürchtete Sim, dass sie umkippen und im Straßengraben landen würden. Von Tabea war nichts mehr zu hören, sie schien in eine Art Starre gefallen zu sein.

Lukas begann, leise zu singen. Es war ein ruhiges Lied, als wolle er den Sturm besänftigen mit seinem Gesang. Und irgendwie gelang ihm das auch. Nach zehn Minuten wurde der Wind schwächer und der Regen ließ nach. Sim entzog Lukas ihre Hand und merkte, dass er sie nur ungern freigab. Jimi startete den Wagen und fuhr sie zurück zum Horse Hill.

Tabeas Zelt stand nicht mehr auf dem Hügel, der Sturm hatte

es aus der Verankerung gerissen und in die Prärie geweht. Jo bemerkte, dass es unklug gewesen war, das Zelt auf der Hügelkuppe aufzustellen, und bot ihr an, die Nacht im Trailer zu schlafen – selbstverständlich ohne dafür bezahlen zu müssen. Wortlos drückte Tabea Jimi die verabredeten zweihundert Dollar in die Hand und machte sich daran, auf den umliegenden Hügeln nach ihren Habseligkeiten zu suchen.

Sim lag im Dunkeln in ihrem Bett und dachte an Jimi. Seit der Tour durch die Badlands sah sie ihn mit anderen Augen. Er war keineswegs nur der Weiberheld, als den ihre Tante ihn hingestellt hatte. Genau wie Lukas machte er sich Gedanken über das Reservat und wie seine Leute lebten. Nur auf andere Weise.

Lukas wollte Medizinmann werden und mit seinen Liedern ein ganzes Volk heilen. Jimi war ein Kämpfer. Es hatte ihr imponiert, mit welchem Eifer er zu ihr gesprochen hatte. Jimi Little Wolf hatte sie ernst genommen. Kein Foppen und Sticheln diesmal. Nur leidenschaftliche Worte.

Er war den Abstecher zum Sheep Mountain gefahren, um ihr diesen unglaublichen Ort zu zeigen. Dafür hatte er Tabeas Groll in Kauf genommen und riskiert, dass er sein Geld nicht bekam. Sim hatte das Gefühl, Jimis Respekt gewonnen zu haben, und das bedeutete ihr viel.

Aber war das tatsächlich alles, was sie sich von ihm erhoffte? Seinen Respekt? Sie gestand sich ein, dass das nicht stimmte. Sim wünschte sich, Jimi würde sie so sehen, wie Lukas sie offenbar sah: als jemanden, in den man sich verlieben konnte.

Die Mauer, die sie um sich herum gebaut hatte, begann zu bröckeln. Sie war dabei, sich zu verlieben – nur, in wen? Jimi oder Lukas? Rebell oder Heiler? Früher oder später würde sie sich entscheiden müssen.

18. Kapitel

Nachdem Tabea am Freitagmorgen abgereist war, bezog Sim das Bett im Trailer neu und schmückte die Zimmer mit ein paar alten KILI-Radio-Plakaten, die sie im chaotischen Büro ihrer Tante gefunden hatte. Die bunten Plakate zauberten ein wenig Farbe an die weiß gestrichenen Wände.

Sie lief mit Juniper über die Hügel, pflückte wilden Beifuß und andere duftende Kräuter, band sie zu Bündeln und hängte sie in die Fenster. Auf den Tisch stellte sie ein Marmeladenglas mit Wiesenblumen und Gräsern. Nachdem Sim noch den Kühlschrank mit verschiedenen Getränken aufgefüllt hatte, war alles bereit für die Familie aus den Niederlanden, die im Laufe des Sonntags eintreffen sollte. Die Tochter sollte in Sims Alter sein und Sim war neugierig auf das Mädchen – ein bisschen Gesellschaft am Horse Hill war vielleicht gar nicht so schlecht.

Am Nachmittag erschien Lukas allein auf seinem Schecken, um Jo beim Reitunterricht zu helfen, und Sim brauchte eine Weile, um ihre Enttäuschung über Jimis Ausbleiben zu verdauen. Da Almonas Enkeltochter krank war, musste Jo den Laden hüten, während Sim und Lukas die Pferdetherapie übernahmen.

Randy war ebenso enttäuscht wie Sim, dass sein Held Jimi nicht gekommen war, aber Lukas schaffte es, den Jungen aus der Reserve zu locken. Mit den Mädchen war es schwieriger, denn ohne Jo waren sie noch scheuer und wortkarger als sonst. Aber die beiden Hobbytherapeuten brachten die knapp drei

Stunden mit den Kindern über die Bühne, ohne dass eines vom Pferd fiel oder getreten wurde – oder anfing zu heulen.

Die Geduld, die Lukas im Umgang mit den Kindern und den Pferden an den Tag legte, ließ Sims Respekt für ihn steigen. Und abgesehen davon hatte er sie alle mehr als einmal zum Lachen gebracht an diesem Nachmittag, der heiß, staubig und schrecklich anstrengend gewesen war.

Die kleinen Reiter wurden wieder abgeholt, und bevor Lukas in den Laden ging, um sich von Jo zu verabschieden, erzählte er Sim von einem Konzert, das am Samstagabend in Pine Ridge stattfinden sollte.

»Wäre das was für dich?«

»Ein richtiges Konzert?«, fragte Sim. »Oder ein *Konzert* wie beim Pferderennen?«

Lukas lächelte. »*Blackfire* spielt«, sagte er. »Ist eine Punkband aus Arizona. Navajos. Die machen wirklich coole Musik. Beim Pferderennen, das war eine Hungerleidertruppe aus dem Res.«

Sim besaß eine CD von *Blackfire,* ihre Tante hatte sie ihr geschenkt. Die Musik war definitiv *cool.* »Ich bin dabei«, sagte sie. »Aber ich muss erst den Boss fragen.«

»Überlass das Reden mir, okay?«

»Okay.«

Jos Begeisterung hielt sich in Grenzen. »Irgendwie gefällt mir der Gedanke nicht«, sagte sie, eine tiefe Falte auf der Stirn. »Pine Ridge ist ein heißes Pflaster und solche Konzerte enden oft in Schlägereien.«

Sim warf ihrer Tante einen flehenden Blick zu, hielt jedoch wie ausgemacht den Mund und überließ Lukas das Feld.

»Das ist ein *Death-to-Meth*-Konzert«, sagte er. »Kein Alkohol, keine Drogen und keine Schlägereien. Hast du nicht Lust mitzukommen, Jo?«

Hatte Sim sich verhört oder hatte er das wirklich gesagt? Ihre

Tante wurde rot, was Lukas leider nicht sehen konnte, aber er grinste trotzdem frech, als wüsste er es.

»Na gut«, sagte sie und Sim war kurz davor, einen Herzanfall zu bekommen. Sie wollte um keinen Preis in Begleitung ihrer Tante auf dieses Konzert gehen. »Aber du hast die Verantwortung für Simona, Luke. *Du,* nicht Jimi.«

»Das geht in Ordnung«, sagte er.

Sim verzog keine Miene, doch innerlich jubelte sie.

Diesmal bog Jimis Mustang bereits fünfzehn Minuten vor der verabredeten Zeit vor das Blockhaus. Sim stand im Bad vor dem Spiegel und versuchte, einen sauberen Lidstrich zu ziehen, scheiterte jedoch kläglich, nachdem Jo von unten »Sie sind da« gerufen hatte.

Die letzten beiden Stunden hatte Sim im Zimmer ihrer Tante vor dem großen Spiegel verbracht. Einerseits hatte sie wenig Lust, auf dem Konzert wieder von allen wie ein Alien angestarrt zu werden, andererseits wollte sie auch nicht in Klamotten aus der Kleiderkiste losziehen, die inzwischen ihr Outfit bestimmten. Sim wollte sie selbst sein, sie wollte sexy sein, sie wollte gefallen. Aber was gefiel Jimi Little Wolf an einem Mädchen?

Nach langem Überlegen hatte sie das bunte Zipfelkleid gewählt und ihre blickdichte rote Strumpfhose, obwohl sie ja nun von den Storchenbeinen wusste. Ihre Haare waren gestylt (nur ein wenig) und leuchteten in einem frischen Rot. Sie hatte sie extra für den Abend neu gefärbt.

Sie schnappte ihre Umhängetasche, verabschiedete sich mit einem flüchtigen Kuss von ihrer Tante und verließ das Haus durch die Ladentür.

Im Auto saß nur Jimi. »Kommt Lukas nicht mit?«, fragte sie, völlig aus dem Konzept gebracht.

»Er musste noch unter die Dusche und ich wollte nicht riskieren, wieder zu spät zu kommen.« Jimi warf ihr einen spöttischen Seitenblick zu.

Sim wurde rot, aber er sah schon wieder nach vorn.

Diesmal bekam sie Gelegenheit, Bekanntschaft mit dem Innenleben des Trailers zu machen, den Jimi und Lukas und die beiden Mädchen bewohnten. Zum ersten Mal, seit sie im Reservat war, betrat Sim ein fremdes Zuhause. Das abgenutzte Linoleum in der Küche hatte Löcher und klebte. Auf allen Flächen standen benutztes Geschirr mit angebackenen Essensresten, übrig gebliebene Fastfood-Schachteln und leere Getränkedosen. Das Wohnzimmer war in Halbdunkel getaucht, obwohl draußen die Sonne schien. Die blinden, mit Fliegendreck gesprenkelten Fensterscheiben ließen kaum Tageslicht herein. Der Fernseher lief. Auf der durchgesessenen Couch saß Roxie und starrte kaugummikauend auf den flimmernden Bildschirm. Neben ihr lag ein Kleinkind und schlief. Überall auf dem schmuddeligen Boden waren Kleidungsstücke und Spielzeug verstreut.

Lukas, nur in Jeans und Turnschuhen, kam mit nassen Haaren aus dem Bad und verbreitete Kokosduft. Seine Haut war tiefdunkel und er hatte einen schönen Körper. Sim betrachtete ihn unverfroren, was Jimi nicht entging.

»He, Amigo, du bist ja immer noch nicht fertig«, sagte er gereizt. »Außerdem riechst du wie ein Bounty.« Jimi rümpfte die Nase.

Lukas zuckte zusammen. »Ihr seid schon wieder da?«

»Sind wir. Zieh dir was an und auf geht's.«

»Vor neun fangen die sowieso nicht an«, brummte Lukas und verschwand in einem der Zimmer. Jimi folgte ihm, und da Roxie keine Anstalten machte, Sim zu beachten, ging Sim ihnen hinterher.

Der Raum, den die beiden sich teilten, war nicht groß, nur rund vier mal vier Meter. Zwei Betten standen darin, unter dem Fenster ein wackliger Tisch mit zwei Stühlen. Es gab einen zweitürigen Holzschrank und einen verschließbaren Spind. Letzterer gehörte offensichtlich Jimi, denn er schloss ihn auf und holte ein Päckchen Tabak heraus. Lukas kramte nervös im Kleiderschrank.

»Na, weißt du mal wieder nicht, was du anziehen sollst?«, spottete Jimi.

»Das Blackfire-T-Shirt, ich kann es nicht finden.«

Jimi griff zielgerichtet nach dem einzigen schwarzen T-Shirt in dem sauberen Stapel und reichte es Lukas, der es überstreifte. Aber auch jetzt, nachdem er angezogen war, schwand seine Nervosität nicht.

Sim ließ sich von Jimi das Badezimmer zeigen, und als sie es betrat, verschlug es ihr für einen Moment den Atem. Die Luft war muffig und feucht. In den Ecken blühte schwarzer Schimmel. Sie versuchte, das Fenster zu öffnen, aber entweder war sie zu dämlich dafür oder es ließ sich einfach nicht bewegen. Waschbecken und Badewanne waren von einem schlierigen gelblichen Seifenfilm überzogen.

Sie pinkelte, ohne sich auf die Brille zu setzen, wusch ihre Hände und trocknete sie an ihrem Kleid ab, weil sie das verkrustete Handtuch nicht benutzen wollte.

»Adios Roxie«, sagte Jimi, als sie den Trailer verließen. Aber das Mädchen reagierte gar nicht, sie war in einer anderen Welt.

Ganz im Gegensatz zu ihrem Zuhause waren Jimi und Lukas an diesem Abend wieder wie aus dem Ei gepellt. Saubere Jeans, frische T-Shirts. Ihre Haare glänzten. Die Luft im Mustang war eine verwegene Mischung aus GAP Heaven, Kokosduft und dem aromatischen Kraut in Jimis Zigaretten.

In Pine Ridge fuhren sie zu Subway und aßen jeder ein Sandwich. Gesättigt ging es weiter zum Festplatz, der nur eine halbe Meile entfernt lag.

Lukas sollte recht behalten. Als sie zur Bühne kamen, war die Band noch beim Aufbauen. *Blackfire* bestand aus zwei Brüdern, Klee und Clay Benally, und ihrer Schwester Jeneda. Vor zwei Jahren hatten sie Konzerte in ganz Deutschland gegeben und Sim hatte mit Nadja eines davon besucht. Sie hatten getanzt und den Abend genossen. Klee und Clay waren gut aussehende Jungs, nur leider doppelt so alt wie sie.

Sim setzte sich mit Lukas an einen Tisch neben einer Imbissbude und Jimi versorgte sie mit Wasser und Cola. Ab und zu erklangen vielversprechende Gitarrenriffs von der Bühne.

Sim sah sich um. Die Stammespolizei war zahlreich vertreten, um die Verbote zu kontrollieren, die ihnen überall von Plakaten und Schildern entgegensprangen. *No drugs, no guns, no alcohol.* Das Konzert fand im Rahmen einer Antidrogenkampagne statt. Sie würde den ganzen Abend wieder nur Wasser oder Cola zu trinken bekommen und kam sich langsam vor wie eine Zwölfjährige.

Als Klee Benallys Stimme über den Platz schallte, liefen sie zusammen zur Bühne. Das Statement der Benally-Geschwister war kurz und prägnant: Gebt den Drogen keine Macht über euer Leben, Meth zerstört Körper und Geist und macht Zombies aus euch. Ihr könnt euren Weltschmerz und eure Gefühle wegdröhnen, ändern tut das nichts.

Dann sang Klee, ganz ohne Instrumente.

The quiet lonely lesson
Bitter taste bites
The question
There's a hole in
The night
And nothing inside

Die einsetzenden Bässe donnerten wie Fäuste in Sims Magen. Gitarrenklänge, unterlegt von Trommeln, hallten über den Platz, auf dem sich inzwischen eine große Anzahl Jugendliche versammelt hatte.

Die Zuhörer standen jetzt näher bei der Bühne, immer in kleinen Grüppchen, und trotz der Lautstärke wurde erzählt und gelacht. Kaum jemand schien wirklich auf die Musik zu hören. Dabei war nicht nur der Punk super, sondern auch die Texte.

Why must we live this way? With nothing inside? Klee sang und Clay spielte ein langes Gitarrensolo. Jenedas kleine Tochter saß mit riesigen Kopfhörern auf der Bühne und spielte mit ihren Puppen, während ihre Mutter der Gitarre wilde Riffs entlockte.

Lukas bewegte sich im Takt der Musik, tanzte nach einem ganz eigenen Gefühl für den Rhythmus. Es sah aus, als könne sein Körper nicht stillhalten, als würden seine Gliedmaßen machen, was sie wollten. Die meisten Leute gingen auf Abstand, damit er sie nicht versehentlich anrempelte.

Jimi stand mit einer Cola vor der Bühne, er wippte nur leicht zur Musik. »Kann ich einen Schluck haben?«, fragte Sim – sie war durstig.

Er zögerte, kurz nur, und reichte ihr seine Coladose. Sie setzte an und trank gierig, doch da griff er schon wieder danach. »Hey, hey, hey, nicht so hastig, okay?« Jimi nahm ihr die Dose aus der Hand.

Sim verschluckte sich und hustete. Das Cola-Whiskey-Gemisch brannte in ihrer Kehle, es war ein vertrautes Gefühl, unerwartet, aber sehr willkommen.

»Verdammt«, krächzte sie und wischte sich eine Träne aus dem Augenwinkel, »da ist ja . . .«

Zu mehr kam sie nicht, denn Jimis Lippen verschlossen ihren Mund. Seine Zunge, die nach Alkohol schmeckte, suchte ihre

Zunge. Völlig überrumpelt japste Sim nach Luft, doch bevor sie protestieren konnte, flüsterte Jimi an ihrem Ohr: »Halt die Klappe, wenn ich dich küsse, okay?« Und noch einmal presste er seine Lippen auf ihre.

Der Alkohol rann durch ihre Adern. Mutig geworden griff Sim nach der Dose in Jimis Hand und er überließ sie ihr grinsend. Angesichts der Indianerpolizisten, die da waren, um das Alkoholverbot durchzusetzen, schmeckte die Zombie-Cola doppelt gut.

Beschwipst, wie sie war, begannen auch Sims Beine zu zucken. Ihr ganzer Körper fühlte sich auf einmal leicht an und frei. Sie schloss die Augen und begann zu tanzen. Die Musik durchströmte sie wie der Alkohol, bis in jede Faser ihres Körpers. Ihre Arme und Beine schienen lebendige Wesen zu sein, unabhängig von ihrem Willen.

Jimi versorgte Sim mit Nachschub und mit zunehmendem Alkoholpegel wurden ihre Bewegungen immer wilder. Sie rempelte andere beim Tanzen an und spöttische Bemerkungen fielen, schließlich auch abfällige. Hinter dem Whiskeynebel, der ihr Hirn wie ein Wattepolster umgab, hörte Sim das Wort *Wasicun*. Aber sie scherte sich nicht darum, es war ihr egal.

Jimi Little Wolf hatte sie vor allen Leuten geküsst und es hatte sich gut angefühlt. Das war alles, was jetzt noch zählte.

Jemand prallte mit der Schulter gegen seine Brust und Lukas wusste sofort, wer es war. Der blaue Geruch nach Sims Duschbad stieg ihm in die Nase.

»Hey Luke«, rief sie aufgekratzt, »lass uns tanzen.« Er roch ihren Alkoholatem und ihre Hände zerrten an ihm wie kleine Tiere. Sie war eine andere Sim als die, die er kannte.

»Du bist betrunken.«

»Na und?« Sie kicherte.

»Besser, wir verschwinden hier«, sagte er. »Sonst bekommen wir Ärger.« Die Stammespolizei war schnell dabei, jemanden für eine Nacht in die Arrestzelle zu sperren, wenn er das Alkoholverbot missachtete. Dass Sim ein weißes Mädchen war, tat dabei nichts zur Sache, im Gegenteil: Es würde ihnen ganz besondere Freude machen, einer weißen Göre zu zeigen, dass im Reservat für alle die gleichen Regeln galten.

Sim wand sich aus seinen Armen, bevor er sie richtig zu fassen bekam.

»Ich hab sie«, sagte Jimi, »alles ist okay.«

»Nichts ist okay«, sagte Lukas. »Hat sie das Zeug etwa von dir?«

»Komm mal runter, Amigo«, zischte Jimi. »Sie hat bloß ein paar Schlucke von meiner Cola getrunken. Ich konnte ja nicht ahnen, dass sie gleich so austickt.«

»Sie ist völlig zu, verdammt. Und ich habe Jo versprochen, auf sie aufzupassen.«

»Sim ist sechzehn, sie kann auf sich selber aufpassen.«

»Da habe ich aber einen ganz anderen Eindruck. Wir müssen sie von hier wegbringen, bevor es Ärger gibt.«

Glücklicherweise gab Jimi nach. Sim in der Mitte, drängelten sie sich zwischen den anderen hindurch vom Platz und kamen unbehelligt zu Jimis Mustang. Lukas stolperte zweimal bei dieser Aktion und beide Male hätte er Sim beinahe mit zu Boden gerissen. Vermutlich machte er einen betrunkeneren Eindruck als sie.

Endlich saßen sie im Auto. Aber auch Jimi hatte Zombie-Cola getrunken, also konnte er nicht fahren. An diesem Abend würde die Polizei garantiert verstärkt Kontrollen machen.

»Bist du auch betrunken, ja?«, fragte Lukas ärgerlich.

»Stress nicht rum, Amigo. Ich bin fit.« Jimi startete den Motor.

Vermutlich stimmte das sogar, aber Lukas war trotzdem sauer. Jimi hatte den Alkohol immer abgelehnt. Schließlich wollte er ein Krieger sein, wie Crazy Horse. Aber irgendwie schien es ihm schwerzufallen, seinen eigenen Ansprüchen zu genügen.

Am liebsten wäre Lukas mit Sim wieder ausgestiegen, aber wie sollten sie ohne Jimi nach Hause kommen? Manchmal hasste er es, auf ihn angewiesen zu sein.

Jimi trat aufs Gas und Sim sackte auf Lukas' Schoß. Betrunkene Mädchen wirkten sonst immer abtörnend auf ihn, aber als er Sim aufzurichten versuchte, streifte seine Rechte die weiche Wölbung ihrer Brust und sein Körper reagierte unwillkürlich darauf. Lukas hoffte, dass sie zu betrunken war, um die verräterische Ausbuchtung in seiner Hose zu bemerken.

Sims Kopf ruhte jetzt an seiner Schulter. Sie sang: *»Turn out the lights! Open your eyes! How could we ever choose a side?«* Es klang erbärmlich falsch.

Ungewollt musste Lukas lächeln und vergaß, dass er eigentlich sauer war.

»So können wir sie nicht zurückbringen«, sagte er zu Jimi.

Das Gewicht von Sims Kopf verschwand von seiner Schulter.

»Mir geht es blendend«, nuschelte sie. »Schade, dass wir schon gehen mussten.« Sie fiel wieder gegen ihn.

In Manderson (Sim war inzwischen eingeschlafen) bog Jimi von der Hauptstraße, lenkte den Wagen auf das Jumping-Eagle-Anwesen und hielt vor dem Trailer. Jimi holte Sim vom Rücksitz und brachte sie nach drinnen. Er füllte Kaffee in die Kaffeemaschine und stellte sie an.

Sim klang schon wieder recht klar, als sie sagte: »Sollte nicht mal jemand abwaschen?«

Na toll. Lukas schämte sich. Das Chaos in ihrer Küche war durch nichts mehr zu entschuldigen.

»Die Mädels hatten anscheinend anderes zu tun«, bemerkte Jimi, der gegen Unordnung und Dreck resistent war.

Sim kicherte. »Klar – für den Haushalt sind *die Mädels* verantwortlich.«

»Wer denn sonst?«, konterte Jimi.

Kein gutes Thema, dachte Lukas. Jimi war ein Lakota und in dieser Hinsicht sehr traditionell. Die Frauen hatten sich um das Essen und den Haushalt zu kümmern, die Männer um die Pferde und die Waffen. So einfach war das.

»Ich sag's ja nur.«

Sim schien Jimis Unmut gespürt zu haben und verzichtete klugerweise auf weitere Bemerkungen. Lukas hörte, wie sie ihren Kaffee schlürfte und dabei fluchte, weil sie sich die Zunge verbrannt hatte.

»Kann ich einen Schluck Milch haben?«

Jimi öffnete den Kühlschrank. »Keine Milch da«, brummte er.

Der Champion war sauer, weil ihm durch den vorzeitigen Aufbruch der Abend verdorben war. Aber lieber ein stinkiger Jimi als Sim in der Ausnüchterungszelle. Vielleicht brachte der Kaffee sie ja so weit auf Vordermann, dass Jo nichts merkte.

Lukas ging ins Bad. Als er zurückkehrte, herrschte Schweigen. Doch etwas war anders als noch vor ein paar Minuten. Die Luft im Raum schien aufgeladen mit einer merkwürdigen Energie.

»Wie sieht es aus, Amigo?«, fragte Jimi. »Willst du mitkommen oder hierbleiben?«

Lukas war davon ausgegangen, dass sie gemeinsam zum Horse Hill fahren würden, um Sim bei ihrer Tante abzuliefern. Aber Jimi klang, als ob er ihn nicht dabeihaben wollte. War er paranoid oder bahnte sich da etwas an? Was war passiert in den wenigen Minuten, die er auf der Toilette gewesen war? Eifersucht durchströmte ihn wie ein lähmendes Gift, ein Gefühl, das ihn völlig verstörte, weil es neu für ihn war und er nicht wusste, wie er damit umgehen sollte. Mit einem Mal fühlte er sich wie das dritte Rad am Wagen.

»Ich dachte, wir bringen Sim gemeinsam zurück«, sagte er und hörte selbst, wie gekränkt seine Stimme klang. »Ich habe Jo mein Wort gegeben, dass ich sie heil bei ihr abliefere.«

Sim stand am Tisch (hatte sie nicht eben noch gesessen?), nur einen Schritt von ihm entfernt. Sie atmete falsch und ihre Worte klangen immer noch verwaschen. »Sind doch bloß ein paar Meilen, du musst nicht mit.«

Würde ich aber gerne, dachte er. Doch anscheinend wollten sie ihn beide nicht dabeihaben. Er zuckte mit den Achseln und lehnte sich gegen die Spüle.

»Fahren wir«, sagte Jimi.

»Bye, Luke«, sagte Sim.

Keine Umarmung zum Abschied. Lukas schwieg. Die Tür klappte und wenig später hörte er den Mustang davonfahren. Sein Herz klopfte laut gegen die Rippen. Er war verletzt. Er war wütend. Und er verfluchte den Alkohol.

Jo hatte ihm mal erklärt, dass bei Ostasiaten der Alkohol schneller und länger wirkte als bei Europäern, weil bei ihnen das Enzym, das den Alkohol im Körper abbaut, in geringerer Konzentration vorhanden war. Da die genetischen Wurzeln der amerikanischen Ureinwohner bekanntlich in Ostasien lagen, hatten Indianer Probleme mit dem Alkohol. Sie kannten den Punkt nicht, an dem es besser war aufzuhören. Stattdessen tranken sie, bis nichts mehr ging oder nichts mehr da war.

Warum hatte Jimi zum Alkohol gegriffen? Was war bloß mit ihm los in letzter Zeit? Lukas hatte das ungute Gefühl, dass Jimi sich nur aus einem Grund an Sim heranmachte: weil er ihn gebeten hatte, es nicht zu tun. Jimi konnte so sein.

Crazy Horse hatte Black Buffalo Woman zur Frau genommen,

obwohl sie noch mit No Water verheiratet gewesen war. No Water hatte dem Häuptling dafür aus Rache ins Gesicht geschossen. Die Alten mussten den Streit schlichten und Crazy Horse verlor seine Führerrolle als Hemdenträger. Ohne über die Folgen nachzudenken, hatte er sich genommen, was er begehrte. Anscheinend gab es mehr Parallelen zwischen Crazy Horse und Jimi Little Wolf, als Jimi sich selber eingestehen wollte.

Lukas putzte sich die Zähne und legte sich ins Bett. Wenn Jimi vom Horse Hill zurückkam, wollte er schlafen. Oder wenigstens so tun, als ob.

Sim hatte weiche Knie. Nicht von der Zombie-Cola, es war Jimis zweiter Kuss, der ihr in den Gliedern steckte und sie schweigen ließ, obwohl sie sonst pausenlos quasselte, wenn sie etwas getrunken hatte. Sie schämte sich dafür, wie gemein sie Lukas abgekanzelt hatten. Aber nach Jimis Kuss in der Küche war sie völlig durcheinander gewesen.

Anders als auf dem Konzert, als Jimi verhindern wollte, dass sie etwas Falsches sagte, war dieser Kuss tief, lang und süß gewesen. Er hatte ihre Zweifel weggeblasen und sie eine Wahl treffen lassen.

Doch nun sagte Jimi kein Wort, obwohl sie allein im Auto saßen. Sein Schweigen gab ihr das Gefühl, über etwas zu schweben, von dem sie nicht wusste, ob es ein dunkler Abgrund oder der siebte Himmel war.

Jimi wendete den Mustang vor dem Blockhaus. Drinnen brannte noch Licht und Sim seufzte leise. Er legte ihr eine Hand in den Nacken und zog sie zu sich heran.

»Du kriegst das schon hin«, flüsterte er, dicht an ihrem Mund. Diesmal erwiderte sie seinen Kuss, und als ihre Münder sich voneinander lösten, sah sie ihn lächeln. Der Himmel war es und Sim schwebte auf Wolken.

»Ich glaube, du gehst jetzt besser«, sagte er und deutete hinaus. Jo stand im Fenster. »Wir sehen uns.«

Wann, wollte sie fragen, doch ihre Stimme funktionierte nicht. Sie stieg aus, schlug die Beifahrertür zu und winkte ihrer Tante. Der Mustang rollte die Auffahrt hinunter. Juniper kam angelaufen und begrüßte sie freudig. Sim kraulte die Hündin hinter den Ohren und zupfte zwei Zecken ab, die ihr dabei zwischen die Finger kamen. Als sie die Holztreppe zum Eingang hinaufstieg, begannen die Welpen, nach ihrer Mutter zu fiepen. Juniper kroch wieder unter die Treppe und Sim ging hinauf zu ihrer Tante, die schon im Nachthemd war.

»Na, wie war es?«

»Super«, sagte Sim. »Blackfire ist cool.« Sie versuchte, gerade zu laufen und deutlich zu sprechen, doch Jo ließ sich nicht täuschen. Sim drückte sich an ihr vorbei ins Bad, aber ihre Tante riss die Tür auf, noch ehe sie sie verriegeln konnte.

Jo stemmte die Fäuste in die Hüften. »Du hast getrunken, Simona«, sagte sie vorwurfsvoll.

»Es war nur ein Schluck.« Sim musste furchtbar dringend und wedelte mit den Händen, damit ihre Tante sie allein ließ. Jo dachte überhaupt nicht daran.

»Nur ein Schluck? Ich hatte dir gesagt, es gibt Regeln, an die du dich zu halten hast.«

Ihre Tante trug ein grünes, leicht durchscheinendes Spitzennachthemd und die ganze Situation kam Sim unwirklich vor. Der restliche Alkohol, der noch in ihren Adern kreiste, vor allem aber Jimis Kuss, bewirkten, dass sie darauf aus war, die Oberhand zu behalten. »Es ist eine Cola herumgegangen und ich konnte nicht wissen, dass jemand was reingetan hatte.«

Jo verschränkte die Arme vor der Brust. »Du musst ziemlich viel Cola getrunken haben, bevor du gemerkt hast, dass sie gespritzt ist.«

»Ich muss mal«, bemerkte Sim bockig.

»Wer hat dir die Cola gegeben, Jimi?«

Sim schaltete auf Durchzug.

»Ich rede mit dir, junge Dame.«

»Nein, irgendein Mädchen, keine Ahnung.« Sim hielt es nicht länger aus. Vor den Augen ihrer Tante zog sie den Slip nach unten, setzte sich auf die Toilette und pinkelte. Es hörte sich an wie bei einem Pferd und sie musste lachen.

Tante Jo starrte sie unverwandt an, ihre hellen Augen funkelten vor Wut, das Kinn hatte sie leicht nach vorn geschoben. Doch all das beeindruckte Sim kaum. Sie zog den Slip wieder nach oben und begann, ihre Zähne zu putzen. Als sie fertig war, wollte sie in ihr Zimmer gehen, aber Jo machte ihr den Weg durch den Türrahmen nicht frei.

»Kann ich jetzt in mein Bett?«

»Nein. Ich bin noch nicht fertig mit dir.«

»Und?«

»Du hast die Regeln verletzt, Simona. Du hast mein Vertrauen missbraucht.«

Sim verdrehte die Augen. »Das hört sich an, als hätte ich ein furchtbares Verbrechen begangen. Ich habe bloß Cola getrunken. Ich hatte Durst. Ich konnte nicht wissen, dass da Alkohol drin ist.«

»Also gut«, sagte Jo und zeigte mit dem Finger auf sie. »Hör genau zu, was ich dir sage: Wenn ich dich noch einmal dabei erwische, dass du Alkohol trinkst, fliegst du auf der Stelle zurück nach Hause. Schreib dir das hinter die Ohren. Und jetzt verschwinde.«

Sim schlüpfte an ihrer wütenden Tante vorbei ins Zimmer und schlug die Tür hinter sich zu. *Schreib dir das hinter die Ohren.* Da war sie wieder, die Macht der Erwachsenen. Du hast meine Regeln verletzt, also kann ich dich in die Wüste schicken. Bei ihren Eltern bestand die Strafe für ihr Vergehen darin, sie zu Tante Jo zu schicken, und Tante Jo drohte ihr damit, sie zu ihren Eltern zurückzuschicken.

Was dachten sich die Erwachsenen eigentlich dabei? Sollte dieses kindische Verhalten Vorbildwirkung haben? Sie, die einem immer ganz schnell mit ihrer tollen Lebenserfahrung kamen, hatten selbst keinen Plan. Niemand konnte ihr wirklich sagen, wie das Leben funktioniert. Sie hatten mit sich zu tun und Sim war nichts weiter als ein lästiges Problem. Weil sie nicht so funktionierte, wie ihre Eltern sie durch ihre Erziehung programmiert hatten: Abitur, Studium, Beruf, Familie. Ein Abziehbild ihres eigenen, langweiligen Lebens. Sim hatte keinen Plan für ihre Zukunft. Sie wusste nur eins. Sie wollte niemals so werden wie ihre Eltern.

Sie zog ihr Nachthemd über, rollte sich im Bett zusammen und erging sich in dem Gefühl, wie immer missverstanden zu werden. Der Abend war super gewesen, sie hatte sich großartig gefühlt und Tante Jo hatte alles kaputt gemacht. Wie sie ihre Tante kannte, würde Jimi seine Strafpredigt bekommen, und dann würde er (verständlicherweise) nichts mehr mit ihr zu tun haben wollen.

Alles lief schief. Sim hatte recht gehabt mit ihrer Befürchtung: Wohin sie auch ging, ihr verkorkstes Leben nahm sie mit.

19. Kapitel

Sim war zeitig wach, aber sie wartete ab, bis ihre Tante gegen halb zehn nach unten in den Laden ging. Erst dann stand sie auf, duschte und machte sich einen Toast. Nach dem Frühstück stattete sie Juniper und ihrem Nachwuchs einen Besuch ab. Die Welpen waren enorm gewachsen in der kurzen Zeit und Juniper ließ es zu, dass Sim sich ab und zu ihren Favoriten aus dem Nest nahm, um ihre Nase in seinem weichen Fell zu vergraben.

Die Hündin vertraute ihr, zwischen ihnen gab es keine Regeln, die Verständigung funktionierte auf einer ganz anderen Ebene. Sie war ehrlicher und unkomplizierter, so wie sie nur zwischen Mensch und Tier stattfinden konnte.

Das Hündchen (ein kleiner grauer Wolf) auf ihrem Schoß fing an, durchdringend zu fiepen, und Sim setzte es zu den anderen zurück. Juniper saß hechelnd neben ihr und sie umarmte die Hündin mit einem Seufzer.

Die Tür sprang auf und ihre Tante kam heraus. »Ich fahre nach Pine Ridge einkaufen und möchte, dass du mitkommst.«

Sim starrte sie perplex an. Sie hatte sich ihren Sonntag anders vorgestellt, als ihn im *Sioux-Nation*-Supermarkt zu verbringen. »Ich habe keine Lust, okay?«

»Das weiß ich. Aber danach geht es ausnahmsweise mal nicht.«

Sim zog einen Flunsch.

Unvermutet lächelte ihre Tante. »Wenn du wütend bist, siehst du aus wie dein Vater, als er so alt war wie du.«

Komm mir bloß nicht so, dachte Sim.

»Du sagst, du bist kein Kind mehr, Simona. Dann benimm dich auch nicht so.« Jo lud leere Wasserkanister in den Truck und holte eine zweite Ladung aus dem Haus. Dann öffnete sie die Beifahrertür und machte eine einladende Handbewegung. »Nun steig schon ein, okay? Es ist ein ganz einfacher Deal: Ich werde deine Eltern nicht anrufen und ihnen davon erzählen, und du kommst jetzt mit. Ich will dir etwas zeigen. Auf die Jungs brauchst du nicht zu warten, die werden sich so schnell nicht wieder blicken lassen.«

Oh Gott – hatte sie die beiden schon am frühen Morgen angerufen und ihnen Vorhaltungen gemacht?

Widerwillig erhob sich Sim, stieg langsam die Stufen hinunter und setzte sich mit mürrischem Gesicht in den Truck. Während der Fahrt versuchte ihre Tante, eines dieser klärenden, verständnisvollen Gespräche mit ihr anzufangen, aber Sim gab sich wortkarg und schließlich gab Jo es auf.

Sie kauften Unmengen Lebensmittel ein und danach fuhren sie zu *Big Bat's,* um den Truck aufzutanken. Sim hoffte, Jimi und Lukas irgendwo zu entdecken, aber das war Wunschdenken.

Als sie von der Tankstelle rollten, fuhr Jo in eine unerwartete Richtung. Nach knapp drei Meilen passierten sie die Grenze zu Nebraska und erreichten den Ort White Clay, ein schäbiges Kaff mit ein paar grauen Häusern zu beiden Seiten der Straße. Kaum hatte ihre Tante den Pick-up am Straßenrand geparkt, lösten sich zwei gebeugte Gestalten aus dem Schatten der Gebäude und wankten auf sie zu. Eine Frau und ein Mann in schäbigen Kleidern umkreisten das Auto.

Der Alte mit strähnigem Haar und blutunterlaufenen Augen klopfte an Sims Fenster und grinste zu ihr herein. Erschrocken zuckte sie zurück. Er hatte eine grobporige Knollennase und kaum noch Zähne im Mund. Mit einem unmissverständlichen

Zeichen gab er ihr zu verstehen, dass sie die Scheibe herunterlassen sollte.

Sim schüttelte den Kopf und sah ihre Tante fragend an. Sollte sie der Aufforderung etwa nachkommen?

»Schau dir genau an, was der Alkohol aus ihnen gemacht hat«, sagte Jo.

Der Mann klopfte erneut an die Scheibe und Sim senkte den Kopf, um seinen abstoßenden Anblick nicht länger ertragen zu müssen.

»Steig aus.«

»Was?« Sims Kopf schnellte nach oben und sie starrte ihre Tante entgeistert an.

»Na komm schon, steig aus. Ich möchte jemanden besuchen und du willst sicher nicht die ganze Zeit allein hier im Wagen sitzen bleiben.«

Nein, das wollte sie bestimmt nicht. Dieser Ort war unheimlich und auf die Freakshow konnte sie gut und gerne verzichten. Sim stieg aus. Ihre Tante sagte ein paar harsche Worte und die Frau trottete davon. Der alte Mann blieb und begann, auf sie einzureden, während Jo einen Karton mit Lebensmitteln von der Ladefläche holte.

»Mein Großvater«, nuschelte er, »mein Großvater war ein Medizinmann.« Der Indianer konnte sich kaum noch auf den Beinen halten, so betrunken war er. Sim blieb dicht neben ihrer Tante, als sie die Straße überquerten. Der Alte folgte ihnen. Es wäre für sie ein Leichtes gewesen, ihn abzuhängen, doch das tat ihre Tante nicht. Vielleicht war die Kiste mit den Lebensmitteln zu schwer, aber Sim ahnte, dass es eine Art Respekt dem alten Mann gegenüber war.

»Er hat viel gewusst, mein Großvater. Über die Tiere, die Pflanzen, die Geister.« Er hustete, spuckte in den Staub.

Sim fühlte sich elend und das kam nicht nur von der Hitze. Im

Schatten der grauen Häuser entdeckte sie noch andere erbarmungswürdige Gestalten. Vor einem Holzhaus, das hinter einem Schnapsladen mit vergitterten Fenstern stand, machte ihre Tante halt.

»Ich habe Durst«, sagte der Alte. »Mein Großvater war ein Medizinmann. Hast du vielleicht einen Dollar für mich?« Er hielt den Blick auf den staubigen Boden gesenkt.

Zu Sims Verwunderung kramte Jo in ihrem Portemonnaie und zog einen Fünfer heraus, den sie dem alten Mann zusteckte. Flink verschwand das Geld in seiner Hand und für einen kurzen Moment sah er auf.

»Du hast ein großes Herz, Tochter«, sagte er und schlurfte davon.

Sim sah der gebeugten Gestalt nach und fragte sich, was er sich wohl gegen den Durst kaufen würde.

»Was glaubst du, wie alt er ist?«, fragte Jo.

»Du kennst ihn?«

»Also, wie alt?«

»Keine Ahnung, sechzig vielleicht.«

»Er heißt Ronny Small und er ist genauso alt wie ich, nämlich einundvierzig. Er hat nicht gelogen, sein Großvater Charlie Small war ein geachteter Medizinmann.«

Jo klopfte an die schief in den Angeln hängende Haustür und nannte ihren Namen. Es dauerte eine Weile, bis sich die Tür einen Spaltbreit öffnete und ein winziges Mütterchen mit strähnigem dünnem Haar sie aus leeren Augen anblickte.

Jo zeigte den Karton. »Ich bin's, Martha. Ich hab dir ein paar Lebensmittel mitgebracht.« Die Tür ging weiter auf und die Alte schlurfte ohne ein Wort der Begrüßung durch den dunklen Gang voran. Jo und Sim folgten ihr in einen noch dunkleren Raum, in dem es nach Urin und Fäkalien stank, nach vergammelten Essensresten und Zigarettenqualm. Der Fernseher lief, Werbung für einen riesigen SUV flimmerte über den Schirm.

Martha ließ sich auf eine schmierige Couch fallen. Jo stellte den Karton auf den vollgemüllten Klapptisch und setzte sich auf einen wackligen Holzstuhl. Sim zog es vor, stehen zu bleiben. Nur mit halbem Ohr hörte sie auf das, was ihre Tante mit der Frau sprach. Dass Sim ihre Nichte sei, wie es den Kindern gehe, solche Sachen.

Sims Blick erfasste das Ausmaß der Verwahrlosung. Das Zimmer starrte vor Dreck. Durch die Fenster gelangte kaum Licht, obwohl draußen die Sonne schien. Sie hörte ein Glucksen und entdeckte hinter einer Mauer aus schwarzen Müllsäcken ein Kleinkind mit nichts als einem nassen Windelpaket am Leib.

Zwei Kinder in schmuddeliger Kleidung kamen ins Zimmer gestürmt. Ohne die Besucher auch nur zu bemerken, machten sie sich über den Karton mit den Lebensmitteln her. Sim schätzte sie auf sieben oder acht Jahre und sie sahen einander sehr ähnlich. Es waren ein Junge und ein Mädchen, aber das konnte man nur an der Kleidung erkennen. Das Mädchen trug Shorts, ein schmuddeliges pinkfarbenes T-Shirt und rosa Plastiksandalen. Der Junge trug nur Shorts und war barfuß.

Ihre Gesichter wirkten merkwürdig flach. Die Nasen waren kurz, die Oberlippe schmaler als die Unterlippe und ihre Augenlider hingen unnatürlich herab. Das Mädchen riss eine Schachtel mit Crackern auf und der Inhalt verteilte sich auf dem klebrigen Boden. Die Alte begann zu zetern und rappelte sich auf, um die beiden zu verscheuchen.

Antworten auf ihre Fragen hatte Jo nicht bekommen. Sims Blick irrte über die Tapetenfetzen an den Wänden, die staubigen Papierblumen, die Fotos, die schief in ihren Rahmen hingen und Bilder aus einem anderen Leben zu zeigen schienen. Da entdeckte sie das Foto, auf dem ihre Tante und ein auffallend attraktiver Mann zu sehen waren. Der Indianer steckte in einem dunklen Anzug und ihre Tante trug ein hübsches blaues Kleid. In der Hand hielt sie einen Blumenstrauß.

Was machte Tante Jos Hochzeitsbild in diesem schrecklichen Haus?

Ein Wirrwarr von Gefühlen brach über Sim herein und ihr Magen zog sich zusammen. Das war schlimmer als alles, was sie bisher gesehen und erlebt hatte.

»Besser, wir gehen«, hörte sie Jo leise sagen.

Wie betäubt folgte Sim ihrer Tante nach draußen, wo sich die beiden Kinder mit einem mageren Hündchen im Staub wälzten. Sie machte einen tiefen Atemzug und blinzelte gegen das grelle Sonnenlicht an.

Auf der anderen Straßenseite hatten sich die Betrunkenen um den Truck geschart. Sie boten ihre Perlenarbeiten an, Ketten, Haarspangen und Ohrringe, mit glitzernden pinkfarbenen Perlen besetzt. Sim investierte einen Zehner und erstand ein paar bunt schillernde Ohrringe von einer Frau mit einem geschwollenen blauen Auge.

Ein blitzsauberes weißes Auto kam langsam die Straße entlanggerollt, und als es an ihnen vorüberfuhr, sah Sim, wie eine Frau aus dem Fenster heraus die Menschentraube fotografierte. Die Verlorenen von White Clay – eine Touristenattraktion.

Ein paar Minuten später saßen sie im Truck und der Silverado rollte gen Pine Ridge. Erst als sie die Stadt Richtung Manderson verlassen hatten, fragte Sim ihre Tante, was das Hochzeitsfoto in Marthas Haus zu suchen hatte.

»Sie ist meine Exschwiegermutter«, sagte Jo. »Die Zwillinge sind James' Kinder, sie kamen zur Welt, während er mit mir verheiratet war. Das Kleine ist sein erstes Enkelkind.«

»Was ist mit den Zwillingen?«, fragte Sim. »Sie sahen irgendwie merkwürdig aus.«

»Sie haben das Fetale Alkoholsyndrom, weil ihre Mutter während der Schwangerschaft getrunken hat. Ein Viertel der Kinder im Reservat wird mit FAS geboren. Wenn du einmal weißt, woran man sie erkennt, dann findest du sie überall. Schau dich nur um.«

»Kannst du denn gar nichts tun?«, fragte Sim. »Ich meine, außer ihnen eine Kiste mit Lebensmitteln zu bringen?«

Jo schüttelte den Kopf. »Ich habe es versucht, Simona. Anfangs war ich einmal im Monat bei ihnen und habe geputzt. Ich habe mich um Martha gekümmert und um James' große Tochter Tara. Sie war so alt wie du, als wir geheiratet haben.« Jo machte ein trauriges Gesicht. »Ich konnte sie nicht abbringen vom Trinken. Sie hat es nicht verkraftet, dass ihre Eltern sich getrennt haben. Tara hat mich gehasst.«

»Wo ist sie jetzt?«

»Im Gefängnis. Sie hat volltrunken einen Mann überfahren. Er war auf der Stelle tot.«

Sim schluckte und dachte an das nackte Baby mit der nassen Windel in seinem Käfig aus Mülltüten. Ihr platzte der Kopf von all den furchtbaren Dingen, die ihre Tante erzählte. Vor ihren Augen hatte sie Jos Hochzeitsbild, das Lachen der beiden, der gut aussehende James mit den glänzenden Zöpfen in seinem schicken Anzug.

Unwillkürlich musste sie an Jimi denken, an seinen unwiderstehlichen Charme, mit dem er sie eingewickelt hatte. Seine Küsse, die sie bis in den Unterleib gespürt hatte. Etwas, woran sie nach der Nacht mit Cook nicht mehr geglaubt hatte.

Gegen Marthas Wohnzimmer war der Trailer, in dem Jimi und Lukas lebten, geradezu reinlich. Aber was würde in zwanzig Jahren sein? Würden die beiden dann auch in White Clay auf der Straße stehen und Fremde um ein paar Dollar für Bier anbetteln?

Nein, das konnte nicht sein. Die beiden würden sich niemals so gehen lassen. Nicht Lukas. Nicht Jimi. Sim holte tief Luft.

»Ich weiß, dass es hart ist«, sagte Jo. »Aber du musst begreifen, warum ich gestern so heftig reagiert habe.«

Sim sagte lange nichts. »Das habe ich«, erwiderte sie schließlich.

»Dann ist es ja gut.«

Sim war froh, als sie wieder auf die Zufahrt zum Horse Hill einbogen. Im Blockhaus ihrer Tante fühlte sie sich geborgen und sicher. Noch hatte sie das Erlebte nicht verarbeitet. Vor allem, dass Jo die älteste Tochter ihres Mannes nicht vom Trinken hatte abhalten können, ging ihr nicht mehr aus dem Kopf. Sie konnte die Angst ihrer Tante und ihre heftige Reaktion jetzt besser nachvollziehen.

Am Abend, Jo war dabei, den Laden abzuschließen, und Sim saß auf der Treppe und spielte mit den Hundewelpen, rollte ein schwarzer Geländewagen die Zufahrt hinauf und hielt vor dem Blockhaus. Ein bärtiger Mann und eine blonde Frau stiegen aus und jemand mit so raspelkurzem blondem Haar, dass Sim zuerst an einen Jungen dachte. Als der vermeintliche Junge sich umdrehte, war der Irrtum sofort ausgeräumt. Das blonde Mädchen hatte eine Figur zum Niederknien.

Jo begrüßte die Neuankömmlinge herzlich. Sim setzte den kleinen grauen Wolf wieder zu seinen Geschwistern und ging zu den Niederländern, um sie zu begrüßen.

Das Mädchen gab Sim mit einem scheuen Lächeln die Hand. Sie hieß Roos und ihr Haar schimmerte fast silbern, so hell war es. Roos war auffallend blass und hatte dunkle Schatten unter den hellblauen Augen. Das tat ihrem guten Aussehen jedoch keinen Abbruch. Sie war eine klassische Schönheit, im Gegensatz zu ihrer Mutter Eva, die eingefallen und verhärmt wirkte.

Auch Willem, der Vater, sah geschafft aus. Er trug ein grünes Hemd und Jeans, beides ziemlich chic. Vielleicht war er ein gestresster Geschäftsmann, der im Indianerland innere Einkehr suchte. Frau und Tochter machten jedenfalls nicht den Eindruck, als wäre es ihre freiwillige Entscheidung, in einem Indianerreservat Urlaub zu machen.

Jo schlug vor, dass sie ihr Gepäck ausladen und in den Trailer bringen sollten, bevor es dunkel wurde. Inzwischen würde sie das Abendessen vorbereiten.

Sim hatte kein gutes Gefühl, als die drei ihrer Tante in den Trailer folgten. So, wie sie die Blechkiste angesehen hatten, schienen sie wenig begeistert davon zu sein, darin wohnen zu müssen.

Als ihre Tante mit finsterem Gesicht wieder herauskam, war Sim klar, dass all ihre Bemühungen, den Trailer gastlich herzurichten, umsonst gewesen waren. Für Familie Van der Vaart war diese Art Ferienbehausung unter ihrer Würde.

Die Familie folgte Jo ins Haus und wenig später holten sie ihre Sachen.

Tante Jo kam zu Sim und setzte sich neben sie. »Ich tue das nicht gern«, sagte sie, »aber ich muss dich bitten, in den Trailer umzuziehen, solange die Niederländer da sind. Ich hoffe, das macht dir nichts aus.«

»Der Trailer ist ihnen nicht gut genug?«

»Es läuft kein warmes Wasser, ich muss Jimi noch mal herbestellen. Aber du hast recht, es ist der Trailer an sich. Eva hat Angst vor Mäusen und Ungeziefer.«

»Aber im Trailer gibt es kein Ungeziefer und auch keine Mäuse«, entgegnete Sim empört.

»Ich weiß. Aber Sim ... bitte lass dir nichts anmerken. Die Familie macht eine schwierige Zeit durch. Das Mädchen hat Leukämie und die Chemo hat nicht angeschlagen. Deshalb sind sie hier. Ihre letzte Hoffnung ist eine Heilzeremonie von einem Medizinmann. Roos ist sehr krank, die Mutter ziemlich hysterisch. Du würdest mir einen großen Gefallen tun, wenn du ihnen dein Zimmer überlässt.«

Sim dachte nicht lange darüber nach. »Klar, kein Problem.«

»Gut. Dann holen wir jetzt ihre Betten aus dem Trailer und schaffen deine Sachen nach drüben.«

Nachdem der Umzug vonstatten gegangen war und die Van der Vaarts in Sims und Michaels Zimmer gezogen waren (Michaels Sachen hatten sie in Jos Zimmer gebracht), gab es Abendessen. Ein Steak für jeden, Kartoffelbrei und grüner Salat aus Jos Garten.

Die Stimmung war gedrückt und wurde noch drückender, als Eva und Roos ihre Steaks ausschlugen, weil sie Vegetarier waren. Offensichtlich hatte Eva das Jo in einer Mail mitgeteilt, aber sie hatte es schlichtweg vergessen. Sim spürte, wie genervt ihre Tante war und welche Mühe sie sich gab, es die Van der Vaarts nicht merken zu lassen.

Willem, der mit gutem Appetit gegessen hatte, erzählte, dass sie sich am nächsten Vormittag mit Alfred Black Fox, einem Medizinmann aus Oglala, treffen wollten. Bei der Erwähnung seines Namens sah Sim, wie ihre Tante die Stirn runzelte und eine Augenbraue nach oben zog, aber sie sagte nichts. Vielleicht kannte Jo den Mann und wusste etwas über ihn, Sim würde sie später danach fragen.

Sie beobachtete Roos und sah nun die blasse Schönheit des Mädchens in einem anderen Licht. Was Roos wohl davon hielt, dass ihre Eltern ihr Leben einem indianischen Medizinmann anvertrauten, den sie nie zuvor gesehen hatten? Roos schien unendlich müde zu sein. Lustlos stocherte sie in ihrem Kartoffelbrei herum und Sim erwischte sie immer wieder dabei, wie sie ins Leere stierte. Einmal trafen sich ihre Blicke, da lächelte das Mädchen gedankenverloren.

Nach dem Essen kümmerte sich Sim um den Abwasch, während die Van der Vaarts Jo über die Lakota und das Reservat ausfragten. Der nächste Tag war der vierte Juli, auch im Reservat ein Feiertag. Der Laden würde geschlossen bleiben. In Pine Ridge sollte ein Powwow stattfinden und Jo würde mit Sim am Nachmittag dorthin fahren, um einen Stand aufzubauen.

Sim hoffte, auf dem Powwow auf Jimi und Lukas zu treffen – in erster Linie natürlich auf Jimi, um herauszufinden, ob sein Kuss etwas bedeutete oder nur eine Laune gewesen war.

Als Sim später hinüber zum Trailer ging, um sich schlafen zu legen, fand sie Roos auf den Knien neben der Treppe, wie sie versuchte, Junipers Welpen zu beobachten. Doch es wurde langsam dunkel und nur ein Streifen Licht von der Lampe neben der Eingangstür beleuchtete die Hundebabys.

Sim holte einen der Welpen unter der Treppe hervor und reichte ihn Roos. Ein Lächeln stahl sich auf ihr Gesicht. »Der ist süß«, sagte sie und vergrub ihre Nase im Fell des Kleinen. Er fing jämmerlich an zu schreien und Juniper kam angelaufen. Roos erstarrte vor Schreck.

»Keine Angst«, sagte Sim, »sie ist lieb.« Sie kraulte Juniper und genoss das Gefühl der Überlegenheit.

»Tut mir leid, dass du dein Zimmer hergeben musstest«, sagte Roos. »Ich fand es gemütlich im Trailer. Aber meine Mutter ist eine Reinlichkeitsfanatikerin, sie hätte da drüben nicht schlafen können.«

»Kein Problem«, erwiderte Sim.

»Hast du keine Angst, nachts, ganz alleine in dieser Kiste?« Sie nickte in Richtung Trailer.

Darüber hatte Sim, wenn sie ehrlich sein sollte, noch gar nicht nachgedacht. »Wovor sollte ich denn Angst haben?«

Roos zuckte mit den Schultern. »Vor Indianern?« Sie lächelte verschmitzt. »Vor Mäusen und Spinnen? Oder Geistern?«

»Nachts ist hier niemand. Und vor Mäusen, Spinnen und Geistern fürchte ich mich nicht.« Sim grinste zurück. Roos schien ganz in Ordnung zu sein.

»Deine Tante ist ziemlich cool, so ganz alleine hier draußen zu leben.«

»Ja, finde ich auch.«

»Und du verbringst deine ganzen Ferien hier?«

»Ja.«

»Wie sind sie denn so, die Indianer?«

Sim zuckte mit den Achseln. Was sollte sie darauf antworten? »Sie sind tolle Reiter«, sagte sie schließlich.

»Kannst du reiten?«, fragte Roos.

»Ein bisschen«, log sie.

»Ich liebe Pferde und reite für mein Leben gern. Deine Tante hat auch Pferde, nicht wahr?«

»Ja, sieben Stück.«.

»Ich will auf jeden Fall reiten, solange wir hier sind.«

»Das dürfte kein Problem sein«, sagte Sim. »Wann wird denn deine Heilzeremonie sein?«

Roos sah an Sim vorbei auf einen Punkt irgendwo hinter ihr. »Ich weiß noch nicht. Das wollen wir morgen alles absprechen, wenn wir diesen Alfred Black Fox treffen.«

»Na, dann«, Sim erhob sich, »ich verschwinde jetzt. Muss mich noch ein bisschen häuslich einrichten. Schlaf gut.«

»Ja, du auch.«

Sim hatte sich das hintere Zimmer ausgesucht, das mit dem begehbaren Kleiderschrank und dem Schreibtisch. Es gefiel ihr, für sich zu wohnen, nicht mehr in unmittelbarer Reichweite ihrer Tante. Sie fühlte sich erwachsener, unabhängiger. Aber wenn sie ehrlich war, auch ein bisschen einsam.

Und sie schämte sich dafür, Roos in einem Moment an ihre Krankheit erinnert zu haben, in dem sie voller Vorfreude aufs Reiten gewesen war. Eigentlich war sie nämlich ganz nett.

Seit der Sache mit dem Schwimmbadeinbruch vermisste Sim ihre Freundin Nadja. Sie sehnte sich nach jemandem, mit dem sie herumalbern und ihre Träume teilen konnte. Eine Freundin, die ihr sagte, wenn sie völlig falsch lag, ob nun in Sachen Jungen oder Klamotten oder Träumen. Aber schon bald verdrängte die Erinnerung an Jimis Küsse Sims trübe Gedanken.

Sie hatte (nach Cook) hier und da betrunken mit Jungen herumgeknutscht, aber empfunden hatte sie nie wieder etwas dabei – höchstens Widerwillen gegen die fremde Zunge in ihrem Mund. Bei Jimi war das anders gewesen. Sein Kuss hatte ein glühendes Beben in ihrem Unterleib ausgelöst, etwas, das nach Wiederholung verlangte. Jimi hatte geschafft, was keiner je fertiggebracht hatte – dass sie sich begehrt fühlte.

Und Lukas?

Der Gedanke an ihn versetzte Sim einen Stich. Sie dachte daran, wie er sie zu seiner Schlucht mitgenommen hatte, wie nah sie sich ihm dort gefühlt hatte. Sim ahnte, dass Lukas Brave mehr von ihr wollte als Freundschaft, aber er würde begreifen müssen, dass sie sich in Jimi verliebt hatte und Jimi ihre Gefühle erwiderte. Eigentlich war das alles ganz einfach.

Einzige Bedrohung für ihre veränderte Beziehung zu Jimi Little Wolf war immer noch Jo. Wenn ihre Tante ihn wegen der Alkoholgeschichte zur Rede stellte, würde er sauer auf Sim sein und sich sein Begehren in Luft auflösen. Davor hatte sie wirklich Angst. Und was, wenn Michael zurückkam und seine Weinflasche vermisste? Würde Tante Jo ihre Drohung wahr machen und sie nach Hause schicken?

Sim legte sich ins Bett und versuchte, sich dem Schlaf zu überlassen, doch die Laute der nächtlichen Prärie ließen sie nicht zur Ruhe kommen. Einmal waren da die Stimmen, die sie schon kannte: das plötzliche Aufjaulen der Welpen, wenn einer aus dem Nest gerutscht war oder die Zitze der Mutter nicht gleich fand. Das Schnauben der Pferde und das ferne Heulen der Kojoten. Im Trailer klang alles viel näher, viel wirklicher. Als würden die Pferde direkt vor ihrem Fenster stehen und die Kojoten den Trailer bereits umzingelt haben.

Jo hatte gesagt, Juniper könne sich und ihre Kleinen sehr gut gegen Kojoten verteidigen, darüber bräuchte Sim sich keine Gedanken zu machen. Sie machte sich dennoch welche. Dazu kam der Wind, der um den Trailer strich und das Blech der Verkleidung in den unterschiedlichsten Varianten klappern ließ. Unter dem Trailer jagten sich Tiere – das waren sicherlich die Katzen –, aber manchmal hörte es sich auch nach etwas Größerem an.

Schließlich überschritt Sim die Grenze ins Traumland. Nur dass es dort noch unheimlicher war. Jimi und sie saßen in einem Auto mit beschlagenen Scheiben und küssten sich. Jemand klopfte von draußen gegen die Scheibe und Sim wischte den Dunst mit der Handfläche fort, um zu sehen, wer es war. Eine grinsende, zahnlose Gestalt mit strähnigem Haar bedeutete ihr, die Scheibe herunterzudrehen. Sie wollte sich abwenden, als sie Jimi erkannte, der ihre eine bunte Perlenkette verkaufen wollte. »Ich habe Durst«, formten seine Lippen. Entsetzt drehte Sim sich um und stellte fest, dass es Lukas war, der mit ihr im Auto saß – und den sie geküsst hatte. Seine leeren Augen mit den riesigen schwarzen Pupillen starrten sie an.

Sim schreckte hoch, sie hatte sich in ihrer Decke verfangen. Sie tappte ins Bad und spritzte sich kaltes Wasser ins Gesicht, bevor sie sich wieder ins Bett legte. Der Traum verblasste, die nächtlichen Geräusche verschwanden im Unterbewusstsein und sie schlief endlich ein.

20. Kapitel

Die Niederländer hatten sich nach dem Frühstück auf den Weg nach Oglala zu ihrem Medizinmann gemacht und Jo hatte Jimi und Lukas telefonisch zum Horse Hill beordert. Als der rote Mustang vor dem Laden hielt, füllte Sim gerade frisches Wasser in die Pferdtränke. Die Tiere standen um sie herum, etwas, das für sie selbstverständlich geworden war. Ernsthafte Sorgen bereitete ihr die Frage, was ihre Tante mit Jimi und Lukas vorhatte.

Mit angehaltenem Atem beobachtete Sim, wie ihre Tante erregt auf die Jungen einredete. Ihre Hände flatterten und gestikulierten und Sim krampfte sich der Magen zusammen. Das war's dann also. Jetzt wussten die beiden, warum sie hier war. Sim spürte, wie ihr die Tränen kamen.

Jimi warf einen Blick zu ihr herauf, aber sie tat so, als wäre sie beschäftigt. Er holte sein Werkzeug aus dem Mustang und verschwand im Trailer. Lukas kam mit nach vorn gestreckten Armen den Pfad zur Tränke hoch, direkt auf sie zu. Sim rührte sich nicht. Er stieg durch den Zaun und rief nach den Pferden, offensichtlich hatte ihm niemand gesagt, dass sie hier war.

Eins nach dem anderen liefen die Tiere auf ihn zu. Sie begrüßten ihn mit zärtlichen Nasenstübern und knabberten an seinem T-Shirt. Er rieb und klopfte ihre Hälse und sprach mit ihnen auf Lakota. Lukas Brave war ein richtiger Pferdeflüsterer. Sim beobachtete ihn und merkte nicht, dass der Wasserbottich inzwischen vollgelaufen war. Mit einem lauten Plätschern ergoss sich das Wasser über den Rand. Lukas spitzte die Ohren.

»Sim?«

Sie antwortete nicht. Sie wollte nicht mit ihm reden.

»Komm schon, ich weiß, dass du da bist.«

»Ich muss das Wasser abdrehen«, sagte sie und zog den Schlauch aus dem Bottich.

»Nein, warte noch. Gib mir den Schlauch.«

»Warum?«, fragte sie ungehalten.

»Wirst du gleich sehen. Geh zur Seite.«

Sim drückte ihm das Ende des Schlauches in die Hand. Lukas legte den Daumen auf den Wasserstrahl und zielte mit der Fontäne auf die Pferde. Forrest und Sweety verließen fluchtartig die Gruppe und liefen den Hügel hinauf, die anderen fünf ließen sich von Lukas mit kaltem Wasser abspritzen. Ebony drehte sich unter dem Wasserstrahl wie unter einer Dusche. Lukas lachte, als er das Wasser auf die Pferdeleiber prasseln hörte. Big Boy und Paco wälzten sich genüsslich in der staubigen hellen Erde. Als sie aufstanden und sich schüttelten, sahen sie aus wie Geisterpferde.

Fasziniert von diesem Schauspiel vergaß Sim für einen Moment ihren Frust und ihren Kummer. Dann versiegte plötzlich der Wasserstrahl. Sie schaute zum Haus hinunter und sah, dass eine Familie mit mehreren Kanistern gekommen war und sich am Wasserhahn zu schaffen machte.

»Jemand holt Wasser«, sagte sie. Lukas ging zum Zaun und schob den Schlauch hindurch.

»Das hat ihnen gefallen«, sagte Sim verlegen.

»Ja. Ihnen ist auch heiß und sie können nicht in der Pferdetränke baden wie du.« Er lächelte, aber Sim wollte jetzt nicht an diesen Tag erinnert werden, an dem Lukas ihr seinen Lieblingsplatz an der Schlucht gezeigt hatte.

»Meine Tante, was wollte sie denn von euch?«

»Sie ist sauer auf Jimi.«

»Ach Mist.«

»Er wird's überleben.«

»Hat sie etwas erzählt . . . über mich?«

»Ja, Sim. Deine Eltern haben dich hergeschickt, weil du eine Alkoholvergiftung hattest. Jo sagt, du wärst auf Entzug hier.«

Auf Entzug? Was war das denn für ein Schwachsinn?

»Komme ich dir wie eine Alkoholikerin vor?«, brauste Sim auf. Ihren Eltern hatte Tante Jo nichts erzählt, aber vor Jimi und Lukas hatte sie die Katze aus dem Sack gelassen, weil sie wusste, dass Sim das viel härter treffen würde.

Blöde Kuh!

Sie bekam keine Antwort und Lukas' Schweigen machte sie noch wütender. »Ach, Scheiße.« Sim wollte an ihm vorbei, aber er legte zielsicher seine Arme auf ihre Schultern und hielt sie fest.

»Nein, du kommst mir nicht wie eine Alkoholikerin vor«, sagte er ruhig. »Und dich ausgerechnet ins Res zu schicken, um dich am Trinken zu hindern, ist . . .«

». . . ein neuer Erziehungsansatz meiner Eltern«, ergänzte sie sarkastisch.

». . . ein ziemlicher Witz«, beendete Lukas seinen Satz. »Ich nehme an, deine Eltern haben keine Vorstellung davon, wie es hier läuft.«

»Was willst du mir damit sagen, Lukas?«, fragte Sim ungehalten. »Willst du mir weismachen, dass du nie trinkst, nicht mal ein Bier?«

Er ließ seine Hände sinken. »Nicht mal ein Bier«, sagte er.

»Und das soll ich dir glauben?«

»Glaub, was du willst, Sim. Meine Mutter war Alkoholikerin. Sie war völlig dicht und ist trotzdem mit mir ins Auto gestiegen. In einer Kurve hat sie die Kontrolle über den Wagen verloren, ist von der regennassen Straße abgekommen und wir haben uns mehrmals überschlagen. Meine Mutter ist in ihrem Auto verbrannt – bei lebendigem Leib. Ich bin durch die Windschutzscheibe geflogen. Als ich im Krankenhaus aufwachte, war alles um mich herum schwarz.«

Sim schluckte. »Das tut mir leid, Luke.«

»Es ist lange her, okay. Was ich sagen will: Der Alkohol hat meine Mutter getötet und mir das Augenlicht genommen. Ich bin also nicht besonders gut auf ihn zu sprechen.«

»Ich habe das im Griff, glaub mir.«

»Das hat Mum auch immer gesagt.«

»Klar, dass du sie hasst. Sie hat dein Leben zerstört.«

»Ich hasse meine Mutter nicht, Sim. Und mein Leben ist okay, so wie es ist.«

»Das musst du ja sagen.«

»Nein, muss ich nicht. Was hätte ich davon, wenn ich dir etwas vormache?«

Sim spürte, wie die Wut wieder in ihr aufwallte. Sie hatte keine Lust darauf, sich das Leben von jemandem erklären zu lassen, der gerade mal ein Jahr älter war als sie. »Vielleicht machst du dir ja selbst was vor.«

Sie sah, wie Lukas' Adamsapfel hüpfte, aber sein Gesicht verriet nichts und seine Augen auch nicht. Doch sein bodenloser schwarzer Blick verunsicherte sie.

»Und wenn«, sagte er schließlich mit ausdrucksloser Stimme. »Wenigstens brauche ich dafür keinen Alkohol.«

Er drehte sich um und versuchte, nach dem Zaunpfosten zu fassen, aber seine Hände griffen ins Leere. Sie hatte ihn zum zweiten Mal verletzt und schämte sich dafür, denn Lukas hatte ihr nichts getan. Er lief ein paar unsichere Schritte, wie ein Brustschwimmer mit rudernden Armen. Mit dem rechten Fuß blieb er am verdorrten Strunk einer Yucca hängen und geriet ins Trudeln. Er fiel hin, rappelte sich aber gleich wieder auf.

»Warte«, rief sie. »Ich helfe dir.«

»Ich komme klar.«

»Ja, das weiß ich«, flüsterte sie und lief ihm mit schnellen Schritten hinterher. Sie fasste nach seiner Hand, und als er sie ihr entziehen wollte, sagte sie: »Ich zeige dir nur, wo der Zaun ist, okay?« Sim führte ihn bis zum Zaun und legte seine Hand auf einen der Holzpfosten. »Es tut mir leid, Luke.«

Wortlos stieg Lukas durch den Zaun und ging mit vorgestreckten Händen und vorsichtigen Schritten den Pfad zum Blockhaus hinunter.

Sim sah ihm nach und fühlte sich noch unglücklicher als zuvor.

Jimi war dabei, die Verkleidung über dem Boiler wieder anzuschrauben, als er Sim in der Tür stehen sah.

»Bist du jetzt sauer?«, fragte sie.

Er drehte den Wasserhahn auf, wartete und hielt die Finger unter den Strahl, bis das Wasser warm wurde. Jo hatte ihn heruntergeputzt wie einen dummen Jungen. Sie war eine Weiße und hatte kein Recht, ihm Vorhaltungen zu machen. Er konnte tun und lassen, was er wollte, niemand hatte ihm reinzureden.

Am liebsten wäre er auf der Stelle wieder in seinen Wagen gestiegen und davongefahren. Sollte die *Iyasica* doch jemand anderen finden, der ihren blöden Wasseranschluss reparierte. Aber Lukas war auf einmal verschwunden gewesen und er brauchte Jos Geld. Außerdem wollte er Sim wiedersehen.

»Es tut mir leid, Jimi«, sagte sie.

Warum mussten Weiße sich dauernd für alles entschuldigen?

Jimi sah Sim an. Sie trug abgeschnittene Jeans und ein T-Shirt vom Pferderennen, aus dem sie den Halsausschnitt herausgeschnitten hatte. Unter dem Stoff zeichneten sich ihre

Brustwarzen ab. Sie trug keinen BH. Das war nicht fair. Groll und Sehnsucht rangen in ihm.

»Es funktioniert wieder«, brummte er.

Mit Sicherheit würde es Jo nicht gefallen, wenn er etwas mit ihrer Nichte anfing. Jimi machte zwei Schritte auf Sim zu, schob seine nasse Hand in ihren Nacken und küsste sie. Sim erwiderte seinen Kuss und er bekam einen Steifen.

»Wo sind die Niederländer?«

»Sie wohnen im Blockhaus. Ich bin in den Trailer gezogen.«

Jimi grinste. Diese Tatsache eröffnete völlig neue Möglichkeiten. »Welches Zimmer?«

Er folgte ihr in das hintere Zimmer und verriegelte die Tür. Er wollte herausfinden, wie weit er gehen konnte. Er küsste Sim zärtlich, eine Hand auf ihrer nackten Hüfte über dem Hosenbund, die andere in ihrem Nacken. Sims Duft und ihre Lippen erregten ihn. Beim Küssen spürte er das festere Gewebe der Narbe und wunderte sich, dass er diese Lippen plötzlich aufregend fand.

Als er merkte, dass ihre Anspannung ein wenig nachließ, schob er die eine Hand, die bisher auf ihrer Hüfte gelegen hatte, langsam nach oben. Sim griff nach seinem Handgelenk und wollte verhindern, dass er ans Ziel kam. Aber seine Hand setzte – mit etwas mehr Kraft – ihren Weg fort, bis er eine Brust umfassen und streicheln konnte. Sim gab ihren Widerstand auf.

Mit sanftem Druck (während er sie weiter zärtlich küsste) dirigierte er sie in Richtung Bett. Als sie unter ihm lag, schob er ihr T-Shirt nach oben und begann, ihre Brüste zu küssen. Mit einem geübten Griff öffnete er den Knopf ihrer Hose, zog den Reißverschluss auf und seine Hand glitt unter ihren Slip.

Sims Tante und Lukas waren gleich nebenan und konnten jederzeit an die Tür klopfen, aber das schien ihr nicht im Geringsten etwas auszumachen. Was hier lief, war eine superriskante Nummer, und dass es so war, turnte ihn nur noch mehr an.

Aber auf einmal wurde Jimi bewusst, dass Sim sich gar nicht mehr rührte. Er hob den Kopf, um sie anzusehen, und blickte in die Augen eines Kaninchens angesichts der Schlange. »Sim?«

Furcht glomm in ihren Augen.

»Hey, hab ich . . .«

»Simona?«, rief Jo von draußen.

Sim zog rasch das T-Shirt über ihre Brüste und schlüpfte unter ihm hervor.

»Simona, wo bist du denn?«

»Hier?«, rief sie durch das Fliegengitter des Fensters. »Was ist?«

»Deine Mutter ist am Telefon.«

»Ich komme.«

Jimi ließ sich stöhnend aufs Bett fallen. Was für ein verdammt schlechtes Timing, dachte er – noch völlig benommen. Was war da gerade passiert?

Er stand auf und ging ins Badezimmer, um sein Werkzeug einzusammeln.

Am Nachmittag fuhr Sim mit ihrer Tante nach Pine Ridge zum Powwow. Noch hatte sie Jo nicht verziehen, obwohl Jimi die Rüge ganz gut verkraftet zu haben schien. Immerhin: Jo hatte Wort gehalten und ihren Eltern nichts erzählt.

Aber der Groll auf ihre Tante war nicht der alleinige Grund für Sims Einsilbigkeit. Immerzu musste sie daran denken, was im Trailer passiert war. Jimis Küsse, seine Hände. Anfangs war es vollkommen okay gewesen, aber auf einmal, sie konnte nicht genau sagen, zu welchem Zeitpunkt, hatte ihr Körper sich gegen ihre Gefühle gewandt und sich versteift. Sie hatte das nicht gewollt, hatte jedoch nichts dagegen tun können.

Wenn Jimi etwas gemerkt hatte, dann glaubte er jetzt sicher, dass sie eine frigide Zicke war. Dabei hatte es ihr gefallen, von ihm berührt zu werden. Sie hatte keine Angst davor, mit ihm zu schlafen. Sie hatte Angst, erneut gedemütigt zu werden, wenn sie Gefühle zeigte.

Sim hatte Mühe gehabt, ein normales Gespräch mit ihrer Mutter zu führen, so aufgewühlt war sie gewesen. Als ihre Mutter endlich den Hörer aufgelegt hatte (zu Hause regnete es, die Großeltern waren zu Besuch, der Nachbar war an einem Herzinfarkt gestorben und die Benzinpreise waren auf Rekordniveau), waren Jimi und Lukas nicht mehr da gewesen.

Sim hoffte, beide auf dem Powwow wiederzutreffen und mit ihrer Frage, ob sie Jimi Little Wolf etwas bedeutete, ein Stück weiterzukommen.

Das Powwowgelände von Pine Ridge war eine große, von unbefestigten Fahrwegen umgebene Rasenfläche. Der Schattenkreis, bestückt mit vier Lautsprechern, hatte in allen vier Himmelsrichtungen einen breiten Eingang. Unter dem Schattendach saßen Indianer in ihren Klappstühlen, Tänzer in ihren Kostümen standen in Grüppchen beisammen und erzählten, lachten, gestikulierten. Jugendliche ritten auf ihren Pferden um den Schattenkreis, der von Händlern mit ihren Tischen gesäumt war. Auch Jo baute mit Sims Hilfe ihren kleinen Stand auf, an dem sie indianischen Schmuck zum Verkauf anbieten wollte.

Sim trug einen kurzen Wildlederrock, der aus grünen, braunen und dunkelroten Streifen zusammengenäht war, dazu ein rotes Tanktop mit einem Hanfblatt auf der Brust. Ihre Füße steckten in den Segeltuchschuhen aus dem *Sioux-Nation*-Supermarkt. Schultern und Arme hatte sie mit Sonnenschutzmittel eingerieben und das Basecap war in ihrer Tasche – für alle Fälle.

Die Blicke der Leute klebten an Sim, als sie ihre erste Runde auf dem staubigen Weg um das große Schattendach drehte, das die Tanzarena umgab. Dass sie selbst völlig schräg gekleidet waren (Männer mit orangefarbenen und neongrünen Wollfransen, Mädchen mit schillernden Schals und Schellen an den Kleidern), schienen sie nicht zu bemerken oder fanden es normal. Doch schon beim zweiten Rundgang hatte sich das Interesse an ihr gelegt. Man hatte sie registriert, sich amüsiert, aber es gab Spannenderes als ein langbeiniges weißes Mädchen in kurzem Lederrock. Nach und nach fanden sich immer mehr Touristen auf dem Powwowgelände ein und Sim wurde lockerer.

Als es in den Lautsprechern zu knacken und zu schnarren begann und der Sprecher zum Grand Entry aufrief, suchte sie sich ein Plätzchen unter dem Schattendach. Die erste Trommel wurde angeschlagen und der Vorsänger begann einen durchdringenden, hohen Falsettgesang. Die anderen Sänger fielen ein und eine endlos scheinende Formation aus bunt gekleideten Tänzern bewegte sich durch den östlichen Eingang auf den Tanzplatz. Vorneweg Männer in Armeeuniform, die verschiedene Flaggen trugen. Auch das Sternenbanner war dabei.

Durch den Ansager erfuhr sie, dass die Männer in Uniform ehrenvolle Veteranen der amerikanischen Streitkräfte waren. Ihnen folgten Männer in traditioneller Tanzkleidung, dann ein Trupp jüngerer Tänzer in farbenprächtigem Outfit mit zwei großen Federkreisen auf dem Rücken und schließlich die Tänzer mit den grellbunten langen Wollfransen, die Grastänzer. Nach den Männern betraten Frauen in traditioneller Kleidung die Arena, die Jingle-Tänzerinnen folgten und zuletzt kamen Mädchen und Frauen mit großen bunten Schals.

Es war ein irres Gewimmel von Farben, Fransen, Federn. Zuletzt hüpften Zweijährige in Lederkleidung über den Rasen. Immer wieder zogen die Tänzer an Sim vorbei und sie war so gebannt, dass sie erschrocken zusammenzuckte, als auf einmal Roos neben ihr stand und sich mit einem schüchternen »Hi«, bemerkbar machte.

Das Mädchen sah müde und abgekämpft aus. In ihrem grünen Wickelrock und dem violetten Trägertop wirkte sie unglaublich dünn und zerbrechlich, aber immer noch wunderschön.

»Hi«, sagte Sim. »Na, alles klar?«

Roos presste die Lippen zusammen und schüttelte den Kopf. »Der Medizinmann war nicht da«, sagte sie mit matter Stimme. »Wir wollen es morgen noch mal versuchen.«

»Ich dachte, es war alles ausgemacht?« Sim blickte sie fragend an.

Roos hob die Schultern. »War es auch. Aber Black Fox war nicht da. Es war seltsam. Sein Wohnwagen sah aus, als wäre schon lange niemand mehr dort ein- und ausgegangen.«

Um sie herum erhoben sich alle aus ihren Stühlen. Der Sprecher erzählte etwas von einem Veteranensong und bat alle Anwesenden, während des Liedes nicht zu fotografieren.

Als die Tänze begannen, drückten die beiden Mädchen immer wieder auf die Auslöser ihrer Kameras. Als Sim im Sucher Jimi und Lukas entdeckte, ließ sie ihre Kamera sinken. Beide hatten ihre Gesichter bemalt, deshalb hätte sie sie beinahe nicht erkannt. Bei Jimi zogen sich weiße und schwarze Blitze von der Schläfe über die Wangen, Lukas hatte einen schwarzen Streifen über der Augenpartie. Sie trugen traditionelle Kleidung aus gegerbtem Hirschleder, das mit Perlen und bunten Stachelschweinborsten bestickt war. Beide hatten ein Federrad auf dem Rücken und Kopfschmuck aus Federn und Borsten auf dem Kopf.

In Lukas' Zöpfe waren blaue und weiße Bänder geflochten. Er tanzte mit geschlossenen Augen. Kam er einem anderen Tänzer zu nahe, wich dieser aus, ohne seinen Tanz zu unterbrechen. Näherte sich Lukas den Zuschauern auf ihren Klappstühlen, rief Jimi ihn wieder in die Mitte des Platzes zurück.

Jimi entdeckte Sim und winkte ihr kurz zu. So kurz, dass es auch ein Wunschgedanke sein konnte. Sofort war Jimi wieder konzentriert auf seine Bewegungen, die aussahen, als wolle er damit eine Geschichte erzählen.

Roos beugte den Kopf zu ihr herüber. »Der ist süß, nicht wahr?«

»Ja, finde ich auch.«

»Muss toll sein, so tanzen zu können.« Roos lehnte gegen einen der Holzpfeiler, die das Schattendach trugen. Ihre Augen leuchteten, aber sie war immer noch blass und Sim befürchtete, sie würde jeden Moment umkippen.

»Du musst etwas trinken«, sagte sie. »Wo sind eigentlich deine Eltern?«

»Die versuchen, jemanden zu finden, der etwas über den Verbleib von Black Fox weiß.« Roos zog eine Wasserflasche aus ihrer Tasche und schüttelte sie. Es war nur noch ein Rest darin. Sie trank ihn und steckte die leere Flasche mit einem Seufzer in die Tasche zurück.

Die Sänger verstummten mit dem letzten Trommelschlag und die Tänzer stoppten ihre Bewegungen abrupt, sie rührten sich nicht mehr von der Stelle. Die Zuschauer klatschten Beifall. Jimi lief zu Lukas, um ihn vom Platz zu führen.

»Holen wir uns etwas zu trinken«, schlug Sim vor.

Roos nickte. Sie lief langsam, als wäre sie unendlich müde. Sim spürte den Impuls, sich bei ihr einzuhaken, damit sie in der Hitze nicht doch noch umfiel. Aber sie traute sich nicht, vielleicht würde sie Roos damit zu nahe treten. An einer der Buden kauften sie eisgekühltes Wasser und auf ihrem Weg zurück in den Schatten liefen sie Jimi und Lukas in die Arme.

Sims Herz begann zu schlagen wie eine Trommel. »Hi«, sagte sie und konnte ihren Blick nicht von Jimi wenden, der ihr in seinem Tanzoutfit fremd und unnahbar erschien, wie ein Wesen aus einer anderen Zeit. Ob sein Idol Crazy Horse so ausgesehen hatte?

»Hey«, er lächelte. »Du hast Verstärkung gefunden?« Er sah Roos, deren Augen immer größer wurden, fragend an.

»Jimi und Lukas«, sagte Sim. »Und das ist Roos. Ihr geht es nicht so gut, sie muss in den Schatten.«

»Dann kommt doch mit uns«, sagte Lukas, »bei uns ist jede Menge Platz und sie kann sich setzen.«

Roos strahlte über das ganze Gesicht. Sie folgten Jimi und Lukas auf die andere Seite des Schattenkreises, wo auch Roxie und Teena in ihrer Tanzkleidung saßen. Jimi stellte ihnen Marcus und Nunpa vor, zwei Vierzehnjährige, die ihnen desinteressiert zunickten. Ein weiteres Mädchen, sie hieß Debbie, schaukelte ein Kleinkind auf dem Schoß.

In einem anderen Klappstuhl thronte Bernadine Jumping Eagle, die Pflegemutter. Sie wog mindestens hundert Kilo und die Fleischmassen quollen über den Klappstuhl, der jeden Moment unter ihrem Gewicht zusammenzubrechen drohte.

Bernadine bewegte nur den Arm, um Sim und Roos die Hand zu reichen. Ihre kleinen harten Augen fixierten die beiden Mädchen und ihr Lächeln gab zwei hässliche Zahnlücken im Unterkiefer frei. Die Indianerin trug ein fliederfarbenes T-Shirt und blaue Trainingshosen, war aber mit Goldschmuck behängt, als wäre sie auf einem königlichen Empfang und nicht auf einem Powwow.

»Ihr wohnt also bei Jo?«, fragte sie mit wenig Interesse.

Sie nickten brav.

Jimi bot Roos einen Stuhl an und sie sank darauf zusammen.

Das Chaos in Sims Herzen war kaum zu überbieten. Dieser

gefiederte und mit Blitzen bemalte Jimi hatte noch vor ein paar Stunden ihre bloßen Brüste berührt und geküsst. Was ging jetzt in seinem Kopf herum? Fand er Roos hübsch? Anziehender als Sim, das Mädchen mit der Hasenscharte?

Lukas war höflich, aber wortkarg. Wusste er, dass sich zwischen ihr und Jimi etwas anbahnte? Oder lag es an ihrer Auseinandersetzung heute Morgen?

»Ihr habt toll getanzt«, sagte Roos, die sich ein wenig erholt zu haben schien.

»Danke«, sagten beide wie aus einem Munde.

»Eure Kleidung ist wunderschön.«

Sim musste sich zurückhalten, um nicht die Augen zu verdrehen. Fehlte nur noch, dass Roos Jimi sagte, wie süß sie ihn fand. Das würde ihm bestimmt gefallen.

»Alles selbst genäht«, sagte Jimi.

»Wirklich?«, rief Roos verzückt und Sim verdrehte nun doch die Augen.

»Natürlich nicht von mir«, meinte Jimi. »Klamotten sind Frauensache.«

Während Sim sich fragte, wessen *Sache* Jimis Tanzkleidung gewesen war, klingelte Roos' Handy.

Sie lauschte und sagte: »Ich komme.« Mit bedauerndem Blick erhob sie sich. »Meine Eltern. Ich muss gehen.« Sie reichte Jimi die Hand. »War schön, dich kennenzulernen. Dich auch, Lukas.«

Lukas reagierte nicht auf ihre ausgestreckte Hand, bis Jimi sagte: »Gib Pfötchen, Amigo.« Da streckte er seine Rechte aus und Roos ergriff sie. »Vielleicht sehen wir uns ja noch mal, das würde mich freuen.«

»Mich auch«, sagte Lukas.

An Sim gewandt sagte Roos: »Bis später.«

Als die Niederländerin gegangen war, machte sich Schweigen breit. Bis Lukas fragte: »Was ist mit ihr? Ist sie krank?«

»Ja, ziemlich übel«, antwortete Sim überrascht. »Woran hast du das gemerkt?«

»An ihrem Geruch.«

»Was hat sie denn?«, wollte Jimi wissen.

Was Leukämie auf Englisch hieß, wusste Sim nicht, also versuchte sie, die Krankheit zu umschreiben. Lukas wusste sofort, worum es sich handelte. Sim erzählte von der fehlgeschlagenen Chemotherapie und dem verschwundenen Medizinmann Alfred Black Fox aus Oglala. Lukas runzelte die Stirn. Kannte er den Mann?

Die Trommeln erklangen und Jimi und Lukas liefen wieder zur Tanzfläche. Sim begab sich zum Verkaufsstand ihrer Tante, die schon auf sie gewartet hatte, weil sie hungrig war und auf die Toilette musste.

Als Sim Jimi ein zweites Mal begegnete, war es bereits dunkel und Scheinwerfer beleuchteten den Tanzplatz. Sie hatte von Jo den Auftrag, Jimi und Lukas zu bitten, am nächsten Tag mit Roos auszureiten. Sim hatte befürchtet, dass es darauf hinauslaufen würde.

»Ich bin nicht Jos Mädchen für alles«, sagte Jimi genervt.

»Okay, ich richte ihr das aus.«

»Nein«, brummte er, »schon okay. Ich brauche das Geld und außerdem will ich am Mittwoch Jos Truck leihen. Sag ihr, ich bin gegen vier da.«

»Indian Time?«, fragte Sim spöttisch.

»Hey, was ist so falsch daran (what the fuck?), dass wir nicht ständig nach der Uhr ticken wie ihr Weißen?«, brauste Jimi auf. »Ich werde da sein, okay?«

»Dann sag ihr das selbst.« Sim war durch Jimis heftige Reaktion wie vor den Kopf geschlagen. Sie machte kehrt und ließ ihn stehen.

Er kam ihr nachgelaufen und schnappte sie von hinten am

Arm. »Hey, nun sei nicht gleich sauer. Das blöde Indian-Time-Gelabere geht mir bloß langsam auf die Nerven.«

Sie sah zu Boden. Er war ein anderer, nicht der Jimi vom Vormittag. Nicht der Jimi, dem sie erlaubt hatte, ihr das T-Shirt bis zum Kinn zu schieben und ihre Brüste zu küssen. »Ich gehe dann mal«, sagte sie lahm.

Er blickte sich kurz um und nickte ein paar Leuten zu, die zu ihnen herübersahen. »Dann bis morgen.«

Auf der Heimfahrt, es war schon kurz vor Mitternacht, gab Jo zum ersten Mal zu, dass sie wegen Alfred Black Fox ein ungutes Gefühl hatte.

»Vermutlich hat er von der Familie Geld genommen und sich abgesetzt«, sagte sie zu Sim. »Ich kenne ihn nicht, aber ich werde morgen mal ein paar Erkundigungen über ihn einziehen.«

Sim hörte nur mit halbem Ohr zu. Sie glaubte sowieso nicht daran, dass man mit einer indianischen Heilzeremonie Leukämie heilen konnte. Und außerdem war sie in Gedanken bei Jimi, der am Vormittag den Eindruck gemacht hatte, als wäre er in sie verliebt. Und der sich am Nachmittag so verhalten hatte, als wäre er ein dämlicher Macho.

Am nächsten Nachmittag waren Lukas und Jimi pünktlich zur Stelle. Wie sich herausstellte, sollte nur Jimi mit Roos ausreiten, während die Van der Vaarts mit Jo und Lukas etwas besprechen wollten.

Sim merkte, wie wenig es Eva gefiel, ihre Tochter allein mit Jimi Little Wolf über die Prärie reiten zu lassen. Schließlich wurde Sim wieder einmal gebeten, den Anstandswauwau zu spielen.

»Aber ich kann überhaupt nicht reiten«, protestierte sie mit verhaltener Stimme.

»Du kriegst das schon hin«, meinte Jo, »Jimi ist ja dabei. Tu es für Roos, okay? Wenn du magst, kannst du morgen dafür mit den Jungs nach Hot Springs fahren. Ihr könntet baden gehen.«

Sim horchte auf. »Ist das dein Ernst?«

»Ja. Ganz in der Nähe von Hot Springs befinden sich die Cascade Falls und es ist sehr schön da. Zum Baden wirst du die beiden allerdings überreden müssen.«

»Na gut.«

»Danke, Simona.«

»Was gibt es denn mit Lukas zu besprechen?«

»Frag ihn selbst. Ich weiß nicht, ob er darüber reden möchte.«

Das Ganze wurde immer mysteriöser. Sim zog sich eine lange Hose an und lief hinunter zum Korral, wo Jimi dabei war, Big Boy und Angel zu satteln. Als Sim ihm offenbarte, das sie mitkommen würde, grinste er nur und machte sich noch einmal auf den Weg, um ein drittes Pferd zu holen.

»Jimi ist supernett«, sagte Roos. Sie sah viel besser aus als gestern auf dem Powwow. Wangen und Hals waren leicht gerötet und Sim hoffte, dass das von der Sonne kam oder mit der Vorfreude auf den Ausritt zu tun hatte und nicht mit Jimi Little Wolfs Gegenwart.

»Er kann auch anders«, sagte sie.

Überrascht sah Roos ihr ins Gesicht. »Oh, du magst ihn.«

Sim zuckte mit den Schultern. »Wir sind befreundet«, sagte sie, so lässig sie konnte.

Nach einer Weile kam Jimi mit Forrest zurück, den er bereits gesattelt hatte. Sim atmete erleichtert auf. Mit dem freundlichen alten Araber würde sie schon klarkommen.

»Hoka hey, Mädels«, sagte Jimi. »Auf geht's!«

Mit unübertroffener Anmut saß Roos auf. Sim brauchte Jimis Hilfe und er griff ihr dabei ungeniert an den Hintern, worauf sie rot wurde und ihm am liebsten eine gelangt hätte. Aber sie beherrschte sich, sie war froh, dass er aus ihrem Verhalten im Trailer keine falschen Schlüsse gezogen hatte.

Forrest war ein braves Pferd, er folgte den anderen beiden und machte Sim keine Schwierigkeiten. Immer wieder schielte Sim zu Roos, um ihr ein paar Tricks abzugucken oder ihre Haltung zu imitieren. Etwas, das Jimi ganz offensichtlich nicht entging, denn er kam aus dem Grinsen überhaupt nicht mehr heraus.

Sie redeten kaum, selbst Roos schien völlig in ihren Gedanken versunken zu sein, glücklich, auf einem Pferderücken zu sitzen. Die Sonne sank und die Hitze wurde langsam erträglicher. Juniper, die sich eine Pause von ihren anstrengenden Mutterpflichten gönnte und sie begleitete, scheuchte Vögel auf und jagte Kaninchen hinterher. Die Hündin war erstaunlich schnell, aber ihr fehlte die Ausdauer. Die Kaninchen schlugen Haken und verkrochen sich in ihren Erdhöhlen.

Das Gras auf den Hügeln war verdorrt und ausgeblichen. Sie ritten vorbei an Rosenbüschen, deren dunkelrosa Blüten in der Sonne leuchteten wie kleine Feuer. Als sie ein Salbeifeld querten, stieg der würzig-frische Duft in Sims Nase. Sie hatte dieses karge Land zu lieben begonnen. Irgendwann in den letzten Tagen musste das passiert sein, ohne dass sie ihren Sinneswandel bemerkt hatte.

Nach anderthalb Stunden machten sie Rast und Jimi drehte sich einen Joint. Sim staunte nicht schlecht, als er ihn wortlos an Roos weiterreichte und sie mit geschlossenen Augen einen tiefen Zug nahm. Hatte sie etwas verpasst? Die Niederländerin gab den Joint an Sim weiter und sie nahm ebenfalls einen Zug.

»Aber nicht wieder ausflippen«, meinte Jimi mit einem spöttischen Augenzwinkern.

Sie hätte gekränkt sein können, aber das hätte bedeutet, dass sie nichts dazugelernt hatte. Bevor sie den Joint an Roos zurückgab, nahm sie einen weiteren Zug. Sim hatte kaum Erfahrung mit Gras, aber dieser Joint war stark und brannte in ihren Lungen. Sie hatte angefangen zu rauchen, als ihre Grufti-Phase begann, hatte es aber nach einiger Zeit wieder aufgegeben, weil ihr Taschengeld nicht für Alkohol *und* Zigaretten reichte.

Roos legte sich zurück ins Gras und Sim tat es ihr nach. Während Jimi seinen Joint zu Ende rauchte, sah Sim zu, wie die Wolken über den blauen Himmel zogen und ihre Julischatten auf die Prärie warfen.

Sie wünschte, sie wäre mit Jimi allein hier, ohne Roos. Vielleicht würde er sie dann küssen. Und sie fragte sich, warum er es nicht einfach tat.

21. Kapitel

Zum ersten Mal, seit Jimi und Lukas sie vom Flughafen abgeholt hatten (das war jetzt genau achtzehn Tage her), saßen sie wieder zu dritt in Tante Jos Pick-up. Es war ein heißer, beinahe wolkenloser Morgen. Beide Fenster waren heruntergekurbelt und die Black Lodge Singers sangen *Mickeymouse and Minniemouse*. Lukas war gut gelaunt und sang mit. Jimi schien mit seinen Gedanken woanders zu sein.

Sim wusste, dass er in Hot Springs einen gebrauchten Schalldämpfer für seinen Mustang besorgen wollte. Jo hatte ihnen den Auftrag gegeben, bei einem Charlie Bledsoe in den Black Hills vorbeizufahren, der noch nach alter Lakota-Tradition Bisonfelle mit Tierhirn gerbte. Dafür kam Jo für das Benzin auf. Außerdem sollte Sim im Naturkostladen in Hot Springs ein paar Dinge kaufen, die im *Sioux-Nation*-Supermarkt nicht zu bekommen waren. Wenn sie alles schnell erledigten, blieb Zeit für einen Abstecher zu den Cascade Falls.

Sim trug einen Bikini unter ihren Sachen und aus ihrem Rucksack, den sie zwischen ihre Beine gestellt hatte, lugte das Badehandtuch hervor.

»Was hast du damit vor?«, fragte Jimi und deutete auf das Handtuch.

»Schwimmen gehen.«

»Wir fahren in die Berge und nicht ans Meer. Du musst da irgendetwas verwechselt haben.«

»Zu unserem heutigen Programm gehört auch ein Abstecher zu den Cascade Falls«, erwiderte Sim selbstbewusst.

»Sagt wer?«

»Sagt Jo.«

Jimi runzelte die Stirn. Schwimmen schien nicht in seinen Plan zu passen. »Ich bezweifle, dass wir Zeit dafür haben.«

»Ach, komm«, mischte sich Lukas ein. »Ist doch nicht so weit weg von Charlie.«

Missmutig drehte Jimi die Musik lauter.

Nach zwei Stunden Fahrt erreichten sie Hot Springs, ein Städtchen am Fuße der Black Hills, das laut Lukas für seine heilsamen heißen Quellen und seine Mammutknochen berühmt war. Die Überreste der Mammuts, die hier vor mehr als zwanzigtausend Jahren im heißen Wasser einer Thermalquelle verendet waren, hätten Sim durchaus interessiert, aber Jimi meinte, sie hätten keine Zeit für Sightseeing. Seine Laune war schlechter denn je und Sim wusste überhaupt nicht mehr, woran sie bei ihm war.

Hot Springs war eine grüne Oase. Überall Bäume, Blumenrabatten vor den kleinen Holzhäusern am Rande der Straße. Sie fuhren ein Stück in den Ort hinein, bogen an einer Tankstelle ab und waren nach wenigen Meilen mittendrin in den schwarzen Bergen. Statt der gelben, baumlosen Hügelwellen säumten Kiefernwälder und von Bächen durchzogene grüne Täler die Straße.

»Das gehörte alles mal uns«, meldete sich Jimi zu Wort.

»Es ist wunderschön hier«, sagte Sim und biss sich auf die Lippe, weil Lukas das alles nicht sehen konnte. Er hatte gesagt, sein Leben wäre okay so, wie es war. Aber Sim fand die Vorstellung schrecklich, dass ihm solche Schönheit verwehrt blieb.

»Eines Tages werden wir uns die Black Hills zurückholen«, war der nächste Kommentar von Jimi.

Lukas schüttelte unmerklich den Kopf, sagte aber nichts.

Nach ein paar Meilen bogen sie nach rechts in einen Waldweg ein und hielten wenig später vor einem rot angestrichenen Blockhaus, das im Schatten großer Kiefern stand.

Sie stiegen aus. Jimi rief einige Male: »Hallo?«, aber es schien niemand da zu sein. Schließlich entdeckte Sim den Zettel an der Tür. »Bin gegen Mittag zurück.«

Es war erst elf. Jimi schien nachzudenken. »Okay«, sagte er schließlich, »dann gehen wir eben baden.«

Zu den Cascade Falls waren es nur ein paar Meilen. Jimi stellte den Wagen auf einem großen asphaltierten Parkplatz ab, auf dem nur ein einzelnes Auto parkte. Sim verschwand kurz auf der Toilette, dann folgte sie den beiden voller Neugier. Lukas hatte seine rechte Hand auf Jimis Schulter gelegt. Es ging etliche, ungleiche Stufen in eine Senke hinab und der Abstieg war kein leichtes Unterfangen für Lukas. Jimi schien diesmal auch nicht so geduldig mit seinem blinden Freund zu sein wie sonst.

Was war los mit ihm? Hatte seine mürrische Laune etwas mit ihr zu tun oder bildete sie sich das bloß ein? Sim hätte gerne mit ihm darüber geredet, aber solange Lukas dabei war, ging das nicht.

Schließlich hörte sie ein Rauschen und sah, wie Wasser über helle Felsen sprudelte, von einer Mulde in die nächste floss, bis es sich schließlich in einem Becken sammelte, das groß genug war, um darin schwimmen zu können. Danach wurden die Fälle wieder zu einem Flüsschen. Die Felsbecken mit dem glasklaren Wasser waren umgeben von Bäumen und Sträuchern. Schilf wuchs an den Rändern. Dazwischen glatte Felsplatten, auf denen man liegen konnte.

Das Auto auf dem Parkplatz gehörte einem Pärchen, das sich in einem der kleineren Becken tummelte und wenig erfreut schien, dass es nun nicht mehr allein war. Jimi führte Lukas auf die Felsplatte am großen Becken und dort setzten sie sich. Sim breitete neben ihnen ihr Handtuch aus. Es war brütend heiß und sie konnte es kaum erwarten, ins Wasser zu kommen.

Die Jungs machten keine Anstalten, sich auszuziehen. Jimi drehte sich seelenruhig eine Zigarette. Da Sim nicht wusste, wie lange sie bleiben würden, entschied sie sich, den Anfang zu machen. Jimi hatte das meiste von ihr bereits gesehen und Lukas konnte sie nicht sehen – wo war also das Problem?

Sie streifte ihre Sachen ab und stieg im Bikini über die natürlichen Stufen, die der Felsen bildete, ins große Becken. Überrascht stellte sie fest, wie warm das Wasser war. Es musste mindestens zwanzig Grad haben und war von einem dunklen Türkis. Sim ließ sich fallen und schwamm los.

Nachdem er seine Zigarette aufgeraucht hatte, zog Jimi sich bis auf seine schwarzen Boxershorts aus und sprang kopfüber ins Becken. Mit wenigen langen Zügen war er bei ihr, umschlang und küsste sie. Sim tauchte unter ihm weg. Auch wenn sie sich nichts mehr wünschte, als dass Jimi sie mochte, fiel es ihr doch schwer, mit seiner sprunghaften Art umzugehen. Als er erneut auf sie zuschwamm, spritzte sie ihm eine Ladung Wasser ins Gesicht.

Jimi spritzte zurück und sie musste lachen. Sie lieferten sich eine wilde Wasserschlacht, bei der auch Lukas auf seinem Stein nicht trocken blieb.

»Hey, das ist unfair«, rief er erschrocken, als er eine Ladung Wasser abbekam.

Sim hörte auf zu spritzen. »Kommt Lukas nicht ins Wasser?«

»Er kann nicht schwimmen.«

»Er kann in eines der kleinen Becken gehen.«

Jimis gute Laune schwand so plötzlich, wie sie gekommen war. »Er sitzt da. Frag ihn selbst.« Er schwamm zum Felsen zurück, stieg aus dem Wasser und legte sich neben Lukas auf die sonnendurchglühte Felsplatte.

Sim beobachtete, wie das Pärchen die Stufen zum Parkplatz hinaufstieg. Jetzt waren sie allein. Obwohl ihre Haut an den Händen schon runzlig wurde, blieb sie im Wasser und schwamm noch ein paar Runden. Dann setzte sie sich auf eine der Felsstufen und ließ sich trocknen.

Was war los mit Jimi? Wie konnte ein Mensch so wechselhaft sein, so undurchsichtig? Sim schloss die Augen. Womöglich war das Ganze eine Nummer zu groß für sie. Weil Jimi Little Wolf war, wie er war. Weil sie ihn einfach nicht zu fassen kriegte. Dabei brauchte sie doch das eine am Nötigsten: Sicherheit. Jemand, dem sie vertrauen konnte, bevor sie anfing, etwas von sich preiszugeben. Weil sie sicher sein wollte, dass ihr nicht dasselbe noch einmal passierte.

Nur weil Jimi ein begnadeter Küsser war, musste das noch lange nicht bedeuten, dass er sie auch wirklich gernhatte. Sie öffnete ihre Augen, um ihn anzusehen. Aber Jimi war nicht mehr da.

Der Duft von sonnenwarmer Haut und einem Hauch von Himmel stieg Lukas in die Nase, als Sim sich neben ihn setzte.

»Wo ist Jimi?«, fragte sie.

»Zu Charlie gefahren. Er holt das Fell und besorgt auch gleich das Auspuffteil. Ich hoffe, das ist okay für dich?«

»Ja«, sagte sie. »Klar.«

Was sollte sie auch anderes sagen, dachte Lukas.

Der Gedanke an Jimi und Sim machte ihn traurig und er versuchte, ihn wegzuschieben. Er ergab sich dem Geruch des Wassers, dem Rauschen, wenn es über die Steine strömte und sich in den Becken verteilte. Er dachte an Sim und wie sie wohl im Badeanzug aussah.

»Hast du keine Lust, ins Wasser zu gehen?« Sie riss ihn aus seinen Träumen.

Lukas schluckte. »Ich . . .«

»Du kannst nicht schwimmen, ich weiß. Jimi hat es mir erzählt. Aber wir könnten zusammen in eines der kleinen Becken gehen.«

Lukas fühlte sich hilflos wie lange nicht mehr, wollte aber auch nicht als Feigling dastehen. Krampfhaft überlegte er, welche Unterhose er am Morgen angezogen hatte und ob sie möglicherweise Löcher hatte. Mutig stieg er aus seinen Jeans und zog sich das T-Shirt über den Kopf. Sim griff nach seiner Hand und führte ihn zu einem der kleineren, flachen Wasserbecken. Jetzt war er Sim vollkommen ausgeliefert, er befand sich auf fremdem Terrain mit ungewohnten Geräuschen.

»Vorsicht, es geht nach unten«, sagte sie. »Besser, du hockst dich hin und rutschst langsam rein.«

Das tat er. Das warme Wasser umspielte seinen Körper. Er spürte festen Boden unter den Füßen, stand bis zu den Hüften im Wasser. Langsam entspannte er sich.

»Es ist nicht das Meer«, sagte Sim, »aber besser als ein Pferdetrog.«

Lukas lachte befreit. Obwohl er wusste, dass da etwas lief zwischen Sim und Jimi, stand er zu seinen Gefühlen. Er mochte Sim, er war verliebt in sie. Das konnte er nicht einfach so abstellen, nur weil sie Jimi ihm vorzog. Leicht fiel es ihm allerdings nicht, sie so nah zu wissen und ihren Duft riechen zu können.

Sim führte ihn zu einem natürlichen Absatz im Fels, auf dem sie sitzen und das Wasser über ihre Körper strömen lassen konnten. Es war ein neues, ein aufregendes Gefühl und er hatte es Sim zu verdanken. Lukas wünschte, sie würde genauso für ihn empfinden wie er für sie. Diesen Wunsch verschloss er in seinem Herzen, dort, wo noch einige andere, unerreichbare Wünsche begraben waren.

Später, als sie zusammen auf dem Felsen lagen und sich von

der Sonne trocknen ließen, fragte er: »Welche Farbe hat dein Badeanzug?«

»Ich habe keinen an.«

Erschrocken richtete er sich auf. »Was?«

Sim lachte schallend. »Ich habe einen Bikini an. Was dachtest du denn?«

»Ich weiß nicht . . . ich traue dir alles zu.«

»Eigentlich hast du recht. Hier ist niemand, ich könnte . . .«

»Untersteh dich«, bremste er sie. »Wenn dich hier jemand beim Nacktbaden erwischt, sperren sie dich ein – und mich gleich mit.«

»Weshalb eigentlich?«, fragte Sim.

»Wegen Erregung öffentlichen Ärgernisses.«

»Du denkst also, mein Körper ist ein öffentliches Ärgernis.«

Lukas musste lächeln. »Ich bin mir sicher, dass er das nicht ist, aber Nacktbaden an öffentlichen Plätzen ist in Amerika nun mal nicht erlaubt.«

Sim seufzte. »Amerikaner sind komische Leute.«

»Da gebe ich dir ausnahmsweise mal recht.«

»Er ist weiß«, sagte sie.

»Wer?«

»Mein Bikini. Weiß mit kleinen schwarzen Fischen drauf.«

»Verstehe«, sagte Lukas. »Aber was ist eigentlich ein Bikini?«

Jimi hatte das Büffelfell von Charlie geholt und war danach zurück in die Stadt gefahren. Um ein Uhr war er mit Luis Thunder im China Buffet in der River Street verabredet. In dem Selbstbedienungsrestaurant aßen viele Indianer zu Mittag und sie würden nicht auffallen. Er hatte den Ort gewählt, weil er sich dort einigermaßen sicher fühlen konnte, falls Luis Anstalten machen sollte, ihn übers Ohr zu hauen.

Jimi hatte sich etwas zu essen geholt und sich mit seinem Teller und seiner Cola in der hintersten, mit rotem Kunstleder bezogenen Sitzbucht niedergelassen. Es herrschte Hochbetrieb im Restaurant: Indianer, Asiaten, sogar zwei Schwarze. Aber kein einziger Weißer.

Letztendlich passte es Jimi ganz gut in den Kram, dass Sim und Lukas bei den Cascade Falls zurückgeblieben waren. Sonst hätte er ihnen irgendein Märchen auftischen müssen, um allein hierher zu kommen.

Vor Aufregung schlang er sein Essen hinunter. Inzwischen war es eins durch. Sein Käufer müsste längst hier sein. *Fucking Indian Time,* dachte Jimi. Luis Thunder, der Crow – kam extra für den Deal aus Montana angereist. Er hatte Jimis Handynummer. Wenn etwas dazwischengekommen war, hätte er bestimmt angerufen. Oder etwa nicht?

Zwanzig nach eins. Halb zwei. Langsam wurde er nervös. Wo blieb der Scheiß-Krähenindianer bloß? Bisher war alles bestens gelaufen. Marolas Cousin Arvin hatte die Verbindung zu Luis Thunder hergestellt. Arvin konnte Tyrell nicht ausstehen und er war Jimis Freund, auf ihn konnte er sich verlassen. Nichts würde schiefgehen.

Wenn Jimi die zwölftausend Mille in der Tasche hatte, war er frei und musste nicht mehr für Tyrell dealen – für einen Hungerlohn. Die letzte Rate für den Computer war bezahlt. Er würde ein ordentliches Auto kaufen, einen Van von VW (bei Liberty Motors stand einer für fünftausend Dollar). Sie würden ihre Habseligkeiten einladen, er würde aus Tyrells Zimmer holen, was ihm gehörte, und mit Lukas aus dem Reservat verschwinden. Zuerst würden sie ans Meer fahren, wovon Lukas sein Leben lang geträumt hatte, und dann an der Küste entlang bis runter nach Mexiko. Jimi wollte nach seinem Vater suchen. Seine Mutter hatte ihm erzählt, dass er aus einem Dorf nahe der Stadt Oaxaca kam, das Ixtlán hieß.

Für einen Moment dachte Jimi an Sim, an ihre dunkel umrandeten Stachelbeeraugen, in denen er ehrliche Zuneigung gelesen hatte. Etwas, das ihn verwirrte. Ihr Blick hatte ihn verletzlich gemacht, und das hasste er. In seiner Welt war kein Platz für Schwäche, er musste stark sein, einen klaren Kopf bewahren, durfte sich nicht einlullen lassen, sonst würde er untergehen.

Kurz vor zwei wählte er Luis Thunders Handynummer. Es klingelte, aber niemand ging dran. Als Jimi klar wurde, dass der Crow ihn versetzt hatte, packte ihn die Wut. Noch länger zu warten, war sinnlos. Vermutlich hatte Thunder kalte Füße bekommen – oder sonst was war passiert –, er wusste es nicht und es spielte jetzt auch keine Rolle mehr.

Er verließ das Restaurant und lief entlang der auf der anderen Straßenseite geparkten Wagen zu Jos Pick-up. Der Deal war geplatzt und mit ihm Jimis großartige Pläne. Vorerst jedenfalls. Aber obgleich die Enttäuschung bitter schmeckte, hatte er seine Wut einigermaßen unter Kontrolle.

Irgendwie würde er den Stoff schon loswerden. Vielleicht nicht auf einmal, das war vermutlich zu blauäugig gewesen. Aber er kannte eine Menge Leute und würde sein Päckchen schon noch an den Mann bringen.

Als Jimi auf dem Weg zu den Cascade Falls die Abzweigung zum Autofriedhof erreichte, atmete er tief durch. Wichtig war, jetzt nicht die Nerven zu verlieren und sich vor allem vor Lukas und Sim nichts anmerken zu lassen.

Er lenkte den Pick-up auf den Schotterweg, der nach einer halben Meile zum eingezäunten Autofriedhof führte. Das Tor stand offen und er bog auf den Platz ein. Er stellte den Kleinlaster ab, schnappte sich sein Werkzeug und ging zu dem kleinen Wohnwagen, in dem der Typ saß, der wusste, wo was zu finden war, und der für die Teile, die die Leute mitnahmen, ein paar

Dollar kassierte. Ein Generator brummte, doch die Tür des Wohnwagens war verschlossen, als Jimi daran rüttelte.

Niemand da, auch gut. So würde er zwar nach einem passenden Vorschalldämpfer suchen müssen, sich aber die Kohle dafür sparen. Er durfte keine Zeit mehr verlieren, Sim und Lukas warteten sicher schon auf ihn.

Jimi lief zwischen den Autowracks entlang – die meisten waren Unfallautos – und hatte ziemlich schnell Glück. Der weiße Mustang, den er hinter dem Wohnwagen entdeckte, war zwar nur noch ein Schrotthaufen, aber der Schalldämpfer war gut erhalten. Mit seinem Werkzeug hatte Jimi die festgebackenen Schrauben schnell gelöst und das Auspuffteil abmontiert.

Er schob sein Werkzeug in die Hosentasche und trug den Vorschalldämpfer zum Pick-up. Als er den großen schwarzen Truck mit den verspiegelten Scheiben hinter Jos Pick-up stehen sah, dachte er im ersten Moment, der Mann aus dem Wohnwagen wäre zurückgekommen. Doch schlagartig wurde ihm klar, dass der Typ niemals so ein Auto fahren würde. Und dass jemand, der so ein Auto fuhr, nicht auf Ersatzteile vom Schrottplatz angewiesen war.

Dann fiel ihm auch wieder ein, wo er den Truck schon mal gesehen hatte: vor dem China Buffet in Hot Springs. Und im gleichen Moment wurde ihm klar, was das bedeutete.

Zu spät.

Beide Türen des schwarzen Trucks öffneten sich gleichzeitig und reflexartig sah Jimi sich nach einer Fluchtmöglichkeit um. Seine Chancen standen schlecht. Er hatte direkt vor einem alten Traktor geparkt und hinter ihm stand der schwarze Truck. Wenn er einfach loslief, konnten sie – wer immer sie auch waren – ihn wie ein Kaninchen über den Haufen knallen.

Ehe Jimi sich versah, war er umringt von drei schwarz gekleideten Gestalten mit dunklen Sonnenbrillen und weiß-schwarzen Bandanas auf dem Kopf. Die Arme der Männer waren dunkel von Tätowierungen und zwei von ihnen schwangen Baseballschläger in den Händen.

Jimi zwang sich, in ihre Gesichter zu schauen. Er kannte sie alle drei nicht, doch wer sie geschickt hatte, war keine Frage. Fucking-Tyrell, dessen Hirn anscheinend doch nicht so aufgeweicht war, wie er geglaubt hatte, musste ihn beschattet haben, seit er das Kokainpäckchen an sich genommen hatte. Vielleicht hatte er Arvin auch so lange in die Mangel genommen, bis er Thunders Namen ausgespuckt hatte. Und die verdammte Krähe hatte ihren Treffpunkt verraten.

Jimi umklammerte den Schalldämpfer wie eine Waffe. Der größte der drei Männer (der ohne Schläger) hatte Oberarme wie ein Schwergewichtsringer. Die anderen beiden waren Kraftpakete mit grimmigen Gesichtern. Lakota, vielleicht aus dem Rosebud-Reservat. Sie umringten ihn, er saß in der Falle. Schweiß brach ihm aus allen Poren.

»Na, Jimbo, überrascht?«

Du Arschloch, dachte Jimi verzweifelt.

Fucking-Tyrell zu unterschätzen, war ein großer Fehler gewesen, das war ihm nun klar. Er wollte seinen Stoff zurück, und wie es aussah, würde ihm das auch gelingen. Jimi hatte das Päckchen unter dem Sitz im Truck versteckt. Wenn er es den Männern nicht freiwillig aushändigte, würden sie es aus ihm herausprügeln.

Jimi drehte sich um die eigene Achse. Was sich bewegte, konnte man nicht treffen. Aber er hatte hinten keine Augen im Kopf und Tyrells Schläger waren zu dritt.

Jimi wappnete sich. Er war bereit, den Schmerz auszuhalten wie ein Krieger. Aber was, wenn sie ihn nicht nur verfolgt hatten, um den Stoff zurückzubekommen?

Der erste Schlag traf ihn ins Kreuz und er sackte mit einem

Stöhnen auf die Knie. Einer der drei trat ihm den Schalldämpfer aus den Händen. Das Schwergewicht riss ihm die Arme auf den Rücken und umwickelte seine Handgelenke mit Klebestreifen. Ehe er sich's versah, stülpten sie ihm eine schwarze Mülltüte über den Kopf.

Schwärze hüllte Jimi ein und sekundenlang dachte er an Lukas, der nie etwas anderes sah als das. Gleich darauf spürte er durch das dünne Plastik die kalte Mündung einer Pistole an seiner Schläfe.

Das war's jetzt also. Typen wie die machten keine Gefangenen, das hätte ihm sofort klar sein müssen. Er hatte sich überschätzt, war zu sicher gewesen und gleich war *finito* – alles aus.

»Okay, Jimbo«, sagte der Große, »ich hoffe, du weißt, warum du hier bist.«

Ja, dachte Jimi, ich habe Scheiße gebaut. Ich habe so viel Scheiße gebaut in meinem Leben, dass ich nun dafür bestraft werde. Er versuchte, Luft zu holen, aber das schwarze Plastik klebte ihm auf Mund und Nase.

Ein Stiefeltritt in die linke Seite ließ ihn vor Schmerz aufheulen.

»Ich hab dich was gefragt, du Wichser.«

»Ja«, stieß Jimi hervor.

»Was *ja?*«

»Ich weiß, warum ich hier bin.« Seine Stimme klang verwaschen und fremd unter dem Müllsack. Atmen wurde immer schwieriger, in der Luft war kaum noch Sauerstoff. Schweiß juckte auf seinem Gesicht. Der Lauf der Waffe drückte wieder gegen seinen Kopf, drückte ihn zur Seite. Jimis Herz schlug wie eine Trommel. Die feuchte Schwärze unter der Tüte würgte ihn, drohte, ihn zu ersticken.

»Dann sag uns, was du getan hast, okay? Erleichtere dein Gewissen.«

»Ich hab das Päckchen genommen.«

»Das war schon ganz gut, Jimbo. Und wenn du uns erzählst, mit wem du gemeinsame Sache machst, dann lassen wir dich vielleicht sogar laufen.«

Die Gedanken in seinem Kopf überschlugen sich. Worauf wollten sie hinaus?

»Mach's Maul auf, Jimbo. Ist es der Maulwurf? Hat er dich drauf gebracht, den Stoff zu strecken?«

»Luke hat nichts damit zu tun«, brüllte Jimi. »Er hat keine Ahnung – von nichts.« Er keuchte, rang nach Luft, saugte das Plastik in seinen Mund. Das Blut hämmerte in seinen Schläfen, sein Schädel war kurz davor zu explodieren und jede Faser seines Körpers schrie nach Sauerstoff.

»Also dann, wer war's?«

»Niemand«, schluchzte er. »Nur ich.«

»Nur du.« Die Männer lachten. »Na gut. Dann wirst auch *nur du* in die ewigen Jagdgründe befördert. Aber vorher wirst du uns noch verraten, wo du deinen Schatz versteckt hast.«

In Jimi zerbrach etwas. Sollten sie doch abdrücken, er würde nicht um sein Leben winseln. Dieses armselige Leben im Reservat – er hing nicht dran. Ob er sich beim Pferderennen den Hals brach, in Afghanistan von einer Mine zerfetzt wurde oder ob ihn auf diesem Schrottplatz eine Kugel in die ewigen Jagdgründe beförderte – was machte das für einen Unterschied?

Der nächste Tritt traf ihn mitten im Gesicht. Der Schmerz schoss in sein Hirn wie ein glühendes Messer und er schmeckte Blut. Jimi biss die Zähne zusammen und unterdrückte einen Schmerzenslaut. Er dachte an den Talisman auf seiner Brust, an Lukas, an Sim. *Sim.*

»Wo ist der Stoff, Jimbo?«

Jimi presste die Lippen zusammen. Einen Scheiß würde er ihnen verraten. Wenigstens das war er sich schuldig.

»Sucht im Auto«, rief der Große.

Kies knirschte unter Stiefeltritten. Eine Autotür wurde geöffnet. Endlose Sekunden vergingen. Die Autotür schlug zu. »Hey«, sagte das Arschloch dicht an seinem Ohr, »das war leicht.« Er lachte höhnisch. »Bist du bereit?«

Nein verdammt. Jimi war nicht bereit zu sterben. Jimi hatte Angst. Es war eine gleißende, schrille, verwirrende Angst und plötzlich begriff er, dass er an diesem armseligen Leben hing. Er wollte atmen, atmen, schreien.

Als es *klick* machte an seiner Schläfe, pinkelte er sich in die Hose. Warme Flüssigkeit drang durch den Stoff seiner Boxershorts und seiner Jeans. Das Lachen der Schläger dröhnte in seinem Kopf, Tränen rannen aus seinen Augen. Sein Gesicht und seine Rippen schmerzten, aber die Demütigung war schlimmer als der Schmerz. Scham brannte in Jimis Brust, sein Atem ging schwer und stoßweise und er spürte, wie ihm langsam die Sinne schwanden.

»Hey, da fehlte wohl eine Kugel. Aber das haben wir gleich.«

Noch einmal machte es *klick*, noch einmal hörte er das Lachen – wie aus weiter Ferne. Der letzte Tritt beförderte ihn in den Dreck. Schritte, die sich entfernten, Autotüren, die klappten. Zusammengekrümmt, halb ohnmächtig lauschte er. Ein Motor heulte auf, der Truck fuhr davon.

Die Männer waren weg und Jimi Little Wolf bekam eine Ahnung vom schieren Glück, am Leben zu sein. Mit letzter Kraft setzte er sich auf, zog die Knie an den Körper und beugte den Kopf herunter, sodass er die Tüte zwischen seine Knie klemmen und vom Kopf ziehen konnte. Nach zwei erfolglosen Versuchen gelang es ihm. Keuchend schnappte er nach Luft, pumpte Sauerstoff in seine Lungen. Blut tropfte auf sein T-Shirt. Seine Lippe hatte einen Riss und er leckte mit der Zunge darüber – spürte den warmen, kupfernen Geschmack.

Jimi zitterte am ganzen Körper.

Vorsichtig sah er sich um. Vor seinen Augen vervielfältigten sich die Bilder, tanzten auseinander und schoben sich wieder zusammen. Erst nach einer Weile konnte er wieder klar sehen. Sie waren weg und hatten ihn am Leben gelassen, hatten ihm bloß Angst einjagen sollen.

Fucking-Tyrell, dachte er, *das wirst du mir büßen.*

Allmählich ebbte die Panik ab und Jimi versuchte, das Zittern unter Kontrolle zu bekommen. Er fluchte und zerrte an seinen Fesseln, aber das Klebeband gab nicht nach, es rollte sich zusammen und schnitt schmerzhaft in seine Haut. Mühsam kam er auf die Füße. Seine Jeans war nass im Schritt, die warme Pisse brannte auf seiner Haut und er stank erbärmlich. Aber das war zweitrangig. Zuerst musste er etwas finden, womit er die Fesseln loswerden konnte. Er wankte zu den Autowracks und fand schließlich ein rostiges Eisen mit einer scharfen Kante. Damit durchtrennte Jimi den Klebestreifen an seinem Handgelenk.

Er lief zum Truck und betrachtete sein Gesicht im Seitenspiegel. Die Oberlippe war geschwollen, Mund und Kinn blutverschmiert. Die Metallspitze des Stiefels hatte ihm die Lippe beinahe gespalten, aber die Schneidezähne saßen noch fest. Jimi holte einen Wasserkanister von der Ladefläche des Trucks und wusch sein Gesicht. Er stieg aus seinen Jeans und spülte den Urinfleck aus. Die Hose legte er zum Trocknen auf die heiße Kühlerhaube. Er setzte sich hinter das Lenkrad und steckte sich eine Zigarette an.

Das Kokain war weg, seine Pläne endgültig zunichtegemacht. Ohne Geld würde er nicht weit kommen. Wenn Tyrell ihn hätte töten wollen, würde er jetzt nicht hier sitzen. Er hatte keine Wahl. Er würde zurückkehren und Tyrell in dem Glauben lassen müssen, er hätte seine Lektion gelernt.

Jetzt blieb Jimi nur noch das Kästchen mit der Medizin des Häuptlings. Er würde warten, bis sich die Wogen geglättet hatten, das Kästchen holen und verschwinden. In Kalifornien fand er bestimmt einen Käufer und mit der Kohle würde er bis nach Mexiko kommen. »Sorry, Chief«, flüsterte er, »aber das musst du verstehen. Ich weiß nicht mehr weiter.«

Als seine Hose wieder halbwegs trocken war, zog er sie an und machte sich auf den Weg zu den Cascade Falls.

22. Kapitel

Lukas saß auf dem warmen Uferfelsen und ließ die Füße im Wasser baumeln. Er hatte den Kopf leicht schief gelegt, als würde er auf etwas lauschen. Sim schwamm im großen Becken, beobachtete die Libellen und warf immer wieder einen Blick zu Lukas auf dem Felsen. Sie hatten viel gelacht und Sim war froh, dass sie und Lukas wieder zu dieser einfachen Vertrautheit zurückgefunden hatten, die ihr viel bedeutete.

Allerdings machte sie sich langsam Sorgen um Jimi. Es kam ihr so vor, als sei er seit Stunden weg. Hoffentlich war mit Jos Pick-up alles in Ordnung.

Sie schwamm zum Felsen, stieg aus dem Wasser und setzte sich neben Lukas, um sich von der Sonne trocknen zu lassen.

»Es ist schön hier, so alleine«, sagte sie. Kaum zu glauben, dass niemand aus der Stadt hierher fuhr, um zu schwimmen.

»Wir sind nicht alleine«, antwortete Lukas.

Sim wandte sich um und ließ ihren Blick über die leeren Liegestellen und den verlassenen Picknickplatz schweifen. Kein menschlicher Laut war zu hören, nur das Plätschern des Wassers, wenn es über die Felsen von einem Becken ins nächste floss, das Zirpen der Insekten und das leise Rascheln des Schilfs.

»Dass du die Toten hören kannst«, sagte sie, »ist unheimlich.«

»Als ich sie zum ersten Mal hörte, fand ich es auch ziemlich spooky«, sagte er. »Inzwischen habe ich mich daran gewöhnt.«

»Passiert dir das eigentlich oft?«

»Ziemlich oft. Immer wenn ich dort bin, wo sie sind. Wo sie gelebt haben und wo sie . . .«, er zögerte, »wo sie gestorben sind. Obwohl sie schon so lange tot sind, ist ihre Verzweiflung immer noch spürbar an diesen Orten, wo Vergangenheit und Gegenwart aufeinandertreffen. Menschen hinterlassen Spuren, Sim. Etwas, das in der Umgebung hängen bleibt, fühlbar, hörbar.«

»Vielleicht bleibt mir diese Ebene ja verschlossen, weil ich eine Wasicun bin?«

»Kann sein«, meinte Lukas. »Vielleicht machst du aber auch dicht, weil du Angst hast, etwas zu sehen oder zu erfahren, was sich nicht mit deiner Weltanschauung vereinbaren lässt.«

Mit Weltanschauung hat das Hören und Sehen von Geistern nichts zu tun, dachte Sim. Eher mit einer Fehlfunktion des Gehirns. Mit einer Überproduktion von Botenstoffen. Chemisches Chaos, wie beim Verliebtsein. Alles Täuschung, die Geister, die Liebe.

»Darf ich dich etwas fragen, Luke? Etwas ganz anderes.«

»Klar.«

»Was hast du mit meiner Tante und Roos' Eltern besprochen?«

Lukas zögerte kurz, bevor er sagte: »Alfred Black Fox ist schwer krank und liegt in Rapid City im Krankenhaus. Einer seiner Neffen hat seinen Namen benutzt und von den Niederländern Geld im Voraus kassiert. Viel Geld, Sim. Er hat sich damit aus dem Staub gemacht.«

Sim schluckte. Das war schrecklich. Sie dachte an Roos und ihre Hoffnung. »Und was jetzt?«

»Henry He Dog hat sich bereit erklärt, das Mädchen anzusehen. Wenn er der Meinung ist, ihr helfen zu können, wird er es tun.«

»Was denkst du?«

Lukas hob die Schultern. »Sie kommt mir müde vor, als hätte sie aufgegeben.«

»Roos hat mir von der Chemo erzählt. Wie elend sie sich jedes Mal danach gefühlt hat.«

»Morgen will Henry mit ihr sprechen.«

»Müssen Roos' Eltern dann noch einmal bezahlen?«

»Nein. Sie müssen die Zeremonie ausrichten, Essen kaufen, einen Starquilt besorgen. Henry nimmt kein Geld für eine Heilzeremonie.«

Ein schriller Pfiff durchschnitt die Stille. Sim hob suchend den Kopf und sah Jimi am Parkplatzgeländer stehen und winken. »Da ist er ja endlich«, sagte sie. »Wir sollen hochkommen.«

Sie zogen ihre Sachen an und Sim faltete ihr Handtuch zusammen. An der Hand führte sie Lukas die Stufen hinauf zum Parkplatz.

Jimi wartete am Pick-up auf sie. »Hey«, sagte Sim, als sie bei ihm angelangt waren. Als Jimi ihr das Gesicht zuwandte, gab sie einen erstickten Laut von sich. Er legte seinen ausgestreckten Zeigefinger auf die Lippen und schüttelte den Kopf. Doch es war sein Blick, der sie schweigen ließ.

»Hast du das Fell?«, fragte Lukas.

»Ja, alles bestens. Einen passenden Vorschalldämpfer habe ich auch gefunden. Hat ein bisschen gedauert mit dem Abschrauben.«

»Kein Problem«, meinte Lukas. »Uns war nicht langweilig.«

»Ich muss noch mal auf die Toilette«, sagte Sim. »Bin gleich wieder da.« Sie lief davon und in ihrem Kopf tobten die Gedanken. Was war mit Jimi passiert? Sein Gesicht sah furchtbar aus. Und Lukas sollte nichts davon wissen. Schon wieder hatte Jimi Geheimnisse vor seinem besten Freund. Irgendetwas stimmte da nicht. Ganz und gar nicht.

Jimi rauchte, als sie zurückkam, Lukas saß bereits im Wagen. Er stieg noch mal aus, damit Sim ihren Platz in der Mitte einnehmen konnte. Schweigend fuhr Jimi vom Parkplatz und bog auf die Asphaltstraße in Richtung Hot Springs. Im Ort holte Sim zuerst die Dinge, die ihre Tante aus dem Naturkostladen haben wollte, danach fuhren sie zum Supermarkt. Sim arbeitete ihre Liste ab und Jimi und Lukas kauften für den alten Henry und ein paar Dinge für sich selber ein.

Auf der Rückfahrt redeten sie kaum. Lukas war eingeschlafen. Sim sah Jimi immer wieder von der Seite an, aber er erwiderte ihren Blick nicht.

Kurz vor Pine Ridge bogen sie auf die Abkürzung, die sie direkt nach Manderson führte. Jimi fuhr zu Henrys altem Trailerhaus, das am Fuße einer weißen Kalkwand stand. Sie luden die Einkaufstüten, die für den alten Mann bestimmt waren, aus dem Truck. Sim blickte sich um, sah das Weidengerüst einer Schwitzhütte und den Stangenkreis eines Tipis. Schließlich entdeckte sie den Indianer am Waldrand. He Dog winkte und sie winkte zurück.

»Er hat uns gesehen und kommt«, sagte sie zu Lukas.

Er setzte sich auf die Stufen neben den Tüten. »Ich bleibe hier, bei Henry, okay?«

»Alles klar, Amigo.« Jimi schien darüber erleichtert zu sein. »Schläfst du auch hier?«

»Ja, wahrscheinlich. Mach's gut, Sim.«

»Bye«, sagte sie.

Jimi und Sim stiegen wieder in den Truck. Sie bemerkte, wie schief Jimi sich bewegte. Offensichtlich hatte nicht nur sein Gesicht etwas abbekommen. Er startete den Motor und fuhr den Holperweg auf die Straße zurück. Schließlich hielt es Sim nicht länger aus.

»Nun erzähl schon, was mit dir passiert ist!« Jimi antwortete nicht gleich und Sim fuhr ihn an: »Bist du taub? Oder bin ich es?«

»Ich bin verprügelt worden, das ist alles«, sagte er endlich. »Halb so wild.«

»Von diesem Charlie?« Sim verstand überhaupt nichts mehr.

Jimi lachte kopfschüttelnd und gleich darauf verzog er das Gesicht vor Schmerz. »Nicht von Charlie, du Dummerchen. Auf dem Schrottplatz, von ein paar Typen, die was gegen braune Haut und lange Haare hatten.«

Sim schluckte. Das war furchtbar. Sie hätte nicht gedacht, dass so etwas tatsächlich noch passierte, hundertzwanzig Jahre nach Wounded Knee.

»Und wieso soll Lukas nichts davon wissen?«

»Weil ihn so was fertigmacht.«

»Du hättest nicht alleine fahren dürfen«, sagte sie zerknirscht. »Wenn Luke und ich dabei gewesen wären, hätten die sich das bestimmt nicht getraut.«

»Das glaubst aber auch nur du.«

Jimi lenkte den Truck auf die Zufahrt zum Jumping-Eagle-Gelände und hielt vor dem alten Trailer. »Bleib sitzen, okay? Bin gleich wieder da.«

Er holte ein paar Einkaufstüten von der Ladefläche und brachte sie ins Haus.

Debbie kam aus dem Trailer, ihr Baby auf der Hüfte, das sich wie ein Äffchen an sie klammerte. Seine flaumigen Haare standen in alle Richtungen vom Kopf ab. Sie lächelte und winkte Sim zu. Dass Jimi eine blutige Lippe hatte und seine linke Gesichtshälfte sich blau verfärbte, schien sie nicht weiter zu beunruhigen. Vielleicht gehörte es zum Reservatsalltag, hin und wieder eins auf die Nase zu bekommen.

Von ihrer Tante wusste Sim, dass den Lakota die Privatsphäre heilig war. Persönliche Fragen wurden nicht gestellt. Von rassistischen Weißen verprügelt zu werden, musste eine schreckliche Demütigung für Jimi gewesen sein.

»Du musst zur Polizei gehen und die Typen anzeigen«, sagte Sim, als er in frischem T-Shirt und sauberen Jeans wieder in den Truck stieg.

Jimi stieß ein spöttisches Lachen aus. »Wie naiv bist du eigentlich, Sim?«

Gekränkt blickte sie aus dem Seitenfenster.

»Schon gut«, sagte er. »Ich hab's nicht so gemeint. Aber so läuft das hier nun mal, das ist unser Alltag. Für ein Mädchen wie dich ist das schwer zu begreifen. In ein paar Tagen ist deine Zeit im Res abgelaufen. Du kannst in den Flieger steigen und von hier verschwinden. Ich kann das nicht, verstehst du?«

»Wieso eigentlich nicht?«, fragte sie.

»Wieso eigentlich nicht?« Jimi warf ihr einen entgeisterten Blick zu. »Mit meinem Auto kann ich das Res nicht verlassen, weil ich für die Schrottkiste keine ordentliche Versicherung bekomme. Und wo sollte ich auch hingehen – ohne Geld? Da draußen will mich niemand und hier drinnen gibt es keine Hoffnung auf einen Job, es sei denn, ich gehe nach Afghanistan, um mich für dieses Land, dem ich scheißegal bin, über den Haufen schießen zu lassen.« Seine Hände umklammerten das Lenkrad. »Wir stecken in der Scheiße und wir bleiben in der Scheiße«, sagte er, »da wird auch Luke mit seinen Gesängen nichts dran ändern.«

»Das tut mir so leid«, sagte Sim und ihr fiel wieder Lukas' Bemerkung beim Pferderennen ein, dass sie nicht viel wusste über das Leben im Reservat. Inzwischen wusste sie eine Menge mehr, aber es kam ihr so vor, als verstünde sie trotzdem nichts von dem, was hier passierte.

»Hör endlich auf, dich für alles zu entschuldigen, verdammt noch mal«, herrschte Jimi sie an. »Es tut mir leid, es tut mir leid«, äffte er sie nach. »Ich kann's nicht mehr hören.«

Ein dicker Kloß wuchs in Sims Hals. »Was erwartest du eigentlich von mir?«, fragte sie. »Woher soll ich all diese Dinge wissen, wenn sie mir niemand erzählt?«

»Mach doch einfach die Augen auf. Mach sie *richtig* auf, okay? Sieh, was da ist, nicht, was du sehen willst.«

Jimi wich fluchend einem Hund aus, der plötzlich am Straßenrand auftauchte, und Sim klammerte sich am Armaturenbrett fest.

»Wieso hast du mich geküsst?«

»Sei still, okay?«

Sie waren jetzt auf der Asphaltstraße. Sim verschränkte die Arme vor der Brust und sah stur geradeaus. Jimi drehte das Radio auf.

Auch Jo fragte Jimi nicht, was mit seinem Gesicht passiert war, aber als er mit seinem Mustang davongefahren war, erkundigte sie sich bei Sim.

»Er ist von ein paar Weißen verprügelt worden.«

»In Hot Springs?«

»Auf dem Schrottplatz.« Sim erzählte ihrer Tante, dass Jimi das Fell und sein Auspuffteil allein abgeholt hatte und mit zerschlagenem Gesicht zurückgekommen war.

»Vielleicht sollte ich dich nicht mehr mit den Jungs zusammen weglassen«, meinte Jo kopfschüttelnd.

»Das ist doch Unsinn«, protestierte Sim. »Es war total cool bei den Cascade Falls und wir hatten eine Menge Spaß.«

»Jimi sah nicht aus, als ob er Spaß gehabt hätte.«

»Was kann er dafür, dass da draußen immer noch Leute herumlaufen, die Indianer nicht leiden können?«

Daraufhin sagte Jo nichts, aber Sim sah die Falten auf der Stirn ihrer Tante.

Am Abend kehrte Michael zurück. Dass seine Sachen inzwischen in Jos Zimmer gewandert waren, schien ihn nicht zu stören, im Gegenteil. Er war gut gelaunt und küsste Jo immer wieder. Er und Sim übernahmen das Kochen und sie erfuhr eine Menge über den Sonnentanz, dem Michael als Gast beigewohnt hatte.

Roos und ihre Eltern hatten den Tag in den Badlands verbracht, allerdings ausschließlich dort, wo es ordentliche Straßen gab. Roos wirkte erschöpft und ging gleich nach dem Essen schlafen. Nachdem das Mädchen in ihrem Zimmer verschwunden war, verabschiedete sich auch Sim, um in den Trailer zu gehen.

Sie bedauerte, dass Roos so schnell verschwunden war, denn sie hätte sich gerne noch ein bisschen mit ihr unterhalten. Ihr fehlte jemand, mit dem sie über alles reden konnte. Über das wilde, verwirrende Gefühl in ihrem Herzen, wenn Jimi in der Nähe war. Darüber, wie man sich anstellte, wenn ein Junge einem an die Wäsche ging. Jemand, der einem sagte, wenn man sich mit seiner Meinung verrannt hatte. Oder mit seinen Gefühlen.

Jimi parkte sein Auto an der Straße und lief zum Horse Hill hoch. Im Blockhaus waren alle Fenster dunkel und auch im Trailer brannte kein Licht mehr. Zu Sim zu fahren, war eine spontane Eingebung gewesen, aber jetzt war er nicht mehr so sicher, ob er das Richtige tat.

Sie hatte sich eingeschlossen – natürlich. Er holte den Schlüssel zur Hintertür unter einem Stein hervor, öffnete sie leise und ging hinein.

Sims Zimmertür stand offen. Fahles Mondlicht fiel durch die Fenster und beleuchtete ihre Gestalt auf dem Bett. Er blieb davor stehen und betrachtete sie mit einem sehnsüchtigen Verlangen. Er wollte mit ihr schlafen, aber noch mehr wünschte er sich, dass sie jemand war, der zu ihm gehörte.

Als Jimi ihr eine Hand auf den Mund presste, fuhr sie hoch.

»Ich bin's nur«, flüsterte er. »Nicht schreien, okay?« Sim nickte und er nahm seine Hand von ihrem Mund.

Sie setzte sich auf und rieb sich mit beiden Händen über das Gesicht. »Du hast mich zu Tode erschreckt.« Sie wollte ihre Nachttischlampe anknipsen, aber Jimi hielt sie davon ab.

»Lass das Licht aus, okay?«

Sim holte eine Kerze aus dem Regal über ihrem Bett. Jimi zog sein Feuerzeug hervor und zündete sie an. Nachdem er sie auf den Boden gestellt hatte, setzte er sich ächzend mit dem Rücken zur Wand.

Sim hockte sich vor ihr Bett. »Wie bist du überhaupt hier reingekommen?«

»Der Schlüssel zur Hintertür liegt unter einem Stein.«

Sim sah ihn an und im warmen Schein der Kerzenflamme wirkte ihr Gesicht weicher. *Warum bist du hier?*, schien es zu fragen.

Ja, warum? Vor Schmerzen hatte er nicht schlafen können und auf einmal das dringende Bedürfnis verspürt, mit jemandem zu reden.

So war er hier gelandet, bei ihr.

»Es tut mir leid«, brachte er mühsam hervor. Sich zu entschuldigen, war ihm schon immer schwergefallen. Die Lakota gingen nicht oberflächlich mit Entschuldigungen um. Wenn ein Lakota sich entschuldigte, dann tat es ihm im Herzen leid.

»Hör auf, dich ständig zu entschuldigen, verdammt noch mal«, sagte Sim mit tiefer Stimme. »Ich kann's nicht mehr hören.«

Jimi sah, wie ihre Augen funkelten. Er musste lachen und zuckte zusammen. Seine Rippen schmerzten bei jeder Bewegung und er fasste nach seiner Lippe, die wieder zu bluten begonnen hatte.

»Jetzt hast du auch eine Scharte in der Lippe«, sagte Sim und reichte ihm ein Kleenex.

»Ja. Wir passen gut zusammen.«

»Warum sagst du das?«

»Weil es die Wahrheit ist.«

»Luke hat gesagt, du bleibst bei keiner lange.«

»Was hat der Blödmann dir eigentlich alles über mich erzählt?«

Sim zuckte mit den Achseln. »Er ist dein bester Freund«, sagte sie. »Warum soll er das mit uns nicht wissen?«

»Ganz einfach: Weil er dich auch mag. Luke steht auf exotische Mädchen.« Jimi blickte ihr ins Gesicht. Das störrische Haar stand ihr wild vom Kopf wie Büffelgras, Licht und Schatten flackerten auf ihrem Gesicht, das ein bisschen gespenstisch aussah. Er hätte sie jetzt gerne geküsst, auf ihre vollen Lippen, die vor Überraschung leicht offen standen. Wie hatte er sich bloß an ihrer Narbe stören können?

»Erzähl mir nicht, dass du nichts davon gemerkt hast, Sim.«

»Erzähl du mir nicht, dass du auf Luke eifersüchtig bist.«

»Bin ich aber. Es ist das erste Mal, dass wir uns bei einem Mädchen in die Quere kommen. Ich weiß nicht, wie ich mich verhalten soll.«

»Keine Ahnung«, wieder hob sie die nackten Schultern. »Lukas ist auch für mich ein Freund. Ihr müsst das unter euch klären.«

»Du könntest aufhören, ihm Hoffnungen zu machen.«

»Ich mache ihm *was?*«

»Du verhältst dich ihm gegenüber, als wäre er mehr für dich, als ein . . . ein Freund.«

»Ich verhalte mich, wie ich mich immer Freunden gegenüber benehme.«

Jimi stöhnte. Er wusste, dass sie recht hatte. Es waren die verdammten kulturellen Unterschiede, die alles so kompliziert machten. All die kleinen Dinge, von denen Sim nichts ahnte – nichts ahnen konnte. Dass eine Frau, die links von einem Mann saß, zu ihm gehörte. Dass ein Mädchen, wenn es länger als eine halbe Stunde mit einem Jungen allein war, ihm signalisierte, dass sie mit ihm zusammen sein wollte. Dass ein Mädchen nicht Hand in Hand mit einem Jungen herumlaufen konnte, ohne dass die anderen und er selbst sich ihren Teil dachten, auch wenn der Junge – *verdammt noch mal* – blind war.

»Hören wir auf damit«, sagte Jimi resigniert, »das führt zu nichts. Ich werde es ihm sagen.«

»*Was* wirst du ihm sagen?«

»Na, dass du und ich, dass wir zusammen sind.« Er wand sich unter ihrem prüfenden Blick.

Sim schüttelte den Kopf. »Und wenn wir uns das nächste Mal in der Öffentlichkeit begegnen, dann kennst du mich wieder nicht? Wieso schämst du dich für mich? Weil ich eine Wasicun bin? Wegen meiner Narbe? Wegen meiner Klamotten? Du bist heute verprügelt worden, weil du anders bist. Aber du verhältst dich genauso wie diese Typen, die dir das angetan haben, nur dass du nicht zuschlägst. Was du machst, ist schlimmer.«

Jimi schnürte es die Kehle zu. Seine Lüge hatte ihn eingeholt. Alles, was er getan hatte, alles, was er versäumt hatte, würde ihn irgendwann einholen. Sims Vorwurf traf ihn heftiger, als er für möglich gehalten hatte. Am liebsten hätte er ihr die Wahrheit ins Gesicht geschrien, aber dann würde sie ihn aus dem Trailer schmeißen und nichts mehr mit ihm zu tun haben wollen. Wenn er mit ihr zusammen sein wollte, musste er die Rolle des armen, geprügelten Helden weiterspielen.

»Ich war mir nicht sicher bei dir«, sagte er. Das war die Wahrheit. Deshalb war er hier. Um herauszufinden, ob Sim es ernst meinte. Oder ob sie mit ihm spielte – mit ihm und mit Lukas. Er hatte sie bei den Cascade Falls eine Weile beobachtet, wie sie ganz ungezwungen miteinander geplaudert hatten. Sim halb nackt, bekleidet nur mit zwei winzigen Streifen Stoff. Na gut, Lukas konnte sie nicht sehen, aber in diesem Bikini sollte sie auch kein anderer zu sehen bekommen. Lakota-Frauen gingen normalerweise in Shorts und T-Shirt baden.

»Bedeutet ein Kuss in eurer Kultur nicht dasselbe wie in meiner?«, fragte Sim und klang schon etwas versöhnlicher.

Jimi lehnte sich zu ihr herüber, legte seine Hand um ihr Kinn und drehte ihr Gesicht in seine Richtung. Dann küsste er sie vorsichtig. »Vermutlich schon«, flüsterte er. Seine Hand wanderte ihre Halsbeuge entlang über das Schlüsselbein in den weiten Ausschnitt ihres ärmellosen Nachthemdes und umfasste ihre linke Brust. Sim sog scharf die Luft ein, ließ ihn aber gewähren. Er küsste sie wieder, heftiger, trotz der Schmerzen, die ihm das verursachte. Dann schob er die Kerze ein Stück zur Seite und zog sich das T-Shirt über den Kopf.

Sim stieß einen rauen Laut aus, als sie den dunklen Bluterguss entdeckte, der sich auf seiner linken Seite gebildet hatte. Sanft fuhr sie mit den Fingerspitzen darüber. Das löste Gefühle in ihm aus, die nicht zu ertragen waren. Sim empfand etwas für ihn. Und er wollte alles von ihr.

Zunächst einmal wollte er ihr das Nachthemd ausziehen, aber sie sperrte sich. »Hey«, flüsterte er, »das hatten wir doch schon.«

»Ich bin müde, okay?«

Sie war was?

Das konnte einfach nicht wahr sein. Was hatte er falsch gemacht? Er versuchte es noch einmal und sie sagte (schroffer): »Ich will nicht, Jimi, okay? Du bist ständig in Bewegung und ich kann dich nicht fassen, dich nicht begreifen. Du bist mir einfach zu schnell.«

Zu schnell? Jimi seufzte. Sims Verweigerung kränkte ihn,

aber er litt auch. Dieses Mädchen hatte ihn verhext. Er wollte mit ihr schlafen – jetzt. Weil er das brauchte. Weil er die Schmerzen und all das andere vergessen wollte, wenigstens für eine Weile. Weil er noch einmal so sanft berührt werden wollte.

Er zog die Kerze zwischen sie, nahm Sims rechte Hand und sagte: »Streck den Finger aus.«

Verwundert sah sie ihn an, die Hand zur Faust geballt.

»Nun mach schon, ich tue dir nicht weh.«

Sie streckte den Finger aus und er führte ihn ein paar Mal durch die Kerzenflamme. Dann hielt er ihn eine Sekunde lang in die Flamme und sie zog mit einem leisen Aufschrei ihre Hand zurück.

»Siehst du«, sagt er. »Solange du deinen Finger bewegst, passiert nichts. Aber hältst du eine Sekunde lang still, verbrennst du dich. Deshalb bin ich immer in Bewegung. Weil ich nicht verbrennen will.«

»Du machst mir Angst«, sagte Sim.

Nicht gut, Jimi. »Wenn ich verspreche stillzuhalten, kann ich dann eine Weile neben dir liegen?«

Sim stieg in ihr Bett zurück, wickelte sich in die dünne Decke und rutschte zur Wand, damit er Platz hatte. Jimi blies die Kerze aus, legte sich dicht neben sie und drehte sich auf den Rücken.

»Gute Nacht, Sim.«

»Gute Nacht, Jimi.«

Er hörte, wie ihre Atemzüge bald langsamer und tiefer wurden. Wie konnte sie einschlafen, während er neben ihr lag?

23. Kapitel

Jimi lag nicht mehr neben ihr, als Sim am nächsten Morgen erwachte. Für einen Moment glaubte sie, seinen nächtlichen Besuch nur geträumt zu haben, aber dann entdeckte sie auf ihrem Nachttisch den kleinen ledernen Schildkrötenanhänger, der mit eingefärbten Stachelschweinborsten bestickt war. Das war süß. Und es überraschte sie. Ob Jimi ihn selbst gemacht hatte? Wann war er gegangen? Sie hatte nichts gemerkt. Er hatte Wort gehalten und war ganz still gewesen.

An diesem Tag half Sim ihrer Tante im Laden. Am kommenden Wochenende wollten Jo und Michael nach Rapid City fahren, um Schmuck und Kunsthandwerk auf einem zwei Tage dauernden Workshop unter dem Motto »Save our planet« zu verkaufen, an dem auch viele Ureinwohner aus den verschiedenen Bundesstaaten teilnehmen würden. Die Nacht vom Samstag zum Sonntag würde Sim alleine am Horse Hill verbringen müssen, denn die Niederländer wollten bereits am Samstag abreisen.

Sie half ihrer Tante, Preisschilder zu beschriften und die Sachen in verschiedene Kisten zu packen. Jo sah es inzwischen lockerer mit dem Arbeiten. Sim erledigte, was anfiel oder wobei Jo sie gerade brauchte. Mit Junipers Welpen spielen, gehörte auch dazu. Die Kleinen mussten an den Umgang mit Menschen gewöhnt werden, sonst würde Jo sie nur schlecht weitervermitteln können. Auf ihren großen Teddypfoten tapsten sie durch die Wiese, gaben putzige Töne von sich und zwickten sich gegenseitig in Schwanz und Ohren. Sim musste lachen, wenn sie die Truppe beobachtete, und am liebsten hätte sie ihren kleinen grauen Wolf mit nach Haus genommen.

Hin und wieder dachte sie an Roos, die jetzt bei Henry He Dog saß. Ob der alte Mann etwas für sie tun konnte? Sim wünschte es ihr.

Erst am Abend kamen die Niederländer zurück und Sim bemerkte das Strahlen in Evas Augen. Während des gemeinsamen Abendessens erfuhr sie, dass Henry He Dog sich zu einer Yuwipi-Zeremonie für Roos bereit erklärt hatte. Später saß Sim mit dem Mädchen draußen auf den Stufen vor dem Trailer und Roos sprach flüsternd von ihrer Hoffnung und ihrer Angst.

»Was passiert denn bei einer Yuwipi-Zeremonie?«, fragte Sim. »Hat Henry dich darauf vorbereitet?«

Roos seufzte. »Wenn ich dir das erzähle, dann wirst du mich für völlig abgedreht halten.«

»Warum sollte ich?«

»Weil es sich wie Hokuspokus, wie Voodoo anhört.«

Sim platzte bald vor Neugier. »Schieß los«, sagte sie. »Ich bin schon eine Weile hier im Reservat und mich haut nichts mehr so schnell um.«

»Der alte Mann hat uns erklärt, dass es früher Steinträumer gab, die mithilfe fliegender Steine Kranke heilen und vermisste Dinge auffinden konnten. Daraus wurde die Yuwipi-Zeremonie, die inzwischen immer dann abgehalten wird, wenn man den Rat und die Hilfe der Geister braucht.« Sie musterte Sim, die ihr aufmerksam lauschte.

»Und was musst du dabei tun?«

»Ich? Nichts. Der alte Mann wird von Lukas in einen Starquilt gewickelt und mit Stricken verschnürt wie ein Paket. Während der Zeremonie muss er sich daraus befreien.«

Sim wollte es nicht, aber sie konnte das Grinsen nicht verhindern, das sich auf ihr Gesicht schlich.

»Ich sag doch. Es hört sich an wie Hokuspokus.«

»Ein bisschen«, gab sie zu.

»Ich mache mich lächerlich, oder?«

Sim schüttelte den Kopf. »Nein, überhaupt nicht. Weißt du, was: Ich kenne Lukas und vertraue ihm. Und Lukas kennt Henry und vertraut ihm. Und meine Tante vertraut allen beiden. Also kannst du das auch.«

Roos nickte. »Danke, Sim. Das werde ich. Und ich würde mich freuen, wenn du morgen Nacht dabei bist. Es würde mir viel bedeuten.«

»Wenn das möglich ist, bin ich dabei. Versprochen.«

Den ganzen Freitag waren die Niederländer eifrig damit beschäftig, Vorbereitungen für die Zeremonie zu treffen. Sie erwarben in Jos Laden einen Starquilt, kauften Lebensmittel und Getränke im *Sioux-Nation*-Supermarkt und bereiteten in der Küche verschiedene Speisen zu, die Jo ihnen vorgeschlagen hatte. Sim und Roos sammelten Salbei und banden kleine Tabakbeutelchen, die im Abstand von drei bis vier Zentimetern an einen Strick geknüpft wurden.

Am Nachmittag kam Lukas, um mit den Kindern und den Pferden zu arbeiten. Als Sim ihn nach Jimi fragte, zuckte er nur mit den Achseln.

Die Van der Vaarts hatten Sim, Jo und Michael zur Yuwipi-Zeremonie eingeladen. Nachdem am Abend der Laden geschlossen und die Tiere versorgt waren, fuhren sie mit zwei Autos nach Manderson zu Henry He Dogs Haus. Lukas und der alte Mann mühten sich gerade damit ab, ein eisernes Bettgestell aus dem Trailer zu wuchten. »Mehr links!«, rief He Dog seinem blinden Helfer zu. »Und jetzt kommt eine Stufe.«

Michael sprang ihnen zu Hilfe und schien im ersten Augenblick nicht zu wissen, wessen Stelle er einnehmen sollte: die des alten Mannes, der unter dem Gewicht des Bettgestells ächzte, oder die des blinden Lukas. Schließlich brachte er beide dazu, das Teil erst einmal abzusetzen.

»Was machen sie denn da?«, fragte Sim ihre Tante verwundert.

»Sie bereiten den Raum für die Zeremonie vor. Sämtliches Mobiliar und aller Kram, der nichts mit der Lakota-Kultur zu tun hat, muss raus, weil die Geister der Ahnen das Zeugs des weißen Mannes nicht leiden können.« Jo schüttelte den Kopf. »Offensichtlich will He Dog die Zeremonie in seinem Schlafzimmer abhalten.«

Eva und Willem wechselten betretene Blicke. Roos schaute gebannt auf das, was in der zunehmenden Dämmerung vor sich ging. Eva stieß ihren Mann an. »Ich glaube, deine Hilfe wird gebraucht.«

Willem und Michael schafften das Bettgestell schließlich aus dem Trailer. Eva, Jo, Roos und Sim trugen die Schüsseln und Plastikboxen mit den vorbereiteten Speisen in die Küche, während He Dog und die beiden Männer das Schlafzimmer für die Yuwipi-Zeremonie vorbereiteten. Es war ein länglicher Raum mit einem Fenster und einer Tür. Das Fenster wurde mit dunkler Folie abgeklebt, der Boden gefegt und jeder Winkel des Raumes mit Salbei ausgeräuchert.

He Dog schleppte mit Michaels Hilfe ein zusammengerolltes Bisonfell herein und breitete es in der Mitte des Zimmers auf dem Boden aus. Er bat Sim und Roos, den frisch gepflückten Salbei darauf auszulegen. Währenddessen baute er seinen Altar am oberen Ende des Bisonfelles auf, den er mit einem handtellergroßen Medizinrad, einer großen Adlerfeder, seiner Pfeife, einer Rassel aus Rohhaut und einem Häuflein kleiner weißer Steine bestückte.

Vier Holzstäbe, an deren oberen Enden farbige Fähnchen befestigt waren, steckten in mit Erde gefüllten Konservendosen und repräsentierten die heiligen vier Himmelsrichtungen: Schwarz für Westen, Rot für Norden, Gelb für Osten und Weiß für Süden. Mit diesen Stäben steckte He Dog den heiligen Bereich ab, der das Bisonfell mit dem Altar umfasste. Eine Schnur mit Tabakbeutelchen umspannte ihn von drei Seiten.

Schließlich war es so weit. He Dog betrat barfuß und mit freiem Oberkörper den Raum. Ihm folgte Lukas mit offenem Haar und dem zusammengefalteten Starquilt. Der alte Mann kniete sich auf das Bisonfell vor den Altar und stopfte seine heilige Pfeife. Dabei betete er auf Lakota.

Sim beobachtete das Ganze mit gemischten Gefühlen. Wie mochte es Roos gehen, der Hauptperson an diesem Abend? Im schummrigen Licht der Vierzig-Watt-Birne, die nackt von der Decke hing, sah sie zu dem Mädchen hinüber, das sich – und das war wirklich verrückt – ihr Leben von dieser Zeremonie erhoffte. Roos hatte die Finger ineinander verschlungen und ihr Vater legte beruhigend eine Hand auf ihre Schulter. Sim glaubte, Tränen auf Roos' bleichen Wangen glitzern zu sehen, und wollte jetzt nicht in ihrer Haut stecken.

Lukas hatte Jimi gebeten, bei der Zeremonie zu helfen, aber bis jetzt war er nicht erschienen. Jo, Michael, Roos, ihre Eltern und Sim setzten sich auf Lukas' Anweisungen hin auf den Boden um das Fell, jeder mit einem Salbeizweig in der Hand. Inzwischen stand He Dog mit geschlossenen Augen auf dem Fell, die Handgelenke auf dem Rücken gekreuzt. Lukas betrat mit dem Starquilt und starken Lederschnüren den heiligen Boden, um Henry die Hände auf dem Rücken zu verschnüren. Als er begann, den alten Mann in den Starquilt zu wickeln, öffnete sich die Tür und Jimi erschien. Alle sahen ihn an, aber niemand sagte etwas. Wortlos half er seinem Freund dabei, den Medizinmann mit der langen Lederschnur zu verschnüren wie ein Paket, aus dem nur noch der Kopf herausschaute.

Die beiden halfen He Dog, sich mit dem Kopf zum Altar auf den Bauch zu legen. Jimi führte Lukas vom Fell und schloss den Kreis mit der Schnur aus zusammengeknüpften Tabakbeutelchen. Lukas setzte sich in den Schneidersitz und Jimi drückte ihm seine bemalte Handtrommel in die Hände. Dann löschte er das Licht und sie saßen im Finsteren. Für einen Augenblick war es totenstill. Als Lukas begann, die Trommel anzuschlagen und zu singen, übertrug sich die Stimmung der geheimnisvollen Rituale auf Sim. Angespannt saß sie da, lauschte auf den Klang der Trommel und Lukas' Gesang:

He wami jank, auwe,
Tunka kin sitomnija,
Wani jank, auwe.

Nach einer Weile stimmte Jimi mit ein. Der volltönende Gesang der beiden erfüllte die vier Wände von He Dogs Schlafzimmer. Sim konnte die schwarze Dunkelheit, die sie umgab, körperlich spüren. Sie hörte das Klicken der Steine in der Rassel und fragte sich, wer sie anschlug. Etwas Felliges berührte ihren nackten Arm, und als sie das Gefühl hatte, der Flügel eines Vogels würde ihre Wange streifen, riss sie erschrocken die Augen auf.

Es war immer noch stockfinster, aber vor ihrem Gesicht tanzten winzige Lichtfunken – wie Glühwürmchen. Der Gesang der beiden Jungen wurde intensiver, die Trommelschläge schneller und die Lichtblitze stiegen zur Decke. Sim hörte das Wispern von Stimmen, die sie nicht verstand, und verspürte einen Anflug von Panik angesichts des Unmöglichen, das hier vor sich ging. Plötzlich traf sie etwas Hartes an der Schulter und sie stieß einen heiseren Schrei aus. Was flog hier durch die Luft? Was hatte das alles zu bedeuten?

Schlagartig verstummte der Gesang und das Wispern hörte

auf. Auch die Lichtblitze verschwanden. Etwas bewegte sich in der Dunkelheit und plötzlich ging das Licht an. Sim schnappte nach Luft und auch Eva stieß einen ungläubigen Laut aus. He Dog kniete vor dem Altar, unverhüllt und von seinen Fesseln befreit. Vor Sim auf dem Boden lag die Rassel. Sie war durch die Luft geflogen und hatte sie an der Schulter getroffen.

Sim spürte, wie sich ihre Ergriffenheit in Ärger wandelte. He Dogs wundersame Entfesselung, die Lichtblitze, die fliegende Rassel – das alles konnte nicht mit rechten Dingen zugegangen sein. Sie waren an der Nase herumgeführt worden. Von He Dog, von Lukas, von Jimi. Enttäuschung legte sich wie eine Hand um ihr Herz und drückte langsam zu.

Der alte Mann zündete ein Salbeibündel an, holte Roos zu sich auf das Bisonfell und befächelte sie mit der großen Adlerfeder. Dabei sprach er Worte auf Lakota. *Hokuspokus,* dachte Sim mit Tränen in den Augen. Sie sah die Ergriffenheit auf den Gesichtern der anderen und fragte sich, warum niemand außer ihr das merkte – nicht einmal ihre Tante, die es doch besser wissen musste.

Lukas begann, die Worte des alten Mannes für das Mädchen und die Anwesenden zu übersetzen. »Er sagt, die Geister wären in der Dunkelheit gekommen und hätten zu ihm gesprochen. Er wisse jetzt die Ursache von Roos' Krankheit.«

He Dogs Redefluss brach nicht ab, aber Lukas schien kurz zu zögern. Schließlich übersetzte er weiter: »Es hat damit begonnen, dass ihre Eltern sich nicht mehr verstanden. Roos hatte große Angst, dass sie sich trennen könnten. Das wollte sie um jeden Preis verhindern und dabei kam ihr die Krankheit zu Hilfe.«

Verblüfft lauschte Sim. Ein seitlicher Blick auf Eva und einer über He Dog und Roos hinweg zu Willem sagte ihr, dass etwas dran sein musste an He Dogs Worten. Konnte es so etwas geben? Dass Roos krank geworden war, weil sie nicht wollte, dass ihre Eltern sich trennten?

»Wenn Roos und ihre Eltern darüber sprechen und eine Lösung finden, dann hat die Krankheit keinen Grund mehr, in Roos zu wohnen, und sie kann gesund werden.«

Damit schickte He Dog das Mädchen auf seinen Platz zurück. Der Medizinmann sah von einem zum anderen und fragte, ob noch jemand der Anwesenden über seine Probleme sprechen wollte, denn jetzt wäre die Gelegenheit dazu. Dabei blieb sein Blick an Sim hängen oder vielmehr an der Rassel, die vor ihren Knien lag. Verstört schüttelte sie den Kopf.

Der Medizinmann nickte unmerklich, zündete die Pfeife an und gab sie in die Runde. Wer wollte, konnte ein Gebet sprechen, laut oder einfach in Gedanken. Danach war die Zeremonie beendet. Mit knackenden Gelenken kam He Dog auf die Beine. Er verstaute seine heiligen Gegenstände und zog sich ein T-Shirt über. Die Männer trugen sein Bett und die übrigen Einrichtungsgegenstände wieder ins Haus. Die Bilder wurden aufgehängt und die Folie vom Fenster entfernt.

Es war schon weit nach Mitternacht, als alle sich über das Essen in der Küche hermachten. Zwischen Eva und Willem herrschte eine angespannte Stimmung, die sie krampfhaft zu überspielen versuchten. Roos' Wangen waren gerötet, ihre Augen glänzten. Sie sah nachdenklich, aber nicht unglücklich aus. Als hätte sie etwas begriffen.

Vielleicht war es ja Hokuspokus, dachte Sim. Aber er hatte etwas Erstaunliches bewirkt.

Am nächsten Morgen brachen Jo und Michael nach dem Frühstück mit zwei Autos nach Rapid City auf. Jo schärfte ihr ein, niemandem zu erzählen, dass sie nachts allein sein würde am

Horse Hill. Sie sollte Licht im Haus brennen lassen und alle Türen gut verschließen, nachdem Almona gegangen war.

»Am besten, du schläfst die eine Nacht im Haus«, sagte Jo.

Sim nickte. »Ja, mach ich vielleicht.«

Kurz vor zehn kam Almona, um den Laden zu betreuen, und die Niederländer brachen wenig später zum Flughafen auf. In der allgemeinen Aufbruchsstimmung waren Sim und Roos nicht mehr dazu gekommen, unter vier Augen miteinander zu reden, aber sie versprachen, einander E-Mails zu schreiben, um in Kontakt zu bleiben. Als Roos sich von Sim verabschiedete, umarmte sie das dünne Mädchen herzlich. Vielleicht waren sie keine Freundinnen geworden in der kurzen Zeit, aber sie hatten etwas erlebt, das sie miteinander verband.

Die Van der Vaarts fuhren davon und Sim sah ihrem Wagen nach, bis die Rücklichter hinter der Biegung verschwunden waren. Es war wieder einer dieser glühend heißen Tage, an denen man es unter freiem Himmel kaum länger als zehn Minuten aushielt. Sim dachte sehnsüchtig an das herrlich klare Wasser in den Steinbecken der Cascade Falls.

Das schnelle Bad, das sie im frischen Wasser der Pferdetränke nahm, blieb ein kleiner Trost. Weder Lukas noch Jimi tauchten auf, um sie zu einem Ausritt einzuladen. Sim duschte die Pferde, spielte im Schatten des Blockhauses mit den Welpen und machte Almona und sich ein paar Sandwiches zum Mittag.

Danach legte sie sich auf ihr Bett im Trailer, stöpselte die Kopfhörer ein, und während sie den Jungs von *Medusa's Child* lauschte, nickte sie ein.

Am Nachmittag saß sie mit einem aufgeschlagenen Buch auf den Knien im Schatten des Trailers, aber sie las nicht. Zu viel ging ihr im Kopf herum.

Gegen Abend, als die Hitze endlich nachließ, kamen Junipers Welpen aus ihrer schattigen Höhle hervor, um zu spielen. Sie beschnupperten Sim gründlich, kauten an ihren Turnschuhen und balgten miteinander. Sie fanden einen alten Lappen, um den sie sich ausgiebig stritten. Sim beobachtete das Treiben und vergaß, dass sie sich langweilte.

Kurz nach acht schloss Almona den Laden ab und verabschiedete sich. Sim machte sich noch ein Sandwich und aß es auf der Couch vor dem Fernseher, als das Telefon klingelte. Es war ihre Tante. Sie wollte sich vergewissern, ob alles in Ordnung war.

»Was machst du gerade?«, fragte Jo.

»Ich bin auf Speed und feiere eine Party mit fünfzig Leuten«, antwortete Sim.

Es dauerte einen Moment, bis ihre Tante lachte. Auch der Kontrollanruf war also erledigt.

Jo hatte Sim angeboten, wieder in ihr Zimmer im Blockhaus zu ziehen, aber inzwischen mochte sie den Trailer, er war ihr Zuhause geworden. Gegen neun wurde ihr jedoch unheimlich zumute und sie beschloss, ihre Steppdecke aus dem Trailer zu holen und doch lieber im Blockhaus zu schlafen, wo das Telefon stand.

Als sie mit ihrem Kopfkissen und der dünnen Steppdecke unter dem Arm zum Blockhaus zurücktappte, kam Jimis Mustang die Zufahrt herauf und hielt vor der Ladentür. Jimi und Lukas stiegen aus. Sim war schon im Nachthemd (rot, mit kleinen tanzenden Kühen) und versteckte sich, so gut es eben möglich war, hinter dem Bettzeug.

»Wo soll's denn hingehen?« Jimi grinste. Seine Lippe war nicht mehr geschwollen, man sah nur noch einen schwarzen Strich, wo die Wunde sich geschlossen hatte. Auf seinem linken Jochbein färbten sich die blauen Flecken langsam gelblich grün.

»Hi, Sim.« Lukas lächelte in ihre Richtung.

Beide sahen chic aus: saubere Jeans und T-Shirts – als ob sie noch etwas vorhatten.

»Ich wollte ... äh ... lieber doch im Blockhaus schlafen.«

»Sehr vernünftig.« Jimis Grinsen wurde breiter. »Man weiß nie, wer nachts um den Trailer schleicht.«

Sims Ohren prickelten und ihr Gesicht fühlte sich heiß an. »Wollt ihr nicht reinkommen?«

»Klar doch, gerne.«

Sim übernahm die Vorhut. Drinnen warf sie die Steppdecke auf das Bett in ihrem ehemaligen Zimmer und verschwand im Bad. Heraus kam sie mit einem violett schimmernden Kimono, der ihrer Tante gehörte.

»Chic«, sagte Jimi.

Er öffnete den Kühlschrank, ließ seinen Blick über den Inhalt schweifen und holte sich ein Päckchen Apfelsaft heraus. Lukas fragte nach Schokolade aus Deutschland und Sim musste schmunzeln.

Die beiden Jungs setzten sich auf die Couch vor den Fernseher. Jimi zappte durch sämtliche Kanäle.

Sim wusste nicht, ob sie froh sein sollte über ihre Gesellschaft oder eher beunruhigt. Hatte Jimi Lukas erzählt, dass er und sie jetzt *zusammen* waren? Oder waren sie das gar nicht, weil Sim sich geweigert hatte, mit ihm zu schlafen?

Das Ganze war ziemlich kompliziert und so wartete sie erst einmal ab.

»Meine Tante ... ähm Jo ... sie ist nicht da«, sagte sie schließlich.

Jimi lachte kopfschüttelnd. »Deswegen sind *wir* ja da.«

»Aber woher wisst ihr ...?«

»Smoke signals«, sagte Lukas und grinste nun auch.

Na toll, dachte Sim, aber ihr wurde etwas leichter ums Herz.

»Lust auf eine Party?«, fragte Jimi beiläufig.

Sim setzte sich kerzengerade auf. »Party? Wo?«

»Gleich drüben, in Manderson. Kiki Whirlwind feiert ihren Geburtstag. Cammie ist auch da und ein paar andere, die du kennst.«

Wen kannte sie denn schon, außer Jimi und Lukas? Sim war für einen Moment unschlüssig. Die Einladung annehmen oder sie ausschlagen? Ihre Tante würde stinksauer sein, wenn sie rauskriegte, dass Sim noch einmal weggegangen war. Andererseits war das womöglich eine nie wiederkehrende Gelegenheit. Mit Sicherheit gab es kühles Bier auf Kiki Whirlwinds Party. Und Manderson war gleich um die Ecke. Was sollte also schiefgehen?

»Okay«, sagte sie. »Ich brauche fünf Minuten, um mir etwas anzuziehen. Bin gleich wieder da.«

Sie lief hinüber in den Trailer und streifte über, was ihr als Erstes unter die Finger kam: den schwarzen Samtrock, schwarze Nylons und das mit violetten Pailletten besetzte limonengrüne Top. Dazu ihre Schnürstiefel und eine Samtjacke mit langer Spitze an den Ärmeln. Die Haare mit ein bisschen Gel in Form gebracht – fertig.

»Wow!«, sagte Jimi, als sie wieder ins Blockhaus kam. Es war kein *Wow, du siehst toll aus.* Eher ein *Wow, ich wusste gar nicht, dass du noch mehr solche schrägen Klamotten besitzt.* Aber egal – Hauptsache, sie mochte, was sie trug.

Sie schloss Trailer und Blockhaus sorgfältig ab, verabschiedete sich von Juniper und stieg zu Jimi und Lukas in den Mustang.

24. Kapitel

Das Haus, in dem Kiki mit ihrer Mutter (die im Gefängnis saß) wohnte, war eines dieser Häuser, die von der Regierung gebaut worden waren und die alle gleich aussahen. Gelbliche Backsteinwände, die sich beim Näherkommen als Kunststoffattrappe entpuppten, flache Satteldächer, keine Veranda.

Ein aufblasbares Babyplanschbecken stand vor dem Haus auf der verdorrten Wiese. Verwaschene Handtücher flatterten auf einer Leine. Aus dem Inneren dröhnten die Bässe. Niemand würde sich über den Krach beschweren, das Haus stand weit genug entfernt von den übrigen Häusern der Siedlung. Ein paar Rostlauben parkten neben einem Stapel Autoreifen und auf den Betonstufen vor dem Haus knutschte ein Pärchen.

Jimi legte seine Linke auf Lukas' Schulter und mit der Rechten griff er nach Sims Hand. Er schob Lukas in Richtung Eingang und zog Sim hinter sich her.

Das Haus war einfach eingerichtet, aber erstaunlich ordentlich und sauber. Sim hatte sich schon über das Fehlen von Müll und Schrott im Vorgarten gewundert und stellte beschämt fest, wie voreingenommen sie war.

Die Party war bereits in vollem Gange. Hip-Hop schallte aus den Lautsprechern im Wohnraum, alle Türen standen offen. Ein paar Leute tanzten, andere saßen auf Sesseln, lehnten in Türöffnungen und an den Wänden. Im Fernsehen lief irgendein schwachsinniger Zeichentrickfilm und auf der Couch lümmelten zwei Mädchen, die nicht älter als vier oder fünf waren. Eine von ihnen nuckelte am Daumen und schien trotz des Krachs und der vielen Leute gleich einzuschlafen.

Man trank aus Dosen, auf den ersten Blick allerdings keinen Alkohol. Dass der erste Blick täuschte, davon war Sim felsenfest überzeugt. Jimi besorgte Lukas ein Wasser und Sim eine Cola. Er selbst trank auch Cola. Cammie kam aus der Küche und begrüßte sie überschwänglich. Sie hatte es nach wie vor auf Lukas abgesehen und nahm ihn sofort in Beschlag.

Etwas verlegen stand Sim neben Jimi gegen die Wand gelehnt und trank aus ihrer Coladose. Sie spürte die Blicke der jungen Lakota auf sich, die sich bemühten, sie nicht anzustarren, und es doch taten. Alle, ausnahmslos, waren in Jeans und T-Shirts. Sim in schwarzem Samt und schwarzer Spitze. Ein hysterisches Kichern stieg in ihr auf.

»Was ist denn?«, fragte Jimi. »Hab ich was verpasst?«

»Schämst du dich für mich?«

»Nein«, sagte er, etwas zu schnell. Er küsste sie flüchtig, wie um sein Nein zu unterstreichen, und Sim musste erst recht lachen.

»Wollen wir tanzen?«

»Okay.« Sim tanzte gerne, Tanzen war ein bisschen wie Tequila trinken. Dabei konnte sie vergessen. Noch besser war es, erst etwas zu trinken und dann zu tanzen. Das lockerte die Glieder, machte beweglich, frei. Ohne Alkohol konnte so eine Party ziemlich anstrengend sein.

Sie tanzten ein paar Minuten lang. Sim fragte Jimi, ob es irgendwo ein Bier für sie gäbe. Grinsend zog er sie hinter sich her durch eine Tür, die Stufen hinab in den Keller, einen großen Raum, in dem sich die Heizungsanlage befand. Rohre liefen an den Wänden und unter der Decke entlang. Auf dem Betonboden nackte Matratzen mit mehreren Schlafsäcken.

Jimi öffnete eine große Eisbox und holte zwei Dosen Budweiser heraus. Sie öffneten die Dosen und tranken. Sim leckte sich über die Lippen.

»Wohnt hier unten jemand?«

»Sieht so aus.«

Wie kann man so leben, dachte Sim.

Sie gingen wieder nach oben. »Du weißt ja jetzt, wo du Nachschub bekommst«, sagte Jimi. »Das Bier habe ich besorgt, mach dir also keine Gedanken. Du kannst dich bedienen.«

Auf dem Weg durch den dunklen Flur zurück in den Wohnraum kam ihnen Rob entgegen, der Jimis Mustang (mit Sim) beim Pferderennen zum Festplatz gefahren hatte. Jimi und er begrüßten sich mit einem schnellen Ritual aus Fäusten und Fingern. Rob schien bereits etwas Schlagseite zu haben und offensichtlich wollte er etwas von Jimi.

»Geh wieder rein«, sagte Jimi zu Sim. »Rob und ich haben etwas zu besprechen.«

Sim ging zurück in das spärlich beleuchtete, von Rauchschwaden durchzogene Wohnzimmer. Die Luft war zum Schneiden und es roch nach Marihuana. Sie ließ ihren Blick durch den Raum schweifen und entdeckte Lukas, der verloren auf einer Sessellehne hockte. Von Cammie keine Spur.

Sie bahnte sich einen Weg zu ihm. Als sie ihn ansprach, bemerkte sie die Freude über ihr Erscheinen auf seinem Gesicht. Sie unterhielten sich, soweit das bei der lauten Musik möglich war. Jimi hatte mit diesem Rob anscheinend etwas Größeres zu besprechen, denn er kam nicht wieder. Die Musik machte eine Pause, und als sie wieder einsetzte, erklang Neil Youngs Uraltschnulze *Heart of Gold*.

Sim musste an einen Discoabend auf einer Klassenfahrt zurückdenken, als jemand Neil Young aufgelegt hatte und die Mädchen (sie waren zwölf und Sim noch im Lot) leuchtende Augen bekamen, während die Jungs im Takt riefen: »Stoppt Neil Young, stoppt Neil Young . . .«

Lukas legte seine Hand auf ihre Schulter und machte eine leichte Verbeugung. »Tanzen wir?«

Warum nicht? Sim führte ihn zu den beiden anderen Pärchen, die bereits tanzten. Lukas umfasste ihre Hüften und hielt sich dort fest. Sim wusste mit ihren Händen nicht, wohin, und ließ sie schließlich auf seinen Schultern liegen. Ihre Wange lag an seiner Brust und sie konnte sein Herz hören, das wie eine Trommel schlug. Ihre Körper bewegten sich im Takt der Musik.

Als Lukas' Rechte von der Hüfte weg über ihren Hintern glitt, protestierte sie leise »Hey!«

»Was ist das für ein Stoff?«, fragte er unschuldig. »Fühlt sich an wie ein Mäusefell.«

Na toll, dachte Sim. *Mäusefell.* »Das ist Samt«, klärte sie ihn auf und holte seine Hände auf ihre Hüften zurück. »Wie auf dem Sofa im Trailer.«

Lukas hielt sie an sich gedrückt, er tanzte völlig versunken und seine Hände strichen immer wieder über ihren Rock, dessen weicher Stoff ihn zu faszinieren schien. Oder war es das, was darunter war? Sim spürte Lukas' warmen Atem an ihrem Ohr. Und sie spürte noch etwas anderes: Ihre Nähe erregte ihn.

Hatte Jimi nicht gesagt, er würde Lukas von ihnen erzählen? Es verwirrte Sim, auf einmal von zwei Jungen begehrt zu werden. Sie mochte Lukas. Er war ein Freund, aber verliebt war sie in Jimi.

Lukas bewegte sich inzwischen wie in Trance, als wären er und Sim die einzigen Menschen im Raum. Er konnte nicht wissen, dass man sie anstarrte, als hätten sie Sex auf der Tanzfläche. Sim fühlte sich zunehmend unbehaglich unter den Blicken der anderen. Es waren Blicke, die alles Mögliche ausdrückten: Verachtung, Mitleid, schweigende Neugier, Belustigung. Letzteres war Sim gewohnt, aber es ärgerte sie trotzdem. Weil sie sich nicht nur über sie amüsierten, sondern auch über Lukas, den blinden Deppen, der nicht sehen konnte, was für ein merkwürdiges Mädchen er da umklammert hielt.

Die Musik wurde immer lauter in Sims Kopf. Auf einmal konnte sie Neil Youngs Stimme nicht mehr ertragen und ihr wurde schlagartig heiß in ihrer Samtjacke. Mach einfach die Augen zu und blende die anderen aus, dachte sie, als sie ein Augenpaar entdeckte, dessen Blick sie traf wie ein Pfeil. *Jimi.*

War es falsch, mit Lukas zu tanzen? Hatte sie ihm wieder einmal Hoffnungen gemacht? Hatte sie irgendwelche geheimnisvollen Regeln verletzt? Sie kam aus dem Takt.

»Was ist denn los?«, murmelte Lukas benommen.

»Nichts«, stammelte sie, »ich, äh . . . ich muss mal.«

Sim machte sich von ihm los und stürzte aus dem Raum. Fragte ein Mädchen nach der Toilette und schloss sich darin ein. Sie schälte sich aus ihrer Jacke und hängte sie an einen Haken. Sie pinkelte, ohne sich zu setzen, und spülte. Sie blickte in den Spiegel und zog ihren Lippenstift nach. Dann lehnte sie sich mit dem Rücken gegen die Tür.

Was nun? Es hatte ihr gefallen, mit Lukas zu tanzen. Seine Bewegungen waren sicher und fließend gewesen, nicht so aggressiv wie Jimis. Was wollte sie eigentlich? Oder besser: *Wen* wollte sie? Jimi oder Lukas? Oder war es einfach nur die Aufmerksamkeit, die sie von beiden bekam, und das Gefühl, begehrt zu werden?

Jimi stürzte Sim jedes Mal, wenn sie ihn sah, in ein Wechselbad der Gefühle und verstörte sie in seiner offensiven Art. Bei Lukas dagegen empfand sie diese schwer zu beschreibende Verbundenheit. Beides erlebte sie zum ersten Mal mit einem Jungen und sie kam einfach nicht klar mit ihren Gefühlen.

Sim holte tief Luft, entriegelte die Tür und verließ das Badezimmer. Als sich im dunklen Flur eine Hand auf ihre Schulter legte, fuhr sie mit einem leisen Aufschrei herum. Jimi stand vor ihr und seine braunen Augen musterten sie eindringlich. »Hey, alles klar?«

»Alles bestens.« Ihr Herz schlug schneller, das Gesicht brannte. Er war es. *Jimi.* Ihn wollte sie. Das konnte gar nicht anders sein, wenn er ihr Herz so zum Rasen bringen konnte, dass es beinahe aus dem Takt kam.

Er reichte ihr seine Coladose und Sim nahm einen Schluck. Zombie-Cola. Der Alkohol ging sofort ins Blut, strömte durch ihre Adern, sorgte dafür, dass sie sich entspannte. Sim nahm noch einen Schluck.

»Das war eine ziemliche Show«, sagte Jimi, offensichtlich darum bemüht, gelassen zu klingen. Er nahm ihr die Coladose aus der Hand, um selbst zu trinken.

»Eine Show?«

»Na ja, so, wie ihr getanzt habt.«

Sim holte sich die gespritzte Cola zurück und trank sie in einem Zug aus. »Lukas wollte tanzen und es war ein langsames Lied. Hätten wir herumhüpfen sollen wie Frösche?«

Jimi verzog den Mund zu einem Lächeln, das ihm nicht wirklich gelang. »Wenn du hier bei uns so mit einem Jungen tanzt, dann heißt das, dass du mit ihm zusammen bist.«

Okay, dachte Sim. *Wieder etwas dazugelernt.* Nicht länger als eine halbe Stunde mit einem Jungen sprechen, ihm nicht in die Augen sehen, nicht mit ihm tanzen. Wenn doch, war man so gut wie verheiratet mit dem Kerl. »Tut mir leid, das wusste ich nicht.«

»Aber Luke weiß es.«

Sim zuckte mit den Achseln. »Luke und ich sind Freunde, mehr ist da nicht.«

»Du hast dich von ihm befummeln lassen.«

»Das stimmt nicht«, protestierte sie. Aber dann dachte sie an Lukas' Hand auf ihrem Hintern und wurde rot. »Er fand den Samtstoff so toll, das war alles.« Ihr war klar, wie lahm das klang.

»Okay.« Jimi nickte. Doch sein Blick sagte ihr, dass es nicht okay war.

Von nun an blieb Jimi an ihrer Seite, so, wie sie es sich von Anfang an erhofft hatte. Dadurch, dass er immer wieder seinen Arm um ihre Schultern legte (einen Arm, der zunehmend schwerer wurde), zeigte er seine Besitzansprüche an. Jetzt hatte sie, was sie wollte: Sie waren *zusammen* und er zeigte es auch.

Jimi sorgte für Nachschub an Whiskey-Cola, und je mehr Sim trank, umso lauter machte sich die Stimme in ihrem Inneren bemerkbar, die sagte: Du bist okay, so wie du bist. Jimi ist eifersüchtig. *Er mag dich wirklich.*

Jimi eroberte einen Platz in einem der breiten Sessel und zog Sim auf seinen Schoß. Er teilte eine seiner Selbstgedrehten mit ihr. Schließlich küsste er sie. *Vor aller Augen.* Es war ein Kuss, bei dem ihr Hören und Sehen verging. Ihr Inneres schmolz und ihr Herz galoppierte los. Unter all den tanzenden, lachenden und zunehmend betrunkenen Partygästen kam Sim sich auf Jimi Little Wolfs Schoß vor wie auf einer Insel. Nur Jimi und Sim. Für einen winzigen Moment dachte sie an Lukas. Ihr schlechtes Gewissen meldete sich, weil sie ihn schnöde stehen lassen hatte, aber Jimi küsste es weg. Als er seine Hand in ihren Ausschnitt schob, hätten ihre Alarmglocken läuten müssen, aber sie war schon zu betrunken und außerdem gefiel Sim das Gefühl seiner warmen rauen Hand auf ihrer Brust. Ihr wild schlagendes Herz hatte seine Entscheidung längst gefällt.

Als sie den Kopf hob, sah sie Lukas geradewegs auf sie zukommen. Jimi bemerkte, wie sie zusammenzuckte, und als er Lukas sah, legte er einen Finger auf seine Lippen, genauso wie er es auf dem Parkplatz bei den Cascade Falls getan hatte.

Sim hielt den Atem an. Direkt vor ihnen blieb Lukas stehen. Sie hatte das beschämende Gefühl, dass er von ihrer Anwesenheit wusste. Gleich würde er ihre Namen aussprechen. *Jimi?*

Sim? Doch sein leerer Blick glitt über sie hinweg. Lukas machte einen kleinen Schwenk nach rechts und setzte seinen Weg fort.

Erleichtert atmete Sim aus. Sie küsste Jimi, er lächelte und sie teilten sich den Rest der Zigarette, in deren Tabak diesmal nicht nur Süßgras gemischt war. Als er ihr wenig später ins Ohr flüsterte: »Komm, Süße, wir suchen uns mal ein ruhigeres Plätzchen«, da folgten ihre Beine ihm, obwohl sie das verschwommene Signal ihres Verstandes noch empfing: *Süße?* Vielleicht machst du einen Riesenfehler, Sim.

Jimi zog sie an der Hand die Treppe hinauf in die obere Etage des Hauses, die noch spärlicher beleuchtet war als der untere Teil. Sie landeten in einer dunklen Kammer auf einem durchgelegenen Bett, auf das ein Starquilt gebreitet war. Jimi schloss ab, machte aber kein Licht. Es roch merkwürdig, aber das alles nahm Sim nur am Rande wahr. Da waren keine Mauern mehr – keine hässlichen Erinnerungen, keine Angst. Sie hatte das Gefühl zu schweben von Jimis Küssen und seinen Berührungen.

Er schob die Träger des Tops von ihren Schultern und sein Mund wanderte gierig über ihre Brüste. Als er sich nach oben schob, um sie auf den Mund zu küssen, berührte der warme Stein, den er um den Hals trug, ihre Brust.

Wann hatte er sein T-Shirt ausgezogen?

Durch den farbigen Nebel, der ihr Hirn einhüllte, nahm sie Jimis heiße Haut, seinen straffen, muskulösen Körper wahr und spürte seine Kraft. Er war stark, aber überhaupt nicht schwer. Jimis Finger arbeiteten sich in ihren Slip vor. Sie hörte ihn stöhnen und auf einmal schien er es eilig zu haben, wurde zielstrebiger, als ihr lieb war. Alte und neue Gefühle vermischten sich, die Chemie in ihrem Kopf spielte verrückt.

War das ihr Slip in seiner Hand?

Sim konnte Jimi nicht aufhalten, dazu waren ihre Glieder viel zu schwer, und außerdem wollte sie es ja auch.

Der bunte Nebel in ihrem Kopf wurde zunehmend dichter und alles begann, sich zu drehen. Sie ließ es zu, dass Jimi ihre Beine auseinanderschob und in sie eindrang. Sie hatte Sex. Einvernehmlichen Sex mit einem Jungen, der Jimi Little Wolf hieß. Das blöde Kichern tief in ihrem Magen meldete sich wieder.

»Mommaaa.« Der klägliche Schrei eines Kindes riss sie auseinander. Jimi hatte seine Jeans nicht ausgezogen, sondern bloß in die Kniekehlen geschoben. In Windeseile war er aus dem Bett und wieder angezogen. Sim brauchte länger, um in der Dunkelheit mit ihren Sachen klarzukommen.

Während sie nach ihrem Slip tastete, knipste Jimi das Licht an, schloss die Tür auf und holte das Baby aus seinem Bettchen. Leise summend schaukelte er es auf seinem Arm und versuchte, es zu beruhigen. Aber der kleine Kerl, dem die verschwitzten Haare vom Kopf standen wie schwarze Flaumfedern, hatte schlecht geträumt, und als er Sim sah, drehte er erst richtig auf.

War sie wirklich so ein Schreckgespenst?

Die Tür wurde aufgerissen und Kiki stürmte ins Zimmer. Mit einem Blick erfasste sie die Situation und funkelte Jimi und Sim wütend an. Sie riss Jimi das Kind aus dem Arm. »Raus hier«, brüllte sie, »alle beide.«

Das Baby schrie wie am Spieß – mit hochrotem Kopf.

»Reg dich ab, Kiki«, versuchte Jimi, das Mädchen zu beschwichtigen. »Wir haben den Kleinen weinen gehört und . . .«

»Raus hier!«

»Blöde Kuh.« Jimi schnappte Sim am Arm und zog sie aus dem Zimmer. Ihren Slip hielt sie zusammengeknüllt in der Faust.

»Bist du okay?«, fragte Jimi, als sie wieder unten im Gewühl standen.

»Mir geht es gut«, hörte sie sich sagen.

Er küsste sie und strubbelte ihr durchs Haar. »Das nächste Mal suchen wir uns ein wirklich ruhiges Plätzchen.«

Sim war auf einmal schlecht und sie verschwand auf die Toilette, um sich ihren Slip wieder anzuziehen. Kiki war kaum älter als sie selbst und hatte schon ein Baby. Hatte Jimi eigentlich verhütet? Wieso hatte sie nicht daran gedacht? Alles war so schnell gegangen.

Sie musste raus aus diesem muffigen Badezimmer. Sie musste Jimi fragen, ob er ein Kondom benutzt hatte. Vielleicht hatte sie ja keinen konkreten Plan für die Zukunft, aber mit sechzehn schwanger werden, war das Letzte, was sie wollte.

Sim wischte sich über die Augen. Verdammt, warum ging Sex bei ihr bloß jedes Mal schief?

Die Musik dröhnte lauter als zuvor aus den Boxen, neue Gäste waren eingetrudelt und ein paar Leute tanzten. Pärchen knutschten in schummrigen Ecken, die beiden kleinen Mädchen lagen jetzt zusammengerollt auf der Couch und schliefen. Der Fernseher lief immer noch. Amerikanische Panzer rollten durch die Halbwüste Afghanistans und beschossen Talibankrieger. Niemand sah hin. Die Einschläge der Granaten wurden vom Donnern der Bässe übertönt.

Sim suchte nach Jimi. So viele neue Gesichter, es herrschte ein ständiges Kommen und Gehen. Endlich entdeckte sie ihn und erstarrte. Jimi war nicht allein, die Dramaqueen war bei ihm. Die beiden steckten die Köpfe zusammen und lachten. Marola sah wie immer toll aus. Ihr langes Haar, in das sie kleine Federn geknüpft hatte, umrahmte ihr Gesicht wie eine Nachtwolke. Sim spürte, wie ihre Sicherungen durchbrannten. Er gehört mir, dachte sie. Er hat mit mir geschlafen. Ich habe ein Anrecht auf ihn.

Sie bahnte sich einen Weg zu den beiden. Marola musterte sie von oben bis unten mit abschätzigem Blick. Ein vages Nicken war ihre Begrüßung. Eine Weile standen sie zu dritt da, aber

Marola sprach nur mit Jimi und nahm keine Notiz von Sim. Jimi legte auch keinen Arm um sie. Er war wie ausgewechselt in Gegenwart dieses Mädchens.

Sim spürte, dass alles, was sich eben noch toll und richtig angefühlt hatte, in ihr zusammenstürzte. Sie hätte Jimi umbringen können! Wie brachte er es bloß fertig, so zu sein? Ein ignorantes Arschloch mit Macho-Allüren! Jemand, der sie benutzte, wie, wozu und wann es ihm passte! Tränen stiegen ihr in die Augen.

Marola lachte über einen Witz, den Jimi gemacht hatte. Mit einer graziösen Geste schob sie sich das Haar hinter die Schulter, sodass Sim die dunklen Male an ihrem Hals sehen konnte. Knutschflecken. Diese Show musste sie sich nicht antun. Mit einem dicken Kloß im Hals ließ sie die beiden stehen und verschwand wieder auf die Toilette, dem einzigen Zufluchtsort im ganzen Haus. Sie spritzte sich kaltes Wasser ins Gesicht und starrte in den Spiegel, auf dem jetzt neben Zahnpastaspritzern auch rote Lippenstiftküsse waren.

Nur Dumme machen denselben Fehler zweimal, geisterte es durch ihren Kopf. Ihr war kotzübel, aber sie konnte sich nicht übergeben. Sim wusste nur eins: Sie hatte genug von dieser Party. Sie wollte nach Hause, wollte weg von hier.

Jemand hämmerte gegen die Badezimmertür und sie öffnete. Cammie stand davor.

»Hast du Luke irgendwo gesehen«, fragte Sim die Indianerin. Lukas war ihre einzige Rettung, er würde sie nach Hause bringen – wenn es sein musste, zu Fuß.

»Eben war er noch da«, nuschelte Cammie und trank einen Schluck aus ihrer Coladose. »Amüsierst du dich?«

»Geht so«, sagte Sim. »Ich glaube, ich habe genug, ich will nach Hause.«

»Jetzt schon?« Cammie schwankte gegen die Tür. »Hier«, sagte sie und drückte Sim die Dose gegen die Brust. »Trink erst mal einen Schluck, dann geht es dir besser.« Ihre Gesichtszüge entgleisten zu einem traurigen Grinsen.

Sim setzte die Cola an und trank.

»Das Zeug lässt dich fliegen«, bemerkte Cammie, die allerdings den Eindruck machte, als würde sie nicht einmal mehr laufen können. Vermutlich hatte sie schon einiges intus.

Sim warf einen Blick auf die Dose und trank noch einmal. Whiskey war da nicht drin, den hätte sie herausgeschmeckt.

»Hey, hey, hey«, Cammie riss ihr die Dose aus der Hand, »nicht so gierig. Ich will auch noch auf Reisen gehen.«

Die Indianerin verschwand in der Toilette. Sim suchte weiter nach Lukas, konnte ihn jedoch nirgendwo entdecken. Stattdessen wurde sie Zeugin, wie Marola ein Bein um Jimi schlang, ihre Hand in sein Haar wickelte und ihn küsste.

Sim fühlte sich, als hätte ihr jemand in den Magen geboxt. Sie war wütend auf Jimi, aber noch wütender war sie auf sich selbst. Dass sie mit ihm nach oben in dieses Zimmer gegangen war. Dass sie ihm vertraut hatte, obwohl sie sich geschworen hatte, keinem Jungen mehr zu vertrauen.

Du dummes Schaf, Sim. Du dummes, dummes Schaf. Sie hatte die falsche Entscheidung getroffen, doch diese Erkenntnis machte die Lektion nicht leichter.

Sims Magen krampfte sich zusammen und ihr wurde schlagartig schlecht. Der Raum verschwamm vor ihren Augen. Alles begann, sich zu drehen, sie sah Sterne funkeln und kreisen – wie in einem Comic. Ihr Mund war trocken, sie bekam keine Luft mehr und geriet in Panik.

Raus hier, war alles, was sie noch denken konnte. Sie zwang sich, Luft zu holen, und lief los.

25. Kapitel

Sim ruderte und taumelte durch die Menge, stolperte über ausgestreckte Beine und fiel gegen Tanzende, die sie ärgerlich zur Seite schoben. Als sie jemandem die Bierdose aus der Hand stieß, sagte er irgendetwas Obszönes. Sim stolperte über ihre eigenen Füße, konnte das Gleichgewicht nicht mehr halten und stürzte auf ein knutschendes Pärchen, das es sich in einem der Sessel gemütlich gemacht hatte – so wie Jimi und sie vor ... wie lange war das jetzt her? Eine Stunde? Eine Ewigkeit? Nicht mehr wahr?

»Hey, du blöde Wasicun-Tussy, verpiss dich«, kreischte das Mädchen, »du hast sie ja nicht mehr alle.«

Sim wollte etwas zu ihrer Verteidigung sagen, aber ihre Zunge bewegte sich nicht. Was war nur in Cammies Cola gewesen? Sie versuchte, sich aufzurappeln, doch ihre Beine gehörten ihr nicht mehr. Wie sollte sie hier wegkommen, *ohne Beine?* Sie hatte das Gefühl, weinen zu müssen, aber es kamen keine Tränen.

Plötzlich spürte sie, wie Hände unter ihre Achseln fuhren. Jemand zog sie nach oben.

»Sim, Sim, bist du in Ordnung?«

Lukas. Sim klammerte sich an ihn wie an einen rettenden Strohhalm. Er legte seinen Arm fest um ihre Hüften und ihren Arm um seine Schultern.

So gelangten sie zwischen den anderen hindurch nach draußen. Lukas schleppte Sim ein Stück vom Hauseingang weg hinter einen Stapel Autoreifen. Ehe sie auch nur mit einem einzigen Wort protestieren konnte, trieb er ihr mit einem unbarmherzigen Griff den Kiefer auseinander und schob zwei Finger tief in ihren Hals. Augenblicklich schoss ihr Mageninhalt nach oben und sie kotzte sich die Seele aus dem Leib. In sauren Krämpfen würgte sie alles heraus. Sie spuckte, hustete, fluchte und heulte schließlich wie ein kleines Kind. Sie wollte nur noch sterben.

Lukas hielt sie. Er sagte nicht: Alles ist gut. Er hielt sie und Sim fühlte sich sicher bei ihm. Sicherer, als sie sich je bei einem anderen Menschen gefühlt hatte.

»Alles draußen?«, fragte er.

»Glaub schon.« Sie schniefte, wischte sich mit dem Handrücken über den Mund. Gott, es war widerlich. *Du bist widerlich, Sim.* Sie schämte sich, war so wütend. Ihr Top und der Rock waren feucht. In der Dunkelheit konnte Sim nicht erkennen, was es war, aber sie ahnte es. Auch Lukas' T-Shirt hatte etwas abbekommen. Am liebsten wäre sie im Erdboden versunken. Nie wieder Alkohol, dachte sie.

Nie wieder, nie wieder, nie wieder.

Lukas berührte sie an der Schulter. »Gehen wir, okay?«

Gehen? Sie konnte nicht gehen. Ihre Beine wollten nicht. Was da an ihrem Körper baumelte, waren zwei nutzlose, schlaffe Gliedmaßen.

»Ich kann nicht laufen«, jammerte sie.

»Du kannst«, sagte er. »Ich helfe dir.«

Lukas stand auf und zog sie nach oben. Er stützte sie und automatisch setzte Sim einen Fuß vor den anderen. Weg von diesem Haus, weg vom dröhnenden Hip-Hop, weg von Jimi Little Wolf.

»Gut so.«

»Mir ist schlecht.« Sie hatte einen widerlichen Medikamentengeschmack im Mund und ihr Zahnfleisch fühlte sich taub an.

»Tief durchatmen, das hilft. Mach die Augen zu, ich führe dich. Einfach weiterlaufen.«

Jeder Schritt dröhnte in ihrem Kopf und bei jedem Atemzug stieg ihr der säuerliche Geruch von Erbrochenem in die Nase. Es ging ihr hundeelend, aber nicht nur, weil sich ihr Innerstes nach außen gekehrt hatte. Jäh wurde Sim bewusst, was Lukas für sie tat und wie viel sie ihm bedeuten musste. Er war hier bei ihr, und obwohl er blind war, führte er sie durch die Nacht. Ihr Mageninhalt klebte an seiner Brust, aber er ließ sie nicht allein.

»Ich muss nach Hause«, stammelte Sim und öffnete die Augen. Sie liefen eine unbeleuchtete Schotterstraße entlang, die ihr vage bekannt vorkam. Der Mond erhellte den Weg.

»Du kannst jetzt nicht alleine bleiben, Sim.«

»Mir geht's gut.«

»Ja, klar.«

»Wo bringst du mich hin?«

»Zu Henry. Wenn wir Glück haben, ist er noch wach.«

Als sie nur noch ein paar Meter von He Dogs Zufahrt entfernt waren, blieb Lukas stehen und lauschte. Jetzt hörte Sim es auch: Das ferne Hämmern der Bässe mischte sich mit dem Heulton von Polizeisirenen.

»Verdammt, die Bullen.«

»Die Bullen?«, lallte sie.

Lukas trieb sie zur Eile. »Wir müssen runter von der Straße. Kann sein, dass sie auch hier suchen.«

»Suchen? Was denn?«

»Betrunkene, Bekiffte, Zugekokste.«

Endlich erreichten sie die Abzweigung. Der Weg von der Schotterpiste zu Henry He Dogs aufgebocktem Trailer lag zwischen Bäumen, die den Mond verbargen. Schlagartig war es stockdunkel. Aber Lukas führte Sim mit einer Sicherheit, als wäre heller Tag.

»Ist noch Licht im Wohnwagen?«

»Jap.«

Lukas hämmerte mit der Faust gegen die Tür. »Henry, ich bin's, Luke«, rief er. »Bist du noch wach?«

He Dogs Hund begann zu bellen und es dauerte einen Moment, bis der Alte zur Tür geschlurft kam und öffnete. »Jetzt bin ich's wieder.« Er musterte Lukas und Sim. »Kommt rein, ihr beiden.«

Sie folgten dem alten Mann in den Trailer, wo der Fernseher lief – ohne Ton. Sim schämte sich, dafür, dass sie immer noch wankte, dafür, dass Spuren von Erbrochenem auf ihren Sachen klebten. Sie hoffte, der Indianer konnte so schlecht sehen, wie er hörte. Diesel, He Dogs Hund, begrüßte Lukas schwanzwedelnd.

»Dürfen wir dein Bad benutzen, Henry?«

Der Alte nickte. »Komm, Diesel«, sagte er, »Luke und die Missy wollen allein sein.« Er schlurfte zurück zu seinem Sofa, auf dem er anscheinend zusammen mit seinem Hund geschlafen hatte.

Im Bad zog Lukas sein T-Shirt aus und steckte es in die Waschmaschine. »Willst du duschen?«

Oh ja! Und wie sie duschen wollte. *Den üblen Geruch loswerden. Jimi von ihrem Körper spülen und wieder zu Verstand kommen.*

»Meine Sachen . . .«, stammelte Sim.

»Steck sie in die Waschmaschine, ich bringe dir etwas zum Anziehen.« Er holte ein frisches Handtuch aus einem Schränkchen und reichte es ihr, dann verließ er das Badezimmer und schloss die Tür hinter sich.

Sim quälte sich aus ihren Sachen und steckte sie in die Maschine. Sie stieg in die Dusche, schrubbte sich unter dem warmen Wasserstrahl, spülte Jimi von sich ab und drehte am Ende das kalte Wasser auf, in der Hoffnung, davon endgültig nüchtern zu werden.

Als sie aus der Duschkabine stieg, stand Lukas mitten im Bad. Er hatte ihr ein T-Shirt und grüne Boxershorts mitgebracht. Seine Gegenwart brachte Sim in Verlegenheit. Schnell rubbelte sie sich trocken und zog die Sachen an. Beides, Shorts und T-Shirt, dufteten frisch nach Kräutern.

»Wird's gehen?«, fragte Lukas.

»Ja. Ich komme klar.«

»Dann zeige ich dir jetzt, wo du schlafen kannst.«

»Schlafen? Aber . . .«

»Es ist besser so, okay? Ich verspreche dir, dass du wieder zu Hause bist, bevor deine Tante aus Rapid zurück ist.«

Der Gedanke an ein Bett, in das sie sich legen konnte, war verlockend. Schlafen und alles vergessen. Wenn Lukas sagte, sie würde rechtzeitig zurück sein, dann konnte sie sich darauf verlassen.

Sie wünschte dem alten Henry eine gute Nacht und folgte Lukas in ein winziges Zimmer, in dem ein Bett, ein Tisch mit einem Stuhl und ein Schrank standen. Die Kammer duftete aromatisch nach getrockneten Kräutern. Ausgebreitet auf dem Bett lag ein Starquilt in Gelb- und Rottönen. Beim Anblick des Quilts traf Sim die Erinnerung an das, was in Kikis Bett passiert war, wie ein Schlag. Sie wünschte, alles wäre nur ein Traum und sie würde gleich daraus erwachen.

Am Kopfende des Bettes hing ein großer Traumfänger. Er würde ihren Albtraum in seinem Netz auffangen und in diesem Loch in der Mitte verschwinden lassen. Für immer.

»Danke, Luke«, sagte sie. »Danke für alles.« Sie kroch unter den Quilt und rollte sich zusammen.

Lukas löschte das Licht und ging. Sim konnte hören, wie er mit dem Alten redete. Nur was sie sagten, das verstand sie nicht, denn die beiden sprachen auf Lakota. Sie fragte sich, wem dieses Zimmer gehörte und wo Lukas diese Nacht schlief. Die Antwort hatte sie nur wenige Minuten später, als die Tür klappte und er zu ihr unter die Decke kroch.

Sim war schon fast eingeschlafen, aber jetzt machte ihr Herz vor Schreck einen Satz und sie war hellwach. »Luke, ich ...« Sie geriet in Panik.

»Entspann dich«, brummte er. »Ich habe nur keine Lust, mit Diesel auf der Couch zu übernachten. Er schnarcht und furzt ganz fürchterlich.«

Sim versuchte, sich zu entspannen, sie versuchte es wirklich. Aber an einem Abend mit Jimi *und* Lukas im Bett zu landen, das war einfach zu viel. Auch wenn Lukas nicht vorhatte, die Situation auszunutzen – sie brauchte bloß an diesen langsamen Tanz mit ihm zu denken und ihr war klar, dass sie die ganze Nacht kein Auge zumachen würde, wenn er neben ihr lag.

Eins hatte Sim inzwischen begriffen: Sie war nicht in Jimi verliebt – war es nie gewesen. Leider ließ sich das, was in Kikis Zimmer geschehen war, nicht mehr rückgängig machen. Und mit Sicherheit würde Lukas davon erfahren. Spätestens dann würde sie nicht mehr auf ihn zählen können.

»Es tut mir leid«, sagte sie zerknirscht und meinte den Ärger, den sie ihm bereitet hatte.

»Schon gut«, brummte er. »Du hast dich für den Champion entschieden. Ich komme damit klar.«

Er wusste es also schon. Hatte Jimi es ihm brühwarm erzählt, einfach so, in dem kurzen Moment, nachdem es passiert war und bevor er mit Marola herumgeknutscht hatte?

»Ich verstehe bloß nicht, wieso du dich so sinnlos betrinken musstest«, setzte er hinzu.

»Cammie hat mich von ihrer Cola trinken lassen«, verteidigte sie sich. »In der war was drin.«

»Ja, klar.«

»Nein, kein Whiskey, da war was anderes drin.«

Lukas drehte sich von der Seite auf den Rücken. *»Viel* Whiskey?«

»Ach Luke, warum glaubst du mir nicht?«

»Okay, vielleicht stimmt das, was du sagst. Aber du hast dich doch schon den ganzen Abend volllaufen lassen. Kannst du ohne Alkohol keinen Spaß haben?«

Sims Augen füllten sich mit Tränen. Ihr war immer noch übel, sie hatte Kopfweh und das Gespräch nahm eine Richtung, die ihr nicht gefiel. »Alle auf der blöden Party waren zugedröhnt.«

»Wir reden nicht über die anderen, Sim. Es geht um dich. Warum *du* trinkst.«

Einen Moment lang schwieg sie. »Ich bin lockerer, wenn ich was getrunken habe, das ist alles«, sagte sie schließlich.

»Du bist eine andere, wenn du getrunken hast.«

»Ich bin die, die ich sein will«, entgegnete sie trotzig.

»Ein lallendes Etwas, das sich nicht mehr auf den Beinen halten kann? *Das* willst du sein?«

»Jimi hat mit der Dramaqueen herumgeknutscht.« Verdammt, sie hörte sich an wie ein quengelndes Kind.

»Mit *wem?«*

»Marola.«

»So ist er eben.«

Obwohl Sim es nicht wollte, fing sie an zu heulen. »Scheiße«, sagte sie auf Deutsch. Sie schniefte.

»Scheiße«, wiederholte Lukas das Wort. »Ja, da hast du recht. Und nun reg dich ab, okay? Marola und Jimi waren mal zusammen und vermutlich wollte sie dir nur eins auswischen. Ich glaube nicht, dass Jimi noch mal was mit ihr anfängt. Marola ist ziemlich anstrengend und er war froh, sie los zu sein.«

Sim schniefte und wischte sich die Tränen aus dem Gesicht.

»Es ist nicht wegen Marola, es ist weil ... ich ... ich mache verdammt noch mal alles falsch.«

»Hey«, Lukas rollte sich auf die Seite und tätschelte ihre Schulter, »nicht gleich *alles*, okay? Aber du solltest die Finger vom Alkohol lassen. Und besser auch von Jimi«, fügte er nach einer Weile hinzu. »Er wird dir wehtun. Seine Mum hat ihn verlassen, als er fünf war, und seitdem hat er ein Problem mit Frauen.«

»Den Eindruck hatte ich nicht.« Sim wischte sich die Tränen aus den Augen.

»Er verliebt sich, aber zum Lieben fehlt ihm der Mut«, sagte Lukas. »Er hat Angst, Gefühle zu zeigen und dann verlassen zu werden wie von seiner Mutter. Deshalb macht er sich jedes Mal aus dem Staub, wenn ein Mädchen es ernst meint mit ihm.«

»Ich glaube auch nicht an Liebe«, erwiderte Sim. »Was da abgeht, ist doch alles bloß Chemie. Auch beim Sex. Es geht um Neuronen im Hirn, nicht um Gefühle.«

Lukas räusperte sich. »Glaubst du das wirklich?«

»Ich weiß es.«

»Was ist passiert?«

Ein Stich fuhr ihr durch die Brust. »Was passiert ist?«

»Na, irgendetwas muss doch vorgefallen sein, dass du so über die schönste Sache der Welt denkst. Ich meine, du bist sechzehn und nicht sechzig.«

Die schönste Sache der Welt? Lukas Brave war ein hoffnungsloser Romantiker.

»Ich hab mir gleich beim ersten Mal den Falschen ausgesucht, das ist passiert.«

»Dann hast du also einen schlechten Geschmack.«

»Kann man so sagen.«

»Hast du etwas daraus gelernt?«

»Eben nicht. Ich bin völlig verkorkst.«

Lukas seufzte ungläubig. »Was redest du bloß für einen Schwachsinn, Sim? Was hat dein Freund denn getan? Hat er dich sitzen gelassen? Hat es etwas mit deiner Narbe zu tun?«

Nein, nur mit meiner Blödheit. »Cook war nie mein Freund«, sagte sie. »Ich meine, wir waren gar nicht wirklich zusammen. Er hat ausgenutzt, dass ich so in ihn verliebt war. Er hat . . .« Sim schluckte und konnte nicht weitersprechen.

»Er hat dir das Herz gebrochen?«

Sims Brust bebte und ihr Atem zitterte.

»Ich habe gerade nichts anderes zu tun«, sagte Lukas und drehte sich auf ihre Seite. »Warum erzählst du mir nicht einfach, was passiert ist?«

Sim holte tief Luft. Jetzt oder nie, dachte sie, sag es ihm, sag ihm alles. Und dann tat sie es einfach.

Während sie erzählte, kam alles wieder hoch. Wie betrunken sie in jener Nacht vor einem Jahr gewesen war, weil sie wollte, dass es endlich passierte. Weil sie ohne Alkohol zu viel Angst davor hatte, dass sie sich kindisch anstellen könnte. Wie sie schlagartig nüchtern wurde, als Cook seine Hosen herunterließ und sie mit grausamer Klarheit erkannte, dass das Ganze für ihn nur ein Spaß war. Dass er ihr Nein nicht hörte, weil es viel zu kläglich klang. Sim erinnerte sich an den brennenden Schmerz, als er in sie eindrang und ihr Körper sich anfühlte, als gehöre er einer anderen.

Diese Dinge erzählte sie Lukas nicht, sie hielt sich nur an die nackten Tatsachen, aber das war schon schwer genug.

»Dein erstes Mal ist also gründlich schiefgelaufen«, war sein trockener Kommentar, nachdem sie geendet hatte.

Sim verkrampfte sich. Wie er es sagte, klang es wie eine Lappalie, wie etwas, das einem passieren konnte, wenn man nicht aufpasste. Schon bereute sie, Lukas Brave ihre wundeste Stelle gezeigt zu haben. War ihre Menschenkenntnis so miserabel?

Da fragte er leise etwas. »Hat dieser Junge dir wehgetan?«

Sie schluckte trocken. »Zuerst wollte ich es ja.«

»Aber dann hast du *Nein* gesagt.«

»Ja, habe ich. Nur zu spät, zu leise. Ein Mädchen sollte Nein sagen, *bevor* der Junge die Hose heruntergelassen hat, das weiß ich jetzt.« Sim schämte sich so furchtbar für ihre Naivität und rechnete auch jetzt damit, dass Lukas ihr genau das unter die Nase reiben würde: dass sie dumm und naiv gewesen war.

»Ein Mädchen muss *jederzeit* Nein sagen können, Sim. Dieser Typ hat dich vergewaltigt.«

Sim schnappte nach Luft. Vergewaltigung war ein Wort, das sie sich immer verboten hatte. Lukas hatte es ausgesprochen. Und mit einem Mal hatte sie das Gefühl, als würde eine schwere Last von ihr abfallen.

Lukas spürte ihren Schmerz und hätte sie gerne in den Arm genommen. Doch er wagte nicht, sie zu berühren.

»Ich habe seitdem keinem Jungen mehr über den Weg getraut«, sagte Sim. »Bis . . . ach Mist.«

»Bis der Champion dir den Kopf verdreht hat«, sagte Lukas. Während er mit Sim getanzt hatte, war er glücklich gewesen, überzeugt davon, dass sie seine Gefühle erwiderte. Ihre Körper hatten perfekt zusammengepasst. Aber dann hatte sie ihn plötzlich stehen lassen und war weggelaufen. Gleich darauf hatte Jimi ihn am Arm gepackt und ihn in eine Ecke gedrängt, wo er ihm unmissverständlich klargemacht hatte, dass Sim ihm gehörte.

»Weiß sie das schon?«, hatte Lukas gefragt.

»Sie weiß es«, hatte Jimi gezischt.

»Wie lange geht das schon mit euch?«

»Ein paar Tage.«

»Und warum hast du es mir nicht erzählt?«

Jimi hatte ihm keine Antwort gegeben und war weggegangen. Eine Weile hatte Lukas keinen von beiden finden können und später hatte Cammie ihn aufgeregt zu Sim geführt, die betrunken in ein Pärchen gestolpert war.

»Ich weiß, ich bin bescheuert«, sagte Sim. »Aber wieso tut er das: Schläft mit mir und knutscht fünf Minuten später mit Marola herum? Ich hoffe nur, dass er ... ich war so daneben ... ich weiß nicht, ob er ein Kondom benutzt hat.«

Lukas schnürte es die Kehle zu. Jimi und Sim hatten auf der Party miteinander geschlafen. Irgendwie hatte der Champ es geschafft, bei ihr zu landen. Vermutlich war der Alkohol sein Freund und Helfer gewesen.

»Da kann ich dich beruhigen«, sagte er mit tonloser Stimme. »Jimi ist immer mit Kondomen ausgerüstet, seit . . .« Er brach den Satz ab und redete nicht weiter, weil es wider seine Natur war, sich auf diese Weise an Jimi zu rächen. Er räusperte sich. »Für den Fall der Fälle.«

»Seit *was* passiert ist?«, hakte Sim nach.

»Das willst du nicht wissen.«

»Doch.«

»Seit er Marola geschwängert hat.«

Jetzt hatte er es doch getan.

Sim japste nach Luft. »Marola hat ein Kind von Jimi?«

»Sie hat es abtreiben lassen.« Er erzählte ihr nicht, dass Abtreibung im Bundesstaat South Dakota verboten war und Marola nach ihrem Besuch bei einem Pfuscher keine Kinder mehr bekommen konnte.

Sim schwieg eine lange Zeit.

»Die Sache mit Cook . . .«, sagte sie schließlich, »ich konnte mit niemandem darüber reden. Also habe ich angefangen zu trinken. Ich meine so richtig, damit ich das Ganze aus dem Kopf kriege. Das Zeug schmeckt mir nicht mal. Aber wenn ich was getrunken habe, fühle ich mich besser, irgendwie . . . frei.«

»Frei?« Lukas glaubte, sich verhört zu haben. »Du machst es dir zu leicht, wenn du diesen Cook für alles verantwortlich machst, was seitdem mit dir passiert. Die Sache war scheußlich, aber sie ist vorbei. Lass einfach die Finger vom Alkohol, okay? Ich mag dich, wenn du nüchtern bist, Sim. Dann bist du echter.«

Sim rutschte an ihn heran und drückte ihr nasses Gesicht an seinen Hals. Als Beichtvater, Therapeut und Tröster war er also gut genug. Immerhin, besser als nichts.

Er legte seinen Arm um ihre Schulter und hörte sie leise weinen. Sollte sie, Tränen spülten den Kummer fort. Lukas hoffte nur, dass sie ihn nicht fortspülten.

26. Kapitel

He, wach auf!«

Sim blinzelte. Lukas stand vor dem Bett, er hatte ihre frisch gewaschenen Sachen in der Hand. Kaffeeduft stieg in ihre Nase.

»Wir müssen los, sonst ist deine Tante doch noch vor dir da.«

Sie stöhnte und vergrub das Gesicht im Kopfkissen. Alles war wirklich: das fremde Bett, Lukas, der Kaffeeduft, ihr knurrender Magen, die Kopfschmerzen.

»Ich komme.«

Er legte ihre Sachen aufs Bett und verschwand wieder.

Sim zog sich an, ging ins Bad und putzte Zähne mit den Fingern. Das taube Gefühl im Mund war weg.

Als sie in die Küche kam, stand Lukas am Herd und schlug Eier in die Pfanne. Es duftete nach gebratenem Schinkenspeck und auf dem Tisch standen zwei Teller. Lukas brachte die Pfanne und setzte sich.

»Isst Henry nichts?«

»Er hat schon gefrühstückt.«

»Wo ist er?«

»Draußen bei den Pferden. Kaffee?«

»Ja. Ich hole ihn mir selbst.« Sim stand auf, goss sich Kaffee in einen Becher und nahm Milch dazu. Zwei Brotscheiben schnellten mit einem Klacken aus dem Toaster. Sie legte sie auf einen Teller und trug Kaffee und Brot zum Tisch. Sie nahm sich von dem Rührei und aß einen Gabelbissen. »Hmm, das Rührei ist gut.«

»Ist meine Spezialität.« Endlich lächelte Lukas. »Wie geht es dir?«

»Ganz gut. Ich hab noch Kopfschmerzen, aber sonst bin ich okay.«

»Hast du denn gar nichts geschmeckt, als du von Cammies Cola getrunken hast?«

»Nein, es war definitiv kein Alkohol drin.«

»Vermutlich war's Schlimmeres.«

»Schlimmeres?«

»Koks.«

Sim verschluckte sich an ihrem Kaffee. »Auf der Party war Kokain im Umlauf?«

»Ich fürchte, ja.« Lukas stand auf, um sich noch einen Kaffee zu holen. »Wenn die Bullen jemanden damit erwischen, verschwindet er für ein paar Jährchen hinter Gitter.«

»Hat Jimi etwas damit zu tun?«

Lukas hob die Schultern. »Ich hoffe nicht.«

»Wann hat er dir eigentlich von uns erzählt?«

»Nachdem wir miteinander getanzt hatten.«

So ein Idiot, dachte Sim und seufzte leise. »Du musst stinksauer auf Jimi sein. Und auf mich auch.«

»Ich bin sauer.«

»Dann hast du eine merkwürdige Art, das zu zeigen.«

»Jimi ist mein bester Freund, Sim, und ich weiß, dass er Probleme hat, über die er nicht spricht. Ich werde ihn jetzt nicht im Stich lassen. Und du . . .«, seine Augen versuchten, ihr Gesicht zu fixieren. »Ich mag dich zu sehr. Ich kann dir nicht böse sein.«

Sim hätte am liebsten losgeheult. »Ich werde keinen Alkohol mehr anrühren, versprochen.« Sie sagte das nicht nur so, sie meinte es ernst. »Und ich mag dich auch. Sehr sogar.« Sie schob ihre Hand über den Tisch und legte sie auf seine.

Darauf sagte Lukas nichts. Er zog seine Hand hervor und tastete ihren Arm entlang nach oben, bis seine Hand ihre Wange gefunden hatte. Sim wagte nicht, sich zu rühren, als sein Daumen zärtlich über die wulstige Narbe in ihrer Lippe strich. Schließlich zog er seine Hand zurück. »Fühlt sich gar nicht so furchtbar an.«

»Ich bin ein Mädchen, schon vergessen?«, sagte sie. »Alles dreht sich um Perfektion.«

»Bei euch in Deutschland vielleicht, aber bei uns Lakota nicht. Hat deine Tante dir nicht erzählt, dass wir bei unseren kunsthandwerklichen Arbeiten immer irgendwo eine winzige Unregelmäßigkeit einarbeiten; eine minderwertige Perle, einen andersfarbigen Faden, eine schlecht gefärbte Stachelschweinborste?«

»Nein, hat sie nicht. Wieso tut ihr das?«

»Auf diese Weise ehren wir das Geheimnis der Schöpfung, Sim. Der winzige Fehler ist das Symbol menschlicher Unvollkommenheit. Und nur Unvollkommenes besitzt wirkliche Schönheit.«

Sim nahm seine Hand und schmiegte ihr Gesicht hinein. »Danke, Luke. Danke für alles, was du für mich getan hast. Dass du da warst, dass du . . .«, sie schluckte.

»Schon gut«, sagte er. »Ich glaube, wir sollten jetzt los.«

Henry brachte sie mit seinem alten Truck zum Horse Hill. Zu Lukas' Erleichterung waren Jo und der deutsche Journalist noch nicht zurück. Die fünf tapsigen Welpen begrüßten sie überschwänglich und Sim lachte, als einer der jungen Hunde an Lukas' Hosenbein zu zerren begann.

Sim verabschiedete sich von Henry und umarmte Lukas.

»Bis bald«, sagte sie.

Er konnte nichts sagen und stieg wieder zu Henry in den Truck.

Die paar Meilen zum Jumping-Eagle-Gelände fuhren sie schweigend. Der alte Mann fragte ihn nicht, warum sie in der Nacht zu ihm gekommen waren, und Lukas war froh, keine Erklärungen abgeben zu müssen.

Doch bevor Lukas aussteigen konnte, sagte der Alte: »Du magst die Missy, nicht wahr?«

»Ja«, antwortete Lukas.

»Dann pass auf sie auf, mein Junge.«

Lukas stieg aus und He Dog fuhr davon.

Als Lukas ins Haus gehen wollte, hörte er ein freudiges Wiehern. Ghost hatte ihn gesehen und wollte ihn begrüßen. Er lief zur Koppel und kletterte zwischen den Streben hindurch. Ghost schubberte sich an ihm und er klopfte dem Schecken zärtlich den Hals. »Hey, alter Junge, hast du mich vermisst? Heute reiten wir aus, versprochen.«

Auf einmal vernahm Lukas ganz in der Nähe ein ängstliches Schnauben. Er lauschte. Hörte ein verstörtes Wiehern und Vorderhufe, die krachend auf den Boden schlugen. Irgendjemand war dabei, ein Pferd zuzureiten. Jemand, der wütend war und unnötig hart zu dem Tier. Viele Weiße glaubten, ein Pferd zuzureiten bedeute, seinen Willen zu brechen. Aber das stimmte nicht und die Lakota wussten das. Wer war auf der Koppel?

»Wer ist da?«

Ein hohes Wiehern war die einzige Antwort. Das war Thunder, ein falber Wallach, der erst seit wenigen Tagen auf der Koppel stand. Er gehörte Bernadine und sie hatte Jimi gebeten, ihn zuzureiten.

»Was soll das, Champ? Hör auf damit!«

»Was das soll?«, kam die wütende Antwort. »Der Bastard kapiert es einfach nicht.«

»Das reicht, okay? Auf diese Weise machst du Thunder völlig unbrauchbar.«

»Woher willst du das wissen, Pferdeflüsterer? Hat er dich um Hilfe gebeten?«

»Er ist verängstigt und durcheinander.«

»Ach ja? Ich bin auch durcheinander, Amigo.«

Jimi sprang vom Pferd und kam mit schnellen Schritten auf ihn zu. »Du und Sim, ihr wart heute Nacht auf einmal verschwunden und dann kamen die Bullen.« Er stieß Lukas mit der flachen Hand vor die Brust. Es war kein derber Stoß, eher ein Schubs, doch Lukas konnte die zornigen Schwingungen spüren, die von Jimis Körper ausgingen.

»Du glaubst doch nicht wirklich, ich hätte die Bullen gerufen.«

»Ich weiß nicht mehr, was ich glauben soll.«

»Sim war übel, sie hat gekotzt. Deshalb habe ich sie weggebracht.«

Jimi packte ihn am Arm. »Und wo kommst du jetzt her?«

»Von wo schon?« Lukas machte sich mit einem Ruck los. »Sim hat dich mit Marola gesehen, Jimi.«

»Und du bist gleich als Tröster auf den Plan getreten, was?«

»Sie hat sich volllaufen lassen. Dabei hat sie eine gekokste Cola erwischt und war völlig weggedreht. Ich konnte sie nicht alleine lassen.«

»Ach was, hat sie sich ausgeheult bei dir? War's schön?«

»Ich hatte dich darum gebeten, Sim in Frieden zu lassen. Sie hat da ein paar Probleme und kann nicht noch mehr gebrauchen.«

»Probleme? Seit wann bin ich ein *Problem?*«

Lukas schwieg. Wenn Jimi diesen Tonfall draufhatte, war nicht mit ihm zu reden. Er hätte nie gedacht, dass der Champion mal eifersüchtig auf ihn sein könnte.

Jimis offene Handflächen trafen Lukas mit voller Wucht vor die Brust. Er schnappte nach Luft und taumelte zwei Schritte zurück. Ghost schnaubte drohend, aber das beeindruckte Jimi nicht.

»Hast du sie gevögelt?«, zischte er. »Ich durfte die Nacht in der Zelle versauern und der große Frauenversteher vögelt mein Mädchen.«

Noch ein Stoß. Jetzt stand Lukas mit dem Rücken zur Bretterwand des offenen Stalls. Seine Hände tasteten über das rissige Holz. Bleib ruhig, dachte er. »Ich habe nicht mit ihr geschlafen, Jimi.«

»Versuch nicht, mich zu verarschen, okay?«

»Ich bin dein Freund, Jimi. Ich belüge dich nicht. Du belügst dich selbst. Sim ist nicht dein Mädchen.«

»Wer sagt das? *Du?*«

Lukas reichte es. Am liebsten hätte er Jimi eine verpasst. Aber bei einer Prügelei war derjenige, der sehen konnte, eindeutig im Vorteil. Und er stand jetzt schon mit dem Rücken zur Wand.

»Du bist ein Arschloch, Jimi, ein großes, sehendes Arschloch. Du hast mit Sim geschlafen, obwohl sie dir nichts bedeutet.«

»Ich schlafe, mit wem ich will, okay?«

»Ja, klar.«

Lukas hörte, wie Jimi sich umdrehte. Kiesel knirschten unter seinen Schritten, die sich entfernten. Erleichtert atmete er auf. Aber dann kam Jimi plötzlich schnellen Schrittes zurück. Lukas drückte sich mit dem Rücken gegen die Holzwand und erwartete Jimis Schlag, von dem er nicht wusste, wo er ihn treffen würde. Sämtliche Muskeln in ihm waren angespannt.

Doch dann spürte er Jimis Atem in seinem Gesicht und einen Finger, der sich in seine Brust bohrte wie ein Pfeil. »Du irrst, dich, Amigo. Sie ist *mein* Mädchen und sie bedeutet mir viel. Mit dir Blindgänger gibt sie sich bloß ab, weil du ihr leidtust. Sie hat eben ein großes Herz, unsere Sim.«

Er antwortete nicht und diesmal ging Jimi wirklich.

Lukas versuchte, das Zittern unter Kontrolle zu bringen. Wie immer war alles dunkel um ihn herum, doch die Welt schien sich zu drehen. Es waren nicht Jimis Worte, es war das Gift, das darin gelegen hatte und das sich nun schleichend in Lukas' Körper ausbreitete.

Am späten Nachmittag kehrte Jo ohne Michael zurück – er hatte auf dem Meeting einen alten Bekannten wiedergetroffen, einen amerikanischen Fotografen, mit dem er einen Abstecher nach Montana machen wollte, wo der Mann eine kleine Ranch besaß.

Aber Jo kam nicht alleine, sie hatte zwei ältere Schwestern dabei, die ein paar Tage bleiben und Bekannte im Reservat besuchen wollten. Josie und Linda waren Anishinabe-Indianerinnen und kamen aus dem White-Earth-Reservat in Minnesota. Sie waren kleine, grauhaarige Damen mit Gesichtern wie Walnussschalen.

Josie und Linda brachten Schwung ins Blockhaus und sorgten mehrmals am Tag für schallendes Gelächter. Sie waren flink und halfen, wo sie konnten. Sie kümmerten sich um Jos Garten, kochten schmackhafte Gerichte und empfingen ihre Bekannten, die sehr zahlreich waren.

Die Abwechslung rettete Sim vor weiteren zermürbenden Grübeleien. Sie hörte traurige, lustige und unglaubliche Geschichten aus dem Indianeralltag und es machte ihr nichts aus, dass die beiden alten Ladys sie ganz schön auf Trab hielten: Kannst du mal jenes halten und dies helfen und das holen . . .

Die halbe Woche verstrich. Doch auch wenn die Tage zu ausgefüllt waren, um in Grübeleien zu versinken, es blieben die Nächte. Sim wälzte sich auf ihrer durchgelegenen Matratze und versuchte, sich über ihre Gefühle klar zu werden. Seit der Party hatten sich weder Jimi noch Lukas blicken lassen. Nicht dass sie Jimi vermisst hätte. Doch bei Lukas lag die Sache anders.

Am Donnerstag hielt sie es fast nicht mehr aus. Vier Tage ohne ein Lebenszeichen von Lukas, vier Tage in Ungewissheit. Sie hatte seine Handynummer, aber was sollte sie ihm sagen? Ich vermisse dich. Kannst du kommen?

Doch was dann?

Und wie sollte sie sich Jimi gegenüber verhalten, wenn sie ihn wiedertraf? Ihm ins Gesicht sagen, dass er ein Arschloch war? Würde sie sich dann weniger verletzt fühlen?

Warum war sie bloß zu dieser blöden Party mitgegangen?

Warum ließ Lukas sie so hängen?

Nachdem er sie am Sonntagmorgen hier abgeliefert hatte, war Sim der Meinung gewesen, alles wäre wieder in Ordnung zwischen ihnen. Und mehr noch. Es war etwas zwischen ihnen entstanden, das ihr viel mehr bedeutete als das Auf und Ab in Jimis Verhalten.

Sollte sie Lukas anrufen und es ihm sagen?

Mit Jimi zu schlafen, war ein Fehler, Luke, denn eigentlich bist du es, den ich mag.

Das konnte sie unmöglich tun, selbst wenn es die Wahrheit war. Es sah sonst so aus, als würde sie einfach von einem zum anderen wechseln, als wäre sie nicht viel besser als Jimi.

Auch Lukas hatte ihr von Anfang an zu verstehen gegeben, dass er sie mochte – nur auf andere Art. Und sie hatte das Gefühl, von zwei Jungen gewollt zu werden, einfach genossen. Bis es ernst geworden war, bis sie sich entscheiden musste. Und sich für den Falschen entschieden hatte.

Lukas hatte sein Handy schon in der Hand, um Jo für die Freitagstherapie unter einem Vorwand abzusagen. Deswegen schrak er zusammen, als es plötzlich zu klingeln begann. Jo war dran und bat ihn, Freitag etwas früher zu kommen, weil sie zwei Gäste zum Flughafen nach Rapid City bringen müsse.

Lukas konnte ihr das nicht abschlagen.

Also holte er Freitagnachmittag Ghost von der Koppel und ritt hinüber zum Horse Hill. Jimi und er waren sich die letzten Tage aus dem Weg gegangen. Sie hatten nur die nötigsten Worte gewechselt und gestern war Jimi dann mit Tyrell nach Denver aufgebrochen, ohne dass die Dinge zwischen ihnen geklärt waren.

Sim war im Korral und bürstete Big Boy. Lukas hatte sich vorgenommen, ein wenig auf Abstand zu gehen, aber ihre Freude darüber, ihn zu sehen, und ihre herzliche Umarmung zur Begrüßung brachten sein Vorhaben ins Wanken.

»Was ist los?«, fragte sie, nachdem sie eine Weile schweigend die Pferde fertig gemacht hatten.

»Was soll sein?«

»Du bist so komisch.«

»Ich bin wie immer.«

»Ich dachte, zwischen uns wäre alles wieder in Ordnung«, sagte sie. »Was ist passiert? Ich will es einfach nur verstehen.«

Aber das kannst du nicht, dachte er. Wie sollte sie dieses furchtbare Chaos begreifen, das Gewirr von Gefühlen, die außer Kontrolle geraten waren? Was es für ihn bedeutete, plötzlich abgeschnitten zu sein von seinem Bruder.

Sicher, die Schuld dafür konnte er nicht nur Sim in die Schuhe schieben. Dass es zwischen ihm und Jimi nicht mehr lief, hatte auch etwas mit Jimis Drogengeschäften zu tun. Aber unter anderen Umständen hätten sie dieses Problem vielleicht in den Griff bekommen. Jetzt war alles ein einziges Chaos und das eine ließ sich vom anderen nicht mehr trennen.

Noch ehe er etwas sagen konnte, kamen die Kinder und sie mussten das Gespräch unterbrechen. Es war nur aufgeschoben, nicht aufgehoben, das war ihm klar. Trotzdem war er dankbar für die Bedenkzeit.

Nachdem der Fahrer die Kinder wieder abgeholt hatte, brachten sie Big Boy, Angel und Forrest zurück auf die Koppel. Als Lukas das Tor schloss, spürte er Sims Hand an seinem Arm.

»Luke, ich . . .«

Er hielt den Kopf gesenkt. Wartete.

»Ich weiß, das klingt jetzt nicht sonderlich logisch, aber . . . ich mag dich – mag dich wirklich.«

I feel for you, sagte sie. Und mit einem Mal war in seinem Inneren alles ganz zugeschnürt. War sie sich der Bedeutung ihrer Worte tatsächlich bewusst?

»Besser, wir ersparen uns das, okay? Es bringt nichts.«

»Aber wieso?«

»Weil alles schon schwierig genug ist und wir es nicht noch komplizierter machen müssen.«

»Das ist meine Schuld und es tut mir leid. Aber . . .«, sie schien nach Worten zu ringen. »Du und Jimi . . . ihr beide . . . das alles war ziemlich verwirrend für mich. Aber inzwischen hatte ich Zeit, mir über meine Gefühle klar zu werden. Luke, ich weiß jetzt, dass ich mit dir zusammen sein möchte«, fügte sie leise, aber sehr entschlossen hinzu.

Lukas musste sich am Zaunpfosten festhalten. Er schüttelte den Kopf. Ihre Hand umfasste immer noch seinen Arm und er schaffte es einfach nicht, sich von Sim loszumachen.

»Ich mag dich sehr, Luke. Und wenn du glaubst, dass es aus Mitleid ist, dann stimmt das nicht.«

»Warum hast du das dann gesagt?«

»Was habe ich denn gesagt?«

»Dass ich dir leidtue.«

»Hat Jimi das behauptet?«

»Hat er.«

»Es stimmt«, räumte sie ein, »ich habe das mal zu ihm gesagt. Ganz am Anfang, als ich noch nichts von dir wusste. Ich habe ihn über dich ausgefragt, weil ich mich nicht traute, dich selbst zu fragen. Damals habe ich zu ihm gesagt, dass du mir leidtust. Ich dachte, es muss schrecklich sein, nicht sehen zu können. Jetzt weiß ich vieles besser.«

Lukas spürte, wie sein Herz gegen die Rippen pochte. Warum machte sie es ihm so schwer? Er hatte es satt, gegen seine Gefühle anzukämpfen, er konnte seinem Körper nicht befehlen, Sim nicht mehr zu mögen. Aber er wusste auch, dass seine Freundschaft zu Jimi endgültig im Eimer war, wenn er jetzt nachgab.

»Jimi und ich haben einen Eid geschworen, Sim.«

»Einen Eid?«, fragte sie ungläubig. »Wie Blutsbrüder? Nur der Tod kann uns trennen oder so ähnlich?«

»Ja, so ähnlich. Wir haben uns geschworen, dass kein Mädchen uns jemals auseinanderbringen wird.«

»Oh«, entfuhr es ihr. »Wie alt wart ihr denn, als ihr diesen Schwur geleistet habt? Dreizehn? Vierzehn?« Er konnte hören, wie ihr die Stimme versagte. Als wolle sie nicht wahrhaben, dass ein solcher Kleinjungen-Eid für ihn bindend sein konnte.

Sie waren zwölf gewesen, aber das änderte nichts. Egal, was Jimi auf der Party veranlasst hatte, mit Marola herumzumachen, nachdem er mit Sim geschlafen hatte – es war auf jeden Fall typisch für ihn. Aber Lukas wusste auch, dass Sim Jimi etwas bedeutete – und genau das machte alles so kompliziert.

»Ich kann nicht«, sagte er. »Du hast ja keine Ahnung. Ich verdanke Jimi so viel. Er hat mir alles beigebracht, ohne ihn wäre ich . . . ich wäre nicht der, der ich heute bin.« Er dachte daran, wie Jimi wieder und wieder mit ihm geübt hatte. Zum Beispiel von A nach B zu kommen. Dinge wie Zahnpasta auf seine Bürste zu drücken, aus einem Glas zu trinken, eine Dose zu öffnen, seine Sachen richtig anzuziehen.

Jimi hatte ihm nicht ständig alles abgenommen. Vielleicht war es Eigennutz gewesen, vermutlich hatte er gewollt, dass Lukas in Zukunft alleine klarkam. Aber damit hatte er genau das Richtige getan.

»Er ist mein Hunka-Bruder, Sim, mein bester Freund.«

»Aber Jimi und ich . . . Ich war betrunken, es war falsch, ich . . . Vergiss es bitte. Luke . . . bitte . . .«

»Er mag dich, Sim.« Wie unglaublich schwer es ihm fiel, ihr das zu sagen, doch er musste es tun. »Jimi hat sich in dich verliebt.«

Einen Moment war Schweigen. »Hat er das gesagt?«

»Ja. Und ich weiß, dass er nicht gelogen hat.«

Lukas' Handy klingelte und er war erleichtert, weil ihm das die Möglichkeit gab, der Situation zu entfliehen. Er zog es vom Gürtel, klappte es auf, hielt es ans Ohr und lauschte. Es war Jo, sie rief aus Rapid City an. Ihr Wagen war kaputtgegangen. Sie musste sich ein Motelzimmer nehmen und warten, bis der Pickup repariert war. »Okay«, sagte er schließlich. »Ja, mache ich. Nein, kein Problem. Ja, sage ich ihr. Bye.« Er klappte das Handy zu und steckte es wieder an seinen Gürtel. »Deine Tante«, sagte er.

»Was wollte sie denn?«

»Der Truck ist kaputt und sie kann erst morgen zurückkommen. Sie will, dass ich heute Nacht hierbleibe. Wir sollen im Blockhaus schlafen, es gibt eine Tornadowarnung.«

»Was?«

»Mach dir keine Gedanken, wahrscheinlich hat es nichts zu bedeuten. Die geben ständig Tornadowarnungen raus.«

Sie versorgten die Tiere, schlossen die Fenster im Trailer und schickten Almona eine Stunde früher nach Hause. Sim wärmte die Nudeln vom Vorabend auf, und während sie aßen, nahm der Wind zu und Pflanzenteile flogen gegen die Fensterscheiben.

Sie gingen hinaus auf die rückwärtige Veranda und Lukas ließ sich von Sim beschreiben, wie die Wolken aussahen, die aus Richtung Rapid heranzogen.

»Es blitzt in den Wolken und sie leuchten.«

»Das sind die Thunderbeings, die Donnerwesen.«

»Aber es donnert gar nicht.«

»Das kommt schon noch.«

Als es anfing zu regnen und der Sturm stärker wurde, hörten sie KILI Radio.

»Woran merkt man überhaupt, dass ein Tornado kommt?«

»Zuerst setzt der Regen aus und es ist plötzlich gespenstisch still. Dann hört es sich an, als würde eine Dampflok auf einen zurollen.«

»Hast du das schon mal erlebt?«

»Nein. So etwas lernen wir in der Schule.« Lukas lächelte.

Was für eine absurde Situation. Er war von Jo beauftragt, eine Nacht im Blockhaus zu verbringen. Allein mit Sim. Als ihr Beschützer. Lukas, der blinde Held.

»Ich weiß jetzt, mit wem ich zusammen sein will«, hatte Sim zu ihm gesagt. Wenn er es wollte, konnte er sie haben. Und wie er das wollte. Doch er würde es nicht tun. Jimi liebte Sim und Jimi war sein Hunka-Bruder.

Der Regen hörte nicht plötzlich auf und der Sturm tobte mit gleichbleibender Stärke ums Blockhaus. Sim hatte Lukas auf der Couch vor dem Fernseher ein Bett gebaut und war in ihr Zimmer gegangen. Sie hatte seine Not gespürt und wollte ihn nicht bedrängen, obwohl sie – und das nicht nur angesichts des drohenden Sturms – jetzt gerne neben ihm gelegen hätte.

Es war ihr nicht leichtgefallen, ihm zu sagen, wie es um sie stand. Und seine Zweifel an ihren Gefühlen, die konnte sie auch nachvollziehen. Aber dass er *seine* Gefühle zurücksteckte, nur weil Jimi ihm von seinen erzählt hatte, das verstand sie nicht. Sie wollte es nicht verstehen. Weil sie sich nach Lukas' Nähe sehnte, nach seinem Lachen, nach seiner Umarmung. Sie vermisste seine selbstverständliche Vertrautheit. Und auch wenn sie am Ende mit gebrochenem Herzen dastehen sollte – sie wollte mit ihm zusammen sein

Das Tosen des Sturmes hinderte sie am Einschlafen, genauso wie der Gedanke, dass Lukas nur wenige Schritte von ihr entfernt auf der Couch lag. Sie lauschte dem Knistern und Knarzen der Balken, dem Trommeln des Regens auf dem Dach und dem ohrenbetäubenden Knallen, wenn der Wind unter das Blech fuhr.

Sim horchte auf, als sich mit einem Mal ein anderes Geräusch daruntermischte, eines, das nicht der Sturm verursachte. Es war ein furchtbares Stöhnen, das Sim aus ihren unruhigen Gedanken fahren ließ. Sofort saß sie aufrecht im Bett und knipste das Lämpchen auf ihrem Nachtkästchen an. Noch so ein dunkler Seufzer von nebenan.

»Jimi . . . Jimi!«, rief Lukas gequält.

Jimi? Was machte Jimi in dieser Sturmnacht im Haus ihrer Tante? Sim sprang aus dem Bett und tappte zur Tür. Alles dunkel im Wohnraum. Kein Jimi. Lukas wälzte sich auf der Couch. Er träumte.

Sie beugte sich über ihn und rüttelte ihn an der Schulter. »Hey, Lukas, wach auf! Wach auf!«

Benommen setzte Lukas sich auf und rieb sich mit beiden Händen über das Gesicht. Sein Hemd war schweißnass.

»Bist du wach? Du hattest einen Albtraum.«

Erst nach und nach schien Lukas zu begreifen, wo er überhaupt war. Der Traum schien ihn immer noch in seinen Fängen zu halten.

»Ja, ich bin okay«, brachte er mühsam heraus. »Ich muss nur mal auf die Toilette.«

»Findest du den Weg?«

»Ja, klar.«

Er stieß gegen den Couchtisch und eine Schale mit Erdnüssen fiel herunter. Lukas fluchte, fand aber dann den Weg zum Bad ohne Probleme.

Sim machte Licht und sammelte die Nüsse wieder vom Boden in die Schüssel. Die Klospülung rauschte und Lukas kam zurück. Das verschwitzte Hemd hatte er ausgezogen und legte es über die Couchlehne. Er sprach Sim an, und als sie sagte: »Hier bin ich«, setzte er sich neben sie, die Ellenbogen auf den Knien. Seine Hände zitterten.

»Erzählst du mir von deinem Traum?«

Lukas lehnte sich zurück. Eine mächtige Windböe peitschte Regen gegen die Fensterscheiben und plötzlich saßen sie im Dunkeln. Der Strom war ausgefallen. Sim wollte etwas sagen, als Lukas' Stimme durch die Dunkelheit zu ihr drang.

»Wir waren zu dritt, draußen am Felsen bei der Schlucht«, begann er. »Wir haben uns gegenseitig Geschichten erzählt und viel gelacht. Doch dann brauten sich dunkle Wolken am Horizont zusammen. Die Donnerwesen tanzten in ihrem Inneren, Feuerwerke aus Licht und Schatten. Ich habe zum Aufbruch gedrängt, aber Jimi hat nur gelacht. Die Wolken wären harmlos, behauptete er, und du hast ihm geglaubt. Als die ersten Tropfen fielen, begann Jimi zu tanzen. Er tanzte wie ein Verrückter auf dem Felsen, war vollkommen in Trance. Plötzlich rutschte er auf einem nassen Stein aus, rutschte über den Rand. Er konnte sich festhalten, seine Finger krallten sich in den Fels. Ich habe mich flach auf den Felsvorsprung gelegt und seinen linken Arm gepackt. Du wolltest helfen, Sim, und bist dabei auch ins Rutschen geraten. Ich konnte gerade noch nach deiner Hand greifen. Ich lag auf dem Felsvorsprung und hielt dich an der einen und Jimi an der anderen Hand.«

Lukas verstummte und Sim starrte auf sein Gesicht, das sich immer deutlicher aus dem Dunkel schälte. Ihr Herz hämmerte gegen ihre Rippen und sie brachte kein Wort heraus.

»Ich wusste, ich würde einen von euch beiden loslassen müssen, um den anderen zu retten«, sagte er schließlich. »Dann bist du gekommen und hast mich geweckt.«

»Es war nur ein Traum«, sagte sie und fragte sich, ob er ihr die Wahrheit gesagt hatte. Hatte sie ihn wirklich geweckt, *bevor* er sich für einen von ihnen entscheiden konnte? »Ein Traum, in dem du sehen konntest.«

»Ja«, murmelte er, »stimmt.« Als wäre ihm das gar nicht klar gewesen. »Hey, danke, dass du mich geweckt hast.« Er lächelte.

Sim beugte sich zu ihm herüber und küsste ihn. Zuerst ganz vorsichtig, ihre Lippen waren eine einzige Frage. Als Lukas sie nicht zurückwies, legte sie alles, was sie für ihn empfand, in diesen Kuss. Sie wünschte sich nichts sehnlicher, als dass er spüren würde, wie ernst sie es meinte.

Und dann erwiderte er ihren Kuss. Zuerst stießen ihre Nasen aneinander, aber schließlich fand er ihre Lippen, die sie ihm entgegenreckte.

Sie zog ihr T-Shirt aus, nahm seine Hand und führte sie zu ihren Brüsten. Lukas seufzte leise und begann, sie zu streicheln. Er murmelte etwas Unverständliches und schob sich halb über sie. Seine glatte Haut auf ihrer. Zum ersten Mal war sie nüchtern mit einem Jungen zusammen und trotzdem hatte sie das Gefühl, auf einer Wolke zu schweben. Lukas' Körper war ihr vertraut, so oft hatte sie ihn angesehen, ihn beobachtet, ohne dass er es wusste. Jetzt sah er sie an. Auf seine Weise. Sim war kitzelig (an vielen Stellen) und musste oft lachen. Dann lachte sie nicht mehr.

Dass es so sein konnte.

Als sie mutiger wurde, hielt Lukas ihre Hand fest. Er nahm sie und zog sie an seine Lippen, küsst ihre Finger. »Ich kann nicht mit dir schlafen, Sim.«

Es war, als hätte jemand einen Eimer kaltes Wasser über ihrem Kopf ausgeschüttet. Abrupt zog sie ihre Hand weg und setzte sich auf. »Das meinst du nicht ernst, oder?«

»Doch.«

»Aber ich dachte, das mit Jimi . . . ich dachte . . .«

Lukas setzte sich ebenfalls auf. »Es ist nicht wegen Jimi.«

»Nicht wegen Jimi?«

»Nein. Ich meine . . . ich habe nicht nur keine Zahnbürste dabei, okay?«

Himmel, endlich verstand sie ihn. »Ich vertraue dir.«

»Ich mir aber nicht.« Er wandte ihr den Kopf zu und Sim sah das Weiß seiner Augen in der Dunkelheit leuchten. »Was bin ich eigentlich für dich, Sim?«, fragte er. »Die zweite Wahl?«

»Nein«, flüsterte sie. »Nein, das bist du nicht.«

»Und du vertraust mir?«

»Wie verrückt.«

Seine Hand suchte nach ihrem Knie. »Können wir in dein Zimmer gehen? Das Sofa ist einfach zu schmal für zwei.«

27. Kapitel

Als Jo am nächsten Tag aus Rapid City zurückkehrte, war schon fast Mittag. Lukas und Sim saßen noch am Tisch und frühstückten. In der Kaffeemaschine gluckerte es. Lukas mochte Jos Kaffee, meistens hatte sie welchen aus Deutschland und der schmeckte besonders gut.

»Alles klar mit euch beiden?«, fragte Jo, holte sich einen Becher Kaffee und setzte sich zu ihnen an den Tisch. Obwohl Lukas versucht hatte, ganz normal auszusehen, stand ihm offensichtlich ins Gesicht geschrieben, dass er glücklich war. Sims Liebeserklärung auf seiner Haut. Ihre Küsse – wie Regenschauer.

»War ein ziemlicher Sturm heute Nacht«, sagt Sim und gähnte. »Ich habe kein Auge zugemacht vor Angst.«

»Luke offensichtlich auch nicht«, bemerkte Jo trocken. »Hattest du auch Angst, hm?«

Lukas stieg Hitze ins Gesicht. »Es hat sich schlimmer angehört, als es war.«

»Der Tornado ist in Richtung Kyle abgezogen«, sagte Jo. »Er hat zwei Trailer plattgemacht, aber es ist niemand verletzt worden.«

»Dein Trailer hat auch was abgekriegt«, bemerkte Sim.

Lukas war mit Sim am frühen Morgen draußen gewesen, sie hatten die Hunde und die Katzen gefüttert und Sim hatte den Schaden begutachtet. Nach dem, was sie Lukas beschrieben hatte, hielt er sich in Grenzen. Der Wind war unter die Verkleidung des Trailers gefahren und hatte ein paar Blechteile gelockert.

»Ja, ich habe es mir angesehen«, sagte Jo. »Muss möglichst

schnell repariert werden, sonst hat der Wind zu viel Angriffsfläche. Ich rufe gleich mal Jimi an. Vielleicht hat er Zeit und erledigt das noch heute.«

Lukas verschluckte sich an seinem Kaffee und hustete. »Ich glaube, er wollte rüber nach Nebraska, ein Pferd für Bernadine holen«, log er.

»Ohne dich?« Jos misstrauischer Blick brannte ein Loch in seine Haut. »Was ist eigentlich los mit euch beiden? Habt ihr euch gestritten? Wieso ist er gestern nicht mitgekommen?«

»Er war mit Tyrell in Denver. Ist spätabends erst zurückgekommen.«

Jo begann zu wählen. »Ich versuche es einfach. Wenn Jimi nicht kann, muss ich es bei jemand anderem versuchen. Beim nächsten Sturm fliegt uns sonst die Blechverkleidung um die Ohren.«

Schon beim ersten Klingeln hatte sie Jimi dran.

Lukas unterdrückte ein Stöhnen. Bevor Jimi nach Denver gefahren war, hatte er gehofft, zwischen ihnen würde sich alles wieder einrenken. Doch nach der vergangenen Nacht gab er wenig auf diese Hoffnung. Jimi würde kein guter Verlierer sein, das war klar. Wenn der Champion erfuhr, dass Lukas hier gewesen war, die ganze Nacht, würde er ausrasten.

»Jimi sucht noch ein paar Werkzeuge und Material zusammen, dann kommt er. Ich habe eine Menge eingekauft. Was haltet ihr davon, wenn ich heute Mittag etwas Gutes koche?«

Sie trugen die Lebensmittel ins Haus und halfen Jo beim Kartoffelschälen und Gemüseschnippeln – eine völlig neue Erfahrung für Lukas, die mit einem blutigen Finger endete.

Als Jimi kam, ging er nach draußen. Es hatte keinen Sinn, die Sache vor sich herzuschieben. Sie mussten dringend reden. Nur Jimi und er. Vielleicht war sein Hunka-Bruder ja zur Vernunft zu bringen.

Doch nach Reden stand Jimi nicht der Sinn. Er wollte sich auch nicht helfen lassen. Stumm befestigte er die lose Blechverkleidung an der Vorderseite des Trailers, während Lukas auf ihn einredete. Er erzählte ihm von Jos kaputtem Truck und von ihrer Bitte, über Nacht zu bleiben, damit Sim nicht allein war während des Sturms.

Jimi gab keinen Kommentar, stattdessen schien er immer wütender zu werden. Das hörte Lukas am Atem seines Freundes, schloss es aus seinen Flüchen, wenn ihm der Schraubenzieher abrutschte. Lukas merkte, dass er sich um Kopf und Kragen redete, trotzdem folgte er Jimi auf die rückwärtige Seite des Trailers.

Der Fausthieb traf ihn vor die Nase. Lukas taumelte zurück gegen die Trailerwand und hatte den Geschmack von Blut im Mund. Er ließ seine rechte Hand nach vorn schnellen und bekam Jimis Rechte zu fassen. Jimis Linke boxte ihn mit harten, schmerzenden Hieben in die Rippen.

»Hast du sie endlich so weit gekriegt?«, spie Jimi ihm ins Gesicht. »Ich dachte, du bist mein Freund.«

Lukas versuchte, Jimis Schlägen auszuweichen, stolperte über einen Stein und sie fielen ins Gras. Blitzschnell hockte Jimi auf ihm, die Hände an seiner Kehle.

»Hast du sie gevögelt, ja oder nein?«

»Nein«, ächzte Lukas. Er umklammerte Jimis Handgelenke und wollte sich befreien, doch Jimi war stärker als er und Lukas spürte, wie ihm die Luft knapp wurde.

»Willst du mich umbringen?«, brachte er mühsam hervor.

»Ja, verdammt, am liebsten würde ich dich umbringen.«

Auf einmal ließ Jimi von ihm ab und setzte sich ins Gras. Lukas atmete tief ein und kurz drauf stieg ihm der vertraute Duft von Jimis wilder Tabakmischung in die Nase. Er rappelte sich auf und setzte sich neben ihn, versuchte, die Blutung aus seiner

Nase zu stillen, indem er den Kopf in den Nacken legte und einen Zipfel seines T-Shirts unter die Nasenlöcher presste.

»Das ist kein Wettkampf, Champ, hier geht es um Gefühle.« Er hustete.

»Scheiße, Mann. Denkst du etwa, ich habe keine? Ich dachte, ich könnte es wegstecken, aber ich kann's nicht. Ich muss wissen, woran ich bin, okay?«

Es war nicht leicht, die Wahrheit zu sagen, wenn dadurch so viel zerstört wurde. »Sim und ich, wir sind jetzt zusammen.« Lukas hörte, wie Jimi den Rauch tief in die Lungen sog und wieder ausatmete. »Du weißt, dass ich Sim von Anfang an mochte. Dass ihr was miteinander hattet, konnte daran nichts ändern. Ich versuche ja, deine Gefühle zu respektieren, aber ich kann meine dabei nicht verleugnen. Sim ist zu mir gekommen, Jimi. Was hättest du an meiner Stelle getan?«

»Sie gevögelt«, antwortete Jimi sarkastisch. Dann stand er auf, um die restlichen Schrauben zu befestigen. Er verlor kein Wort mehr und auch Lukas zog es vor zu schweigen. Er wusste, dass alles gesagt war. Und er hoffte, dass ihre Freundschaft überleben würde.

Jimi beendete seine Arbeit und fuhr davon, ohne mit Jo oder Sim ein Wort gewechselt zu haben.

Sim entfuhr ein Aufschrei, als sie Lukas' blutverschmiertes Gesicht und die Blutflecke auf seinem T-Shirt sah. Er wusch sein Gesicht im Bad und Jo packte ihm einen Eisbeutel auf die Nase.

»Ich will gar nicht wissen, was passiert ist«, sagte sie, als sie das Essen auftat.

»Aber ich«, sagte Sim.

»Alles halb so wild«, meinte Lukas. Er atmete durch den Mund.

»Das finde ich nicht. Ihr habt euch geprügelt und ich bin mir ziemlich sicher, dass du nicht damit angefangen hast. Jimi hat dich geschlagen, obwohl du blind bist.« Sim war außer sich vor Zorn.

»Es hat ihm mehr wehgetan als mir«, sagte Lukas.

Sie bekam nichts mehr aus ihm heraus. Weil es ein paar Dinge gab, die ihre Tante nicht unbedingt wissen musste, konnte sie bestimmte Fragen nicht stellen. Nachdem sie gegessen hatten, machte Lukas sich mit Ghost auf den Heimweg.

»Wann sehe ich dich wieder?«, fragte Sim, als sie zusammen vor der Koppel standen.

»Morgen muss ich Henry bei einer Namensgebungszeremonie helfen«, sagte er. »Montag komme ich, versprochen.« Er legte seine Hand an ihre Wange, strich mit dem Daumen über ihre Lippe und küsste sie. Kurz nur, denn seine Nase war geschwollen und er hatte Schwierigkeiten beim Atmen.

Sim umarmte ihn. Sie war glücklich. Alles fühlte sich richtig an – sogar, dass Jimi wütend war.

Nachdem Jo am Abend den Laden geschlossen hatte, aßen sie zusammen die Reste vom Mittagessen.

»Du kommst mir so verändert vor«, sagte Jo. »Hat das etwas mit Lukas' blutiger Nase zu tun?« Sie zwinkerte Sim zu.

Sim zuckte mit den Achseln. »Es hat ein bisschen gedauert, bis ich begriffen habe, dass ich Lukas liebe und nicht Jimi.«

»So etwas hatte ich mir schon gedacht. Ich hoffe nur, dass die Freundschaft der beiden das übersteht.«

»Das hoffe ich auch.«

»Und du meinst es ernst mit Lukas?«

»Ja«, erwiderte sie aus vollem Herzen. »Ja.«

Jo lächelte. »Er hat also die Gelegenheit beim Schopf gepackt. Ich meine: du und er allein im Blockhaus, der Sturm . . .«

»Na ja«, Sim rieb verlegen auf einem Fleck in der Tischplatte herum, »sagen wir: *Ich* habe die Gelegenheit beim Schopf gepackt.«

»Ich hoffe, ihr habt verhütet.«

Sim spürte, wie sie rot anlief. »Das war nicht notwendig.«

»Was?«

Der entsetzte Blick ihrer Tante brachte Sim zum Lachen.

»Keine Sorge, ich habe nicht vor, schwanger zu werden.«

»Okay. Ich wüsste auch nicht, wie ich das deinen Eltern beibringen sollte. Das Leben birgt so viele Möglichkeiten, Simona. Du solltest . . .«

»Das ist es ja«, unterbrach Sim ihre Tante. »Zu viele. All die Möglichkeiten erdrücken mich. Ich kann nicht mehr atmen vor lauter Möglichkeiten. Meine Eltern erwarten so viel von mir, dass ich nicht weiß, wo ich anfangen soll.«

Jos schwielige Hand griff nach ihrer. »Fang damit an, du selbst zu sein und nicht jemand, den andere in dir sehen wollen. Auch deine Eltern nicht. Du musst deinen Weg gehen, nicht den, den sie sich für dich wünschen.«

»So wie du?«, fragte Sim.

Jo lachte. »Ja, so wie ich. Als ich fort bin aus Deutschland, hatte ich mir das allerdings ganz anders vorgestellt. Ich wollte eine Familie haben, Kinder. Daraus wurde nichts. Aber jetzt ist Michael in mein Leben geschneit und im Moment bin ich glücklich. Ich habe die Pferde und ich liebe dieses Land. Ich möchte nirgendwo anders sein.«

»Ich auch nicht«, sagte Sim leise.

Jo hob den Kopf und sah ihr in die Augen. »Lukas ist ein ganz besonderer Mensch, Simona. Aber du bist noch jung. Wenn du mit ihm zusammen sein willst, dann musst du dich auch für dieses Land entscheiden, für das Leben im Reservat, für ein Leben unter den Lakota. Und glaube mir, das ist kein leichtes Leben. Lukas gehört hierher. Er will Medizinmann werden und er . . . ist blind. Es gibt eine ganze Menge Dinge, die er nicht kann.«

»Er kann nur nicht sehen«, sagte Sim.

Sie merkte, wie ihre Tante etwas erwidern wollte, es jedoch nicht tat.

Sie räumten noch gemeinsam die Küche auf, dann ging Jo ins Bett, weil sie Bauchschmerzen hatte. Auch Sim legte sich bald schlafen. Ihre Gedanken wanderten zurück zur letzten Nacht. Lukas bei ihr in diesem Bett. Wie intensiv sie ihren Körper gespürt hatte. Und seinen. Sie hatten nicht richtig miteinander geschlafen (wegen des blöden fehlenden Kondoms), aber es war schöner gewesen als alles, was sie sich je vorgestellt hatte. Alles war leicht gewesen und voller Magie. Sim fühlte sich erwachsener und zu ihrer eigenen Überraschung war es kein schlechtes Gefühl. Mit einem Lächeln auf den Lippen schlief sie ein.

Am Tag darauf klagte Jo beim Frühstück immer noch über Schmerzen, öffnete jedoch pünktlich um zehn Uhr den Laden. Gegen Mittag lag sie mit verzerrtem Gesicht auf der Couch und krümmte sich. In ihrer Verzweiflung rief Jo Almona an, die eine Viertelstunde später in der Tür stand.

»Du musst sofort ins Krankenhaus, Jo. Das ist der Blinddarm«, war die niederschmetternde Diagnose der Indianerin.

Jo protestierte nicht, anscheinend waren die Schmerzen so groß, dass ihr alles egal war.

»Ich bringe deine Tante nach Rapid City«, sagte Almona. Sie half Jo, ein paar Sachen zusammenzupacken. Der Laden wurde geschlossen und ein Schild in die Tür gehängt.

»Wirst du klarkommen?«, fragte Jo.

»Ja, natürlich. Mach dir keine Gedanken. Ich kümmere mich um die Tiere.«

Zusammengekrümmt saß ihre Tante auf dem Beifahrersitz

und Almona brauste los, als wäre ihre Rostlaube ein Rettungswagen.

Sim sah dem Wagen hinterher und hoffte, dass sie rechtzeitig im Krankenhaus sein würden. Sie wusste, dass ihre Tante in Lebensgefahr schwebte, wenn es tatsächlich der Blinddarm war und sie zu lange gewartet hatte.

Um nicht vor Angst verrückt zu werden, suchte sie sich Beschäftigung. Sie putzte das Haus, fütterte die Tiere, goss die Blumen und das Gemüse im Garten. Hin und wieder kamen Leute, die sich über den geschlossenen Laden wunderten und denen sie versicherte, dass am Montag wieder geöffnet sein würde.

Die Stunden verstrichen zäh wie Kaugummi. Irgendwann am Nachmittag setzte Sim sich auf die Treppe vor dem Haus. Juniper kam angelaufen und legte ihr winselnd den Kopf auf die Knie. Die Hündin musste gespürt haben, dass etwas nicht stimmte, und Sim war froh, nicht allein zu sein. Mehrmals hatte sie daran gedacht, Lukas anzurufen, aber er war bei dieser Zeremonie und hatte mit Sicherheit sein Handy ausgestellt.

So warteten sie und Juniper zusammen, bis Almonas Wagen endlich auf der Schotterpiste auftauchte.

»Das war allerhöchste Eisenbahn«, berichtete die Indianerin. »Deine Tante ist sofort operiert worden. Sie wird ein paar Tage im Krankenhaus bleiben müssen, aber du sollst dir keine Sorgen machen. Ich komme jeden Tag in den Laden, und wenn du mir aufschreibst, was du brauchst, dann bringe ich es mit.«

»Danke, Almona.«

»Du kannst auch bei mir schlafen. Die Couch im Wohnzimmer ist zurzeit frei.«

Nein, auf Almonas Couch schlafen, das wollte Sim nicht. Außerdem erwartete sie Lukas am nächsten Tag und er würde bestimmt bei ihr bleiben.

»Ich komme klar«, sagte sie. »Aber danke für das Angebot.«
»Na gut. Dann fahre ich jetzt. Bis morgen, Simona.«
»Nur Sim«, sagte sie lächelnd.

Lukas war todmüde, als er am Abend nach der Namensgebungszeremonie nach Hause zurückkehrte. Am liebsten hätte er gleich bei Henry geschlafen, aber er hatte Jimi seit ihrem Zusammenstoß hinter Jos Trailer nicht mehr gesehen und musste unbedingt mit ihm sprechen, um ein paar grundlegende Dinge klarzustellen.

Jimi war zutiefst verletzt, aber Lukas hoffte, dass er immer noch sein Freund war und Sims Entscheidung akzeptieren konnte. Lukas wollte sie nicht verlieren, keinen von beiden.

Immer wieder kehrten seine Gedanken zu diesem verrückten Traum zurück. Er hatte Jimi und Sim *sehen* können. Er hatte die Schlucht gesehen, den Himmel. In seinen Träumen konnte er die Bilder herbeirufen. Er hatte die drohende Gefahr sehen können, die dunklen Gewitterwolken. Aber wie so oft in seinen Träumen hatte er gesprochen und Jimi und Sim hatten ihn nicht gehört.

Lukas dachte an den schrecklichen Moment, als ihm klar geworden war, dass er einen von beiden loslassen musste, um den anderen zu retten. Er hatte Sim erzählt, dass sie ihn in diesem Moment geweckt hätte. Das stimmte nicht ganz. Als er von ihr wach gerüttelt worden war, hatte er bereits losgelassen. Lukas hatte Jimi losgelassen.

Dass er das getan hatte – auch wenn es nur im Traum gewesen war –, verfolgte ihn. Deswegen musste er dringend mit Jimi reden. Musste ihm sagen, dass er immer noch sein Freund, sein Hunka-Bruder war. Dass sie zusammen aufs College gehen würden im Herbst. Dass er ihm verzieh – alles verzieh.

Lukas brachte Ghost auf die Koppel und verabschiedete sich

von ihm. Als er in den Trailer kam, war Jimi nicht da und auch sonst niemand – aber das war nicht ungewöhnlich. Vielleicht waren die Mädchen bei irgendwelchen Freundinnen und Jimi war noch unterwegs.

Der Kühlschrank war leer und die Wasserkanister auch. Er war nicht hungrig, aber er hatte Durst. Als er den Wasserhahn in der Küche aufdrehte, kam kein einziger Tropfen. Er beschloss, nach drüben zu gehen, in den Präsidentenpalast, vielleicht waren die Mädchen dort. Und vielleicht konnte ihm jemand sagen, warum im Trailer kein Wasser lief.

Lukas wusste, dass es inzwischen dunkel geworden war. Als er sich dem großem Haus näherte, hörte er Bernadines Stimme. Sie drang aus ihrem Zimmer, das Fenster stand offen. Jimis Name fiel und Lukas wurde hellhörig. Mit nach vorn gestreckten Händen lief er bis zur Hauswand, versuchte, nicht zu stolpern und auch sonst kein Geräusch zu machen. Neben Bernadines Fenster lehnte er sich mit dem Rücken gegen die Wand.

Es war Tyrell, mit dem Bernadine sprach. Sie redeten beide sehr leise, aber Lukas' Fledermausohren hörten alles.

»Ich bin sicher, er hat seine Lektion gelernt, Mom«, sagte Tyrell. »Die Jungs haben ihm mächtig Angst eingejagt.«

»Wir können uns nicht mehr auf ihn verlassen, Ty«, zischte Bernadine. »Das FBI ist im Res und Jimi eine wandelnde Zeitbombe.«

»Aber als wir zusammen in Denver waren, schien er ganz der Alte zu sein.«

»Das glaubst auch nur du. Er hat uns bestohlen, Ty, deshalb muss er weg«, sagte Bernadine. »Erledige das. Und warte nicht zu lange.«

»Aber Mom, Jimi ist . . . er . . .«

»Er gehört nicht mehr zu uns, Ty. Er kann uns alle für Jahre in den Knast bringen, kapiert?«

»Ja, klar.«

»Was ist mit Luke?«, fragte Bernadine. »Weiß er etwas?«

»Nein, Jimi ist immer vorsichtig gewesen.«

»Da wäre ich mir nicht so sicher«, brummte Bernadine.

Lukas hörte ihre Stimme ganz nah. Anscheinend war sie ans Fenster getreten und blickte hinaus. Er drückte sich gegen die Hauswand, hielt den Atem an.

Noch eine ganze Weile stand er dort und hörte zu. Hörte Dinge, die er lieber nicht erfahren hätte. Am liebsten wäre er davongelaufen, weg von diesem Ort, der Zuflucht und Geborgenheit bedeuten sollte. Der alles andere als das war.

Schließlich bewegte er sich seitlich vom Fenster weg zur Ostseite des Hauses. Dort war das Wohnzimmer. Der Fernseher lief und er vernahm Gelächter. Er hatte immer noch Durst, aber den Präsidentenpalast würde er jetzt ganz bestimmt nicht betreten. Ganz vorsichtig lief er zum Trailer zurück. In der Küche fand er eine Dose mit einem abgestandenen Schluck Cola. Den trank er, ging in sein Zimmer und setzte sich aufs Bett.

Die Gedanken jagten durch seinen Kopf wie wild gewordene Hornissen. Tyrell dealte mit Kokain und Jimi steckte mit drin. Bernadine wusste von allem oder noch schlimmer: Sie war der Kopf des Ganzen. Und nun war Jimi für sie zur Gefahr geworden.

Wieder und wieder versuchte er, Jimi auf seinem Handy zu erreichen. Aber der ging nicht dran, so oft Lukas es auch versuchte.

Schließlich hinterließ er ihm eine Nachricht: *Sei morgen Mittag an der Schlucht. Es ist lebenswichtig. Luke.*

28. Kapitel

Jimi klappte sein Handy zu. *Lebenswichtig.* Luke hatte schon immer einen Hang zu Übertreibungen gehabt. Er lief vor Robs Trailer hin und her. Oder besser: vor dem, was vom Trailer übrig war. Der Sturm hatte der Behausung seines Kumpels übel mitgespielt. Rob hatte im hinteren Zimmer geschlafen, als der Tornado die Küche zermalmte. Ihm war nichts passiert, aber der Trailer war nicht zu reparieren und nun wusste er nicht, wo er wohnen sollte, wenn der Winter kam.

Jimi hatte zwei Nächte auf Robs Couch geschlafen, mit Panoramablick und Besuch von einem alten Kojoten. Mit seinem Zorn auf Lukas, der aus unerfindlichen Gründen immer größer wurde. Alles war aus den Fugen geraten, sein Leben war ein Chaos.

Und jetzt dieser Anruf.

Jimi wollte Lukas nicht sehen und nicht mit ihm sprechen. Er war stinksauer auf ihn und vielleicht konnte er diesmal seinen Zorn nicht zügeln, wenn er ihm gegenüberstand.

Mehr als einmal hatte er daran gedacht, die beiden in Frieden zu lassen. In ein paar Tagen würde Sim ohnehin nach Deutschland zurückfliegen und dann gäbe es nur noch sie beide. Jimi und Lukas, das eingeschworene Duo. Doch das Feld einfach sang- und klanglos zu räumen, ließ sein Stolz nicht zu. Er war ein Krieger, der Champion – und kein Verlierer. Trotzdem hatte er Sim verloren.

Wie ein Tier im Käfig lief er auf und ab. Er zog das Handy aus der Tasche und hörte noch einmal Lukas' Nachricht ab. Etwas in dessen Stimme machte ihm Angst. Vielleicht sollte er sich doch anhören, was Lukas zu sagen hatte?

Er ging zu Rob, der apathisch auf der Couch lag und in den Himmel starrte. »Ich muss noch mal weg.«

Rob rührte sich nicht. Er war in den Wolken. Vielleicht hatte er ihn gar nicht gehört.

Jimi stieg in seinen Mustang und fuhr in Richtung Horse Hill. Er parkte an der Straße und stieg den Pferdehügel von der anderen Seite hinauf, sodass er den Trailer und das Blockhaus im Blick hatte, ohne selbst gesehen zu werden.

Zwei Autos parkten vor dem Laden. Sim saß auf der Treppe und spielte mit den jungen Hunden. Sie trug abgeschnittene Jeans und das limonengrüne Top mit der roten Glitzertarantel. Ihr störrisches rotes Haar leuchtete in der Sonne. Junipers Welpen balgten sich zu ihren Füßen und übten sich im Bellen. Sim lachte. Sie war glücklich.

Ihr Anblick schnürte ihm die Kehle zu. Er dachte daran, dass sie ihn wirklich gemocht hatte. Und dass er es vermasselt hatte auf der Party, weil er zugelassen hatte, dass Marola ihn küsste. Keine große Sache, nichts von Bedeutung. Jedenfalls für ihn.

In diesem Moment wurde Jimi klar, dass Sim niemals sein Mädchen sein würde, auch wenn er sie noch so sehr wollte. Diese Erkenntnis versetzte ihm einen Stich. Er rollte sich auf den Rücken und so lag er und starrte in den gleißenden Himmel, bis es hinter seinen Augen zu pochen begann.

Eine feuchte Hundeschnauze an seiner Wange ließ ihn hochfahren. Juniper. Mit einem Satz war er auf den Beinen, sah Sim den schmalen Pferdepfad hinaufsteigen. Am liebsten hätte er sich umgedreht und wäre davongelaufen, aber sie hatte ihn längst entdeckt und kam geradewegs auf ihn zu.

»Hey«, sagte sie, als sie bei ihm angelangt war. »Wo kommst du denn plötzlich her?«

Jimi fühlte sich so ertappt, dass er Mühe hatte, Haltung zu bewahren. Er musste mehrmals ansetzen, bevor seine Stimme ihm gehorchte. »Ich ... ich wollte dich sehen ... Ohne ihn.«

»Lukas ist nicht hier«, sagte sie ruhig.

Juniper setzte sich und gähnte. Mit ihrem scharfen Hundeblick suchte sie das Tal ab, in der Hoffnung, vielleicht ein Kaninchen aufzuspüren. Schließlich erspähte sie eine Bewegung und rannte los. Ein weißer Pfeil im hohen Gras.

»Ist wieder alles okay zwischen euch?«, fragte Sim vorsichtig.

»Okay?«, rief er aufgebracht. »Nichts ist okay! Er hat mir mein Mädchen weggenommen!«

»Luke hat dir niemanden weggenommen, Jimi. Ich habe dir niemals gehört.«

Da waren sie wieder, die verdammten kulturellen Unterschiede. Er schüttelte den Kopf. »Sag mir nur eins, Sim: Habe ich dir etwas bedeutet?«

Sie räusperte sich. »Ich habe gedacht, ich hätte mich in dich verliebt, Jimi. Und ich dachte, wir wären zusammen, aber ...«

»Wir waren zusammen.« Er machte einen Schritt auf sie zu. »Wir haben geredet, wir hatten Spaß, wir hatten Sex. Was willst du noch?«

Sim presste die Lippen zusammen und schüttelte den Kopf. »Ich habe mich in Luke verliebt, Jimi. Das weiß ich jetzt.«

Eifersucht packte ihn wie die scharfen Klauen eines Adlers. »Ach und wieso? Was hat der Blindgänger, was du von mir nicht auch haben könntest?«

Jimi sah die Enttäuschung in ihren hellen Augen, wusste, dass er genau das Falsche sagte. Sim öffnete den Mund, doch bevor sie etwas erwidern konnte, schnappte er ihren Arm, zog sie zu sich heran und küsste sie tief und wild. Er wollte ihr keine Chance geben zu antworten, er wollte nur, dass sie zu ihm gehörte.

Sim stemmte die Handflächen gegen seine Brust und stieß ihn von sich. Da war keine Wut in ihren Augen und auch keine Angst. Nur die Gewissheit, dass sie ihn nicht mehr wollte. Die Schmach der Zurückweisung ließ Jimis Zorn aufblühen wie Glut unter der Asche, in die Wind bläst.

Juniper kam bellend den Hügel hinaufgejagt, bereit, Sim zu verteidigen. Jimi drehte sich um und lief den Pfad hinunter, der ihn wieder zu seinem Auto bringen würde.

Nach ein paar Metern drehte er sich noch einmal um. »Er kann dir nicht weglaufen«, rief er Sim zu, »deshalb hast du dich für ihn entschieden.«

Sie antwortete nicht. Doch die Trauer in ihren Augen sprach ihre eigene Sprache.

Als er bei seinem Mustang angelangt war, knallte Jimi die Tür zu, ließ den Motor aufheulen und machte sich auf den Weg zur Schlucht. Es war schon zwei durch, vielleicht war Lukas gar nicht mehr da. Aber wenn er es war, konnte er sich auf etwas gefasst machen.

Jimi ließ das Auto auf dem unbefestigten Weg am Fuße eines Hügels stehen und lief über das sonnenverbrannte Gras hinauf. Als er auf der Kuppe stand, konnte er Lukas auf dem Felsvorsprung sitzen sehen. Vermutlich hockte er da schon seit Stunden und wartete, während ihm das Hirn eintrocknete. Der Idiot.

Ghost graste in einem grünen Seitental. In der Ferne, über den leuchtenden Zacken der Badlands, brauten sich dunkle Wolken zusammen. Jimi stieg in die Talsenke hinunter und den Pferdepfad zur Felsplatte wieder hinauf. Als er sich Lukas bis auf zehn Meter genähert hatte, rührte der sich noch immer nicht. Vermutlich hatte er wieder Druck auf den Ohren, deshalb hatte er ihn nicht kommen gehört.

Jimi blieb stehen, zog eine Zigarette aus seiner Hosentasche und schob sie zwischen die Lippen. Er hatte das Feuerzeug schon in der Hand, doch ein verborgener, hässlicher Teil in ihm ließ ihn zögern. Das Klacken des Feuerzeuges würden Lukas' Fledermausohren mit Sicherheit wahrnehmen und dann musste sich Jimi allem stellen. Seiner Eifersucht, seinem verletzten Stolz und seinem Zorn, den er seit der Party mit sich herumtrug wie ein kleines scharfes Messer.

Er ließ ein paar Minuten verstreichen. Lukas zu beobachten, ohne dass der sich seiner Anwesenheit bewusst war, gab ihm ein Gefühl der Überlegenheit. Die Macht des Sehenden dem Blinden gegenüber. Genützt hatte es ihm nichts, dass er zwei gesunde Augen hatte – jedenfalls nicht bei Sim.

Als Lukas aufstand und sich umdrehte, hielt Jimi den Atem an. Lukas' Nachtaugen waren direkt auf ihn gerichtet. Es waren die Augen eines Sehers, obwohl sie nichts sahen.

»Jimi, bist du das?«

Konnte Lukas auch Gedanken hören? Jimis Finger umklammerten das Feuerzeug. Er antwortete nicht. Er schwieg und betrachtete den Freund, wie er den Kopf schief legte und angestrengt lauschte. Schließlich hob er die Hand und zündete seine Zigarette an.

»Jimi, bist du da? Ich muss mit dir reden, hörst du. Es ist wichtig.«

Er nahm einen tiefen Zug und stieß langsam den Rauch aus.

»Was soll der Unfug, Champ?«, fragte Lukas. »Komm schon, ich weiß, dass du da bist.«

Nur ein paar Meter lagen zwischen ihnen, doch gleichzeitig war es eine Kluft so breit wie der Grand Canyon. Jimi nahm noch ein paar Züge, dann konnte er seinen Zorn nicht länger im Zaum halten. Er musste Lukas schlagen oder gehen. Wortlos drehte er sich um und folgte dem Pferdepfad zurück in die Senke. Er drückte die Kippe an seiner Schuhsohle aus und schnippte sie ins Gras. Mit schnellen Schritten stieg er den Hügel hinauf, hinter dem er seinen Wagen abgestellt hatte.

Oben angekommen, warf er doch noch einen Blick zurück. Lukas stand auf der Felsplatte und hatte sein Handy in der Hand. Ehe Jimi reagieren konnte, meldete sich sein eigenes Mobiltelefon. Er zog es aus der Hosentasche und das Wolfsheulen hallte über den Hügel. Ein Blick auf das Display. *Lukas.* Jimi drückte ihn weg und wandte sich zum Gehen, als er aus dem Augenwinkel heraus mitbekam, wie aus dem Gras in der Senke eine dünne Rauchfahne aufstieg. Die Kippe, schoss es ihm durch den Kopf, sie war nicht richtig aus gewesen.

Sein erster Impuls war, hinunterzulaufen und den Brandherd zu löschen. Aber er tat es nicht. Fasziniert starrte er auf die Flammen, die aus dem Gras wuchsen. Erst klein und kaum zu sehen, dann größer, bis sie einen Wacholderbusch in Brand setzten, der aufloderte wie eine Fackel.

»Ich sehe was, das du nicht siehst, Amigo«, murmelte er. Drehte sich um und rannte hinunter zu seinem Wagen.

Als er am Ende des Fahrweges auf die Straße bog, stand die dunkle Rauchwolke bereits zwischen den Hügeln. Jimi trat aufs Gas und ließ Lukas hinter sich.

Das lang gezogene Heulen eines Wolfs drang an Lukas' Ohren und sein Magen verkrampfte sich. Obwohl er Jimis Anwesenheit längst gespürt hatte, war die Gewissheit ein Schock für ihn. Warum hielt Jimi ihn zum Narren? Warum war er erst gekommen, wenn er dann ohne ein Wort wieder verschwand wie ein Geist?

Lukas hasste es, wenn jemand Spielchen mit seinem Handicap trieb. Zu Anfang ihrer Freundschaft hatte es Jimi ein diebisches Vergnügen bereitet, ihm makabre Streiche zu spielen. Eine tote Maus auf seinem Teller, ein nasses Handtuch im Bett,

Geschirrspülmittel in seinem Wasserglas – es gab so viele Möglichkeiten, einen Blinden zu ärgern. Doch sie waren keine kleinen Jungen mehr und hier ging es auch nicht um eine tote Maus auf seinem Teller. Jimis Leben war in Gefahr und er hatte keine Gelegenheit gehabt, ihm das zu sagen.

Ein Schwarm Vögel flatterte mit ängstlichen Schreien aus dem Gras und Lukas zuckte erschrocken zusammen. Plötzlich roch er es: *Feuer.* Irgendwo, ganz in der Nähe, brannte es. Das musste Jimi doch bemerkt haben. Er wollte nach ihm rufen, bekam jedoch keinen Ton heraus. Seine Rechte umklammerte das Handy wie einen rettenden Strohhalm.

Der beißende Geruch wurde stärker, vermutlich stand er genau in Windrichtung. »Jimi«, brüllte er mit ganzer Kraft.

Nichts.

In diesem Moment hörte Lukas das Aufheulen eines Motors. Ein Wagen raste davon. Mit zitternden Fingern wählte er die Notrufnummer der Polizei.

»Die Prärie brennt«, rief er. Aber noch bevor er sagen konnte, wo er sich befand, war die Verbindung unterbrochen. Sein Handy piepte, der Akku war leer.

Lukas ließ den Arm sinken, er war zu keinem klaren Gedanken mehr fähig. Er wünschte, ihm würden Flügel wachsen und er könnte sich wie die Vögel emporschwingen in kühlere Schichten der Luft – doch er konnte sich nicht rühren.

Der süßlich scharfe Geruch nach brennendem Salbei wurde immer stärker, er biss in seine Lungen und würgte ihn. Es war, als lauere in seiner Nähe ein gefährliches Tier, das jeden Moment zuschlagen konnte. Lukas konnte es hören, das Feuertier, er konnte hören, wie es fraß und immer näher kam.

Hinter ihm war die Schlucht, vor ihm das Feuer. Bestimmt gab es eine Möglichkeit zu entkommen, doch dazu hätte er gesunde Augen gebraucht. Wenn er in die falsche Richtung lief, war er tot. Er pfiff nach Ghost und ein durchdringendes Wiehern war die Antwort. Vermutlich war das Feuer genau zwischen ihnen. Rauch und Flammen ließen Pferde panisch werden und würden den Schecken letztendlich in die Flucht jagen.

Angst summte durch Lukas' Adern und sein Herz fing an zu rasen. Wenn die Angst sich seiner bemächtigte, wurde alles dunkel und die Sinne gehorchten ihm nicht mehr. Angst machte ihn blind, nahm ihm den Atem, schmerzte wie eine offene Wunde. Doch noch tiefer schmerzte Jimis Verrat. Sein Freund war nicht mehr sein Freund, sondern sein Feind. Sie waren Hunka-Brüder, hatten sich geschworen, für den anderen da zu sein, auf Leben und Tod. Doch Jimi hatte den Eid gebrochen. Er gab ihn den Flammen preis, überließ ihn seinem Schicksal.

Das Feuer fraß sich die Anhöhe hinauf, es konnte nur noch wenige Meter von der Felsplatte entfernt sein. Obwohl hier oben kaum etwas anderes wuchs als Gras, schienen die Flammen meterhoch zu schlagen. Der Todesschrei eines Kaninchens riss Lukas aus seiner Starre.

»Hilfe!«, schrie er. Doch sein Hilferuf wurde vom Prasseln des Feuers verschluckt. Es knisterte, pfiff und toste. Das Feuer fauchte wie ein Berglöwe. Es sang, es brüllte, es schrie. Und fraß: Grashalme, Wacholderbüsche, Erdbewohner, Sauerstoff.

Lukas' Brust krampfte sich zusammen. Rauch krallte sich in seine Lunge und sein Hals brannte, als hätte er Feuer geschluckt. Qualm brannte auch in seinen Augen. Er musste husten und schnappte nach Luft. Spürte seinen Puls wie Hammerschläge.

Als glimmende Asche auf ihn herabregnete, musste er an seine Vision denken, die er auf der *Hanbleceya* erhalten hatte. Das Feuer, der Steinkreis, die weiße Asche. Er selbst als alter Mann.

Er würde nicht sterben. *Nicht heute.*

Die Hitze drang in ihn ein, strömte durch seine Adern und

Knochen und versengte die kalte Angst. Lukas spürte ein Beben in seinem Inneren, spürte, wie etwas ans Licht wollte. Es war ein Lied aus den Tiefen seines Unterbewusstseins. Gesang ohne Worte. Lukas hob den Kopf und ließ die Töne aus seiner Kehle strömen. Eine menschliche Stimme im Chor der Flammen. Er stand mit dem Rücken zur Schlucht, nur einen Meter vom Abgrund entfernt, das Gesicht dem Feuer zugewandt. Lukas sang gegen die Angst. Er sang gegen die gefräßigen Flammen, gegen Enttäuschung und Verrat, sang um sein Leben.

Als durch das Prasseln des Feuers Donnergrollen an seine Ohren drang, schöpfte er wieder Hoffnung. Doch inzwischen mussten die Flammen den Rand der Felsplatte erreicht haben. Bald würde er auf dem Stein gegrillt werden wie auf einer glühenden Herdplatte.

Es war so heiß, dass er das Gefühl hatte, Feuer zu schlucken. Es versengte seine Kehle und er konnte nicht weitersingen. Schützend hob er die Arme vors Gesicht. Schließlich hielt er es nicht mehr aus, drehte sich um und tastete sich die wenigen Schritte zur Felskante vor, bis es nicht mehr weiterging und er am Abgrund stand. Von unten stieg kühlere Luft herauf und Lukas machte ein paar tiefe Atemzüge. In den Atem des Feuers mischte sich der Geruch von nahendem Regen und der Donner klang wie Musik in Lukas' Ohren.

Er sah noch einmal die Bilder aus seinem Traum vor sich. Er, Jimi und Sim an dieser Schlucht, ihr Leben in seinen Händen. Er sah, wie er Jimi in den Abgrund stürzen ließ und selbst hinterherfiel. Ohne Sim. Sim waren Flügel gewachsen. Sie breitete ihre Schwingen aus und flog.

Lukas fiel.

Mit zunehmender Panik beobachtete Sim vom Horse Hill aus den dunklen Rauch, der hinter den östlichen Hügeln zum Himmel aufstieg. Tante Jo hatte ihr von Präriefeuern erzählt, die sich rasend schnell ausbreiteten. Aber doch nicht ausgerechnet heute, wo ihre Tante im Krankenhaus lag und sie allein war mit Almona, deren Nerven schon jetzt völlig blank lagen, weil ihre Eltern in einem Holzhaus hinter Sharps Corner wohnten, nicht weit weg von den Hügeln, auf denen es brannte?

Die Indianerin hatte ihr erzählt, dass sämtliche Feuerwehrwagen im Reservat völlig veraltet waren und gegen einen Präriebrand meistens nicht viel ausrichten konnten. In der Regel musste Hilfe aus Spearfish angefordert werden, aber bis die da war, konnte es dauern. Almona hatte ihr von einem Feuer in den Slim Buttes erzählt, das die Feuerwehr zwei Wochen lang nicht unter Kontrolle bekommen hatte, weil der Wind immer wieder die Richtung gewechselt hatte.

Sim hatte Jo auf ihrem Handy im Krankenhaus angerufen.

»Wenn das Feuer zu sehen ist, öffnet die Koppeln, damit die Pferde weglaufen können, packt Juniper und ihre Welpen in Almonas Wagen und verschwindet, so schnell ihr könnt«, hatte sie gesagt.

Dazu durfte es einfach nicht kommen. Hinter den Rauchwolken stand eine dunkle Gewitterwand und Sim hoffte auf einen mächtigen Regenguss. Sie wünschte, Lukas wäre hier. Er wusste immer, was zu tun war. Aber er war nicht aufgetaucht, obwohl er es versprochen hatte. Und sein Handy war ausgestellt, was Sim noch merkwürdiger fand.

Ihre Nervosität wuchs und wuchs. Jos Pferde hatten sich dicht um die Tränke geschart. Sie witterten das nahe Feuer und es machte ihnen Angst.

Plötzlich ertönte ein schrilles Wiehern und Ghost kam über die Hügel gejagt – ohne seinen Reiter auf dem Rücken.

Sim hatte das Gefühl, ihr Herz müsse zerspringen. Ghost lief zu den anderen Tieren und sie ging zu ihm, um ihn sich genauer anzusehen. Zitternd und mit schweißnassen Flanken stand der Schecke da und scharrte mit den Hufen. Er schüttelte seine Mähne. Schaum troff ihm aus dem Maul.

Vorsichtig streckte Sim die Hand nach ihm aus. »Was ist passiert, Ghost? Wo ist Luke?«

Ghost rollte mit seinen Geisteraugen und schnaubte. Sein linkes Hinterbein blutete. Vermutlich hatte er sich beim Sprung über einen der Stacheldrahtzäune verletzt. Diese Erkenntnis löste eine schreckliche Gedankenkette in ihrem Kopf aus. Pferde hatten Angst vor Feuer. Ghost war vor dem Feuer davongelaufen und hatte Lukas abgeworfen. Vielleicht hatte er sich etwas gebrochen und lag irgendwo verletzt in der Prärie, ohne Chance, den Flammen zu entkommen.

Sim rannte den Hügel hinab, stieg durch den Weidezaun und stürmte in den Laden. »Wir müssen die Feuerwehr anrufen«, rief sie.

Almona starrte sie entgeistert an. »Aber das haben wir doch schon getan. Ich habe dir gesagt, die sind nicht die Schnellsten.«

»Ja, ich weiß. Almona, ich glaube, Lukas ist dort draußen irgendwo. Ghost kam ohne ihn angelaufen. Sie müssen nach ihm suchen. Er ist blind, das müssen sie wissen.«

Mit fahrigen Fingern wählte Almona die Nummer der Feuerwehr. Sie redete und redete, wurde schneller und lauter und gab den Hörer schließlich an Sim weiter. Sie war mit dem Einsatzleiter verbunden. Die Feuerwehr war vor Ort und versuchte, das Feuer unter Kontrolle zu bringen. Von einer Person keine Spur. Allerdings hatten sie bereits einen anonymen Anruf erhalten, dass sich eine hilflose Person im Brandgebiet aufhalten würde.

»Ich weiß, dass er da ist«, sagte Sim. »Sein Pferd ist zu uns gelaufen. Er kann nicht sehen. Lukas ist blind. Vielleicht wurde er abgeworfen und . . .« Ihr versagte die Stimme.

Der Mann versprach, dass seine Leute ihr Bestes tun würden, um Lukas zu finden. Sim legte das Telefon auf den Tisch. Almona wählte zum zigsten Mal die Nummer ihrer Eltern, doch niemand nahm ab. Schließlich hielt sie es vor Sorge nicht länger aus: Sie nahm Sim das Versprechen ab, zur Straße zu laufen, wenn das Feuer näher kommen sollte, und fuhr davon.

Nur ein paar Minuten später erschütterte ein gewaltiger Donnerschlag die Wände des Blockhauses. Sim verriegelte den Laden und hängte das Closed-Schild ins Fenster. Dann rannte sie hinüber zum Trailer, wo sie sämtliche Fenster verschloss, genauso wie im Haus.

Es war stockfinster geworden, Blitze krachten und Donner folgte in immer kürzeren Abständen. Und dann begann es zu regnen. Erst knallten nur einzelne Regentropfen auf das Blechdach des Blockhauses, doch Sekunden später öffnete der Himmel seine Schleusen.

Obwohl Sim den Regen so sehnlichst herbeigewünscht hatte, wollte sich keine Erleichterung einstellen. Denn sie konnte nicht sicher sein, dass es drei Meilen weiter ebenfalls regnen würde. Unruhig lief sie vor dem Fenster auf und ab. Sie konnte nichts tun, außer warten. Immer wieder wählte sie Lukas' Handynummer, aber noch immer war es ausgeschaltet. Sie versuchte es auch ein- oder zweimal bei Jimi, aber dort erreichte sie jedes Mal nur die Mailbox.

Sim musste an die merkwürdige Begegnung mit Jimi vor ein paar Stunden denken. Seine anfängliche Verlegenheit, die ihm ganz und gar nicht ähnlich sah. Hatte er sie etwa vom Hügel aus beobachtet?

Er hat mir mein Mädchen weggenommen, hatte er gesagt. Er war wütend gewesen, verletzt. Wo war er hingefahren, so erfüllt von Zorn auf sie und Lukas?

Das Gewitter tobte beinahe eine Stunde lang, als ob es zwischen den Hügeln gefangen wäre. Sim stand am Fenster, ab und zu erleuchtete ein greller Blitz ihr Gesicht. Als der Regen sich verzog und die Sonne hinter den Wolken hervorkam, ging sie nach draußen. Goldenes Licht lag auf den Hügeln und alles roch frisch und sauber. Die Rauchsäule war verschwunden.

Aber auch Lukas blieb wie vom Erdboden verschluckt.

Als am Abend Michaels Geländewagen vorfuhr, war Sim den Tränen nahe. Aber nun war sie wenigstens nicht mehr allein. Michael war bei Jo im Krankenhaus gewesen und versicherte ihr, dass es ihrer Tante gut ging.

»Als Jo mir von dem Brand erzählt hat, habe ich mich gleich auf den Weg gemacht. Aber dann bin ich in das Gewitter geraten und es hat so heftig geregnet, dass ich nicht weiterfahren konnte. Ich habe schlichtweg nichts mehr gesehen.«

Sim nickte, sie wusste, wovon Michael sprach.

»Ghost kam angelaufen«, berichtete sie ihm und weinte nun doch, »ohne Luke. Dort, wo es gebrannt hat, ist sein Lieblingsplatz. Ich habe solche Angst, dass ihm etwas passiert sein könnte.«

Michael nahm sie in die Arme und dankbar verbarg sie das Gesicht für ein paar schwache Sekunden an seiner Brust. »Wir müssen im Krankenhaus anrufen«, sagte sie und löste sich von ihm. »Vielleicht ist Luke dort eingeliefert worden.«

Michael stellte das Radio an. Auf KILI FM wurde von einem Feuer zwischen Sharps Corner und der BIA Route 33 berichtet und dass der Regen es vollständig gelöscht hatte. Eine verletzte Person wurde nicht erwähnt.

Michael rief im Pine Ridge Hospital an. Er fragte, ob ein Lukas Brave eingeliefert worden sei. Dann begann das Warten. Zwischendurch musste Michael immer wieder Lukas' Namen wiederholen. »Lukas Brave, ja. Präriefeuer, ja.« Wieder musste er warten. Er sah Sim an, schüttelte den Kopf und legte auf. »Der Empfang sagt, es wäre nach dem Präriebrand niemand eingeliefert worden. Die Frau kam mir etwas überfordert vor, aber ich konnte nicht mehr herausbekommen. Tut mir leid, Simona.«

Sim starrte Michael an. Lukas war nicht im Krankenhaus. War das nun eine gute oder eine schlechte Nachricht? Ihm konnte sonst was passiert sein und sie würde es nicht erfahren, denn niemand würde es für nötig halten, sie zu informieren – schon gar nicht Jimi. Sim hatte das Gefühl, schier verrückt zu werden vor Angst, dass Lukas vielleicht verletzt war und irgendwo lag. Oder dass er tot war, was ihr unvorstellbar erschien.

»Können wir rüberfahren nach Manderson? Vielleicht ist er ja zu Hause.«

»Dann hätte er doch längst angerufen«, sagte Michael.

Das stimmte. Vor Panik wurde Sim ganz schwindelig. Wenn sie nur reiten könnte, dann würde sie sich auf einen Pferderücken schwingen und nach ihm suchen. Aber draußen war es schon dunkel und sie kannte sich überhaupt nicht aus.

Michael tätschelte ihre Schulter. »Na komm«, sagte er, »vermute mal nicht gleich das Schlimmste. Lukas wird sich schon melden, vielleicht ist einfach sein Akku leer.« Er wandte sich zur Tür. »Ich hole erst einmal die Lebensmittel aus dem Auto und mache uns etwas zum Abendessen.«

Er kochte Basmatireis und briet dünne Rindersteaks, die er von der Ranch seines Freundes mitgebracht hatte. Sim bereitete einen Tomatensalat zu, was sie für eine Weile ablenkte. Sie aßen gemeinsam, aber Sim brachte kaum einen Bissen herunter.

»Meinst du es eigentlich ernst mit Luke?«, fragte Michael. »Ich meine, nicht nur, weil er blind ist und dir das einiges abverlangt. Bald wird der Ozean zwischen euch sein und . . . na ja, auch in Deutschland gibt es nette Jungen.«

»Keinen wie Luke«, sagte Sim und lächelte. Damit war im Grunde alles gesagt. Es tat ihr gut, auf diese Weise an ihn zu denken, an das, was ihn so liebenswert machte.

Michael ist gar kein schlechter Kerl, ging es ihr durch den Kopf. Er konnte zuhören, war hilfsbereit und sah zudem noch gut aus für sein Alter. Sie bereute längst, die Weinflasche aus seinem Zimmer genommen zu haben, aber jetzt war nicht der Zeitpunkt, ihm davon zu erzählen.

»Meinst du es eigentlich ernst mit meiner Tante?«, richtete sie die Gegenfrage an ihn. »Ich meine, nicht nur, weil sie ein bisschen verrückt ist und dir das einiges abverlangt. Bald wird der Ozean zwischen euch sein und . . .« Fragend sah sie ihn an. »Oder wirst du hierbleiben?«

Michael lächelte kopfschüttelnd. »Du bist deiner Tante sehr ähnlich, hat dir das schon mal jemand gesagt?«

»Weil ich mich in einen Indianer verliebt habe? Tante Jo ist geschieden.«

»Na, zum Glück«, sagte Michael. »Nein, das meine ich nicht. Du bist genauso hartnäckig wie sie, so aufrichtig und geradeheraus. Und du siehst aus wie sie, als sie so alt war wie du – genauso hübsch, genauso eigenwillig.«

Sim schluckte. *Aufrichtig? Hübsch?*

»Aber«, Michael seufzte und lehnte sich zurück, »du hast mich etwas gefragt und du sollst eine Antwort bekommen: Ja, ich habe mich ernsthaft verliebt in Jo. Im vergangenen Jahr habe ich drei Monate bei ihr gewohnt, bis in den Oktober hinein. Sie hat mir das Reiten beigebracht.« Er lächelte. »Ich habe mich in deine Tante verliebt und ich habe mich in dieses Land verliebt.«

Sim nickte. Das verstand sie gut.

»Aber Horse Hill ist Jos Zuhause, sie wird niemals hier weggehen, auch meinetwegen nicht. Und ich habe alte Eltern, die mich brauchen, und eine Tochter, die ihren Sohn allein erzieht.« Er hob die Schultern. »Ich werde versuchen, alles irgendwie unter einen Hut zu bekommen. Jo macht das Alleinsein nicht so viel aus. Umso schöner ist dann das Wiedersehen.«

Ja, dachte Sim. Da war etwas dran.

»Ich will auch versuchen, alles unter einen Hut zu bekommen«, sagte sie. »Ich habe die Schule ziemlich schleifen lassen, aber vielleicht schaffe ich das Abi, wenn ich mir mehr Mühe gebe.«

»Wenn du es willst, schaffst du es auch, da bin ich mir sicher. Luke hat seinen Highschoolabschluss mit Bestnoten gemacht, wusstest du das?«

Sie schüttelte den Kopf.

»Er ist klug, hat mehr drauf als die meisten Kids hier im Reservat. Er könnte ein Uni-Studium absolvieren, aber er will hierbleiben und seinen Leuten helfen. Vielleicht wird er das Reservat niemals verlassen.«

»Er kann nicht getrennt sein von seinem Land und den Menschen hier«, sagte Sim. Auch das war ein Grund dafür, dass sie sich in ihn verliebt hatte.

»Ja, ich weiß.«

»Nächstes Jahr werde ich wiederkommen«, sagte sie. »Tante Jo kann immer Hilfe gebrauchen.«

Michael nickte lächelnd. »Dann sehen wir uns also wieder, nächsten Sommer.« Er streckte die Hand aus und Sim schlug ein.

Nachdem Sim den Abwasch erledigt hatte, wünschte sie Michael eine gute Nacht. Er versprach, mit ihr am nächsten Tag zu Bernadine Jumping Eagle zu fahren, falls Lukas sich bis dahin noch nicht gemeldet hatte.

Obwohl sie völlig erledigt war, konnte Sim nicht einschlafen.

Immer, wenn sie die Augen schloss, sah sie Lukas vor sich. Sein freundliches Gesicht mit den Nachtaugen, seine aufrechte Haltung, der schief gelegte Kopf, wenn er lauschte. Seine Hände, die sie so zärtlich berührt hatten.

Michael hatte recht. Lukas war klug, er war besonnen und er wusste mehr als manch anderer. Doch das änderte nichts an der Tatsache, dass er blind war und bei einem wütenden Präriebrand seine Sinne nicht wie gewohnt funktionieren konnten.

Vielleicht war ihm das Feuer zum Verhängnis geworden. Vielleicht würde sie Lukas Brave nie wiedersehen.

Ein halber Mond hing am Nachthimmel und Sterne pulsierten wie lebendige Wesen. Für die Lakota bedeutete ein leuchtender Stern Hoffnung – Hoffnung auf einen neuen Tag, auf ein gutes Leben.

Jimis Mustang stand mit ausgeschalteten Scheinwerfern auf der Anhöhe über dem White Horse Creek. Jimi saß reglos auf dem Fahrersitz und starrte hinaus in die Nacht. Über ihm die funkelnde Hoffnung, unter ihm der Ort, an dem Timmy He Dog gestorben war, aufgedreht durch das Kokain, das er ihm verkauft hatte.

Es war nur ein paar Stunden her, da hatte er einen Präriebrand verursacht und Lukas allein gelassen. Lukas, der nicht sehen konnte.

Vielleicht war das Feuer schneller gewesen als das Gewitter, vielleicht hatte Lukas die Orientierung verloren und war in die Schlucht gestürzt. Jimi wusste nicht, ob sein Hunka-Bruder lebte oder schon auf dem Weg in die ewigen Jagdgründe war.

Hoffnung war nur noch eine Erinnerung. Jedenfalls für ihn. Jimi steckte zwischen den Zähnen eines großen Tieres, roch den faulen Atem der Verdammnis und sah keine Hoffnung mehr. Der Medizinbeutel des Kriegshäuptlings und die Geisterfiguren waren unerreichbar für ihn. Er hatte niemanden, mit dem er reden konnte, keinen weisen Freund, wie Lukas ihn im alten Henry gefunden hatte. Tyrell wusste, dass er es war, der ihn bestohlen hatte, und beobachtete ihn mit den Augen eines Habichts. Wenn er auch nur einen falschen Schritt machte, würde es um ihn geschehen sein.

Jimi dachte an Crazy Horse und was er getan hatte, wenn er nicht mehr weiterwusste. Der Häuptling war niemand, der seine Gedanken oder Gefühle mit anderen geteilt hatte. Er hätte seine Geistertiere befragt oder sich auf eine Visionssuche begeben.

Die Geistertiere waren gefangen in Tyrells Spind, aber eine *Hanbleceya* würde Jimi vielleicht den richtigen Weg weisen. Er war nicht vorbereitet, hatte den flammend roten Starquilt seiner Großmutter Arvella nicht und auch keine Schnur mit Tabakbeutelchen in den Farben der vier Himmelsrichtungen. Er hatte keinen Medizinmann, der ihn begleiten und seine Vision später deuten würde. Aber Wakan Tanka würde all das verzeihen und *Tunkashila,* der Großvater Geist, war Großvater für alle, die keinen mehr hatten.

Jimi startete den Motor und schaltete die Scheinwerfer ein. Sein Ziel war Bear Butte, der heilige Berg nördlich der Black Hills, auf dem auch Tashunka Witko seine Visionen erhalten hatte.

29. Kapitel

Lukas und Jimi sind nicht da.« Roxie, mit offenem Haar und ganz in Pink gekleidet, sprang auf dem Trampolin vor dem Trailer herum. »Vielleicht weiß Bernadine, wo sie sind.«

Sim und Michael stiefelten durch den vom Regen aufgeweichten Boden weiter zum großen sandfarbenen Haus, das ein paar Meter hinter dem Trailer stand. Eine Handvoll dunkelhäutiger Kinder hüpfte in einem Schlammloch herum, das sich nach dem gestrigen Gewitter zwischen Trailer und Haus gebildet hatte.

Super-Mom saß in fleckigem T-Shirt und alten Jogginghosen auf der Veranda vor dem Eingang ihres großen Hauses und las Zeitung. Als sie näher kamen, hob sie den Kopf und beäugte die fremden Ankömmlinge mit unverhohlenem Misstrauen. Die kleinen schwarzen Augen glänzten wie Murmeln. Sim fragte sich, ob Bernadine sich an sie erinnerte.

»Wir suchen nach Lukas«, sagte Michael und sie war froh, dass er das Reden übernahm.

Bernadine Jumping Eagle hob die massigen Schultern. Sie trug eine Armbanduhr am Handgelenk, was Sim komisch fand. »Keine Ahnung, wo er steckt«, sagte sie. »Er ist achtzehn, kann gehen, wohin er will.« Ihr fehlten mindestens vier Zähne im Oberkiefer. Ein Geruch von ungewaschener Kleidung und Schweiß ging von ihr aus. Sie klang defensiv. Dachte sie etwa, Michael wäre vom Jugendamt?

»Und Jimi?«, hakte Michael nach.

Bernadine schüttelte den Kopf. »War auch die Nacht nicht da.

Die Jungs werden schon kommen, wenn sie Hunger haben.« Sie legte ihre Hände auf den Tisch, stemmte sich hoch und zeigte sich in ihrer ganzen wuchtigen Fülle. Brüste schien sie nicht zu haben, nur einen riesigen Bauch. »Tut mir leid, dass ich nicht helfen kann«, fügte sie noch hinzu und humpelte ins Haus.

Nach kurzer Beratung fuhren sie zu Henry He Dog, aber auch der Medizinmann hatte kein Lebenszeichen von Lukas.

»Ich habe nicht den leisesten Schimmer, wo er sein könnte, Missy«, sagte er. »Nach der Namensgebungszeremonie wollte er nach Hause und gestern habe ich nichts von ihm gehört. Luke hat gesagt, er will zu seinem Mädchen, und dort sollte er auch sein.«

Sim spürte Tränen aufsteigen. »Aber er ist nicht gekommen und angerufen hat er auch nicht. Sein Handy ist aus.«

»Tja«, He Dog rieb sich kopfschüttelnd das Kinn, »das ist allerdings merkwürdig. Das Ding hat er immer an.«

Der Indianer fragte nach, ob Jo keinen Rat wüsste. Sim erzählte ihm, dass ihre Tante nach einer Blinddarm-OP in Rapid City im Krankenhaus lag.

He Dog berührte sie tröstend an der Schulter. »Vielleicht kann sie trotzdem helfen. Ruf mich an, wenn du was über den Jungen erfahren hast. Ich mache mir Sorgen um ihn.«

Sim umarmte den Alten spontan. Dann lief sie zurück zu Michael, der im Wagen wartete.

»Er weiß auch nichts«, erklärte sie, als sie wieder auf dem Beifahrersitz saß. »Aber er hat gesagt, Tante Jo würde bestimmt einen Rat wissen. Können wir hinfahren und sie besuchen?«

»Das ist eine gute Idee.« Michael ließ den Motor an und wendete den Geländewagen. Sim war dankbar, dass Michael da war, alleine wäre sie mit Sicherheit verrückt geworden.

Sie brauchten gut eineinhalb Stunden nach Rapid City, doch als sie endlich beim Regionalhospital angekommen waren, war

Sims Hoffnung auf einen Tiefpunkt gesunken. Was konnte ihre Tante schon ausrichten? Schließlich hatte sie gerade eine Operation hinter sich und war noch viel zu schwach, um irgendetwas in die Wege zu leiten.

Mit hängendem Kopf trottete sie Michael hinterher in den Fahrstuhl. Ihre Tante lag im zweiten Stock, Zimmer 220. Sie liefen einen langen Gang entlang, in dem es nach Desinfektionsmitteln roch. Eine Schwester in gestärktem Weiß hinderte sie daran, das Zimmer zu betreten. Chefvisite.

Sie mussten warten und Sim beschloss, Kaffee für Michael und sie zu holen. Sie hatte in der Nacht kaum ein Auge zugemacht und auf der Fahrt in die Stadt war sie mehrmals eingenickt. Auch Michael hatte gegen einen Muntermacher nichts einzuwenden.

Der Kaffeeautomat befand sich am Ende des Ganges. Sim warf die passenden Münzen ein und sah zu, wie der erste Plastikbecher sich füllte, als hinter ihr zwei junge Krankenschwestern vorbeiliefen, die sich über einen Patienten unterhielten.

»Und der blinde Junge auf 204 muss mit dem PI inhalieren. Eventuell kann er heute entlassen werden, das wird nachher der Doc entscheiden.«

Heißer Kaffee lief über Sims Finger und sie zog erschrocken die Hand zurück. In ihrem Kopf hämmerten die Worte *blinder Junge* und *Zimmer 204.*

Obwohl sie nicht an so einen verrückten Zufall glaubte, pochte die Hoffnung wild in ihrem Herzen. Mit Sicherheit hatten die Schwestern von irgendeinem blinden Jungen gesprochen. Trotzdem musste sie sich Gewissheit verschaffen – und zwar gleich.

Nur zwei Minuten später hatte sie Zimmer 204 gefunden und klopfte leise an die Tür. Als keine Antwort kam, drückte sie die Klinke herunter und steckte den Kopf ins Zimmer.

In einem der beiden Betten lag Lukas in halb sitzender Position und hatte Kopfhörer in den Ohren. Seine Augen waren geschlossen und seine Haut mehr grau als braun – doch abgesehen von ein paar versengten Haaren, aufgesprungenen Lippen und einer roten Schramme, die sich über seine linke Wange zog, schien er unversehrt zu sein. In seiner rechten Armbeuge klebte unter einem Pflaster ein Wattebausch.

Sim trat ein und schloss die Tür hinter sich. Am liebsten wäre sie Lukas sofort um den Hals gefallen, aber sie wollte ihn nicht zu Tode erschrecken. Außerdem lag im zweiten Bett ein alter Mann, der sie argwöhnisch fixierte.

»Hey, Luke.« Sim trat an sein Bett. Aber er hatte sie nicht gehört. Er roch sie auch nicht, wie er es sonst immer getan hatte. Kurz entschlossen beugte sie sich über sein Gesicht und küsste ihn ganz leicht auf die rissigen Lippen.

Lukas zuckte zusammen. »Sim?« Er zog sich die Stöpsel aus den Ohren. »Bist du das wirklich?« Seine Stimme klang kratzig.

»Ja, ich bin hier.« Sim griff nach seiner Hand.

»Wie . . .«, er räusperte sich, »wie bist du hergekommen?«

Das Sprechen schien ihm schwerzufallen und er hielt ihre Hand sehr fest.

»Tante Jo ist hier, sie mussten ihr den Blinddarm rausnehmen. Michael und ich, also ich meine, wir haben dich gesucht, überall, und ich dachte, Jo wüsste Rat, aber dann haben zwei Schwestern über dich geredet . . . Luke, es ist . . . das war absoluter Zufall . . . ich hatte solche Angst um dich.«

»Ich bin okay.« Jetzt lächelte er. »Beruhig dich erst mal, ja? Und dann erzählst du noch mal von vorn.«

Sim setzte sich auf Lukas' Bett, holte tief Luft und erzählte ihm alles. »Als Ghost angelaufen kam, wusste ich, dass dir etwas passiert sein musste.«

»Ist Ghost okay?«

»Ja. Er hat eine Schramme am Hinterbein, aber es ist nichts Ernstes. Michael hat Jos Wundersalbe draufgemacht.«

Lukas schwieg und Sim wurde bewusst, dass sie bisher nur über sich geredet hatte – über ihre Angst. »Was ist passiert, Luke?«, fragte sie leise. »Was ist mit dir?«

Statt einer Antwort legte er ihre Hand auf seine geschlossenen Augen.

»Als ich heute Nacht wach wurde«, sagte er, »da wusste ich nicht, ob ich tot bin oder noch lebe. Es war so dunkel.«

Sims Finger strichen über sein Gesicht. Für Lukas war es immer dunkel. Er musste eine andere, unvorstellbare Dunkelheit meinen.

»Ich habe versucht, dich anzurufen«, sagte sie. »Immer wieder. Dein Handy war aus.«

»Der Akku war leer. Dabei hatte ich ihn erst aufgeladen, bei deiner Tante, in der Sturmnacht.«

»Wir hatten Stromausfall«, sagte Sim. »Ich habe es dir nicht gesagt, ich hatte . . . anderes im Kopf.«

»Hm, das verstehe ich.« Er lächelte.

»Warst du bei der Schlucht?«

»Ja. Das Feuer hat mich eingeschlossen. Es war so heiß, Sim. Ich dachte, ich bin in der Hölle. Ich stand am Rand des Abgrunds und muss ohnmächtig geworden sein. Ich bin erst im Hubschrauber wieder zu mir gekommen.«

»Sie haben dich im Hubschrauber hergeflogen?«

»Ja.«

»Warum hast du mich heute Morgen nicht angerufen?«

»Ich habe mein Handy irgendwo da draußen verloren.« Er versuchte, das Kratzen im Hals wegzuhusten. »Und heute Morgen waren sämtliche Nummern aus meinem Kopf verschwunden. Es tut mir leid, dass du dir Sorgen gemacht hast.«

»Nicht nur ich, auch Henry macht sich große Sorgen.«

»Ich ruf ihn an.« Lukas räusperte sich verlegen. »Die Nummern sind wieder im Kopf.«

»Ich kann das für dich übernehmen«, sagte sie. »Natürlich nur, wenn das für dich okay ist.«

»Ja, tu das. Henry mag dich. Er sagt nicht zu jeder Missy.«

»Die Schwestern haben behauptet, du darfst vielleicht heute schon raus. Wenn das stimmt, können wir dich mitnehmen.«

Statt der erwarteten Freude über die gute Nachricht verfinsterte sich Lukas Gesicht zusehends.

»Du freust dich gar nicht«, bemerkte Sim enttäuscht. »Sind die Schwestern so nett, dass du noch ein paar Tage bleiben möchtest?«

Lukas schüttelte den Kopf.

»Ich muss zu Michael und meiner Tante«, sagte sie. »Die beiden werden sich fragen, wo ich abgeblieben bin. Nicht weglaufen, okay? Wir holen dich nach Hause.«

Sim fand Michael und Jo auf dem Gang vor ihrem Zimmer. Jo (im hellblauen Bademantel) wirkte schon wieder erstaunlich fit. Beide waren erleichtert, als sie von ihr erfuhren, dass sie Lukas gefunden hatte und er wohlauf war.

Nachdem der Arzt Lukas noch einmal gründlich untersucht hatte (Luftröhre und Lunge waren in Ordnung) und der bürokratische Kram erledigt war, durfte er das Krankenhaus mit Michael und Sim verlassen. Kleine Brandlöcher von den Funkenschwärmen, die auf ihn niedergegangen waren, zierten seine frisch gewaschenen Sachen.

Sie aßen in der Stadt eine Kleinigkeit und besorgten Lukas in der Rushmore Mall eine neue Sonnenbrille und ein neues Handy, beides war den Elementen zum Opfer gefallen. Michael wollte ihm die Brille und das Handy schenken, doch Lukas bestand darauf, das Geld zurückzuzahlen.

Während der Fahrt ins Reservat wirkte Lukas traurig verändert. Er schien ganz und gar nicht froh darüber, dass er den Präriebrand überlebt hatte. Irgendetwas schien ihn zu quälen und Sim vermutete, dass es mit Jimi zu tun hatte.

Am Horse Hill angekommen, ging Lukas zuerst zu Ghost. Sim beobachtete das Zusammentreffen der beiden aus ein paar Metern Entfernung und die Rührung überkam sie so heftig, dass ein paar Tränen über ihr Gesicht liefen. Beinahe hätte sie Lukas verloren. Diesen Gedanken mochte sie einfach nicht zu Ende denken.

Beim gemeinsamen Abendessen wurde Lukas immer einsilbiger, bis Michael ihn geradeheraus fragte, was mit ihm los sei. Lukas hob den Kopf und sein leerer schwarzer Blick irrte zwischen Michael und Sim hin und her. Schließlich lehnte er sich zurück, die Finger auf der Tischkante.

»Ich kann nicht mehr zurück nach Hause.«

Sim sah ihn mit großen Augen an, wartete auf eine Erklärung. Aber die kam nicht.

»Warum denn nicht, Luke?«, fragte Michael behutsam.

Er schüttelte den Kopf. »Ich kann nicht darüber sprechen.«

Michaels Blick ruhte auf Lukas. Schließlich sagte er: »Bis Jo zurückkommt, kannst du im Trailer wohnen. Ich glaube nicht, dass sie etwas dagegen hat. Und Sim sicher auch nicht.« Michael zwinkerte ihr zu.

Sim spürte, wie sie rot anlief. Lukas' Gesichtszüge entspannten sich merklich. »Danke, Mike. Es ist ja nur, bis ich was gefunden habe, wo ich bleiben kann.«

Nach dem Abendessen spülte Sim das Geschirr und Lukas trocknete ab. Danach wünschten sie Michael eine gute Nacht und gingen zusammen in den Trailer.

In ihrem Zimmer zog Sim die Vorhänge vor die kleinen Fenster. Lukas stand mitten im Raum, er wirkte verloren. Sie ging zu ihm und schlang die Arme um seinen Hals. Nach diesem Moment hatte sie sich so gesehnt. Lukas' Haare rochen noch ein wenig versengt, und als sie ihn küsste, fühlten sich seine Lippen wie ein Reibeisen an – doch sonst war alles wunderbar vertraut. Ihre Finger strichen sanft über die rote Schmarre in seinem Gesicht. Dann küsste sie ihn wieder.

Lukas Hände strichen über ihren Rücken. Er nahm seinen Kopf zurück und räusperte sich. Offensichtlich hatte er immer noch Schwierigkeiten beim Sprechen, vielleicht spürte er aber auch ihren Wunsch, aus diesem Kuss mehr zu machen.

»Ich hatte Kondome besorgt«, sagte er. »Aber sie haben meine Begegnung mit dem Feuer nicht überlebt. Die Krankenschwester meinte, sie hätte Mühe gehabt, den geschmolzenen Gummi aus meiner Hosentasche zu kriegen.« Sein Lachen klang rau und zutiefst erschöpft.

»Ich bin einfach nur froh, dass du lebst«, sagte Sim, obwohl das durchaus nicht alles war. Sie sehnte ich nach Lukas' zärtlichen Händen, wollte sich mit ihm ins Dunkel fallen lassen. Aber sie sah ihm an, dass er mit seinen Gedanken woanders war.

Der Trailer war vertrautes Terrain für Lukas. Im Krankenhaus hatte er einen Beutel mit einer Zahnbürste, Zahnpasta, einem Kamm und einem kleinen Stück Seife bekommen. Sim gab ihm ein frisches Handtuch und er ging ins Bad.

Nachdem Sim geduscht hatte und ins Zimmer zurückkam, saß Lukas, nur mit seinen Jeans bekleidet, kerzengerade auf der Bettkante. Beide Hände lagen auf seinen Schenkeln. Er sah aus, als könne er sich nicht dazu entschließen, schlafen zu gehen.

Sie setzte sich neben ihn, lehnte den Kopf an seine Schulter.

»Hast du die Türen abgesperrt?«, fragte er.

Verwundert hob sie den Kopf. »Nein, warum sollte ich? Du bist doch da.«

»Verriegel die Türen, Sim. Bitte.«

»Aber . . .«

»Frag nicht, okay?«

Sim stand auf, verriegelte beide Türen und setzte sich wieder zu ihm. »Warum willst du nicht zurück nach Hause, Luke?«

Er presste die Lippen zusammen und schüttelte den Kopf.

»Hat es etwas mit Jimi zu tun?«

Er nickte.

»Mit Jimi und dir . . . und mir?«

Lukas seufzte leise und drehte den Kopf von ihr weg.

Sim dachte an ihre letzte Begegnung mit Jimi, kurz vor dem Feuer. An seinen wütenden, besitzergreifenden Kuss. An das, was er gesagt hatte.

»Ich bin schuld an allem«, sagte sie. Sie war die Schere, die das Band zertrennt hatte zwischen den beiden. »Meinetwegen seid ihr keine Freunde mehr. Das wollte ich nicht, Luke.«

»Das weiß ich doch. Ich . . .« Er hob die Hände. »Ich kann nicht darüber reden, okay?«

»Schon gut«, sagte sie, »versuchen wir zu schlafen. Morgen ist auch noch ein Tag.« Sie knipste das Licht aus und schlüpfte unter die Decke. Hörte, dass er die Jeans abstreifte, und spürte seinen warmen Körper an ihrem.

Sie machte die Augen zu, schlief aber nicht.

»Kannst du auch nicht schlafen«, fragte Lukas nach einer Weile flüsternd.

»Nein«, flüsterte sie zurück.

»Soll ich dir etwas vorlesen?«

»Du . . . mir . . . etwas vorlesen?«

»Ja.«

»Okay.«

»Du musst dazu dein Hemd ausziehen.«

Sim zog ihr Hemd aus, legte sich auf den Rücken und wartete, ein leises Summen im Bauch. Lukas hielt mit einer Hand sein langes Haar zurück, beugte sich über sie und blies seinen Atem über ihre Brüste, ihren schweißfeuchten Körper, bis sie erschauerte und eine Gänsehaut bekam. Als er die aufgerichteten Härchen und kleinen Erhebungen auf der Haut ihres Armes spürte, legte er sich wieder neben sie. Seine Fingerkuppen tasteten ganz leicht über ihren linken Arm, als würde er Punkteschrift lesen.

»Es war einmal ein Mädchen mit heller Haut und rotem Haar«, begann er im Tonfall eines Vorlesers, »das kam in einem silbernen Vogel über das große blaue Meer geflogen, um beim Volk der Lakota Demut zu erlernen. Die Fremde traf auf zwei Brüder, der eine sehend, der andere blind. Die Brüder waren unzertrennlich und hatten einander Treue bis in den Tod geschworen. Die beiden zeigten dem Mädchen ihre Welt. Es sollte die Schönheit erkennen, die unter dem Offensichtlichen lag.«

Immer weiter glitten Lukas' Finger über die winzigen erhabenen Punkte auf ihrem Arm und sorgten mit kleinen Schauern dafür, dass die Gänsehaut erhalten blieb. Sim hielt den Atem an, lauschte.

»Doch dann verliebten sich beide Brüder in das Mädchen und jeder wollte es für sich gewinnen. Der Augenbruder war der Champion, der bekam, was er sich in den Kopf setzte. Aber der blinde Bruder wollte nicht einfach so aufgeben, denn das Mädchen war etwas Besonderes für ihn und er hatte schon lange nicht mehr so für einen anderen Menschen empfunden.«

Lukas' Finger verharrten. Er schwieg.

»Lies weiter«, flüsterte Sim. »Was steht da noch?«

»Nichts mehr. Die Buchstaben sind verschwunden.« Er fuhr mit der flachen Hand sacht über ihre Brüste und sagte: »Da ist nur noch ein großes C und ich weiß nicht, was es bedeutet.«

Sim musste lachen und drehte sich zu ihm. »Ich hab dich auch lieb«, sagte sie. »Und morgen lese ich dir etwas vor.«

Lukas träumte, er würde auf dem Rücken eines geflügelten Pferdes über die Prärie jagen. Das Pferd hatte Ähnlichkeit mit Ghost und sie ritten dem Feuertier davon, der gefräßigen Bestie, die rasend schnell hinter ihnen her war. Als sie zur Schlucht kamen, stieß sich das Pferd mit seinen Hufen vom Felsen ab, schwang sich in die Lüfte und trug ihn in eine kühle dunkle Wolke hinein.

Er wurde wach vom Trommeln des Regens auf dem Blechdach. Lukas brauchte einen Moment, um zu begreifen, wo er war. Dann hörte er Sims gleichmäßigen Atem, roch den Duft von Himmel auf ihrer Haut. Vorsichtig nahm er ihren Arm von seiner Brust, verließ Bett und Zimmer und tappte barfuß durch den langen Flur. Er bemühte sich, leise zu sein, denn er wollte sie nicht aufwecken.

Er entriegelte die Eingangstür, stieg die Holzstufen hinab und stellte sich ins nasse Gras. Die kalten Tropfen prasselten auf seine Haut und in wenigen Sekunden war er von oben bis unten klatschnass. Er legte seinen Kopf in den Nacken, öffnete den Mund und ließ die Tropfen auf seine Zunge springen.

Gierig trank er den Regen, der sich in seinem Mund sammelte und ein Teil von ihm wurde. Der Regen hatte ihm das Leben gerettet. *Ich hab dich auch lieb,* hatte Sim gesagt. Sie lag in ihrem Bett und schlief und er konnte einfach hineingehen und sich zu ihr legen. Sie berühren, überall. Das war mehr, als er sich erträumt hatte.

Doch wo war Jimi?

Wo schlief er? War er allein? War er noch am Leben?

Als ihm kalt wurde, ging er wieder nach drinnen. Er zog seine nassen Shorts aus und kroch zurück zu Sim unter die Decke.

»He«, brummte sie schlaftrunken, »du bist ja ganz nass.«

»Ich war schwimmen«, flüsterte er. »Schwimmen im Regen.«

Völlig durchnässt hockte Jimi in seiner Visionsgrube auf dem Bear Butte und schlotterte vor Kälte. Es war seine erste Nacht, drei weitere Tage und Nächte musste er noch ausharren, ohne Wasser und Essen, eingewickelt in die alte, nach Motoröl stinkende Decke, die er im Kofferraum gehabt hatte.

Gleich nach der Nacht am White Horse Creek war er losgefahren, ohne etwas darauf zu geben, dass sein Mustang außerhalb des Reservats nicht zugelassen war und die Polizei ihn festsetzen konnte, wenn er in eine Verkehrskontrolle geriet. Über Red Shirt und Hermosa war er auf die Interstate und dann gen Westen gefahren. In Sturgis war er in Richtung Norden gebogen und zum Bear Butte gefahren, dem heiligen Berg. Hundert Meilen entfernt vom Reservat wuchs er in Form eines liegenden Bären aus der flachen Prärie.

Das gehörte alles mal uns, hatte Jimi gedacht. Seit Hunderten von Jahren besuchten Leute vom Volk der Lakota, Cheyenne und anderer Stämme den Paha Mato, um hier zu beten und um eine Vision zu bitten. Tashunka Witkos Vater hatte eines Nachts die felsige Spitze des frei stehenden Berges erklommen und dort oben eine Vision erhalten, die ihm die Kraft gab, die weißen Eindringlinge zurückzuschlagen. Später vermachte er diese Kraft offiziell Crazy Horse, seinem Sohn. Andere große Häuptlinge waren in Demut und Respekt zum Berg gekommen, oft in großer Verzweiflung.

Auch Jimi war in großer Not und hoffte auf eine Vision, die ihm den Weg weisen würde. Die ganze Sache war eine spontane Eingebung gewesen und deshalb hatte er ein wenig improvisieren müssen. Er hatte den Boden der Grube mit Salbei ausgepolstert und seinen letzten Tabak am Rand der Grube verstreut. Lakota-Geister waren nicht kleinlich.

Sein Magen knurrte und sein Körper sehnte sich nach Schlaf, aber seine Knie, auf denen er nun schon seit Stunden in dieser unbequemen Stellung hockte, schmerzten. Der kalte Regen, der durch die ölgetränkte Decke drang und sich in der Grube sammelte, hielt ihn ebenso wach wie seine Angst, er könnte seinen Bruder auf dem Gewissen haben.

Obwohl Jimi wusste, dass er der Einzige am Berg war, hörte er durch das Rauschen des Regens seltsame Laute, die er keinem bekannten Tier zuordnen konnte. Er dachte an eine Geschichte, die Lukas ihm erzählt hatte, ein paar Tage nachdem sie zu Bernadine gekommen waren.

Ein Junge war von seinem Vater in den Wald gebracht worden, um ein Mann zu werden. Der Vater verband seinem Sohn die Augen, setzte ihn auf einen Baumstumpf und ließ ihn allein. Die verschiedenen Geräusche des Waldes ängstigten den Jungen. Wilde Bestien mussten um ihn herumschleichen, so hörte sich das jedenfalls an. Und der Junge war auch nicht sicher, ob da nicht vielleicht Menschen waren, die ihm Böses wollten. Aber er ließ die Augenbinde, wo sie war. Tapfer harrte er auf seinem Baumstumpf aus, denn es war der einzige Weg, zum Mann zu werden.

Als die Morgensonne das Gesicht des Jungen wärmte, nahm er die Augenbinde ab und sah seinen Vater lächelnd auf einem Baumstumpf sitzen, nur wenige Meter von ihm entfernt. Er war die ganze Zeit dort gewesen und hatte aufgepasst, dass seinem Sohn nichts passiert.

»Ich muss immer mit einer Augenbinde herumlaufen«, hatte Lukas damals zu Jimi gesagt. »Mir bleibt nichts anderes übrig, als darauf zu vertrauen, dass Wakan Tanka bei mir sitzt und mich beschützt.«

Jimi schloss die Augen. Er hatte seinen Hunka-Bruder nicht beschützt, als das Feuer sein Leben bedrohte. Und nun blieb ihm nur die Hoffnung, dass Wakan Tanka neben Lukas gesessen und ihm einen Weg aus dem Feuer gewiesen hatte.

Lukas war sein Freund. Und auch wenn Sim zwischen ihnen stand – er hatte nicht gewollt, dass ihm etwas passierte. Jimi dachte an die Todesangst, die er auf dem Schrottplatz empfunden hatte, und wie entsetzlich sich Lukas gefühlt haben musste, als er begriff, dass sein bester Freund ihn verraten und allein gelassen hatte.

Während Jimi in seiner Grube zitterte und versuchte, seinen Durst zu vergessen, begriff er, dass er verantwortlich war für den Schmerz, den er anderen zugefügt hatte. Und ihm wurde klar, dass Freundschaft auch bedeutete, was man bereit war, für den anderen aufzugeben.

Am nächsten Vormittag ritten Lukas und Sim gefolgt von Juniper zur Schlucht. Aus der Entfernung sahen die kahlen schwarzen Hügel aus wie die Landschaft einer Endzeitsaga. Der Geruch von verbrannter Erde schwebte in der Luft. Ghost war nervös, aber er gehorchte Lukas und trug sie über den verbrannten Boden.

Sie ritten an einer Reihe verkohlter Zaunpfosten entlang. Angesengte Grashüpfer mit verbrannten Beinen und Flügeln sprangen in verrücktem Zickzack vor ihnen auf und verbreiteten einen widerlichen Geruch. Ein Kaninchen, vollkommen seiner Tarnung beraubt, floh vor ihnen und Juniper jagte ihm nach, bis es in seinem Bau verschwand.

Als sie am Felsplateau angekommen waren, stiegen sie ab und Sim erzählte Lukas, was sie sah. Dass das Feuer die Felsplatte vollkommen eingeschlossen hatte. In östlicher und südlicher Richtung über mehr als einen halben Kilometer, in westlicher Richtung war der schwarze Brandstreifen jedoch nur knapp zehn Meter breit. Ein Sehender hätte sich ohne Weiteres in Sicherheit bringen können, aber für Lukas hätte eine Flucht, in welche Richtung auch immer, den sicheren Tod bedeutet.

Ghost stapfte über den schwarzen Streifen, bis er auf unverbranntem Boden stand, und begann zu grasen. Lukas und Sim liefen hinüber zum Felsvorsprung und blieben einen Meter vor dem Abgrund stehen.

»Als es immer heißer wurde«, sagte Lukas mit seiner rauen Stimme, »habe ich einen Moment daran gedacht zu springen. Aber ich konnte es nicht.«

Sim rückte an ihn heran und legte ihren Kopf an seine Schulter.

»Erzählst du mir jetzt, was passiert ist?«

Lukas schien mit sich zu ringen, bewegte kaum die Lippen, als er antwortete: »Er war da.«

»Wer, Luke?«, fragte Sim. War er wieder auf Zeitreise gegangen?

»Jimi.«

»Wo war Jimi, Luke?«

»Beim Feuer.«

Sim stockte der Atem und sie glaubte, sich verhört zu haben. Aber dann sah sie Lukas' Gesicht.

»Bist du dir sicher?«

»Ja. Ganz sicher. Ich hatte ihm eine SMS geschickt, hatte ihn gebeten, zur Schlucht zu kommen. Ich hatte dort schon seit einer Ewigkeit auf ihn gewartet und dann war er plötzlich da. Ich wusste, dass er es war, obwohl er keinen Mucks von sich gegeben hat. Ich habe seine Tabakmischung gerochen. Zwei oder drei Minuten stand er da, dann ist er einfach gegangen, ohne auf mein Rufen zu reagieren. Wenig später brannte es. Ich habe seine Nummer gewählt und das Wolfsheulen gehört. Er stand dort drüben, auf dem Hügel.« Lukas schluckte hart. »Jimi hat mich dem Feuer überlassen. Vielleicht hat er es sogar gelegt.«

Sim fehlten die Worte. Sie wollte nicht glauben, dass Jimi zu so etwas fähig war. Aber dann dachte sie an ihre Begegnung mit ihm, kurz vor dem Brand. Dachte an die Wut und den Schmerz, die in seinem Kuss gelegen hatten.

»Er war oben am Pferdehügel«, begann sie leise, »kurz vorher.« Sie erzählte Lukas von ihrer Begegnung mit Jimi, verschwieg allerdings, was er zuletzt gesagt hatte.

Lukas richtete seine schwarzen Augen in die Ferne. »Er war blind vor Eifersucht. Und er hat vergessen, dass Liebe heilig ist.«

Sim wischte sich übers Gesicht und räusperte sich. »Jimi hat mal zu mir gesagt, du würdest für ihn durchs Feuer gehen.«

Lukas nickte. »Ich bin durchs Feuer gegangen, Sim. Aber freiwillig war das nicht.«

»Glaubst du wirklich, er hat den Brand absichtlich gelegt?«

Er hob die Schultern. »Ich weiß nicht mehr, was ich glauben soll und was nicht. Ich dachte, ich würde alles über ihn wissen, aber nun habe ich das Gefühl, ihn nicht mehr zu kennen.«

»Wo kann er jetzt sein?«

»Keine Ahnung. Vielleicht hat er das Res ja längst verlassen.«

30. Kapitel

Am Samstagvormittag fuhr Michael nach Rapid City, um Jo aus dem Krankenhaus zu holen. Lukas war sich nicht sicher, wie sie darauf reagieren würde, dass er mit Sim im Trailer wohnte, und bei ihrer Ankunft war ihm übel vor Angst.

Doch Jo umarmte ihn und versicherte ihm, dass er bei ihr wohnen könne, so lange er wollte. Nach seinen Gründen, weshalb er nicht zu Bernadine zurückkehren wollte, fragte sie nicht. Das nahm eine große Last von seinen Schultern, denn auch wenn er wusste, dass Henry ihn aufgenommen hätte, wollte er lieber hierbleiben, bei Sim.

Die nächsten Tage vergingen wie im Flug. Lukas versuchte, sich nützlich zu machen, wo ihm das möglich war. Schnell wurde Jos Trailer zu einem neuen Zuhause für ihn und Jo, Michael und Sim eine Art Ersatzfamilie.

Die warmen Nächte gehörten Sim und ihm allein, dem Verschmelzen ihrer Körper, ihren aufwühlenden Gesprächen und den Geschichten, die sie sich gegenseitig vorlasen. Er war mit Ghost nach Manderson geritten, um bei Pinkys Kondome zu kaufen. Im Laden hatte er Chance getroffen und erfahren, dass Jimi seit dem Feuer verschwunden war.

Vielleicht hatte er das Reservat längst verlassen und war irgendwo in Montana oder Idaho, auf dem Weg an den Pazifik. In Sicherheit vor Tyrell und Bernadine. Eines Tages würde Lukas ihm vielleicht verzeihen können. Aber noch schmerzte der Verrat wie eine offene Wunde und Linderung verschaffte ihm einzig und allein Sims Nähe.

Der Sonntag kam, es war sein achtzehnter Geburtstag. Niemand wusste davon und er behielt es für sich. Am frühen Morgen ritt er mit Sim zum Grund der Schlucht, wo sie eine Weile im Schatten saßen und Küsse tauschten, eine Beschäftigung, der sie niemals müde wurden und die auch diesmal den Wunsch auf mehr weckte.

In der Mittagshitze lagen sie dösend auf dem Bett im Trailer, es war zu heiß, um sich zu bewegen. Trotzdem konnte Lukas an nichts anderes denken als daran, mit Sim zu schlafen. Er spürte die Hitze, die von ihrem Körper ausging, atmete sie ein. Ihre Küsse und Berührungen hatten ihn erregt und sein Verlangen ließ sich nicht einfach so wegdenken. Wenn er mit Sim zusammen war, konnte er durch die Haut fühlen, was sie dachte. Er spürte sie mit jedem Zentimeter seines Körpers. Dann war er ganz und dieses Gefühl sehnte sich nach Wiederholung.

Am späten Nachmittag spielten sie eine Runde mit Junipers Welpen, die sich vor Übermut am Hang überkugelten und großes Vergnügen daran hatten, sich um einen alten, zerfransten Lappen zu balgen.

Beim Abendessen erzählte Michael Witze und ihr Gelächter hallte an den Wänden des Blockhauses wieder. Niemand fragte nach Jimi. Lukas wusste, dass sie es nicht taten, weil sie nicht den Finger in die Wunde legen wollten, und er war ihnen dankbar dafür.

Später saß er mit Sim auf den Stufen vor dem Trailer. Die Kühle der Dunkelheit brachte Erleichterung und ließ ihn freier atmen. Nach dem Feuer hatte Lukas befürchtet, nicht mehr singen zu können, doch er hatte seine Stimme wiedergefunden, auch wenn sie manchmal noch etwas kratzig klang.

»Wie still es ist«, sagte Sim.

»Ja«, sagte Lukas, obwohl es nicht stimmte. Wenn es für andere still war, hörte er immer noch etwas. Das Flüstern des

Windes im Gras. Das leise Zirpen der Grillen. Ein Vogel trippelte über das Blechdach des Trailers.

Und er konnte Sim hören. Sie hatte einen ganz eigenen Klang.

»Du vermisst ihn, stimmt's?«

Lukas seufzte leise. »Ich kann nichts dagegen tun.«

»Fühlst du dich sehr allein ohne Jimi?«

»Im Augenblick nicht.« *Aber in sechs Tagen werde ich nicht mehr atmen können vor Einsamkeit.*

»Wo er jetzt wohl ist?«

Lukas zuckte mit den Achseln. »Ich habe keine Ahnung. Vielleicht ist er längst am Pazifik, da wollte er immer hin.« *Vielleicht ist er aber auch tot und ich werde es nie erfahren.* »Ich hab mich von ihm verraten gefühlt«, sagte er. »Und er sich von mir.«

»Das alles tut mir so leid, Luke«, sagte sie. »Ich wollte euch nicht auseinanderbringen. Nie hätte ich gedacht, dass ich so etwas anrichten könnte.«

»Dich trifft keine Schuld, Sim. Es ist eine Sache zwischen Jimi und mir. Es ist . . . kompliziert.« Ein passenderes Wort fiel ihm nicht ein.

»Jimi liebt dich, ich weiß das.«

»Ja, er liebt mich. Vermutlich bin ich der einzige Mensch, den er wirklich liebt. Aber er will mich mit niemandem teilen, verstehst du? Jimi hat noch etwas Angst gemacht, über die Tatsache hinaus, dass ich mich in dich verliebt habe.«

»Was denn?«

»Dass wir geredet haben. Über Dinge, über die ich mit ihm nicht reden konnte, weil er sie einfach nicht kapiert hat oder nicht kapieren wollte. Es hat ihn verunsichert, dass ich dir Sachen anvertraut habe, die bisher nur er wusste.« Traurig schüttelte Lukas den Kopf. »Jimi träumte davon, dass wir eines Tages ein eigenes Haus haben würden, mit allem, was dazugehört.

Mädchen hatten in seinen Zukunftsplänen keinen Platz. Frauen brechen einem das Herz und gehen weg – ich habe dir ja von seiner Mutter erzählt. Deshalb hat er Panik bekommen, als er merkte, dass du für mich mehr bist als eine ... eine Sommerliebe. Der Gedanke, auch ich könnte ihn verlassen, hat ihm am meisten Angst gemacht.«

Sim legte ihre Arme um ihn, zog ihn zu sich heran und küsste ihn. Diesen Kuss spürte er von den Haarwurzeln bis in die Zehenspitzen. Sein angestautes Verlangen überschwemmte ihn und ließ sein Herz schneller schlagen.

»Ist noch Licht im Blockhaus?«, fragte er.

»Ist gerade ausgegangen.«

»Gut«, sagte er schlicht.

Lukas wusste nicht, dass um die Ecke, nur ein paar Meter von ihnen entfernt, jemand mit dem Rücken gegen die Trailerwand lehnte und jedes Wort mithörte. Jimi Little Wolf liefen die Tränen in Strömen über die Wangen.

Während des Frühstücks am nächsten Morgen bat Lukas Michael darum, ihn nach Manderson zu fahren, damit er seine Habseligkeiten aus Bernadines Trailer holen konnte.

»Was ist mit Jimi?«, fragte Jo, eine Augenbraue misstrauisch nach oben gezogen.

Doch Lukas presste die Lippen zusammen und schüttelte den Kopf.

»Es könnte Ärger geben mit Bernadine«, gab Jo zu bedenken, jetzt mit einer harten Falte zwischen den Augen. »Du bist noch nicht volljährig.«

»Ich bin achtzehn«, sagte Lukas.

»Soso. Und seit wann?«

Lukas druckste ein wenig herum. »Seit gestern«, gab er schließlich verlegen zu.

Jo schnappte nach Luft. »Warum hast du denn nichts gesagt? Wir hätten ein bisschen feiern können.«

»Der Tag war so, wie er sein sollte«, erwiderte Lukas.

Sim merkte, wie sie rot anlief. *Die Nacht auch,* dachte sie.

»Herzlichen Glückwunsch nachträglich«, sagte Michael. »Dann sind Handy und Sonnenbrille mein Geburtstagsgeschenk. Und wenn du das nicht annimmst, bin ich beleidigt.«

Lukas lächelte. »Okay. Danke, Mike.«

Sim schwieg. Sie musste nichts sagen. Unter dem Tisch lag ihre Hand in seiner.

»Glückwunsch auch von mir«, sagte Jo. »Heute Nachmittag ist Almona im Laden. Dann bringen wir das mit deinen Sachen gleich hinter uns. Besser, ich komme mit.«

Nachdem er ihnen versichert hatte, dass seine Sachen in zwei Kartons passen würden, fuhren sie am Nachmittag mit Michaels Geländewagen nach Manderson.

Zuerst wollte Lukas seine Habseligkeiten zusammenpacken und sich danach von seiner Pflegemutter und allen anderen verabschieden – kurz und schmerzlos. Seine Pflegegeschwister würden ihm fehlen, aber er wusste nicht, ob das umgekehrt auch der Fall sein würde.

Er war sich auch immer noch nicht im Klaren darüber, was er tun sollte: die Polizei verständigen und riskieren, dass Jimi und auch einige seiner Pflegegeschwister im Gefängnis landeten, oder den Mund halten und in Kauf nehmen, dass Tyrell und Bernadine die Drogen weiter ungebremst im Reservat verteilten.

Nur noch fünf Tage, dann würde Sim nach Deutschland zurückfliegen. Er wollte nicht, dass sie von der Drogengeschichte und dem Dilemma, in dem er steckte, etwas mitbekam. Wenn Sim fort war, würde er Jo und Michael alles erzählen und sie um Rat und Hilfe bitten. Ihnen konnte er trauen.

Michael parkte vor dem Trailer und sie stiegen aus. Lukas wunderte sich über die ungewöhnliche Stille, die sie auf Bernadines Anwesen empfing. Kein Nunpa, kein Marcel, die Basketball spielten. Kein Fernseher, der aus dem Inneren des Trailers plärrte, kein Gelächter, sogar das Trampolin schwieg. Nur das vertraute Schnauben der Pferde war zu hören.

Im Trailer war niemand, doch Jimi musste noch vor Kurzem hier gewesen sein, denn in ihrem Zimmer roch es nach seiner würzigen, unverkennbaren Tabakmischung.

»Jimis Sachen sind weg«, sagte Sim.

Lukas ging zum Schrank. Die Türen standen offen, die Fächer auf Jimis Seite waren leer. Er hatte sein Zeug geholt und war fort. Lukas fühlte Erleichterung – nun, da er wusste, dass sein Hunka-Bruder lebte. Obwohl es Jimi sicher schwergefallen war, das Res ohne sein geheimnisvolles Kästchen zu verlassen, war es so am besten. Bernadine und Tyrell würden bestimmt nicht versuchen, ihn aufzuspüren.

Lukas' Habseligkeiten waren schnell in den beiden Kartons verstaut. Viel war es nicht, nur ein paar Klamotten, ein grünblauer Starquilt, den er von Henry für seine Hanbleceya bekommen hatte, seine Powwow-Kleidung, die Schreibmaschine und ein paar Bücher in Brailleschrift, ein uralter Kassettenrekorder mit ein paar Kassetten.

Michael trug die Kartons zum Auto.

»Ich gehe mal rüber, um mich zu verabschieden«, sagte Lukas. »Ist besser, wenn ich das alleine erledige.«

»Wenn Bernadine Trouble macht, dann gib uns ein Zeichen und wir kommen.«

»Alles klar«, murmelte er. Hoffte, dass es keinen *Trouble* gab. Er war volljährig, konnte tun und lassen, was er wollte. Bernadine musste nur seine Geburtsurkunde herausrücken.

Mit einem Gefühl der Beklommenheit machte Lukas sich auf

den Weg zum Präsidentenpalast. Er war Bernadine immer dankbar gewesen für das Zimmer und sein Bett. Ein eigenes Bett gehörte zu den Auflagen des Jugendamtes, selbstverständlich war es deshalb trotzdem nicht.

Aber jetzt grauste ihm vor der Begegnung mit seiner Pflegemutter. Sie würde ihn als undankbar hinstellen, das tat sie immer, wenn einer ihrer Schützlinge sich beschwerte. Vielleicht würde sie die Geburtsurkunde nicht freiwillig herausrücken, aber deshalb waren ja Jo und Michael zur Verstärkung mitgekommen.

Auch aus Bernadines Haus drang kein Laut. Als Lukas die Tür öffnete und die Wohnküche betrat, wurde ihm immer mulmiger zumute. Abgesehen vom Brummen des großen Kühlschrankes war es totenstill. Lukas konnte sich nicht erinnern, dass es in den vergangenen zehn Jahren in diesem Haus ein einziges Mal so still gewesen war wie heute. Der Fernseher lief sonst rund um die Uhr und irgendjemand war immer da. Wo waren alle hin?

»Hallo«, rief er, »jemand hier?«

Er hörte ein leises Geräusch im hinteren Teil des Flures, von dem die Zimmer abgingen. Lauschend tastete er sich den schmalen Flur an der Wand entlang, vorbei an zwei verschlossenen Zimmern. Das dritte Zimmer gehörte Tyrell und die Tür stand offen. Ein Geruch nach ungewaschenen Kleidungsstücken schlug ihm entgegen.

»Tyrell?«

Niemand da. Ein Rascheln aus dem benachbarten Raum – Bernadines Reich. Warum antwortete sie ihm nicht?

Mit rasendem Herzen tastete er sich weiter, bis er den offenen Türrahmen von Bernadines Zimmer erreichte und seine Finger verwundert über zersplittertes Holz glitten. »Bernadine? Bist du da?«

Er spitzte die Ohren, atmete einen vertrauten Geruch ein.

»He, Amigo«, sagte Jimi mit leiser Stimme. »Ich dachte, du wohnst nicht mehr hier.«

Was machte Jimi in Bernadines aufgebrochenem Zimmer? Die Gedanken jagten wild durch seinen Kopf. *Nur keine falschen Schlüsse ziehen,* dachte Lukas. »Ich bin gekommen, um mich von Bernadine zu verabschieden.«

»Tja, unsere Super-Mom ist nicht hier. Schlechtes Timing, Amigo. Alle anderen sind auch ausgeflogen. Merkwürdig, oder nicht?«

»Was machst du in ihrem Zimmer?«

»Holen, was mir gehört.«

Sofort dachte Lukas an das Kokain und Wut kochte in ihm hoch.

»Wieso tust du das, Champ?«, stieß er hervor. »Du weißt, was das Kokain aus unseren Leuten macht. Es zerstört sie. Du zerstörst deine eigenen Leute. Ich dachte, du wolltest wie *er* sein. Crazy Horse hat immer nur das Beste für sein Volk im Sinn gehabt.«

Jimi schien sich nicht zu wundern, dass Lukas von dem Kokain wusste. »Und, was hatte er davon?«, entgegnete er. »Sie haben ihn verraten. Sie waren neidisch auf ihn und am Ende waren es seine eigenen Leute, die ihn festhielten, damit der tödliche Bajonetthieb auch wirklich traf.«

Ungläubig schüttelte Lukas den Kopf. Worüber sprachen sie eigentlich, hier, im Zimmer ihrer Pflegemutter? Wo sie beide nichts zu suchen hatten?

»Damals ging es um Land, Jimi. Um unser Land und unseren Stolz. Das war etwas ganz anderes. Solche Idioten wie Tyrell verdienen Geld für Leute, die in Mexiko Kinder erschießen. Und du bist nicht besser als er, denn du hilfst ihm dabei.«

Vier, fünf Herzschläge vergingen in Schweigen.

»Ich bin nicht hier, um Kokain zu holen«, sagte Jimi schließlich. »Und seit wann weißt du überhaupt davon?«

Jimi kam auf ihn zu und Lukas zwang sich, nicht zurückzuweichen. Als er den Mund aufmachte, um zu antworten, drückte etwas gegen seine Brust und er griff zu. Ein Kästchen aus Holz. *Das* Kästchen.

»Bernadine hatte es«, sagte Jimi. »Bernadine und nicht Tyrell, wie ich es all die Jahre geglaubt hatte. Aber das ist noch nicht alles, Luke. *Sie* ist die Super-Kokainmom. Bernadine hat uns dazu gezwungen, für sie zu arbeiten, sogar die Kleinen. Jeder Einzelne von uns steckt mit drin in ihrem florierenden Koksgeschäft. Sie hat Kohle ohne Ende verdient mit unserer Abhängigkeit.« Jimi versagte die Stimme.

»Warum hast du mir nie davon erzählt?«

»Mir hat der Mut gefehlt, Luke.«

»Wieso?«

»Weil du mich dann gehasst hättest.«

»Ich bin dein Freund, du Idiot.«

Jimis Stimme klang wieder fester. »Das war ja das Problem, Amigo. Lukas Brave mit seiner kompromisslosen Ehrlichkeit. Du hättest keine Nacht mehr ruhig geschlafen, wenn du es gewusst hättest. Womöglich hättest du dich irgendwann verplappert und den ganzen Laden auffliegen lassen. Ich habe den Gedanken, dass du mich hassen könntest, einfach nicht ertragen. Und ins Gefängnis kann ich nicht, das würde mich umbringen. Das verstehst du doch, oder? Luke?«

»Dass du dealst, weiß ich schon lange«, sagte Lukas und beantwortete damit die Frage, die Jimi ihm zu Anfang gestellt hatte. »Aber dass es dabei um Kokain geht, erst seit ein paar Tagen. Du ... ihr alle ... ihr habt mich zum Narren gehalten.« Lukas' Magen krampfte sich zusammen. Mit einer Hand hielt er sich am Türrahmen fest.

»Ja, Luke, das haben wir. Es tut mir leid, aber mir blieb keine Wahl.«

Man hat immer eine Wahl, dachte Lukas.

»Ich habe Bernadine und Tyrell belauscht«, sagte er. »Sie hat ihm den Auftrag gegeben, dich aus dem Weg zu räumen. Deshalb wollte ich dich an der Schlucht treffen. Ich wollte dich warnen und du hast mich im Feuer stehen lassen.« Er schluckte. »Hast du das Feuer gelegt, Jimi?«

»Meine Kippe war nicht richtig aus. Ich habe gesehen, dass es anfing zu brennen, aber ich war so wütend auf dich wegen Sim, da sind mir die Sicherungen durchgebrannt. Ich bin nicht stolz darauf, okay?«

»Ich bin blind, Jimi, hattest du das vergessen? Ich konnte nicht sehen, in welche Richtung ich laufen musste, um den Flammen zu entkommen.«

»Luke«, sagte Jimi mit belegter Stimme, »ich weiß, dass das jetzt nicht geht, aber vielleicht kannst du mir eines Tages verzeihen.«

»Vielleicht«, erwiderte Lukas.

»Ich sollte jetzt langsam verschwinden, bevor Tyrell oder Bernadine zurückkehren.«

Lukas reichte Jimi sein Kästchen, doch er schob es zu ihm zurück.

»Happy Birthday«, sagte er.

»Aber . . .«

»Nein, behalte es. Du bist der Würdigere von uns beiden. Pass gut darauf auf.«

Verwundert hielt Lukas das Kästchen in den Händen. All die Jahre hatte Jimi davon gesprochen, wie wichtig es ihm war, Tashunka Witkos Medizin zurückzubekommen. Und nun gab er sie einfach weg.

»Ist Sim hier?«, fragte Jimi.

»Ja.«

»Ich will ihr nicht begegnen, okay? Sag ihr . . . nein, sag lieber nichts.«

Lukas spürte Jimis Hand auf seinem Arm. »Adios, Amigo.«

»Toksa aké, Jimi.« Lukas drehte sich um und ging durch den Flur in die Wohnküche. Jimi folgte ihm.

Und dann brach plötzlich ohne jede Vorwarnung die Hölle los.

Ein gellender Schrei – war das Sim, die da schrie? Jemand stieß ihn zur Seite, das Kästchen flog aus seiner Hand und ein Schuss zerriss die Luft.

Lukas stürzte zu Boden. Seine Ohren dröhnten und er wartete auf den Schmerz, doch der kam nicht. Schnelle Schritte, eine Tür knallte und neben ihm sackte ein Körper zu Boden.

»Ruf einen Krankenwagen!«

War das Michaels Stimme?

»Mein Gott.« Das war Jo.

Und Sim? Was war mit Sim?

Der Schuss hallte noch in seinen Ohren. Lukas wollte etwas sagen, doch die Stimme versagte ihm den Dienst. Er tastete neben sich, kroch auf allen vieren zu der am Boden liegenden Gestalt, hörte den mühsamen Atem.

»Falsches Timing, Amigo«, stieß Jimi hervor. Aus seiner Brust kam ein rasselndes Geräusch.

Lukas' Rechte glitt über Jimis Körper und erspürte nur ein paar Zentimeter neben dem flachen Kiesel den klebrig-feuchten Fleck auf seiner Brust. Kupferner Blutgeruch stieg ihm in die Nase.

»Nicht reden«, sagte er. »Jo ruft einen Krankenwagen, die sind gleich da. Du schaffst das.«

Jimi lachte, doch das Lachen ging in einem grässlichen Hustenanfall unter. »Ich hab's wiedergutgemacht«, stieß er hervor. »Ich bin dein Hunka-Bruder, auf Leben und Tod.«

»Das bist du immer gewesen, Champ.«

Das Röcheln wurde schwächer und Lukas erschrak, als Jimis Hand seine packte und fest zudrückte. Doch dann wurde sein Griff schlaff und das Röcheln erstarb. Auf einmal herrschte unmenschliche Stille. Lukas spürte einen leisen Luftzug in seinem Gesicht und ein kalter Schauer wanderte über seinen Rücken.

»Jimi?« Ein Schluchzen kam aus seiner Kehle. »Jimi?«, flüsterte er, erwartete jedoch keine Antwort mehr. Die Seele hatte den Körper seines Freundes bereits verlassen.

Lukas fühlte eine Hand auf seiner Schulter. Er hörte auf, seinen Hunka-Bruder zu rufen. Wenn man die Toten bei ihrem Namen rief, dann hatten sie das Gefühl, zurückkehren zu müssen. Doch Lukas wollte, dass Jimi seinen Weg auf die andere Seite in Frieden gehen konnte.

Ein paar Stunden später, als sie alle vier in stummer Beklemmung in Jos Blockhaus am Tisch saßen, kam Sim das Ganze immer noch wie ein einziger großer Albtraum vor.

Dieser picklige Junge mit dem ausrasierten Haar, der mit der Waffe in der Hand auf der Couch saß, als sie Bernadine Jumping Eagles Haus betrat. Die schwarze Revolvermündung, die erst auf sie zielte und dann in Lukas' Richtung schwenkte, der vollkommen ahnungslos im Flur auftauchte und direkt in die Mündung lief. Ihr eigener Schrei. Jimi, der den Freund zur Seite stieß und statt seiner die Kugel abbekam. Der rote Fleck auf Jimis weißem T-Shirt, der rasend schnell größer geworden war. Jimi Little Wolfs ungläubiger Blick, bevor er in sich zusammensackte. Die blanke Angst, die sich auf Lukas' Gesicht spiegelte. Die anschließende, nicht enden wollende Befragung durch die Stammespolizei und später durch das FBI.

Sim hatte mit Lukas zusammen auf dem Sofa gesessen und sich an ihn geklammert, hatte alles wie durch einen Nebel wahrgenommen. Lukas war vollkommen erstarrt gewesen, hatte die Fragen der Beamten mechanisch beantwortet – wie ein Automat.

Erst als Jimis Leiche abtransportiert und in die Gerichtsmedizin nach Rapid City gebracht werden sollte, war er aus seiner Ohnmacht erwacht und aufgesprungen. Panik hatte sein Gesicht verzerrt. »Sie wollen ihn aufschneiden? Wozu?«

»Er ist erschossen worden, Luke«, sagte Michael, »da ist eine Obduktion üblich.«

»Aber er ist tot und ich muss bei ihm bleiben«, rief Lukas. »Er ist mein Hunka-Bruder, ich muss Totenwache halten.« Er schien völlig orientierungslos zu sein.

Einer der FBI-Beamten hatte Lukas im Genick gepackt und sagte: »Totenwache kannst du im Knast halten oder was glaubst du, wo du die Nacht verbringen wirst?«

Als Jo das hörte, war sie wie eine Furie von ihrem Stuhl hochgefahren. »Lassen Sie auf der Stelle den Jungen los«, rief sie. »Er wohnt bei mir und gehört zu mir. Lukas ist blind und hat mit all dem, was hier in diesem Haus gelaufen ist, nichts zu tun.«

»Blind?« Der verkniffene FBI Mann wedelte mit der Hand vor Lukas' Augen herum.

Lone Elk, der junge Officer von der Stammespolizei, schaltete sich ein. »Sie sagt die Wahrheit. Ich kenne Lukas Brave schon lange und ich bürge für ihn.«

Er versicherte Lukas, dass Jimis Leiche zur Beerdigung freigegeben und ins Reservat zurückgebracht würde, sobald die gerichtsmedizinische Untersuchung abgeschlossen war.

Doch Lukas reagierte nicht mehr. Er war in sich zusammengesackt und selbst Sim hatte nicht mehr zu ihm durchdringen können.

Gegen elf hatte die Polizei sie dann endlich nach Hause fahren lassen. Michael hatte Lukas ein kleines Holzkästchen in die Hand gedrückt, das jetzt vor ihm auf dem Tisch lag. Er hatte es in der Hand gehalten, bevor der tödliche Schuss gefallen war, und Sim fragte sich, was sich Geheimnisvolles darin verbarg.

Ihr brummte der Schädel und sie hatte das Gefühl, als würde eine stahlkalte Hand ihr Herz umklammern. Den Kopf auf die Hände gestützt, blickte sie in die müden Gesichter. Jos helle Augen starrten auf einen imaginären Punkt in der Tischplatte. Vermutlich war sie in Gedanken noch in Bernadines Haus. Michaels besorgter Blick ruhte auf ihr. In Lukas' aschfahlem Gesicht spiegelte sich immer noch Unglauben, seine Hände umklammerten das Holzkästchen. Sim hatte das Gefühl, Jimis Tod war noch gar nicht richtig zu ihm durchgedrungen.

Eine vertraute Stimme wisperte in Sims Kopf. Ein Schluck Tequila wäre jetzt hilfreich. Zwei Schlucke und die kalte Hand würde ihren Griff lockern. Ein verängstigter, verwirrter Teil von ihr sehnte sich nach der tröstlichen Umarmung des Alkohols, nach dem Vergessen, das der vertraute Freund mit sich bringen würde, denn auch sie wurde die Bilder aus Bernadines Haus nicht los.

Doch dann fiel ihr Blick wieder auf Lukas, der neben ihr saß. Er brauchte sie. Sie musste stark sein für ihn. Sie legte eine Hand auf seinen Arm.

»Danke, dass du für mich gesprochen hast, Jo«, sagte er auf einmal, als hätte Sim ihn mit ihrer Berührung in die Wirklichkeit zurückgeholt. Doch seine Stimme klang noch immer wie ein Automat.

»Das war das Wenigste.« Jo verzog das Gesicht. Der Junge (Jimis Mörder) hatte sie bei seiner Flucht aus dem Haus über den Haufen gerannt und seitdem schmerzte ihre frische Narbe. Halb so schlimm, hatte sie gemeint – und angesichts der Umstände war das wohl auch so.

Michael nahm ihre Hand und küsste ihre Finger. »Meine Kriegerin«, sagte er.

»Ich kann es immer noch nicht fassen, dass Bernadine dieses Kind angeheuert hat, um Jimi zu erschießen. Er war höchstens fünfzehn.« Jo zog die Stirn in Falten. »Irgendwoher kenne ich den Burschen, ich kann mich nur nicht erinnern.«

»Bernadine hat Tyrell den Auftrag gegeben und er hat den Jungen angeheuert. Vermutlich für ein paar Gramm Koks oder ein paar lumpige Dollar.« Wie ausdruckslos und leer Lukas' Stimme klang.

»Und du hast wirklich von alldem nichts mitbekommen?«, fragte Michael.

Erst nach langem Zögern antwortete Lukas. »Ich wusste schon seit einer Weile, dass Jimi Gras rauchte. Ich hab angenommen, dass er auch welches vertickte. Er und Tyrell haben den Stoff aus Denver mitgebracht. Dass es sich dabei um Kokain handelte, erfuhr ich vor ein paar Tagen durch einen dummen Zufall.« Er biss sich auf die Lippe. »Ich hab geglaubt, Jimi ist da in was reingerutscht. Dass er jahrelang als Koksdealer unterwegs war . . . mich zum Narren gehalten hat . . . das ist . . .«, er senkte den Kopf und verstummte.

»Offensichtlich wusste das FBI längst Bescheid«, sagte Michael. »Wenn sie Bernadine und Tyrell rechtzeitig verhaftet hätten, wäre Jimi noch am Leben.«

»Ich wollte ihn warnen«, sagte Lukas. »Er . . .« Die Stimme versagte ihm erneut und er schüttelte nur den Kopf. Tränen rannen aus seinen schwarzen Augen.

Jo hob die Hände. »Damit darfst du gar nicht erst anfangen, Luke. Was passiert ist, war nicht deine Schuld. Und Jimis auch nicht. Die Schuldigen werden hoffentlich bald hinter Gittern sitzen.« Sie erhob sich. »Lasst uns versuchen zu schlafen, es war ein verdammt schrecklicher Tag. Morgen sehen wir weiter.«

Lukas lag auf dem Rücken mit geschlossenen Lidern, die Hände im Nacken. Sim lag neben ihm, doch ihre Körper berührten sich nicht. Der Geist des toten Jimi schwebte zwischen ihnen. Verdichtete Energie, geballte Lebenslust – für immer zerstört und doch noch vorhanden.

Lukas dachte an Rot. Er hatte immer noch das klebrige Gefühl von Blut an seinen Händen, den kupfernen Geruch in der Nase und Jimis rasselnden Atem im Ohr. Würde er jemals wieder schlafen können?

Der Schmerz des Verlustes traf ihn nicht mit voller Wucht, er kam in Schüben. Breitete sich in seinen Gedanken und seinem Körper aus wie ein Grasfeuer und hinterließ eine furchtbare Schwärze, die sämtliche Farben in seinem Inneren auslöschte und ihm die Luft zum Atmen nahm. Der Schmerz erstickte alles. Lukas wollte ihn schlucken, doch es gelang ihm nicht. Er war wie betäubt. Eine Leere hüllte ihn ein, so kalt und unendlich, dass er das Gefühl hatte, ins Bodenlose zu fallen.

Lukas wusste nicht, wie lange er so gelegen hatte, als er Sims Berührung auf seinem Gesicht spürte, leicht wie Spinnweben. Sanft fuhren ihre Finger die Konturen seines Gesichts nach. Er konnte sich immer noch nicht rühren, hatte aber das Gefühl, dass Jimis ruheloser Geist aus dem Raum verschwunden war.

Sims Küsse waren wie Regentropfen auf seiner Haut. Nach und nach holten ihre Küsse, ihre zärtlichen Hände ihn aus der Dunkelheit und brachten die Farben zurück. Das Blut kreiste in seinen Adern, er konnte sich wieder bewegen und nahm Sim in seine Arme. Ihre weichen Brüste streiften seine Brust. Als er diesmal fiel, war er nicht alleine.

31. Kapitel

Am Nachmittag des darauffolgenden Tages hielt ein schwarzer Jeep der Stammespolizei vor dem Blockhaus. Lone Elk und Lamotte, die beiden Polizisten, die zuerst am Tatort gewesen waren, stiegen aus. Sie brachten die Kartons mit Lukas' Sachen, die vom FBI beschlagnahmt worden waren.

Bei ein paar eisgekühlten Getränken saßen sie zusammen an Jos Küchentisch und die Polizisten berichteten, was am darauffolgenden Tag in sämtlichen Zeitungen stand.

Tyrell und Bernadine Jumping Eagle waren am gestrigen Abend in einem Motel in Rapid City verhaftet worden. Die Polizei hatte fünf Kilo Kokain, drei Pistolen und zwanzigtausend Dollar in bar in ihrem Zimmer gefunden. Das FBI war Bernadine und ihrer Truppe schon seit Wochen auf der Spur gewesen, hatte aber noch nicht zugeschlagen, weil sie auch an die Zulieferer in Denver herankommen wollten, von denen Jimi und Tyrell das Kokain in Abständen von zwei bis drei Wochen abgeholt hatten.

Chance, Marcus und Nunpa und die Mädchen Debbie und Tunie waren festgenommen worden. Debbies und Tunies Kinder, der zwölfjährige Trent und die achtjährige Misty, hatte man bei Pflegeeltern untergebracht. Von Teena und Roxie fehlte jede Spur.

Clarence Runner, der Junge, der Jimi erschossen hatte, war ebenfalls verhaftet worden. Clarence war weitläufig verwandt mit Tyrell und Bernadine, stammte aber aus dem benachbarten Rosebud-Reservat. Vermutlich hatte er Jimi und Lukas zum ersten Mal in seinem Leben gesehen und nicht gewusst, dass er den Falschen im Visier hatte, als er abdrückte.

Während Chief Lamotte berichtete, spürte Lukas, wie ihm alles Blut aus dem Gesicht wich, und er klammerte sich an der Tischkante fest. In den vergangenen drei Jahren hatten Tyrell und Jimi Kokain im Wert von zwei Millionen Dollar aus Denver ins Reservat gebracht.

»Die kleineren Kinder mussten das Kokain in Zeitungsbriefchen verpacken, die größeren das Zeug an den Mann bringen«, sagte Lamotte. »Tyrell Jumping Eagle war der geborene Dealer und Zuhälter. Er hat den Stoff nicht nur für Dollar weitergegeben, sondern auch gegen Waffen, Stereoanlagen und sexuelle Gefälligkeiten.«

Lukas wurde übel. »Was ist mit den Mädchen?«, presste er hervor.

»Auch die Mädchen mussten mitmachen«, antwortete Officer Lone Elk. »Sogar die kleine Misty hat Zeitungen zurechtgeschnitten und Koks verpackt. Die größeren Mädchen mussten für Tyrell anschaffen, er hat sie für seine Zwecke benutzt. Fast alle hatten offenen Zugang zu den Waffen im Haus. Es grenzt an ein Wunder, dass bisher nichts Schlimmeres passiert ist.«

Lukas hatte das Gefühl, sein Schädel würde jeden Moment bersten. Und er fragte sich, ob er nicht tatsächlich blind gewesen war, wenn er von allem nichts mitbekommen hatte.

»Was wird aus ihnen?«, fragte Michael. »Sie sind doch noch Kinder.«

»Ihnen wird der Prozess gemacht«, sagte Chief Lamotte. »Die meisten von ihnen sind strafmündig. Im Übrigen hat Bernadine auch das Jugendamt betrogen. Abgesehen von Lukas und Jimi sind ihre Pflegekinder auf irgendeine Weise mit ihr verwandt, meist waren es Nichten und Neffen. Trotzdem hat sie all die Jahre den Pflegesatz für Vollwaisen kassiert. Für Lukas mit seiner

Behinderung gab es besonders viel Geld, eintausendvierhundertachtzig Dollar im Monat, weil er ja spezielle Hilfen brauchte.«

Spezielle Hilfen? Lukas schluckte. Nach dem, was er gerade über Bernadine erfahren hatte, wurde ihm klar, dass die Dollars, die Jimi ihm regelmäßig zugesteckt hatte, nicht von ihr gekommen waren – jedenfalls nicht in den letzten Jahren. Bernadine Jumping Eagle war ein Monster. Sie hatte sich an ihm und den anderen bereichert, hatte ihre Pflegekinder benutzt und geduldet, was Tyrell von den Mädchen verlangte.

Roter Zorn regte sich in seinem Inneren und auf einmal wusste er, wie es war, wenn man aus tiefstem Herzen hasste.

»Bernadine hat ihre eigenen Nichten und Neffen für ihre Drogengeschäfte benutzt?«, fragte Sim entgeistert.

»So sieht es aus.« Officer Lone Elk nickte.

»Wie lange ging das schon so?«, wollte Jo wissen.

»Ein paar Jahre, nachdem Bernadine mit ihren Pflegekindern in das Haus in Manderson gezogen war, fing es an. Zuerst hat sie sich als *Bootleggerin* betätigt, hat Alkohol in großen Mengen ins Reservat geschmuggelt. Später hat sie mit Marihuana gehandelt und vor ungefähr drei oder vier Jahren ist sie ins Kokaingeschäft eingestiegen.«

Jo gab einen ungläubigen Seufzer von sich. »Ich begreife das einfach nicht.«

»Sie hat den Hals nicht vollkriegen können«, bemerkte Michael.

In Lukas' Kopf kreisten die Gedanken. Krampfhaft versuchte er, sich zu erinnern, ob er in den vergangenen Jahren irgendetwas bemerkt und es verdrängt hatte. Weil er Jimi nicht verlieren wollte und sein Zuhause auch nicht. Doch er kam zu keinem Ergebnis. Es war zu viel für ihn. Er fühlte sich gefangen in seiner Dunkelheit und am liebsten hätte er seine Panik herausgeschrien.

»Alles in Ordnung, Luke?«, fragte Lone Elk.

Lukas nickte. Er versuchte, sich zu beruhigen.

»Das FBI wird dich später noch vernehmen wollen«, sagte Chief Lamotte. »Und mit Sicherheit wirst du vor Gericht aussagen müssen. Aber niemand kann von dir erwarten, dass du dich selbst belastest.«

»Ich weiß«, sagte er. »Es ist in Ordnung.« Er hatte sich wieder unter Kontrolle.

»Wenn du psychologische Betreuung brauchst, Luke«, sagte Officer Lone Elk mit verlegener Stimme, ». . . nun ja, das FBI hat da eine Psychologin, die . . .«

Hastig schüttelte Lukas den Kopf. »Danke, aber ich komme klar. Ich bin ja nicht alleine.« Er versuchte ein Lächeln und hoffte, dass es auch eines war.

»Wir kümmern uns um Luke«, bestätigte Jo. »Und auch um Jimis Beerdigung.«

»Sein Leichnam wird morgen freigegeben«, sagte der Chief.

Lukas horchte auf. »Wohin wird er gebracht?«

»Nach Pine Ridge, in Rusty Kellers Beerdigungsinstitut. Dort müsst ihr auch die Formalitäten erledigen, dann könnt ihr ihn abholen.«

Eine schwere Last legte sich auf Lukas' Schultern und drückte ihn beinahe zu Boden. Wie sollte er die nötige Willenskraft aufbringen, um all die Dinge zu erledigen, die jetzt getan werden mussten?

»Wir kümmern uns«, sagte Jo mit fester Stimme. »Jimi hat Mist gebaut, großen Mist, aber er war kein schlechter Mensch und er war Lukas' Freund. Er hat ein ordentliches Lakota-Begräbnis verdient.«

Lukas atmete auf. Aber er spürte nicht nur Erleichterung, denn ein ordentliches Lakota-Begräbnis war zweifellos eine Nummer zu groß für ihn. Das würde er niemals auf die Beine stellen können und bezahlen schon gar nicht.

Jo schien seine Gedanken zu erraten. »Keine Sorge, Luke«, sagte sie. »Ich meine ein ordentliches Lakota-Begräbnis im kleinen Kreis. Nur wir und Henry. Und natürlich jeder, den du noch dabeihaben möchtest. Geht das in Ordnung?«

»Ja«, sagte er. Und dachte, dass er nicht wüsste, wie er das alles durchstehen sollte, wenn er Henry, Jo, Michael und Sim nicht an seiner Seite hätte.

»Was ist mit den Pferden auf Bernadines Koppel?«

»Die Nachbarn versorgen sie.«

»Black Arrow gehörte Jimi und ich würde ihn gerne holen.«

Jo hatte nichts dagegen und Officer Lone Elk telefonierte mit Bernadines Nachbarn, um alles zu regeln. Lukas konnte kommen, wann immer er wollte, und Black Arrow abholen.

Nachdem die beiden Polizisten wieder gefahren waren, gingen Lukas und Sim in den Trailer. Er setzte sich an den Tisch und öffnete das Holzkästchen. Zum ersten Mal berührte er die Stücke, die Jimi so viel bedeutet hatten. Ehrfürchtig strichen seine Finger über das steife Leder des Medizinbeutels, in dem sich das getrocknete Herz und das Hirn eines Adlers befanden.

Ganz deutlich konnte er die Energie zu spüren, die von diesem Medizinbeutel ausging. Vorsichtig nahm er die winzigen Lederfiguren in die Hand, die Horn Chips für Crazy Horse angefertigt hatte. Sie waren federleicht, kaum spürbar, doch Lukas hatte das Gefühl, als würden Pferd und Büffel über seine Handfläche galoppieren. Als könne er die Flügel von Adler und Schmetterling flattern spüren.

»Die Figuren sind wunderschön«, sagte Sim, nachdem er ihr die Geschichte der heiligen Dinge erzählt hatte.

»Ja, das sind sie«, sagte Lukas.

Er wusste, dass er Hilfe brauchen würde, diese machtvollen Dinge zu hüten. Deshalb legte er alles sorgfältig zurück ins

Kästchen, versicherte Sim, dass er am Abend zurück sein würde, und machte sich auf den Weg zu Henry He Dog nach Manderson.

Die Sonne verbarg sich hinter Wolken und Lukas war dankbar für die angenehme Kühle. Es tat gut, auf Ghost zu reiten, seine kräftigen Muskeln unter sich zu spüren und den Duft des wilden Salbeis zu riechen, der vom Boden aufstieg. Es half ihm, mit seinen Gefühlen klarzukommen.

Jimi, sein Hunka-Bruder, war tot. Lukas' Verstand wusste das, aber er wartete immer noch darauf, dass diese Tatsache auch bis zu seinem Herzen vordrang. Ohne Jimi war er verwundbar, fühlte sich, als würde der Boden unter ihm schwanken. Er hatte Jimi vertraut, hatte sein Leben in seine Hände gelegt, jeden Tag aufs Neue. Bis zu jenem Moment, an dem Jimi ihn in den Klauen des Feuers zurückgelassen hatte. Der Verrat hatte ihn verletzt wie nichts zuvor und war doch so viel einfacher zu verzeihen als Jimis Verrat an seinem eigenen Volk.

Wütend und enttäuscht kreisten Lukas' Gedanken immer wieder um diese eine Sache und stellten das Herz kalt. Hatte Jimi gewusst, dass Tyrell die Mädchen zwang, sich zu prostituieren? Hatte er es gewusst und mit diesem Wissen gelebt?

Lukas würde es nie erfahren und vielleicht war es besser so. Allein um ihrer Freundschaft willen begab er sich auf die Suche nach Empfindungen jenseits von Wut und Enttäuschung. Jimi hatte nie allzu viel darüber nachgedacht, was er tat und ob er damit die Gefühle anderer Menschen verletzte. Mit seinem unwiderstehlichen Charme war es ihm ein Leichtes gewesen, andere für sich einzunehmen. Und gelegentlich hatte er diese Gabe ausgenutzt, wenn es ihm in irgendeiner Weise dienlich war.

Am Ende war er in sein eigenes Verderben gerannt.

Henry He Dog umarmte Lukas fest. Dass Bernadine Jumping

Eagle, ihr Sohn Tyrell und ein Großteil ihrer Pflegekinder wegen Kokainhandels und Waffenbesitz verhaftet worden waren, hatte sich wie ein Lauffeuer in Manderson und im ganzen Reservat verbreitet. Trotzdem musste Lukas dem Alten noch einmal in allen Einzelheiten erzählen, was passiert war.

Als er schließlich davon sprach, wie Jimi ihn zur Seite gestoßen hatte und deshalb selbst von der Kugel getroffen worden war, zitterte seine Stimme und Tränen rollten über seine Wangen. Mit dem Medizinmann darüber zu reden, war wichtig für ihn und nahm ein wenig Druck von seinen Schultern.

»Jimi trug den Kiesel auf der Brust, Tashunka Witkos Talisman, doch der konnte ihn nicht beschützen.«

He Dog nickte. »Dein Bruder starb durch eine Kugel aus den eigenen Reihen. Dagegen war der *Wotawe* machtlos.«

»Jimi hat mir das Leben gerettet.«

»Er hat dein Leben erst in Gefahr gebracht«, sagte der alte Mann und Lukas spürte eine schwere Hand auf seiner Schulter.

He Dog schlug vor, die Totenwache für Jimi bei ihm in seinem Tipi abzuhalten. Und er bot an, Jimi am Fuße des weißen Felsens hinter seinem Haus zu beerdigen, dort, wo schon seine Frau Ella und sein Enkel Timmy ihre letzte Ruhe gefunden hatten.

Weil Jimi das gefallen hätte, nahm Lukas He Dogs Angebot an.

»Kann ich Black Arrow zu dir bringen?«, fragte er.

»Willst du Jimi mit seinem Pferd beerdigen?«

»Nein«, antwortete Lukas. »Black Arrow soll leben.« Früher war es Sitte gewesen, einen Krieger, der ehrenvoll gestorben war, mit seinem Kriegspony zu beerdigen. Dafür wurde das Pferd bemalt und mit dem besten Sattel und Zaumzeug geschmückt. Nach einer Zeremonie wurde es erschossen und mit seinem Besitzer beerdigt, damit er nicht zu Fuß gehen musste auf seiner Reise ins Land der Ahnen.

Jimi hatte viel gegeben auf solche alten Traditionen, aber Lukas fand, dass sein Bruder laufen sollte, denn er hatte über eine Menge Dinge nachzudenken auf seiner Reise.

Er übergab He Dog das bemalte Holzkästchen mit den heiligen Dingen, und wie ergriffen der alte Medizinmann darüber war, hörte Lukas an dessen Atem. »Wir beide werden sie hüten und dafür sorgen, dass Gutes getan wird mit dieser Macht«, sagte er.

Es war schon spät, als er sich mit Ghost wieder auf den Heimweg machte. Obwohl Jimis Tod noch immer wie eine bleierne Decke auf ihm lastete, merkte er, dass sein Verstand langsam, aber sicher seine Arbeit wieder aufnahm und er in der Lage war zu tun, was getan werden musste.

Diese Kraft verdankte er den Menschen, die ihm jetzt nahe waren: He Dog, Sim, Jo und Michael. Als Ghost ihn durch die Nacht trug, entlang der Weidezäune in Richtung Horse Hill, spürte er die große Liebe, die er für Sim empfand. Er sehnte sich danach, sich neben sie zu legen und ihren Herzschlag zu hören. Mehr wollte er nicht.

Wenig später schlüpfte er zu ihr unter die Decke. Sie schmiegte sich an seinen Rücken und legte einen Arm um ihn. Trauer und Glück brachen so heftig über ihn herein, dass er fürchtete, davon mitgerissen zu werden. Doch Sim hielt ihn fest.

Den darauffolgenden Vormittag verbrachten sie damit, alles für Jimis Totenwache und die Beerdigung vorzubereiten. Mittags schloss Jo den Laden und sie fuhren mit dem Pick-up und Michaels Geländewagen nach Pine Ridge. Das Lakota-Beerdigungsinstitut lag am Rand der Stadt, unterhalb des alten Hospitals.

In einem Vorraum, in dem ein senfgelbes Sofa und zwei passende Polstersessel standen, warteten sie, bis Rusty Keller erschien, ein älterer Mann mit schütterem grauem Haar. Er bat sie, ihm zu folgen.

Jimi lag in ein weißes Leinentuch gewickelt in einem abgedunkelten Raum auf einer Bahre. Keller schlug das Tuch zurück, sodass sie das Gesicht des Toten sehen konnten, dann ließ er sie allein.

Er sieht friedlich aus, dachte Sim. Fast meinte sie, den typischen spöttischen Zug um seine wächsernen Lippen zu erkennen. Lukas trat an die Bahre. Er war ebenso grau im Gesicht wie sein toter Freund und Sim spürte seine tiefe Verunsicherung, als er nach Jimis Körper tastete.

Sie nahm Lukas' rechte Hand und führte sie zu Jimis Gesicht. Dann trat sie zurück und lehnte sich an die Wand. Jo und Michael nickten ihr zu und verließen den Raum.

Beinahe zärtlich glitten Lukas' Finger über die vertrauten Gesichtszüge seines Freundes. Er murmelte etwas Unverständliches, dann wandte er sich zu Sim um.

»Lass uns gehen. Er ist nicht mehr hier.«

Der Bestatter führte sie in einen anderen Raum, in dem Särge in verschiedenen Ausführungen und Preisklassen standen.

»Jimi wollte keinen Sarg«, sagte Lukas.

Alle sahen ihn überrascht an, nur Rusty Keller nicht. Der kratzte sich am Hinterkopf und seufzte. »Niemand will einen Sarg«, sagte er. »Aber so sind die Vorschriften. Ich kann ihn euch nur in einem Sarg mitgeben.«

»Was kostet der da?«, fragte Jo und zeigte auf ein schlichtes Modell aus Pinienholz.

»Siebenhundertfünfzig Dollar.«

»Den nehmen wir«, entschied sie und Sim war erstaunt, wie selbstverständlich ihre Tante die hohe Summe für Jimis Sarg bezahlte und die Formalitäten erledigte.

Während Jimi umgebettet wurde, was eine Stunde dauerte (Sim war es ein Rätsel, wie das Hineinlegen in einen Sarg so viel Zeit in Anspruch nehmen konnte), fuhren Jo und Michael zum *Sioux-Nation*-Supermarkt, um ein paar Lebensmittel und Getränke einzukaufen. Sim und Lukas saßen im Schatten eines Baumes auf einer Bank vor dem Flachbau des Beerdigungsinstituts.

»Warum wollte Jimi keinen Sarg?«, fragte Sim.

»Früher haben wir unsere Toten in ein Büffelfell gewickelt und auf einer Plattform in den Ästen eines Baumes beerdigt«, antwortete Lukas. »Wenn jemand stirbt, tritt er eine Reise auf der Geisterstraße an, die auf die andere Seite führt, in das Land unserer Ahnen. Auf halbem Wege sitzt *Hinhan Kaga,* die Eulenfrau, und richtet über die Seelen der Verstorbenen. Sie entscheidet, ob einer würdig ist, ins Land der vielen Zelte zu gehen, oder ob er zurück auf die Erde muss und dort als Schatten umherwandelt.«

Trotz Hitze bekam Sim eine Gänsehaut.

Lukas wandte ihr das Gesicht zu. »Jimi fürchtete sich davor, seine Reise nicht antreten zu können, wenn er in einer Holzkiste unter der Erde liegt.«

»Und was nun?«

»Warten wir es ab.«

Eine Weile schwiegen sie, dann hielt es Sim nicht länger aus. »Die Eulenfrau«, fragte sie, »wonach entscheidet sie, wer weitergehen darf und wer zurückmuss?«

Lukas seufzte. »He Dog sagt, man muss ein gutes Leben geführt haben, darf anderen keinen Schaden zugefügt haben. Man muss ehrlich gewesen sein, zu sich selbst und gegenüber anderen.«

Armer Jimi, dachte Sim.

»Ich weiß, was du jetzt denkst.« Lukas' Hände ballten sich zu Fäusten. »Dass Eulenfrau ihn zurückschicken wird.«

Ich glaube nicht an Eulenfrau, schoss es Sim durch den Kopf. Trotzdem hatte Lukas recht. Genau das hatte sie gedacht.

»Ich hoffe, sie lässt ihn gehen.«

»Ja, das hoffe ich auch.«

Ein schwarzer Jeep mit dem Symbol der Stammespolizei kam auf den Parkplatz gefahren und hielt neben Jos Truck. Lone Elk stieg aus und kam zu ihnen herüber. Der junge Officer begrüßte Sim per Handschlag und klopfte Lukas auf die Schulter. Er setzte sich neben sie auf die Bank. Mit der Rechten fuhr er sich durch sein kurzes Haar und stützte die Ellenbogen auf die Knie.

»Alles okay mit dir, Luke?«

»Ich komme klar.«

»Gut, dass du nicht allein bist.«

»Ja.«

Sim sah das besorgte Gesicht des jungen Polizisten und lächelte ihm zu. »Meine Tante kümmert sich um alles«, sagte sie.

»Ja. Jo ist ein feiner Kerl. Sie müsste das nicht tun.«

»Sie hatte Jimi gern.«

Verlegen wandte Lone Elk den Kopf ab. »Das ist gut«, murmelte er. Und nachdem er eine Weile geschwiegen hatte, sagte er: »Ich habe Jimis Sachen dabei. Die Spurensicherung hat sie untersucht und freigegeben. Weil er keine Angehörigen hat, konnte ich die FEDs davon überzeugen, die Sachen dir zu überlassen, Luke. Sind bloß drei Boxen. Was meinst du, habt ihr noch Platz dafür?«

»Ich denke schon«, antworte Sim. »Die Ladefläche des Trucks ist groß genug.«

In diesem Moment kehrten Michael und Jo zurück und ein paar Minuten später brachten zwei Träger den Sarg aus dem hinteren Teil des Gebäudes. Sie schoben ihn auf die Ladefläche des Pick-ups und Michael befestigte ihn mit ein paar Seilen.

Danach luden sie die drei Plastikboxen mit Jimis Habseligkeiten aus dem Polizeijeep auf den Truck.

Lone Elk fasste in seine Uniformtasche und drückte Lukas eine Kassette in die Hand. »Hier«, sagte er, »die ist für dich. Ich habe sie in Jimis Wagen gefunden. Hör sie dir an, wenn du eine ruhige Minute hast.«

Lukas befühlte die Kassette, als könnte er allein durch Ertasten herausfinden, was sich darauf befand. Sim spürte seine Verunsicherung. Nach dem Unfalltod seiner Mutter und seiner Erblindung war Jimis Tod vermutlich das Schlimmste, was er bisher erlebt hatte.

»Ach ja ...«, Lone Elk fuhr sich wieder durchs Haar, »auch Roxie und Teena sind in Untersuchungshaft. Jemand hat dem FBI verraten, wo sie sich versteckt hielten.«

Lukas presste die Lippen aufeinander. Seine Finger umklammerten die Kassette.

»Die Leute sind einfach nur froh, dass es vorbei ist, Luke. Sie sind froh, dass es nicht noch mehr Tote gegeben hat. Sie hatten Angst um ihre Kinder und Enkelkinder.«

»Ich weiß«, sagte Lukas.

Der Officer packte ihn kurz an der Schulter, nickte Sim zum Abschied zu und legte Zeige- und Mittelfinger an eine imaginäre Mütze. Er stieg in seinen Jeep und fuhr davon.

»Alle sind im Gefängnis«, sagte Lukas leise.

»Du nicht«, erwiderte Sim und umarmte ihn.

Gemeinsam brachen sie nach Manderson auf. Als sie mit dem Sarg bei Henry He Dog eintrafen, war es schon später Nachmittag. Der Medizinmann hatte das Tipi für Jimis Ankunft vorbereitet und den Boden mit frischem Salbei ausgelegt. Michael, He Dog, Lukas und Sim trugen den Sarg ins Tipi und stellten ihn auf das Bett aus Salbei.

Jo und Sim schafften die Speisen in die Küche und verstauten sie im Kühlschrank. Lukas bat Sim, unter Jimis Sachen nachzuschauen, ob der rote Starquilt dabei war, den seine Großmutter als junge Frau gemacht hatte. Den Quilt und seine Powwowkleidung brauchten sie für die Totenwache und die Beerdigung. Sim durchsuchte die Boxen auf dem Truck, und als sie die Sachen gefunden hatte, brachte sie beides ins Tipi.

Der Medizinmann hatte ein *Inipi,* eine Schwitzhütte, vorbereitet, in der sie stundenlang hockten (Sim verlor das Gefühl für die Zeit) und sich in der scharfen, dampfenden Hitze reinigten. Anfangs dachte Sim, sie würde die Hitze nicht überleben, die von der pulsierenden roten Glut der Steine ausging. Doch auch wenn sie mit sich zu kämpfen hatte: Sie spürte, wie ihre Poren sich öffneten und ihr Körper von unguten Dingen befreit wurde.

Als Sim sich nach dem Inipi unter der Dusche erfrischte, kam es ihr vor, als hätte alles Gift ihren Körper verlassen. Sie fühlte sich leicht und rein, gewappnet für alles, was kommen mochte.

Um Jimi Little Wolfs Seele auf die letzte Reise zu schicken, folgten sie einer nach dem anderen He Dog ins Tipi, wo er im Licht einer Petroleumlampe den Starquilt und Jimis Powwow-Kleidung mit Salbei beräucherte. Mit Michaels Hilfe öffnete der alte Mann Jimis Sarg und sie betteten den Leichnam auf den Starquilt. Ein letztes Mal betrachtete Sim Jimis junges, narbiges Gesicht mit den wächsernen Lippen. (Sie wollte es nicht, aber sie musste daran denken, wie diese Lippen sie geküsst hatten.)

Jo und He Dog zogen Jimi seine Powwow-Kleidung an, das hirschlederne, mit Perlenstickerei verzierte Hemd und die ledernen Leggings. Sim war dankbar für das miserable Licht im Tipi, denn der Akt des Umkleidens hatte etwas ungeheuer Intimes und doch war sie unfähig wegzusehen. Gänsehaut kroch ihre Arme hinauf und sie wünschte sich, allein zu sein mit Lukas, weit weg von diesem spärlich beleuchteten Tipi, in dem Dinge vor sich gingen, die ihr Angst einjagten und die sie ein Leben lang nicht vergessen würde.

Der Medizinmann schnitt Jimi eine Strähne seines Haares ab, wickelte sie behutsam in weiches Leder und verschnürte das Ganze zu einem Bündel. Dieses Seelenbündel hängte er über ihre Köpfe an eine der Tipistangen.

Zum Zeichen seiner Trauer hatte auch Lukas eine Handvoll seiner Haare abgeschnitten, auf der rechten Seite reichten sie ihm jetzt nur noch bis auf die Schultern. He Dog zündete unter Gebeten seine heilige Pfeife, die Chanunpa, an und ließ sie herumgehen. Der Rauch, erzählte er ihnen, sandte ihre Gedanken und ihre Stimmen zu Wakan Tanka, dem Großen Geist. Jeder von ihnen nahm vier Züge für die vier Himmelsrichtungen.

Als Sim die Pfeife mit dem schweren roten Pfeifenkopf aus Catlinitstein in den Händen hielt und viermal daran zog, durchströmte sie das Gefühl, an etwas teilzuhaben, das ungeheuer wichtig war und sie und Lukas auf ganz besondere Art miteinander verbinden würde.

Nachdem Lukas die Pfeife geraucht und sie an He Dog zurückgegeben hatte, begann er zu singen. Zuerst zaghaft, dann immer kräftiger, bis Trauer und Mut in seiner Stimme Sim das Herz zusammenzogen. He Dog bat die Geister, Jimi auf seiner Reise auf die andere Seite zu führen, wo die Toten wieder mit ihren Vorfahren vereint waren. Der Medizinmann nannte Jimi *Sungmanitu Ciqala,* damit die Ahnen ihn an seinem Lakota-Namen erkennen konnten. Sungmanitu Ciqalas Geist würde über die Trauernden wachen und Sim fand, dass das ein schöner Gedanke war.

Die Nacht verging in einem Wechsel von Gebeten, Schweigen und Gesang. Jo nickte manchmal minutenlang ein und Michael stieß sie in die Seite, wenn sie anfing zu schnarchen. Sim merkte, dass auch ihr immer wieder die Augen zufielen, obwohl sie das mit aller Macht zu verhindern suchte.

Als es draußen zu dämmern begann, ließ He Dog noch einmal die Pfeife herumgehen. Lukas legte den Kiesel, dessen Magie bei Jimi versagt hatte, zurück auf die Brust des Toten. Dann faltete He Dog den Stoff des Starquilts endgültig über Jimis Gesicht.

Mit steifen Knochen stiegen Sim und die anderen aus dem Tipi und atmeten die salbeigeschwängerte Luft des neuen Morgens, der sich mit einem glutroten Streifen am östlichen Horizont ankündigte. Der starke Kaffee, den Michael in He Dogs Küche kochte, weckte nicht nur Sims Lebensgeister.

Das Grab war ausgehoben, ein Freund des Medizinmannes hatte das bereits am gestrigen Vormittag übernommen. Da He Dog vorhatte, Jimis Wunsch zu respektieren und ihn gegen die Vorschriften ohne Sarg zu bestatten, mussten sie seinen Leichnam ohne fremde Hilfe zum Hügel schaffen. Denn je mehr Leute davon wussten, umso schwieriger würde es sein, das Geheimnis zu wahren.

Sie betteten Jimi Little Wolf auf eine hölzerne Trage und Lukas bestand darauf, einer der Träger zu sein. So ging He Dog voran, gefolgt von Michael, Jo, Lukas und Sim, die den Leichnam durch das Pinienwäldchen die Wiese hinauftrugen.

Der tote Jimi war schwer, aber Sim biss die Zähne zusammen, das war sie ihm schuldig. Die Sonne schickte ihre ersten Strahlen über das Gras, in dem der Tau funkelte wie winzige Diamanten. Unzählige weiße Morning Stars öffneten ihre Blüten, um Jimi Little Wolf den Weg auszuleuchten.

An Seilen ließen sie den im Starquilt verschnürten Leichnam in die ausgehobene Grube, mit den Füßen gen Osten, das Gesicht der aufgehenden Sonne zugewandt. He Dog sprach ein letztes Gebet und Lukas sang ein Lied, das Crazy Horse einst in einer Vision empfangen hatte. Seine schöne Stimme wurde vom Felsen zurückgeworfen, der in der Morgensonne rötlich leuchtete.

Nachdem sie reihum die Schaufel in die Hand genommen und das Grab mit Erde gefüllt hatten, steckte Lukas einen bemalten Stab auf den Erdhügel, an dessen Ende eine Adlerfeder hing.

Schweigend, jeder in seine eigenen Gedanken versunken, liefen sie zurück zu He Dogs Trailer, wo Sim und Jo das Frühstück bereiteten.

32. Kapitel

Lukas stand immer noch vollkommen neben sich, als sie gegen Mittag zum Horse Hill zurückkehrten.

Almona kam aus dem Laden. »Drinnen steht ein großes Paket mit der Aufschrift BITTE NICHT STÜRZEN«, sagte sie. »Ist vorhin gekommen, für einen gewissen Lukas Brave.« Sie zwickte ihn in den Arm.

»Was?«

Almona schnappte ihn und schob ihn in den Laden, Sim, Michael und Jo folgten ihnen. Lukas' Hände fuhren über den Karton. Er war überrascht. »Für mich? Was soll das sein?«

Almona hob die Schultern. »Ich musste den Lieferschein unterzeichnen. Was auch immer da drin ist, es ist bezahlt, sonst hätte ich nicht unterschrieben.«

»Und du weißt wirklich nicht, was das sein könnte?«, fragte Jo.

»Nein, keine Ahnung.« Lukas zog die Mundwinkel nach unten und schüttelte den Kopf.

Michael klatschte in die Hände. »Na, dann packen wir die Kiste doch einfach mal aus.«

»Nicht hier im Laden«, protestierte Jo, als ob sie befürchtete, dass eine Bombe im Karton stecken könnte.

»Okay«, sagte Michael, »ich bringe den Karton nach drüben in den Trailer. Vielleicht möchte Lukas ja alleine auspacken.«

»Lieber nicht.« Lukas war das mysteriöse Paket nicht geheuer. Er hatte in seinem ganzen Leben noch kein Paket bekommen und war davon überzeugt, es müsse sich um einen Irrtum handeln.

Schließlich standen sie zu viert im Trailer um den Holztisch herum und Lukas bat Sim, den Karton zu öffnen. Er hörte, wie sie mit dem Cuttermesser das Klebeband durchtrennte und den Deckel öffnete. Dann veränderte sich ihr Atem, er klang verwundert.

»Es ist ein Computer«, sagte sie ganz aufgeregt.

Ein Computer? Lukas runzelte die Stirn. Was sollte er mit einem Computer? Und wer hatte ihm den geschickt?

»Pack doch mal weiter aus«, meinte Michael. »Das ist ein besonderer Computer. Schaut euch die Tastatur an.«

Lukas hörte das Rascheln einer Plastiktüte. Sim nahm seine Hand und legte sie auf die Tastatur. Er konnte die winzigen Punkte auf den verschiedenen Tasten spüren. Das war eine Tastatur für Blinde.

»Es ist ein Blindencomputer mit einer Braillezeile«, sagte Michael. »Diese Dinger sind elend teuer.« Wieder raschelte es. »Hier ist die Rechnung. Knapp zehntausend Dollar.«

»Aber wer . . .?« Lukas blieb die Luft weg. Er verstand überhaupt nichts mehr.

Papier wurde umgeblättert. »Jimi hat ihn gekauft.«

Lukas musste sich mit beiden Händen an der Tischkante festhalten, denn er hatte das Gefühl, als würde der Boden unter seinen Füßen nachgeben.

»Aber woher hat er . . .?« Er senkte den Kopf und ließ den Satz unvollendet. Lukas wusste, woher Jimi das Geld für diesen Computer hatte. Und Sim, Michael und Jo wussten es auch.

Wieder raschelte Papier und Michael räusperte sich. »Er hat eine Anzahlung geleistet und den Rest in Raten bezahlt. Drei Jahre lang. Zweihundertachtzig Dollar jeden Monat.«

Lukas' Hände tasteten nach einer Stuhllehne. Er musste sich

setzen. Das konnte einfach nicht wahr sein. Jimi hatte sein Leben und das vieler anderer aufs Spiel gesetzt, um ihm diesen Computer zu kaufen. Wenn sein Freund jetzt hier gewesen wäre, in diesem Raum, hätte er sich auf ihn gestürzt und ihn nach Strich und Faden verprügelt. Aber Jimi war nicht hier, er war auf dem Geisterpfad, auf seiner letzten Reise, das hoffte Lukas zumindest.

»Ich kann ihn nicht behalten.« Seine Stimme bebte. »Er ist mit Drogengeld bezahlt. Ich werde ihn zurückgeben.«

»Moment mal!« Das war Jo. »Einen Teufel wirst du. Jimi hat auch ehrliches Geld verdient. Er hat oft bei mir gearbeitet und er hat seine Sache immer gut gemacht. Dieser Computer ist ein Segen für dich, Luke. Er wird dein Tor zur Welt sein und dir den Blick über den Tellerrand ermöglichen.«

»Sie hat recht«, mischte sich Michael ein. »Ich kenne mich ein bisschen aus mit den Dingern, weil ich mal einen Artikel über eine Blindenschule in Tibet geschrieben habe. Es gibt ein Programm, das liest Webseiten und E-Mails vor. Du musst ein paar Sachen lernen, um damit klarzukommen, aber keine Angst, ich kann dir dabei helfen.«

»Du könntest mir Mails schreiben und meine lesen.« Das war Sim.

Obwohl Lukas wusste, dass sie recht hatten, war er immer noch wie vor den Kopf geschlagen. Was hatte Jimi sich bloß dabei gedacht?

»Schlaf einfach eine Nacht drüber«, schlug Michael vor. »Und wenn du willst, schließe ich ihn morgen an. Du wirst staunen, was das Ding alles kann.«

Lukas widersprach nicht. Er nickte nur. Im Augenblick war er zu keiner Entscheidung fähig.

Als Michael und Jo längst wieder nach drüben gegangen waren, saß Lukas noch immer regungslos auf seinem Stuhl. Jimi hatte ein würdevolles Begräbnis bekommen, doch die Last auf seinen Schultern wollte nicht weichen. Jahrelang hatte er sich gefragt, was Jimi wohl mit all dem Geld machte, das er bei den Leuten verdiente, für die er arbeitete. Nun wusste er es. Drei Jahre! Als er angefangen hatte, die Raten zu bezahlen, war er erst fünfzehn gewesen.

»Mir ist ganz schlecht, so müde bin ich«, sagte Sim und legte ihm eine Hand auf die Schulter. »Ich gehe duschen und lege mich ein bisschen hin.«

Er nickte.

Als Sim im hinteren Zimmer verschwunden war, kramte Lukas aus einem der beiden Kartons mit seinen Sachen den alten Kassettenrekorder hervor. Mit der rechten Hand tastete er die Wand entlang auf der Suche nach einer Steckdose, und als er eine gefunden hatte, stöpselte er ihn ein. Er zog die Kassette aus seiner Hosentasche und setzte sich mit dem Rücken zur Wand auf den Boden. Er öffnete das Fach, schob die Kassette ein und schloss es wieder. Eine ganze Weile saß er einfach nur da, mit dem Rekorder auf den Oberschenkeln.

Schließlich gab er sich einen Ruck und drückte die Playtaste. Das Band lief los und Jimis Stimme fuhr ihm mitten ins Herz.

»Heya, heya, heya – hey. Ich kann nicht so gut singen wie du, Bruder, aber vielleicht lerne ich es ja noch. Mir ist klar geworden, dass ich eine Menge lernen kann von dir, und ich hoffe, dass ich eines Tages die Gelegenheit dazu haben werde.

Wenn du das hörst, bin ich längst über alle Berge. Ich hab jede Menge Scheiße gebaut und zuletzt ist es ein bisschen eng geworden für mich. Geh nicht zurück zu Bernadine, da wird bald der Teufel los sein. Jedenfalls: Ich muss weg aus dem Res. Ich wollte immer mit dir zusammen gehen, wollte mit dir an den Pazifik fahren, am Strand sitzen und den Wellen lauschen. Aber das müssen wir auf später verschieben.

Ich hoffe, du weißt, dass ich das Feuer nicht absichtlich gelegt habe. Aber ich habe es brennen sehen und bin weggefahren, habe dich dort zurückgelassen. Ich war so wütend auf dich, wegen Sim. Du hattest recht, ich war eifersüchtig. Ich wollte dich mit niemandem teilen. Aber ich wollte dich auch nicht verletzen. Es war ein Blackout, das musst du mir glauben. Ich habe rotgesehen, nicht mehr nachgedacht.

Wie so vieles kann ich es nicht ungeschehen machen, aber es tut mir leid.

Ich war auf dem Bärenberg, Luke. Vier Tage und vier Nächte in einer Grube, und ich hatte eine Vision. Ich habe die Möglichkeit, für das, was ich getan habe, geradezustehen. Niemand war da, dem ich meine Vision erzählen konnte, also musste ich sie selber deuten.

Auspacken und ins Gefängnis gehen, das kann ich nicht, und ich bin mir sicher, du verstehst das. Ich werde mich freiwillig zur Army melden und nach Afghanistan gehen. Ich weiß, dass du eine Menge Argumente dagegen hast, aber ich werde für Maka, für unsere Erde, kämpfen, nicht für die Vereinigten Staaten. Wenn ich heil wiederkomme, habe ich genügend Geld zusammen, um uns ein Haus am Meer zu kaufen. Wir können surfen lernen, Amigo. Lach nicht, im Fernsehen kam ein Bericht über einen blinden Surfer und es funktioniert, du musst es nur wollen.«

Jimi machte eine kurze Pause, als müsse er erst darüber nachdenken, was er noch sagen wollte.

»Ach ja, du wirst in den nächsten Tagen Post bekommen. Denk nichts Falsches, die Kohle dafür war sauber.« Jimi lachte. »Na ja, jedenfalls fast. Wenn ich erst bei der Army bin, werde ich mir eine E-Mail-Adresse zulegen. Schreib mir mal, dann schreibe ich dir auch.

Am besten, du bleibst bei Jo, sie ist in Ordnung. Ziemlich

deutsch, aber in Ordnung. Auf jeden Fall hat sie einen Narren an dir gefressen und wird besser für dich sorgen als Bernadine.

Ach ja – und grüß Sim von mir. Ich mochte sie wirklich, aber ich hab's verbockt. Sie ist ein ganz besonderes Mädchen, pass gut auf sie auf. Und vielleicht kommt sie deinetwegen sogar nächstes Jahr wieder.

Pass auch gut auf die Medizin des Häuptlings auf. Den Stein nehme ich mit, er wird mich vor den Kugeln der Taliban schützen. Den Rest musst du hüten, bis ich zurückkomme. Sim und die heiligen Dinge, ich weiß beides in guten Händen bei dir.« Wieder lachte Jimi. »Toksa aké, Luke. Auf bald.«

Jimis Stimme verklang und zurück blieb das Rauschen der laufenden Bänder. Lukas drückte auf Stopp.

»Du Idiot«, flüsterte er und wischte sich mit dem Handrücken die Tränen aus dem Gesicht. »Du verdammter Idiot.«

Lukas holte tief Luft. Er war immer der Meinung gewesen, Jimi hätte sich sorglos treiben lassen, dabei hatte er ganz entschieden auf ein Ziel hingearbeitet. Nichts, was ihm selbst dienlich gewesen wäre, nein, er hatte einen teuren Blindencomputer abgezahlt, Monat für Monat.

Jimi war einfach der gewesen, der er war: ein unverbesserlicher Schürzenjäger. Sein bester Freund. Sein Hunka-Bruder.

Der Gedanke an eine Zukunft ohne Jimi verunsicherte ihn immer noch zutiefst. Von nun an würde ein Teil seines Lebens fehlen. Aber es würde weitergehen und die Traurigkeit würde nicht alles sein. Lukas hatte das Gefühl, auf etwas Neues zuzugehen, auch wenn der Boden unter seinen Füßen aus dünnem Eis bestand.

Jemand setzte sich neben ihn und er atmete ihren Duft. *Heaven.* Lukas stellte den Rekorder zur Seite, zog die Beine an die

Brust und schlang seine Arme darum. Wie lange hatte sie schon zugehört? Er hoffte, lange genug. Dann brauchte er nicht zu reden, denn er kämpfte immer noch mit den Tränen.

»Du darfst um ihn weinen«, sagte Sim und legte ihren Kopf auf seine Schulter.

Zwei Tage später stand Sim mit ihrem Rucksack und zwei Reisetaschen auf dem kleinen Flughafen von Rapid City. Es regnete und die Bäume vor der Halle bogen sich im Wind.

Sie trug dieselben Sachen, in denen sie vor sechs Wochen hier angekommen war. Die roten Nylons, das bunte T-Shirt, den Flickenrock mit den ausgefransten Zipfeln und die Lederstiefel mit den weißen Punkten. Ihre Haare leuchteten feuerrot – nur auf die Igelspitzen hatte sie verzichtet. Wenn ihre Eltern sie am Flughafen in Frankfurt abholten, sollten sie nicht vorschnell an einen Erfolg glauben, an eine verwandelte Tochter. Klamotten besagen nichts, das war eine der Lektionen, die sie lernen mussten.

Das Reservat hatte keinen anderen Menschen aus Sim gemacht, es hatte den Menschen zum Vorschein gebracht, der sie war. Jemanden, den sie mochte. Wir sind nicht die Chemie in unserem Hirn. Wir haben die Macht, unser Verhalten zu ändern und unsere Gedanken in eine andere Richtung zu lenken. Und unsere Gefühle machen uns einzigartig.

Sim lächelte, während Tränen über ihre Wangen liefen. Von Michael hatte sie sich bereits auf dem Parkplatz verabschiedet, er war beim Wagen geblieben.

Sie umarmte ihre Tante. »Danke, Tante Jo. Danke für alles.«

»Ich danke dir«, sagte Jo und ihre Stimme schien gegen einen dicken Frosch im Hals zu kämpfen. »Grüß meinen Bruder und Sabine. Ich danke ihnen dafür, dass ich Zeit mit ihrer wunderbaren Tochter verbringen durfte.«

Sim lachte, wischte über ihre Augen. »Ich werde dich nächstes Jahr wieder heimsuchen.«

»Ich freue mich drauf. Und jetzt lasse ich euch allein. Ihr habt zehn Minuten, dann musst du durch die Security.«

Jo wandte sich um und setzte sich ein paar Schritte weiter auf eine der Bänke.

Sim schlang die Arme um Lukas' Hüften und küsste ihn. Er verzog seine Lippen zu einem Lächeln, aber es fiel kläglich aus. Offensichtlich hatte es ihm die Sprache verschlagen. Er nahm ihr Gesicht zwischen seine Hände und legte seine Stirn gegen ihre.

»Was heißt Goodbye auf Lakota, Luke?«

Er hob den Kopf und seine Nachtaugen richteten sich auf ihr Gesicht. »In unserer Sprache gibt es kein Goodbye, weil wir Lakota glauben, dass man sich immer wiedersieht.« Er küsste sie. »Toksa aké, Sim.«

»Und was heißt das?«

»Bis wir uns wiedersehen.« Er räusperte sich. »Na ja oder einfach: Auf bald!«

»Toksa aké, Luke«, sagte sie, winkte ihrer Tante und lief los.

Drei Monate später, ein Montag Ende Oktober.

Sim stieg aus dem Schulbus und winkte Lena, der Neuen aus ihrer Klasse, die im August mit ihren Eltern nach Weisburg in die alte Ziegelei am Dorfrand gezogen war. Lenas Haare waren lang und sie leuchteten in einem durchdringenden Blau, genauso wie ihre Augen. Kontaktlinsen, indigoblau. Ein Mangamädchen.

Lenas Eltern waren Ökofreaks, die in der alten Ziegelei eine Töpferei aufbauen wollten. Sim hatte Lena schon ein paar Mal besucht und neulich waren sie zusammen am See gewesen. Lenas Ansichten waren ziemlich verschroben und lieferten dadurch eine Menge Diskussionsstoff. Irgendwie passten sie ganz gut zusammen.

Sim hatte sich entschieden, es mit dem Abitur zu versuchen, um später Textildesign zu studieren, etwas, von dem sie sich gut vorstellen konnte, dass es zu ihr passte.

Sie kam jetzt besser klar mit ihren Eltern. Und mit sich selbst.

Roos hatte ihr eine Mail geschickt. Ihre Eltern hatten sich getrennt und sie lebte jetzt bei ihrem Vater. Ihre Blutwerte hatten sich gebessert und sie hoffte wieder.

Auch von Tabea hatte sie eine Mail bekommen. Kein Text, nur das Foto. Jimi und Lukas mit Sim in der Mitte. Sie hatte sich mit Jimis Schildkrötenanhänger aufs Bett gelegt und den Tränen freien Lauf gelassen.

Von Lukas bekam sie regelmäßig E-Mails und sie telefonierten fast jede Woche miteinander. Sim hatte jeden Tag Sehnsucht nach ihm. Er ging aufs Oglala Lakota College in Kyle und strebte einen Bachelor in Lakota Studies und Social Work an. Jeden Morgen stieg er in den Schulbus, der ihn am Nachmittag wieder zum Horse Hill zurückbrachte.

Jo hatte vier von Junipers Welpen weggegeben, den kleinen grauen, der seiner Mutter so ähnlich sah, hatte Lukas behalten und rief ihn Little Wolf.

Bei ihrem letzten Telefonat hatte er von den Gerichtsurteilen erzählt. Der Richter hatte Bernadine zu fünfunddreißig Jahren Haft verurteilt. Tyrell hatte zwanzig Jahre bekommen, Chance, Debbie, Tunie, Teena, Nunpa und Marcus mussten für zehn Jahre hinter Gitter.

Das waren harte Urteile. Die hohen Strafen für Tyrell und Bernadine fand Sim berechtigt, aber die anderen waren noch Kinder. Sie dachte daran, dass auch Jimi – würde er noch leben – für mindestens zehn Jahre ins Gefängnis gegangen wäre. Clarence Runner hatte fünfzehn Jahre Jugendknast bekommen.

Auf dem Weg von der Bushaltestelle zu ihrem Haus begann es zu nieseln und Sim schob sich die Kapuze ihrer Regenjacke über den Kopf. Sie nahm die Post und die Zeitung aus dem Briefkasten und wie jeden Montag war der neue SPIEGEL dabei.

Sie warf den Rucksack in ihr Zimmer, holte sich ein Glas Milch aus dem Kühlschrank und ließ sich auf die Couch im Wohnzimmer fallen. Zuerst sah sie das Inhaltsverzeichnis des Magazins durch und diesmal wurde sie fündig.

Wie eine indianische Heldin im Gefängnis endete von Michael Holzbauer.

Sim schlug den Artikel auf und begann zu lesen.

Lukas saß vor seinem Computer und überlegte, wie er am besten anfangen sollte. Er hatte gerade gemeinsam mit Jo gegessen und sie hatte ihm erzählt, dass sie über Weihnachten nach Deutschland fliegen würde, um ihre Familie zu besuchen.

»Wie wär's, wenn du mitkommst?«, hatte sie ihn unvermutet gefragt, und bevor er überhaupt etwas antworten konnte, hatte sie schon angefangen, Pläne zu machen und alles zu organisieren.

Der Flug war nicht teuer, er konnte ihn von seiner Behindertenrente bezahlen. Und nichts wünschte er sich mehr, als Sim wieder in den Armen zu halten. Doch was würden ihre Eltern sagen? Würde der blinde Freund ihrer Tochter willkommen sein?

Jetzt, wo er allein im Trailer saß, den kleinen Wolfshund zu seinen Füßen, und draußen der Oktoberwind um die Wände tobte, begann die Freude auf die Reise nach Deutschland und das Wiedersehen mit Sim, ihn von innen zu erwärmen. Selbst wenn ihre Eltern wenig begeistert sein sollten – er hatte ja Jo und Sim würde bei ihm sein.

Er, Lukas Brave, würde in ein Flugzeug steigen und in ein fremdes Land reisen, etwas, wovon er nicht einmal zu träumen gewagt hatte. Etwas, das ihm auch ein wenig Angst machte, denn er würde sein vertrautes Terrain verlassen müssen und neues betreten.

Seine Finger glitten über die Tasten und er begann zu tippen.

»Liebe Sim, sicher weißt du schon, dass Jo euch über Weihnachten besuchen wird. Sie hat mich heute gefragt, ob ich Lust hätte, sie zu begleiten. Das kam ziemlich überraschend, aber ich würde gerne deine Familie kennenlernen und eine Vorstellung davon bekommen, wie du lebst. Außerdem könnten wir dann von vorn beginnen, die Tage bis zu unserem Wiedersehen im nächsten Sommer zu zählen. Es wären nicht mehr so viele.«

Er hielt einen Moment inne.

»Ach ja, Sim, da wäre noch etwas. Ich würde dir gerne wieder vorlesen.

Dein Luke.«

Er holte tief Luft und drückte auf Senden.

Nachwort

Dank eines Auslandsstipendiums der Thüringer Kulturstiftung konnte ich im Sommer 2010 zwei Monate im Pine-Ridge-Reservat in South Dakota verbringen, um für dieses Buch zu recherchieren.

Für mich war es eine aufregende, gute, aber auch sehr traurige Zeit. Ich habe beeindruckende Menschen kennengelernt und bin dankbar, dass sie ihre Geschichten mit mir geteilt haben. Einige sind in diesen Roman eingeflossen.

Die Story von Super-Mom, die ihre Pflegekinder als Drogenkuriere benutzte, ist nur eine von unzähligen traurigen Begebenheiten, die sich Tag für Tag im Reservat abspielen. Bernadines Ähnlichkeit mit der tatsächlichen Drogendealerin ist beabsichtigt. Aber *Julischatten* ist ein Roman und alle übrigen Figuren sind frei erfunden.

Die Textzeilen in Lakota-Sprache entstammen dem Buch *Inipi – Das Lied der Erde* von Annie Pazzogna.

Die Liedzeilen von *Medusa's Child* sind dem Album *Damnatio Memoriae* entnommen. Danke, Crow.

Antje Babendererde, Liebengrün im Oktober 2011

Antje Babendererde

Die verborgene Seite des Mondes

Julia ist 15 Jahre alt, als ihr Vater stirbt. Sie kann nicht glauben, dass der wichtigste Mensch in ihrem Leben plötzlich nicht mehr da sein soll. Auf seinen Spuren reist sie zurück in eine ihr fremde Vergangenheit. Tief in der Wüste von Nevada trifft sie auf sein früheres Leben – und auf den stillen Simon, dessen Art sie von Anfang an berührt. Noch wissen die beiden nicht, welches Unheil ihre Liebe bringen wird.

Arena

280 Seiten • Kartoniert
ISBN 978-3-401-50516-9
www.arena-verlag.de

Antje Babendererde

Rain Song

Der Sturz von den Klippen am Cap Flattery hätte leicht tödlich ausgehen können. Doch Hanna überlebt – dank dem Makah-Indianer Greg. Hat der Vorfall etwas mit Hannas verzweifelter Suche nach ihrer ersten großen Liebe Jim zu tun? Doch während sie und Greg sich näherkommen, entdecken sie Stück für Stück Jims wahre Identität und damit ein Geheimnis, wie es furchtbarer nicht hätte sein können.

Talitha Running Horse

Die vierzehnjährige Talitha Running Horse ist nicht wie die anderen Lakota-Indianer, die im Reservat leben – denn Talithas Mutter ist eine Weiße. Sie hat ihre Familie und das Reservat verlassen, als Talitha noch klein war. Als dann auch noch der Vater unschuldig ins Gefängnis muss, gerät Talithas Welt vollends aus den Fugen. Kraft gibt Talitha nur noch ihre Zuneigung zu der schönen Stute Stormy.

La estación del amor

Judith Gould

La estación del amor

Traducción de
Aurora Echevarría

CÍRCULO de LECTORES

Para Susan Jervis
la chica del Derbyshire,
quien proporciona la mejor medicina:
risas

PRIMERA PARTE

Primavera

1

Por una vez Leonie Marie Corinth, que solía prestar cierta atención a los límites de velocidad y las señales de peligro, no era la persona atenta, metódica y, a decir de algunos, pragmática de siempre. Pero por la radio cantaba Alberta Hunter, y al escuchar su versión de *Always* sacudió la cabeza y frunció el entrecejo. Según la canción, el amor era para siempre. Tal vez, pensó. Tal vez para Alberta Hunter y quien hubiera escrito la letra, pero no para ella. ¡Ja! Ella había amado y perdido, y no quería volver a saber nada del amor.

Distraía asimismo su atención el tiempo efervescentemente primaveral del valle del río Hudson. El cielo era una perfecta lámina cerúlea por la que se deslizaban nubes blanquísimas semejantes a enormes e hinchadas bolas de algodón. ¿Le había parecido alguna vez tan bonito el cielo en Manhattan?, se preguntó. ¿Había olido el aire tan fresco, tan a limpio? La luz, esa famosa luz que tanto amaban los artistas, ¿había sido tan hermosa en los cañones de Nueva York? No lo creía. Manhattan tenía sus encantos, por supuesto. ¡Pero eso! Bueno, era todo un nuevo mundo de goces terrenales, lleno de colores, olores y visiones celestiales.

Al abandonar la carretera nacional Taconic en la salida de Chatham, debía de ir por lo menos a cien, disfrutando del bonito día de primavera; de la perfecta inflexión, el fraseo y la voz conmovedoramente excéntrica de Alberta Hunter; y de su extraordinaria suerte. Cuando el Range Rover surgió ante ella, con la parte trasera verde oscura alzándose como un muro impenetrable que llenó el parabrisas, la cogió totalmente desprevenida.

¡Dios mío!

Con un audible jadeo y maniobras dignas de Richard Petty, pisó los frenos haciéndolos chirriar y giró el volante bruscamente hacia el arcén derecho. Apretó los dientes angustiada cuando la parte trasera del coche coleó hacia la izquierda, y aferró el volante con todas sus fuerzas, como si bastara con su fuerza de voluntad para hacer que su vieja furgoneta Volvo se detuviera antes de la colisión.

Fue inútil.

Con un golpe sordo el Volvo chocó contra el Range Rover y Leonie observó horrorizada cómo éste daba un brinco hacia delante antes de detenerse con una sacudida. Tras unos prolongados instantes de parálisis, soltó por fin el volante y dejó escapar una larga exhalación.

«¡Dios mío, no! –pensó–. ¿Y ahora qué? Voy a llegar tarde. ¡Tarde!»

La portezuela del Range Rover se abrió de pronto y Leonie abrió los ojos alarmada al ver a un hombre bajarse de un salto, y dar rápidas y resueltas zancadas hacia la parte trasera de su coche con una expresión asesina.

El hombre se detuvo entre los dos coches y, con las manos en las caderas, examinó los daños.

«Al menos no parece un neandertal dispuesto a estrangularme», pensó Leonie. Respiró hondo, cuadró sus temblorosos hombros y bajó del coche llena de inquietud. «Allá voy», pensó, como cordero que llevan al matadero. Se detuvo ladeando la cabeza para apartarse el pelo castaño de los ojos.

El hombre estaba acuclillado de espaldas a ella y recorría con un dedo el parachoques cubierto de barro de su Range Rover. No levantó la vista. De hecho, no dio muestras de haber advertido su presencia. Leonie se aclaró por fin la voz y dio un paso al frente, impaciente y nerviosa.

–Eh… lo siento muchísimo –balbuceó–. Espero que no se haya hecho daño.

Por toda respuesta recibió un silencio sepulcral. Incapaz de contener su ansiedad, preguntó:

–¿He causado muchos destrozos?

Un nuevo silencio enervante. ¡Dios! ¿Qué le pasa a este tipo?

–Tengo muchísima prisa –continuó–. Una reunión muy importante, ya sabe. Ni siquiera he visto su coche.

El desconocido se volvió y examinó la parte delantera del coche de ella, ignorándola, sin dignarse alzar la mirada o hablar, algo insólito para la cautivadoramente seria Leonie Corinth.

De metro setenta y siete de estatura, un cuerpo bien moldeado y en forma y un abundante pelo castaño con reflejos del más oscuro rubí y magenta, Leonie Corinth no estaba acostumbrada a que la ignoraran. Más bien lo contrario. Era considerada una belleza despampanante, si bien poco convencional, por todos y cada uno, incluyendo las demás mujeres, que reconocían que la Madre Naturaleza se había excedido al dotar a Leonie con un físico tan excepcional.

Y pocos eran los hombres capaces de mirar los lagos sin fondo de sus ojos negros, que parecían obsidianas en una piel de porcelana inmaculada, sin arrugas y fresca como la de un recién nacido, sin quedar hipnotizados. Sus labios carnosos parecían tener vida propia, pero siempre contenían una promesa; y su nariz recta y aguileña hablaba de un refinamiento de buena crianza. Su estructura ósea exquisitamente delicada parecía obra de un Miguel Ángel, confiriendo a su rostro unos pómulos altos y salientes y a sus miembros y torso una elegancia alargada.

No era una belleza convencional, ni tenía un cuerpo voluptuoso, pero sus elegantes proporciones sugerían e intrigaban.

Por encima de todo, Leonie exudaba presencia. Había en ella una intensidad que llamaba la atención tanto si quería como si no. Que ése no fuera el caso en esos instantes la desconcertó.

«Bueno, no es momento para hacerme la tímida y modesta –pensó–. Tengo que largarme de aquí.»

Se inclinó por encima del desconocido para inspeccionar

personalmente los daños. ¡Por Dios! Los dos coches estaban tan abollados y tan cubiertos de porquería que era imposible saber si el accidente había causado daños o no. Además, en ese momento le traía sin cuidado. Le traía realmente sin cuidado ese trasto. ¿Y el Range Rover? Bueno, parecía haber cruzado el Kalahari más de una vez.

–Oiga –dijo ella con una nota de exasperación y dando una patadita en el suelo–, hemos de intercambiar nombre y dirección o lo que haga falta para las compañías de seguros. –Consultó su reloj de pulsera Cartier Tank. ¡Maldita sea!–. De verdad que tengo que...

El hombre levantó de pronto la vista y la clavó en ella, y pareció abarcarla en un breve pero exhaustivo y experto recorrido de su cuerpo. Acto seguido sus facciones se relajaron, desaparecieron las arrugas de preocupación –¿o era cólera?– y esbozó una sonrisa que dejó entrever unos dientes muy blancos. En su breve examen de los atributos físicos de ella, parecía haber llegado a una conclusión, como si fuera el jurado en un concurso de belleza o una exhibición canina.

Se irguió despacio cuan largo era sin dejar de mirarla con deleite, metiendo las manos en los bolsillos traseros con las palmas hacia fuera. Después de lo que a Leonie le pareció una eternidad, él se encogió de hombros.

–No hay daños –dijo con una nota divertida–. No creo que ninguno de los dos esté peor de lo que estaba.

Leonie sintió alivio. «Menos mal –pensó–. No es un cabrón.»

–Estupendo –dijo ella rebosante de gratitud–. Lo último que me faltaba era esta clase de quebraderos de cabeza. Ya sabe a qué me refiero.

–Olvídelo. No creo que nuestras compañías de seguro necesiten hablar de ello siquiera.

Leonie se llevó una mano a la frente para protegerse los ojos del sol y le sostuvo por primera vez la mirada. Y se quedó perpleja. Sí, ella, Leonie Corinth, una mujer de mundo que estaba de vuelta de todo y no tenía un pelo de tonta, se quedó perpleja... ante el verde –¿o era azul?– perversamente penetrante de sus ojos. Sintió el poder de esos inquietantes ojos y desvió la vista, extrañamente desconcertada.

Ella, que siempre sabía qué decir en cualquier situación, de pronto se quedó sin habla y se ruborizó de vergüenza. Pero la urgencia de su reunión acabó por poner en movimiento de nuevo su lengua.

–Se lo agradezco de verdad. En fin, ahora será mejor que me vaya.

Él volvió a sonreír.

–Los dos podemos darnos prisa.

Sin embargo se quedó allí, sin moverse, traspasándola con la mirada.

Al cabo de un momento de vacilación, Leonie se obligó a encaminarse hacia la portezuela abierta del Volvo. Movió los dedos por encima del hombro para despedirse, pero la ligereza del gesto no logró enmascarar su desconcierto.

Se sentó al volante, cerró la portezuela, se abrochó el cinturón y encendió el motor. Cuando la voz de Alberta Hunter sonó a todo volumen, se apresuró a bajarla. ¡Debe de creer que soy una tonta rematada! Luego hizo marcha atrás unos metros y salió de allí.

El desconocido, plantado en el arcén con los brazos cruzados, la observaba con una sonrisa en los labios, ¿o era una risita burlona? Luego lo vio volverse y dirigirse despacio a su Range Rover.

Redujo al pasar por su lado, se detuvo ante el ceda el paso y giró a la derecha.

«Dios mío –pensó–. Espero que no sea un augurio.» Pero, teniendo en cuenta el accidente, decidió con realismo que si lo era, se trataba de un buen augurio. Al fin y al cabo el tipo había decidido olvidarlo, ¿no? Y podría haber sido un auténtico cabrón. De eso no cabía duda. Así pues, había estado de suerte.

Sí, había estado de suerte, había salido indemne. Y aunque seguía un tanto nerviosa, no iba a permitir que nada, y menos una insignificancia como ésa, estropeara ese estupendo día de primavera. No; se sacaría de la cabeza todo el desagradable asunto. Y al hombre también. Sobre todo al hombre y sus ojos de depredador.

«¡No permitiré que este incidente quite brillo a mi día!», se dijo.

Volvió a subir el volumen de la radiocasete y empezó a cantar alegremente, su voz un gorjeo discordante que hasta a ella le resultaba espantoso. Al acelerar fue un poco más prudente.

El campo acaparó rápidamente toda su atención cuando miró alrededor y contempló esa tierra prístina que cobraba vida después del largo y profundo sueño invernal. A ambos lados de la carretera, las coníferas se alzaban majestuosas en bonito y oscuro contraste con los apagados tonos pastel de los nuevos brotes de los árboles de hoja caduca –arces y abedules, hayas y robles, fresnos y cerezos, álamos y chopos–, desplegando su follaje de primavera en todos los verdes imaginables, agradecidos de la deslumbrante luz del sol en el valle del Hudson.

Era una luz tan bonita y fuera de lo común, de tal luminosidad dorada y rosada, pensó Leonie, que no le extrañaría que hubiera influenciado a toda una escuela de pintura con un estilo propio e inimitable.

Era esa luz tan peculiar la que bañaba los jardines de las bien cuidadas fincas que salpicaban el paisaje ante ella. Se deleitó con los tulipanes, narcisos y jacintos de vivos colores, le emocionó el virginal velo de novia de las exuberantes spiraeas… ¡y las lilas! Estaba impaciente por llenar jarrones hasta los topes de esos abundantes prodigios color púrpura. Las mezclaría con sus preferidas, las pálidas peonías. Sí, lilas y peonías –sus preferidas–, sin excluir ninguna. Aun dentro de su fiel y viejo Volvo creyó detectar en el aire un aroma tan dulcemente etéreo, y al mismo tiempo tan sensual –¡sí, voluptuoso!– que casi se mareó.

Bajó la ventanilla del todo e inhaló una profunda y embriagadora bocanada de aire fresco primaveral. Qué felicidad, ¡una felicidad pura y sin adulterar!

Siguió conduciendo a la misma velocidad, pensando en ese valle mágico que había descubierto casi por casualidad y del que había quedado prendada. Había oído hablar de las montañas Berkshires al este, y de las Catskills al otro lado del río, al oeste, pero no conocía prácticamente nada del valle en sí. Era, según comprobaba, una región que parecía verdaderamente perdida en el tiempo. Y había llegado a verla como la tierra de Dios.

Le encantaba la suave ondulación de sus colinas, y las viejas casas que las poblaban, una vuelta a unos tiempos más amables y menos ajetreados. Éstas no eran sino casas de campo típicas, fincas suntuosas de estilo georgiano, federal, colonial, neoclásico, reina Ana, victoriano, neogótico..., allí estaba representada toda la historia de la arquitectura norteamericana. Y era la arquitectura, al menos en parte, lo que la había traído allí.

Era extraño, pensó. Extraño que debido a su pasión por los edificios antiguos hubiera acabado viviendo en un lugar que apenas conocía.

En el Soho de Nueva York había regentado una tienda de material de desecho llamada Elementos Arquitectónicos, que había prosperado en sus manos capaces. Para abastecerla, había recorrido con regularidad la campiña que rodeaba la ciudad, por lo general Nueva Inglaterra y el estado de Nueva York, en busca de mercancías que la atrajeran, y, tal como había demostrado el negocio, su selección había atraído a una clientela extensa y pudiente. El negocio había ido de maravilla. Así fue como visitó por primera vez el valle del Hudson, tan próximo físicamente a la ciudad y sin embargo a años luz en todos los demás sentidos. En él había descubierto un bien provisto almacén de material de desecho que durante varios años había explotado con éxito.

En esos años de compras nunca se le ocurrió pensar que algún día viviría allí. Que dejaría, de hecho, la ciudad de Nueva York. Pero no tenía ni idea de los cambios extraordinarios que podía traer consigo el fracaso de un matrimonio.

Ella y Henry Wilson Reynolds, su marido durante quince años, se habían divorciado después de que un matrimonio que ella había creído el paraíso se hubiera convertido en...

¿qué? ¿Un infierno? No, no era eso. Al menos no exactamente, a no ser que el infierno fuera una clase de nada. Porque eso había ocurrido: su matrimonio se había convertido sencillamente en nada. Se habían distanciado tanto viviendo juntos que eran prácticamente unos desconocidos, y por mucho que ella lo intentó no había podido salvar la distancia. Hank Reynolds no se lo permitió.

Si tal distanciamiento la había hecho infeliz, la creciente frialdad y crueldad de Hank habían sido la gota que colma el vaso. Había empezado poco a poco a sentirse una víctima de una de sus absorciones de empresas, y en última instancia como un mero adorno en las ocasiones en que él consideraba importante y apropiado que ella estuviera presente.

No había sido un divorcio amistoso, y Leonie no echaba de menos a Hank Reynolds. ¡Ni hablar! Pero a veces le preocupaba echar de menos la ciudad y la tienda. Ella era algo tan insólito como una neoyorquina nacida y criada en Nueva York, y siempre se había sentido en casa allí. Llevaba dentro de ella la ciudad y todo ese cemento había sido como una manta de seguridad: al menos eso había creído. Pero tras la batalla del divorcio, tenía la sensación de que necesitaba un cambio y nuevos desafíos.

A veces no estaba del todo segura de qué quería, y hasta cuestionaba su intuición, la misma en que había confiado incondicionalmente en otro tiempo. Pero ¿quién no lo haría después de descubrir que había estado casado con una especie de monstruo?

De ciertas cosas, sin embargo, no tenía la menor duda. Disfrutaba de su recién descubierta independencia, y aun cuando sabía que habría noches que se sentiría sola –¿acaso no las había habido con él?–, también sabía que no estaba dispuesta a sacrificar su independencia sólo por tener compañía. Quería valerse por sí misma por primera vez en años, y no deber nada a nadie. Y menos a un hombre.

Se sentía estafada –utilizada, engañada y humillada– por Hank Reynolds en concreto y por los hombres en general, y no sabía si podría volver a fiarse de alguno.

Pero sí sabía que no iba a adoptar el papel de víctima. No, gracias. Iba a seguir adelante con su vida, una nueva vida en otro lugar. Iba a construirse un hogar para ella y, pasara lo que pasara, no iba a anclarse en el pasado. El pasado era una parte de ella, eso era incuestionable, pero no era todo ella. Había decidido vivir en el presente, aquí y ahora, sin perder de vista el pasado ni el futuro.

Resopló con ironía mientras reducía debido a un stop. ¡Los clubes de divorciadas no estaban hechos para Leonie Corinth! De ninguna manera. Por mucho que otras mujeres siguieran estableciendo su identidad a través de los hombres con quienes se habían casado y acostado, ella no iba a hacerlo. Era demasiado fácil caer en esa trampa, ya fuera en Nueva York o en cualquier otra ciudad. Lo había visto en muchas de sus amigas.

Se había hartado enseguida de ser la mujer sin pareja en las cenas, como si no hubiera suficientes divorciadas más que presentables nadando cual pirañas hambrientas en la escena social de Nueva York. ¡No iba a unirse a sus hordas hambrientas, a menudo insatisfechas, vengativas y maliciosas! Y detestaba que se refirieran a ella como la ex señora de Hank Reynolds. Lo había odiado tanto que había acudido a los tribunales para recuperar su nombre de soltera. «Corinth. Ésa soy yo –pensó–. Leonie Corinth sin más.»

Rió y dio una palmada al volante. ¿Qué he hecho?, se preguntó por enésima vez. A punto de cumplir los cuarenta, con el reloj biológico sin dejar de hacer tictac como una bomba de relojería, sin marido ni hijos ni, como dirían algunos, perspectivas de futuro. «Me he venido a vivir a este valle hermoso pero desconocido, yo, Leonie Corinth a secas, la orgullosa propietaria de una casa abandonada que nadie más quería –al menos nadie en su sano juicio– y con una sola amiga en toda la región. Una.

»¿He perdido la razón? Decididamente no. ¿Estoy un poco asustada? ¡Ya lo creo que sí!»

Y esa nueva aventura era una perspectiva intimidante, sobre todo inmediatamente después de un divorcio del que todavía no se había recuperado. El miedo a la soledad, a andar muy justa de dinero, a ser una forastera en esa pequeña ciudad, a empezar a vivir en un lugar donde sólo había estado de visita..., esos miedos levantaban sus feas cabezas con alarmante regularidad. Pero se recordaba obstinadamente que quería esa nueva vida en un lugar nuevo. Quería librarse de su pasado como de una piel vieja y gastada, y lanzarse hacia lo desconocido, por aterrador que pudiera ser.

Nueva York, aunque conocida, había empezado a oler a fracaso. Y los recordatorios de su anterior dicha marital eran las más de las veces como una bofetada en la cara. Las heridas seguían demasiado frescas para encajar las continuas palizas que tan liberalmente repartía la ciudad.

Halló algo de consuelo en los hermosísimos tonos rosa, naranja, morado y dorado que tiñeron el cielo de última hora de la tarde cuando aminoró la velocidad al acercarse al pintoresco pueblo de Kinderhook. Por alguna razón aquel juego de luces y color la reconfortó.

Sí, había tomado la decisión adecuada. Una decisión buena y sensata y, por encima de todo, práctica. Y tenía que ser práctica en esa fase de su vida.

Tal vez había sobrevivido al divorcio anímicamente, pero a duras penas había salido viva económicamente. Con su poder, su dinero y sus amigos influyentes en puestos elevados –además de la seria amenaza de arruinar al mejor amigo de Leonie, Bobby Chandler–, Hank había logrado quedarse prácticamente con todo lo que habían construido juntos a lo largo de esos quince años de matrimonio.

El dúplex de Park Avenue con sus obras de arte y antigüedades había sido para él. La enorme mansión de Southampton con su fastuoso contenido, para él. La carpeta de acciones y valores que tan bien rendían, para él. El Bentley Turbo y el Jaguar descapotable –¡has acertado!–, para él.

No era un panorama habitual, aunque cada vez se daba con mayor frecuencia. Conocía a divorciadas como ella que habían acabado con acuerdos de decenas de millones de dólares o más. Pero Hank Reynolds había triunfado en lo que hombres menos importantes –o más nobles– habían fracasado.

Leonie se había quedado con su tienda del Soho, Elementos Arquitectónicos, que había puesto en venta. Ya estaba vendida por una bonita suma, salvo por los últimos papeles que ella y Hank tendrían que firmar una vez redactados. También le había correspondido la saneada cuenta bancaria de la tienda, así como la vieja furgoneta Volvo que ahora conducía. Por suerte conservaba en un guardamuebles una colección de muebles y objetos de decoración, pertenencias que Hank y ella habían ido sustituyendo con los años por objetos más caros y más buenos. Había pensado enviarlo todo a Christie para que lo subastara, pero ahora agradecía contar con todo ese botín, porque estaba segura de que iba a serle útil a la hora de decorar su nueva casa de campo.

Respiró hondo para calmarse. Ahora que había comprado la casa con el dinero de la cuenta bancaria de la tienda, podría arreglárselas otro año, dos como mucho, si tenía muchísimo cuidado. Pero eso era todo. Lo recaudado con la venta de la tienda serviría para costear las obras de la casa y aún sobraría algo para gastos de mantenimiento.

Consciente de que no tardaría en andar corta de dinero, había trazado un plan. Su plan de recuperación. Parte del mismo era comprar esa propiedad, restaurarla, decorarla y venderla con un bonito margen para reinvertir en otra propiedad. Y repetir el proceso hasta... Bueno, no lo sabía. Sólo sabía que con su gusto innato, sus dotes de decoradora y jardinera paisajista, y su clara idea de qué aspecto debía tener la propiedad, no podía equivocarse. Haría lo que otros tanto temían hacer y pagarían caro por ello.

Contaba con la lista de clientes pudientes de su vieja tienda, y estaba convencida de que muchos de ellos no dejarían escapar la oportunidad de comprar una propiedad que ella había restaurado y decorado, tan entusiasmados estaban con su estilo.

También estaba considerando la idea de abrir otra tienda allí en el valle, en su casa tal vez, o en Hudson. Una pequeña ciudad a orillas del río, Hudson contaba con más de sesenta anticuarios, y los fines de semana era un hormiguero de buscadores y compradores de curiosidades procedentes de todo el nordeste.

Eso, junto con su valiosísima lista de antiguos clientes, haría no sólo factible sino también rentable el abrir una tienda. De todos modos, iba a hacerlo paso a paso, día a día, tanteando las posibilidades del terreno.

Pisó el acelerador, impaciente por llegar a su nuevo hogar dulce hogar, por mucho que fuera una ruina, y reunirse con su vieja amiga Fiona Moss. Mossy, la querida Mossy. Mossy, la de humor cáustico, ironía devastadora y ojo infalible para toda clase de carne, además de un corazón del más puro platino. Era Mossy, la agente de una agencia inmobiliaria local, la que le había vendido la propiedad, la Casucha de la Colina, como la habían apodado afectuosamente, y era Mossy, lo sabía, quien la esperaba en la casa con un arquitecto del lugar especializado en restaurar edificios históricos.

Leonie estaba segura de que hacía falta un montón de reparaciones. Y sin duda decorarla. Sabe Dios que tengo suficiente experiencia, pensó. Pero al restaurar la vieja casa de Southampton había descubierto que necesitaba realmente la ayuda de un arquitecto para hacerlo bien.

Le había molestado reconocerlo, pero supuso una experiencia enriquecedora, ya que le había permitido descubrir sus puntos fuertes y débiles. También se había dado cuenta de que el arquitecto le había hecho ahorrar probablemente tiempo y dinero a la larga, al evitar que cometiera errores que resultaría caro enmendar.

A punto de enfrentarse a su último reto, estaba decidida a depender lo menos posible de ayuda exterior. Salir por fin del poderoso y sofocante dominio de Hank Reynolds y su asfixiante círculo del Social Register de Wall Street-Park Avenue no había hecho sino aumentar sus ansias de independencia y fortalecer su impulso de reservarse su opinión.

En esos momentos sólo quería demostrarse a sí misma que era capaz de funcionar sola.

«Una casa para mí sola», pensó. No era lo que entendían la mayoría de las divorciadas por pasarlo bien, desde luego. Pero en su caso era justo lo que le hacía falta.

Poco imaginaba que el destino le tenía reservado un futuro muy distinto.

2

A la excitación de Leonie se sumó la ilusión de ver su nueva casa, y al acercarse a la curva de la carretera tuvo que esforzarse por no pisar el acelerador del viejo Volvo, pues sabía que la casa octogonal estaba justo detrás.

Apagó el radiocasete y en el repentino silencio levantó la vista. Y allí estaba, a un lado de la carretera, elevándose con todo su desvaído esplendor en lo alto de una loma con vistas al río Hudson y las montañas Catskill del otro lado.

Redujo la velocidad para estudiar la casa y sus alrededores, dejando que la magia que había captado la primera vez que la vio volviera a envolverla. Esbozó una sonrisa. Se parecía a una bonita debutante convertida en una viuda envejecida y venida a menos. Y sin embargo, ¡qué viuda más imponente!

La casa, al igual que los edificios anexos, estaba hecha de tablillas de madera, pintadas en otro tiempo de blanco y ahora desconchadas, con pesadas molduras de inspiración clásica. Las ventanas eran altas y estrechas, muchas con los cristales rotos o sin cristales, y en el primer piso había puertaventanas que daban a unas terrazas de piedra arenisca azulada cubiertas de maleza. Los postigos, muchos sueltos y colgando torcidos de los goznes, habían sido verdes. Era una maravilla de forma octogonal, de dos pisos y con una buhardilla en el tercero que comunicaba con la cúpula de linterna, también octagonal, en el centro del tejado.

La cúpula lograba ser formal e imponente, y al mismo tiempo caprichosa. Su viejo cristal hermosamente ondulado estaba rajado en algunas partes y faltaban varios paneles. A unos treinta metros Leonie vio el viejo cobertizo de tablillas de madera con sus cúpulas gemelas, idénticas pero más pequeñas que la de la casa principal. Hasta las cocheras estaban coronadas por una versión duplicada aunque más pequeña, y rematada con una veleta: un caballo a todo galope de latón cubierto de verdín.

Los edificios y los jardines habían sido meticulosamente diseñados hacia 1840. Toda la propiedad, de hecho, había sido trazada en líneas clásicas, formales, pero tenía un aire de fantasía, como si no fuera del todo terrenal, del todo práctica. Era una casa empapada de romanticismo. Una casa elegante, pensó, construida en terreno benigno. Alguien había prodigado en ella amor, de eso no tenía la menor duda. Como haré yo, se dijo.

Dejó la carretera y recorrió despacio el camino de grava que se extendía a lo largo de unos cien metros de exuberante césped sin cortar. Sabía que gran parte del color de éste venía de la grama y otras hierbas invasoras que habían llegado a dominarlo, pero eso no disipó la sensación de propiedad que experimentó hacia cada brizna. En el jardín había árboles y arbustos majestuosos pero abandonados hacía mucho tiempo, que prosperaban en la tierra fértil a orillas del río.

–Caray, Leonie –exclamó su amiga con su claro acento británico al acercarse al coche–, nos lo hemos tomado con calma, ¿eh?

Leonie se apresuró a desabrocharse el cinturón y, cogiendo su bolso Fendi de cuero, bajó con una sonrisa de oreja a oreja.

–¡Mossy! –casi chilló, abrazándola–. Da gusto verte.

Se besaron en las mejillas, sin preocuparse del maquillaje o el peinado.

Mossy retrocedió un paso y examinó a Leonie de la cabeza a los pies.

–¿No tenemos un aspecto muy chic hoy? –bromeó–. Supongo que te has enterado de que el arquitecto está como un tren.

Leonie advirtió un brillo malicioso en sus ojos y se apresuró a responder.

–Del arquitecto sólo sé lo que tú me has dicho, Mossy. –La señaló con un dedo acusador–. Y en cuanto a la ropa, bueno… –Se colgó el bolso del hombro y se dio la vuelta–. ¿Te gusta?

–Mucho, en serio –respondió Mossy tocando la áspera lana beige y chocolate–. ¿Puedo preguntar de quién es?

–Yohji Yamamoto. ¿No es fabuloso?

Leonie sonrió radiante.

–Divino –repuso Mossy–. Me encanta la chaqueta grande y el ribete trenzado. Oh, y esos pantalones de pata ancha. –Exhaló una columna de humo–. Pero parece como que el viejo Yohji se está riendo a gusto a costa de Coco Chanel.

–Rindiendo homenaje, Mossy. Rindiendo homenaje –replicó Leonie en defensa de Yamamoto.

–Lo que tú digas –dijo Mossy con reserva, arqueando una ceja. Dejó caer al suelo una larga ceniza–. De todos modos, queda muy bien con tu color de pelo.

Leonie se atusó su abundante melena castaña con reflejos rubí y magenta.

–¡Gracias, Clairol! –graznó con los ojos chispeantes.

Mossy se echó a reír, luego ladeó la cabeza y miró con ojo crítico los pies de Leonie.

–Será mejor que tengas cuidado, querida. No queremos que un par de los grandes se estropeen en este asqueroso barro del campo, ¿verdad?

Leonie bajó la vista hacia sus botas de cuero color chocolate.

–¡Un par de los grandes! –resopló–. Puede que sean de Christian Louboutins, pero no me costaron eso ni en broma –dijo a la defensiva.

–Bromeaba, querida. Entremos. Tengo una pequeña sorpresa para ti.

–Oh, Mossy, ¿qué es? –preguntó Leonie mientras cruzaban cogidas del brazo la puerta trasera.

Mossy pasó por alto la pregunta y le indicó con un gesto que entrara.

–La edad antes que la belleza, querida.

Leonie entró riendo.

–Pasa al salón y ponte cómoda –dijo Mossy, señalándole el camino–. Enseguida vuelvo.

–Por Dios, Mossy –exclamó Leonie, exasperada–. ¿A qué viene tanto misterio?

Pero su amiga ya se había metido en la cocina.

Los tacones de Leonie repicaron sobre los desnudos suelos de parqué cuando se encaminó al amplio y elegante arco que daba paso al salón con sus bonitas molduras clásicas. Se detuvo en el umbral con los brazos en jarras y recorrió con su mirada escrutadora cada detalle de esa espaciosa habitación de techo alto. Se preguntó por enésima vez si había estado en su sano juicio al decidir comprar esa ruina para restaurarla.

–¡De hogar dulce hogar nada! –murmuró para sí.

El papel de las paredes se desprendía en láminas del yeso resquebrajado, y la madera pintada estaba desconchada. La repisa de la chimenea era de un mármol blanco ahora manchado y rajado. ¡Y el suelo! Leonie se encogió. El bonito parqué estaba en tal estado que se preguntó si podría aprovecharlo siquiera.

Peor aún, le costaba ver magia alguna en la mugre que cubría cada superficie. Sólo vio trabajo duro que iba a costar un dineral y mucho tiempo. Al menos de momento.

«No creo que pueda vivir aquí mientras hacen todas las obras», pensó. Pero quería estar cerca para vigilarlas, y había consideraciones económicas, por supuesto. No quería gastar sus preciosos dólares en alquilar algo los próximos meses; debería arreglárselas allí, aun con las obras en marcha.

«Bueno, no quiero pensar en esto ahora –decidió–. Hoy seré Escarlata O'Hara.»

Echó un vistazo al enorme diván estilo napoleónico, cubierto de varias capas de plástico protector. Era uno de los pocos muebles que había hecho traer del guardamuebles de Nueva York. Le serviría perfectamente de cama y también de sofá.

Se acercó a él, dejó el bolso en el suelo y se obligó a sentarse sobre el poco apetecible plástico. El desagradable ruido que hizo al arrugarse bajo su peso y su superficie pegajosa le provocaron una mueca. Luego se quitó las botas y estiró las piernas. Casi metro ochenta y dos con tacones, había mandado hacer el diván a medida para tumbarse cuan larga era en él y permitir la posibilidad de que alguien más se sentara en el extremo. ¿Tal vez con sus pies en el regazo? Un agradable pensamiento... ahora.

Movió los dedos de los pies y se masajeó las pantorrillas. Así estaba mejor. Pero apenas se había tumbado cuando oyó a Mossy acercarse por el pasillo.

–Aquí estamos –anunció entrando en el salón.

Traía una bandeja de plata con dos copas y una botella de champán en una cubitera plateada que exudaba humedad.

–Oh, Mossy –exclamó Leonie, incorporándose–. No tenías que molestarte. –Luego sonrió–. Pero me alegro de que lo hayas hecho.

Se levantó para ayudarla, pero Mossy ya había dejado la bandeja en una caja colocada del revés y servía champán en las dos copas. Luego le ofreció una a Leonie, que la aceptó agradecida.

–Prescindamos del vulgar ritual de la sal y el pan –dijo Mossy, levantando la copa en un brindis–. Lo que hace falta es un poco de espuma para celebrar tu llegada a estas tierras sagradas.

–Eres demasiado –replicó Leonie, levantando su copa y chocándola contra la de Mossy.

En sus ojos se reflejó una luz azulada. A continuación le invadió una oleada de afecto, aprecio y gratitud por tener la mejor amiga imaginable, y tuvo que contener las lágrimas que amenazaban con brotar.

Bebió un sorbo de champán, suave y seco. Le encantó sentirlo burbujeante en la lengua. Carraspeó y logró decir con voz ronca:

–Mmmm. Está buenísimo, Mossy. Menuda sorpresa.

–Sólo es un Perrier Jouet barato. Nada que ver con lo que estás acostumbrada, estoy segura.

–No digas tonterías, Moss. Me conoces. Si alguna vez me las he dado de entendida en vinos, está claro que ya no puedo permitírmelo. –Le lanzó una mirada elocuente–. No en mis actuales circunstancias –añadió con un suspiro.

Se dejó caer en el diván y Mossy se quitó sus zapatos planos y se sentó.

–Bueno, no te preocupes. Estoy segura de que todo va a cambiar para mejor en un futuro no tan lejano.

–Lo sé… Sólo que a veces parece dificilísimo adaptarte a los cambios –explicó Leonie con ansiedad.

–Ya sabes lo que dicen hoy día los seguidores de los Doce Pasos para conquistar la felicidad y todos esos grupos de autoayuda: no es más que un instante en el tiempo.

–Sí, Mossy. Y también me sé la cantinela de «esto también pasará».

–Malditos gilipollas –dijo Mossy entre dientes. Bebió un sorbo de champán y sonrió–. Pero ¿sabes una cosa, Leonie? Tienen razón.

Leonie miraba fijamente su copa. Sumergió un dedo en el champán y se lo llevó a la boca, luego levantó la vista.

–Supongo que sí.

–Sé que tienen razón, aunque no es un gran consuelo, ¿verdad?

Leonie hizo un gesto de negación.

–¿Sabes algo más, Leonie? –continuó Mossy, mirándola pensativa–. Creo que comprar esta casa –alargó el brazo y abarcó con un gesto teatral lo que la rodeaba– es una de las mejores cosas que podrías haber hecho. Vas a estar tan ocupada que no tendrás tiempo de ponerte sentimental.

Leonie arqueó una ceja y recorrió la habitación con la mirada.

–Y que lo digas.

Se echó a reír y bebió otro sorbo.

–No olvides lo que siempre digo. Si uno tiene el plato demasiado lleno, sólo hay que comer más deprisa… y masticar con más ahínco.

Leonie volvió a reír.

–Me aseguraré de tenerlo presente cuando los escombros de las obras me lleguen hasta las rodillas.

–Sé que será todo un reto, querida. Pero estoy segura de que estarás a la altura.

–Sí, me las arreglaré –repuso Leonie con convicción–. Me iré trasladando de una habitación a otra a medida que avancen las obras. Todo lo que necesito es una habitación donde vivir. Con suerte podré acampar un tiempo aquí en el salón, y después trasladarme a un dormitorio del piso de arriba, o viceversa. Me limitaré a trasladarme, dependiendo de las obras.

–No va a ser tan fácil.

–No. Pero no me importa, Mossy. Tengo un hornillo.

–¡Un hornillo! –exclamó Mossy.

–Sí. No te escandalices tanto. Habrá días que no podré utilizar la cocina cuando estén los albañiles. De modo que tengo un hornillo y toda clase de utensilios. Puedo refugiarme en una habitación donde no estorbe.

–He de reconocer que tienes un espíritu pionero.

–Lo que haga falta. ¡Si tengo que lavarme con esponja un tiempo, estupendo! ¡Si tengo que comer *pizzas* o sándwiches, perfecto! ¡Si no me ves más que con viejos tejanos, mala suerte!

–Así me gusta.

–Claro que sí –asintió Leonie, al tiempo que daba un puñetazo en el diván.

–Mierda. –Mossy se palpó los bolsillos de su cazadora–. He dejado los cigarrillos y el mechero en la cocina. Aprovecharé para ir al lavabo. Vuelvo enseguida.

Se levantó ágilmente y salió a grandes zancadas de la habitación, descalza.

Leonie la observó y una sonrisa de satisfacción suavizó sus facciones. «No hay nadie como ella», pensó.

Recordó la primera vez que la vio. ¡Dios, qué golpe de suerte! Mossy había entrado en Elementos Arquitectónicos para echar un vistazo a una pequeña vidriera de colores del escaparate. Había discutido el precio, de hecho había discutido los precios de todo, haciéndole saber que podía encontrar fácilmente mercancías similares por una mínima parte de sus precios. Dijo que veía continuamente esa clase de mercancías en sus excursiones al campo para enseñar propiedades como agente inmobiliaria.

«Ya sabes, casas medio derruidas, cobertizos en ruinas y jardines echados a perder. En muchos casos la gente está encantada de deshacerse de ellas. A veces no tienen ni idea de lo que tienen. Y aun más, no les importa. Aceptan encantados tu dinero.»

Terminaron cenando juntas esa noche, y Mossy se convirtió en una de las «recolectoras» de Leonie, sacándose un sobresueldo con los objetos que desenterraba y que Leonie compraba para su tienda. Había sido un buen negocio y una sólida relación personal desde el principio.

A lo largo de los últimos años Leonie había hecho incontables viajes para ver a Mossy y sus «hallazgos», y las más de las veces había comprado todo el material en el acto. Mossy tenía muy buen ojo.

Y descaro. Con sus modales afables pero agresivos, a menudo abordaba a desconocidos con la oferta de comprar una columna, verja, ventana, urna de jardín o lo que fuera. Y a menudo tenía que apelar a todo su encanto y utilizar una sutil forma de persuasión para apartar a esa gente de sus tesoros. Y había salido rentable a las dos.

Lo que al principio había sido una gran consideración mutua hacia sus respectivas experiencias profesionales, dio paso rápidamente a una mutua valoración de su ingenio e inteligencia, y desembocado finalmente en una serena amistad íntima, una aceptación mutua y sin juzgarse de sus debilidades.

A pesar de que vivían en mundos totalmente distintos –al menos en apariencia–, parecían cortadas por el mismo patrón.

Leonie estaba casada con un financiero inmensamente rico y exitoso de Wall Street, y se movía en los enrarecidos círculos sociales del Upper East Side de Manhattan y Southampton. Disfrutaba de una vida privilegiada.

Mossy, en cambio, hacía tiempo que estaba divorciada, vivía cómoda pero discretamente por necesidad, y tenía una vida social mucho menos atractiva y ajetreada en el campo. Una vida de contención.

Sin embargo se sentían como hermanas.

La juvenil exuberancia de Mossy, su hilarante e irónico sentido del humor, su amabilidad y generosidad, su indiscutible optimismo, y al mismo tiempo su actitud sensata y práctica ante la vida, junto con una lealtad inquebrantable, habían conquistado a Leonie. Lo cual no era tan sorprendente, ya que eran cualidades que ella misma poseía.

Esta afinidad con Mossy, en parte al menos, le había llevado a instalarse allí.

Levantó la vista al oír a su amiga entrar con sigilo en el salón con sus juveniles pies descalzos. La observó dejar su copa de champán en la repisa de la chimenea, colocar un cenicero al lado y encender un cigarrillo. Dio una honda calada y exhaló el humo hacia el techo al tiempo que recorría la estancia con ojo crítico.

Todos esos años de amistad habían visto pocos cambios en Mossy, pensó Leonie. No aparentaba ni por asomo los cincuenta y tantos años que confesaba tener.

Seguía menuda, de no más de metro cincuenta y dos de estatura, huesos delicados, y manos y pies pequeños. Estaba en excelente forma física gracias a las clases de aeróbic a las que asistía tres veces a la semana y a sus cuidadosos hábitos alimenticios, y tenía una energía y un entusiasmo desbordantes. Eso a pesar de sus insaciables ganas de fumar.

Su pelo llamaba la atención. Lo llevaba teñido de un naranja encendido que no trataba de pasar por su color natural ni nada parecido. Como Leonie siempre le decía afectuosamente, era un color que no encontrabas en la naturaleza. Y como una capa de azúcar glasé sobre un pastel particularmente festivo, siempre lo llevaba peinado como si hubiera introducido en una toma de corriente una de sus uñas perfectamente arregladas.

Pero este aspecto artificial y hasta estrafalario, en Mossy parecía perfectamente natural. Por alguna razón armonizaba a la perfección con su personalidad.

Si su pelo llamaba la atención, sus ojos la retenían. Te cautivaban irremisiblemente. Topacios, casi ámbar, eran ojos críticos, escrutadores, que rara vez pasaban por alto un ardid. Unos ojos penetrantes, pensó Leonie, que siempre parecían capaces de leer los pensamientos más personales, los secretos más íntimos.

Jamás iba menos que inmaculadamente arreglada, con un mínimo de maquillaje hábilmente aplicado. Y a pesar de que no podía gastar mucho en ropa, siempre iba vestida con sencillez y elegancia, y con el gusto más exquisito. Como ahora, con unos flojos pantalones grises, una blusa a juego y una llamativa y moderna cazadora rosa.

Mossy apuró la copa y cogió la botella.

–¿Lista para más champán? –preguntó levantándola.

–Ya lo creo. –Leonie le tendió la copa para que volviera a llenársela. Pero se lo pensó mejor–. Sólo si prometes que no dejarás que me emborrache antes de que llegue el arquitecto.

Mossy consultó su reloj.

–Quisiera saber por qué tarda tanto. Ya llega treinta minutos tarde.

–Ya veo que no hacía falta que corriera –dijo Leonie–. He venido con tantas prisas que he dado un golpe por detrás a un coche al salir de la Taconic.

–¿Cómo dices? –exclamó Mossy, abriendo mucho los ojos.

–He chocado con un tipo en el ceda el paso. Ya sabes, el que hay a la salida de la Taconic, en Chatham.

–¡Caray, Leonie! –exclamó Mossy, agitada–. ¿Por qué no me lo has dicho? ¿Estás bien? No estás herida, ¿verdad?

Leonie puso los ojos en blanco.

–Mossy, ¿parezco herida? Apenas le he tocado. Ni siquiera he causado daños a los coches.

–¡Dios mío, podrías haberte matado!

–¡No ha sido nada, Mossy! –sonrió Leonie–. El tipo ha dicho que mejor olvidarlo.

Mossy dio vueltas por la habitación fumando con furia y se puso melodramática. De pronto era una soprano, Maria Callas tal vez, a todo gas. Se detuvo y se volvió hacia Leonie.

–¿Quién era? ¿Quién era ese hombre? Cielos, podrías haber chocado con un palurdo de por aquí que llevase un rifle. –Perforó el aire con el cigarrillo–. ¡Podrían haberte pegado un tiro!

–Déjate de melodramas. No ha sido nada –la tranquilizó Leonie–. El tipo conducía uno de esos Range Rover ridículamente caros. Era inofensivo.

–¿Inofensivo? ¿Cómo lo sabes? ¿Qué aspecto tenía? –espetó Mossy sin detenerse a tomar aliento–. ¿Quién era?

–¿Cómo quieres que lo sepa?

–¿No sabes cómo se llamaba? –Apagó el cigarrillo con furia–. ¿Era de aquí?

–¡No tengo ni idea! Ha echado un vistazo a los coches y seguido alegremente su camino. Ni siquiera nos hemos dado nuestros nombres. –Bebió otro sorbo de champán–. Y tampoco tengo ni idea de qué aspecto tenía. Estaba tan aturdida que ni me acuerdo. Todo lo que he visto han sido ojos y dientes.

–¿Qué quieres decir? –persistió Mossy, encendiendo otro cigarrillo.

–Exactamente eso. He visto un montón de dientes blancos, y sus ojos eran… –Leonie buscó las palabras adecuadas–. Oh, no sé cómo eran. Azules. No, verdes. La verdad es que no lo sé.

Mossy dio una profunda calada y exhaló una columna de humo.

–Mira –dijo por fin con tono imperioso sin dejar de pasearse–, tienes que tener mucho cuidado cuando conduzcas aquí en el campo. Entre los borrachos, los pavos salvajes, los ciervos…

–¡Por el amor de Dios, Mossy! –exclamó Leonie–. Eres tú la que atropella a todos los ciervos. –La señaló con un dedo acusador–. Tendrías que sacar a tu coche una licencia para matar. O registrarlo como arma letal. Me sorprendería que quedara algún ciervo por los alrededores para que yo lo atropellara.

Mossy rió al tiempo que exhalaba el humo del cigarrillo.

–Tienes razón, desde luego. Toda la razón. Creo que los malditos ciervos se huelen cuando viene mi coche y se tumban a esperarlo.

–Seguro. Tal vez eso le ha pasado a nuestro arquitecto. Tal vez ha atropellado un ciervo al venir para aquí.

Mossy apagó el cigarrillo en el cenicero.

–Este tipo no –dijo, acercándose al diván. Se dejó caer en él y se puso cómoda–. Tengo entendido que lo hace todo bien. Y me refiero a todo.

–¿Qué se supone que significa eso?

–Oh, como te he dicho antes, es el objeto de nuestros sueños. Ya sabes. Tiene el físico adecuado, fue a los colegios adecuados, se casó con una mujer de familia adecuada, se incorporó a un despacho de arquitectos adecuado, se mueve en los círculos sociales adecuados. –De pronto hizo una mueca de desdén–. El círculo de los aficionados a los caballos, con sus cacerías y toda esa parafernalia. ¡A la mierda! Vive en la casa adecuada, conduce los coches adecuados. –Se interrumpió y bebió pensativa un sorbo de champán–. Y seguramente folla de maravilla.

Leonie le dio una palmada en la mano, riendo.

–¡Eres terrible!

Mossy sonrió con ironía.

–Pero debo reconocer que viene muy recomendado. Todo el mundo respeta su trabajo. En este sentido, al menos, no he oído ni una palabra desalentadora.

–Sólo espero que nos entendamos –dijo Leonie–. Ya sabes. Que sepa hacerle comprender lo que quiero hacer aquí. No quiero alguien que me diga lo que debo hacer.

–¡Ja! Es un hombre, ¿no? –Mossy resopló con sorna–. Así que será mejor que te prepares para un poco de condescendencia por lo menos.

–Oh, espero que no –dijo Leonie con repentina preocupación.

–No era mi intención asustarte, Leonie –se apresuró a añadir Mossy–. No te lo habría recomendado si no creyera que es idóneo para el trabajo. He visto sus trabajos y es increíble. De gran calidad, debo decir. Que yo sepa, es el mejor. –Se levantó, se acercó a la repisa de la chimenea y encendió otro cigarrillo–. Dicen que es de fiar, así que no te estafará. Y ésa es la excepción, querida, no la regla, con el montón de palurdos que hay por aquí haciendo obras de restauración.

Lanzó a Leonie una mirada expresiva y exhaló una serpentina de humo.

–Bueno, parece serlo en casi todas partes –repuso Leonie–. Desde luego lo era en Southampton y Nueva York.

–Creo que descubrirás que aquí es tan malo o peor. Pero se supone que Sam Nicholson es diferente, y cuenta con un buen equipo. Muy fiel a él, según tengo entendido. –Mossy dejó caer la ceniza en el cenicero–. Igual que su mujer.

Leonie levantó la vista.

–¿A qué te refieres, Mossy? ¿Ella le es muy fiel a pesar de qué...?

Leonie se detuvo en mitad de la frase al oír un coche en el patio trasero.

–¡Por fin! –exclamó Mossy–. Ése ha de ser nuestro hombre.

–Estupendo –respondió Leonie, y se apresuró a ponerse sus botas de ante.

Mossy apagó el cigarrillo y se acercó al diván para ponerse sus zapatos de tacón.

–No hace falta que te levantes, Leonie. Yo iré a abrir.

–Llevaré esto a la cocina –dijo Leonie, señalando la botella de champán y las copas.

Mossy se encaminó a la puerta mientras Leonie recogía las copas y la botella. Cogió el cenicero de Mossy para vaciarlo, lo puso en la bandeja de plata y se dirigió a la cocina.

Oyó el ruido de botas restregándose en el felpudo, el gemido de la puerta mosquitera y la cháchara amistosa de Mossy. Luego vio a ésta ante ella, más diminuta que de costumbre, su corta estatura subrayada por el hombre altísimo que estaba de pie junto a la puerta trasera.

–Leonie, por fin está aquí tu tan esperado arquitecto –dijo Mossy.

–Lo siento –se disculpó un grave barítono masculino–. He tenido un pequeño incidente con...

Se interrumpió al ver ante él a Leonie, bandeja en mano, mirándolo boquiabierta como si hubiera visto un fantasma.

–Leonie Corinth, éste es el arquitecto Sam Nicholson –continuó Mossy–. Sam Nicholson, te presento a Leonie Corinth, mi más querida amiga y la orgullosa propietaria de la Casa Octogonal.

Siguió un breve silencio, y Mossy miró a uno y a otro con extrañeza. Nunca había visto al imperturbable Sam Nicholson sin saber qué decir, pero no lo conocía tan bien. En cuanto a Leonie, bueno, nunca la había visto así y creía conocerla bastante bien.

Fue Sam quien acabó rompiendo el incómodo silencio.

–Creo que ya hemos tenido el placer.

Una amplia sonrisa apareció en sus labios, revelando una dentadura perfecta. Los dientes que Leonie recordaba. Y sus ojos –los que no había sabido describir– danzaron con picardía, hasta con malicia, pensó ella. Advirtió que eran de un verde acuoso con motas azules que le daban un matiz turquesa.

Leonie de pronto se sintió desfallecer de... ¿qué? ¿Vergüenza? Oh, sí. Y profunda. ¿De incredulidad? También, aunque el hombre con el que había chocado estaba sin duda allí, frente a ella. ¿De perplejidad? Desde luego. No había esperado verlo de nuevo.

Y sintió algo más, algo mucho más poderoso. Algo –¿se atrevía a pensarlo siquiera?– que sólo podía describirse como químico.

Recuperó por fin la voz.

–Sí, hemos tenido el placer. –Sonrió con naturalidad–. Si puede expresarse así, dadas las circunstancias. De cualquier modo me alegro de volverte a ver. Dejad que lleve esto a la cocina. ¿Por qué no os ponéis cómodos?

–¿Qué demonios...? –empezó Mossy.

–La señora Corinth y yo hemos tenido un pequeño accidente al salir de la Taconic –explicó Sam.

–Eras tú –gimió Mossy–. No me lo creo. Es demasiada casualidad.

–Por eso llego tarde. Luego he tenido que pasar por la oficina para recoger unos papeles.

–Bueno, vamos al salón. Estoy segura de que Leonie querrá hacerte el gran tour.

Leonie escuchó desde la cocina, respirando hondo y tratando de recobrarse. La mente le iba a toda velocidad y no en una sola dirección. No, sus pensamientos y sus sentimientos estaban totalmente embrollados.

«Soy una tonta –pensó riéndose de sí misma–. ¡Tonta de remate! ¿Qué me está pasando? ¿Y por qué no me advirtió Mossy de la impresión que causa este hombre en la gente? ¿Que tiene un físico absolutamente irresistible?»

«¿Y ahora qué?», se preguntó.

3

Leonie estaba perpleja.

Se quedó un rato en el arco de entrada al salón sin que repararan en ella, y los observó, Mossy fumando y parloteando mientras los dos miraban por una ventana que daba al jardín. Pero junto a él, Mossy era como un fantasma envuelto en bruma. No existía del todo, no a su lado.

Porque casi contra su voluntad, Leonie centró toda su atención en Sam Nicholson y supo que, a pesar de sí misma, a pesar de toda su determinación en sentido contrario, estaba perdida.

Perdida.

Había hombres que exudaban poder debido a su relativo dinero y posición, y había hombres que exudaban poder sólo con su físico. Para Leonie, Sam Nicholson era de las dos clases. Más que ambas. En su caso dos y dos eran mucho más que cuatro.

Desprendía un aura de tal poder y virilidad que trascendía sus evidentes atributos físicos, por irresistibles que fueran. Le situaba al mismo nivel que los dioses del Olimpo, pensó.

Y como esos dioses, ella sospechaba que debía de ser un tipo muy complicado, tal vez con defectos, y sin duda nada fácil. Nada fácil de conocer. Tal vez nada fácil de tratar. Pero se sintió atraída por él de todos modos, la atrajo como nadie lo había conseguido antes.

«Así que a esto se refieren cuando hablan de magnetismo animal», pensó.

Sam Nicholson era sin duda el hombre más atractivo y de aspecto más viril que jamás había visto. De metro noventa como mínimo y rondando los cuarenta años, según calculó ella, era delgado pero robusto, con un cuello fuerte sobre unos hombros anchos de aspecto poderoso. Imaginó el enorme pecho debajo de la cazadora de aviador de cuero marrón oscuro, y el largo torso que descendía hasta la estrecha cintura y las caderas. El pelo, abundante y juvenil, y ligeramente ondulado, lo llevaba más largo de la cuenta. Era castaño claro, veteado de rubio y plata.

Besado por el mismo Apolo, pensó.

Pese a su bronceado, advirtió una cicatriz que cruzaba el caballete de su nariz prominente. ¿Se la había partido? ¿En un accidente? ¿Una pelea? Debajo vio unos labios exigentes y una mandíbula cuadrada y fuerte.

Enfundadas en tejanos azules, sus largas piernas se veían sorprendentemente sólidas para alguien de su estatura, y, rematadas en sus gastadas botas, parecían plantadas con firmeza en el suelo.

Era una virilidad que Leonie no estaba acostumbrada a ver, ni siquiera en los pasillos dominados por hombres de la elite de Wall Street. Una virilidad enorme que le pareció ligeramente intimidante, hasta que él se volvió y ella vio una expresión herida y algo atormentada en sus deslumbrantes ojos azul verdosos.

¿Qué o quién podía haber herido a ese Adonis?, se preguntó. ¿Cómo había tratado la vida a un hombre con quien tan generosa se había mostrado la naturaleza, para causar ese oscuro dolor que se insinuaba en su mirada?

Sintió un escalofrío. No quería pensar en lo que le estaba ocurriendo ni en por qué le importaba, pero de pronto sintió que tenía que saber todo acerca de ese hombre, hallar el modo de que le abriera el pecho, por aterradora que fuera la proposición.

La sonrisa espontánea que esbozó él al verla no camufló la tristeza de su mirada.

–Estás aquí –dijo con su voz grave, llena de posibilidades, de peligro. Una voz que recorrió a Leonie con corrientes eléctricas.

«Dios –pensó ella–. Está tan a gusto consigo mismo. Tan relajado y al mismo tiempo tan alerta. ¿Qué me pasa?»

–Oh, Leonie –intervino Mossy–. Sam sabe un montón de cosas sobre la historia de esta casa. Tienes que pedirle que te las explique.

–¿En serio? –respondió Leonie con el tono más despreocupado y alegre del que fue capaz. Se apresuró a cruzar la habitación hasta ellos–. Estoy impaciente. Casi no sé nada.

–Bueno, de esta casa en concreto sé poco –dijo Sam con brusquedad, mirándola–. Pero sí sé bastante sobre la historia de las casas octogonales de la región.

Leonie quiso ir al grano, y enseguida, porque tenía la sensación de que necesitaba concentrarse en algo, lo que fuera que no fuese Sam Nicholson.

–¿Por qué no te la enseño ahora y dejamos tu lección de historia para después? –preguntó–. ¿Te parece?

–Buena idea –dijo Sam consultando su reloj–. Será mejor que empecemos porque tendré que irme pronto.

–¿Por dónde quieres empezar? –preguntó Leonie–. ¿Por el piso de arriba o el de abajo? –Hizo un ademán–. ¿Fuera o dentro?

–¿Por qué no empezamos por el sótano y vamos subiendo, y dejamos el jardín para el final?

–Bien. Las escaleras del sótano están detrás en la cocina. Sígueme y te enseñaré el camino. –Leonie se volvió hacia Mossy–. ¿Vienes, Moss?

–Si no te importa, me quedaré aquí. He enseñado la casa tantas veces que me conozco los ratones por su nombre.

Sam y Leonie rieron mientras recorrían el pasillo que llevaba a la cocina.

Leonie encontró el interruptor de la luz en lo alto de las escaleras y bajó con cuidado los empinados escalones.

–Es muy lúgubre –se disculpó–. Parece sacado de una película de terror. –Llegó al pie de las escaleras y encendió otro interruptor–. Pero lo bueno que tiene es que no parece haber humedades. Mossy la ha visto con toda clase de tiempo y nunca ha encontrado una gotera.

–¿Todas las máquinas están aquí abajo? –preguntó Sam.

–Sí. Al menos eso creo –respondió ella, apartándose una

telaraña de la cara–. La caldera de fuel. El calentador del agua y el depósito. La lavadora con la secadora encima. Todo realmente sofisticado.

Él sonrió y empezó a examinarlo todo a la parpadeante luz proyectada por las bombillas que colgaban desnudas sobre sus cabezas.

–¿Tienes una copia del informe del ingeniero? –preguntó, volviéndose hacia ella.

–No. –Se encogió de hombros–. No pedí ninguno porque supuse que en el peor de los casos tendría que cambiarlo todo.

–De modo que para qué pagar a alguien para que te diga lo que ya sabes, ¿no?

Ella vio destellar de nuevo sus perfectos dientes.

–Exacto –dijo, apartándose de los ojos un mechón de pelo–. Así que esto es lo que hay, supongo.

–Entiendo –respondió él, y empezó a deambular.

Se detuvo frente a la enorme y vieja caldera, y se acuclilló para examinarla de cerca, luego se levantó y examinó varias cañerías. Desplazó su atención hacia el calentador del agua, el depósito de agua y las anticuadas cajas de fusibles. Por último, empezó a examinar los cimientos y las enormes vigas que soportaban la casa.

Leonie lo observó moverse despacio por el sótano, examinando, tocando, casi acariciando las pesadas y viejas vigas de madera talladas a mano.

–Ya no se trabaja así.

–¿Bien o mal? –medio bromeó Leonie.

–Muy, pero que muy bien –respondió él con seriedad.

–Son realmente bonitas, ¿verdad? –dijo ella, pasando una mano por las vigas y dándoles una palmadita.

Él la miró.

–Sí, a mí también me lo parecen. Es una de las razones por las que me gusta remodelar los viejos cobertizos. A veces las vigas son algo excepcional y los convierten en bonitas habitaciones.

Leonie se alegró al detectar apreciación en su voz, al comprobar que él también veía la belleza, la fuerza y las posibilidades encerradas en algo tan simple como esas viejas vigas. Tal vez, pensó, él sea esa rareza: un hombre con imaginación. Por no hablar de un culo perfecto.

Él continuó recorriendo el sótano con la mirada, asintiendo de vez en cuando para sí, haciendo alguna que otra pregunta. Por fin se volvió hacia ella.

–¿Lista para subir? –preguntó–. Creo que ya lo he visto todo aquí abajo.

Leonie no supo interpretar su expresión. ¿Estaba satisfecho con lo que había visto? ¿Decepcionado? ¿Horrorizado? Era imposible saber qué pensaba.

–Claro –respondió ella, y se dirigió a las escaleras.

–Ya apago yo la luz –se ofreció él–. Empieza a subir.

Esperó galante a que ella lo precediera, luego la siguió por las escaleras, tratando sin éxito de apartar la vista del cuerpo bien moldeado que intuía debajo de aquella ropa cara.

«Qué bombón», pensó.

Admiró la rapidez y agilidad con que ella subía los escalones empinados, aun con sus botas de tacón. Su paso entusiasta y enérgico, que debía de armonizar con su espíritu. Sin duda valoraba su aparente iniciativa y osadía al emprender ese proyecto, con todo lo que podía implicar. Debía de ser una mujer con agallas. Y, a pesar de su aspecto elegante y adinerado, decidió que no parecía de las que tenían miedo de ensuciarse las manos.

Eso le gustaba. Y mucho.

Al llegar a lo alto de las escaleras, Leonie se volvió hacia él.

–¿Seguimos por la cocina?

–Estupendo –repuso él, apagando la luz y cerrando la puerta del sótano.

Leonie apoyó las manos en la encimera y se sentó en ella.

–¿Sabes? –dijo, mirando con ceño el fallido intento de modernización que habían hecho años atrás–. No hemos hablado aún del enfoque que quiero dar a las obras de restauración y creo que éste es el lugar ideal para empezar.

–Es buena idea hacerlo ahora, antes de que veamos el resto –repuso él mirándola con fijeza–. Porque todavía no sé lo lejos que quieres ir. –La miró con ecuanimidad–. Cada persona entiende por restaurar una cosa distinta. Desde tirar abajo una casa hasta dar sólo una mano de pintura.

Leonie se rió.

–Bueno, esto no es Southampton o Beverly Hills, de modo que no creo que sea una casa de las que se tiran abajo, esto está claro.

–Me alegra. No harías ningún favor a los anales de la arquitectura.

–Sin embargo –continuó Leonie–, hará falta mucho más que una mano de pintura. Mira el suelo. –Bajó de la encimera–. ¡Este linóleo horrible, asqueroso y mugriento!

–Sospecho que debajo de esta porquería –dijo él levantando con la punta de su bota un trozo de linóleo roto–, encontraremos un suelo de tablas de pino.

–Esperaba que lo dijeras. –Leonie sonrió.

–Y también sospecho que cuando lo limpien, parecerá de un millón de dólares. –«Como tú», pensó. Al cabo de un momento, añadió–: Si ése es el enfoque que quieres darle.

–Eso es exactamente lo que tengo pensado. Quiero darle el aspecto de una cocina de campo, pero con todas las comodidades modernas. Y electrodomésticos nuevos, por supuesto. Pero hay un gran pero. –Lo miró a los ojos–. Siempre que sea posible, quiero utilizar los materiales originales. Como esos armarios viejos. Me encanta la forma y los tiradores metálicos, y las viejas puertas de cristal que conservan algunos. ¿Crees que vale la pena rescatarlos? –Lo miró interrogante.

–No sería barato, pero apuesto a que puede hacerse. Y yo de ti lo haría. Pueden desarmarlos y teñirlos o pintarlos, lo que prefieras. Y si hace falta reemplazar partes o piezas, las haremos coincidir. En eso no hay problema. –Volvió a hacer una pausa, mirándola con ojo crítico–. Creo que me hago una idea de lo que te propones.

Ella sonrió con timidez.

–Eso espero. No siempre consigo poner mis ideas en palabras. A veces... tengo la impresión de que no sintonizo con la gente.

–Creo que lo estás haciendo muy bien.

–Gracias. –Leonie notó que se ruborizaba y se volvió, sintiéndose de pronto una boba–. Sigamos. ¿Ves este techo horrible? –Lo señaló–. Quiero quitarlo. No tengo ni idea de qué encontraremos arriba, pero tiene que desaparecer.

–Seguramente habrá grandes y viejas vigas que quedaron ocultas al modernizar la casa. Podrías aprovecharlas.

–¡Bien! –exclamó ella entusiasmada.

Siguieron un poco más en la cocina y luego pasaron al salón y la biblioteca, cambiando impresiones emocionados sobre lo que debía hacerse. Parecían tener ideas casi idénticas. «O bien tiene mucha labia y sabe lo que ha de decir y hacer», pensó Leonie con un toque de cinismo poco propio de ella.

Pero por alguna razón no le pareció que fuera el caso. Mostraba un entusiasmo espontáneo hacia la casa y todo lo que discutían, y expresaba sus opiniones sin vacilar. No creía que nadie pudiera fingir tan bien sus reacciones. Además, ¿por qué iba a querer hacerlo?, se preguntó.

–Bueno, creo que con esto hemos cubierto todo lo que hay aquí abajo, excepto el salón –dijo por fin–. ¿Lo hacemos antes de subir al piso de arriba?

–Muy bien –respondió él y la siguió.

En el salón encontraron a Mossy tumbada en el diván, hojeando un *Vogue* italiano, envuelta en la sempiterna nube de humo que creaba allí donde estaba.

–Haced como si yo no existiera –dijo–. He cogido una de tus revistas y estoy echando una hojeada a toda esta ropa maravillosa que jamás podré permitirme comprar. –Los miró por encima de sus anteojos–. Claro que tampoco pueden hacerlo las modelos, a juzgar por su aspecto –añadió arrastrando las palabras–. Parece como si gastaran en heroína todo el dinero que ganan con tanto esfuerzo.

Leonie y Sam se echaron a reír.

–No dejes que te interrumpamos, Mossy –dijo Leonie–. Disfruta. Enseguida acabamos.

–Tomaos todo el tiempo del mundo –dijo ella–. Acabo de empezar a planear un cambio de imagen total en mi persona.

Leonie y Sam se miraron divertidos. Luego ella fue al grano.

–Aquí, como en el resto del piso de abajo, me preocupa mucho el parqué. –Señaló el suelo cubierto de arañazos donde faltaban muchas de las bonitas piezas que en otro tiempo habían encajado intrincadamente, como en un rompecabezas gigantesco–. ¿Me olvido de él o crees que puede salvarse?

–Por supuesto que se puede salvar –dijo él–. Y espero que lo hagas. –Se agachó y, recogiendo una tablilla del parqué astillado, la examinó con detenimiento–. Hoy día hay varios lugares donde podemos encontrar la madera para completar lo que falta –añadió, levantándose de nuevo y tendiéndole la tablilla–. Y cuento con artesanos de mucho talento que pueden hacer el trabajo. Eso no es problema. Sólo tomará su tiempo.

–Me encanta. Y estoy dispuesta a intentar salvarlo. –Luego pasó una mano por una grieta en el yeso–. ¿Qué crees? ¿Será muy problemático?

–Si tienes dinero, cuento con la gente adecuada –respondió él con una sonrisa.

–Estoy segura.

Examinaron las chimeneas, repisas, ventanas y molduras, como habían hecho en el resto del piso de abajo, luego echaron un vistazo al pequeño mueble del pasillo.

Mientras lo hacían hablaron de las muchas estrategias alternativas para rescatar viejas mansiones en ruinas. Después se dirigieron a la elegante pero desgastada y desvencijada escalera que llevaba a los dormitorios del piso de arriba.

Leonie se volvió hacia Sam.

–Como ves, toda la grandeza que queda está abajo. En el piso de arriba la han dejado ir. Con los años han cerrado las chimeneas y se ve por dónde han arreglado de mala manera el enyesado. Hasta han arrancado algunas molduras.

Sam fue de una habitación a otra, examinándolas todas

rápidamente, dando un golpecito en la pared aquí y una patada en el suelo allá.

–¿Sabes? –dijo por fin–. Parece mucho peor de lo que está en realidad. No costará nada abrir las chimeneas y tenerlas otra vez funcionando, y rehacer el enyesado, si eso quieres.

–Eso es exactamente lo que quiero. Dejar las habitaciones tal como eran, incluidas las molduras, lo que me consta que supone bastante trabajo.

–Tampoco hay ningún problema, porque parecen molduras estándar.

Leonie volvió a pasearse de una habitación a otra, absorta en sus pensamientos, con Sam siguiéndola de cerca.

Se detuvo de pronto.

–Creo que de lo que quiero hacer aquí arriba, lo único que puede suponer un reto es añadir cuartos de baño sin estropear la pureza arquitectónica de la casa. –Se volvió y lo miró a los ojos–. Aquí es donde necesito realmente tu ayuda. Tendré que confiar en tu experiencia e ideas de arquitecto.

–No será fácil de resolver, pero estoy seguro de que se nos ocurrirá algo que funcione.

–Si yo tengo el dinero, tú tienes los conocimientos y la experiencia, ¿verdad? –dijo ella con una sonrisa.

–¡Verdad!

Era una sonrisa que no acababa de alcanzar esos bonitos y tristes ojos azul verdoso, pensó Leonie.

De pronto volvió a sentirse incómoda, aunque estaba más a gusto con él. La ironía no le pasó por alto, pero se sintió cohibida de todos modos. Mantente ocupada, se dijo. Recordó que su madre solía decir que el ocio era la madre de todos los vicios. Se apresuró a volver a lo que los ocupaba.

–¿Echamos un vistazo a la buhardilla y a la cúpula ya que estamos aquí arriba?

–Desde luego. Convendría que examinara bien este lado del tejado, para ver en qué estado está.

Leonie lo condujo hasta la pequeña escalera cerrada que llevaba a la buhardilla, y Sam la siguió a poca distancia, y de nuevo le resultó imposible apartar la vista de ese cuerpo bien moldeado que subía con brío delante de él.

De pronto comprendió que debía irse de allí, pero al mismo tiempo se impuso una necesidad más poderosa: «No quiero irme», pensó.

Leonie abrió la trampilla que había en lo alto de la escalera y subió a la buhardilla. Encendió el interruptor mientras Sam se detenía a su lado.

–¡Guau! –exclamó él, con sus musculosos brazos en jarras, mientras recorría con la mirada el espacio donde se encontraban.

–¿Estás tan impresionado como yo la primera vez que lo vi? –preguntó Leonie con una nota jocosa, pues sabía que así era.

–¡Dios mío! –exclamó él, asombrado–. Esto es un sueño hecho realidad. ¡Cuántas posibilidades…!

Registró el enorme espacio octogonal con sus ocho ojos de buey, uno en cada sección del octágono. Justo en el centro de la habitación había una pequeña escalera que conducía a la cúpula de linterna. El tejado estaba soportado por vigas talladas a mano como las del sótano.

–Ahora observa –dijo Leonie.

Apagó la luz y lo observó, tratando de ver su reacción.

La luz de media tarde inundó la buhardilla desde los cristales de la cúpula y desde cada ojo de buey. Difuminada y tenue, pero de una belleza inquietante, bañó la habitación en una luminiscencia casi sobrenatural.

–No enciendas aún la luz –dijo Sam.

Fue de una ventana a otra contemplando las vistas de trescientos sesenta grados que ofrecían. Completado el círculo, subió a la cúpula, bajó y se acercó a Leonie.

Ella lo miró interrogante.

–¿Qué tienes pensado hacer aquí arriba? –preguntó él.

–Tengo un par de ideas, pero no estoy segura. Supongo que la mayoría de la gente lo convertiría en las habitaciones del servicio o el cuarto de los niños. Ya sabes, para que no estorben.

–En eso tienes razón –dijo él con una risita.

–Pero pensé que podría ser un gran dormitorio principal. Con las vigas a la vista y los techos inclinados. Algo gigantesco, con dos enormes cuartos de baño, uno para él y otro para ella, y un pequeño bar, de modo que no tengas que bajar hasta la cocina para tomar una copa a medianoche. –Se quedó pensativa un momento, y continuó–: Sería como un refugio, un santuario, lejos del resto de la casa, del mundo en realidad. Es un magnífico lugar para meditar, para estar a solas con uno mismo. O con alguien especial. –Lo miró a los ojos–. ¿Qué crees?

–Una idea fantástica. Aquí arriba es casi como un mundo aparte, totalmente diferente. E iría cambiando con la luz a lo largo del día y la noche. Aun estando en lo alto de la casa, en cierto sentido estarías cerca de la naturaleza, el sol, la luna, las estrellas y las nubes. Del amanecer y el atardecer, y de todo lo que hay entremedio. También tendrías una vista espectacular del río y las montañas, si quisieras sacarle partido. –La miró–. Y tienes razón, sería un refugio donde estar a solas, o... ¿quién sabe?

Sonrió.

Ella le devolvió la sonrisa.

–La cúpula va a suponer mucho trabajo –continuó él–. Hay un montón de cristales rotos y otros faltan, y ha entrado agua. Es probable que ésa sea la causa de los daños en los dormitorios del piso de abajo. Goteras.

–Me lo figuraba –replicó Leonie–. Pero quiero conservarla. Me hago cargo de que sería más sencillo quitarla y llenar el hueco, pero no quiero. Y me revienta sustituir el viejo y ondulado cristal por uno nuevo, pero supongo que no habrá más remedio.

–Ya veremos. Tal vez encontremos algo que sirva.

–Eso espero.

–Es como el capitel de una iglesia –dijo Sam–. No quieres derruirlo aunque es una lata. En cierto modo es como el alma de la casa.

Leonie estaba radiante. Agradecía inmensamente la reacción de él. Daba validez a sus ideas y le hacía sentirse segura de sí misma. Pero, sobre todo, su entusiasmo era contagioso. Logró emocionarla aún más respecto al proyecto e hizo que éste cobrara más importancia, al saber que no iba a trabajar aislada del resto del mundo, que habría alguien con quien compartir las pequeñas derrotas y las pequeñas alegrías.

De pronto salió de su ensimismamiento. Tenía que cerrar la puerta a ese curso de pensamientos, inmediatamente. «¡Cielos! ¿En qué estoy pensando? ¿Estoy loca o qué? Este hombre aún no ha aceptado el trabajo. ¡Y podría ser demasiado caro!»

Además, aunque parecían coincidir en muchas ideas, ¿cómo sería trabajar con él? «No tengo ni idea –se recordó–. Podría ser un auténtico infierno.»

De hecho, no sabía gran cosa de Sam Nicholson, aunque cada vez tenía más la sensación de conocerlo desde siempre, de que estaba escrito que se conocieran.

Sam consultó su reloj.

–Se me está haciendo tarde –dijo–. ¿Qué tal si echamos un rápido vistazo al jardín antes de que me vaya?

–De acuerdo –se apresuró a decir Leonie–, pero si tienes que irte, podemos dejarlo para otro momento.

–No pasa nada. Me gustaría hacerme una idea del conjunto.

–Adelante –dijo Leonie, volviéndose hacia la escalera.

Él la observó bajar y deseó quedarse allí un rato más. Los dos solos. Pero ¿para qué?, se preguntó. Suspiró y la siguió de mala gana.

–Creo que me gustaría abrir esta escalera –comentó Leonie.

–Eso es fácil. No hay ningún problema.

De nuevo en el vestíbulo, Mossy seguía tumbada en el diván, absorta en el *Vogue* italiano y con un cigarrillo en la mano, aparentemente ajena a todo.

Leonie lo llevó fuera.

–Trataré de esbozarte en pocas palabras lo que tengo pensado. –Se apresuró a conducirlo a las cocheras–. Un garaje de dos plazas, y el apartamento del vigilante o una habitación de invitados arriba.

A continuación fueron al cobertizo.

–Tal vez un estudio de artista. Tal vez.

Por último, hicieron una rápida inspección de los jardines. Habían sido hermosamente diseñados y, como la casa, tenían un buen esqueleto. Todo lo que hacía falta era una limpieza a fondo, una buena poda y plantar algo más. Todos los muros de piedra necesitaban reparaciones. Leonie lo miró.

–Hay obras para dar y vender –dijo con una carcajada–. Pero no te corresponde a ti en realidad.

–No a menos que quieras incluir la reparación de la pérgola y la glorieta en mi presupuesto –replicó él.

Leonie lo pensó un momento y asintió.

–Sí, hazlo. Pero si es posible por separado, así sabré exactamente cuánto costará.

–Por supuesto. –Miró alrededor y añadió–: He pasado por aquí un millón de veces, pero nunca me había fijado en estos jardines. No se ven desde la carretera.

Se acercó a la pérgola de columna dórica, casi asfixiada por una glicina, y Leonie lo siguió.

–Podría ser realmente bonita –comentó él.

–Sí. Voy a tener que podar sin piedad esta glicina y apuesto a que florecerá el año que viene.

–¿Lo crees de veras? –preguntó él.

–Seguramente. Había una igual de vieja en casa de un amigo en Southampton. Casi me mató hace unos años por podársela, pero ahora me está agradecido porque está repleta de flores.

Señaló el parterre de diseño formal, un cuadrilátero cruzado por senderos de piedra arenisca azulada y cubiertos de maleza. En el centro había una pila para pájaros medio derruida y con la parte superior rota.

–En los parterres hay plantados sobre todo rosales –comentó ella–. Tendré que esperar a que florezcan para ver de qué clase son exactamente, pero sospecho que serán variedades robustas y anticuadas. ¿Cómo si no iban a sobrevivir a los inviernos?

–Ya. Tenemos varios en casa, pero requieren muchos cuidados.

–De todos modos –continuó Leonie–, van a necesitar también una buena poda. Como los de la glorieta.

Se acercaron a la glorieta, un fantasioso armazón blanco que dominaba el río por un lado. Al igual que la pérgola, estaba asfixiado por enredaderas, en este caso rosales trepadores.

–Va a hacer falta una buena poda sólo para poder pintar el enrejado –comentó Leonie–. Pero también le sentará bien a los rosales. –Se volvió hacia Sam–. Estaba pensando en construir una piscina entre la glorieta y la pérgola. ¿Qué crees?

–Es el mejor lugar que cabe imaginar –respondió él.

–Trataría de hacer que pareciera más bien un estanque cristalino –continuó Leonie–. De unos cinco metros de ancho y treinta de largo. No la quiero enorme. Sin trampolín ni escaleras, sólo escalones que desciendan al fondo. Y revestida de negro.

–¿Negro? –preguntó Sam sorprendido.

–Sí. Sé que parece espeluznante, como la criatura que habita el territorio de un lago negro. Pero lo he visto y queda fabuloso. Lejos de poner los pelos de punta, se ve perfectamente el fondo y parece un estanque clásico. Pero con la ventaja de que puedes nadar en él.

–Me fiaré de ti en este punto –dijo Sam sonriendo.

–Estupendo. Porque créeme que funciona. –Miró alrededor y se volvió hacia él–. Toda esta maleza le da un aire muy romántico, pero creo que necesita cuidados antes de que la vegetación lo invada todo.

Sam sonrió.

–Sí, queda muy pintoresco pero parece una selva.

–Me pregunto cómo era la gente que vivía aquí –dijo ella, melancólica–. Qué clase de gente era para permitir que acabara así. Sólo hablé con los abogados, ya que se trataba de la venta de una herencia. Dijeron que no había herederos.

–¿Sabías que perteneció a las hermanas Grace y Eleanor Wiley? –dijo Sam–. Murieron hace tiempo y ninguna de las dos se casó.

–¿Sabes por qué?

–La verdad es que no lo sé. Se supone que las dos fueron grandes bellezas en su época, en los locos años veinte. Una pintaba, paisajes sobre todo y algunos retratos. Eran bastante buenos. La otra se dedicaba a la jardinería.

–Supongo que eso explica el diseño del jardín –comentó ella.

–Probablemente. Su padre era político. Creo que estuvo un tiempo en el gabinete. Como secretario de Interior o algo parecido. Había sido un hombre muy poderoso, pero eso fue hace décadas.

–¿Construyó él la casa? –preguntó Leonie.

–No –dijo Sam–. Su padre, el abuelo de Grace y Eleanor, la hizo construir hacia 1840. Era un médico hacendado. También poseía varios bancos de por aquí. Era un hombre muy rico, pero cuando murió, su hijo con los años fue vendiendo hectáreas y cultivando la tierra un poco como pasatiempo.

–¿Qué hay de las hijas? ¿Qué sabes de ellas?

–Grace y Eleanor eran unas auténticas excéntricas. No sé de nadie que las conociera personalmente. Caray, no conozco a nadie que las viera siquiera fuera de esta propiedad. No durante años.

–Bromeas.

–No, no bromeo –replicó él.

–Me pregunto cómo vivían. Dos mujeres mayores, totalmente solas aquí.

–Tenían a ese anciano menudo, Pete Blanchard. Había trabajado toda su vida para la familia y vivía en la casa. Supongo que tenía la misma edad que las hermanas. De cualquier modo, él hacía todas las compras, se ocupaba de los arreglos de la casa y de todo lo que había que hacer. Cuando alguien preguntaba a Pete sobre las hermanas, él se cerraba en banda. No soltaba prenda.

–Qué extraño –dijo Leonie.

–Extraño, sí. Vivían aquí como auténticas reclusas. Recuerdo que pasé por aquí una vez, hace años. Era primavera, hacia el atardecer, y llovía ligeramente. Vi a... Eleanor debía de ser, creo que era la única que vivía entonces. La vi abrirse paso por entre toda esta maleza, que entonces estaba mucho más crecida, y rodear la casa bajo la lluvia. Me pareció que se dirigía aquí, a la glorieta.

Leonie sintió un escalofrío. Todo sonaba muy extraño.

–Llevaba un camisón largo –continuó Sam–. Parecía blanco y de encaje, o como si hubiera sido en otro tiempo así, y se hinchó detrás de ella. Tenía el pelo blanco como la nieve y lo llevaba recogido en lo alto de la cabeza. Lo tenía realmente largo, porque se le habían soltado unos mechones que ondeaban.

–Qué escena tan extraña –observó Leonie.

–Sobre todo porque era la primera vez que la veía. Y la única. Supongo que por eso nunca la he olvidado. Estuve a punto de parar para ver si necesitaba ayuda, pero había oído historias acerca de que cerraba la puerta en las narices de los desconocidos, de modo que me abstuve.

–Me pregunto qué hacía –dijo Leonie–. Y por qué salió en camisón. ¿Por qué estaba fuera bajo la lluvia?

–No lo sé, pero creo que había algo misterioso en ello. –Sam se encogió de hombros–. Supongo que nunca sabré la respuesta.

–¿Qué fue del empleado?

–¿Pete Blanchard? Desapareció después de que Eleanor muriera.

–¿Desapareció?

–Sí, desapareció. Nunca volvieron a verlo o a saber de él. –Sam se volvió hacia ella–. Se rumoreaba que era un poco corto de luces, pero no lo sé con certeza.

–Caray –exclamó Leonie–, cada vez suena más extraño.

Sam asintió.

–Cuando Eleanor murió, dejó esta casa y todo su dinero, que era bastante, a la Humane Society. Y eso es todo lo que sé de ellos.

–No está mal –dijo Leonie sonriendo–. Parecen haber sido muy excéntricas. Espero que si hay fantasmas sean amistosos.

–Estoy seguro de que lo serán. –Sonrió–. Contigo.

Leonie notó que se ruborizaba un poco.

–Oh, yo no estaría tan segura. Es posible que me vieran como una usurpadora de su territorio.

–Creo que estarían encantados de ver a alguien tan joven y dinámico como tú devolviendo a la casa su antiguo esplendor. Creo que agradecerían tus esfuerzos.

–Tal vez –dijo ella. La proximidad de él, combinada con sus comentarios halagadores, la hicieron sentir incómoda de nuevo. Miró hacia el otro lado del río y vio que el sol era una enorme bola de fuego que descendía sobre las montañas Catskill. Era de una belleza espectacular, pero le hizo recordar que Sam tenía que ponerse en camino–. Se está haciendo tarde. Ya te he entretenido bastante.

Él la miró.

–Bien, será mejor que me despida de Mossy y me vaya.

Volvieron al salón. Mossy miró a Sam con ojo crítico.

–Bueno, ¿qué te parece? ¿Tiene algún sentido salvar esta calamidad ruinosa? ¿Crees que será un reto? ¿Crees que te interesa hacerlo?

Sam sonrió ante el bombardeo de preguntas.

–Que hay que salvarla está fuera de duda –dijo con seriedad–. Y sí, será un reto, pero merecerá más que la pena. –Se detuvo y se volvió hacia Leonie–. No sé si trabajaré o no en este proyecto, pero es muy interesante.

–Me alegro de que lo creas así –respondió ella con cierta formalidad–. Hay un par de cosas que conviene que tengas presente mientras te lo piensas.

Sam la miró fijamente.

–Lo que quiero hacer aquí es provocar una gran onda en el agua con una piedra muy pequeña. ¿Entiendes?

–Creo que sí.

–Quiero mucho efecto con poco dinero.

Él rió.

–Eso lo entiendo perfectamente. –Luego la miró pensativo–. Creo que a un proyecto así se le puede dar tres enfoques.

Leonie escuchó con atención.

–El primero es la perfección. Suele ser cara, y en este caso resultaría carísima.

–Supongo que puedo vivir sin perfección –repuso Leonie medio en broma.

–El segundo es optar por lo aceptable. Mucho menos caro y queda bien. –Le lanzó una mirada significativa–. El tercero es lo inaceptable. Y personalmente no lo consideraría siquiera, y creo que tú tampoco.

–No tengo intención de darle ese enfoque a esta casa –replicó ella a la defensiva–. Es posible que la esté arreglando para ponerla en venta, pero voy a hacerlo como si yo misma fuera a vivir en ella. De modo que quiero que quede encantadora. Quiero devolverle su antiguo esplendor, darle un poco de dignidad y mostrarle un poco de respeto. Se lo merece.

–No era mi intención ofenderte –aseguró él–. Sólo que hay un montón de arquitectos y contratistas por ahí que apostarán por algo superbarato. Y suele ser una equivocación –añadió–. A veces da el pego, pero no pasa mucho tiempo antes de que todo empiece a caerse a pedazos.

–No quiero utilizar materiales de mala calidad. Pero creo que me veré obligada a llegar a una solución intermedia y optar por lo aceptable. –Lo miró–. ¿Crees que podrías soportarlo?

–Sí.

–¡Caray! –exclamó Mossy de pronto–. ¡Ya es casi de noche!

–Lo siento –dijo Leonie a Sam–. Te estoy entreteniendo. ¡Otra vez! Vete. Cuando hayas tenido ocasión de pensártelo, llámame. ¿De acuerdo?

–De acuerdo.

–Tienes mi número, ¿verdad?

–Mossy me lo dio –respondió Sam.

–Te acompañaré a la puerta –se ofreció ella.

–Mossy –dijo Sam, tendiéndole una mano–, ha sido un

placer verte, como siempre. Y gracias de nuevo por recomendarme para el trabajo.

–También es para mí un placer verte, Sam –replicó ella estrechándole la mano–. No te metas en líos.

–Lo intentaré. –Sonrió.

Se volvió y echó a andar por el pasillo seguido por Leonie. Al llegar a la puerta trasera, se volvió.

–Ha sido un placer conocerte, Leonie. Es posible que salga algo de esto.

–Eso espero.

Él le tendió la mano y ella se la estrechó. El apretón fue firme, afectuoso y prolongado, como si en el fondo no quisiera irse.

Cuando ella levantó la vista hacia él, advirtió que la buscaba con la mirada, y la intensidad del azul verdoso de sus ojos le resultó abrumadora. La hicieron sentir desnuda e impotente. Vulnerable y perdida, y de pronto se sintió débil.

Luchó por controlarse. «Esto es ridículo –pensó–. Totalmente ridículo. Seguramente está jugando conmigo.»

Pero la picardía que había visto poco antes en esos ojos había sido sustituida por algo mucho menos juguetón y mucho más serio. Una vez más supo sin la menor sombra de duda que estaba perdida. Lo sintió en sus mismos huesos, en lo más profundo de su ser.

Sam rompió por fin el silencio.

–Buenas noches –dijo, su resonante voz de barítono apenas audible. Dio media vuelta y se marchó rápidamente, sin mirar atrás.

Leonie cerró la puerta detrás de él, se volvió y se apoyó contra ella. Respiró hondo varias veces mientras lo oía poner en marcha el Range Rover, y se calmó al oír el crujido de la gravilla cuando el coche arrancó. Cuando dejó de oírlo, esperó un momento, se atusó el pelo y volvió al salón.

Mossy estaba sentada en el diván muy erguida con expresión de sabihonda y cómplice. Dejó caer la ceniza del cigarrillo en el cenicero, sin dejar de escudriñar a Leonie.

–¡Por fin! –exclamó afectadamente–. ¿Por qué no te sientas junto a la pobre, aburrida y vieja Mossy? –Dio unas palmaditas a su lado en el diván–. Debes de estar exhausta.

Leonie la miró mientras se acercaba despacio al diván y se sentaba.

–¿Exhausta? –preguntó con recelo–. No. En absoluto. ¿Por qué lo dices, Mossy?

–Maldita sea, Leonie. No puedes engañar a un caballo de batalla como yo. ¡El ambiente ha estado tan cargado de tensión sexual desde que el maldito Sam Nicholson entró por la puerta que estoy hecha polvo de las malditas vibraciones que había entre vosotros!

–Eso es una tontería, Mossy –replicó Leonie, con más convicción de la que sentía y más hostilidad de la que era su intención.

Mossy se quedó ligeramente sorprendida ante la actitud defensiva de su amiga. La miró con una expresiva ceja arqueada.

–Ohhhh. Así que hemos puesto el dedo en la llaga, ¿eh? Lo siento, querida. No era mi intención ofenderte.

–Faltaría más –dijo Leonie.

Permaneció en silencio con una expresión hermética nada propia de ella, desafiando a su amiga a abrir una brecha en sus defensas.

Mossy la miró con una expresión tan interrogante como tierna. Al cabo de un momento alargó una mano y la puso encima de la de Leonie.

–Escucha, querida –dijo con suavidad, acariciándola–. De verdad que no quería hacerte enfadar. Supongo que a veces me dejo llevar, como la reina del melodrama que soy.

Leonie no pudo evitar reírse.

–¡La reina del melodrama! –Rodeó a Mossy con un brazo y la abrazó–. Eso es lo que eres. Exactamente eso.

Mossy se apartó y se inclinó para sacar un cigarrillo del paquete que se había caído al suelo.

–Pero tienes que reconocer que es un espécimen deliciosamente sexy –dijo frívolamente, desviando la conversación de nuevo hacia Sam Nicholson.

–Sí, lo sé. Y además parece un buen tipo.

–Hummm –murmuró Mossy encendiendo el cigarrillo. Exhaló el humo lejos de la cara de Leonie–. Bueno, sí. Eso también.

–¿Y sabes una cosa? Parecía comprender todo lo que yo le decía. Todo lo que quería hacer aquí.

–¿En serio? –Mossy arrastró las palabras con voz ronca.

–No sólo eso, sino que parecíamos sintonizar totalmente.

–¿De verdad?

–Y... –Leonie de pronto se detuvo, percibiendo la nota sardónica en la voz de Mossy. La miró y vio que su sonrisa era tan perspicaz como astuta–. Canalla... mal bicho... bruja...

–Bruja, querida. B-r-u-j-a –deletreó Mossy–. Con eso es suficiente. Sé que lo soy y puedes llamarme a cualquier hora. Sin duda no serás la primera. –Hizo una pausa y dio una calada al cigarrillo–. Pero lo que creo que te gustaría decirme es que el señor Sam Nicholson es idóneo para el trabajo... y para muchas cosas más. Creo que lo que tenemos aquí es un caso grave de cachondez.

–¡Oh, eres incorregible! –Leonie rió a pesar de sí misma.

–Sí. ¡Y tengo razón! –gorjeó Mossy–. Dos casos graves, a decir verdad. Tú y el señor Nicholson. Y casos graves. Casi no podía irse de aquí el pobre en el estado en que estaba.

–¿En serio lo crees? –preguntó Leonie entre risas–. No creo que me haya hecho mucho caso.

–¡Caray! No seas tan ingenua, querida. A duras penas le cabía en los pantalones al desgraciado.

–Ohhhh –gimió Leonie, dándole una palmada en la muñeca–. ¡Para!

–Es la verdad –insistió Mossy–. Era como un ciervo en celo. Y si mis ojos no me engañan, tú también estabas ligeramente excitada. Claro que en ningún momento has dejado de comportarte como una dama.

¡Excitada!, pensó Leonie. Si Mossy supiera. Excitada apenas describía lo que había sentido en realidad. Pero no estaba segura de poder describirlo. Sencillamente, no creía haberse sentido jamás así.

–Bueno –dijo por fin–, sólo espero que le interese hacer el

trabajo y me dé un presupuesto razonable. Realmente parece idóneo.

–Estoy segura de que lo es. Un hombre perfecto. –Mossy hizo una pausa, pensativa–. Y ahora el pobre desgraciado vuelve a casa a aguantar una vulgar reprimenda.

–¿Qué quieres decir?

–No preguntes –replicó Mossy, misteriosa–. Prefiere no saberlo.

4

Maldita...! –exclamó Sam Nicholson dando una palmada al volante del Range Rover.

Se situó poco a poco en el arcén y continuó por él un trecho muy despacio hasta que frenó del todo y el coche se detuvo. Acababa de evitar por los pelos atropellar a una cierva que había cruzado de un salto la carretera.

«Una bonita cierva de cola blanca –pensó–. Y podría haberla matado.»

No sabía por qué, pero casi siempre eran hembras, y no machos, las que se convertían en blancos en esas carreteras. En todos los años que llevaba allí, sólo había visto tres o cuatro ciervos en las carreteras, y en cambio innumerables ciervas. No era nada extraordinario en esos parajes, pero no era propio de él casi estrellarse contra una. Se vanagloriaba de ser una de las pocas personas que nunca había atropellado un ciervo ni ningún otro animal.

De hecho, siempre experimentaba repulsión cuando veía en la carretera los letreros de peligro que mostraban ciervos cortados y empaquetados. Aunque había cazado de niño con su padre y comía de vez en cuando carne, por alguna razón la idea le parecía repugnante, por ilógico que pudiera ser. En cuanto a matar animales, era incapaz, y menos aún por diversión. Tal vez la vida, cualquier vida, había llegado a parecerle demasiado valiosa y frágil para considerar extinguirla, de forma intencionada o no.

Tuvo que calmarse, dejar que la adrenalina le bajase. Recuperar el control de sí mismo.

«De todas maneras, ¿qué demonios me pasa?», se preguntó. Pero sabía muy bien la respuesta. Sabía qué le pasaba exactamente. No estoy prestando atención, eso es todo, racionalizó. ¿Era tan simple como eso?

«Pero ¿por qué? ¿Por qué estoy tan distraído, maldita sea? ¿Por qué estoy perdiendo el control? Porque... porque...»

Resopló de disgusto. No quería seguir con esa clase de interrogatorio. Bajo ningún concepto. De ninguna manera.

Apagó la radio. Le gustaba Sinatra, pero había llegado a la conclusión de que o bien era el dueño de radio WABY o tenía un montón de acciones, porque a veces le daba la impresión de que no escuchaba a nadie más. En ese momento no estaba de humor para *Old Blue Eyes* y su melódica voz. En absoluto. Una balada de amor era lo último que quería oír, y no necesitaba la distracción de la música... de ninguna música. Hasta ahí lo tenía claro.

Además, quería estar solo con sus pensamientos, los mismos que, por irónico que pareciera, no creía que debiese tener.

Mierda. Estar aquí sentado no va a llevarme a ninguna parte, decidió.

Comprobó si venía algún coche y volvió a salir a la carretera. Al otro lado del río, hacia el oeste, el sol ya había hecho su última y genial demostración pirotécnica del día, y había sido engullido por las montañas Catskill. Mientras se dirigía al norte en la creciente oscuridad, volvió a enfrascarse una vez más en la vieja casa octogonal y la idea de salvarla.

«Qué perspectiva tan emocionante –pensó–. Y qué propiedad más extraordinaria. Su importancia histórica la convertía en una joya. Ningún arquitecto que se preciara dejaría escapar la oportunidad de trabajar en ese proyecto, y se consideraría el más afortunado sólo por haber sido considerado para el trabajo.»

«Y como me llamo Sam que me gustaría colaborar», pensó. Era idóneo para él, precisamente la clase de proyecto en que podría hincar el diente.

«Pero nunca seré capaz de trabajar con esa mujer. Leonie Corinth.»

No es que no creyera que sería increíble trabajar con ella.

No, no era eso. De hecho, era justo lo contrario. Quería desesperadamente trabajar con ella. Su intuición le decía que formarían un equipo perfecto, que trabajar con ella sería una experiencia muy gratificante, un gran reto creativo... y seguramente mucho más.

Y ahí estaba el problema.

La conmoción que había experimentado al verla por primera vez se reafirmó. Leonie Corinth. Ese cuerpo alto, esbelto y deseable. Ese pelo abundante y oscuro, y esa tez pálida y cremosa. ¡Y esos ojos! Negros como el carbón, brillantes como la obsidiana y, pensó con una sonrisa, capaces de una picardía sin límites. De no haber visto el conmovedor recelo y el dolor que había detrás de esa brillante y alegre superficie, habría creído que era una especie de supermujer, demasiado íntegra, demasiado perfecta. Pero esos ojos la hacían vulnerable, abordable..., humana.

Sam no sabía cuándo se había sentido tan hechizado por una mujer, si es que había ocurrido alguna vez. La atracción había sido realmente química, pensó. Una sensación de afinidad que había conmovido todo su ser. Algo elemental: una fuerza de la naturaleza tan primitiva como grandiosa, tan cruel como abrumadora... e ineludible.

–Dios mío –dijo en alto.

Estaba llegando a Kinderhook. Puso el intermitente y redujo antes de girar a la izquierda y adentrarse en la carretera que llevaba a su casa.

Ineludible era una palabra muy fuerte. Pero, por alguna razón, creía que estaban destinados a conocerse, que era un encuentro que él jamás habría podido planear o predecir, ni en sus fantasías más descabelladas. Y le inquietaba muchísimo pensar que era una unión o convergencia de fuerzas sobre las que no ejercía ningún control.

Pero había ocurrido, y debía aceptarlo, pasara lo que pasara. Era casi como si no hubiera tenido ni voz ni voto en el asunto, porque se enfrentaba a un poder que parecía infinitamente mayor que él.

A su derecha se alzaban unas enormes puertas de hierro

negro, elegantes e imponentes. La entrada de Van Vechten Manor.

Suspiró, y una vaga sensación de horror le aguijoneó la conciencia. Luego se adentró en el camino de entrada, se detuvo ante las puertas y bajó la ventanilla. Tecleó el código de seguridad en un panel metálico colocado en uno de los enormes pilares de ladrillo que flanqueaban el camino, y observó las cámaras de vídeo que a su vez lo observaban.

«Este lugar es el paraíso de un paranoico», pensó. Podía entender el deseo de seguridad de Minette en esa inmensa propiedad, pero creía que se había entusiasmado demasiado con todos los aparatos tecnológicos que había hecho instalar a su primo Dirck hasta convertirla en una fortaleza.

Las puertas se abrieron despacio, las cruzó y observó por el retrovisor cómo se cerraban.

Contempló las grandiosas y viejas coníferas –cicutas, abetos y pinos– que bordeaban ambos lados del camino. Esa noche eran misteriosos centinelas monolíticos que vigilaban el acceso a la casa, su habitual y majestuosa exuberancia transformada en una austeridad amenazadora. Disminuyó la velocidad, sin prisas por llegar a la casa, absorto aún en sus pensamientos.

Tal vez la revelación más chocante de ese día fuera que había sentido algo, pensó. Leonie Corinth era una criatura asombrosa e indiscutiblemente cautivadora, pero a lo largo de los años había conocido a muchas mujeres hermosas y excitantes... y nunca se había sentido así antes.

Había conocido sin duda a mujeres tan adineradas, de belleza tan exótica, y tan dinámicas y listas como parecía serlo ella. Algunas se habían arrojado a sus brazos, otras se le habían insinuado, coqueteando a espaldas de sus maridos. Pero ninguna había causado en él ese impacto indefinible. No. De hecho, hacía tanto que había experimentado una sensación remotamente parecida, que estaba asombrado de que todavía fuera capaz de sentir algo.

Levantó la vista hacia la luz que se derramaba por las ventanas palladianas perfectamente proporcionadas de Van

Vechten Manor. Su clásica simetría georgiana en viejo ladrillo rosado, que solía causarle tal oleada de placer estético, no surtió ningún efecto esa noche. Si acaso, su suntuosa e imponente formalidad hizo que le pareciera una bonita prisión, una formidable fortaleza donde, pese a su amplitud, no había sitio para su alma.

«Este lugar es todo menos un hogar», pensó.

Se detuvo en el camino circular al pie de la escalinata de ladrillo que llevaba a la puerta principal, puso el freno de mano y apagó el motor. Luego bajó de mala gana, activó la alarma y empezó a subir los escalones hacia la puerta de elaborado frontón. Antes de llegar se abrió de golpe.

–Señor Nicholson.

Era Erminda, la única criada que vivía en la casa. Le sostuvo la puerta abierta, su voluptuosa figura de amplio busto apenas disimulada bajo el soso uniforme gris que le hacía llevar Minette Nicholson.

–Hola, Erminda –saludó él con una sonrisa forzada al entrar en el vestíbulo. Era una entrada adecuadamente majestuosa, con su suelo de mármol a cuadros blancos y negros, las destellantes lágrimas de cristal de la antigua araña de luces Waterford, y el papel de pared pintado a mano del siglo XVIII que describía escenas de caza por encima de un revestimiento de paneles de madera tallada–. ¿Cómo estás esta noche?

–Estoy bien, señor Nicholson. –Los oscuros ojos de Erminda centellearon provocadores–. Espero que usted también.

–Desde luego, Erminda.

Dejó las llaves del coche en un gran bol de porcelana *rose famille* que había en una consola de caoba y dorada elaboradamente tallada.

–La señora Nicholson está en el invernadero. Quiere que vaya a verla enseguida.

Erminda lo miró, atusándose su lustroso pelo azabache recogido en un severo moño en la nuca, otra exigencia de Minette.

–Hazme un favor, Erminda, ¿quieres? –dijo Sam, tratando

de mantener la sonrisa–. Dile que iré a verla dentro de un rato. Tengo que hacer algo.

Erminda sonrió radiante.

–Muy bien, señor.

Sam advirtió el visible placer que le producía el transmitir a su mujer un recado que no iba a gustarle.

Estas dos no se pueden ver, pensó divertido. Era extraño que ella fuera la única criada capaz de permanecer más de unas semanas en los últimos años. Erminda ya llevaba con ellos dos años, y aunque seguía siendo un enigma para él, durante ese tiempo había satisfecho silenciosa y obedientemente cada capricho de Minette, estableciendo algo parecido a un récord de longevidad en el servicio.

Sam rodeó la gran mesa redonda con su enorme arreglo de flores frescas en el centro, y se apresuró a subir por las escaleras cubiertas de una antigua alfombra talish, que se curvaban con elegancia como un nautilo perfecto. Una vez en el pasillo, se detuvo un momento, luego lo recorrió precipitadamente y cruzó su dormitorio hasta el cuarto de baño y el vestidor. Cerró la puerta y echó la llave.

Se quitó la cazadora de cuero, las botas y los calcetines, los tejanos, la camisa y la ropa interior, dejando todo en un montón en un suelo de tablas anchas de madera de pino muy encerado. Se acercó descalzo al enorme lavabo de pie central, donde abrió un anticuado grifo de latón y se mojó la cara con agua fría. Se la secó con vigor y se miró en el espejo. Se miró de verdad por primera vez en mucho tiempo.

«No está mal para un hombre de mi edad –pensó examinando desde varios ángulos sus atractivos rasgos–. No, nada mal. Pero van a desaprovecharse. Voy a desaprovecharme. Llevo años haciéndolo.»

Entró en el vestidor y se tumbó en el diván Stickley de roble, cuyo cuero marrón crujió bajo su peso. No prestó atención a las lámparas Roycroft, la mesa de ajedrez Stickley de roble y cuero que utilizaba de escritorio, la alfombra Arts and Crafts Voysey del suelo, la vajilla Grueby y Rookwood de barro cocido, sus viejos y amarillentos mapas e ilustraciones favoritos, y todos los demás objetos valiosos que solían proporcionarle una sensación de bienestar.

Era su pequeño dominio, amueblado con cosas que atesoraba, y no con las bonitas antigüedades americanas excesivamente formales que Minette prefería. De hecho, ella detestaba esa habitación y ni se acercaba a ella.

Tumbado en el diván, reflexionó.

«¿Y por qué me estoy desaprovechando? –se preguntó–. ¿Por qué estoy tirando mi vida por la borda? ¿Para qué?» Pero sabía la respuesta: una unión sin amor. Una unión nacida de la culpabilidad y la vergüenza. Una unión nacida del sacrificio. Renunciando a sí mismo en un matrimonio tan asfixiante que él creía haberse vuelto insensible al mundo que lo rodeaba, reprimiendo sus sueños y ambiciones, sus posibilidades de tener una vida sentimental de alguna clase.

De pronto comprendió que se había mantenido en compás de espera, contentándose con dejar que los días siguieran su curso, caminando aletargado a través de ellos, sin vivir en realidad, dejando que la culpabilidad y la vergüenza lo consumieran. Comprendió mejor que nunca que esa unión desprovista de amor le había arrebatado todo posible gozo en esta vida.

Y comprendió algo más. Algo tal vez más aterrador a su modo: que su capacidad para ser feliz había vuelto a despertar, que no tenía por qué pasar el resto de su vida como un sonámbulo, negándose una vida sentimental. Y eso, lo sabía, se debía a Leonie Corinth.

Conocerla le había obligado a afrontar una realidad largamente rechazada: esa abnegada unión sin amor. Y conocerla había despertado su dormida capacidad para sentir.

«Leonie Corinth –pensó–. Tal vez, sólo tal vez, sea posible que…»

Se incorporó de un brinco, sus pensamientos bruscamente interrumpidos por la voz incorpórea de su mujer que lo llamaba por el interfono.

–Sam, querido –decía Minette Nicholson, su voz espeluznantemente distorsionada por el altavoz.

Él escuchó.

–Sam, ¿qué estás haciendo? –Hubo una pausa–. ¿Sam? ¿Dónde estás? ¡Contesta, maldita sea!

Con un suspiro de disgusto, él se levantó del diván, se acercó sumiso al interfono de su escritorio y pulsó el botón para responder.

–Estoy en mi vestidor, Minette –dijo–. Ahora bajo.

–¿Qué estás haciendo? –gimió ella–. Hace siglos que te espero.

–Ahora mismo voy.

Se acercó a la cómoda Harvey Ellis, de la que sacó ropa interior y calcetines limpios, y retiró del vestidor una camisa y unos tejanos limpios. Se apresuró a vestirse y se puso unas zapatillas. Luego volvió a cruzar el cuarto de baño, donde dio una malhumorada patada al montículo de ropa y a las botas, y se dirigió al piso de abajo.

Cruzó la biblioteca revestida de paneles de caoba brillante hasta las puertas correderas que conducían al invernadero, uno de sus lugares favoritos. Se detuvo en el umbral y miró dentro.

Era una gran estructura estilo georgiano que él mismo había diseñado de modo que armonizara con el resto de la casa. El suelo era de antigua piedra caliza francesa con añadidos de cabujón negro, y las paredes de cristal se elevaban por encima de los seis metros. Del techo colgaban dos arañas de cristal gemelas, antigüedades neoclásicas rusas. De día, descomponían la luz en todos los colores del arco iris, proyectándolos por la habitación como un calidoscopio, y por la noche parpadeaban románticamente a la luz de las velas.

La habitación estaba llena hasta el techo de vegetación de toda clase, desde palmeras y ficus hasta limoneros y naranjos más pequeños, pasando por rosales y orquídeas. Una hiedra recorría a sus anchas la pared de la casa a la que estaba anexionado el invernadero, y una glicina cubría de forma teatral toda la habitación, y el aroma de sus enormes flores color lavanda semejantes a racimos de uvas era casi embriagador. Aquí y allá asomaban en medio de la vegetación bustos y estatuas clásicos de mármol desgastado, espectadores paralizados de los dramas que se representaban ante ellos.

Desde el umbral alcanzó a ver una luz gris azulada sobrenatural que se reflejaba en las arañas y en las paredes de cristal. Esa noche no había velas. Minette veía la televisión.

No advirtió su presencia cuando él se detuvo a observarla, sentada con el mando a distancia en una mano y una copa –Jack Daniels con agua, supuso– en la otra. El pelo rubio claro que le llegaba a la altura de los hombros brillaba lustroso al resplandor del televisor, y tenía sus grandes y glaciares ojos azules clavados en lo que ocurría en la pantalla.

Se volvió y miró hacia la piscina, y Sam le vio la cara con más claridad. Como de costumbre, se había maquillado mínimamente con mano experta su tez cremosa antes perfecta. Pintalabios rosa pálido, un mero toque de colorete, delineador de ojos y rímel. E iba pulcramente vestida con uno de sus jerséis favoritos Zoran de cachemir amarillo pardusco y unos pantalones a juego también de cachemir. Calzaba unos zapatos bajos acolchados de terciopelo verde botella, hechos a medida y con el emblema de la familia Van Vechten bordado. En las orejas y el cuello llevaba perlas que brillaban tenuemente, y en las muñecas unas pulseras de oro incrustadas de diamantes, rubíes, esmeraldas y zafiros azules que lanzaban destellos al menor movimiento de las manos o los brazos.

«Dios mío, es una belleza –pensó–. Una de las mujeres más guapas que jamás he visto. Sólo que...»

–¡Oh, aquí estás! –Minette abrió desmesuradamente los ojos al verlo.

Sam se acercó y se inclinó para darle un beso. Apenas le rozó los labios, pero así parecían quererlo los dos últimamente, limitándose a cumplir con los gestos, pensó.

Ella bebió un sorbo de su copa como para quitarse el sabor de él, luego lo miró con expresión interrogante.

–¿Dónde has estado, cariño?

Tenía la voz ronca y seca debido al alcohol. Dejó la copa en la mesilla que había a su lado y con el mando a distancia quitó el sonido.

–Río abajo, echando un vistazo a un proyecto –respondió él–. La vieja casa octogonal. –Se sentó en una tumbona al otro lado de la mesilla y la miró–. Es posible que me ofrezcan restaurarla.

–Oh, ésa –dijo ella despectivamente.

–¿Qué quieres decir?

–Lo que quiero decir, querido, es que creo que sería una pérdida de tiempo. No necesitas trabajar si no quieres. Así que ¿por qué preocuparte por esa casa? No es particularmente distinguida, ¿no? –Sin esperar respuesta, continuó–: No ha vivido en ella nadie realmente importante. Sólo un par de señoras locas. –Bebió un generoso sorbo de su copa y sonrió con dulzura–. Si quieres saber mi opinión, habría que derribarla.

–No me creo que lo estés diciendo tú, Minette –replicó Sam con exasperación, sinceramente perplejo ante su reacción–. Habría dicho que precisamente tú abogarías por salvar esa casa. Después de todo el tiempo que has trabajado para la sociedad histórica, sabes mejor que nadie su importancia arquitectónica.

–Relájate, querido. Sólo creo que hay un montón de casas por aquí que merecen más atención. Tu atención.

–Sabes tan bien como yo que las casas octogonales están desapareciendo en esta región. Y a marchas forzadas.

–Tal vez ésta debería. –Bebió otro sorbo y añadió–: Además, me ha dicho un pajarito que la ha comprado una neoyorquina. La clase de nueva rica divorciada que seguro que la estropea. –Lo miró de forma expresiva–. Que querrá que tú la estropees por ella.

Él le sostuvo la mirada.

–Eso son tonterías, Minette, y lo sabes –dijo–. Has estado hablando con Andrea Walker.

–No hace falta recurrir al lenguaje grosero, querido –repuso ella–. ¿Y qué si he hablado con Andrea Walker? Ese adefesio de casa llevaba siglos inscrita en su inmobiliaria. De modo que conoce todos los trapos sucios de este asunto.

–Ya, ya –dijo Sam, comprendiendo por fin–. De modo que se trata de eso. Ahora sé a qué viene todo esto. Andrea Walker te ha pedido que le ayudes a poner en la lista negra a la nueva propietaria antes de que tenga una oportunidad de establecerse aquí. –Suspiró–. Sólo porque no le ha vendido ella la casa y ha perdido una comisión.

Minette no le hizo caso y clavó la mirada en el fondo de su copa para apurarla. Luego levantó la vista.

–Lista negra es una expresión muy desagradable, Sam. Sobre todo referida a alguien que de todos modos no tendría ninguna oportunidad de integrarse en nuestro círculo. Lo sé todo de ella, créeme. –Soltó una desagradable risita burlona y ladeó la cabeza–. Es una pelagatos divorciada de Nueva York que ya se ha hecho colega de esa fulana británica, Fiona Moss, si sabes lo que quiero decir.

–Sí, Minette. –Sam suspiró–. Creo que lo sé. Creo que sé exactamente lo que quieres decir.

Se levantó y se acercó a la mesa bar. Típica del mobiliario formal, valiosísimo y en su opinión tedioso de Van Vechten Manor, era una clásica mesa baja neoyorquina del siglo XIX, caoba y dorado con tablero de mármol blanco. Se sirvió una generosa medida de whisky en una anticuada copa de cristal Baccarat, y añadió un par de cubitos de hielo y un poco de agua. Bebió un sorbo y volvió a acercarse a la tumbona, donde se dejó caer de nuevo.

Minette lo siguió con la mirada con expresión satisfecha.

Sam rompió por fin el silencio.

–Bien, me da igual lo que penséis tú, Andrea y tu pequeño círculo de esnobs ricas de la zona. Estoy emocionado ante la perspectiva de hacer este trabajo y espero que me salga.

Minette fingió no haberle oído. Apretó un botón del interfono que había en la mesa.

–Erminda –dijo con su brusquedad habitual–. Cenaremos en unos minutos. Tenlo todo listo.

–Enseguida, señora –llegó la voz por el interfono.

Muy propio de ella, pensó Sam. No decir «por favor» ni «gracias», palabras ajenas a su vocabulario. Sobre todo en relación al servicio.

La miró con expresión sombría. ¿Por qué tiene que ser así?, se preguntó. ¿Por qué siempre pierde el tiempo en pequeñas batallas?

Minette le sonrió radiante.

–Hoy vamos a cenar uno de tus platos favoritos, querido –dijo–. He pedido a Katie que preparara uno de sus *fruits de mer* antes de marcharse. Langosta.

–Estupendo –respondió él con escaso entusiasmo.

Minette lo miró con ceño.

–No hace falta que pongas esa cara tan larga, querido. –Al ver que no respondía, añadió con su mejor y más irritante vocecilla infantil–: Parece como si alguien te hubiera quitado tu caramelo, niño.

Sam siguió sin morder el anzuelo.

Minette de pronto se hartó de su juego y se irguió indignada.

–Sólo te estaba dando mi opinión, Sam. No soy el lobo. Pero tal vez vaya siendo hora de que acabes con tu pequeño... pasatiempo y te quedes en casa conmigo.

–De ninguna manera –la interrumpió él–. He hecho dinero con él..., estoy haciendo dinero... y disfruto con ello. –Echaba fuego por los ojos y en su voz había determinación.

–Está bien, está bien –cedió ella, comprendiendo que no era el momento para hablar de ello–. Haz lo que te plazca. Pero sigo creyendo que estás malgastando tu tiempo y tu talento. Y más en esa casa.

Él la miró.

–Dejémoslo, Minette, ¿de acuerdo? –dijo con suavidad–. No estoy de humor para hablar de ello esta noche.

–Sí. Dejémoslo. –Ella volvió a animarse. Apuró la copa y, dejándola en la mesa, lo miró interrogante–. ¿Vamos a cenar? Erminda ya debe de tenerlo todo listo.

–Sí –respondió Sam, bebiendo un rápido sorbo de whisky.

–¿Me llevas dentro?

–Por supuesto.

Sam se levantó sumisamente. Rodeó la silla de ruedas, se agachó para quitar los frenos y empezó a empujarla hacia el comedor.

Y hacia otra triste cena, pensó, con un poco de silencioso derramamiento de sangre.

5

Leonie arrojó el cepillo de fregar en un balde lleno de espuma de jabón, y se sentó en cuclillas.

–¡Piedad, señorita Escarlata! ¡No estoy hecha para fregar suelos!

Se levantó y, quitándose los elásticos guantes con un chasquido, los arrojó al fregadero de la cocina y se secó la frente con el dorso de la mano. Se quitó el pañuelo que se había anudado alrededor de la cabeza y se soltó el pelo.

–Así está mejor –dijo en alto.

A continuación inspeccionó la limpieza que había hecho, yendo de una habitación a otra, y decidió que, si no perfecto, sin duda estaba mucho mejor.

Terminada la inspección, volvió a la cocina y se sirvió una copa de vino blanco seco. Luego se llevó la botella y la copa al salón, donde se sentó en el diván.

Sola por fin, pensó. Ahora podría quitarse los zapatos y relajarse un poco. El pequeño ejército de asistentas que Mossy le había buscado había hecho un gran trabajo de limpieza.

Ahora la casa relucía de arriba abajo en la medida de lo posible. Para ensuciarla mejor con albañiles, pensó con una sonrisa. Había decidido que, hiciera o no las obras, no iba a aguantar la suciedad ajena. De modo que lo primero había sido limpiar. Ahora empezaría a crear su propia suciedad para volver a limpiarla, marcando a su manera particular e idiosincrásica su territorio.

Después de limpiar, había empezado a desempaquetar lo que había traído consigo. Primero en la cocina, que tenía previsto utilizar todo lo posible durante las obras para ahorrar dinero. Luego los pocos objetos decorativos sin los cuales creía que no podía vivir. Por último había puesto sábanas en el diván, había hecho las dos camas sencillas del piso de arriba, y había arreglado el cuarto de baño del piso de abajo y uno del piso de arriba para utilizarlos.

Tenía pensado hacer uso el mayor tiempo posible del salón, la cocina y el cuarto de baño del piso de abajo, y trasladarse al dormitorio de arriba cuando fuera necesario. Sabía que seguramente tendría que trasladarse de una habitación a otra a medida que avanzaran las obras. No iba a ser fácil, pero se las arreglaría.

No había creído que iba a tener tanto que hacer, ya que había dejado la mayor parte de sus pertenencias en un guardamuebles, sabiendo que sólo estorbarían y seguramente se estropearían. Pero, tal como habían resultado las cosas, había más trabajo del previsto.

«Bueno, si voy a tener que acampar, al menos lo haré a mi manera», se dijo.

Además, ahora podría invitar a un par de amigos a pasar los fines de semana, aunque se temía que a ninguna de sus amistades de Nueva York le atraería la idea de pernoctar en una obra.

La verdad, no. La mayoría de sus amigos de Nueva York entendían que un fin de semana incluía fiestas en la piscina, tal vez montar a caballo, paseos por jardines bonitos y bien cuidados, comidas exquisitas dignas de un *gourmet*, visitas a anticuarios y lugares de interés, y un pretexto para lucir la nueva ropa de diseño comprada a propósito para el fin de semana en el campo. Un montón de sombreros de paja y vestidos floreados.

¡Ja! Allí se verían enfrentados al mínimo lujo, como poco. Sin piscina, al menos de momento. Sin caballos. Comiendo cualquier cosa. En un jardín abandonado y una casa que se tambaleaba.

Tal vez se conformaran con unas pocas moscas negras, ¿no? ¿O con moscardones? ¿Mosquitos? ¿Tal vez un par de serpientes en medio de la exuberante maleza? ¿Escombros? ¡Y posibilidades!

No, decidió. No la mayoría de sus conocidos.

Mierda, ¿y qué? Si Pammy, su hermana y su cuñado James vinieran de Italia en su anual peregrinaje de verano, no les importaría... ¿no?

Recorrió con la mirada sus dominios y decidió que, con la ayuda de las asistentas que Mossy le había buscado, había hecho un pequeño milagro. Se sintió satisfecha, orgullosa de sí misma. Y con razón.

Pero también inquieta. Muy inquieta. En lo más recóndito de su mente estaba esa fastidiosa comezón que se negaba a marcharse.

De modo que se levantó del diván y, cruzándose de brazos, dio vueltas y más vueltas por la habitación. Si este parqué no estaba gastado, ahora sin duda lo estará, pensó.

Finalmente se sentó y bebió un sorbo de vino, pero la comezón se resistía a abandonarla. Suspiró.

«Sam Nicholson –pensó–. *Él* es el problema. No puedo quitármelo de la cabeza, y tengo que hacer algo para acabar con esta obsesión.»

Pero nada de lo que hacía parecía funcionar. Mientras limpiaba, vaciaba cajas, se preparaba pequeños bocados o hacía tropecientas llamadas telefónicas –ocupándose de todos los detalles cotidianos de su mudanza–, en el fondo de su mente había habido un único pensamiento.

Arráncalo, se dijo. No sólo de lo más recóndito, sino de la superficie. Y ese pensamiento era, por supuesto, Sam.

Sam Nicholson.

Tenía que admitir que la intrusión era bien recibida, que suponía un alivio de todo el trabajo duro al que se enfrentaba. Tenía algo muy atractivo. Un gran físico, para empezar. Pero era mucho más que eso. Sí, mucho más. A pesar de su manifiesta virilidad, tenía algo de cachorro extraviado. Era una presencia dominante, y sin embargo parecía ir a la deriva por el mundo. Como un bote que pierde el ancla, pensó, sin rumbo, cabeceando en las aguas de la vida, un poco extraviado.

Algo en su vida –¿qué?– iba, si no muy mal, al menos no

del todo bien. De pronto recordó sus ojos, aquellos ojos azul verdoso sin fondo, tan subyugantes. Tenían un aire de tristeza, una expresión atormentada.

Era una expresión que Leonie conocía muy bien. Porque la había visto en el espejo no hacía mucho, y seguía haciéndolo de vez en cuando.

Suspiró y se sirvió otra copa de vino.

No tenía modo de saber si era una mujer quien había herido a Sam Nicholson –estaba casado, se recordó–, pero sabía que en su caso era un hombre, su ex marido, quien le había causado la misma expresión atormentada y extraviada.

Tal vez sin proponérselo, pero Hank Reynolds casi la había destruido, del mismo modo seguramente que si le hubiera pegado un tiro en la cabeza.

Al principio, cuando los dos eran jóvenes y pobres y luchaban por que Hank acabara sus estudios en Wharton y el máster de administración comercial con que soñaba, los dos se habían matado a trabajar. Pero lo habían hecho juntos, disfrutando de sus esfuerzos, celebrando sus pequeños triunfos y consolándose mutuamente cuando el destino les deparaba una derrota. Habían sido años difíciles, pero llenos de diversión y alegría, y un cariño que supuestamente jamás acabaría.

Después del posgraduado, él había sido reclutado por Endicott, de Weismuller, los venerables corredores de bolsa y banqueros inversores de Nueva York. Era el comienzo de los embriagadores años ochenta, y Hank había hecho mucho dinero desde el principio. Después de los apuros del posgraduado, de pronto nadaban en dinero, y había empezado su ascenso al pináculo de la sociedad adinerada.

Leonie tenía que reconocer que disfrutó de los privilegios y gratificaciones de su posición, y de todo ese dinero. Había dado salida a sus inquietudes artísticas en sus apartamentos y casas cada vez más espaciosos y suntuosos, volcándose con ganas en su decoración. Poco dispuesta a confiar en los conocimientos técnicos de los demás, había estudiado artes decorativas, convirtiéndose en una especie de experta en muebles de época. Tales temas siempre le habían interesado, pero se convirtieron en obsesiones a medida que refinaba sus conocimientos.

Se había vuelto asidua de las casas de subasta y los mejores anticuarios y galerías de Nueva York, Londres y París, y convertido en invitada fija en el circuito de bailes benéficos, participando en los comités y presidiendo brillantes actos sociales. Pero poco a poco se había desencantado de ese estilo de vida. Se había cansado de vivir para la siguiente fiesta, el siguiente vestido, el siguiente mueble francés importantísimo o el siguiente cuadro impresionista que iba a subastarse.

Fue entonces cuando decidió abrir Elementos Arquitectónicos, la tienda a la que se había entregado en cuerpo y alma. Le había proporcionado una gran satisfacción, una sensación de independencia y de logro, y económicamente había sido un gran negocio.

Hank, entretanto, se había convertido en director de Endicott, el sector de compras de Weismuller. Luego se había establecido por su cuenta, obteniendo contratos de absorciones de empresas que llenaron rápidamente sus arcas con más dinero que el que ella jamás había imaginado. Se había hecho socio de todos los clubes «apropiados», y aliado con los viejos ricos ansiosos y lo más aceptable de los nuevos ricos, dejando por el camino a todo el que no le fuera útil o no satisficiera sus rígidos criterios. Ella sabía que en su ascenso había pisoteado bastantes zapatos hechos a medida.

Pero a medida que se hacía más rico y poderoso, en su relación se había creado un abismo que ella no lograba explicarse. Hank había dejado de interesarse sexualmente por ella y seguía insistiendo en posponer el tema de los hijos, aunque ella se moría por fundar una familia. Las largas jornadas laborales de Hank, su obsesión por ascender socialmente, la fastidiosa atención que dedicaba a construir sin cesar..., todo eso podía entenderlo. Lo que no comprendía era su creciente desinterés por ella.

Poco a poco Hank se había vuelto cada vez más ambicioso y avaro, cruel y egoísta. No sólo se habían distanciado. Leonie estaba convencida de que Hank había empezado a apartarla de su lado, sin prisa pero sin pausa, después de haber decidido al parecer que ya no le servía, como algunos de sus ex socios.

No contento con apartarla de su lado, también había tratado de destruirla. Como si no quisiera que nada le recordara los esfuerzos y el sudor que le había costado llegar allí. Tal vez necesitaba creer que su vida siempre había sido tan lujosa, privilegiada y desahogada como lo era ahora. Que siempre había sido la poderosa figura de Wall Street en que se había convertido.

Pero Leonie sabía que no era así, y eso parecía molestarlo. Ella siempre había sabido que él tenía un ego frágil, que necesitaba que le reafirmaran continuamente su valía y logros, pero nunca se había dado cuenta de lo delicado que era en realidad ese ego.

Al parecer lo alimentaba con sus victorias profesionales, a menudo a costa de mucho dolor y sufrimiento ajenos. Después de todo, ¿qué fue de las miles de personas cuyos empleos habían sido eliminados a raíz de las compras con financiación ajena de Hank? Ella había empezado a temer que ese estilo de vida fastuoso se hubiera construido sobre un sendero de lágrimas. Se lo había preguntado a Hank en vano.

Luego él se había deshecho de ella. Como de una basura maloliente.

Pero ella había sobrevivido. Y muy bien además, pensó. He luchado por mantenerme a flote y he tenido suerte…

El teléfono la sacó de su ensimismamiento.

–¿Diga?

–Leonie, querida, soy Mossy.

–Hola, Moss. ¿Cómo estás?

–Así así. Te llamo en un arranque para invitarte a cenar.

–¡Oh, Moss! Llevo todo el día limpiando y parece que viniera de la guerra.

–No me lo creo. Ponte algo seductor y pasaré a recogerte en treinta minutos.

–¡Treinta minutos! –protestó Leonie–. Pero…

–No hay peros que valgan, querida. Te veo en media hora. –Y colgó.

Leonie se quedó mirando el auricular.

–Dios mío, ¿qué me pongo?

Una hora más tarde se dirigían al Old Chatham Seepherding Company Inn para cenar. Leonie sabía que era caro y un lujo que Mossy difícilmente podía permitirse, pero ésta no le había dejado rechazar la invitación.

Allí, en ese mesón exquisitamente restaurado y decorado, ante una soberbia comida consistente en codorniz a la brasa, cuscús de cordero y una calórica tarta de manzana, Leonie, aguijoneada por Mossy, había terminado abriéndole el corazón, ante lo cual Mossy le había ofrecido el más fortalecedor apoyo.

–Tienes que crearte una nueva vida. Es lo que hice yo. No tuve otra. No hace falta olvidar el pasado, Leonie, pero tampoco recordarlo continuamente.

–Eso es precisamente lo que trato de hacer, Mossy. Crearme una nueva vida. Conozco esta región y me encanta... y puedo permitirme vivir en ella en mis actuales circunstancias.

–¿Has pensado qué vas a hacer con la casa octogonal? ¿Si quedártela o no?

–Sí. Voy a restaurarla. Luego tengo pensado decorarla y ponerla a la venta. Con suerte sacar una pequeña suma y repetir el proceso, apartando un poco de cada operación hasta tener unos ahorrillos. Tal vez con el tiempo abrir una tienda como la de Nueva York. Entre la gente que viene aquí a pasar los fines de semana y los clientes que tengo en la ciudad, creo que podría intentarlo. Muchos de mis mejores clientes no dudarían en venir hasta aquí para comprar.

–Los inviernos son largos –dijo Mossy, haciendo de abogado del diablo–. Y de noche es posible que te sientas sola. Lo sé, querida. He pasado por lo mismo.

–Ya lo sé. Pero eso también pasa en la ciudad. –Levantó la copa de vino y asintió hacia Mossy–. Además, te tengo a ti.

–Desde luego –respondió Mossy con una radiante sonrisa–. Si te sirve de algo. Pero ¿qué hay de los hombres? Está claro que no es tan buen coto de caza como Nueva York, y mucho me temo que la mayoría de los lugareños te parecerán marcianos.

Leonie se echó a reír.

–De momento ya he tenido bastante de hombres. Estoy hasta aquí. –Se llevó la mano a la frente.

–Así se habla –respondió Mossy entusiasmada–. Como digo yo, usa y abusa de ellos. Devuélveles la pelota a esos cabrones.

Leonie volvió a reír.

–Es cierto –continuó Mossy–. Creo que Lisístrata estuvo muy acertada. Pero ¿por qué no seguimos esta conversación en casa? Se está haciendo tarde y podríamos tomar una última copita antes de irnos a la cama.

–Por mí, bien –respondió Leonie.

Después de que Mossy pagara la cuenta con su tarjeta de crédito, salieron del idílico mesón de campo con una total sensación de satisfacción.

En cuanto llegaron a la pequeña y ultramoderna casa de Chatham de Mossy, ésta descorrió los cortinajes de la sala de techo alto, con su enorme cristalera. A lo lejos se veían las parpadeantes luces de las casas encaramadas en las estribaciones de las montañas Berkshire, y por encima de estas, el cielo salpicado de miles de estrellas.

Mossy retiró de un pequeño mueble bar del comedor una licorera llena de brandy y dos copitas. Las dejó en la mesa de centro, las llenó con generosidad y ofreció una a Leonie.

–Por ti, para que seas feliz.

–Lo mismo digo –respondió Leonie.

Bebieron un sorbo y se acomodaron para hablar, Mossy en un canapé, y Leonie en un sillón grande y cómodo.

Mossy encendió un cigarrillo y exhaló el humo, luego miró a Leonie.

–Volviendo a nuestra conversación del mesón, creo que lo estás llevando muy bien, teniendo en cuenta lo que has pasado.

–Gracias, Mossy. No sé qué habría hecho sin ti. Apenas he

hablado con nadie del divorcio. Me ha resultado muy difícil abrirme, y creo que la mayoría de mis conocidos de Nueva York prefiere no saber nada al respecto. ¿Sabes?, la mayoría son la clase de personas que no quieren oír hablar más que de cosas triviales. O de tu último éxito.

–Bueno, yo soy la voz de la experiencia, aunque no siempre de la razón. –Dio otra calada al cigarrillo y continuó–: Después de que Larry me cambiara por una modelo más novedosa, decidí que jamás permitiría que ningún hombre me hablara de amor y matrimonio. Aún no he conocido a un solo hombre capaz de ser honesto y fiel más tiempo del que tarda en llevarte a la cama.

–Vamos. Somos un poco cínicas, ¿no te parece? –dijo Leonie, divertida.

–Ya lo creo. Y con razón. –Mossy apagó bruscamente el cigarrillo en el cenicero–. Hombres. Todos son iguales. Todo el jodido lote.

–¿Estás saliendo con alguien?

–¿Saliendo con alguien? ¡Ja! Disfruto de un agradable y tradicional revolcón de vez en cuando, pero no salgo con nadie. –Bebió un sorbo de brandy y luego encendió otro cigarrillo.

–¿Y por qué no sales con nadie? –preguntó Leonie–. Me refiero para ir al cine o a cenar.

–Acabamos de disfrutar de una encantadora cena, ¿no?

–No lo niego.

–A veces voy al cine o a cenar con un hombre –dijo Mossy–. Pero casi siempre lo hago con amigas. A veces con Thomas, un viudo entrado en años al que le tengo cariño. Pero en cuanto a los jóvenes, mi lema es ámalos y déjalos.

Leonie rió.

–Hace poco conocí al dueño de un vivero de por aquí. Es joven, alto, rubio y fuerte como un caballo. También es mentiroso, estafador y un poco borracho. Pero es sexy como el demonio, y muy potente en la cama.

Leonie volvió a reír y bebió un sorbo de brandy.

–Ojalá pudiera ser como tú –dijo dejando su copa en la mesa.

–No es fácil serlo, aunque tengo fama de mujer fácil –replicó Mossy–. Algunos de esos tíos esperan algo de mí, además de sexo, se entiende. Pero no van a conseguirlo.

–Entonces eres una soltera empedernida.

–Puedes estar segura –repuso Mossy–. Pero ya hemos hablado bastante de mí. Se suponía que esta conversación iba de ti. No lamentas haberte venido a vivir aquí, ¿verdad?

–Tal vez un poco. Sigue siendo todo tan nuevo...

Mossy cogió la licorera.

–En ese caso, debes de estar preparada para que te llene de nuevo la copa. Podríamos terminar la botella.

–Si tú lo dices. –Leonie le pasó la copa a Mossy y ésta llenó ambas.

–Listos –dijo dejando la licorera en la mesa–. Entonces ¿estás cambiando de opinión?

–En realidad no. Pero sí me pongo un poco nerviosa cuando pienso en todos los cambios. –Hizo una pausa, arrancándose un hilo imaginario de su camisa de seda–. Y sé que no va a ser fácil vivir en una casa en obras, pero no tengo otra elección. –Suspiró–. No tengo dinero para nada más.

–¿Tan justa andas realmente? –preguntó Mossy.

Leonie la miró y asintió.

–Sí, Mossy. Puedo comprar una casa y restaurarla, y con lo que me queda vivir un par de años, si tengo cuidado. Mucho cuidado. Pero eso es todo.

–Ese hijo de perra te estafó, ¿eh?

Leonie volvió a asentir.

–Sí. Concienzudamente.

–Sabía que habías recibido una paliza, pero no tenía ni idea de lo grave que era.

–Bueno, pues ahora ya lo sabes –replicó Leonie–. De modo que entenderás la prudencia de vivir en la casa mientras hacen las obras.

Mossy dio otra calada al cigarrillo.

–Sí. Pero siempre puedes venirte aquí si la cosa te supera, querida –dijo sonriendo.

Leonie la miró a los ojos.

–Gracias, Mossy. Eres la mejor. Pero tú tienes tu vida y yo la mía. Cada pájaro necesita su nido. Y nosotros no somos distintos.

–De todos modos, serás bien recibida. No lo olvides, la puerta siempre estará abierta.

Leonie sonrió.

–Siempre me haces sentir mejor, Mossy. Ojalá me pareciera más a ti.

–¿Te has vuelto loca?

–Creo que no. Eres independiente, tienes una casa encantadora, una carrera, una vida social ajetreada, todo el mundo está en deuda contigo. Y lo has conseguido todo tú solita, sin un hombre a tu lado.

Mossy exhaló el humo, luego miró a Leonie.

–Y tú también puedes –dijo con énfasis–. No lo olvides, Leonie. No importa lo que te hiciera tu ex marido, sigues siendo una mujer joven, guapa y llena de recursos. Tienes cerebro, ingenio y encanto. Él no puede arrebatarte nada de eso, por mucho que hayas perdido. Nadie es lo bastante poderoso para robarte eso. Debes seguir buscando dentro de ti. Es allí donde descubrirás cuánto vales como ser humano. No en lo que te dice un hombre u otra persona. Y menos un hombre que parece haberse comportado tan despiadada, cruel y vengativamente como Hank Reynolds.

Al oír esas palabras de consuelo las lágrimas amenazaron con acudir a los ojos de Leonie, y cuando Mossy terminó de hablar, al principio no pudo responder.

–Gracias, Mossy –dijo por fin con voz ronca–. Necesitaba tu voto de confianza.

–¿Para que están los amigos?

Leonie bebió un sorbo de brandy.

–Hank fue realmente cruel, ¿sabes? Sigo sin entenderlo del todo.

–¿Había otra mujer?

–No. Al menos que yo sepa. Si la había, aún no ha salido a la superficie.

–Entonces ¿cómo terminó con casi todo, por el amor de Dios? ¿O me estoy entrometiendo?

–No, en absoluto. De hecho, me alegro de que lo preguntes. Tampoco he hablado de ello con casi nadie. En parte porque me sentía una tonta y en parte porque... bueno, no quería que se divulgaran ciertas cosas por Nueva York. –Respiró hondo y empezó–: Para abreviar, Hank se fue distanciando cada vez más de mí. Luego empezó a mostrarse muy desagradable cuando estaba cerca. Cuando por fin llegó el momento de hablar de divorcio, me sugirió que me buscara un abogado. Me di cuenta de que apenas conocía a mi marido. Ya sabes lo ocupada que había estado decorando el apartamento de Nueva York y la casa de Southampton. Y llevando la tienda. De modo que Hank y sus abogados siempre se habían ocupado de nuestros negocios, menos la tienda. Pues resultó que el apartamento de Nueva York sólo estaba a nombre de Hank...

–¿Bromeas? –interrumpió Mossy.

–Ojalá. Pero espera, aquí no acaba la cosa. No sólo estaba a su nombre el apartamento, sino también la casa de Southampton. Y, cómo no, la carpeta de acciones.

Mossy se quedó anonadada. Dio una calada al cigarrillo mirando a Leonie fijamente, luego sacudió la cabeza.

–No puedo creerlo.

–Lo sé. Fui tan tonta que viví la vida despreocupadamente, dejando que Hank se ocupara de todo. –Leonie hizo una pausa–. Y lo hizo. Asegurándose de que iba a poder estafarme concienzudamente, en caso de que decidiera hacerlo.

–Dios mío –exclamó Mossy–. Hubiera dicho que ibas a sacar millones de dólares. Todo el mundo sabe que a Hank le sobran los millones. Siempre sale en los periódicos y revistas financieros.

–Sí, y se ha propuesto quedarse con todo. Yo conservé los ingresos de la venta de mi tienda y lo que tenía en mi cuenta corriente, además de muebles y cosas personales. Por supuesto, los abogados se llevaron una buena tajada.

–No hay justicia en este mundo. ¿No había nada que tus abogados pudieran hacer? Dios mío, llevabas años casada con él y le ayudaste a llegar donde está.

–Si hubiera decidido llevarlo a los tribunales me habría

costado una fortuna que no tenía. Bastante me costó encontrar un buen abogado en Nueva York que quisiera enfrentarse al equipo de Hank. Todos tenían miedo de su poder. Además, y eso fue lo que zanjó el asunto, Hank tenía ciertas «pruebas» contra mí que amenazó con utilizar si iniciaba un pleito.

Mossy la miró intrigada.

–¡No me lo digas! –exclamó–. ¡Habías estado haciendo travesuras por tu cuenta!

–No –respondió Leonie, riendo–. Pero lo hubiera parecido. Ya sabes lo íntima que era de Bobby Chandler.

–Oh, sí. Ese banquero de sangre azul. Un jugador de polo excepcional. Siempre sale en las notas de sociedad con alguna heredera del brazo. Siempre le fotografían con el príncipe Carlos u otro rico encopetado en algún partido de polo.

–Ése es Bobby. Robert Winston Chandler IV. Bueno, pues Bobby y yo llegamos a ser amigos íntimos. Siempre coincidíamos en fiestas de la ciudad y los Hamptons. Cuando redecoró su casa de Southampton, le ayudé. La verdad es que lo hice prácticamente todo.

–¡Ajá! –gorjeó Mossy–. ¡Lo sabía! ¡Tú y el señor Chandler tuvisteis un lío!

–¡No! –Leonie rió–. Y esto es confidencial. Bobby… es gay.

–¡Pero bueno…! –Mossy estaba sorprendida–. ¡Pero si parece tan… atlético! ¡Y tiene fama de rompecorazones!

–Sí. Aciertas en ambas cosas. Es deportista y tiene fama de rompecorazones. Y quiere que siga siendo así. Es muy discreto. Si esto se supiera, el banco para el que trabaja encontraría la manera de despedirlo. Además, su familia lo desheredaría. Y créeme, Bobby no quiere perder un centavo de todos los millones Chandler.

–Dios mío. Jamás lo habría sospechado. Ni en un millón de años.

–Casi nadie lo sabe. Cultiva su fama de hombre de mundo. Bueno, pues como te decía, Bobby y yo nos hicimos amigos íntimos. Es como el hermano que nunca tuve…, así de íntimos. Se quedó en nuestra casa de Southampton muchas veces mientras restauraban la suya. Luego, mientras yo se la decoraba, estuvo en casa casi todo el tiempo. Un fin de semana que Hank fue a Tokio por viaje de negocios, Bobby se quedó a pasar la noche. Salimos a cenar y cuando volvimos fuimos a nadar. Desnudos, de hecho. Estábamos totalmente borrachos y pensé: Qué más da, si Bobby es gay. Luego nos pasamos la mitad de la noche sentados en la cama, charlando y haciendo el payaso. Bobby rodeándome con sus brazos, besándome y haciendo el mono. Todo totalmente inocente.

–Oh, Dios mío. Creo que sé lo que sigue.

–Sí. Alguien grabó nuestra pequeña fiesta de medianoche. Curiosamente, sin sonido. De modo que la mayoría de nuestras payasadas parecían incriminadoras. Si se hubiera oído la conversación, habría cambiado todo. Porque estábamos haciendo el tonto. De hecho, nos pasamos la mayor parte de la noche hablando de una de las hazañas sexuales de Bobby. Y no me refiero con mujeres.

–De modo que Hank buscaba algo así. Debió de planearlo con mucho cuidado.

–Es evidente. Probablemente pagó a alguien del servicio para que encendiese la cámara de vídeo en el momento adecuado. Al menos eso creo. Porque Raimondo, que era el mayordomo, se despidió inmediatamente después sin dar ninguna razón. De cualquier modo, cuando dije a Hank que iba a oponerme a las condiciones del divorcio, me amenazó con utilizar el vídeo. Dijo que me destrozaría ante el tribunal.

–¡Pero, por el amor de Dios, Leonie! –exclamó Mossy–. Si Bobby Chandler es gay, Hank no tenía nada que hacer.

–Precisamente, Mossy. ¿No lo entiendes? Yo no podía poner en evidencia a Bobby. Arruinaría su carrera, toda su vida, si aducía que era gay. No podía hacerlo, pasara lo que pasara.

–¿Sabía Hank que Bobby es gay? –preguntó Mossy.

–¡Por supuesto que sí! Pero también sabía que probablemente yo no iba a ponerlo en evidencia, y que aunque lo intentara, me costaría demostrarlo. Todo el asunto se volvió tan... sórdido, que me rendí. Me llevé lo que pude sin discutir, sólo para escapar. Supongo que estaba exhausta de la sordidez del asunto.

–Y por eso andas ahora tan justa de fondos.

–Sí. Pero me recuperaré. Lo he hecho antes y puedo hacerlo ahora.

–Hubiera dicho que habías perdido la fe y la confianza en la raza humana. Sin duda en los hombres. –Mossy suspiró–. Lo que nos hacemos unos a otros. No olvides, querida, que puedes contar conmigo. Siempre.

Más tarde esa noche, después de ponerse el pijama, Leonie se paseó por el salón. Estaba ensimismada, pensando en los generosos y amables consejos de Mossy. Abandonada por muchos de sus amigos de Nueva York que sólo lo eran cuando las cosas marchaban bien, agradecía que Mossy le tendiera una mano y le ofreciera todo su apoyo. La había escuchado como nadie y ayudado a levantar su maltratado ego y a mantener intacta su autoestima.

Se sentó en el diván, bebió un sorbo de vino y suspiró.

«Debo de estar loca –se dijo–. Pensar siquiera en un hombre como Sam Nicholson.» Parecía una persona demasiado complicada, y a pesar de su explosiva masculinidad y su simpatía espontánea, era un hombre herido, de esto estaba segura.

También era demasiado atractivo. Debían de perseguirlo la mitad de las mujeres del valle. Sí, debía de tener una vida muy enrevesada. Y una historia de la que ella no sabía nada.

Además, es un hombre casado.

Dejó la copa y apretó los labios. «Esto zanja el asunto –pensó–. No permitiré que Sam Nicholson atormente mis pensamientos. Por la razón más obvia y práctica: está casado y bien casado.»

6

Dos semanas después, Sam Nicholson oyó el contestador automático de su línea privada hacer clic, pero no se molestó en escuchar inmediatamente el mensaje. Acababa de volver de su paseo matinal a caballo y se estaba cambiando de ropa en su vestidor. Se quitó las polvorientas botas de montar hechas a medida. Luego se quitó los pantalones de montar color beige y los arrojó sobre el diván. Se quitó los calcetines, el polo negro y por último los calzoncillos. Lo dejó todo en un montón en el suelo y se acercó al contestador automático, subió el volumen y apretó el botón para escuchar la grabación.

Al oír la voz, se emocionó y se sorprendió. El sonido de ese contralto ronco e inconfundible bastó para despertar en él un placer sensual que había olvidado que fuera posible.

«... Mossy me llevó ayer a la casa de los Cranston –decía Leonie– y me entusiasmó lo que hiciste con ella. La restauración es genial y la calidad del trabajo excelente. Creo que eres la persona idónea para este proyecto, si el presupuesto es razonable. Así que ponte en contacto conmigo en cuanto te sea posible. Mi número es el...»

Sam apretó el botón para rebobinar. No necesitaba el número de Leonie Corinth. Había quedado grabado en su memoria para siempre, como ella.

Parecía que, por mucho que lo intentara, no podía quitársela de la cabeza. Tenía un atractivo único. Su belleza deslumbrante, junto con un espíritu dinámico e independiente, eran una combinación irresistible. Recordó su enérgica forma de subir las escaleras. Y esas piernas... ¡Dios, tenía que dejar de pensar en ella!

Intuía que Leonie Corinth era una mujer demasiado autosuficiente para interesarse en él. Parecía desarrollar una vida social muy intensa, y estaba seguro de que tenía una voluntad firme y una forma de ser demasiado independiente que excluía una relación seria con un hombre como él, pensó.

Sabía quién era, por supuesto. ¿Quién no lo sabía? Después de todo, su ex marido salía continuamente en la prensa, y sus triunfos sociales y estilo de vida rutilante hacía varios años que aparecían descritos en las notas de sociedad y la prensa financiera. Aun ahora, que estaba divorciada, Sam pensaba que venía de otro mundo. Un mundo a años luz del suyo. Minette tenía dinero y contactos, y en comparación con la mayoría de los habitantes de la región vivían en un mundo de privilegios y lujo. Pero la ex mujer de Henry Reynolds había llegado hasta las estratosféricas alturas de los negocios y la sociedad internacionales. No diez millones de dólares, sino cientos de millones, hasta billones. Una cosa era ser rico y prominente en una zona rural de pueblos y pequeñas ciudades, como Minette y él, y otra muy distinta haberse codeado con la elite de todo el mundo como había hecho Leonie. Ella podía contratarlo para que hiciera un trabajo, pero por lo demás no dedicaría un minuto de su tiempo a un hombre como él.

Después de haber estado casada con un hombre tan rico y poderoso, debía de ver en los hombres como él a una especie de criados, que estaban allí para satisfacer las necesidades de una señora muy rica. «No soy tan rico como ella –pensó Sam–. Nunca he sido rico por propio derecho, y prácticamente todo lo que tengo es de Minette.»

¿Por qué sentía entonces tal afinidad entre ambos? Una poderosa afinidad física, hasta química, se recordó. Sin duda en parte debido a su aire receloso. Había pasado por mucho, suponía. Si Henry Reynolds se comportaba en casa como el tiburón que era en Wall Street, era imposible saber lo que había sufrido Leonie en sus manos.

Se paseó por el vestidor preguntándose qué hacer, cómo responder la llamada en vista de sus sentimientos y los de Minette. Pero llegó a la conclusión de que la manifiesta aversión

–hasta hostilidad– de Minette hacia el proyecto no debía influir en su decisión. Había puesto peros a su trabajo en el pasado, y no iba a ceder ahora a sus egoístas exigencias.

«¿Qué importa? No lo compliques. Leonie Corinth me quiere para este trabajo y yo quiero hacerlo. De modo que voy a llamarla.»

Marcó su número. Después de dos tonos ella respondió.

–Leonie, soy Sam Nicholson. He recibido tu mensaje.

–Hola –dijo ella–. No quiero meterte prisas, pero Mossy me llevó a la casa de los Cranston la semana pasada y quise llamarte. La has dejado realmente preciosa, Sam. Es la clase de trabajo que tengo en mente.

–Gracias. Costó lo suyo, pero creo que salió muy bien. Te diré lo que haremos, Leonie. ¿Qué te parece si hago unos cálculos preliminares y esbozo varias ideas que tengo sobre el proyecto, y nos vemos esta semana para revisarlos?

–Estupendo. Me gustaría terminar antes de que se nos eche encima el invierno. Si es posible.

–No creo que haya ningún problema –respondió Sam–. Si decidimos trabajar juntos, podríamos tenerlo todo listo para antes de Navidad. Quedarán detalles por pulir, pero nada importante.

–Muy bien. ¿Qué te parece pasarte por aquí el jueves o el viernes?

–Mejor el viernes. Eso me dará tiempo para preparar los números y los planos. ¿El viernes por la mañana, hacia las diez?

–Perfecto.

–De acuerdo. Adiós. –Sam colgó, garabateó el día y la hora en un bloc de notas, y fue al cuarto de baño. Era el momento de ducharse y vestirse para desayunar.

Y el momento de informar a Minette de sus intenciones.

«Dios mío, ¿en qué me he metido?», pensó.

–¿Qué tal el paseo a caballo? –preguntó Minette mientras bebía un sorbo de fuerte café colombiano Supremo de una delicada y antigua taza Minton. La luz del sol entraba a raudales en el invernadero, donde desayunaban, y hacía que su pelo dorado brillara más que de costumbre.

–Estupendo –respondió Sam sonriendo–. *Jicky*, el castrado de dos años que compramos a los Whitney, es un buen caballo.

–Tiene un gran linaje –dijo Minette–. La sangre siempre cuenta, ¿no?

–Supongo –respondió Sam, distraído.

Quería decirle que iba a trabajar en los planos de la casa octogonal y zanjar el asunto. Sabía que no iba a reaccionar bien.

–¿Has visto a Dirck esta mañana? –preguntó Minette.

–Sí, pero sólo un momento. Tenía mucha prisa. Quería preguntarte por ello. Dijo que habló contigo anoche y que le dijiste que ibas a ir otra vez al médico de Nueva York. Creía que te había hecho un chequeo la semana pasada cuando te llevó Dirck.

–Y así fue. Pero ayer me llamaron de la consulta del doctor Nathanson. Quiere que me haga unos análisis, así que me dieron hora para dentro de un mes.

Él la miró sorprendido.

–¿Qué clase de análisis?

–No estoy segura, Sam –respondió ella molesta–. La recepcionista no me lo dijo y yo no se lo pregunté. Sólo me dio hora.

–Es muy raro, ¿no? Me refiero a que no te dijeran qué clase de análisis.

–No. Dijo que hace mucho que no me hacen un reconocimiento completo y que el médico lo estima oportuno.

–¿Quieres que te lleve yo a la ciudad o prefieres que lo haga Dirck?

–Tú –se apresuró a decir ella–. Esta vez quiero que me lleves tú, así que apúntalo en tu agenda. Lo anoté aquí. El mes que viene. –Le entregó un trozo de papel.

–A la una –leyó Sam–. Saldremos a las siete para ir con tiempo.

Qué raro, pensó. Casi siempre quería que la llevara Dirck, para poder hablar con él, sobre todo de asuntos familiares, suponía. Se preguntó por qué prefería que la llevara él esta vez, pero decidió no preguntar.

Como si pudiera leerle los pensamientos, ella dijo:

–Se lo pediría a Dirck, pero estoy furiosa con él.

–¿Qué ha hecho esta vez?

–Oh, ha estado viendo a esa fulana horrible.

–¿Margy Newsome?

–La misma –respondió Minette con visible aversión–. Sólo va a traerle problemas, y serios.

–Bueno, si eso le hace feliz... –empezó a decir Sam, dejando su taza de café.

–¡Ja! Probablemente ha hecho feliz a todos los mozos de labranza del valle.

–Supongo que tienes razón –repuso Sam sonriendo–. Tiene cierta fama de tener contentos a los muchachos.

–Pues si tengo algo que ver en el asunto –gruñó Minette–, la señorita Margy va a ir a pregonar sus mercancías a otra parte.

–Es tu primo. Yo de ti no me metería. –Bebió un sorbo de café y miró a su mujer, sentada al otro lado de la mesa. Ahora o nunca, pensó–. Minette, esta semana voy a trabajar en los planos de la casa octogonal.

Ella lo miró un instante. Luego bebió un sorbo de café y arqueó una ceja.

–Haz lo que quieras, Sam. Pero odio ver cómo malgastas tu tiempo en esa casa. Y por esa pelagatos divorciada, como se llame.

–Vamos, Minette –dijo él, tratando de apaciguarla–. Merece la pena rescatar esa casa y lo sabes. En cuanto a Leonie Corinth, dudo que sea una pelagatos. A mí me parece una señora muy elegante.

Minette echaba fuego por los ojos.

–¡Por elegante que te parezca, dudo que no pretenda llevarte a la cama!

Sam dejó la taza en la mesa y miró a su mujer.

–Eso era innecesario, Minette. –Esa mañana no iba a ser posible apaciguarla–. Te enfadas cada vez que consigo un encargo a no ser que sea para una de tus amigas.

–Por lo menos son dignas de tu tiempo –replicó ella enfadada–. No tienes por qué trabajar. Tengo mucho dinero, y podrías dedicarte a la finca y los caballos.

–Minette, ya hemos tenido esta conversación antes y no quiero volver a tenerla. El trabajo es importante para mí y lo sabes.

–Tu trabajo no es más que un pasatiempo.

Sam dobló con calma su servilleta y la dejó junto a su plato.

–Siento que lo veas así, Minette, pero no voy a cambiar de parecer. –Se levantó–. Ahora he de ir a la oficina y estaré ocupado. Te veré luego.

Salió sin hacer caso de la expresión de cólera y rabia en la bonita cara de su mujer.

Se dirigió rápidamente a su despacho junto a la cocina para recoger su maletín, luego se detuvo en la cocina al ver a Erminda temblando de cólera apenas contenida. Tenía la cara enrojecida, el entrecejo fruncido y los ojos salidos de la rabia. Mientras la observaba, ella dejó el cuchillo con que había estado cortando cebolletas y se quedó mirándolo.

–¿Qué pasa, Erminda? –preguntó él en voz baja.

Ella lo miró.

–Yo... no he podido evitar oír su conversación, señor Sam.

«Y su mujer es una bruja despiadada y cruel –pensó– que merece un castigo por la forma en que trata a la gente.»

–No te preocupes. Minette no se encuentra bien hoy.

Erminda asintió.

–Entiendo, señor Sam.

«¡No se encuentra bien hoy! –exclamó para sí–. Nunca se encuentra bien. Me hace trabajar como una esclava y me trata como a una vulgar ramera.»

Volvió a cortar las cebolletas.

–Hasta luego, Erminda.

Ella asintió.

–Que pase un buen día, señor Sam –dijo.

–Lo mismo digo –respondió él, saliendo de la cocina.

Erminda lo observó marchar. «Ella ve lo agradable que él es conmigo –pensó–. Es una de las razones por las que es tan desagradable con él… y conmigo.» Y siguió cortando cebolletas.

En el vestíbulo, Sam cogió sus llaves y salió por la puerta en dirección a su Range Rover. Lo puso en marcha y se fue, deseoso por huir de esa insufrible prisión y perseguido sin embargo por la ineludible sensación de culpabilidad por contrariar a la mujer a la que había dejado paralítica de por vida.

7

La neblina se disipó dando paso a una mañana de ensueño, el cielo un lienzo cerúleo sin una nube a la vista. Los gorjeos matutinos de los pájaros fueron cobrando impulso hasta convertirse en una sinfonía sin director, y Leonie tuvo la sensación de estar dentro de una pajarera gigantesca. Luego los pájaros se pusieron a buscar desayuno en serio y dejaron de alborotar, concentrados en cazar y picotear. Ella observó un instante cómo las cabezas de los petirrojos aparecían y desaparecían en el césped, y escuchó el parloteo de las ardillas al corretear por los viejos y gigantescos pinos. En algún lugar próximo a las cocheras se arrullaban unas palomas, y en uno de los viejos parterres vio dos mariposas blancas ejecutar un *pas de deux*.

Leonie estaba sacando partido de una vieja mesa de jardín que habían encontrado detrás de la casa. La había arrastrado hasta una de las terrazas de piedra, y cubierto con un mantel de algodón amarillo con un estampado minúsculo de flores rojas que había comprado en Provenza. En el centro había puesto un jarrón lleno de las fragantes lilas de color violeta que crecían en viejos y enormes arbustos de la propiedad. Había sacado dos viejos platos de porcelana color crema junto con boles, tazas y platitos a juego, una bandeja de pan de arándano recién salido del horno, fresas y melocotones, una jarra de nata, zumo de naranja recién exprimido y una cafetera humeante. La cubertería de plata rusa de principios del siglo XIX brillaba al sol.

Se había levantado temprano y maquillado ligeramente, y había puesto especial cuidado en vestirse de forma muy sencilla con un fresco vestido de algodón blanco estilo Carmen, con volantes y un escote redondo que dejaba los hombros descubiertos, y unas sandalias blancas sin adornos.

Al contemplar la mesa, pensó que su encanto pintoresco impresionaría a cualquier hombre. Cualquier hombre con un poco de sensibilidad, por supuesto. Y a pesar de repetirse que se hubiera esmerado por cualquier invitado, en el fondo sabía que había tratado de causar una impresión especialmente buena porque su invitado era Sam Nicholson.

Se habían reunido la semana anterior para examinar de nuevo la propiedad, esta vez con lupa. Después de hablar con ella, él había traído a un par de ingenieros para que dieran su opinión sobre el sistema séptico, la caldera, el pozo, el sistema de purificación del agua... toda la maquinaria. No muy fascinante, pero básico. Al final se habían quedado solos para examinar los planos preliminares y el presupuesto aproximado.

Leonie se había quedado impresionada con su profesionalidad, el ingente trabajo que había hecho en tan poco tiempo, su visión y sus preferencias. Le había dejado escoger entre perfecto, aceptable y sencillamente factible –pero nunca inaceptable–, de modo que sólo le quedaba aprobar el presupuesto. Se quedó más que asombrada de cómo coincidían sus pareceres sobre lo que necesitaba la casa para recobrar vida. Después de ir de habitación en habitación, estudiando los planos y escuchando sus respectivas sugerencias, se habían puesto totalmente de acuerdo. Finalmente habían decidido que él haría el trabajo si ella aprobaba los últimos planos y el presupuesto.

Esa mañana iba a traérselos junto con un contrato, por si ella se decidía a firmar. Pensó que era muy improbable que hubiera alguna complicación que le impidiera dar luz verde. Pero era una mujer práctica y sabía que todo era posible. Lo había aprendido durante las obras de restauración de su casa de Southampton, donde las interminables revisiones, contratos a renegociar, despidos y contratación de personal, sustituciones y demás, habían estado a la orden del día. Había reinado cierto caos a duras penas controlado.

Pero había sido su primer proyecto, y un gran éxito al final. Un triunfo, de hecho. La casa había aparecido en la portada del *Archictural Digest*, convirtiéndose en la envidia de muchos residentes de los Hamptons.

Oyó el sonido inconfundible del Range Rover en el camino de grava y se le aceleró el pulso. Esperaba su llegada con poco menos que el aliento contenido. La casi insoportable atracción física seguía presente, tal vez más poderosa que antes, aun cuando habían pasado juntos más horas.

Fue precipitadamente al tocador para comprobar su peinado y maquillaje. Al mirarse en el espejo, se despeinó ligeramente su pelo castaño con reflejos rubí y magenta. *Voilà*, dijo a su imagen reflejada, y volvió rápidamente a la mesa, donde se sentó en una silla de hierro tratando de no parecer una colegiala sobreexcitada esperando a su primer novio.

Sam aparcó y bajó del Range Rover. Se quedó mirando la escena que tenía ante él, con el maletín en la mano y planos enrollados en una bolsa de cuero. Una sonrisa asomó a sus labios, revelando su dentadura blanca y perfecta. Al verlo avanzar hacia ella con esas piernas largas y bien musculosas, se quedó abrumada como siempre ante sus insondables ojos turquesa, la piel tostada por el sol y ese pelo infantil, todo en un cuerpo... «Basta», se ordenó.

–¿Qué significa este festín? –preguntó él con naturalidad–. Tiene una pinta increíble.

–Pensé que si te ofrecía un pequeño banquete, a lo mejor lograba regatear un poco –respondió Leonie con una nota divertida.

Él rió.

–No es mala idea, la verdad. –Acercó una silla y se sentó enfrente de ella–. Pero no creo que funcione.

–Vamos, hombre –bromeó Leonie–, estás decepcionando a una neoyorquina que ha aprendido a regatear con los mejores.

–Bromas aparte, creo que te quedarás contenta con mis números. Me he deslomado por mantener los costes bajos sin comprometer la calidad.

–Estoy segura. ¿Quieres que les echemos un vistazo ahora y luego tomamos algo?

Sam esbozó una sonrisa desarmante.

–Mejor después. Quiero asegurarme de que podré probar algo de esta sabrosa comida.

Leonie sonrió y le sirvió café y zumo, pan de arándanos, fresones, melocotones y nata.

Él comió con apetito.

–Está delicioso.

–Gracias, Sam. Me alegro de que te guste. Es sencillo, la verdad, pero a veces lo más sencillo es lo mejor.

–No puedo estar más de acuerdo –coincidió él.

La miró de reojo por encima de su taza de café, y sintió la misma excitación de siempre. «Dios, es tan atractiva, tan lista y tan agradable. ¿Cómo puede haberla dejado ese hombre?», se preguntó. Deseó levantarse y sentarse a su lado, rodearla con el brazo, sentir el tacto de su radiante piel.

Leonie vio que la observaba y se le subieron los colores. Se apresuró a desviar la mirada, temiendo que le leyera los pensamientos. Su presencia masculina, su sexualidad, seguían poniéndola nerviosa, y sencillamente no podía controlar las fantasías que le pasaban por la cabeza desde la primera vez. Quería tocarlo, estrecharlo entre sus brazos y sentir su fuerte cuerpo contra el suyo, y a veces sentía una molesta sensación de vacío al no poder hacerlo. «Pero no puedo tenerlo –se dijo–. No debo.»

Sam advirtió su incomodidad y dejó la taza en la mesa. Se aclaró la voz y empezó a hablar de la casa.

–El informe de los ingenieros ha sido más positivo de lo que esperaba –comentó.

Leonie se apresuró a asentir.

–Gracias a Dios. Estaba preparada para lo peor, de modo que me das una grata sorpresa. Ya no se construye como antes, ¿verdad?

–No –respondió Sam–, ya no. Por suerte esta casa parece en mucho peor estado de lo que está.

Ella sonrió.

–He tenido suerte, ¿no te parece?

–Sí, Leonie. Creo que sí. Y toda la región ha tenido suerte

de que tú te intereses en ella. Lleva mucho tiempo sin que nadie la habite, abandonada. –La miró a los ojos–. De modo que todos hemos salido beneficiados con tu llegada.

Leonie bebió un sorbo de café y le sostuvo la mirada.

–Gracias, Sam. Es… un cumplido muy agradable viniendo de ti.

Terminaron de desayunar con calma, hablando del valle, su belleza natural, su historia y la diversidad arquitectónica que salpicaba el paisaje.

Fue Leonie quien acabó yendo al grano.

–Bien –dijo–. Ya he pospuesto bastante lo inevitable. –Lo miró–. ¿Cuánto va a costarme la broma? Enséñame tus números.

Sam puso en la mesa su viejo y gastado maletín de cuero marrón y sacó un fajo de papeles sujetos con un clip. Se los tendió a Leonie, quien empezó a estudiar la primera hoja.

–He reducido todos los gastos –dijo Sam–. La mano de obra, los suministros, los honorarios del arquitecto y demás. También he puesto por separado el coste de cada estructura: la casa, el cobertizo, la cochera y la piscina. Hasta el cenador y la pérgola. Así podrás saber exactamente cuánto te va a suponer cada una, para recortar gastos o hacer otros cambios.

–Bien –dijo Leonie, estudiando las cifras.

–Puedes ver adónde irá a parar cada penique –continuó él, observándola y tratando de leerle el pensamiento.

Ella terminó de hojear el presupuesto y lo dejó en la mesa.

–¿Y bien? –Sam la miró interrogante–. ¿Qué piensas?

Ella lo miró y asintió.

–Me gusta lo que veo –dijo con tono profesional.

Sam pareció aliviado.

–Estoy dispuesta a firmar –añadió ella– si tu contrato me conviene.

–No creo que pongas ninguna objeción –replicó él. Sacó del maletín una copia del contrato y se la entregó–. Si necesitas que te explique algo, dímelo.

–Muy bien –respondió ella, y empezó a leerlo.

Sam la observó mientras leía, admirando su forma práctica y eficiente de abordar los asuntos. Parecía ser así con todo, pensó. No se parecía nada a la mujer inútil y nerviosa que mucha gente habría esperado encontrar en la divorciada de un millonario. Esperó rezando para que firmara, porque en ese momento no había nada en el mundo que deseara más que trabajar los próximos meses con esa mujer exquisita, y lo más cerca posible de ella.

Leonie terminó de leer y dejó el contrato en la mesa.

–Bien –dijo, levantando la vista hacia él–. No veo ningún problema. ¿Tienes un bolígrafo? –Sonrió.

–Ya lo creo –dijo Sam, devolviéndole la sonrisa. Sacó de su maletín una estilográfica Cartier Pasha, un regalo muy caro que le había hecho Minette, y se la tendió–. Ten. Y aquí tienes otra copia del contrato.

Leonie firmó las dos copias y le devolvió la estilográfica y una de las copias a Sam.

–Me quedo con una, ¿no?

–Sí –respondió él. Luego se levantó y le tendió la mano–. Parece que hemos cerrado un trato.

–Sí –dijo ella estrechándole la mano–. ¿Cuándo empezamos?

–Mañana por la mañana

–¿Mañana por la mañana? –repitió ella, sorprendida.

–Hacia las siete.

–¿Las siete?

–Eso es –dijo él sonriendo–. Quieres que se haga enseguida, ¿no?

–Sí. Bueno, supongo que mi tranquilidad en el valle se ha terminado. –Lo miró–. Estaré preparada y esperándote.

«Nunca en mi vida he esperado con tanta ilusión tanto trabajo», pensó.

SEGUNDA PARTE

Verano

8

La brillante luz de una mañana de junio inundaba la cama, y el habitual coro de pájaros interpretaba la bulliciosa sinfonía de costumbre, pero Leonie dormía profundamente. Seguía haciendo frío a esa hora tan temprana, pero el sol no tardaría en subir la temperatura a unos agradables veintiún grados. No había una sola nube en el cielo azul. Era un perfecto día de verano en el valle del Hudson.

El despertador chilló con fuerza. Ella se dio la vuelta y lo buscó con los ojos todavía cerrados para protegerlos de la luz matinal.

«Maldita sea, ¿dónde está?», se preguntó, buscando a tientas en la mesilla al lado del diván, explorando entre libros y revistas, un vaso de agua, pañuelos de papel, lociones y cremas, y… ¡aquí! Apretó el botón y el estridente ruido enmudeció. ¡Por fin!

Gimió en alto. Menos mal. Bostezó y abrió poco a poco los ojos, frotándoselos. Luego se incorporó y se recostó en la almohada. Volvió a gemir al tiempo que se desperezaba.

Estaba dolorida de pies a cabeza, cada músculo de su esbelto cuerpo se rebelaba contra una sesión de ejercicio físico sin precedentes.

«Me duele todo –pensó–. Hasta las uñas de las manos. ¡Hasta el pelo! Trabajar en el jardín va a acabar conmigo», se dijo con una punzada de dolor.

Sin embargo había hecho grandes progresos en las últimas dos semanas, y no había dormido tan bien en toda su vida. La noche anterior, por ejemplo, después de un largo baño caliente y una abundante cena consistente en una tortilla de queso cheddar rico en colesterol sobre una tostada untada con mantequilla, se había acurrucado en la cama y había logrado leer dos páginas de la divertida novela de misterio que había empezado la semana anterior, antes de quedarse dormida con el libro en las manos y la lámpara encendida. A ese paso tardaría todo el verano en leerla. Pero tenía la sensación de que el agotamiento físico y el sueño profundo y sin interrupciones eran reparadores, aunque le doliera todo el cuerpo.

Se tumbó de nuevo y volvió la cabeza para ver qué hora era. ¡Las cinco y media! ¡A trabajar!, se ordenó alarmada. ¡Hay que ponerse a trabajar! Apartó la sábana y se levantó, se puso sus chanclas de goma –tan prácticas para estar por casa, pues sólo tenía que aclararlas con agua cuando se ensuciaban– y fue al cuarto de baño.

Se apresuró a mojarse la cara y se la secó con una toalla. Se cepilló los dientes con brío y se peinó. Mirándose en el espejo, cogió la bolsa de maquillaje para ponerse un poco de colorete y barra de labios, pero de pronto cambió de opinión.

«¿Para qué? –preguntó a la imagen reflejada en el espejo–. Sólo voy a salir al jardín a ensuciarme.»

Apareció fugazmente en su mente el perpetuamente bronceado y atractivo Sam Nicholson, y volvió a coger la bolsa de maquillaje. Pero antes de abrirla, decidió que el perfecto señor Nicholson tendría que aprender a aceptarla como era. Desnuda, por así decirlo. Maquillarse meticulosamente como solía hacer era, decidió, una pérdida de su precioso tiempo y energía en sus circunstancias actuales.

Volvió a dejar la bolsa de maquillaje en el tocador y regresó al salón, donde se quitó el camisón y se puso una camiseta de manga larga y unos viejos pantalones caqui manchados de pintura, que había dejado encima de una maleta al pie del diván. Cerró la maleta –lo mejor que pudo para evitar que la ropa se cubriera de polvo–, luego estiró las sábanas del diván, dándole un aspecto ordenado. A continuación cogió un gran trozo de plástico, lo desdobló y cubrió el diván. ¡Ya está! Así evitaría que el serrín y el polvo de yeso mancharan su pequeño oasis en medio de las obras.

Se apresuró a ir a la cocina, donde molió café y llenó la cafetera. Mientras esperaba a que se hiciera, cogió dos tazas de un armario, buscó la sacarina y sacó de la nevera la leche descremada. Encendió la radio: la WABY de Albany.

–¡Oh, no! –exclamó–. ¡Otra vez no! Frankie, cariño, es demasiado temprano para tus tiernas canciones de amor. Te quiero, pero no antes de la una.

Giró el mando y cambió de *Old Blue Eyes* a la 89.1 FM, una emisora de música clásica. Mozart. Estupendo, pensó. Un poco de música de piano sedante y relativamente tranquila. Perfecta para estas horas de la mañana.

Cogió dos rebanadas de pan integral y las metió en el tostador, luego sacó de la nevera la margarina y buscó entre las mermeladas. Jengibre. No. Uvas espinas. No. Grosellas negras. No. ¡Ajá! Mermelada de naranjas de Sevilla. Justo lo que necesitaba esa mañana.

Una vez listo el café, se lo sirvió en un tazón, añadió la sacarina y la leche descremada y removió. Untó las tostadas con mantequilla y mermelada. Puso el tazón y las tostadas en una bandeja y se dirigió a la puerta trasera. Una vez allí, cogió de un perchero un jersey y un viejo sombrero de paja, se cambió las chanclas por unos zuecos y se encaminó a la glorieta.

Había colocado en la glorieta una pequeña mesita y sillas metálicas, y se instaló allí para disfrutar de su desayuno acompañada del coro de pájaros de primera hora de la mañana, una cacofonía que la había despertado los primeros días, pero que ahora no conseguía penetrar su pesado sueño.

Tiritando por el aire fresco de la mañana, se puso el jersey. Volvería a quitárselo en cuanto se pusiera a trabajar en el jardín y la niebla se disipara con el sol.

Mientras masticaba la tostada y bebía el café humeante, dejó que su mirada se desplazara de la casa al jardín, y de allí a las estribaciones de las montañas Berkshire al este, y más abajo, hacia el río, y las montañas Catskill del otro lado, al oeste. En momentos como ése, en la belleza y tranquilidad del paisaje a primera hora de la mañana, tenía la impresión de haber tomado una sabia decisión al comprar esa casa. Sin duda en sus ajetreados días y exhaustas noches hubo momentos en que había cuestionado la sensatez de tal decisión, pero ese rincón mágico le recordaba invariablemente que la meta merecía la pena y que la decisión había sido sensata y práctica…, tal vez hasta inspirada.

De modo que terminó rápidamente la tostada y el café, se levantó y se encasquetó su gran sombrero de paja para protegerse del sol. Se dirigió al cobertizo donde guardaba la carretilla, siempre llena de herramientas y suministros. Se puso los guantes de jardinería que estaban encima de un cubo lleno de pequeñas herramientas. Eran largos y de cuero de cabra, para proteger de las espinas, pero a pesar de que eran nuevos ya estaban casi destrozados.

Bueno, suspiró, de todos modos ya tenía previsto hacer otro viaje al vivero local. El jardín engullía suministros tan deprisa como ella podía comprarlos.

Cogió la carretilla y se abrió paso hacia el parterre, examinando su trabajo al pasar por delante de la glorieta cubierta de rosales y la pérgola revestida de glicina.

La glorieta había resultado relativamente fácil. Supuso cortar una montaña de tallos muertos y un montón de maleza que crecía como en una selva. No había quedado particularmente bonita, pero la madre naturaleza se encargaría de hacer el resto en verano. Estaba satisfecha con su trabajo y esperaba impaciente los nuevos brotes y las flores que sabía seguirían. Además, con la poda sería más fácil arreglarla y pintarla, sin el estorbo de los rosales.

La pérgola había sido harina de otro costal. Tuvo que utilizar una sierra y unas podadoras así como un talador para cortar los brotes gruesos e incontrolados de la vieja glicina. Sabía que ese año no la recompensaría con flores, pero lo haría la siguiente primavera, si no para ella, para los nuevos dueños, quienesquiera que fueran.

Se detuvo con la carretilla junto al parterre y examinó la tarea que tenía entre manos. Podar y podar. Abonar, cubrir y rociar. ¿Terminaría algún día?, se preguntó.

Había empezado cavando y limpiando de hierbas esos macizos de diseño formal, porque todo el parterre estaba tan cubierto de maleza que los rosales apenas se distinguían. Al igual que los senderos entre los cuadrantes. Le había llevado dos días arrancar las malas hierbas y podar las ramas de en medio y alrededor de los senderos de grava.

«Sin embargo –pensó–, estos rosales también me premiarán, como los trepadores de la glorieta, y mi trabajo aumentará el atractivo y el valor de la propiedad de cara a sus futuros compradores.»

Cogió las podadoras y empezó a recortar uno de los cuatro cuadrantes del parterre, evitando las espinas, aunque era inevitable que terminara con algún que otro arañazo. Sólo le quedaban unos pocos arbustos en ese cuadrante. Avanzando deprisa, abrió una bolsa de abono y empezó a esparcirlo con una pala alrededor de los rosales, sonriendo ante la ironía de que un producto tan apestoso sirviera para producir flores de tan exquisito aroma.

Apenas había empezado cuando oyó el Range Rover en el camino. Siempre era el primero en llegar por la mañana –y normalmente el último en marcharse por la tarde– y a menudo tomaban juntos una taza de café comentando la marcha de las obras.

Apoyada en la pala, lanzó una mirada hacia el camino y lo vio bajar del coche y encaminarse a la cochera. Había montado allí una especie de cuartel general improvisado, con grandes tablas de madera contrachapada sobre caballetes donde extendía sus planos. Cuando llegaban los materiales, descargaban la mayoría allí o en el cobertizo, y él hacía inventario de ellos.

–Sam –llamó ella.

Él se detuvo a pocos metros de la cochera y la buscó con la mirada. Al verla en el parterre, sonrió de oreja a oreja.

–¡Eh! –exclamó, y se apresuró a acercarse.

–Si quieres café, hay un poco en la encimera de la cocina –ofreció ella.

–Estupendo. ¿Tú también quieres?

–Sí –respondió Leonie, echándose hacia atrás el sombrero de paja–. Podemos tomarlo en la glorieta.

–Ahora mismo vuelvo.

Leonie dejó la pala apoyada contra la carretilla, se quitó los guantes y los sacudió en sus pantalones caqui.

–¡Uf! –exclamó.

Se acercó a la glorieta, donde se quitó el sombrero y el suéter y se sacudió el pelo. Aún no eran las siete y ya estaba empapada de sudor. Le hubiera gustado trabajar con pantalones cortos, pero era imposible con todos esos rosales espinosos, a no ser que quisiera que sus piernas parecieran mapas de carreteras sangrientos.

Se sentó en el preciso momento en que Sam llegó con dos tazones de café caliente.

–Gracias, Sam –dijo, cogiendo uno.

–Parece que ya llevas un rato trabajando –comentó él. Y añadió–: Como siempre.

–Sí. Quiero adelantar todo lo posible antes de que el sol caliente demasiado y los insectos salgan en tropel. Al menos parte del trabajo más duro.

–He de reconocer que has hecho milagros en las pocas semanas que llevamos.

–Pareces sorprendido –replicó ella, sonriendo.

–Supongo que lo estoy. Tal vez no esperaba que te lo tomaras tan en serio.

Leonie dejó su tazón de café en la mesa y lo miró con interés.

–¿Por qué?

Él reflexionó un momento.

–Si te soy sincero, no esperaba que una urbanita con todo tu dinero y tu físico saliera al jardín a esparcir abono y demás a su alrededor. Habría dicho que contratarías a alguien para que lo hiciera por ti.

–Créeme que lo he considerado –replicó ella sonriendo–. Me refiero a contratar a alguien. Pero me lo paso bien. –Bebió un sorbo de café–. Además, así ahorro dinero y lo hago como yo quiero. Y todo el dinero que dices que tengo es de los que se evaporan si no me ando con mucho cuidado.

–No era mi intención... Sólo supuse...

–No te preocupes –lo interrumpió ella alzando una mano–. Olvídalo. Basta con decir que no soy la rica divorciada que la gente cree. En fin, ¿te parece que echemos un vistazo a la casa?

Seguía incomodándole hablar de sus circunstancias con alguien (salvo con Mossy) y quería cambiar de tema. Por mucho que Sam Nicholson le gustara (una palabra muy suave y que apenas describía lo que sentía en realidad), no se sentía tan cómoda con él para hacerle confidencias.

–Buena idea –respondió él–. Sobre todo porque ayer no tuvimos tiempo de hacerlo. Será mejor que empecemos antes de que esto se llene de operarios.

Se había dado cuenta de que por alguna razón Leonie Corinth no quería que intimaran más, que él supiera más de ella.

Rodearon la casa hacia el lado sur, donde había montículos de tierra y piedra a lo largo y ancho de la nueva fosa séptica, y una cañería que habían instalado la semana anterior.

–Ojalá no tuviéramos que esperar para esparcir el resto de esta tierra –dijo Leonie–. Podría adelantar y sembrarlo de césped, aprovechando que es verano.

–El problema es que el terreno se hundirá por donde lo han cavado –repuso Sam–. Si esperas al menos hasta el final de verano, cuando la tierra se haya asentado, tendrás un terreno mucho más llano donde sembrar tu césped. Si lo haces ahora, tendrás que volver a sembrarlo más adelante.

–Supongo que tendré que soportarlo un tiempo –dijo Leonie con resignación–. Pero te aseguro que me ofende la vista. –Se volvió y miró a Sam–. Claro que todo el lugar ofende la vista, ¿no? –Se echó a reír.

–Sí, pero no por mucho tiempo. Por ahora parece un Armagedón pero luego… ¡sorpresa! Un día todo empezará a encajar.

Leonie recorrió con la mirada la casa. De todos los edificios habían arrancado el revestimiento exterior podrido, reemplazándolo por madera nueva. En la casa principal habían quitado los postigos, para repararlos o bien para sustituirlos por otros nuevos e idénticos. Habían retirado parte de las tejas del tejado y pensaban acabar ese día. Ella había seleccionado unas tejas verde oscuro, casi negro, que harían juego con la pintura escogida para los postigos. Habían logrado reparar la mayoría de las puertaventanas y ventanas, pero algunas habían tenido que ser sustituidas, de modo que había una mezcla de viejas y nuevas, junto con varios huecos por rellenar.

–La casa parece un mosaico.

–Lo parece, ¿verdad? –coincidió Sam.

Leonie señaló el contenedor para escombros que había en el césped.

–Se está llenando deprisa –comentó–. Es increíble la cantidad de escombros que se acumulan.

–Sí, pero después de que vacíen éste sólo quedará uno más. Ya casi hemos terminado de quitar lo inservible.

Llegaron a otro montículo de tierra y piedra debajo del cual habían extendido los nuevos cables eléctricos, del teléfono y la televisión. Como con la cañería de la fosa séptica, no iban a poder esparcir la tierra y sembrar césped hasta pasado el verano. En el lateral de la casa habían puesto el nuevo contador eléctrico.

–Otro pegote –comentó Sam sonriendo.

–Pero no por mucho tiempo –respondió Leonie, devolviéndole la sonrisa.

Empezaban a llegar los operarios, haciendo crujir la grava del camino con sus furgonetas, y saludando a gritos, o tocando la bocina y agitando el brazo. Eran un grupo de hombres afables y trabajadores, y todos parecían respetar a Sam sin idolatrarlo abiertamente, pensó Leonie.

Al principio casi le había sorprendido su camaradería, pero pronto se dio cuenta de que se debía en gran medida a que Sam trabajaba con ellos. Nunca los trataba con prepotencia o condescendencia, sino que se integraba en los distintos equipos. Y ella había visto algo más que la sorprendió gratamente. Cuando uno de los trabajadores necesitaba ayuda o no acudía a trabajar, o surgía un contratiempo, Sam Nicholson no vacilaba en echar una mano, tanto para resolver un problema como para llenar un puesto imprescindible.

En el transcurso de las dos semanas pasadas le había visto ensuciarse las manos varias veces. No era uno de esos arquitectos que se quedaban en su oficina, dando instrucciones y visitando la obra sólo para dirigir y criticar el trabajo. Lo hacía cuando era necesario, pero adoptaba un enfoque práctico y realista, mezclándose con los hombres, arrastrando, levantando, cavando, serrando, martilleando y haciendo lo que la tarea y el momento requerían.

¿Qué había esperado?, se preguntó. Seguramente algo más parecido al arquitecto tan famoso, caro y esnob con quien había trabajado en Southampton. Después de todo, Sam estaba casado con una heredera local, vivía en una gran finca, tenía caballos y había estudiado en Yale. Había imaginado, justificadamente por tanto, que se mantendría distante –tal vez hasta esquivo– del verdadero meollo del trabajo cotidiano. Le encantó descubrir que no le asustaba arrimar el hombro, que era todo menos esnob y no le asustaba mancharse sus manos de estudiante de la Ivy League.

–¿Quieres echar un vistazo dentro? –preguntó Sam.

–Sí, si no estorbamos –dijo Leonie.

–Aún no.

Subieron a una de las terrazas de arenisca azulada, donde estaban rejuntando la mampostería o reemplazándola cuando hacía falta. Al llegar a la cocina, Sam miró alrededor.

–¿Dijiste que ibas a ir a Southampton? –preguntó.

–Sí. ¿Por qué?

–Porque sería el momento oportuno para adelantar todo lo posible en la cocina. Así podrías utilizarla, toda o casi, antes de que te vayas. –La miró–. ¿Cuándo piensas ir?

–Dentro de tres semanas, creo. Tal vez cuatro. Aún no estoy segura.

–Bueno, intentaremos trabajar a tu alrededor, así que tenme al corriente.

–Desde luego. Si podéis trabajar así, sería estupendo.

–Tendremos que quitar esos armarios, y arrancar el techo

y este linóleo, pero todavía te quedarán la cocina y la nevera. Dejaremos el fregadero para el final. ¿Qué te parece?

–Perfecto.

La casa empezó a cobrar vida con los operarios y los distintos ruidos de sierras, taladros, martillos. A ella le sonó a música celestial.

–¿Has subido al piso de arriba desde ayer por la tarde? –preguntó Sam.

–No. Me da vergüenza reconocerlo, pero había tanto jaleo que me mantuve alejada. Y anoche estaba demasiado cansada para subir las escaleras.

–Echemos un vistazo –sugirió él sonriendo.

Subió detrás de ella la escalera curva hasta el segundo piso, y a continuación el tramo que conducía al tercero. Ésta ya no estaba cerrada, haciendo el pasillo más espacioso y luminoso. Llegaron a la buhardilla.

Leonie entró y miró asombrada. Habían instalado el aislamiento de las paredes y el techo, y los conductos de la calefacción, el cableado eléctrico y las cañerías. Ya habían construido la estructura del baño. Estaba tomando forma como el dormitorio principal que ella había imaginado.

–¿Qué te parece? –preguntó Sam, sonriente.

–¿Que qué me parece? –repitió ella. Se volvió y lo miró a sus ojos turquesa–. Sam, es fabuloso. ¡Lo sabes muy bien! Va a quedar mejor de lo que había imaginado.

–Va a quedar fabuloso –dijo él con una nota de orgullo. Luego frunció el entrecejo–. Sólo hay un problema que sigue preocupándome.

–¿Cuál?

–La cúpula. Tengo que ocuparme del cristal antes de empezar con el marco podrido. Y me resisto a poner cristal nuevo.

–Es una de esas concesiones que tal vez tengamos que hacer –repuso ella con un suspiro–. Pero a mí también me desagrada. Me encanta ese viejo cristal ondulado, y sería una lástima que no encontráramos nada parecido.

–Pensaré en algo –prometió Sam–. De todos modos, voy a

intentar terminar esta habitación antes que todo lo demás. Así tendrás un rincón privado, lejos del caos. Podremos instalarte aquí arriba. –Sonrió–. Incluso podrás dormir hasta tarde si quieres.

–Dudo que me veas hacerlo hasta que acaben las obras, pero agradezco tu consideración –replicó ella sonriendo–. Además, tengo que acabar con el jardín. Y tan pronto esté terminada la piscina voy a ajardinar lo zona que la rodea.

–¿Tú solita?

–Yo solita.

–Eres asombrosa. Tan pronto te pones a cuatro patas como te subes a una escalera de mano. No pareces tener miedo a nada.

Leonie se quedó pensativa un momento y se ruborizó ligeramente por el cumplido.

–Ojalá fuera cierto –dijo muy seria–, pero… si te soy sincera, me dan miedo ciertas cosas.

Sam la miró.

–¿Soy muy entrometido si pregunto qué?

Leonie vaciló antes de responder.

–Lo desconocido, supongo. Volver… a estar sola.

Él la miró sorprendido, pero cambió su expresión por otra de comprensión.

–Sé a qué te refieres.

–En fin –dijo Leonie, para cambiar de tema–. Creo que está quedando estupendo, Sam. Ahora será mejor que vuelva al jardín. Las serpientes me estarán echando de menos.

Él rió.

–Y yo haré bien en ir a la cochera y ponerme a trabajar.

Leonie fue delante y se separaron en el patio.

–Hasta luego.

–Sí, hasta luego –respondió Sam.

La observó alejarse en dirección al parterre, luego entró en la cochera, con la mente llena de esa mujer que cada día le parecía más admirable. Había supuesto que estaba forrada de dinero; todo el mundo lo creía. Después de todo, había estado casada con Henry Reynolds. Había creído que quería economizar en las obras porque pensaba poner la casa en venta. No iba a ser el trabajo perfecto que sin duda haría para ella, pensó. También había sospechado que no era más que otra rica neoyorquina que sabía sacar agua de las piedras o moriría intentándolo. Había conocido a varias en el pasado. Siempre regateando. También le había sorprendido averiguar que andaba corta de dinero.

Entró en la cochera y encendió las luces, se quitó la cazadora y la colgó en un perchero de la pared, incapaz de quitarse a Leonie Corinth de la cabeza. También la había creído totalmente indomable, pero le había complacido descubrir que era vulnerable. Tenía miedos muy reales y así lo había confesado. «Tal vez sea un poco más humana de lo que pensé», se dijo. Y también un poco más abordable. Por alguna razón esa vulnerabilidad y esos miedos que admitía la hacían más deseable.

Sabía que aún no se había recuperado del divorcio, y eso quizá explicaba su resistencia a abrirse y mostrarse más franco con él. Tal vez con el tiempo lo superaría.

Se preguntó una vez más quién era esa mujer por la que se sentía tan desesperadamente atraído. ¿Ahora más que nunca?

Leonie cavó y cavó. Podó y podó. Rastrilló y rastrilló. Pero por mucho que intentó concentrarse en lo que hacía, seguía teniendo en la cabeza a Sam Nicholson. Nada insólito últimamente, pero hablar con él esa mañana había vuelto a remover la caldera de emociones que experimentaba. Se había sentido atraída por él desde el primer momento. ¿Quién no lo haría?, se preguntó.

Y si la reacción física inicial no había sino aumentado volviéndose más intensa, la atracción había cobrado otra dimensión. Como los hombres que trabajaban para él, lo respetaba. Pero era mucho más que eso. Veía que por mucho que el dinero y la posición –y los inevitables privilegios derivados de ellos– pudieran formar parte de su vida, seguía siendo un hombre realista sin un pelo de altivez. Era abordable, estaba segura, y tenía la impresión de que en el fondo era muy humano.

Empezaba a ver que era mucho más que el extraordinario espécimen con todos los atributos «adecuados», ya fueran físicos, sociales, educacionales o de otro tipo, que había descrito Mossy. Ésta había tenido razón, porque los poseía todos. Pero ahora sabía que él tenía mucho más que ofrecer aparte de esas cualidades enormemente atractivas pero superficiales.

«Sí –pensó–. Es la clase de hombre del que una mujer podría enamorarse. La clase de hombre del que podría enamorarme. ¡Déjate de subterfugios, Leonie! –se dijo–. Es el hombre del que te has enamorado, y como nunca.»

Los operarios ya se habían marchado, pero el Range Rover seguía aparcado en el camino de entrada. Leonie se quitó el sombrero de paja y, sacando del bolsillo trasero un viejo pañuelo, se secó el sudor de la cara y el cuello.

–¡Uf! –exclamó–. Creo que es hora de que yo también abandone. –De pronto se acordó de la pila para pájaros–. Bueno, casi. –Se guardó el pañuelo, volvió a ponerse el sombrero y se acercó al viejo Volvo. Abrió el maletero y miró la pesada pila de cemento–. ¡Por Dios, niña! ¡En qué líos te metes!

Puso la pila de pie y la apoyó contra el borde del maletero. Luego logró levantarla y la depositó en el suelo con un golpe sordo. A continuación el pedestal aún más pesado. Hizo rodar la pesada pieza de cemento, levantó un extremo por encima del borde del maletero y finalmente logró sacarla también.

Oyó el crujido de unas botas en la grava y levantó la vista. Era Sam.

–¿Qué demonios estás haciendo ahora? –preguntó él sonriendo.

–Voy a colocar esta pila para pájaros en su sitio aunque muera en el intento.

–Deja que te ayude.

–No. No tienes por qué hacerlo. Se está haciendo tarde, Sam.

Él la miró.

–No muerdo, Leonie.

–Ya lo sé –balbuceó ella–. Pero puedo hacerlo sola. –Se inclinó y empezó a levantarla.

–Insisto –dijo él.

Se apresuró a inclinarse para levantarla y le rozó la mano sin querer.

Leonie vaciló antes de apartar la mano. El roce le produjo un escalofrío y una oleada de electricidad. Sam la miró y ella notó que se ponía colorada.

–Lo siento –dijo sonriendo con timidez, tal vez un tanto cohibido.

Recogió sin esfuerzo la pesada base y la llevó al centro del parterre, con Leonie andando a su lado.

–¿Aquí? –preguntó, dejándola en el suelo.

–Sí. Perfecto –respondió ella, que ya había apartado la vieja pila.

Sam puso el pedestal derecho, luego volvió al coche por la pila, la trajo y la colocó encima.

Leonie se apartó y la miró con ojo crítico desde todos los ángulos, lo mismo que Sam.

–Parece recta, ¿no?

–Sí. Por suerte encaja perfectamente donde estaba la vieja.

–¡Si no pareciera tan nueva! –se quejó Leonie–. En fin, eso cambiará rápido y yo la ayudaré. La mantendré húmeda para que le salga moho. Tal vez hasta plante un poco de hiedra. –Miró a Sam–. ¿Qué crees?

–Suena bien.

–Bueno, gracias por ayudarme –dijo ella, agachándose para recoger varias ramas del suelo.

–¡Cuidado! –exclamó Sam–. Tienes una serpiente en el pie.

Leonie dio un salto y bajó la vista.

–Oh, es una criaturita inofensiva. Ellas también tienen que comer, ¿no?

Sam se echó a reír cuando la pequeña serpiente se apresuró a escabullirse.

–Pensé que te pondrías histérica.

–¿Yo? Qué va. Esos pequeños diablos han empezado a gustarme. Pero tampoco me he cruzado con uno demasiado grande. De hecho, las serpientes forman parte de mi nueva regla número uno de jardinería.

–¿Regla número uno? –repitió Sam–. ¿Y cuál es exactamente?

–No mirar –respondió Leonie–, o al menos no hacerlo con detenimiento. Tanto si estás podando, como cavando o lo que sea. Sencillamente no mirar. Porque si lo haces, seguro que ves algo que te asustará.

–Parece que es una buena regla –dijo él sonriendo.

–Por otra parte, es justo lo contrario a mi vieja regla número uno de jardinería. Mirar siempre con detenimiento para ver qué estás rastrillando de debajo de un arbusto o lo que sea. No querrías arrastrar una serpiente hasta tus pies, ¿no?

–Supongo que ambas tienen sentido. ¿Qué decides, pues?

–Ojalá lo supiera. Supongo que es como la vida misma, ¿no? Crees que tienes todo resuelto, y de pronto ¡bum!, el cielo se te cae encima. –Se echó a reír–. Supongo que todas las reglas están para ser infringidas.

–Sí, tienes razón.

Ella lo miró y de pronto se sintió un tanto cohibida e incómoda.

–Será mejor que recoja mis herramientas –dijo–. Sé que tienes que irte a casa.

–No tengo prisa. Deja que te ayude.

Leonie fue a protestar, pero se contuvo. «¿Qué diantre? –pensó–. Estoy agotada, y si quiere ayudarme, que lo haga.»

Empezaron a recoger las herramientas y a apilarlas en la carretilla.

–Espera –dijo Leonie–. Pásame esas tijeras.

Él se las pasó.

–Allí me he saltado un par de rosales y más vale que los pode ahora.

Leonie se acercó a los ofensivos arbustos y empezó a recortar.

Sam cogió otras tijeras y, reuniéndose con ella, empezó a podar el otro rosal.

–¡Sam! No tienes por qué hacerlo. Sé que has de volver a casa.

–No. Ya te he dicho que no tengo prisa.

Treinta minutos después habían terminado de podar y admiraban su trabajo. Luego él la ayudó a recoger las herramientas y le llevó la gran carretilla hasta el cobertizo.

–¿Te apetece una copa de vino? –preguntó ella cuando terminaron.

–De acuerdo.

Leonie fue a buscar el vino y dos copas, y se sentaron en la glorieta a beber y disfrutar de la vista del río con las montañas Catskill al otro lado.

–Pareces estar adaptándote –comentó Sam–. ¿Crees que te va a gustar esto?

–Sí –respondió ella–. Me encanta. –Hizo una pausa, pensativa–. No sé lo que me deparará el futuro, pero de momento me encanta. Además, la ciudad no se irá a ninguna parte. Seguirá allí si decido que la necesito.

–¿La echas de menos? ¿Te sientes sola?

–De momento no. Oh, a veces echo en falta a amigos y demás, pero siempre estoy ocupada.

–Sé a qué te refieres.

Ella lo miró y vio aquella expresión atormentada en sus ojos.

–Pero tú tienes una vida aquí, ¿no? Me refiero a tu trabajo, tu familia y demás.

–Sí, tengo mi trabajo, pero eso es todo. No tenemos hijos, y mi mujer… bueno, digamos que tiene otros intereses.

–Entiendo.

«Dios mío –pensó Leonie–, parece tan solo, perdido e infeliz.» Decidió que Mossy debía de tener razón acerca de su matrimonio desgraciado. Se moría por alargar un brazo y ofrecerle consuelo... «¡Para! –se ordenó–. ¡Sólo conseguirás meterte en líos!»

Sam sonrió de pronto.

–Bueno, si no puedo ayudarte en nada más, será mejor que me vaya.

–Gracias por tu ayuda.

–De nada. Y cuando necesites hacer algo así, pídemelo a mí o a Skip, el capataz, si yo no estoy. Alguien podrá ayudarte.

Pero sabía que ella no lo haría, que era demasiado independiente y autosuficiente. Y eso le gustaba.

–Lo haré –respondió Leonie agradeciendo el ofrecimiento, aunque sabía que nunca lo aceptaría.

Lo acompañó al coche y le despidió con la mano cuando se alejó por el camino.

Deseó que no tuviera que marcharse, que pudieran hablar un poco más. Le había gustado que la ayudara, a su manera tranquila y sin prisas. «No tiene que hacer el papel de macho –pensó–. No tiene que demostrar nada en ese sentido. Y me deja ser yo misma.»

No recordaba haber conocido a un hombre que no hubiera tratado de imponerle su voluntad. Bueno, pues ya lo había hecho. Y lo valoraba más que ninguna otra cosa. Luego recordó que le había rozado la mano y volvió a recorrerla un escalofrío de excitación. Creyó que eso también le gustaba, pensó. Oh, sí. Decididamente.

9

La luz del sol empezaba a extinguirse a medida que la llameante esfera descendía sobre las montañas Catskill. Era tarde, y Sam bajó del Range Rover y subió los escalones de ladrillo de la Van Vechten Manor. Silbaba de forma poco melodiosa, pero no importaba. Esa noche se sentía excepcionalmente contento. El trabajo en la casa octogonal había avanzado mucho en el último mes.

El tiempo no les había fallado y los operarios se habían esforzado al máximo. Creía que parte de ello se debía a Leonie, que día tras día y semana tras semana trabajaba sin descanso, si no precisamente codo a codo con ellos, no muy lejos. Ella también se tomaba la molestia de alabar sus esfuerzos, y si tenía alguna queja, siempre la expresaba de una forma positiva y optimista que era más un incentivo que un reproche. Estaba seguro de que terminarían en la fecha prevista, si no antes, y se mantendrían dentro del presupuesto.

Su optimismo, no obstante, se debía más al hecho de estar conociendo mejor a Leonie. Ésta empezaba a sentirse cómoda con él y a abrirse más. Esa noche habían tomado una copa de vino después de que todos los operarios se hubieran marchado, y ella había dejado que la ayudara a arrojar los escombros del jardín detrás del cobertizo, en la parcela donde había empezado a amontonar desechos.

Era extraña la alegría que le había producido realizar esas pequeñas actividades con ella. Y estaba seguro de que ella también había disfrutado. Recordó la tarde que la había ayudado con la pila para pájaros. Había sido una tarea sencilla, y sin embargo le había proporcionado una inmensa alegría. Sería duro verla marcharse, pero sólo iba a estar fuera un par de días. Disfrutaría de su trabajo, pero sabía que sin ella no iba a ser lo mismo. Ni mucho menos.

«Formamos un gran equipo,» se dijo.

Como si fuera vidente, Erminda abrió la puerta principal antes de que él introdujera la llave en la cerradura. ¿Cómo lo hace?, se preguntó.

–Hola, Erminda –la saludó con una amplia sonrisa.

–Buenas tardes, señor Sam –respondió. Su voz era casi un susurro y lo miró con expresión solemne.

Sam supo al instante que pasaba algo.

–¿Qué ocurre, Erminda?

–La señora Nicholson le espera en el invernadero –dijo, mirándolo expresivamente–. Y está de muy mal humor esta noche.

La sonrisa de Sam desapareció.

–Gracias, Erminda. Ahora mismo voy a verla.

Arrojó las llaves en el bol de porcelana *famille rose*, dejó el maletín en una silla estilo imperio y se apresuró a cruzar la vasta extensión de mármol a cuadros negros y blancos del vestíbulo en dirección a la biblioteca. Atravesó el silencio forrado de estanterías de caoba y salió al invernadero.

En cuanto entró en la frondosa exuberancia del recinto de cristal, su mujer se volvió. Tenía una estudiada expresión de calma y tranquilidad, una serenidad engañosa que sólo podía significar una cosa: Minette hervía de cólera a duras penas contenida, una furia candente que estaba a punto de desahogar en él.

Había veces que esperaba que él le sonsacara los motivos de tal cólera, un juego desagradable y agotador con el que ella parecía disfrutar cada vez más a menudo. Pero Sam se dio cuenta de que esa noche no tendría que jugar a ese tedioso juego. No. Todo parecía indicar que Minette no estaba de humor para ello. Antes bien, iba a dar salida a su rabia libremente y sin trabas. Sí, parecía lista para ejecutar a todos los prisioneros.

«¿Y ahora qué?», se preguntó él.

–Minette –empezó.

–¡Cómo te atreves! –espetó ella–. ¡Cómo te atreves!

Tenía su bonita cara crispada de cólera y golpeó el brazo acolchado de su silla de ruedas con tal violencia que la copa que tenía en la mano salpicó sus piernas enfundadas en seda.

–¿Qué ocurre, Minette? –preguntó Sam con toda la calma de la que fue capaz. Estaba perplejo ante su cólera y se apresuró a acercarse a ella.

Le puso una mano en el hombro, pero ella se la apartó con brusquedad y lo miró con fiereza.

–No me toques. ¡Ni se te ocurra!

–¿Qué pasa, Minette? –preguntó Sam. Se sentó frente a ella y, apoyando los brazos en las rodillas, la miró–. ¿Qué demonios pasa?

–¿Qué pasa, Minette? –lo imitó ella–. ¿Qué demonios pasa?

Una sonrisa perversa apareció en sus labios, pero sus ojos bien abiertos refulgían de odio.

Sam se quedó mirándola, preguntándose qué había hecho para provocar tal virulencia, porque sin duda tenía que ver con algo que él había hecho.

Y cuando menos lo esperaba, pensó. En las últimas semanas ella no había protestado por su trabajo en la casa octogonal, lo cual era sorprendente. No sólo no había mostrado interés en el proyecto ni curiosidad acerca de Leonie Corinth, sino que tampoco se había quejado de su absorción en el trabajo ni de las largas horas que pasaba fuera de casa. Y ahora eso. ¿Qué demonios pasaba?

Sam rompió por fin el silencio.

–¿Puedes decirme por qué estás tan enfadada? –preguntó en voz baja.

–¿Dónde estabas esta mañana? –repuso ella desapasionadamente.

–¿Qué quieres decir? –respondió él perplejo–. Sabes muy bien dónde estaba. He ido a trabajar, como siempre.

Minette cambió de postura en su silla, impaciente.

–A trabajar, como siempre –repitió con sarcasmo–. Bueno, pues si te hubieras molestado en echar un vistazo a tu agenda, te habrías fijado en que se suponía que hoy tenías que llevarme a Nueva York. Al médico.

–Oh, no –gimió Sam. Bajó la cabeza y ocultó la cara entre las manos–. Dios mío, Minette. Lo siento muchísimo. No me…

–¿No te qué? –replicó ella con tono desagradable–. ¡No te importo un comino, eso es lo que pasa! Ha tenido que llevarme el imbécil de Dirck.

Bebió un sorbo y lo miró por encima de la copa antes de dejarla en la mesa.

–¿Por qué no me has llamado al móvil, Minette? –preguntó él–. ¿O a la casa octogonal? Tienes el número.

–Si eres incapaz de recordar tus obligaciones, no voy a ser yo quien te las recuerde. Has dejado claras tus prioridades. Sabes que te pido muy poco, sobre todo teniendo en cuenta todo lo que te he dado con los años –continuó ella–. Casi nunca te pido un favor. Rara es la vez que te pido que me lleves a la ciudad. ¿Y qué ocurre la primera vez en siglos que lo hago? Te olvidas, eso es lo que ocurre. Sencillamente no me tomas en cuenta. Sólo soy una patética paralítica con la que te casaste y a la que tienes escondida en casa mientras te paseas por la campiña… a mis expensas.

Sam apretó las mandíbulas, sin atreverse a hablar. Comprendía la cólera de Minette, y sintió que los remordimientos lo sumían en una desesperada y triste oscuridad, como si un perverso manto se extendiera sobre él. ¿Cómo demonios podía haberse olvidado?

Al mismo tiempo sabía que ella había reaccionado de forma exagerada –no hacía falta humillarlo, ¿no?– y se estaba vengando probablemente de las últimas semanas de tolerancia y silencio sin quejas. Mientras, ella había estado hirviendo de cólera, esperando el momento oportuno para atacar. Sin duda le he brindado la oportunidad perfecta para que se desquite con creces, pensó.

Sin embargo se preguntó si pasaba algo más, si se callaba algo. Siempre le había molestado que trabajara, pero nunca se había mostrado tan vengativa, tan furiosa. ¿Era un mero aumento de sus continuos esfuerzos por retenerlo en casa? No lo sabía.

La miró. Estaba sentada, observándolo con expresión triunfante, aparentemente satisfecha de ver que le había hecho sentir ruin y desgraciado.

–No sé cómo decirte cuánto lo siento –musitó él–. No tengo ninguna excusa. Siempre he tratado de estar a tu disposición y siento muchísimo no haberlo estado hoy. Olvidé apuntarlo en mi agenda.

–No me extraña. Eso no habría pasado si no insistieras en hacer tu estúpido trabajo. Has estado tan absorto en esa vieja casa que no te he visto el pelo. –Bebió otro sorbo de su copa y la dejó en la mesa–. Esta noche, por ejemplo –continuó implacable–. Son más de las ocho. ¿Qué demonios has hecho allí hasta las ocho?

–Me he quedado hasta tarde, revisando los planos para el trabajo que se avecina. –Por muy culpable que se sintiera, Sam no iba a decir a su mujer que había estado ayudando a Leonie Corinth en el jardín. Y menos cuando no había estado allí para ayudarla a ella–. Supongo que he perdido la noción del tiempo –añadió.

–Me lo imagino.

–¿Qué ha dicho el médico?

–¿Qué te importa?

–Vamos, Minette. Sabes que me importa. ¿Qué ha dicho?

–Nada –respondió ella por fin–. Sólo quería hacerme unos análisis.

–¿Qué clase de análisis?

–No lo sé –repuso ella malhumorada–. Sólo análisis. De sangre y demás. Lo habitual.

–Pero ¿por qué?

–Vete tú a saber. Sólo es parte de un reconocimiento médico. Olvidémoslo. Estoy harta del tema.

«Estupendo –pensó Sam–. Ahora que me ha hecho sentirme como un cabrón integral podemos olvidarlo todo.»

–De acuerdo –dijo él ecuánime–. Pero espero que me perdones, Minette, porque lo siento de verdad.

–Olvidémoslo –repuso ella con un ademán. Su rabia se había disipado dejándola un tanto cansada, pensó él. Apretó el botón del interfono–. Erminda, cenaremos ahora.

–Sí, señora Nicholson –respondió la voz.

Minette miró a Sam.

–Veo que no llevas tu reloj –comentó.

–No –respondió él–. No quiero que se me estropee en la obra.

–Tal vez deberías hacerlo. Me costó veinte mil dólares y podría hacerte volver a casa a tiempo para tomar una copa conmigo antes de cenar. –Sonrió y añadió con voz empalagosa–: En fin. ¿Me llevas al comedor, cariño?

Sam notó que se sonrojaba, pero volvió a apretar las mandíbulas y se tragó su cólera.

–Por supuesto –respondió, levantándose. «Dios mío, ¿pueden empeorar más las cosas?», se preguntó.

10

El cielo era de un azul monocromático sin una nube a la vista, y el sol brillaba casi cegador cuando Leonie dejó la autopista de Long Island en la salida 70 y salió a la carretera Sunrise. Casi había olvidado que allí en el East End de Long Island la luz parecía envolverte en su luminosidad e intensidad en días tan radiantes como ése.

Perfecto, pensó Leonie sonriendo con ironía. Y lo indicado para esas casas de veraneo absolutamente perfectas de la costa. Todo era tan perfecto allí, tan sumamente apropiado. En apariencia al menos. Pero sabía que, como en Palm Beach y Montecarlo, los residentes de ese prístino enclave podían volverse peligrosamente oscuros y tempestuosos, como el tiempo.

De pronto, como por arte de magia, todos sus cínicos pensamientos se desvanecieron. «Hummm –murmuró avanzando a toda velocidad por la carretera Sunrise–. Casi había olvidado cómo era esto.» Los primeros olores embriagadores del mar. El aire salado llenó sus fosas nasales, inundándola de recuerdos, algunos tristes, otros felices, y acabó dejándole un gusto ácido e inconfundible en el paladar, y en la boca del estómago una sensación de miedo.

Miedo a la desagradable tarea que tenía entre manos. Una tarea que, con tal de endilgársela a otro, sería capaz de caminar alegremente sobre ascuas encendidas, o casi. Pero era imposible y lo sabía.

Puso el intermitente y dejó la carretera para adentrarse en un sendero de arena que se internaba en el bosque y moría en la playa, o eso suponía. Detuvo el coche y sacó la polvera del bolso.

Se examinó con ojo crítico el maquillaje. Tal vez un poco más de colorete, pensó. Sólo un toque. Cogió la brocha y se espolvoreó con delicadeza los pómulos con polvos de color terracota.

Al no haber pisado la playa ese verano, debía de estar un poco pálida para Southampton. Y, por supuesto, quería tener mejor aspecto que nunca ese día.

¿Es orgullo?, se preguntó. ¿Vanidad? No estaba segura, y tampoco le importaba mucho. Pero quería dar una imagen confiada y segura de sí misma, todo menos que la vieran demacrada y abatida. No, señor. No iba a parecer una víctima. No iba a parecer la mujer a la que Hank Reynolds había tratado de aplastar como a una insignificante mosca.

Ahora era Leonie Corinth, se recordó. ¡Y estaba orgullosa de ello!

También estaba muerta de miedo, se dijo. Pero se apresuró a corregirse: No tanto asustada como nerviosísima. Se repitió que no tenía nada que temer, no tenía por qué estar nerviosa, y se inculcó pensamientos positivos y firmes, grabándose a fuerza de repetirlas todas las cosas «buenas» que representaba el presente. Sin embargo, todas sus afirmaciones, repetidas como un mantra, parecían servir de poco o nada. Seguía muy nerviosa. Y con razón, pensó.

Bobby Chandler la había llamado hacía dos días para decirle que había decidido poner en venta su casa de Southampton. También le dijo de la forma más agradable –y firme– que le agradecería que pasara a recoger las cajas que guardaba en su casa, y *«tout de suite, cherie»*. Siguió un *«ciaocito»* antes de que ella tuviera oportunidad de preguntarle qué pasaba.

Por extraño que pareciera, apenas unas horas después la había llamado Jeremy Sampson, el abogado que se había ocupado de su divorcio y de la venta de su tienda del Soho, para decirle que había unos papeles que tanto ella como Hank Reynolds tenían que firmar en una de sus dos oficinas, la de Nueva York o la de Southampton. El papeleo estaba relacionado con la venta de su tienda del Soho. Sólo tenía que decirle dónde prefería ir y los papeles le estarían esperando.

¡Por fin!, había pensado ella, impaciente por recibir la considerable suma en efectivo que iba a reportarle la venta. Casi tan importante como la sensación de asunto zanjado que estaba segura iba a experimentar. Con la venta de la tienda rompería también el último vínculo con Hank Reynolds, porque aunque había sido de ella y a ella le correspondía el dinero de la venta –¡aleluya!–, él tenía que firmar los papeles renunciando a todo interés que pudiera haber tenido en ella.

De modo que, para simplificar las cosas, Leonie había decidido acercarse a Southampton para firmar los documentos. Como era un día entre semana, no habría posibilidad de que Hank estuviera en Southampton. Estaría ocupado en Nueva York, de modo que no le preocupaba encontrárselo. Y desde luego no quería verlo. ¡De ninguna manera! ¿Para qué abrir viejas heridas?

Después pasaría por casa de Bobby para recoger las cajas que había dejado allí, matando así dos pájaros de un tiro. Se quedaría a pasar el día, aun cuando no era lo que entendía por una día muy placentero.

Porque no le entusiasmaba la idea. Ni un ápice. Tenía la impresión de que Jeremy Sampson le había fallado, y el mero hecho de verlo removería una sensación de fracaso y hostilidad que de otro modo hubiera olvidado pronto. Además, vería la casa de Bobby, en la misma calle que la vieja y suntuosa mansión que ella había restaurado para escapar de Hank y de sí misma.

Había ayudado a Bobby a redecorar su mansión, y él había participado en la decoración de la suya. Temía que el simple hecho de ver la casa alborotara el avispero de sus emociones. Emociones que no quería experimentar en esos momentos. Emociones que no se creía preparada para soportar.

Mierda, el mero hecho de estar en Southampton podía suscitarle emociones sumamente desagradables e inesperadas que era lo último que le faltaba. Después de todo, Southampton había sido el escenario de su gran fracaso: la ruptura de su matrimonio. Para ella era como visitar la escena de un crimen, uno especialmente sangriento y sanguinario. Un asesinato, tal vez.

¿Quién lo necesita?, se preguntó. Justo cuando las obras en la casa del norte iban tan bien y empezaba a olvidar el pasado reciente y sumamente desagradable. Se había lanzado a vivir una nueva vida, y de pronto el pasado había levantado su fea cabeza, introduciéndose como una perversa y rabiosa Medusa en el edificio seguro, gratificante y tranquilo de esa nueva vida.

Sin embargo, quería quitarse de encima esas gestiones y su carácter práctico pudo más. Tal vez no fuera tan duro, se dijo. Estaba impaciente por ver a Bobby, que se había tomado unas semanas de vacaciones e iba a pasarlas en Southampton. Hacía meses que no lo veía.

Puede que se quedara a pasar la noche en su casa, viera a los amigos y se pusiera al día de los últimos cotilleos. Aunque ahora que lo pensaba, cuando había mencionado a Bobby esa posibilidad, él se había mostrado claramente indiferente... ¿podía ser que casi frío?

Se preguntó qué le pasaba a Bobby. No la había llamado para ponerle al corriente de las travesuras de las celebridades y la alta sociedad de ese verano en los Hamptons. De hecho, no había llamado para nada, y eso no era propio de él. Siempre había disfrutado haciéndole confidencias sobre sus últimas escapadas y dándole el parte de los últimos triunfos y derrotas en la elite de poder. Ella tenía que reconocer que siempre había disfrutado de tales confidencias y cotilleos. Ahora los echaba de menos y se preguntaba por qué Bobby no llamaba.

«Paranoica –pensó–. Estoy sencillamente paranoica.» Bobby habría estado absorto en las juergas estivales *de rigueur* en los opulentos y decadentes recintos de ese Sodoma y Gomorra en la playa. Él sería la última persona en la tierra que le fallaría.

Se miró por última vez en el espejo y cerró la polvera, que guardó en el bolso. Luego comprobó si venía algún coche y, haciendo un cambio de sentido para regresar a la carretera Sunrise, se dirigió a Southampton.

Primera parada, las oficinas de Sampson, Williamson y

Everett para firmar los papeles. Aparcó en la calle principal del pueblo de Southampton y entró precipitadamente en el edificio. «Esto lo resuelvo en un periquete –se dijo–. Como Elvis. Firmo los papeles y me largo.»

Pero la realidad, esa gran arpía, se impuso una vez más. Mientras bebía un San Pelligrino sentada en el santuario de Jeremy Sampson esperando a que Helen, su ayudante, trajera los papeles, había ocurrido.

Helen abrió la puerta con un fajo de papeles en la mano... y Henry Wilson Reynolds a su lado.

Leonie se quedó tan atónita que fue incapaz de hablar. Por un instante no dio crédito a sus ojos. Creía que Hank estaría en Nueva York o en otra parte, trabajando. Aun cuando no hubiera estado, sencillamente no le cabía en la cabeza que Jeremy Sampson los hubiera citado a los dos el mismo día y a la misma hora.

Miró al hombre al que había querido tan incondicionalmente, el hombre que se había deshecho de ella sin ceremonias, esplendoroso con su equipo blanco de tenis, su pelo rubio alborotado, su piel bronceada resplandeciente, y sintió que se le aceleraba el pulso y un calor abrasador le subía por el pecho y el cuello hasta agolparse en su cara, haciéndole sonrojar de... ¿qué? ¿Vergüenza? ¿Cólera? ¿Humillación? Probablemente de todo eso, pensó. Y un montón de cosas más.

Hank se quedó mirándola desde su metro ochenta y cuatro de estatura, con su más perfeccionada expresión de suficiencia de rey de Wall Street, la expresión de superioridad de un ego indigente que ella había llegado a conocer tan bien. La saludó con un leve gesto de asentimiento.

Leonie lo saludó a su vez con la cabeza, luchando por mantener la calma.

–Hola –dijo él–. No esperaba verte aquí.

Parecía dirigirse a la mujer de la limpieza que debería haberse ido ya.

–Pensé... que estarías en la ciudad –respondió ella, haciendo un gran esfuerzo para hablar.

–He decidido tomarme unos días de vacaciones para jugar

al tenis y al golf, y tal vez navegar un poco –explicó Hank con naturalidad.

Jeremy Sampson carraspeó antes de hablar.

–Siéntate, Hank. Sólo te llevará un momento y podrás volver a tu tenis.

Dedicó a Hank Reynolds una sonrisa tan servil que Leonie sintió cómo le subía la bilis por la garganta y amenazaba con hacerle vomitar sobre su preciosa y antigua alfombra Majal. De hecho, ojalá vomitara encima de su maldita alfombra, pensó.

Al fin y al cabo ¿de quién es abogado?, se preguntó.

Hank acomodó su desgarbado cuerpo en la butaca de biblioteca Jorge II situada al lado de Leonie, y cruzó sus largas piernas.

Leonie no pudo evitar advertir que estaba muy bronceado, a diferencia del Hank que había conocido, siempre demasiado absorto en su trabajo para salir al sol. Vio también que estaba empapado de sudor en las axilas y el pecho; saltaba a la vista que había venido directamente de la pista de tenis.

Estaba más atractivo y con un aspecto más saludable que nunca. Tenía el pelo más rubio, los dientes más blancos, los ojos de un azul más claro, el cuerpo más delgado y firme. Odiaba pensar que se le veía más feliz, más relajado y más contento, ahora que ella ya no formaba parte de su vida. Parecía... satisfecho, decidió. Eso era.

Se preguntó a qué se debía. Si estaba saliendo con alguien, con alguna joven rica de la alta sociedad. Si ésa era la razón del juvenil y despreocupado Hank Reynolds que había aparecido.

Bueno, pronto lo averiguaría, porque seguro que Bobby Chandler disponía de toda la información.

La voz de Hank la sacó de su ensimismamiento.

–¿Te gusta vivir entre vacas en el campo? –preguntó con sarcasmo.

Leonie notó sus ojos clavados en ella y respondió sin mirarlo. Bullía por dentro, pero trató de controlarse.

–Me gusta mucho vivir entre vacas, como dices –respondió–. Sabes que siempre ha sido así.

¿Por qué hace que sea tan fácil odiarlo?

–¿No es demasiado... provinciano para ti? ¿Sin *boutiques*? ¿Ni clubes elegantes? ¿Ni sangre azul?

¿Por qué quería atormentarla?, se preguntó Leonie. Si quería irritarla, lo estaba consiguiendo. Pero no dejaría que lo supiera.

Esta vez lo miró a los ojos.

–La verdad es que no echo de menos todo esto, Hank –dijo con suavidad–. Es una vida diferente..., nada fascinante tal vez, pero tiene sus compensaciones.

–¿En serio? –replicó él arqueando una ceja.

–En serio. He conocido a muchas personas interesantes –replicó ella con mordacidad.

Hank sonrió.

–Nunca pensé que los granjeros fueran tu tipo, Leonie.

Antes de que ella pudiera responder, Jeremy Sampson pidió a Helen y a otra ayudante, Leslie, que oficiaran de testigos, y empezó a entregar a cada uno los papeles para que los firmaran. Todo el proceso llevó sólo unos minutos, pero a Leonie le parecieron una eternidad.

Cuando terminaron, Jeremy Sampson se levantó detrás de su escritorio y estrechó la mano a Leonie.

–Estoy seguro de que todo está a tu gusto, Leonie –dijo con confianza–. Ah, se me olvidaba. Aquí tienes el talón. –Y se lo entregó.

Leonie lo cogió sin decir una palabra, lo dobló en dos sin mirarlo y lo metió en su bolso.

–Recibirás copias de todo en unos días –dijo Jeremy–, y eso, como dicen, será todo.

Le dedicó su sonrisa de tiburón, incruenta pero de todos modos depredadora.

–Gracias. –Leonie se levantó–. ¿Ya está, entonces?

–Ya está.

–Hasta la vista –se despidió Leonie, y se dirigió a la puerta.

–¿Leonie? –la llamó Hank a sus espaldas.

Ella se quedó paralizada. Dios mío, ayúdame a salir de este agujero negro, pensó. Se volvió y miró a su ex marido con las cejas arqueadas.

–Buen viaje de vuelta –dijo Hank con una sonrisa condescendiente.

–Ya –murmuró Leonie volviéndose.

Salió, cruzó a toda prisa la oficina en un estado de aturdimiento y se encaminó al coche. Se sintió tentada de quedarse allí sentada hasta recobrarse, pero sabía que Hank no tardaría en salir –su gran Bentley Turbo azul estaba aparcado junto al suyo–, de modo que salió con brusquedad de la plaza de aparcamiento y se marchó de allí demasiado deprisa y sin rumbo.

«¡Cabrón! –pensó. Sabía que me encontraría allí y ha fingido sorprenderse de verme. Tenía que saberlo porque ha aparcado al lado de mi coche.»

Al cabo de unos minutos se detuvo en una calle lateral. No se fiaba de sí misma en esos momentos. Estaba temblando de rabia y humillación.

«¿Por qué, Dios mío, he permitido que esto suceda? –se preguntó–. Debería haber pedido a Jeremy Sampson que se asegurara de que Hank no andaría cerca cuando ella fuera.»

Ya era demasiado tarde. Además, suponía que era razonable esperar que Jeremy Sampson habría tenido la decencia de ocuparse de ello. Claro que estaba más convencida que nunca de que Jeremy Sampson –ese ser rastrero que no servía para nada– estaba conchabado con Hank Reynolds. Jeremy, como la mayoría de la gente, se había dejado seducir por el poder y la riqueza de Hank. Al fin y al cabo, era Hank y no Leonie quien iba a ganar y gastar mucho dinero en Nueva York y Southampton.

Hank Reynolds.

El mero hecho de verlo la había hecho sentir ultrajada, avergonzada e incompetente. También la había llenado de una rabia desconocida y una confusión que no sabía resolver. Había pasado años con ese hombre, trabajando para y con él, creyendo que lo conocía, que lo quería. Pero el hombre que había visto en la oficina de Jeremy Sampson era un perfecto desconocido, un hombre al que no creía conocer para nada.

«¿Cómo pude haber estado casada con él? –se preguntó por enésima vez–. ¿Cómo pude haberlo conocido tan poco?

¿Cómo pude haberme engañado tanto? ¿Cómo pude haberme equivocado tanto, maldita sea?»

Respiró hondo varias veces para calmarse. «Tengo que seguir adelante, sacármelo de la cabeza y continuar con mi vida», se dijo. Volvió a respirar hondo y se cuadró de hombros.

Se obligó a sonreír. «Finge –se ordenó–. Finge que todo va bien.» Decidió poner sus emociones en el congelador. «Trata de olvidar este desagradable asunto –se ordenó–. No dediques ni un minuto más de tu precioso tiempo ni un solo pensamiento más a ese Jeremy Sampson, ese astuto y distante tiburón ávido de poder que seguramente te ha traicionado. Y Hank Reynolds ídem de ídem.

»¡Dios mío, me dan ganas de ducharme con sólo estar cerca de esos dos!»

De modo que volvió a la carretera y se dirigió a casa de Bobby Chandlers, sin prisa pero sin pausa.

«Al menos con Bobby sé a qué atenerme», pensó. Es como un viejo zapato, cómodo y agradable. Bobby tenía unos hombros muy anchos en los que llorar y unos brazos grandes con que rodearla, pero sobre todo sabía escuchar, y sabía cuándo hablar y cuándo callar, cuándo consolarte y cuándo dejarte en paz. Era como ese querido miembro de la familia que, pase lo que pase, te recibirá con los brazos abiertos y con un amor incondicional.

Además, nada puede ser peor que esto, se dijo.

11

Hacía un mes que trabajaba en la casa octogonal, y había habido momentos en que hubiera preferido no haber emprendido el proyecto. En parte por Minette y sus objeciones, por supuesto, pero había algo, mejor dicho alguien, que era la esencia del problema.

Leonie Corinth. Esa mujer le estaba volviendo loco.

Sólo que no como la mayoría de sus clientes, con cambios, indecisiones, despidos de personal y discusiones de toda clase. No. Leonie Corinth era una cliente excepcional, aun cuando discreparan en algunos temas. Y ése era el problema: la visión igualmente penetrante y crítica de ambos, su agradable, hasta jovial, relación laboral, su mutua...

Sam no quería pensar en ello.

«Es escapar del trueno para dar en el relámpago», se dijo.

Tal vez todos esos viejos dichos eran ciertos. Sin duda lo parecía en su caso. Después de todos esos mortificantes años con Minette, ¿por qué se permitía empezar a sentir algo por otra mujer? Y menos cuando no tenía ninguna posibilidad de que saliera algo de tales sentimientos.

«¡Dios mío! –pensó–. ¿Estoy loco o qué? Dejar que esta mujer se meta de este modo en mi vida.» Se estaba buscando problemas, para variar, y lo sabía.

Mientras conducía en dirección a la casa octogonal, miró hacia las Catskills. El cielo estaba encapotado esa mañana, con la amenaza, según la radio, de una tormenta de verano a lo largo del día. Hacía un bochorno desagradable.

Perfecto, pensó. Como su propio estado de ánimo.

Empezó a mover el dial de la radio, ya que no estaba de humor para escuchar una vez más a los melódicos cantantes de Albany. Sintonizó una emisora de rock and roll que emitía *Let's Spend the Night Together* de los Rolling Stones. No era lo que entendía por música matinal, pero no era mala idea. En absoluto, pensó. «Justo lo que me hace falta, de hecho. Dios, ¿me gustaría pasar la noche…?»

Se apresuró a girar de nuevo el dial, luego decidió que no quería escuchar nada. No esa mañana, ni en ese momento. Además, tenía demasiadas cosas en la cabeza, problemas serios que resolver y ninguna solución a la vista. Apagó la radio.

«¿Qué voy a hacer? –se preguntó por enésima vez esa mañana–. ¿Qué demonios voy a hacer?»

Siguió conduciendo y redujo al ver el camino que llevaba a la casa de Leonie. Se le aceleró el pulso como cada mañana. Sabía, por supuesto, que lo que le emocionaba no era sólo el trabajo. Cielos, no. Torció a la derecha y se adentró en el camino de la casa octogonal.

Giró hacia la cochera, pero no vio el viejo Volvo entre todas las camionetas de los operarios aparcadas de forma caótica. Vio que Skip, el capataz, y los operarios pululaban por todas partes de la propiedad como abejas obreras.

En las últimas semanas –semanas muy productivas, pensó–, habían hecho grandes progresos, sobre todo gracias a las horas extra hechas por los operarios. En esos momentos la propiedad parecía un caos. Los montículos de tierra y piedra que tanto ofendían la vista de Leonie, las zanjas de tierra y otras tantas desagradables cicatrices del jardín, así como los andamios metálicos alrededor de los edificios, estropeaban, en efecto, el paisaje.

Pero Sam sabía que las apariencias en este caso engañaban. Gran parte del trabajo que habían hecho no se veía, como las mejoras en la maquinaria. Sonrió al recordar a Leonie decir en broma que estaría bien encerrar en plexiglás los pozos y sistemas sépticos y todas las cañerías y el cableado eléctrico, para que se viera dónde había ido a parar su dinero.

Pero en pocas semanas más, todo el trabajo, el amor y el dinero prodigados en esa vieja casa histórica empezarían a dar fruto, ya que lo básico estaba casi acabado, y empezarían con el maquillaje, más laborioso pero visualmente más gratificante.

–Eh, Skip –llamó bajando del Range Rover.

Skip Curtis, el capataz de la obra, se acercó quitándose el casco y rascándose la sudorosa cabeza.

–Hola, Sam. ¿Cómo estás?

–Bien. ¿Y tú?

–No me quejo.

–Sólo quería recordarte que cuando vengan los de la piscina, quiero que los trates como a los demás. Procura que nadie los estorbe y déjalos hacer.

–No hay problema, Sam –respondió Skip Curtis.

–Y asegúrate de que la señorita Corinth o yo estamos aquí antes de que empiecen. Hemos corrido la piscina un par de palmos. Ya se lo he dicho, pero quiero asegurarme de que nadie se olvida. Ya sabes cómo son estas cosas.

–Ya. –Skip sonrió–. No te preocupes. Me ocuparé de ello.

–Gracias, Skip. ¿Todo va bien esta mañana?

–Según lo previsto.

–Estupendo. Te veré más tarde.

No vio a Leonie trabajar en el jardín, de modo que se encaminó a la puerta trasera de la casa, que estaba abierta. Dio unos golpecitos en el marco, pero no hubo respuesta. Sabiendo que ella lo esperaba, entró.

–¿Leonie? –llamó desde el pasillo.

Al no obtener respuesta, entró en la cocina.

No estaba allí.

Fue al comedor y al salón, y a continuación a la biblioteca. Finalmente comprobó que el cuarto de baño estaba vacío.

«Apuesto a que sé dónde está», pensó sonriendo de pronto.

Subió por las escaleras, llamándola.

Siguió sin haber respuesta.

Una vez en el segundo piso continuó subiendo hasta la buhardilla, que estaba siendo transformada rápidamente en el dormitorio principal donde ella podría refugiarse, como él le había prometido.

Ya habían terminado de instalar las cañerías y el cableado eléctrico, levantado el esqueleto del cuarto de baño y acabado de construir y aislar el sobretecho, con cuidado de dejar las viejas y grandes vigas lo más a la vista posible. La cúpula seguía preocupándole, y volvió a tomar nota mentalmente de hacer algo al respecto y pronto.

Entró en la buhardilla y la recorrió con la mirada. Estaba vacía, salvo por un par de atareados carpinteros que lo saludaron con la cabeza y siguieron trabajando.

¿Dónde demonios puede estar?, se preguntó. Luego recordó que no había visto el coche en el camino de entrada. En su excitación por verla lo había olvidado por completo.

Entonces se acordó de que había ido a Southampton, por alguna razón.

Empezó a dar vueltas por la buhardilla, admirando la calidad del trabajo. La habitación conservaba su magia, a pesar de los nuevos materiales utilizados para convertirla en un espacio habitable.

La luz, aun en un día gris como ése, entraba por los ocho ojos de buey y la cúpula de linterna en lo alto del techo, inundando la habitación de una belleza misteriosa que era casi imposible de crear. Artificialmente, al menos. En ese caso, pensó Sam, la Madre Naturaleza y el arquitecto original de la casa habían hecho el milagro para Leonie. Le había encantado ese espacio desde el primer momento y estaba impaciente por verla a ella instalada allí.

Echó un último vistazo y empezó a bajar las escaleras, decepcionado por no haber encontrado a Leonie. Necesitaba verla, aunque sólo fuera para estar en su resplandeciente y vibrante presencia. Después de su última pelea con Minette, la paz y tranquilidad que sentía cuando estaba con Leonie parecían una especie de bálsamo para el espíritu, una fábula para mitigar las observaciones mordaces y provocativas del mundo.

Volvió a la cocina y buscó una nota de ella, esperando encontrar algún indicio de que había pensado en él antes de salir para Southampton. Pero no había nada.

Vio un tazón de café en el fregadero y advirtió que la cafetera seguía encendida. La crema, el azúcar y la sacarina seguían en la encimera. Cogió del armario un tazón y se sirvió café, y añadió crema y azúcar.

–¡Puaf!

El primer sorbo le informó que el café era viejo. Puro poso. Lo tiró por el fregadero y lavó la taza.

«Dios mío, debe de haberse levantado al amanecer –pensó–. El viaje a Southampton debía de ser muy importante.»

Observó a los operarios por la ventana de la cocina, preocupado. Después de todo, se recordó, no es asunto mío lo que hace Leonie Corinth. Ya es mayorcita y no tiene que darme explicaciones de nada. Ni siquiera tenía que decirme que se iba, o adónde se ha ido. Además, viene de un mundo del que sé muy poco. Y al que no pertenezco. Un mundo en el que obviamente todavía tiene un pie. Al menos según todos los indicios.

Llamaron su atención los montones de revistas, libros y papeles que había en la mesa de la cocina: *Vogues* franceses e italianos apilados junto con libros sobre pintores y escultores, gruesos volúmenes sobre muebles y ornamentos de época, catálogos de colecciones de moda enviados por diseñadores caros a clientes especiales, novelas de aspecto esotérico mezcladas con otras francamente buenas e invitaciones de grueso papel vitela a inauguraciones de galerías de arte y fiestas en Nueva York y Southampton, hasta en Londres y París.

Minette era rica, pero procedía de una familia provinciana con un pequeño círculo de amigos ricos aficionados a los caballos. Leonie venía de Nueva York y de un mundo mucho más sofisticado y cosmopolita, y había frecuentado los círculos internacionales.

«Es muy probable que no dedique un minuto a pensar en mí o en mi mundo –se dijo–. Y si lo hace, dudo que tenga una buena opinión de él.»

Así y todo, no podía quitársela de la cabeza, sacudirse la imagen de su pelo castaño brillante, sus ojos color grosella, su cuerpo largo y esbelto. El estímulo que le producía cada mañana su alegre presencia hizo que de pronto se sintiera solo, como si le faltara algo.

Entonces cayó en la cuenta de que la echaba de menos.

Y echarla de menos hizo que sus problemas, aunque serios, parecieran insignificantes en comparación con su ausencia.

12

Siguiente parada: la casa de Bobby Chandler: la enorme finca donde «conseguía arreglárselas», como decía él bromeando, en cuarenta habitaciones enclavadas en siete exuberantes hectáreas ajardinadas, solito y desamparado, salvo por los siete empleados que trabajaban a jornada completa para atender sus necesidades.

Cuando Leonie se detuvo ante las enormes puertas de hierro forjado, que se abrieron de par en par como dándole la bienvenida –justo lo que necesitaba tras su encuentro con el pomposo señor Henry Reynolds y el canalla de Jeremy Sampson–, no pudo evitar sonreír al ver grabado en bronce en la columna de piedra el nombre de la residencia palaciega de Bobby: Salt Cottage.

¡Una casita de campo, ya lo creo!, pensó.

Era uno de los suntuosos edificios cubiertos de tejas planas diseñados por McKim, Mead y White entre 1880 y 1890 para los muy ricos y muy sociables, y Standford White se había lucido particularmente con éste.

Salt Cottage era una mansión de una maravillosa excentricidad, construida en otra época pero modernizada por Bobby –con la ayuda de ella– para adaptarla a su estilo de vida lujoso y sofisticado. Los tejados de dos aguas, los porches amplios, las hileras de columnas, las ventanas palladianas... Toda la casa estaba revestida de tejas planas de cedro, con las molduras y los marcos de las ventanas de color blanco y los postigos verde oscuro.

Varios de los jardineros paisajistas más famosos del mundo habían diseñado a finales de siglo los asombrosos jardines salpicados de árboles centenarios, rosedales, glorietas cubiertas de glicina, una huerta cercada, pérgolas de laburno y macizos de plantas perennes primorosamente cuidadas.

En medio del exuberante follaje había un patio rodeado de esculturas, una pista de cróquet, una piscina de tamaño olímpico, canchas de tenis, dos casitas de huéspedes, las dependencias del servicio, un establo con explanadas de ensillado y un garaje para doce coches. A Bobby le encantaba la velocidad, ya fuera en las pistas de polo o al volante de sus Ferrari, Aston Martin, Lamborghini o cualquiera de sus valiosos coches. Si se sentía especialmente aventurero se subía a una Harley-Davidson, una nueva Ducati o a una vieja Triumph perfectamente conservada.

Mientras recorría el breve sendero creado por enormes y nudosos robles, Leonie sintió una mezcla de emoción y ansiedad. Ella y Bobby –y Hank– habían hecho mucha «vida» en esa casa, y el espíritu de ésta era muy similar al de la casa que ella había restaurado y decorado más abajo en esa misma calle: el «nidito de amor» al que Hank y ella habían prodigado tanta atención y dinero.

«¡Ja! ¡Menuda broma resultó!», pensó.

Aparcó en el camino circular delante de la entrada, bajó del coche y cogió su bolso. Antes de que llegara a la puerta principal, Bobby Chandler la abrió en persona.

–¡Leonie! –dijo con una ancha sonrisa.

–¡Bobby! –exclamó ella, corriendo hacia sus brazos abiertos.

Se abrazaron y besaron en las mejillas. Cualquier duda o recelo que ella hubiera albergado sobre la lealtad y afecto de Bobby se disiparon al instante ante su cariñosa y agradable presencia.

–Deja que te mire –dijo, retrocediendo y mirándolo de arriba abajo–. Más guapo que nunca –declaró con una carcajada, advirtiendo que él también iba vestido de tenis con una toalla húmeda alrededor del cuello.

–Y tú estás guapísima –respondió Bobby, ofreciéndole el brazo.

–Gracias.

Leonie le agradeció el cumplido porque había hecho un

especial esfuerzo ese día, tanto para el abogado como para Bobby –y por mí misma, se dijo–, optando por un ligero suéter de seda y cachemir blanco de una suavidad exquisita, unos pantalones de lino blanco bien planchados y una chaqueta de lino azul marino con grandes botones dorados. Iba calzada con unas zapatillas también azul marino, y las únicas joyas que llevaba eran una gruesa cadenilla de oro en el cuello y unas pulseras también de oro, piezas de anticuario incrustadas de pequeños diamantes, rubíes y esmeraldas de formas redondas y romboides alternadas.

Subieron despacio, cogidos del brazo, y entraron en la casa, donde apareció el mayordomo.

–Hola, Boyce –saludó Leonie.

–Señorita Corinth –replicó Boyce con una sonrisa en los labios y una inclinación de su cabeza calva *café au lait*–. ¿Le guardo el bolso?

–No, gracias, Boyce –respondió ella. Qué propio de Boyce llamarme correctamente por mi nombre, pensó. Era tan correcto en todo–. ¿Qué tal está Willie? –preguntó.

Willie era su esposa, una mujer de edad avanzada pero indefinida, como el mismo Boyce, y una cocinera de primera.

–Está muy bien, señorita Corinth. Gracias por preguntar.

–Dígale que pasaré por la cocina para saludarla, si no hay inconveniente.

–Seguro que se lo agradecerá, señorita Corinth –replicó Boyce. Luego dio media vuelta y se alejó con sigilo por el comedor.

«¿Por qué está Boyce tan... circunspecto hoy? –se preguntó Leonie–. Parece distante, y un poco nervioso y... vacilante. ¿O soy yo? Seguramente es mi paranoia funcionando a toda marcha», decidió.

–¿Quieres refrescarte? –preguntó Bobby.

–Me encantaría. Sólo será un segundo.

–Yo voy a darme una ducha rápida. Lo siento, pero he estado jugando al tenis.

–No hay prisa. Daré un paseo por el jardín.

–Lo que te apetezca. Hace un día tan bonito que pensé

que podríamos sentarnos fuera. En la pérgola te espera una jarra de bloody-mary, hermosa doncella. Bajo el laburno.

Leonie rió.

–Suena irresistible.

–Luego podemos almorzar, si te parece –dijo Bobby por encima del hombro mientras subía rápidamente por las escaleras.

–Estupendo.

–Enseguida vuelvo.

Cuando Leonie terminó en el cuarto de baño, vagó por las enormes habitaciones hermosamente amuebladas del primer piso.

Tenían un aire suntuoso y al mismo tiempo sencillo e informal. Los preciosos tesoros de familia, como la dorada consola irlandesa Jorge II magníficamente tallada del vestíbulo, contrastaban con los enormes y cómodos sillones y sofás cubiertos de lona a rayas, con toques de cretona floreada aquí y allá. Los suelos de parqué estaban cubiertos de alfombras de sisal y bordadas en cáñamo, y todas las cortinas eran sencillas, diseñadas para aprovechar la luz del sol.

Por todas partes había jarrones de fragantes flores recién traídas del jardín, cuya belleza se repetía en algunos de los cuadros que adornaban las paredes. El efecto global era espacioso y luminoso, como correspondía a una casa de veraneo en la costa.

Leonie sintió una oleada de seguridad en sí misma y orgullo al pasearse por esas estancias. Bobby la había ayudado, pero habían sido sobre todo sus ideas y su trabajo los que habían creado ese plácido y bonito oasis de lujo y confort.

Sabía que era una estética que se había imitado mucho en los Hamptons. Y seguramente en otros lugares, pensó, ya que la casa, al igual que la suya, había salido fotografiada en una importante revista.

Se dirigió hacia la parte trasera de la casa, y se detuvo en el vestíbulo de suelo de terracota, el rincón favorito de Bobby. Sonrió al recorrerlo con la mirada, pensando en cómo lo había convertido en su dominio.

En las paredes colgaban varios trofeos de caza suyos, no comprados. Cabezas de ciervo disecadas, astas, un par de faisanes y grandes peces de ojos de cristal la miraban inexpresivos, y un enorme oso-alfombra le gruñó malévolo desde el suelo. Todo muy políticamente incorrecto hoy día, pero sabía que a Bobby no le importaba.

En un antiguo perchero y en colgadores de la pared había abrigos y sombreros, cascos y gorros para toda clase de tiempo y actividades concebibles. Alineados en el suelo con precisión militar vio botas de montar, de polo, de caza, katiuskas, zuecos de jardinería, zapatillas de deporte, botas de fútbol, zapatos de golf, patines de línea... prácticamente todos los deportes y actividades imaginables estaban representados allí, pensó.

En enormes paragüeros antiguos había no sólo paraguas, sino fustas, raquetas de tenis, mazas de polo, palos de lacrosse y aparejos de pesca.

Los juguetes de Bobby, se dijo Leonie. Juguetes que además utilizaba. No eran para exhibir como en tantas de las suntuosas casas que los neoyorquinos tenían por allí.

De pronto algo le llamó la atención. Dos pares de botas de montar salpicadas de barro reciente. Una de dos, o Boyce se está volviendo algo descuidado en sus obligaciones –un par de botas sucias podía pasar, pero ¿dos?–, o Bobby tenía un compañero para montar del que ella no sabía nada.

Qué extraño, pensó. Bobby siempre le había hablado de sus «amores» más recientes. Habían pasado horas hablando de las citas que tenía y de sus distintas hazañas y conquistas sexuales. No las mujeres del Social Register que escoltaba en las fiestas, sino sus citas de medianoche con hombres a los que veía después de acabar con sus obligaciones de sociedad.

Tal vez por eso no la había llamado últimamente. Había estado absorto en su nueva pareja.

«Eso espero –se dijo–. Es justo lo que necesita para centrarse un poco y dar a su vida un poco más de sentido.»

Luego, sintiéndose de pronto como una mirona intrusa, desechó rápidamente tales conjeturas y salió al jardín.

Se acercó a la pérgola cubierta de laburno, con sus grandes flores amarillas colgando, y fue hacia la jarra de cristal tallado y las copas de la mesa de mimbre blanco. «Hummm –pensó–. Era justo lo que necesitaba.»

Se sirvió una copa alta y la probó; no estaba demasiado fuerte. En su punto, de hecho. Luego advirtió que en la mesa había dos copas usadas.

¡Caramba, caramba!, pensó con pícaro regocijo. El *amour* de Bobby debía de haberse ido poco antes de que ella llegara. O tal vez estaba aún por allí en alguna parte.

Se instaló en una cómoda *chaise longue* de mimbre con cojines –ella misma había comprado la tela de las fundas a la reverenciada Madeline Castaing de París, poco antes de que la gran decoradora muriera– y cogió el *New York Times*, pero volvió a dejarlo en la mesa tras decidir que ese día le traían sin cuidado las noticias.

Recorrió con la mirada el verdor que la rodeaba. Los abejorros daban bandazos de flor en flor, y las mariposas danzaban alrededor, muchas pequeñas y blancas, otras más grandes marrones y naranja, y un par azul y negro. Observaba distraída su ballet juguetón entre las flores cuando la voz de Bobby le hizo regresar bruscamente a la realidad.

–¿En qué estás pensando? –dijo acercándose por detrás. Se inclinó por encima de la *chaise longue* y le sujetó los hombros.

–En nada. Sólo miraba las mariposas.

Bobby se sirvió un bloody-mary y se tumbó en la *chaise longue* de al lado.

–Este año las ha habido a montones.

Leonie lo miró. Todavía tenía húmedo de la ducha el pelo negro azabache, y el cuerpo bronceado y musculoso le brillaba de salud y vitalidad. Era un cuerpo fuerte, compacto, de estatura mediana, lleno de músculos duros como piedras. Sus ojos marrón oscuro brillaban las más de las veces de alegría, pero hoy detectó cierto cansancio y aprensión.

–Desembucha, Bobby –dijo–. ¿A qué viene este disparate de que vas a vender Salt Cottage?

–Me han hecho una oferta que no puedo rechazar –respondió él. Bebió un sorbo de su copa y sonrió–. Doce millones.

Leonie se quedó perpleja.

–¿De dólares? –preguntó sin aliento.

Bobby se echó a reír.

–De dólares de una estrella de cine.

–Estás bromeando.

–No. Hablo muy en serio. –Y lo parecía, pensó ella–. De hecho hubo una guerra de ofertas entre dos grandes estrellas. Supongo que creen que gastarse *beaucoup* billetes aquí les permitirá introducirse en sociedad.

Le habló de las ofertas y le dio los nombres de las estrellas, las dos muy conocidas.

–Es increíble lo que está pasando aquí –comentó Leonie–. Es como Beverly Hills East. No podría permitirme comprar ni una casucha si quedara alguna.

Bobby la miró.

–¿Lo echas de menos, Leonie? –preguntó muy serio.

–A veces. Pero la mayor parte del tiempo estoy demasiado ocupada para pensar en ello.

–No creo que te estés perdiendo gran cosa. Esto se está convirtiendo en un sumidero de celebridades, con todo lo que eso implica. Autocares de domingueros. Tráfico para dar y vender. Nunca ha habido más intentos estúpidos de quedar por encima de los demás entre los viejos ricos, los *nouveaux riches*, el dinero de la costa Oeste y hasta el dinero europeo. Se ha vuelto tan insoportable que algunas viejas matronas de la alta sociedad temen empezar a ver pechos en la playa. Como en Saint Tropez.

Leonie rió, y al punto se puso seria.

–¿Qué vas a hacer, Bobby? –preguntó–. No te imagino en otro lugar.

–Estoy construyendo una casa ultramoderna en prácticamente el último trozo de playa que queda. Todo cristal y acero. Y pequeña.

–¿Tú? –Leonie se echó a reír–. ¿De cristal y acero, y pequeña?

–Aunque parezca mentira –replicó él con convicción–. Algo manejable. Y todo lo que hay en esta casa lo voy a subastar en Christie. Me han dicho que podría conseguir hasta cinco millones. –Hizo una pausa, y de pronto se volvió hacia ella con determinación en la mirada–. También dejo el trabajo. Estoy harto de Wall Street, de los banqueros, de todo. Me retiro, Leonie. Voy a dedicarme a cazar, pescar, jugar al polo y demás.

A Leonie le dio vueltas la cabeza. Era realmente una noticia. Bobby siempre había acatado más o menos lo dispuesto para complacer a su rica familia perteneciente a la clase privilegiada, blanca, anglosajona y protestante, y ésta no iba a recibir con mucha alegría la noticia de que había decidido retirarse todavía en la treintena. En absoluto. Creían en la necesidad de aumentar sin cesar las ya repletas arcas familiares.

–¿Se lo has dicho a tu familia? –preguntó.

–Un poco. No todo el tinglado. Lo estoy haciendo por pasos. Se pondrán furiosos, por supuesto.

Leonie asintió.

–Conociéndolos, «furiosos» se queda corto.

Bobby sonrió.

–Pero ¿sabes una cosa?

–Soy toda oídos.

La sonrisa de Bobby desapareció y su voz se convirtió en un gruñido ronco.

–Me importa un bledo. Se acabó. No los necesito ni a ellos ni a su jodido dinero.

Ella lo miró y vio a un nuevo Bobby. Casi nunca empleaba lenguaje grosero y jamás gruñía.

–He decidido que ya tengo suficiente –continuó él–. La bolsa me ha tratado como a un príncipe, y tengo un nuevo asesor en inversiones que está haciendo milagros. Así que –la miró a los ojos– pueden irse a la mierda.

Leonie se quedó confundida por un instante. Sabía que a Bobby le molestaba tener que estar a la altura de las expectativas de su familia, pero no hasta ese extremo. Siempre le había parecido alguien relativamente satisfecho y a veces hasta disfrutaba de los pequeños subterfugios y artimañas que requería guardar sus secretos.

–En fin. Espero que todo salga bien, Bobby.

–No lo dudes.

–¿Qué hay de lo demás? ¿Todo va bien? Me refiero a si tienes…

–¿Alguien nuevo? –Bobby terminó la frase por ella.

–Ahora que lo dices. –Leonie sonrió.

–Hummm –respondió él sin comprometerse–. Supongo que podrías decirlo así.

–Vamos, Bobby. Cuenta. Soy Leonie, ¿te acuerdas?

Él desvió la mirada y se examinó las uñas. Cosa rara en él, pareció cerrarse herméticamente, desaparecer en un mundo remoto dejándola sola.

–¿Bobby?

–Preferiría no hablar de ello –dijo él despacio pero con convicción.

–Por supuesto. Lo siento. No quería entrometerme –se disculpó ella.

Entonces él se volvió hacia Leonie y su cara se animó.

–Hablemos de ti –dijo con renovado buen humor–. ¿Estás contenta allí? ¿Has hecho amigos?

–Sí y sí. La casa está quedando de maravilla. Creo que te gustaría. Y mi amiga Mossy y yo nos hemos hecho íntimas, como hermanas, la verdad. Y… –Hizo una pausa, no muy segura de si continuar, sin saber muy bien cuánto revelar.

–Creo que huelo a hombre.

–Bueno…

–Decididamente huelo a hombre –dijo él con picardía–. ¿Tengo razón?

–Sí y no –respondió ella por fin–. He conocido a alguien, pero… Oh, Dios. No estoy preparada, Bobby.

–Eso es comprensible.

–No sé. Me siento tan insegura de mí misma, de mis sentimientos. Hasta me cuesta ser sólo una buena amiga. Después de Hank me quedé…

–¿Traumatizada por la guerra?

–Podrías decirlo así –repuso ella–. Sigo preguntándome qué demonios pasó. Acabo de verlo…

–Eh, me muero de hambre –volvió a interrumpirla Bobby–. ¿Y tú?

–Estoy a punto –respondió ella, sorprendida y un poco irritada por su falta de interés.

–Voy a avisar a Boyce que empiece a servir –dijo él levantándose–. La mesa ya está puesta junto a la piscina. ¿Nos vemos allí?

–De acuerdo.

Leonie lo observó encaminarse a la casa. Su paso de macho por una vez no le divirtió.

¿Qué le pasa?, se preguntó. Algo no va bien. No, algo no va nada bien. No es el Bobby Chandler de siempre, afectuoso y que escucha. No es el Bobby que hubiera atrapado al vuelo cualquier chisme jugoso. No el Bobby abierto y siempre impaciente por compartir todo con ella, secretos incluidos. A decir verdad, estaba irreconocible.

Se levantó y decidió ir a la piscina. Podría lavarse las manos y comprobar su maquillaje en la casita de la piscina.

Cruzó sin prisas los jardines admirando la profusión de flores de verano. Al llegar a la casita de la piscina, cruzó el pórtico neoclásico de su fachada y se vio envuelta en la embriagadora fragancia de los rosales trepadores que casi la ocultaban de la vista. Rosales anticuados y abarrotados de rosas cuyos pétalos caídos adornaban el patio y el suelo de piedra.

Abrió una puertaventana y entró, y se sorprendió al ver que Bobby había convertido la sala de fiestas en un gimnasio. Antes tenía el gimnasio en el tercer piso de la casa.

Una decisión muy acertada, se dijo. Aquí hay luz y espacio, y durante buena parte del año no tienes más que abrir las puertas y zambullirte en la piscina después de sudar haciendo ejercicio.

Se dirigía al cuarto de baño cuando algo llamó su atención. Con el rabillo del ojo vio en un banco una gran bolsa de deporte de cuero negro que le resultó familiar, con sus iniciales doradas brillando a unos pasos de distancia.

Se acercó más y...

¡Por Dios, no!

Retrocedió como si una víbora hubiera sacado la cabeza de la bolsa con su lengua bífida asomando perversa, lista para atacarla.

«No puede ser –pensó–. No es posible.»

El corazón empezó a latirle con fuerza y por un momento creyó que iba a vomitar, pero respiró hondo varias veces y se calmó. «Es un error. La vista me engaña, eso es todo.»

Al cabo de unos momentos, respirando de nuevo con normalidad, examinó la bolsa más de cerca. «HWR», las iniciales doradas grabadas con toda claridad.

Henry Wilson Reynolds.

Se llevó una mano a la boca y soltó un grito. No cabía la menor duda: era la bolsa de deporte que había regalado a Hank hacía dos años por su cumpleaños.

Se aferró al banco para no caerse y volcó la raqueta de tenis apoyada contra él. La raqueta resonó en el suelo y ella se inclinó para recogerla.

«No hay duda, es la raqueta que le regalé a Hank por el mismo cumpleaños.»

Se dejó caer en el banco junto a la bolsa y, apoyando los codos en las rodillas, ocultó la cabeza entre las manos. Se quedó sentada unos minutos, su mente una vorágine de pensamientos y sentimientos contradictorios, demasiado perpleja para llorar.

Poco a poco su pulso acelerado volvió a la normalidad y una especie de aturdimiento reemplazó la agitación interior.

De pronto muchos de los horrores de los últimos meses empezaban a cobrar sentido, a medida que comprendía la innombrable realidad.

Hank y Bobby Chandler eran amantes. «Así de sencillo –pensó–. Mi marido me dejó por mi mejor amigo. La historia de siempre, sólo que en este caso la otra mujer es un hombre.»

De pronto de lo más profundo de su ser le brotó una risa gutural que le sacudió todo el cuerpo y acabó llenando de estridentes carcajadas la casita de la piscina. Se sorprendió de su insólito estallido de aparente alegría ante tamaña traición.

¡El matamoscas cósmico!, pensó. Sí, eso es lo que era. Otro golpetazo de ese viejo matamoscas cósmico. Al menos siempre podías contar con él.

Cuando por fin logró controlarse, la cabeza empezó a darle vueltas con todas las piezas del rompecabezas que, una vez encajadas, le mostraban ese cuadro. Todos los indicios habían estado allí, pero los había pasado por alto, sin sospechar nunca una traición de esa clase.

Por fin se levantó y entró con determinación en el cuarto de baño, donde se peinó, se lavó las manos y se examinó el maquillaje. Un toque de pintalabios y listo, pensó. Sacó una barra de Beyond Bordeaux y se la aplicó, luego juntó los labios y volvió a mirarse en el espejo. Estaba preparada.

Se colgó el bolso del hombro y, cuadrándose, salió de la casita y rodeó la piscina al encuentro de Bobby, que la esperaba sentado a una mesa bajo una gran sombrilla.

Al verla, empezó a levantarse.

–Empezaba a preguntarme dónde...

Al ver la cara de Leonie, se interrumpió.

–No te levantes –dijo ella con suavidad.

–¿Qué pasa, Leonie? Parece que hayas visto un fantasma.

–Un fantasma, no, Bobby. Sólo la verdad.

Él la miró desconcertado.

–¿De qué... estás hablando? –preguntó por fin.

–Creo que sabes de qué estoy hablando –respondió Leonie con suavidad–. Tú y Hank.

Él se puso rígido y su cara palideció debajo de su bronceado. Al cabo de unos momentos se relajó, pero guardó silencio.

–Sabes que te he querido como a un hermano, Bobby –continuó ella–. Eras mi mejor amigo, o eso pensaba.

–Y yo también te he querido, Leonie –replicó él con gravedad.

–Tal vez –repuso ella suspirando–. Siempre y cuando te conviniera a ti y a tus propósitos. Pero no tratas tan mal a los que quieres. –Hizo una pausa y respiró hondo–. Ojalá hubieras tenido el coraje de ser sincero conmigo. Tal vez… no me dolería tanto.

–Lo siento, Leonie.

–Supongo que lo haces a tu manera. –Ella se quedó mirándolo en silencio–. En fin –dijo por fin–. Me voy. Que seáis muy felices.

Lo dejó allí sentado y se alejó rápidamente de la piscina. Cruzó el jardín, rodeó la casa y se encaminó a su coche.

Mientras recorría el corto sendero hacia las puertas, los ojos se le anegaron en lágrimas. Se las secó con la mano, y pensó: «Ni siquiera he cogido las cajas que venía a buscar. ¡A la porra! Él es rico. Que me las envíe».

13

La casa estaba prácticamente a oscuras y la luz de una pequeña lámpara de lectura en el salón era el único indicio de vida. La lluvia azotaba las ventanas como si fuera granizo, y retumbaban truenos amenazadores al tiempo que el cielo se desgajaba. Un relámpago tan espectacular como aterrorizante se reflejó en el espejo de encima de la chimenea.

Era una tormenta de verano tan violenta que aumentó la ya intensa sensación de vulnerabilidad de Leonie.

Estaba acostada en el diván, apoyada en almohadones de elaborados ribetes hechos con fragmentos de una antigua seda brillante de Lyon. En la mesa a su lado había una copa de Pouilly-Fuiseé. La ferocidad de la tormenta y su majestuosidad pirotécnica la sacaron por fin de su ensimismamiento. En alguna parte un postigo suelto golpeteaba con fuerza contra la casa, sacudido por el recio viento.

«Tengo que levantarme y averiguar dónde está. Mañana me ocuparé de que un operario lo sujete debidamente.» Luego se recordó que habían retirado todos los postigos para repararlos, lijarlos y pintarlos. «¿Qué demonios puede ser entonces? –se preguntó–. He de ir a ver.»

Pero no lo hizo. Le pareció demasiado esfuerzo en esos momentos. Sentía el cuerpo y el ánimo pesados, como un peso muerto que era incapaz de levantar. Hasta llevarse la copa de vino a los labios le parecía un esfuerzo excesivo.

Un relámpago inundó la habitación de una irreal luz azulada, y unos segundos después un estrepitoso trueno pareció sacudir hasta los mismos cimientos de la casa, poniéndola todavía más nerviosa, aun física y emocionalmente exhausta como creía estar.

Se estremeció y cogió la colcha de cachemir doblada a sus pies y se tapó hasta la barbilla, como si pudiera protegerla de cualquier mal. Luego sacó un brazo, cogió la copa de vino y bebió un largo sorbo antes de volver a meter el brazo bajo la colcha.

Había pensado llamar a Mossy al volver de Southampton, pero decidió no hacerlo. No iba a ser muy divertido para ella. Además, Mossy ya había aguantado bastantes rollos de su divorcio y no quería abusar de ella.

Se hallaba exhausta después del viaje de ida y vuelta a Southampton. Siempre era largo, pero ese día el regreso le había parecido la montaña rusa de una demencial feria del infierno.

Sus carcajadas al descubrir la verdad sobre su ex marido y su ex mejor amigo habían cesado rápidamente, dando paso a una insoportable sensación de pérdida y traición. Y había despertado nuevas dudas acerca de su pésimo criterio para juzgar a la gente y su frágil autoestima.

Se le habían llenado los ojos de lágrimas de dolor y cólera, obligándole a detenerse varias veces a un lado de la carretera hasta ser capaz de controlar sus emociones. Se había preguntado más de una vez si llegaría algún día a la seguridad de su hogar, aun cuando fuera una obra.

Ahora que estaba allí, se sentía casi paralizada por las emociones del día. Y por mucho que lo había intentado, no conseguía reaccionar. No se había molestado en bañarse o cambiarse de ropa. Le pesaban los miembros.

De pronto la habitación volvió a quedar bañada en una luz azulada y acto seguido otro trueno ensordecedor hizo temblar la casa. La lámpara de lectura junto al diván se apagó.

«Oh, no –pensó–. Lo que me faltaba. Sola y con la moral por los suelos, y la madre naturaleza decide que la casa se derrumbe a mi alrededor.

»Velas –se dijo–. Tengo que ir por velas. Estarán en un cajón de la cocina.»

Antes de que pudiera levantarse del diván, advirtió unas luces amarillas, que no eran relámpagos, en las ventanas salpicadas de lluvia. Parecían estar rodeando la casa hacia la parte trasera, iluminando primero las ventanas del comedor y a continuación la de la cocina. No se oía el ruido del motor a causa de la tormenta, pero estaba segura de que se trataba de un coche.

Se irguió preguntándose quién demonios podía venir a verla a esas horas. ¿Mossy, tal vez? Imposible. No con semejante tormenta y sin llamar antes. Si no era ella, ¿quién podía ser?

Las luces se apagaron y un momento después hubo golpes en la puerta trasera, apenas audibles por encima del furioso rugido de la tempestad.

«No puedo abrir –pensó–. Quienquiera que sea, tendrá que irse. Estoy hecha un asco para que me vea nadie.» Se quedó quieta, esperando a que pararan los golpes, pero no lo hicieron.

De pronto se le ocurrió que podía ser alguien en apuros. ¿Y si había habido un accidente en la carretera y alguien necesitaba utilizar el teléfono? ¿Y si...?

«Mierda, tengo que abrir.»

Se levantó del diván dejando caer al suelo la colcha de cachemir, se puso las chanclas y se abrió paso a tientas por el salón y el pasillo.

Abrió la puerta cerrada con llave y vio allí plantado a un empapado y preocupado Sam Nicholson.

–¡Sam! –exclamó ella, abriendo la puerta de par en par–. Pasa, deprisa.

Otro relámpago hendió el cielo, seguido de un ensordecedor trueno.

Leonie se apresuró a cerrar la puerta detrás de él y se volvió.

–¡Estás empapado! –exclamó.

–Lo sé. –Sonrió y se quedó de pie en la oscuridad, chorreando–. Sé que es tarde, pero pasaba por aquí y se me ocurrió parar por si habías vuelto. No estabas aquí esta mañana y... bueno, me preguntaba qué tal había ido tu viaje. Si habías vuelto bien con la tormenta.

El anterior estado de parálisis de Leonie se disolvió al instante y su ánimo depresivo se evaporó como si un duende hubiera agitado sobre ella su varilla mágica, para ser reemplazados por un pulso acelerado y fuertes latidos del corazón que la dejaron casi sin aliento. «El mero hecho de verlo sigue poniéndome totalmente irracional», pensó. Por otra parte, le conmovía su impaciencia por verla, porque su intuición le decía que por eso estaba allí.

«Quiere verme –pensó–. Eso es todo.»

–Tengo que conseguir velas –dijo–. Acaba de irse la luz. Vamos, pasa.

–Voy a mojarlo todo.

–No importa. Quítate las botas en la cocina y te daré una toalla.

Él se quitó el ligero impermeable que llevaba y lo colgó en un perchero, luego la siguió hasta la cocina, donde ella empezó a revolver en un cajón en busca de velas.

–¡Aquí están! –exclamó–. Ahora cerillas. –Siguió hurgando en el cajón hasta que dio con una caja–. Ajá.

Encendió una vela y la colocó en uno de los dos candelabros de la mesa de la cocina, luego repitió la operación con otras tres velas hasta que los dos estuvieron encendidos. Se volvió hacia Sam y vio que acababa de sentarse y se desataba los cordones de las botas.

–Déjalas en esa vieja alfombra –dijo Leonie–. ¿Te apetece una copa de vino?

–Por supuesto.

Dejó las botas empapadas en la alfombra y la observó sacar una copa y servir vino de la botella abierta de Pouilly-Fuiseé que había en la encimera. Leonie parecía refulgir a la luz de las velas, con su pelo negro brillante que contrastaba con su jersey y sus pantalones blancos, y las piedras preciosas de sus pulseras que reflejaban la luz y lanzaban destellos cuando se movía.

–No te muevas –dijo ella–. Ahora mismo vuelvo. –Fue a buscar su copa al salón y regresó a la cocina, donde se sentó a la mesa con él. Se la llenó de vino y dijo chocándola con la de él–: ¡Salud!

–¡Salud! –respondió Sam, sonriendo. Y los dos bebieron un sorbo.

Ella pensó que nunca lo había visto tan atractivo ni tan viril como en ese momento, sentado a la luz de las velas y calado hasta los huesos.

–Oh, he olvidado la toalla –dijo ella.

Dejó la copa en la mesa y fue al cuarto de baño, donde cogió una gran toalla blanca y volvió.

–Sécate. Ponte cómodo. –Volvió a sentarse y observó cómo se frotaba con vigor el pelo, la cara, el cuello y los brazos, mientras la luz danzaba por sus facciones–. ¿Qué tal ha ido hoy? –preguntó bebiendo otro sorbo de vino.

–Bien. No sé si lo has visto, pero hay un gran hoyo allí fuera de la piscina.

–¡No! –exclamó Leonie–. He vuelto tarde y ni he mirado fuera.

–No tardarán en terminarla si mejora el tiempo. –Sam la miró sonriente–. Y con eso habremos acabado de cavar, lo cual sé que te alegrará.

–¿Quieres decir que dejará de parecer como la Primera Guerra Mundial, con todas esas trincheras y montañas de tierra y piedras? No creo que pueda vivir sin ellas. Les he tomado cariño.

Los dos rieron.

–Y creo que también te alegrará saber que tal vez, y sólo tal vez, podamos trasladarte en breve al tercer piso, donde tendrás más intimidad.

–¿Tan pronto? –preguntó ella sorprendida–. ¿De verdad lo crees?

–Quedarán cosas por pulir y un montón de retoques, pero creo que dentro de una semana podrás refugiarte arriba.

–Eso sí es una buena noticia. Así me quitaré de en medio.

–Hay algo más –continuó él–. ¿Quieres coger un candelabro y verlo tú misma?

–Por supuesto. ¿Qué es?

–Una pequeña sorpresa –respondió él sonriendo–. Sígueme. –Se levantó y cogió un candelabro.

–¿Adónde vamos?

–A la biblioteca.

Leonie cogió el otro candelabro y lo siguió por el pasillo. Proyectaban enormes sombras en las paredes y los techos, avanzando sin hacer ruido en la oscuridad, cautelosos con las velas.

En la biblioteca, Leonie lo vio sostener su candelabro por encima de un enorme montón de... ¿qué? Le pareció una pila de viejas ventanas estropeadas. ¿Qué diantre?, se preguntó.

Sam se volvió hacia ella con expresión interrogante.

–¿Sabes qué son?

–Ventanas. ¡Viejas, horribles e inútiles ventanas!

–Exacto. Pero míralas bien. Creo que el cristal podría interesarte.

Leonie se acercó y examinó el cristal sucio. Tardó sólo un instante en dar un brinco, derramando cera en el suelo.

–¡No me lo creo! –exclamó excitada, volviéndose hacia Sam–. ¡De verdad no me lo creo!

–¡Pues créetelo! –respondió él sonriendo.

–¿Dónde...? ¿Dónde demonios las has encontrado?

–En un viejo almacén de material de derribo que hay río arriba, en Troy. –Y añadió–: Regaladas.

–¡Por Dios! ¿Cuándo has ido?

–Hoy, mientras estabas fuera. En cuanto vinieron los de la piscina y repasé con ellos los cambios, fui hasta allí para ver si por casualidad tenían ventanas viejas. Sí las tenían y he conseguido que me las enviaran esta tarde.

–Es fabuloso, Sam. Este cristal viejo y ondulado es exactamente igual que el de los cristales resquebrajados de la cúpula. Quedará perfecto.

–Ésa es la idea. Puedo llamar a un cristalero para que lo corte y lo encaje aquí mismo, así habrá menos riesgo de estropearlo. Haré que los chicos lo traigan mañana.

Leonie lo miró a la luz de las velas y vio la emoción, el entusiasmo y el placer reflejados en su cara. «Se siente como yo», pensó.

–Sam, eres increíble. Te has superado. Un millón de gracias. Es la clase de cosa que supone un cambio abismal.

–Es cierto. Bueno... –Se encogió de hombros–. ¿Qué hay de ese vino?

–Si tuviera champán, lo sacaría para celebrarlo.

Volvieron a la cocina y se sentaron a la mesa. Leonie levantó su copa.

–Por ti y por la fabulosa y vieja... –Se interrumpió bruscamente cuando hubo otro violento relámpago, seguido de un ensordecedor trueno que pareció estallar encima de sus cabezas. La lluvia azotó la casa con renovada intensidad–. Dios mío. Pone los pelos de punta.

–Yo te protegeré –dijo él después de otra copa de Pouilly-Fuiseé.

Leonie lo escudriñó en busca de un indicio de humor, pero la expresión que vio era sincera e impetuosa. «No lo dice en broma», pensó. Sonrió y se apresuró a cambiar de tema.

–Siento no haber dejado ningún número de teléfono esta mañana. Sé que debo hacerlo por si hay que tomar alguna decisión, pero me fui con muchas prisas. Tenía que ir a Southampton a firmar unos papeles.

–Lo sé. Me lo dijiste.

–Oh, no me acordaba –repuso ella.

–¿Ha sido un viaje provechoso?

Leonie vaciló. No quería hablar del viaje ni de lo que había averiguado; la herida aún no había cicatrizado. Bebió otro sorbo de vino y dejó la copa.

–Digamos que no ha sido mi día.

–No era mi intención entrometerme –dijo él mirándola.

A la luz de las velas advirtió que tenía los ojos rojos e hinchados. Parecía haber estado llorando, y él no lo había notado debido al apagón. Sintió una punzada en el pecho, como si sufriera por ella, y todos sus instintos protectores se despertaron. Alargó un brazo por encima de la mesa y puso la mano sobre la de ella.

–He llegado en mal momento, ¿verdad? –dijo con suavidad.

Ella sacudió la cabeza.

–No importa –dijo, pero las lágrimas acudieron a sus ojos.

«¿Por qué estoy de pronto llorosa?», se preguntó. Pero sabía que después de la horrible experiencia de su viaje, la amabilidad y delicadeza de él eran conmovedoras, y el contacto de su mano era afectuoso y reconfortante... «Por Dios, justo lo que me hace falta en este momento.»

Sam alargó el otro brazo y le cogió la mano entre las suyas.

–No sé qué te ha contrariado, pero si hay algo que pueda hacer, me gustaría hacerlo.

Ella cerró los ojos y volvió a sacudir la cabeza, mordiéndose el labio en un intento por contener las lágrimas. Cuando afloraron, apartó la mano con brusquedad, se levantó y, dándole la espalda, apoyó las manos en la encimera.

Sam rodeó la mesa para acercarse a ella, que volvía a sacudirse convulsivamente mientras lloraba en silencio. La rodeó despacio con los brazos y la abrazó con delicadeza.

–Leonie, no llores –susurró–. Estoy aquí.

Ella dejó poco a poco de temblar entre sus brazos. Oyó las tiernas palabras que él le susurraba y sintió su aliento tibio en el cuello, pero no se atrevió a hablar.

–Yo... no puedo soportar verte triste –dijo él con vehemencia.

«Lo dice tan serio –pensó Leonie–. Como si fuera cierto.»

Sam la volvió poco a poco hacia él y le apartó el pelo de la cara.

–Dime –dijo mirándola a los ojos–. Dime por favor por qué sufres.

Leonie lo miró a su vez a sus ojos, penetrantes y suplicantes. «Puedo confiar en él –pensó–. Sí, estoy segura de que puedo hacerlo. Al cabo de un momento suspiró.»

–Verás, hoy he tenido una experiencia muy triste.

–Por favor. Háblame de ello, Leonie. Tal vez te ayude.

Leonie tomó repentinamente una decisión, algo muy poco propio de ella: «Tiene razón. Me ayudará hablar de ello».

–Vamos a la sala. Podemos sentarnos en el diván.

–Bien –dijo él, sonriendo.

Le pasó un brazo por los hombros y la atrajo hacia sí para tranquilizarla, luego cogió un candelabro de la mesa de la cocina. Se llevaron consigo las copas y la botella de vino. En silencio, entraron en el salón.

Retumbó un trueno, esta vez a lo lejos, y la lluvia, aunque había aflojado, siguió golpeteando rítmicamente los cristales de las ventanas.

Sam dejó el candelabro en la mesa al lado del diván y se volvió hacia Leonie, como esperando instrucciones.

Ella dejó la botella de vino junto al candelabro, se sentó con su copa y dio unas palmaditas a su lado.

Sam se sentó y la miró a los ojos.

–Ahora dime qué te ha puesto tan triste.

Y Leonie así lo hizo. Habló y habló, en voz baja y sin llorar, abriendo su corazón. Le resumió brevemente su matrimonio con Hank y el divorcio que siguió, le habló de su amistad con Bobby Chandler, y finalmente le contó lo ocurrido ese día.

Sam escuchó atento, con un brazo alrededor de sus hombros, acariciándole el pelo, los brazos, estrechándola de vez en cuando para reconfortarla. Saboreando la sensación de tenerla a su lado.

Cuando Leonie terminó, lo miró.

–Y ésta es la triste historia de la pobre Leonie. –Rió con autodesprecio.

–¿Estás absolutamente segura? –preguntó él muy serio.

–Ya lo creo. En primer lugar, Bobby no negó nada, lo cual viene a ser lo mismo que admitir el asunto. Créeme, si Bobby no hubiera estado involucrado, lo habría dicho claramente, gritándolo al mundo desde el tejado. Así es Bobby. Creo... –Se interrumpió y miró a Sam con expresión intrigada–. ¿Sabes? Creo que Bobby deseaba realmente que me enterara de lo que estaba pasando, pero no quería enfrentarse a mí. Tenía miedo.

–¿Por qué lo dices?

–Porque fue descuidado y eso no es nada propio de él. Permitir que Hank dejara su bolsa de deporte y su equipo de tenis en la casita de la piscina. Otro par de botas de montar hechas a medida, idénticas a las de Hank, en el vestíbulo. Son indicios claros, si no pruebas concluyentes, de que pasaba algo. Algo inusual. Nunca habían jugado al tenis ni montado a caballo juntos. –Se quedó pensativa, luego miró a Sam y añadió–: Ahora que lo pienso, siempre habían guardado las distancias, al menos cuando yo andaba cerca.

–De modo que no se hicieron tan buenos amigos hasta después del divorcio. Al menos que tú sepas.

–Exacto –replicó ella. Volvió a ensimismarse, luego hizo un gesto de asentimiento y añadió–: También ha arrojado luz sobre otro aspecto.

–¿A qué te refieres?

–Verás, ahora entiendo mejor por qué Hank quería el divorcio. Me refiero a que no había otra mujer ni nada por el estilo. Un buen día vino y dijo un tanto misteriosamente que quería dejarlo.

–Y desconfiabas de sus motivos.

–Sí, porque no parecía haber ninguno. Claro que ahora sé más. –Miró a Sam con absoluta certeza–. Pero, aún más importante, eso explica cómo logró filmarnos tan fácilmente a Bobby y a mí mientras tonteábamos en el dormitorio como idiotas locos por el sexo. Siempre me he preguntado cómo lo hizo, pero estaba tan absorta en el proceso del divorcio que nunca le di muchas vueltas. En cualquier caso, ahora lo sé. Lo planearon todo juntos.

–Es repugnante.

–Bueno, no se trata así a un amigo, ¿verdad? Pero ¿sabes qué es lo peor?

–¿Qué?

–Si cedí tan fácilmente a las condiciones de divorcio de Hank fue porque no quería perjudicar a Bobby. Hank amenazó con utilizar la grabación de vídeo.

–Sí, pero todo el asunto... –repuso Sam.

–Espera. Déjame terminar. Mi única defensa, si él decidía utilizarla contra mí, era responder que Bobby era gay. ¿Entiendes?

Sam asintió.

–Bobby, por supuesto, no quería que se revelara su orientación sexual ante un tribunal para que la prensa lo descubriera. Nunca ha declarado abiertamente su homosexualidad y habría sido terrible para él verse desenmascarado de ese modo ante su familia, amistades y colegas de trabajo. De modo que no me defendí, creyendo que era el único modo de proteger a Bobby. –Volvió a hacer una pausa y miró a Sam, de pronto furiosa por el engaño–. Tengo cierto espíritu de luchadora, ¿sabes? Pero me limité a ceder a los deseos de Hank sin decir ni pío.

–Y entretanto Bobby estaba conchabado con Hank.

–Exacto –dijo ella con vehemencia–. La única persona en quien creí poder confiar me traicionó.

–Debes de sentirte rara sabiendo que tu marido te dejó por un hombre.

–No. En realidad no. Sé de otros casos. Pero sí siento que, bueno, que no puedo fiarme de mi juicio. Me enamoré de un hombre y me casé. Creí en él, confié en él y pensé que era honesto, al menos conmigo. ¿Cómo pude equivocarme tanto?

–Tal vez no te equivocaste. Tal vez él... cambió. Tal vez aún no sabía que era gay. Puede ocurrir.

–Es cierto. Pero eso no justifica que me tratara de una forma tan injusta en el divorcio. Me siento como si todos mis instintos se hubieran estropeado... como si hubiera habido un cortocircuito o algo así.

Sam la abrazó, sonriendo.

–No creo que haya habido ningún cortocircuito –dijo con una nota divertida–. Creo que seguramente son infalibles.

Leonie sonrió.

–Tal vez. La verdad es que ya no lo sé. –Hizo una pausa y añadió–: Pero te agradezco que me hayas escuchado, Sam. Ha significado mucho para mí.

Él la miró a los ojos y la abrazó.

–Me alegro de que hayas decidido que puedes hablar conmigo. Me cuesta creer que esté ocurriendo –susurró–. Que una mujer como tú me dedique tiempo, y más aún que confíe en mí. Me siento honrado de que me hayas dejado entrar en tu vida, Leonie.

Ella lo miró con sorpresa.

–¿Por qué demonios dices eso, Sam? ¡Mira quién habla! Eres amable, bueno, considerado y comprensivo. Piensa en lo que has hecho por mí hoy. ¿Quién hubiera hecho lo que tú? ¿Ir a buscar ese cristal para mí? Nadie. O al menos nadie que yo conozca. ¡Cualquier mujer en su sano juicio te querría!

–Pero tú vienes de un mundo muy diferente –murmuró él–. Ya sabes, la rica y sofisticada alta sociedad y demás. Hay una gran diferencia entre ser rico aquí y mezclarte con la clase de gente con que tú te mezclas. Yo soy un pobre granjero de las Berkshires, y lo de pobre va en serio. Tú en cambio eres una mujer de una gran ciudad y demás.

–¡Puaf! –exclamó Leonie, riendo divertida–. Veo que no me conoces en absoluto.

–¿Qué es tan gracioso? –preguntó él, sonriendo.

La melodiosa risa de Leonie llenó la habitación.

–Vamos –dijo él sacudiéndola con suavidad–. ¿Qué es tan gracioso?

Cuando ella logró por fin controlarse, dijo:

–Es que… estás muy equivocado, Sam.

–¿Yo? –La miró sorprendido.

–Sí, tú –replicó ella, poniéndose seria–. Totalmente equivocado. Crecí en Nueva York, es cierto. Pero no en el Nueva York que estás pensando, sino en una casa de vecinos en la peor parte del East Village… en un quinto piso sin ascensor, con la bañera en la cocina y cuarto de baño comunitario en el rellano. La mayor parte del barrio parecía sacado de Vietnam, con sus edificios quemados y cerrados con tablones.

Él pareció perplejo.

–Me tomas el pelo.

–No, Sam. Mi familia era muy cariñosa, pero estaba muy lejos de ser rica. A duras penas nos las arreglábamos. Mi padre era abogado, sí, pero de derechos civiles. Trabajó mucho por el bien público, siempre defendiendo a las minorías, a los más pobres entre los pobres, trayéndolos a casa a comer la mitad del tiempo.

–No puedo creerlo.

–Pues créetelo. Mi madre era Madre Coraje, siempre con un puchero de sopa borboteando en el fogón de la cocina. Mis amigas se reían. La olla sin fondo, la llamaban, preguntándose en qué año había empezado a hacer la sopa. Nunca habían estado en casa sin ver la olla al fuego. Siempre bromeaban sobre la eterna sopa de mamá. –Hizo una pausa, sonriendo al recordar–. Eran personas maravillosas, con todos y conmigo, pero cuando murieron lo único que me dejaron fueron sus deudas... y el amor que me habían dado. –Lo miró–. Y los buenos valores que creo me inculcaron.

–Eso se ve. Pero el resto nunca lo hubiera dicho. Pareces tan...

–¿Tan de zona alta? –completó ella, sonriendo.

–Sí. Una dama de zona alta.

–Bueno, pues como puedes ver, la gente con que acabé codeándome, la alta sociedad, no me correspondía por derecho de nacimiento. Conocí a Hank en la universidad y nuestro ascenso en sociedad, si puede llamarse así, fue fruto de su trabajo. Cuanto más rico y poderoso se hizo, más ricas y poderosas se volvieron nuestras amistades.

–Ya. Pero encajaste, ¿no? –dijo él con un amago de sonrisa.

–Bueno, a las mujeres de sus amigos les gustaba mi estilo, mis habilidades decorativas y demás. Pero nunca tuve la sensación de formar parte de ese círculo. Claro que los frecuenté, y tengo un par de amigos y un montón de conocidos entre ellos. Pero nunca tuve la sensación de ser uno de ellos.

–¿No te gustaban?

–No estoy criticándolos. El dinero y el poder son fantásticos si sabes utilizarlos. Pero si sólo vives para la siguiente fiesta como la mayoría de esas mujeres, e incluso de muchos hombres... Bueno, eso no me va. Supongo que siempre he ido contra la corriente. En cualquier caso, todo el refinamiento lo adquirí por el camino. –Lo miró con expresión burlona–. Así que ya ves. Sólo soy una chica del East Village que logró salir. Y que por poco vuelve a la bancarrota con el divorcio.

Sam volvió a abrazarla, esta vez con más fuerza.

–Pareces una superviviente.

–Es lo que soy.

–Y diría que estás sobreviviendo bastante bien.

–Me inclino a compartir este parecer –dijo Leonie, disfrutando de la sensación de tener su brazo alrededor. Lo miró pensativa y añadió–: Creo que tú también estás sobreviviendo bastante bien, para ser un pobre granjero.

La sonrisa de Sam se desvaneció.

–Sí y no. Me casé con una mujer adinerada, como sin duda habrás oído decir, ya que aquí no hay secretos. Pero mi matrimonio es... bueno, bastante desgraciado en el mejor de los casos.

Leonie pensó que lo que le había contado Mossy debía de ser cierto, que Sam estaba casado sólo formalmente.

–¿Quieres hablar de ello?

–No –respondió. La miró–. Lo estoy pasando muy bien aquí contigo y espero que tú también.

–Sí. No me lo pasaba tan bien desde... ni me acuerdo cuándo.

–¿Te sientes mejor ahora?

–Eso también. Hablar contigo me ha sentado muy bien, Sam. No sabes cuánto te lo agradezco.

Lo miró a los ojos y supo sin la menor sombra de duda que estaba perdidamente enamorada de ese hombre, que estaba preparada para entregarse a él en cuerpo y alma, y quería que la conociera del mismo modo que quería conocerlo a él. Era como había intuido la primera vez que lo vio.

14

Sam la atrajo suavemente hacia sí con su fuerte brazo. Ella sintió sus labios en el pelo, en el cuello. Notó su aliento y en su interior se encendió un fuego.

Él le levantó la barbilla y la miró a los ojos. Ella le sostuvo la mirada y sintió que el fuego empezaba a intensificarse y dar calor.

–Quiero borrar a besos tu tristeza, Leonie –susurró Sam con una sonrisa casi imperceptible–. Quiero disipar con mis besos todas tus dudas acerca de ti misma.

Buscó sus ojos con los labios y los besó, uno tras otro.

El fuego interior se avivó y una urgencia que ella no creía haber conocido o sentido jamás la recorrió en un arrebato ardoroso. Lo rodeó con los brazos y lo atrajo hacia sí, disfrutando del contacto de su fornido y firme cuerpo masculino.

Gimió en alto cuando él buscó sus labios con la boca y se los separó, explorando. Y con sus recias manos le acarició la espalda arriba y abajo, atrayéndola aún más hacia él.

Ella le devolvió con avidez los besos, el abrazo, abandonándose, diciéndose que estaba escrito que sucediera. Que sacrificarse sería algo antinatural, casi una blasfemia.

Él la tendió con suavidad en el diván y yacieron uno al lado del otro.

De pronto él acarició sus prictas y redondeadas nalgas, y la atrajo hacia sí, apretándola con fuerza contra su virilidad.

Leonie jadeó al notar cómo se ponía duro dentro de sus tejanos, y él se apartó sin aliento.

Ella lo miró a los ojos y le acarició el pelo, luego le recorrió con un dedo la cicatriz de la nariz y la barba incipiente que cubría la firme línea de su mandíbula. Él le cogió la mano y le besó los dedos, se los lamió despacio uno a uno y se los metió en la boca.

Leonie echó la cabeza hacia atrás, gozando de las sensaciones que él le provocaba, y de pronto advirtió que él le buscaba el cuello. Lo cubrió de besos, lo lamió de oreja a oreja, sorbió su piel cremosa y se deslizó poco a poco hasta sus pechos. Le bajó el suéter, dejando a la vista la parte superior de los pechos que el sostén no cubría. Se los alzó sin dejar de besarlos y lamerlos.

–Oh, Sam... –gimió ella–. Qué placer.

Él la besó y lamió con furia, dejándose arrastrar por la excitación. Después de deliciosos y prolongados minutos, levantó la cabeza y buscó una vez más su boca, devorándola con avidez. De pronto sus manos estaban en todas partes, acariciando, explorando los pechos y el precioso montículo entre los muslos.

Leonie se sintió húmeda y supo sin la menor sombra de duda que quería que la poseyera, sentirlo dentro de ella, ¡ahora!

Él se puso en pie y, ofreciéndole una mano para ayudarla a levantarse del diván, empezó a besarla de nuevo en la boca. Se apartó mientras le quitaba por la cabeza el suéter, que arrojó sobre el diván, y la ayudó con los pantalones. Éstos aterrizaron en el suelo. Entonces Sam la rodeó con los brazos y empezó a besarla de nuevo al tiempo que le quitaba el sostén. Lo dejó caer en el suelo y observó cómo los pechos brincaban al liberarse, los pezones como fresones maduros contra su piel cremosa. Los acarició con delicadeza y luego se inclinó para besarlos y lamerlos.

Leonie jadeó de placer y le acarició el pelo mientras él seguía besándola y lamiéndola, deslizándose de los pechos hasta el liso estómago. Apoyó una rodilla en el suelo sin apartar del cuerpo sus voraces labios y lengua, y le bajó las medias hasta los tobillos.

A Leonie le temblaron ligeramente las piernas cuando se las quitó del todo, levantando un pie y luego el otro, sin apenas sentir el roce de los ágiles dedos de él, que las arrojó lejos.

En todo momento sintió el tibio aliento de él en los muslos y en su montículo.

Quedó totalmente desnuda y observó cómo él la miraba de arriba abajo, absorbiendo la grandiosidad de su desnudez con aquellos ojos color turquesa atormentados que ahora sonreían de anticipación. Ella tenía la piel suave y brillante. Los pechos altos y bien moldeados, sin ser grandes. La cintura pequeña, el estómago liso. Las caderas estrechas, pero con una bonita curva, y las piernas largas y bien torneadas. Se quedó allí de pie, con una especie de orgullo y una confianza que aumentaron con el manifiesto placer que él experimentaba al contemplarla.

Él dio un paso hacia ella y, estrechándola de nuevo, la besó con renovada urgencia. Luego se apartó y empezó a desvestirse.

Leonie se sentó en el diván, se quitó las joyas y las dejó en la mesa. Luego lo observó quitarse el jersey de cuello alto todavía húmedo, que dejó caer al suelo. Su cuerpo delgado y bronceado brilló a la luz de las velas, con los músculos cincelados como en un bajorrelieve clásico. Vio cómo se le tensaban sensuales al desabrocharse los ajustados Levis. Luego se quitó los calcetines antes de bajarse con naturalidad los calzoncillos.

Ella abrió los ojos como platos al ver su espléndido y tieso miembro.

Sam, atrayéndola hacia sí, volvió a besarla apasionadamente. Ella le rodeó el cuello con los brazos, disfrutando del contacto de su desnudez contra la suya, de su sabor, del olor de su masculinidad.

Sam la llevó al diván y la tendió sobre una suave colcha que ella sintió fresca y sensual contra la espalda. Se deslizó sobre ella, con cuidado de no hacerle daño, y se deleitó largo rato en su boca.

–Te he deseado desde el primer día que te vi –susurró.

–Yo también –respondió ella entre jadeos–. Te he deseado… tanto.

Y era cierto. Nunca había deseado tanto a nadie.

Él empezó a recorrerle el cuello con la lengua, bajó despacio hasta los pechos, se internó húmedamente en el valle entre ambos y trazó un círculo alrededor de cada pezón. Se metió uno en la boca y jugueteó con él, disfrutando al comprobar que se ponía erecto mientras deslizaba una mano implacable por el estómago hasta el montículo entre las piernas.

Notó su hinchada humedad y la oyó jadear de placer. De pronto ella advirtió en él el vertiginoso aumento de la urgencia mezclada con deseo al acariciar su pubis, explorando sus secretos, abriéndose paso dentro de ella con los dedos.

Él se arrodilló y le masajeó los pechos mientras abría con la lengua un sendero abrasador de sensaciones, de los pechos al estómago, deteniéndose en el exquisito ombligo, bajando luego hasta los muslos, que besó y lamió por turnos, para acabar anidando en el montículo, donde se dio un banquete como si se tratara de un altar sagrado, despacio al principio, luego cada vez más voraz, hasta que ella se retorció de puro placer, estremeciéndose cuando él la llevó con la lengua de una cumbre de sensaciones a otra.

–Oh, Sam –gimió–. Oh, Sam... Sam...

Él levantó la cabeza y volvió a tenderse sobre ella besándola en la boca con más avidez que antes. En un fugaz instante levantó un muslo y, sosteniendo sus duras nalgas en el aire, deslizó una mano debajo de ella. Permaneció una fracción de segundo por encima de ella, con su virilidad dura como una piedra, luego bajó el cuerpo y la penetró. Se deslizó poco a poco hasta el fondo, llenándola como nadie lo había hecho antes.

Por un instante Leonie se sintió abrumada por la indescriptible realidad de aquel enorme pene, palpitante y abrasador dentro de ella. Luego arqueó las caderas hacia él como para recibirlo. Abrió bien las piernas y le hincó los pies en las pantorrillas, y él empezó a embestirla, con suavidad al principio, luego cada vez más deprisa y con más fuerza, hasta que los dos se movieron a un frenético ritmo sincopado.

De pronto él aminoró el ritmo jadeando y casi se retiró

del todo, deteniéndose con el glande palpitando dentro de ella para a continuación volverla a penetrar hasta el fondo. Lo hizo una y otra vez durante unos minutos casi insoportables, hasta que los dos se vieron arrastrados en un frenesí incontrolable, arremetiéndose cada vez con más fuerza y vehemencia, incapaces de darse por saciados.

Leonie lo miró y a la parpadeante luz de la vela vio los tendones de su fuerte cuello tensos y la agonía del éxtasis reflejada en su cara. De pronto se vio arrastrada en una marea incontrolable de emociones y sensaciones, y empezó a contraerse, y el calor que sentía dentro de ella estalló como un sol, proyectando sus largas y exquisitas lenguas de fuego desde el mismo centro de su cuerpo, la esencia de su ser.

Oleada tras oleada de placer exquisito la recorrieron, y no pudo contener un grito de éxtasis que reverberó por la habitación.

Sam la besó en la boca y la saqueó ávidamente con la lengua al tiempo que gruñía de placer. La embistió una última vez, y de pronto se quedó rígido para a continuación temblar de forma exquisita al tiempo que la inundaba con su simiente en un flujo aparentemente sin fin. Los espasmos de placer se prolongaron dentro de ella durante unos momentos casi insoportables hasta que los dos se desplomaron jadeando.

Tendido sobre ella, le cubrió la cara y el cuello de besos, murmurando con voz entrecortada:

–Leonie… oh, Leonie… ha sido tan… maravilloso.

Ella le devolvió los besos, acariciándole la espalda.

–Sí… oh, sí, Sam –jadeó por fin–. Ha sido perfecto… perfecto… perfecto… perfecto.

Al cabo de unos minutos él se tendió a su lado. Le pasó un brazo por los hombros y, volviéndola hacia él, se miraron a los ojos, todavía sin aliento.

Permanecieron tumbados, agotados, disfrutando del bienestar que siguió a su intimidad, satisfechos del placer que se habían proporcionado mutuamente, recorriéndose con las manos, todavía tocando, palpando, buscando, incapaces aún de separarse, deseosos de explorar y experimentar con esa recién descubierta felicidad tan poderosa como irresistible.

La tormenta había amainado y la lluvia se había vuelto más silenciosa, aunque seguía repiqueteando rítmicamente en las ventanas. La vela parpadeaba, iluminando la habitación y sus cuerpos brillantes de sudor como lo haría un maestro del claroscuro.

Sam la besó y la miró a los ojos.

–No estoy insinuando que lo que hemos hecho cure todos los males, pero espero que te sientas tan bien como yo.

–Sí, Sam. Creo que sí –respondió Leonie sonriendo–. Sé que sí. Creo que ha sido el mejor antídoto contra la tristeza.

Yacieron largo rato mirándose, maravillados aún. Luego ella advirtió cómo la expresión de asombro y satisfacción de Sam se transformaba en otra más ardiente, y buscó sus labios.

Sam empezó a besarla con más pasión, recorriéndole con las manos el cuerpo, los brazos, las caderas, las nalgas, los pechos, acariciándola con ternura, y Leonie respondió en el acto, su deseo despertado por sus manos y su virilidad que cobraba vida contra ella.

–¿Crees que...? –balbuceó Sam, mirándola a los ojos.

–Sí, lo creo –respondió ella con voz ronca.

El tiempo pareció detenerse mientras empezaban una vez más la eterna danza erótica, devorándose insaciables, más despacio esta vez, explorándose mutuamente, familiarizándose con sus cuerpos, hasta yacer exhaustos, gozando de esa nueva intimidad, esa nueva defensa para hacer frente a la oscuridad que reinaba fuera del círculo iluminado por la vela.

–Podría quedarme así toda la noche –susurró Sam luego de que nuevamente alcanzaron el éxtasis–. De hecho, podría quedarme así eternamente.

–Yo también –repuso Leonie, acurrucándose contra él y besándolo–. Es maravilloso. Todavía... bueno, todavía no puedo creer que esté sucediendo.

Sam sonrió, casi cohibido, le pareció a ella.

–Supongo que parece una tontería, pero creo que de una manera u otra tenía que pasar –dijo muy serio, rozándole la mejilla con los labios–. Te he deseado desde el primer día que te vi. –Le acarició los pechos con los labios, luego la miró–. Lo sabías, ¿verdad?

–Oh, sí. Yo también.

–Hubo una especie de química desde el primer día –continuó él–. Nunca he sentido nada igual.

–Yo tampoco. Nunca me había sentido así antes. –Hizo una pausa y añadió–: Asusta un poco... Es casi como magia.

–Lo sé. Creo que lo que tenemos es muy especial, Leonie. Y muy poderoso.

De pronto la lámpara situada al lado del diván se encendió, sobresaltándolos. Se echaron a reír.

–Supongo que es una señal –dijo Sam, plantándole otro beso en los labios–. Será mejor que me vaya. Los dos tenemos que madrugar.

–Tienes razón.

Se separaron despacio, vacilantes al principio, sin dejar de besarse.

Sam suspiró con nostalgia y empezó a vestirse mientras Leonie seguía tumbada y lo observaba, disfrutando al ver su rugosa y atezada masculinidad, y la desinhibida naturalidad con que él se movía en su presencia.

«Siento lo que debía de sentir una de las odaliscas de Monet –pensó–, una saciedad y serenidad que no había imaginado que pudiesen existir.»

Apagó las velas soplando, derramando cera por la mesa. Luego cogió la colcha y se la echó por los hombros, sujetándola con una mano a la altura de los pechos. La lluvia se había reducido a un repiqueteo apenas audible contra los cristales de las ventanas.

Cuando Sam acabó de vestirse, ella se levantó y se deslizó entre sus brazos. Empezaron a besarse de nuevo apasionadamente hasta que ella se apartó.

–Nunca te irás de aquí si no paramos –dijo sin aliento–. Si no te vas ahora mismo.

Él sonrió.

–¿Sabes que me está costando bastante separarme de ti?

Ella le dio una palmada en sus firmes nalgas.

–Vete. Tus operarios estarán pululando por la casa dentro de nada.

Lo acompañó a la cocina, donde él recogió sus botas y se sentó para ponérselas.

–Supongo que siguen empapadas –comentó ella riendo.

Él sonrió.

–No importa. Ha merecido la pena mojarlas.

Luego se levantó y le pasó un brazo por la cintura. Juntos, se acercaron a la puerta trasera. Sam descolgó su cazadora del perchero y se la puso. Se volvió hacia ella y empezó a besarla de nuevo.

–Dios mío –dijo entre jadeos–. No quiero irme.

–Vete ahora mismo. Mientras pueda soportarlo.

–Te veré por la mañana –prometió él, y se marchó.

Leonie cerró la puerta y volvió a la cocina, descalza. Fue al salón a buscar su copa de vino y bebió un largo sorbo. Regresó a la cocina, se sentó y miró fijamente las velas, que ardían vacilantes en los candelabros de la mesa. No quería apagarlas; sus trémulos parpadeos armonizaban con su estado como embriagado.

Oyó al Range Rover dar la vuelta y alejarse por el camino.

«Mañana –pensó abrazándose–. Sólo he de esperar unas pocas horas y volveré a verlo.»

15

Llegó la mañana.
Pero Sam no apareció.

La luz radiante, el aire y el cielo de verano eran tan perfectos que resultaban estimulantes para el espíritu. Un despejado cielo azul, un aire fresco que iba calentándose poco a poco, y una agradable brisa que parecía limpiarlo. Aún no habían llegado al valle el bochorno ni la humedad.

Leonie se había levantado de la cama con más energía de la habitual, de por sí abundante, esperando impaciente ese día con una nueva y secreta emoción.

Seguía exultante después de la noche de amor, porque eso había sido, se dijo. No un simple revolcón, sino todo lo contrario. De pronto tenía la sensación de que nada, absolutamente nada, podría quitar brillo a ese día, nada podría abrir una brecha en sus fortalecidas defensas.

Se sorprendió sonriendo, silbando y canturreando. Era la sensación de rebeldía, suponía.

El día anterior había sido el infierno por la mañana y el paraíso por la noche. Y no había nada mejor para la moral.

Según llegaban los distintos operarios, los saludó alegremente, intercambiando cortesías y comentando los avances dc las obras. Como hacía casi cada mañana dcsdc quc habían empezado las obras en la casa, preparó café para Sam y para ella, puso unas rebanadas de pan en el tostador y salió al jardín, donde se puso a trabajar, arrancando hierbas, podando, abonando. Era un trabajo duro, pero el jardín empezaba a agradecérselo. Los rosales habían florecido con profusión en los parterres y en la recién arreglada glorieta, justo a tiempo para reemplazar la colorida explosión de las peonías y lilas cuya función ya había finalizado esa estación.

Al ver que Sam seguía sin aparecer a media mañana, Leonie decidió abordar a Skip Curtis, el capataz. No quería perecer demasiado curiosa, pero luego decidió que era una tontería. Se dio cuenta de que su vacilación sólo se debía a lo ocurrido la noche anterior. Después de todo, Sam era el responsable de las obras y no había faltado un solo día. Siempre estaba allí, llevando la batuta.

–Skip, ¿sabes algo de Sam? –preguntó.

–Me ha dejado un mensaje esta mañana diciendo que pasaría tarde. Si podía.

–Sólo me preguntaba dónde está. No es propio de él no aparecer ni llamar.

–No –coincidió Skip–. Sam es de los que siempre están al pie del cañón.

–Gracias, Skip –dijo ella, y volvió al trabajo.

¿Puede ser…? ¡Oh, Dios mío! ¿Puede ser por lo de anoche?, se preguntó. Bueno, no se preocuparía, decidió, aun sabiendo que era exactamente lo que estaba haciendo.

Oyó un coche en el camino de grava y miró ansiosa desde el jardín, esperando ver el Range Rover. Pero era el Acura blanco de Mossy.

Dejó las herramientas y se apresuró a salir a su encuentro.

–¡Caray! –exclamó Mossy, atusándose el nido de pájaro naranja eléctrico de su pelo–. Eres un regalo para mis ojos resacosos.

Leonie se echó a reír.

–No tienes muy mala cara que digamos, Mossy.

Se besaron en la mejilla y se dirigieron cogidas del brazo a la cocina.

–¿Café? –preguntó Leonie–. Ya está hecho.

–Hummm –respondió Mossy, apartando una silla de la mesa y sentándose.

Leonie sirvió una taza para cada una y se sentó.

Mossy sacó un cigarrillo y al encenderlo reparó en las velas.

–Parece que aquí también hubo apagón anoche.

–Sí. Bastante rato.

–Es algo con lo que siempre puedes contar en estos parajes. Por lluvia, nieve, aguanieve, lo que quieras. –Mossy añadió sacarina y leche desnatada a su café, y removió.

–Me estoy acostumbrando. Tengo las velas a mano, y cuando vuelve la luz me paseo por la casa poniendo en hora todos los malditos relojes.

–¡Oh, *plasma*! –exclamó Mossy–. Este café es justo lo que me hacía falta. Un elixir para estos viejos huesos empapados de whisky.

Leonie la miró.

–¿Y qué has estado haciendo exactamente que te ha dejado en tal estado? –preguntó con una nota divertida.

–*Querida* –dijo Mossy, exhalando humo–, prefiere no saberlo. Es demasiado sórdido para tus tiernas orejitas.

–Vamos, Moss –la cameló Leonie, sabiendo que se moría por contárselo, porque esa mañana estaba de lo más teatral, todo signos de exclamación y cursivas–. Desembucha.

–Bueno, si te empeñas…

–¡Sí! Cuéntamelo todo.

–Verás, hay un chico nuevo en la ciudad. ¡Ooooh, es divino! ¡Así de alto! –Mossy alargó una mano teatralmente hacia el techo–. ¡Y eso! –Hizo una pausa, mirando a Leonie con expresión elocuente–. ¡Hasta allá abajo! –Bajó la mano hacia el suelo.

A Leonie casi se le atragantó el café de la risa.

–Eres una desvergonzada.

–Se pasó para tomar un cóctel –continuó Mossy, exhalando el humo hacia el comedor–, y con esa horrible tormenta, el pobrecillo no pudo marcharse. Tiene una Harley-Davidson. No podíamos dejar que se mojara, ¿no?

–Oh, no. Podía derretirse.

–Exacto. Así que… una cosa llevó a la otra, y con la tormenta verdaderamente *wagneriana*… y unos cócteles de más… ¡terminamos revolcándonos durante horas bajo las claraboyas! ¡Horas! –Miró a Leonie con picardía–. Son *muchísimo* más enérgicos y agradecidos cuando son jóvenes, ¿no te parece?

–No lo dudo. ¿Y dónde has conocido a este nuevo… *amour*?

–Oh, viene con las mejores referencias. Trabaja reparando aparatos de aire acondicionado o algo por el estilo. Muy útil. Si se te estropea el aire acondicionado sólo tienes que llamarlo.

–¿De modo que el tuyo se estropeó y llamaste a…? –aventuró Leonie, bebiendo un sorbo de café.

–Nooooo. ¡Ni se te ocurra! –exclamó Mossy–. Ya me conoces. Jamás utilizaría como excusa el aire acondicionado. –Apagó el cigarrillo en el cenicero y encendió otro, exhalando el humo por la nariz–. Dio la casualidad de que estaba en uno de mis abrevaderos. Ya sabes, ese local *lúgubre* que frecuentan las lesbianas por las tardes.

–¡O sea que él es lesbiana! –bromeó Leonie.

–Querida –entonó Mossy–, ¡eso sería lo último! *Ellas* siempre desaparecen al anochecer. El caso es que entró para tomar una copa antes de acostarse, como yo. –Se reclinó con expresión nostálgica–. Se llama Jared. ¡Tan… *bíblico*! ¿No te parece? –Dio otra calada al cigarrillo–. Y el resto, como dicen, es cosa sabida.

–¿Volverás a verlo?

–Vete tú a saber. ¿Qué más da? Tengo el recuerdo de esa enorme…

–¡Para! ¡Estás para que te encierren!

Mossy la miró de pronto con consternación.

–Dios mío, he estado aquí parloteando sin parar como una loca, y ayer fue tu viaje a Southampton.

Leonie asintió con solemnidad.

–No esperaba encontrarte aquí hoy. Pero decidí probar suerte, aprovechando que tengo que enseñar una casa en esta misma calle. –Mossy la miró con expresión burlona–. ¿Qué estás haciendo aquí? Pensé que te habrías quedado a pasar la noche, por lo menos.

Leonie le informó brevemente de lo sucedido el día anterior, ciñéndose a los hechos.

Cuando terminó, Mossy se quedó mirándola con los ojos muy abiertos, horrorizada.

–¡Estoy perpleja! –exclamó–. Espero que tengas previsto comprar una cuchilla para cortarles las pollas. ¡La solución Lorena Bobbit! Es lo menos que puedes hacer.

–Tengo que reconocer que pensé en alguna clase de venganza –dijo Leonie con sinceridad–. Pero he decidido que lo mejor es tratar de perdonar y olvidar.

–Una decisión muy aburrida y santa –espetó Mossy frunciendo el entrecejo.

–Tal vez sea aburrida, pero la santidad no tiene nada que ver con ello. Sólo quiero dejar atrás todo el asunto. Estoy empezando una nueva vida yo sola, Mossy. Lo sabes mejor que nadie. Y no quiero que me agobie el equipaje viejo. Creo que estoy haciendo lo más saludable para mí.

–¡Muy sabia! –exclamó Mossy con una nota de sarcasmo. Pero al ver la cara grave de Leonie, su ceño desapareció de inmediato, reemplazado por una expresión de preocupación mezclada con admiración–. He de reconocer que eres increíble –dijo, de pronto sonó muy seria–. Sé que yo me dejaría consumir por fantasías de venganza nada saludables. Durante años.

–En fin, basta de este asunto. –Leonie bebió un sorbo de café–. Oye, tengo que ir a Nueva York unos días para escoger el papel de las paredes y las telas. Cenefas y cosas así.

–Ooooh, asaltar esas fabulosas tiendas de decoración del edificio D & D –suspiró Mossy.

–Dirás más bien las fabulosas tiendas de saldos de Orchard Street y Grand Street. Ya sabes, Beckensteins y todas las del Lower East Side. No olvides que tengo que ajustarme a mi presupuesto.

–Eso es infinitamente más interesante. Cerca de esos barrios tan fabulosos. ¡Chinatown! ¡Little Italy! ¡Punks y drogatas!

–Exacto. –Leonie sonrió–. En fin, pensé que tal vez te gustaría acompañarme. Podríamos compartir los gastos de la habitación del hotel. ¿Qué te parece?

–¡Maravilloso! Tendré que obligarme a separarme del trabajo, por supuesto.

Sonó el teléfono y Leonie se levantó para contestar.

–Perdona un segundo.

–Tranquila –dijo Mossy, bebiendo un sorbo de café.

Leonie contestó.

–¿Sí?

–Leonie, soy Sam.

Ella sintió una oleada de excitación y volvió la espalda a Mossy, temiendo que detectara su nerviosismo.

–Buenos días –dijo con toda la calma de la que fue capaz–. Nos preguntábamos dónde estabas.

–Escucha, Leonie –dijo él.

Su voz tenía un timbre sombrío, una nota de tristeza que ella no reconocía y que estaba segura de que no auguraba nada bueno.

–Soy toda oídos –repuso ella, tratando de alegrar la voz y sonreír, aun cuando una sensación de pavor empezaba a embargarla.

–Tenemos que hablar. Enseguida, si puede ser.

–Desde luego –replicó Leonie, cogiendo una bayeta y pasándola distraída por la encimera de la cocina.

–¿Qué tal si paso a recogerte? Digamos que en media hora.

–Muy bien.

–De acuerdo.

–Adiós –respondió Leonie, pero la comunicación ya se había cortado.

«Oh, Dios mío. ¡Es por lo de anoche! ¡Lo sabía! Va a decirme que no puede volver a verme. Que todo ha terminado antes de que apenas haya empezado. Pero ¿qué culpa tiene él? Es un hombre casado, por el amor de Dios. ¡Casado! –De pronto le invadieron unos remordimientos que le cerraron la boca del estómago y la hicieron ruborizar de vergüenza–. ¿En qué demonios estaba pensando? ¿Cómo he podido hacer lo que he hecho? Respiró hondo, tratando de controlar su pulso. ¿Cómo he podido hacer algo tan… vergonzoso?»

Temiendo lo peor, colgó el auricular y respiró hondo para volver junto a Mossy, confiando en que su cara no traicionara la aprensión que sentía, la culpabilidad que la torturaba.

–Sam –se limitó a decir, sentándose.

–Entiendo –dijo Mossy, escudriñando a su amiga–. ¿Y dónde está hoy el fabuloso señor Nicholson?

–Algo lo ha retenido –respondió Leonie con naturalidad.

–Vamos, Leonie. A mí no me engañas. Espero que no te estés involucrando en algo que luego puedas lamentar. –Hizo una pausa, dando una calada al cigarrillo–. Pero mi nariz infalible se huele una trama carnal.

–Oh, Moss, déjalo, por favor.

–Lo siento –se apresuró a decir Mossy–. No era mi intención entrometerme, querida. –Apagó el cigarrillo y recogió su bolso–. Será mejor que me vaya pitando. Tengo que enseñar esa casucha de mala muerte.

–No quería meterte prisas.

–No, no –repuso Mossy–. De verdad que tengo que correr. Llámame para ir a la ciudad. –Se levantó y se colgó el bolso del hombro–. Creo que será divertido.

–Yo también –dijo Leonie. Se levantó y la acompañó a la puerta, donde se despidieron–. Adiós. Te llamaré esta noche, ¿de acuerdo?

–Perfecto. Y cuando lo hagas, deja esa bayeta otra vez en su sitio. ¡No queda muy fino! –Y con estas palabras, sacudió airosamente el nido de pájaros naranja que llevaba sobre la cabeza y se marchó.

Leonie bajó la vista y se sorprendió al ver lo que tenía en la mano. Regresó a la cocina, donde se sentó preguntándose por qué. ¿Por qué tuvo que ser tan perfecto? Sólo para que se acabara.

16

El Range Rover bajaba dando tumbos por el camino pedregoso, haciéndoles pegar botes en los asientos. Era poco más que un sendero que se abría a través del bosque y moría en una arboleda, donde Sam detuvo el coche. El río Hudson, revuelto tras el aguacero del día anterior, apenas se distinguía al otro lado de las vías férreas y entre los árboles.

Sam había permanecido insólitamente callado durante todo el trayecto, con una expresión sombría y resuelta en su rostro bronceado. Parecía tan concentrado, tan absorto, que Leonie no hizo preguntas, sino que esperó paciente el momento oportuno, preguntándose qué iba a decirle, qué palabras iba a emplear para decirle que no podía volver a verla.

A pesar de la belleza de ese día despejado y soleado tras la lluvia de la noche anterior, durante todo el tiempo se cernió sobre ella una nube de emociones contradictorias y desconcertantes: miedo, preocupación y deseo. Un deseo impetuoso por ese hombre que apenas había empezado a conocer.

Sam se volvió hacia ella y la miró a los ojos. Extendió bruscamente los brazos y, atrayéndola hacia sí, la besó larga y apasionadamente. Ella respondió, al principio indecisa y desconcertada, luego con más avidez, dejándose llevar por la excitación.

Casi tan repentinamente como había empezado a besarla, Sam se apartó y volvió a mirarla a los ojos, con los brazos todavía alrededor de ella y el corazón latiéndole con fuerza.

–Siento mostrarme tan misterioso –dijo por fin–. Verás, me cuesta hablar contigo de esto.

Leonie esperó a que continuara sin saber muy bien qué decir.

Él la soltó y permanecieron vueltos ligeramente el uno hacia el otro, mirándose.

–Seguramente has oído toda clase de cosas sobre mí –continuó él con un suspiro–. Y sobre mi matrimonio –añadió en voz baja.

Leonie asintió.

–Sé que mucha gente dice que me casé por dinero. Ya conoces la historia. Que entré tan fresco en la familia y me hice cargo de la empresa familiar y demás. Pero no es tan sencillo, Leonie, y quiero que sepas la verdad.

–No esperaría otra cosa de ti, Sam –repuso ella con confianza.

–Dios mío, no sé ni por dónde empezar –dijo él con expresión torturada.

–¿Por qué no intentas hacerlo por el principio? –sugirió Leonie sin perder su habitual sentido práctico.

Él esbozó una sonrisa.

–Supongo que tienes razón. –Se aclaró la voz antes de lanzarse a contar su historia, despacio y reflexivamente, midiendo sus palabras–. Mi familia era pobre, como te dije anoche. Eran granjeros que vivían en las montañas Berkshire, al oeste de Massachusetts. No tenían mucho de nada y apenas educación, pero eran buena gente. No eran religiosos, pero supongo que podrías considerarlos cristianos. No teníamos muchas cosas materiales, pero eran unos padres muy cariñosos. Y me inculcaron valores, creo.

Hizo una pausa y la miró, como para que advirtiera la similitud en sus pasados.

–Sigue, Sam. Quiero saberlo todo.

–En el colegio me esforcé mucho –continuó–, tratando de sacar de la vida algo mejor. Estaba avergonzado dc mis orígenes. –Volvió a suspirar y se quedó un instante callado, como encajando esa revelación, como si recordara la lucha y la vergüenza–. El caso es que terminé con una beca para estudiar en Yale y empecé arquitectura. Un verano me ofrecieron hacer prácticas con Van Vechten Arquitectos. Era una gran oferta y la acepté.

Miró por el parabrisas, aparentemente incapaz de continuar con Leonie delante, pues su presencia era una distracción demasiado poderosa.

–Enseguida conocí a Minette, la hija de Richard van Vechten, y... ¡Dios, me vi arrastrado a su mundo! Eran ricos y poderosos, con muchos contactos y un orgulloso linaje. Sus vidas me parecieron perfectas y atractivas –añadió con una nota de nostálgica admiración–. Tenían todo lo que yo jamás había tenido, y representaban todo aquello de lo que yo no era parte. Todo aquello a lo que aspiraba. –Se interrumpió, absorto en sus pensamientos–. Y Minette también era atractiva –continuó por fin–. Y parecía perfecta en todos los sentidos. A la semana empezamos a acostarnos y en menos de un mes nos prometimos. Al principio todo fue... mágico... casi irreal. Me parecía demasiado bonito para ser verdad. Pero a medida que avanzaba el verano –respiró hondo– empecé a verlos, a ellos y a todo su mundo, tal como eran en realidad.

»Eran personas increíblemente consentidas y arrogantes –dijo con un tono áspero nada propio de él–. Estaban tan acostumbrados a salirse siempre con la suya que no podían concebir que alguien les llevara la contraria. Tenían el mundo a sus pies. Eran como titiriteros, y todos los que estábamos a su alrededor éramos sus títeres mientras ellos movían los hilos. –Se volvió hacia ella–. ¿Sabes a qué me refiero?

Leonie volvió a asentir.

–Oh, sí. Lo sé exactamente. Demasiado bien. –Lo miró con fijeza–. Y todo ese tiempo te sentiste como un intruso. Como que no formabas parte de eso y no eras lo bastante «bueno» para ellos.

–Exacto –asintió él con vehemencia–. Siempre tenía la sensación de ser menos que ellos. Menos importante, menos rico, con menos clase, menos de todo. Era un intruso procedente de otro mundo. Tal vez hasta una amenaza para ellos. Y ellos se aseguraron de hacérmelo saber. De maneras sutiles pero desagradables. Tenían que asegurarse de que me tenían en un puño. –Volvió a respirar hondo–. Antes de que terminara el verano ya había tomado la decisión de que no podía casarme con Minette. Comprendí que no estaba enamorado de ella, sólo deslumbrado por todo ese dinero y esa posición. De modo que decidí poner fin al asunto. Íbamos a asistir a una gran fiesta que ofrecían unos primos suyos en Old Chatham. Minette estaba tan ilusionada que me pareció mejor esperar hasta después para hablar con ella. Salimos de allí...

De pronto se interrumpió. Le resultaba demasiado doloroso contarlo.

–Sigue, Sam –dijo ella, dándole unas palmaditas en el hombro–. Estoy aquí. No te preocupes.

Él suspiró y se volvió hacia ella, que vio la angustia reflejada en su cara.

–Los dos habíamos bebido. Mucho. Yo conducía y Minette trataba de... meterme mano. Yo intenté detenerla, pero nos salimos de la carretera y caímos por un barranco. Acabamos estrellándonos contra un árbol.

–Dios mío... –musitó Leonie.

–Minette quedó paralítica de cintura para abajo. Una herida en la columna vertebral. –Miró a Leonie a los ojos–. Entonces fui incapaz de decirle que no iba a casarme con ella. No tuve agallas.

–No –susurró ella–. Desde luego que no.

–Así que acabamos casándonos porque me remordía la conciencia. Tenía la sensación de haber arruinado su vida. Si lo pienso, sé que los dos estábamos bebidos y que si ella no hubiera tratado de hacerlo en el coche, tal vez no hubiera ocurrido. Pero ocurrió, y me sentí responsable.

–Y sigues haciéndolo, ¿no? Sigues sintiéndote culpable y avergonzado.

–Sí –respondió él, cogiéndole la mano–. Supongo que con los años ha ido a menos, en parte por el modo en que Minette lo ha utilizado contra mí. Ella... bueno, a veces es propensa a una forma egoísta de autocompasión. –La miró–. Pero es normal, ¿no?

–Lo es, Sam, pero la gente trata de seguir adelante, de superar estas cosas y reconstruir su vida. Sean cuales sean las circunstancias.

–Ya, pero supongo que todo fue ensombrecido por el hecho de que nuestro matrimonio careció de amor desde el principio.

–¿También para Minette?

–Sí. Me dejó muy claro que la única razón por la que quería casarse conmigo era porque era el hombre más atractivo de los alrededores, bueno en la cama y, por si fuera poco, arquitecto. Licenciado en Yale, nada menos. Podría continuar la tradición de la familia con mi profesión, prestar servicios de semental y ser al mismo tiempo un adorno para ella. ¿Lo entiendes ahora? No soy exactamente el gigoló cazafortunas que la gente cree.

–Oh, Dios mío. Debe de ser muy triste para los dos.

–Lo es. Sin amor y sin hijos. Un pasado triste, un presente triste... y ningún futuro.

–¿Querías tener hijos?

–Más que ninguna otra cosa. Al crecer solo, siempre quise tener hermanos. Y siempre he querido tener hijos. Pero, por supuesto, Minette no puede.

Leonie se quedó mirando su mano entrelazada con la de él. Sam la miró y se la apretó suavemente.

–¿Y tú? ¿No querías tener hijos?

–Sí –murmuró Leonie, levantando despacio la mirada–. Siempre he querido, como tú. Pero Hank decía que era mejor esperar a que pudiéramos permitírnoslo. Luego, cuando pudimos, dijo que éramos demasiado jóvenes y estábamos demasiado ocupados para atarnos a hijos, de modo que por qué no esperábamos hasta que pudiéramos pasar más tiempo con ellos. –Se encogió de hombros con una expresión divertida–. Le seguí el juego, tratando de convencerme de que lo que decía era cierto. –Rió con ironía–. Ahora mi reloj biológico no para de hacer tictac, cada vez más fuerte. Es como una bomba de relojería.

–Pero no es demasiado tarde.

–No, por supuesto que no. No es demasiado tarde. Pero ya queda menos. Y, por supuesto, hay otras consideraciones. –Leonie volvió a reír–. Por ejemplo, un padre.

Él le pasó un brazo por los hombros y empezó a besarla. Leonie respondió con urgencia. Deseó borrar a besos su sentimiento de culpabilidad y su dolor y, aunque sabía que era imposible, comprendió que el consuelo que hallaban el uno en el otro tenía por sí mismo propiedades curativas.

Al cabo de unos momentos Sam se apartó y la miró.

–Espero que ahora me comprendas un poco mejor, Leonie. Ahora que sabes de dónde vengo.

–Sí, creo que lo hago, Sam.

–Sólo que..., cielos, te quiero tanto que quiero que sepas todo de mí.

Leonie sintió una oleada de excitación. Le pareció que el corazón empezaba a latirle con fuerza y se le aceleraba el pulso, pero al mismo tiempo su sentido práctico hizo que se preguntara si no era en parte miedo. Miedo a empezar una relación con un hombre con una vida tan complicada. Miedo a que sus sentimientos la llevaran por el camino de la autodestrucción.

Lo miró fijamente a sus ojos atormentados, y decidió que, por muchos miedos que tuviera y por desaconsejable que fuera esa relación, la atracción que sentía por ese hombre era tan poderosa, tan visceral, que debía seguir su intuición por mucho que ésta se equivocase.

–Creo que yo también te quiero, Sam –susurró–. Y te deseo desesperadamente.

Volvieron a abrazarse, entregándose a su pasión como habían hecho la noche anterior. Después de besarse y explorarse largos minutos, ella se apartó sin aliento.

–Esto es insoportable. Busquemos un lugar para hacer el amor.

Sam le apartó el pelo de la cara y la besó en los labios.

–Bajemos del coche.

En unos segundos estaban fuera del Range Rover, y Sam abrió la puerta trasera.

–Sube aquí.

Leonie se deslizó en el asiento tapizado de cuero y Sam subió detrás de ella, sus manos y boca en todas partes, besándola, acariciándola, explorándola.

–¿Y si pasa alguien? –preguntó ella entre jadeos.

–Es muy poco probable –replicó él, deslizándole una mano por debajo de la falda y advirtiendo que estaba húmeda y lista–. Y si lo hacen, les ofreceremos un espectáculo que no olvidarán jamás.

Leonie se estremeció con sus caricias, la embriaguez del momento, los riesgos que corrían allí en el bosquecillo moteado por el sol a orillas del río, y a los pocos minutos el cuero del asiento crujía bajo su feroz urgencia, su desenfrenado acoplamiento.

Después, todavía sin aliento, se echaron a reír. De la incomodidad de hacer el amor en el asiento trasero, de su ritmo frenético, del placer carnal que se habían proporcionado mutuamente.

–Dios mío, voy a echar esto de menos mientras esté fuera –dijo Leonie despeinándolo.

–¿Fuera? –farfulló Sam, subiéndose los Levis.

–Sí. ¿No te lo he dicho? Iré unos días a Nueva York para escoger el papel de pared y las telas mientras vosotros os encargáis de pintar. –Recogió las medias y empezó a ponérselas–. Así no os estorbaré y no tendré que soportar tanto desorden. La idea de vivir en medio de una polvareda no me atrae.

–Muy astuta. Pero voy a volverme loco sin ti. –La rodeó con el brazo y volvió a atraerla hacia sí, mirándola a sus ojos negros que brillaban de satisfacción–. En este caso, ¿no crees que vamos a tener que aprovechar el tiempo al máximo hasta que te vayas? –Le mordisqueó la oreja, y le lamió y cubrió de besos el cuello hasta los pechos.

–Oh, sí –respondió ella, devolviéndole los besos y apretándole su miembro hinchado–. Ya lo creo que sí.

La luz del sol se reflejó en el cromo y el metal mientras el Range Rover se movía una vez más con ellos, rítmicamente, embestida tras embestida, hasta que por fin se quedó quieto y yacieron exhaustos, imaginando ya la próxima vez.

17

Minette colgó el auricular y miró con estoicismo por la pared de cristal del frondoso invernadero la piscina color aguamarina del otro lado. Ésta brillaba invitadora al ardiente sol de verano, pero el refrescante respiro del bochorno y la humedad que prometía sólo sirvió para recordarle la incapacidad de su cuerpo inválido para disfrutarla.

La conversación telefónica que acababa de mantener la había dejado aturdida, como si la hubieran anestesiado para una operación quirúrgica. Al principio, aunque sólo por un instante, había retrocedido horrorizada al recibir la noticia. Pero el profundo terror había sido rápida y compasivamente reemplazado por el estoico, insensible e imperturbable dominio de sí misma con que siempre había encajado las realidades alarmantes y hasta trágicas.

En esta ocasión, sin embargo, mientras contemplaba la bonita piscina, empezó a procesar poco a poco la fatídica noticia, hasta que, tras varios minutos de vaga reflexión y pensamientos más profundos, su mente empezó a llenarse de un torbellino de posibilidades, estrategias, estratagemas, pros y contras... que eran no sólo formas de encajar la perturbadora noticia sino también, y mucho más importante, distintas maneras en que podía utilizarla de la forma más ventajosa para ella.

Ya lo creo, pensó. Siempre había sabido transformar su penosa realidad para atacar, vencer y vengarse de forma efectiva de lo que, mejor dicho, de quien había causado todo su dolor y sufrimiento.

¡Sí! Esbozó una terrible sonrisa de venganza. Sé lo que haré. Sé cómo conseguir que me las pague ese don nadie que ha arruinado mi vida. Ese don nadie que ha convertido mi vida en un infierno.

Porque no tenía la menor duda de que una sola persona era responsable de la difícil situación en que se encontraba. Una sola persona había desencadenado los acontecimientos que la habían conducido allí, a esa condenada silla de ruedas, con su cuerpo inservible y casi sin vida. Una sola persona era responsable de la perturbadora noticia que acababa de recibir.

«¡Ja! –pensó–. Sé cómo llevar esta situación. Si esta interesante noticia resulta cierta, si es así como la vida me va a tratar, me las pagará con creces.

»¡Ya lo creo que sí!»

Volvió a contemplar la piscina, hermosamente enmarcada por el follaje del invernadero, al tiempo que trazaba sus planes, tomaba decisiones y se regocijaba pensando en la destrucción y el dolor que iba a causar. ¡Ah, sí! ¡Iba a vengarse! ¡La idea era más sabrosa que el más delicioso caviar negro de granos finos de Sevruga!

Pero antes tenía mucho que hacer, y deprisa. El tiempo, después de todo, era esencial. Había llamadas que hacer, una carta que escribir, papeles que redactar. Muchas tareas que podría hacer allí en el invernadero, desde la comodidad de su silla de ruedas.

En primer lugar, el doctor Nathanson. Tenía que tratar ciertos asuntos con su médico, siempre atento y adulador.

Luego los abogados. Unos cambios en ciertos documentos legales. ¡Ah! Sólo de pensar en ello se estremeció de la emoción, y rió.

A continuación, Andrea Walker, su amiga y agente inmobiliaria. ¡Ya lo creo! ¡Tengo una propiedad que vender! ¡Enseguida!

Y finalmente, por supuesto, el banco. Había que hacer unos cambios, de eso no cabía duda. Y cuanto antes los hiciera, mejor.

Apretó un botón del interfono.

–¡Erminda!

–¿Sí, señora Nicholson? –respondió la criada.

–Tráeme esa botella de vino blanco que hay en la nevera y una copa.

–Sí, señora Nicholson.

En cuanto Erminda le hubo traído el vino y la copa, Minette la despidió con un ademán. Se sirvió una generosa ración y bebió un sorbo. Seco y frío, el acompañamiento idóneo para la tarea que tenía entre manos.

Cogió de la mesa una pequeña libreta de direcciones encuadernada en piel, luego dio unos golpecitos en los brazos de su silla de ruedas, absorta en sus pensamientos.

Al cabo de unos momentos dejó de dar golpecitos. «Estoy preparada –se dijo–. Sí, preparada para poner manos a la obra.»

Pero antes volvió a lanzar una mirada a la piscina, sonriéndole como si compartiera con ella secretos, como si en ella estuvieran todas las soluciones a sus problemas, como si fuera cómplice de su venganza contra la única causa de todas sus desgracias.

Y esa causa era Sam Nicholson, que iba a sufrir no diez, sino cien, qué digo, mil veces con la noticia que ella acababa de recibir.

18

Sam se sentía perdido.

Iba a la deriva en un mundo extraño y solitario cuya existencia había olvidado desde que conocía a Leonie. Cuando le dijo que iba a echarla de menos –hacía varios días, haciendo el amor en el Range Rover–, lo había dicho en serio, pero no había tenido ni idea de lo cierto que iba a ser. Un vacío, como un oscuro hoyo excavado en su ser, lo atormentaba.

De no haber sido por las obras en la casa octogonal –la casa de Leonie– y el ritmo frenético al que dirigía a sus hombres, no habría sabido qué hacer consigo mismo.

Se preguntó de pronto cómo se las había arreglado, caminando por tan inhóspito terreno, antes de haberla conocido, pero creyó saber la respuesta: «Me cerré herméticamente y no me permití sentir nada. Iba por la vida diciendo las palabras adecuadas, haciendo lo que debía, como un autómata sin alma».

Al mismo tiempo, se daba cuenta de que al abrirse a Leonie corría un gran riesgo. Se estaba volviendo vulnerable a más dolor y sufrimiento, a la posibilidad de ser rechazado. Y, por supuesto, había que pensar en Minette. Era un poco aterrador, por supuesto, pero aún más lo era la alternativa. No quería volver a ese estado de vacío sin amor en que había permanecido durante tanto tiempo.

Entretanto, estaba decidido a lograr un objetivo: asegurarse de que cuando Leonie volviera, encontrara las obras mucho más próximas al fin, y sin salirse del presupuesto.

En esos momentos, mientras conducía por la carretera hacia la casa, el calor era agobiante. Habían tenido suerte porque sólo había habido un par de días así en todo el verano. El paisaje se veía como desenfocado, un borrón en medio de la calima.

Pronto el calor y la humedad darían paso al aire frío y vigorizante del otoño. Razón de más para que él y sus hombres se esforzaran al máximo. Las Navidades eran la fecha límite para terminar las obras, y estaba seguro de que iban a conseguirlo. Pero los acabados –tan importantes para el efecto global– consumirían tiempo y dinero.

Se adentró en el camino de entrada de la casa de Leonie y giró hacia la cochera. Bajó del Range Rover, y decidió echar un vistazo a la piscina y los edificios anexos antes de entrar en la casa.

El día anterior había supervisado cómo terminaban el trabajo de piedra alrededor de la piscina y quedado satisfecho al ver que era exactamente lo que quería Leonie.

Al volver a examinarlo ahora, trató de verlo con los ojos de ella. Se parecía a la piscina larga y rectangular que ella quería. Negra por dentro, aunque se veía el fondo a través del agua. Salvo los escalones que descendían hasta el fondo, no había en ella más adorno que un foco que la iluminaba por la noche. El efecto era de una belleza asombrosa –lo había visto la noche anterior–, aun sin el jardín arreglado.

Se preguntó qué tenía pensado Leonie. Le había dicho que iba a ocuparse personalmente del jardín, y él sabía que, hiciera lo que hiciese, sería bonito.

Al contemplar las terrazas de piedra ya existentes, comprobó que habían sido rejuntadas y reparadas en los puntos necesarios. Luego se encaminó a las cocheras, que se habían convertido en un garaje moderno de dos plazas con un gran apartamento en el piso de arriba para el servicio o invitados. Estaba terminado salvo la pintura y la decoración interior. Empezarían en cuanto Leonie regresara de Nueva York con las telas y el empapelado. Sabía que ella ya había seleccionado la pintura. También había encargado los electrodomésticos para la pequeña cocina al encargar los de la casa grande. Estarían instalados dentro de dos semanas.

De allí se dirigió al cobertizo. Menos la pintura, estaba totalmente terminado por dentro, con dos habitaciones perfectamente acondicionadas, cada una con cuarto de baño. El resto del espacio, con sus enormes vigas talladas a mano, había sido transformado en un estudio o taller de artista. En la fachada del norte había ventanas enormes y claraboyas, de modo que entrara la luz del norte para pintar. Habían instalado suelos de pino y esperaban para la semana siguiente los muebles que Leonie haría traer del guardamuebles de Nueva York. Eran muebles que utilizaría para decorar la casa y que vendería con ella por una buena suma si los futuros compradores los querían.

Leonie había estado presente durante la mayor parte de las obras, pero él esperaba que quedara satisfecha con los toques añadidos la última semana.

Ella no había visto que habían empezado a pintar la fachada de la casa, dejando como nueva a esa vieja viuda de alcurnia. Leonie había escogido un amarillo ocre, basado en fotos de archivo, pero que se veía más en construcciones europeas, sobre todo en los viejos edificios de Centroeuropa. Lo complementaría con el blanco de las molduras y los marcos de las ventanas. Los postigos y las puertas iban a ser verde oscuro. Sam había tenido sus dudas al principio, pero ahora que habían empezado a pintar comprobó que no estaban justificadas. El efecto estaba resultando aún más asombroso de lo que ella había descrito, y sin duda más de lo que él había imaginado.

Entró en la casa, donde había carpinteros y fontaneros en cada piso. Las sierras eléctricas y los martillos producían un ruido que le sonó a música celestial, y el olor del serrín le pareció, como siempre, un dulce aroma.

Habían terminado de derribar todo lo derribable, y el suelo, la madera y el enyesado estaban en proceso de reparación o reemplazo. La cocina era un esqueleto vacío, pero en pocos días sería espectacular. Los armarios que habían tenido que reparar ya estaban casi terminados. Habían dejado a la vista el techo original de vigas, y el viejo suelo de madera de pino estaba listo para ser pulido, teñido y sellado.

Iban a quitar las repisas de las chimeneas para pintarlas, o limpiarlas y pulirlas. Estaban preparando toda la madera para pintarla, y habían retirado el viejo empapelado.

Sintió una gran satisfacción al ver los resultados y pensó que, aunque ganara menos dinero del que había previsto porque se había pasado un poco en ciertos materiales, no lo lamentaba.

Era por Leonie. Su Leonie.

Se dirigía al dormitorio principal del tercer piso cuando sonó su teléfono móvil.

–Maldita sea –murmuró. Muy poca gente tenía su número e imaginó quién era.

–¿Diga? –contestó.

–¡Sam! ¿Dónde estás? –Era Minette.

–En la casa octogonal –respondió él con calma, aunque ella sabía perfectamente dónde estaba.

–Ven a casa, por favor.

Sam se puso en alerta. La voz de Minette sonaba sospechosamente poco exigente, lo que sólo podía significar problemas.

–¿Qué ha pasado, Minette? Estoy trabajando, ya lo sabes.

–Algo muy importante –respondió ella misteriosamente–. Hemos de hablar. –Y colgó.

–¡Mierda! –exclamó él.

Vaciló un instante, diciéndose que tal vez debía pasar por alto la orden de Minette. Porque eso es exactamente, pensó. Una orden. Pero no tuvo valor para hacerlo.

–¡Mierda! –volvió a exclamar.

Y se dirigió al Range Rover. Lo puso en marcha, salió del camino de entrada levantando grava y aceleró por la carretera.

Unos minutos después se detenía con brusquedad ante las verjas de Van Vechten Manor, y unos momentos más tarde frenaba en seco ante la formidable puerta de la gran mansión. Respiró hondo para serenarse y bajó del coche. Hizo un esfuerzo para contener su cólera, y ni cerró de golpe la portezuela del coche ni subió la escalinata pisando fuerte como le hubiera gustado.

Erminda le abrió la puerta antes de que él llegara a ella.

–Señor Nicholson –dijo, con sus ojos oscuros centelleando del placer de verlo.

–Hola, Erminda. ¿Dónde está Minette?

–En el invernadero, señor Nicholson.

–Gracias.

Recorrió el vestíbulo y cruzó la biblioteca hasta el invernadero.

Minette estaba humedeciendo con un rociador una enorme orquídea de aspecto carnívoro cuyas flores de color marfil temblaban con cada roce.

Él la observó en silencio, preguntándose qué emergencia podía haberle impulsado a exigir su presencia en esa conocida escena doméstica. Era evidente que disfrutaba de esa tarea, sin ninguna preocupación o inquietud particular.

–Sirve para tantas cosas un rociador, ¿verdad, querido? –dijo sin volverse para mirarlo. Lo sumergió en un cubo de agua y siguió rociando–. Es la mejor forma de regar las plantas sin dañarlas.

–¿Para qué me has hecho venir, Minette? –preguntó Sam con toda la dulzura de la que fue capaz.

–Oh... ¿por qué no te sientas, querido? Sólo será un momento.

–Mira, Minette –dijo él apretando los dientes–, tengo trabajo, ¿o lo has olvidado? He dejado todo creyendo que era una emergencia.

–La paciencia, querido, es una virtud. ¿O no lo sabes? –Al cabo de unos momentos dejó el rociador en la mesa y juntó las manos–. Ya está. –Miró a Sam–. ¿Lo ves? Sólo ha sido un momento.

Él suspiró y se sentó en una silla de mimbre deseando que fuera al grano. Y acabar con ello de una vez.

Minette dio la vuelta a la silla hasta situarse frente a él y lo miró a la cara con expresión dura en sus ojos.

–He puesto en venta el edificio Van Vechten –anunció con toda naturalidad.

Sam se sintió perplejo y enfadado. Sin duda Minette se había superado a sí misma.

–Se la he dado a Andrea Walker para que la venda y está muy emocionada –continuó Minette–. Ya tiene dos o tres compradores muy interesados.

–Ya –se limitó a decir Sam, sacudiendo la cabeza.

Minette se colocó bien el collar de perlas sin dejar de mirarlo.

–He enviado a Dirck y algunos chicos de los establos para que recojan todas las cosas de papá que siguen en su vieja oficina. Voy a subastarlas.

Sam advirtió que la dureza y el brillo de sus ojos parecían intensificarse. Con perversa alegría, pensó.

–Querido, tendrás que recoger todos los juguetes de tu oficina y pronto.

–No son juguetes, Minette –replicó él, enfadado.

–Llámalos como quieras –repuso ella encogiendo sus hombros cubiertos de seda–. Pero llévate tus cosas de allí. Van Vechten Arquitectos es historia.

–¿Por qué haces esto de pronto? –preguntó Sam intrigado.

–Bueno... –respondió ella con una expresión pensativa–, el edificio tiene importancia histórica y se podría hacer un buen uso de él... y ganar una buena suma con la operación, así que ¿por qué no?

Sam sintió que le ardía la cara de indignación. Por Dios, pensó, sabe cómo tirar a matar. Dándole a entender que él no hacía buen uso del edificio, que todo lo que hacía era inútil y poco importante. Muy propio de ella. Pero no quería discutir en ese momento. No serviría de nada.

–Está bien –dijo levantándose–. Me ocuparé de ello.

Ella lo siguió con la mirada.

–¿Qué harás con tus cosas? –preguntó.

–No lo sé. Sabes que no puedo permitirme alquilar una oficina que se le compare, pero ya pensaré algo. –Se encaminó a la puerta y se volvió con una triste sonrisa–. Te veré más tarde.

–Hazlo.

Sam salió del invernadero, sorprendido de cómo había

reaccionado ante la noticia. Sabía que debería estar preocupado, hasta asustado, pero, por extraño que pareciera, en lugar de ello sentía una nueva y maravillosa sensación de libertad. Era como si le hubieran quitado un peso de encima. «Es absurdo –pensó–. ¡Cielos! ¿Qué voy a hacer? No tengo ni una maldita oficina y me siento encantado de la vida.»

Pero sabía por qué: un vínculo con Minette y su desgraciado pasado se había roto, y lo había roto ella.

Al cruzar la biblioteca, vio a Erminda sacar el polvo de los libros furiosamente. Lo hacía a tal ritmo que él casi rió, pero no quiso ofenderla.

–Erminda, afloja la marcha o tendrás un infarto.

Ella se volvió hacia él con el plumero de avestruz en la mano, que sacudió con mal disimulada furia.

–¿Qué ocurre? –preguntó Sam, poniéndose serio.

–No comprendo por qué la señora Nicholson es tan perversa con usted.

«Yo sabría cómo hacerle feliz», pensó Erminda.

–No te preocupes, Erminda. No tiene importancia.

–Muy bien –dijo ella dócilmente. «¡Ojalá desapareciera esa bruja de escena! Así lo tendría sólo para mí», pensó. Y añadió–: Si usted lo dice, señor Sam.

Sam volvió a dirigirse río abajo, hacia la casa octogonal. Deseó creer lo que acababa de decir a Erminda, que no tenía importancia. Pero en el fondo sabía que no era así.

¿Qué demonios le pasaba a Minette? Siempre había sido muy... difícil. Además de esnob, egoísta, arrogante y a veces autocompasiva. Pero rara vez se había comportado de forma tan descaradamente perversa.

¿Por qué ahora? ¿Y por qué ponía en venta el edificio Van Vechten? Sabía que le molestaba que él trabajara, pero ¿había ido tan lejos sólo para obstaculizar su trabajo? Si ése era su juego, sin duda arriesgaba mucho.

No tenía sentido. Ninguno en absoluto. De hecho, no era nada propio de ella. Minette siempre había tendido a aferrarse a las cosas con tenacidad. Como si hubiera parte de ella misma en cada objeto que la rodeaba, en todo lo que era suyo. Y defendía con uñas y dientes cada una de sus posesiones.

¿Por qué iba a decidir de pronto deshacerse de las pertenencias de su padre? Lo había venerado y conservaba su viejo despacho del edificio Van Vechten tal como la última vez que él había estado allí, una década atrás. A Sam le costaba creer que fuera a vender realmente las atesoradas pertenencias de su padre… de ella, se recordó.

No necesitaba dinero, de eso estaba seguro. Le constaba que sus numerosas cuentas bancarias estaban más que saneadas. También sabía cuánto valía su carpeta de acciones y bonos, y los ingresos que ésta generaba eran más que suficientes para vivir holgadamente. Y eso sin tener en cuenta las distintas propiedades que poseía, algunas de las cuales le reportaban ingresos.

Si no era dinero, ¿qué era?

No podía ir tan lejos sólo para castigarlo. ¿O sí?

Cuanto más se acercaba a la casa octogonal, más confundido estaba por la actitud de su mujer. Además, sabía que intentar hablar con ella y tratar de averiguar qué pasaba por su cabeza era inútil. Minette había tomado una decisión, y, una vez tomada, no había forma de cambiarla. Era tan tozuda que jamás atendía a razones.

Detuvo el coche en el camino de entrada de la casa de Leonie y se obligó a olvidar el asunto, ya que no valía la pena darle más vueltas. Seguramente es otra estratagema para frustrar mis deseos de trabajar como arquitecto y ganarme la vida.

Aunque ahora sea un arquitecto sin oficina, pensó.

19

Caray! –exclamó Mossy cuando salió con Leonie a la calle, la puerta de Beckenstein's cerrándose aún detrás de ellas–. Había olvidado que aquí hace aún más calor que en cualquier infierno imaginable. ¡Y el aire! ¡Casi no se puede respirar!

Leonie rió.

–El verano en la ciudad. Creo que estás preparada para volver al campo, Mossy.

–No. ¡Soy lo bastante masoquista para estar pasándolo en grande en esta asquerosa, depravada, desagradable, peligrosa y fabulosa ciudad! –Se detuvo para encender un cigarrillo–. Y ese joven que trabaja en Beckenstein's. ¡Qué encanto!

–Tiene novio, Moss.

–Qué desperdicio. Ya estaba imaginando las posibilidades.

Mientras bajaban por Orchard Street, Leonie disfrutó del habitual barullo de vendedores pregonando sus mercancías con descuento; compradores apelotonados comiéndose con los ojos los escaparates y las mercancías expuestas por las aceras; tenderetes tentando a los transeúntes con el olor de sus perritos calientes.

–¿Qué tal si paramos para tomar algo antes de volver al hotel?

–Justo lo que me hace falta –respondió Mossy–. No he visto tantas telas en mi vida. Chintzes, trenzadas, damascos, terciopelos, brocados, *toiles* de Jouy, muselinas. Es para volverse loca.

–Lo sé. Hay tantas que al final todas te parecen iguales.

–Creo que has estado muy acertada eligiendo –comentó Mossy.

–Y los precios eran muy razonables.

–No eran precisamente gangas de un dólar el metro –repuso Mossy–, pero seguro que son mejores que los precios del centro. Y sabías exactamente lo que necesitabas de todo. Nunca he visto tanta organización. Yo jamás podría hacerlo.

–Hace falta paciencia, Moss. Y un poco de práctica. Y, por supuesto, medir y volver a medir. Últimamente vivo con una cinta métrica en el bolsillo.

Al llegar a la esquina de Delancey Street, bajaron a la calzada para detener un taxi. Los coches pasaban a toda velocidad por la calle ancha y llena de baches.

–Mierda –dijo Mossy–. Nunca pararemos un taxi.

Leonie se asomó más y estudió el tráfico. Luego se llevó dos dedos a los labios y silbó alto y fuerte.

Un taxi que pasaba se detuvo en seco delante de ella.

Mossy se quedó paralizada, con ojos de asombro.

–No me lo creo.

–Deprisa –dijo Leonie–. Sube antes de que nos deje aquí tiradas.

Abrió la puerta trasera y se subió al tiempo que daba al taxista una dirección de East Village.

–¡Tú! ¡Una señora tan distinguida! –exclamó Mossy, deslizándose a su lado.

–Olvidas que crecí aquí, Mossy –replicó Leonie riendo–. Aprendí a silbar como un demonio de niña. Forma parte del sálvese quien pueda de la jungla urbana.

Al cabo de unos minutos el taxi se detuvo en la avenida A y Leonie pagó la carrera. El bar con terraza era todo menos elegante, pero las mesas ofrecían una buena vista panorámica del East Village y su muestrario de tipos interesantes, modernos, raros y, últimamente, de clase media aburguesada. Todo acompañado de la ronca cacofonía del tráfico y los gases emitidos por los innumerables autobuses, camiones y coches que pasaban.

Se sentaron y las dos pidieron vodka con tónica al joven camarero con aros en las orejas, nariz y cejas.

–Me encanta el naranja de su cresta mohicana –declaró

Mossy cuando el joven no podía oírla–, pero creo que debería deshacerse del púrpura. ¡Y todos esos aros! ¿No es un poco rizar el rizo? Quiero decir si no bastaría con uno o dos.

–Nada en este barrio me sorprende. Ya sabes que crecí cerca de aquí.

–Ya. –Hizo una pausa para encender un cigarrillo–. ¡En qué mundo tan diferente vives ahora! –Y exhaló una columna de humo.

–Desde luego. Pero me encanta.

–¿Sabes que al paso que están avanzando las obras de tu casa pronto tendrás que empezar a buscar otra vieja casa que restaurar? –comentó Mossy.

Leonie la miró.

–¿Has visto algo que pueda interesarme?

–Es posible. Hay un sinfín de casas viejas en el mercado. Casas que necesitan tiernos y amorosos cuidados. Estoy atenta a las gangas.

–Cuando volvamos, tal vez tendríamos que ponernos a buscar en serio –dijo Leonie–. Estoy pensando que si todo sale bien, otoño sería un buen momento para poner en venta la casa octogonal. Con las hojas caídas estará preciosa. Si no tendría que esperar a primavera, cuando todo florece.

–Muy hábil, pero el otoño sería un poco precipitado para encontrar un comprador y una nueva casa para ti. De todos modos estará igual de bonita en invierno con la nieve... si hay algún comprador en los alrededores. El mercado es algo lento.

–Por eso me he dedicado a llamar a varios de mis viejos clientes de la tienda del Soho. Creo que hay un par de ellos interesados en la casa octogonal. ¿Y sabes una cosa?

Mossy la miró.

–¿Qué?

–Casi todos los clientes con los que he hablado me han suplicado, literalmente, que abra otra tienda. Dicen que están más que dispuestos a ir hasta allí si saben que yo he seleccionado las mercancías. Así que también tengo que tener eso en cuenta. ¿Me busco un local independiente para abrir una tienda o la abro en casa? Si restaurara varias casas más, ¿no tendría sentido abrir la tienda en un local independiente, para no tener que trasladarla cada vez?

–Acabas de complicar la situación –repuso Mossy–. Pero, de todos modos, estoy segura de que funcionará.

El camarero llegó con las copas, y las dos le dieron las gracias y bebieron generosos sorbos.

–Debo decir que, al ritmo que has trabajado hasta ahora, no es imposible –comentó Mossy.

–¿Qué?

–Hacerlo todo este otoño. –Mossy dio una calada–. De hecho, no te falta mucho para hacer milagros.

–El proyecto ha salido excepcionalmente bien, ¿verdad? –dijo Leonie con una nota de orgullo–. Ha tenido sus vicisitudes, pero en general ha sido un gran trabajo de equipo.

Mossy la miró.

–Creo que sé a qué te refieres con «equipo».

Leonie clavó la mirada en un punto lejano con una sonrisa tan nostálgica como misteriosa.

–Sí, Mossy. Supongo que lo sabes.

Mossy bebió un sorbo de su copa sin dejar de mirar a Leonie.

–Estás enamorada, ¿verdad? –preguntó.

–Sí. Creo que lo estoy.

Mossy ladeó la cabeza y sonrió, con un poco de tristeza, pensó Leonie, pero también con ternura.

–Sólo espero por tu bien que sepas en qué te estás metiendo –dijo–. Sabes que te aprecio mucho y que no quiero que te hagan daño.

–Lo sé, y te lo agradezco. –Leonie suspiró–. No niego que hay toda clase de complicaciones, pero… –Miró a Mossy con una mezcla de exasperación y alegría–. Estoy enamorada. Perdida e irremediablemente enamorada.

–¡Oh, mierda! Cuánto te envidio. ¡Aun cuando vas a darte de narices con la pared más dura! Porque, déjame que te diga, Minette Nicholson es una loba y Sam uno de sus cachorros.

–Lo sé todo de ella. Y créeme, le he dado muchas vueltas. No creas que no me siento culpable. Sam me lo ha contado todo y comprendo que es una situación imposible. Pero ¿qué puedo hacer? –Se encogió de hombros–. Estoy enamorada.

–No sé qué te ha dicho él –dijo Mossy–, pero ella es una mujer despiadada. Ha hecho lo indecible para crucificarme en la Sociedad Histórica. –Echó la cabeza hacia atrás con arrogancia–. No soy de la alta burguesía local, ya sabes.

Leonie rió y bebió un sorbo de su copa.

–Pero lo peor es que me han llamado clientes en potencia para ofrecerme sus casas para que se las venda. Y esos mismos clientes han cambiado misteriosamente de opinión y vuelto a llamarme para decirme que han decidido dársela a otro agente de la propiedad. Nueve de cada diez a Andrea Walker, la bruja aliada con Minette. Todo es cosa de Minette, estoy segura.

Mossy apagó furiosa el cigarrillo.

Leonie bebió un sorbo, sabiendo que su amiga tenía las mejores intenciones, pero sabiendo también que nada de todo eso importaba, al menos a ella. La ausencia de Sam esa última semana le había hecho sentir incompleta, como si le faltara algo, y el doloroso vacío la había convencido de una sola cosa: lo quería de verdad. Y ese sentimiento no era fruto de un coqueteo ni sólo deseo sexual. Rotundamente no. Era algo auténtico. Todo lo auténtico que podía serlo, pensó.

–Esa bruja –continuó Mossy echando fuego por los ojos– no se detendrá ante nada. Es una esnob de la peor calaña, y es perversa y vengativa.

–Estoy segura de que todo eso es cierto –repuso Leonie con calma–, pero siento lo que siento independientemente de lo que sé.

–Sólo te estoy advirtiendo, querida –dijo Mossy. Luego suavizó el tono–. Además, corren rumores sobre él. El semental que se casó por dinero y demás.

Leonie clavó la mirada en su amiga, con sus ojos negros brillantes de determinación.

–No me estás diciendo nada que no sepa, Mossy. Pase lo que pase, estoy enamorada –dijo tajante–. Asunto zanjado.

Mossy arqueó una ceja depilada.

–Bueno, querida. ¡Espero que al menos folle bien!

Leonie no pudo evitar reírse.

–Siempre vas al meollo de la cuestión, ¿eh, Moss?

–Por cierto, es un poco desagradable estar aquí fuera con los tubos de escape de los autobuses y este calor. ¿Volvemos al hotel para refrescarnos un poco antes de cenar? Podríamos tomar otro cóctel allí.

–¿Por qué no?

Mientras Mossy se sumergía en una bañera llena de espuma en el Soho Grand, Leonie se tumbó en una cama a leer el *New York Times*. Fue como si un imán atrajera su mirada hacia el titular:

La CCV acusa de abuso de información privilegiada a Henry Reynolds y el heredero Chandler

> nueva york, 15 de agosto– La Comisión de Cambio y Valores ha acusado a un ex corredor de bolsa y a un ex empleado de un banco de negocios de haber abusado de información privilegiada relacionada con la adquisición de la Wall Bank Corporation de South Bank Inc.
>
> La comisión ha presentado hoy una denuncia contra Henry Wilson Reynolds y Robert Winston Chandler IV...

Leonie sintió un escalofrío que le provocó un sudor frío. Se le aceleró el pulso y el corazón le latió con fuerza.

Soltó el periódico como si fuera una serpiente venenosa y bebió un sorbo de agua mineral de la mesilla de noche. Pero se obligó a acabar de leer el artículo. Cogió de nuevo el periódico y lo retorció en sus manos temblorosas.

> ... La CCV ha dicho que el caso contra Reynolds y Chandler continuará... Un proceso penal...

Cuando acabó, Leonie se recostó sintiendo náuseas. El artículo mencionaba millones de acciones y millones de dólares de ganancias procedentes de ventas ilegales.

Hank y Bobby conchabados, pensó. En más de un sentido.

Se atusó el pelo y se sentó en la cama, dejando que el periódico cayera al suelo. Su primera reacción fue telefonearles y escucharlos con actitud comprensiva. Sabía que su mundo estaba de pronto patas arriba, y la vergüenza y el bochorno debían de ser sumamente dolorosos para ambos.

«¿No me he sentido yo igual en un pasado no tan lejano, aunque por motivos muy diferentes?»

Alargó una mano hacia el teléfono, pero se lo pensó mejor. «¿Acaso no se lo han buscado? –pensó–. Pues que se lo coman.»

Hank y Bobby la habían apartado de sus vidas –la habían expulsado, precisó– sin ceremonias, y ese feo asunto no era de su incumbencia. Después de todo, habían sido ellos quienes habían deshecho su mundo.

Tal vez debería sentir cierta satisfacción de verlos humillados públicamente. Sus reputaciones, fuera cual fuese el desenlace, quedarían mancilladas para siempre, tanto en los círculos financieros como en los de la alta y poderosa sociedad en que se movían. No era un panorama muy halagüeño.

Suspiró y tragó saliva, probando la bilis que le había subido a la garganta. De haber buscado revancha, no habría podido pedir nada mejor. Pero esa espectacular caída en público no le produjo ningún placer. Al contrario, sólo le sirvió para recordarse una vez más lo poco que podía fiarse de su intuición pues era capaz de depositar su amor y su confianza en alguien que no los merecía.

Aun después de todo lo ocurrido en los últimos meses –la traición de ese amor y esa confianza por su ex marido y su viejo amigo–, seguía costándole creerlo.

¿Serían siempre tan frágiles y traicioneros la naturaleza humana, el corazón y la mente del hombre?

No tenía que responder a esa pregunta. Pero si es realmente Dios quien castiga, dejemos que sea él quien lo haga, decidió. Ella seguiría adelante con su vida.

–¡Dios mío! –exclamó Mossy saliendo del cuarto de baño envuelta en una gran toalla blanca como si fuera un sarong–. Cualquiera diría que has visto un fantasma.

Leonie levantó la vista y esbozó una débil sonrisa.

–Y así es. Mira esto.

Recogió el periódico y se lo tendió, señalándole el artículo.

Mossy lo leyó atentamente, luego miró a Leonie.

–No podría haberle pasado a gente más encantadora. Esos cabrones lo tienen bien merecido. –Al ver la expresión abatida de Leonie, se sentó a su lado en la cama y la abrazó–. Tranquila, querida. Esos dos gilipollas, seguramente saldrán indemnes.

–Sí, tienes razón.

–Con los mejores abogados y toneladas de dinero. Ya lo verás. Comprarán su libertad. –Mossy le pellizcó con suavidad la mejilla–. Ahora pon una sonrisa en esa bonita cara. ¡Alégrate de haber recuperado tu nombre de soltera!

20

Leonie ató con cuidado el gran lazo marrón sobre el paquete envuelto en papel negro y lo miró con ojo crítico.

–Precioso –sentenció, complacida porque sabía que Sam valoraría su esfuerzo.

Al volver de Nueva York había dejado a Mossy en Chatham y seguido hasta su casa, impaciente por ver los avances hechos en su ausencia. No había sabido qué esperar, pero en cuanto entrevió la casa octogonal, se emocionó. No se parecía a la casa que había dejado hacía unos días.

Detrás de los andamios de los pintores que cubrían parte de la fachada, alcanzó a ver que la pintura amarillo ocre quedaba elegante, y las molduras blancas y los postigos verde oscuro iban a la perfección, como había esperado. El efecto era verdaderamente asombroso, porque el triste y viejo edificio deteriorado por los elementos había quedado transformado, como si un cirujano plástico hubiera estado trabajando en las arrugas e imperfecciones de una estrella entrada en años, devolviéndole su anterior estado prístino e impecable.

En lo alto del tejado, la cúpula de linterna brillaba al sol como una corona restaurada. Pensó en Sam y en cómo se había desvivido para cerciorarse de que se hacía bien el trabajo.

Al detenerse en el camino de entrada, suspiró aliviada al comprobar que sus decisiones no sólo estaban resultando acertadas, sino que superaban sus expectativas. En el pasado había descubierto que lo que quedaba bien sobre papel, o lo que parecía una solución perfecta en la imaginación, no se plasmaba forzosamente en la realidad.

Era sábado por la tarde y no había nadie, de modo que tenía toda la casa para ella. Antes de bajar el equipaje del coche, echó un vistazo a los alrededores. Durante su estancia en la ciudad habían adelantado más de lo previsto. Pero, aun satisfecha como estaba, sus ojos de lince repararon en varios detalles sobre los que creyó preciso llamar la atención, y tomó nota mentalmente para comentárselo a Sam.

Después de hacer varios viajes del Volvo a la cocina con las bolsas de sus compras, vagó por la casa, echando un vistazo a cada habitación. Dentro quedaba todavía mucho por hacer.

En fin, se dijo de nuevo en la cocina, con los brazos en jarras, al ver el caos a su alrededor. Habrá que aguantarse, ¿no?

Podía predecir con claridad su futuro. Al menos las dos próximas semanas iba a tener que comer *pizzas* y comida enlatada. Después del lujo del hotel del Soho de Nueva York, iba a tener la impresión de estar de acampada.

Sin embargo, Sam y sus operarios habían subido el diván y sus cosas a la buhardilla, y podría sobrevivir perfectamente con el minibar de allí arriba.

Lanzó una mirada a las bolsas que había dejado en la improvisada mesa de carpintero y decidió que las subiría más tarde a la buhardilla, para que no se estropearan. Quería relajarse un poco y saborear su vuelta al campo después del ruido y el bochorno de la ciudad.

Fue al dormitorio principal, sacó de la nevera del minibar una botella de vino y se sirvió una copa. Luego rebuscó entre las bolsas hasta dar con el regalo de Sam, y revolvió un poco más hasta encontrar el papel de envolver y el lazo, y por último tijeras y celo.

Ahora, al contemplar el paquete envuelto, dudaba si telefonearle o no. «Es sábado por la tarde –pensó–. La hora del cóctel para mucha gente. De prepararse para salir.» ¿Debería telefonearle? Después de deliberar diez segundos, marcó su número.

–¿Sí? –respondió Sam al segundo tono. El sonido de su voz seguía emocionándola tanto como la primera vez.

–Sam, soy Leonie.

–¿Estás en casa? –preguntó él, la emoción palpable en su voz.

–Sí. He llegado hace un rato.

–¿Puedo ir?

Parecía casi sin resuello. ¿Qué habría estado haciendo?, se preguntó ella.

–Por supuesto.

A Leonie le encantó la genuina y juvenil alegría de Sam, su ansiedad incontenible. Sam no se andaba con juegos, pensó. Le hacía saber lo que pensaba y lo que sentía.

–Voy para allí –dijo él, y colgó.

«¡Dios mío! –pensó ella–. Creo que también me ha echado de menos.»

Fue precipitadamente al cuarto de baño para comprobar el aspecto que tenía y el maquillaje. Al aplicarse una nueva capa de Shanghai Express rojo en los labios, se examinó la cara. Estupenda, decidió. Y sabía que era cierto, porque se sentía estupenda.

Cogió el pequeño frasco de Caprifoglia y se lo aplicó generosamente por el cuello y los pechos, inhalando su embriagadora fragancia de madreselvas. Era un olor que volvía a transportarla a las colinas de Capri, y llevaba años utilizándolo, sobre todo en verano, desde que lo había descubierto en Milán. Bobby siempre había dicho que era una de sus armas secretas, y debía de tener razón si su agradable olor gustaba a los demás tanto como a ella.

Decidió que el holgado vestido de seda color crema que llevaba serviría. Era un poco escotado y por tanto fresco. Sólo tendría que tener cuidado de no mancharse con el serrín, el polvo de yeso y demás escombros. Volvió a subir a la buhardilla en busca de otra copa de vino, cogió la suya y la botella de vino y las llevó a la terraza. Fue por su gran bloc de dibujo encuadernado, lo abrió encima de una tumbona y lo hojeó.

Estaba lleno de sus bocetos para el interior de la casa. Había dibujado meticulosamente cada habitación, anotado sus dimensiones y las medidas de sus ventanas, paredes, incluso de los muebles. Hasta había bosquejado la colocación provisional de los muebles y dibujado distintas perspectivas de cada habitación. Luego había grapado las muestras de las telas y del color que iba a utilizar en cada una. También había grapado fotos polaroid de cada habitación hechas desde distintos ángulos. Había supuesto un montón de trabajo, pero lo había disfrutado. Sabía que le ahorraría tiempo a la larga y reduciría al mínimo los errores. Era ese bloc de dibujo con las medidas, tomadas con tanta paciencia y meticulosidad, lo que se había llevado a la ciudad. Había simplificado muchísimo las compras y era al mismo tiempo un diario visual de la marcha de las obras.

Todas las telas y ribetes comprados en Nueva York los había enviado directamente a la señora Miller, la maravillosa costurera que había descubierto cerca de Chatham y que iba a hacerle todas las cortinas y fundas. Ésta tenía también todas las medidas, y, tras varias reuniones, sabía exactamente lo que quería Leonie. El papel de pared y el resto de las compras se los enviaría Fed Ex la semana próxima.

Leonie bebió un sorbo de vino y contempló el jardín. El sol empezaba a ponerse y la vista del río Hudson y las montañas Catskill era de una belleza sobrecogedora. Por el este, los viejos y gigantescos sauces estaban bañados en un brillo plateado por el reflejo del sol. Antes de que pudiera apartar los ojos de tan asombroso cuadro, oyó el ruido del Range Rover en el camino de grava.

Antes de que pudiera levantarse, el coche se detuvo, y él bajó y corrió hacia ella con una gran sonrisa, la dentadura brillándole en su bronceada cara.

–¡Qué buen aspecto tienes! –exclamó ella.

Estaba resplandeciente, con un polo negro, pantalones de montar blancos y polvorientas botas negras. ¡Cielos, no le sorprendía que lo hubiera echado de menos!

–Acababa de volver de montar cuando has llamado y no tuve tiempo de cambiarme.

Ella se levantó y él la estrechó entre sus brazos.

–Hola –dijo besándola en los labios.

–Hola –respondió ella, devolviéndole el beso.

Disfrutó al sentir su cuerpo contra el de ella. ¡Y su olor tan masculino! Era una embriagadora mezcla de aire libre, sudor y cuero. Se acurrucó contra él.

Permanecieron largo rato abrazados, Sam estrechándola con fuerza, con la cara hundida en su pelo, la boca en su oreja, inhalando su olor embriagador.

–Te he echado tanto de menos, Leonie –susurró–. Más de lo que imaginas.

–Yo también te he echado de menos. Jamás… habría creído cuánto.

Él la abrazó aún más fuerte.

–Me moría de ganas de que volvieras.

Ella rió con alegría.

–¿Qué pasa? –preguntó él, sonriente con sus asombrosos ojos azul verdoso.

–Tú y yo. Nosotros.

–Sí, nosotros –respondió él. Le recorrió ansioso la espalda con las manos, atrayéndola de nuevo hacia sí.

–Vamos, antes que nada, siéntate y tómate una copa de vino. Tengo algo para ti.

–¿Qué? –preguntó él, negándose a soltarla.

–Ya lo verás –dijo ella, con un brillo pícaro en los ojos–. Enseguida vuelvo.

Sam se sirvió una copa de vino y se sentó. Bebió un sorbo, luego cogió el cuaderno de dibujo y lo hojeó.

–Es asombroso –dijo, levantando la vista del cuaderno cuando Leonie volvió–. Sabía que eres organizada, pero esto es increíble. Una verdadera obra de arte. ¿Cuándo demonios lo has hecho? No te he visto hacerlo.

–Por la noche, cuando todos se iban. Y los fines de semana.

–Pareces una profesional.

–No es el primero que hago –repuso ella–. Ni será el último. –Había estado sosteniendo el regalo a la espalda y se lo dio–. Ten. Por tu ayuda… y todo lo demás.

–Es un paquete precioso, pero voy a tener que abrirlo –comentó él sonriendo.

Retiró con cuidado el lazo y el papel, dejándolos en el suelo, luego examinó el contenido antes de levantar la vista hacia ella con expresión de gratitud.

–No sé qué decir, Leonie. –Habló en voz baja, casi reverente–. Es precioso. No creo que nadie me haya regalado nunca algo así.

–Esperaba que te gustara.

–«Alexander Friedrich Werner –leyó él–. Alemania, *c.* 1877.» –Era un estudio a lápiz pintado con acuarelas de una cúpula neoclásica muy parecida a la de la casa, en la que tanto había trabajado para restaurarla a la perfección.

–Pensé que sería un bonito recuerdo de este proyecto –dijo Leonie–. Después de todo lo que has trabajado en la cúpula, buscando el cristal y demás.

Sam se levantó y volvió a abrazarla.

–Y lo es –dijo, besándola–. Gracias, Leonie.

–De nada.

–¿Has visto lo que hemos hecho mientras estabas fuera?

–Sí, y estoy emocionada –respondió ella. Luego vaciló.

–¿Pero? –preguntó él con una sonrisa de complicidad.

Ella sonrió con timidez.

–Bueno, hay ciertos detalles que convendría tener en cuenta. ¿Por qué no damos una vuelta y te los señalo ahora que los tengo frescos en la memoria?

–Siempre tan perfeccionista. –Él la abrazó aún más fuerte.

–Bueno, me han acusado antes de ello.

–Vamos.

Poco después, tras dar otra vuelta por la propiedad y discutir las obras, se detuvieron en el cobertizo, donde contemplaron el dramático efecto de la luz cada vez más tenue en el interior de techos altos.

–Es bonito, ¿verdad? –preguntó Sam.

–Has hecho un gran trabajo.

–Hemos hecho un gran trabajo –la corrigió él, pasándole un brazo por los hombros.

Se inclinó y la besó en la mejilla, y Leonie respondió con repentina avidez después de días de experimentar un deseo físico que jamás había conocido. Su proximidad física hacía que fuera una tortura seguir posponiendo satisfacerlo.

Al cabo de unos minutos estaban entrelazados, y los labios y los brazos de él estaban por todas partes. Ella se apoyó contra una viga, y Sam introdujo las manos por debajo de su vestido y las deslizó por los muslos hasta las bragas. Se las bajó con delicadeza, acariciándole las nalgas, y exploró con dedos diestros su montículo, al principio con suavidad, luego con más firmeza, hasta que palpó su humedad.

Leonie soltó un gritito de placer cuando Sam empezó a hurgar en sus partes más íntimas, moviendo los dedos de manera asombrosa.

Luego se arrodilló delante de ella, le bajó del todo las bragas y le levantó el vestido. Empezó a besarle los muslos y fue subiendo, abriéndose paso con la lengua hasta ese suave y húmedo triángulo que lo esperaba ansioso.

Leonie echó la cabeza hacia atrás, con las manos enredadas en su pelo, mientras él buscaba con la boca su montículo y lo devoraba con avidez. Atrajo sus firmes y redondeadas nalgas hacia sí e hizo magia con la lengua, que se arremolinaba, lamía, exploraba.

–Oh, Sam –jadeó ella–. Qué placer...

Él volvió a levantarse y, rodeándola con los brazos, le buscó la boca con la suya. La atrajo hacia sí y le hizo sentir su miembro duro a través de sus pantalones.

–Oh, no puedo esperar –jadeó ella–. Te deseo tanto... Quiero sentirte dentro de mí.

Esas palabras fueron para él como una sacudida eléctrica. Sin soltarla ni dejar de besarla, se desabrochó el cinturón y los pantalones. Le llevó una mano hasta su miembro y ella disfrutó de su palpitante dureza.

Entonces él deslizó sus poderosos brazos por debajo de los muslos de ella y la levantó, y, apoyándole la espalda contra la viga, le abrió las piernas. De pronto tenía las manos debajo de sus nalgas y las sostenía abiertas a él. Leonie le rodeó la cadera con las piernas mientras él se sumergía en su humedad y la penetraba hasta el fondo.

Ella gritó de placer mientras él la inmovilizaba contra la viga con su poderosa e hinchada virilidad. Luego, incapaz de esperar, empezó a embestirla con frenesí, retirándose casi del todo para a continuación volver a penetrarla hasta el fondo.

Leonie creyó que iba a partirla en dos, que no iba a soportarlo, pero la enérgica lujuria de él no hizo sino incrementar su propio deseo.

No pasó mucho tiempo antes de que le invadiera oleada tras oleada de alivio sensual, y gritara de placer, incapaz de controlar los estremecimientos que la recorrían. Sus gritos llevaron a Sam a nuevas cotas de frenéticas embestidas, y en la última estalló dentro de ella, una y otra vez, contrayéndose espasmódicamente en su inmenso alivio y gritando de placer catártico.

Sin aliento y tan jadeantes que no podían hablar, él la sostuvo largo rato allí, besándola con avidez, hasta que finalmente balbuceó:

–Te quiero, Leonie. Te quiero. Te quiero.

–Yo también te quiero… –logró decir ella sin resuello.

Bajó poco a poco las piernas hasta apoyarlas en el suelo, y se quedaron uno frente al otro, exhaustos. Él la abrazó y le besó la cara, el cuello, las orejas, hasta que volvieron a respirar acompasadamente y los latidos de sus corazones se calmaron.

–¿Lo dices en serio? –preguntó él–. ¿Estás segura de que me quieres?

Leonie lo miró a lo ojos.

–Lo digo en serio, Sam. Te quiero.

Él la estrechó y permaneció así, como si no fuera a soltarla jamás.

Después de largo rato se separaron.

Sam recogió la ropa interior de ella y se la dio, luego se subió los pantalones y se abrochó el cinturón.

–Qué locura –dijo ella riendo y sacudiendo la cabeza.

–Sí –coincidió él, riendo con ella–. Locura de amor.

Cogidos del brazo, volvieron a la terraza, donde se sentaron y bebieron vino con las manos entrelazadas, incapaces de apartar los ojos el uno del otro. Ninguno de los dos había bajado aún a tierra después de su travesía por el cielo del deseo satisfecho.

Leonie habló por fin.

–¿Por qué no comemos algo y nos tumbamos? Podríamos subir a la buhardilla. A no ser que tengas que irte.

–No, no tengo que irme. Esta noche hay una gran fiesta y el primo de Minette, Dirck, la llevará. Una reunión familiar, de todos los primos. –Hizo una mueca–. Nunca voy. –Se levantó y le tendió una mano–. Vamos dentro.

En una bandeja, y medio vacíos, había platos de quesos, un mascarpone dulzón, un chevre penetrante, un brie fuerte; y boles de tomates secados al sol, feta con albahaca y ajo para untar. A su alrededor, formando un semicírculo, había boles prácticamente vacíos de aceitunas –maceradas en aceite, en vino y griegas– y galletas. En el suelo, al lado de la mesa, se amontonaban las botas de montar de Sam con las sandalias de Leonie.

Los ocho ojos de buey y las ventanas de la cúpula estaban abiertas, dejando entrar una brisa refrescante. Una vela iluminaba parpadeante los restos del banquete y arrancaba destellos de las copas de vino. Tendidos en el ornamentado diván, mirándose, Sam acariciaba el brazo de Leonie mientras ella acababa de contarle su viaje a Nueva York y lo que había leído en el *Times*.

–No veo por qué tienes que sentirte tan insegura.

Leonie suspiró.

–Me temo que no puedo evitarlo. No puedo quitarme la sensación de que debe de haber algo en mí que no marcha bien para haberme equivocado tanto.

–Recuerda lo que te dije al principio del verano –dijo él–. El hombre con el que te casaste y el hombre en que se ha convertido son dos personas totalmente distintas. Ha sufrido un montón de cambios que no tienen nada que ver contigo. Nada de esto es debido a ti. –La miró a los ojos–. Y si quieres saber mi opinión –la besó en los labios–, no creo que haya forma de mejorar tu intuición.

Ella sonrió.

–Creo que lo dices porque estás predispuesto a favor mío.

Pero confiaré en tu palabra. Sobre todo en lo que respecta a ti y a mí. –Le apretó sus musculosos bíceps–. No entiendo cómo alguien puede dejar de creer en ti, de confiar en ti… de amarte.

Sam suspiró, y la expresión atormentada de siempre regresó a sus ojos.

–Ojalá… –empezó, pero se interrumpió, con la mirada extraviada.

–¿Qué pasa, Sam? Puedes contármelo, ya lo sabes.

Él observó los oscuros rincones de la buhardilla antes de clavar la mirada en ella.

–Ojalá pudiera estar siempre contigo. Es lo que más deseo en este mundo. –Suspiró–. Pero ahora sé que aunque Minette no me quiere, hará todo lo posible por no soltarme. Y, por supuesto, sabe por qué sigo a su lado.

–Entiendo.

–Ahora ha puesto en venta el edificio Van Vechten –continuó Sam. No había hablado a Leonie de ello antes. Le había resultado desagradable comentar el comportamiento cada vez más hostil de Minette hacia él, tal vez porque temía que Leonie se sintiera de alguna manera responsable. La miró y esbozó una sonrisa irónica–. De modo que aquí tienes a un arquitecto sin oficina.

–¿Cómo es posible? ¿Así de repente?

–En realidad no me sorprende –continuó él–. Hace tiempo que intenta hacerme dejar mi trabajo. Supongo que no es sino otra de sus tácticas vengativas para ponerme las cosas más difíciles. La verdad es que no estoy seguro.

–Parece como si quisiera castigarte.

–Creo que has dado en el clavo. Pero basta de este asunto. Sólo me gustaría que las cosas fueran diferentes. Estar siempre a tu lado. –La atrajo hacia sí, y la besó larga y apasionadamente–. Te quiero tanto.

–Y yo a ti –susurró ella, mirándolo a los ojos–. Y no olvides que, pase lo que pase, siempre podrás contar conmigo.

Le deslizó una mano por la fuerte espalda hasta las prietas y redondeadas nalgas, acariciándoselas, y él se apretó contra ella, e introdujo una mano por debajo del vestido hasta la parte posterior de sus muslos y sus nalgas, atrayéndola aún más hacia sí, besándola con más urgencia aún.

Leonie volvió a sentir su dureza contra ella, y una vez más se encendieron dentro de ella las llamas del deseo.

Sam echó la cabeza hacia atrás.

–Quitémonos la ropa.

Leonie asintió, sonriendo.

Se levantaron del diván y se desvistieron mutuamente, despacio, con reverencia, recreándose en su desnudez. Sin saber ni importarles qué iba a depararles el futuro.

TERCERA PARTE

Otoño

21

Unos siniestros nubarrones se cernían sobre el horizonte. Hacía bastante fresco, y una pálida luz entraba por las ventanas de la sala del desayuno, junto a la gran cocina de Van Vechten Manor. El olor a café recién hecho, zumo de naranja y tarta de manzana de Erminda apenas lograba disipar la melancolía que había invadido la habitación alegremente decorada.

Minette untaba con mantequilla una tostada de pan integral y miraba a Sam sentado frente a ella, que masticaba con vigor y apetito un pedazo de tarta al tiempo que hojeaba el *New York Times.*

Ella dio otro mordisco a su tostada, masticó y bebió un sorbo de café, luego carraspeó.

–¿Qué has hecho con tus cosas?

Sam levantó la vista.

–¿Mis cosas? –preguntó, tan absorto que por un instante no supo a qué se refería–. Ah –añadió, cayendo en la cuenta–. Las he enviado a uno de esos guardamuebles cerca de Hudson.

–Me parece que es malgastar el dinero. ¿Por qué no te deshaces de ellas?

–Tengo previsto buscarme otra oficina –replicó Sam, bebiendo otro sorbo de café–. Voy a seguir trabajando, ya lo sabes.

–Como quieras –dijo ella sonriendo con dulzura–, pero será mejor que tengas cuidado con tu dinero, querido.

–Siempre lo hago. Y lo sabes. De hecho, hubo un tiempo en que bromeabas a costa de mi tacañería.

–Bueno, pues ya no es una broma, querido. He cerrado nuestra cuenta conjunta.

–¿Cómo dices? –preguntó él, sorprendido.

–El dinero está en una nueva cuenta, sólo a mi nombre –continuó ella–. Después de todo, es mi dinero. Mi fondo de fideicomiso.

–Lo sé muy bien, Minette –dijo él acaloradamente–, pero si haces memoria, las pocas veces que lo he utilizado ha sido para pagar a tus empleados y dar de comer a tus caballos.

–Dirck se encargará de ello en el futuro –replicó ella–. Si insistes en trabajar, tendrás que vivir de tus honorarios.

–¿Por qué haces esto de pronto? ¿Por mi trabajo?

Ella se encogió de hombros.

–Piensa lo que quieras –respondió elusiva, sin querer ahondar en el tema.

–Está bien, Minette. –Se quitó la servilleta del regazo y la arrojó a la mesa, agotada su paciencia para aceptar semejante ultraje con ecuanimidad–. ¿Significa eso que debo mudarme también? Después de todo, ésta es tu casa.

Ella lo miró sonriendo.

–Oh, querido. Yo de ti no me precipitaría. No pienso concederte el divorcio, pase lo que pase. –Bebió otro sorbo de café.

–¿Quién lo ha pedido? –preguntó él, con voz tensa de exasperación y cólera. Apartó la silla y se levantó.

–¿Te vas corriendo a trabajar? –preguntó ella–. Bueno, espero que tengas dinero para la gasolina, porque no vas a sacar nada de mí.

Sam la miró fijamente. No se fiaba de sí mismo para responder a sus burlas, de modo que salió de la habitación con los puños cerrados y la mandíbula apretada, tratando de contener su cólera, y la cabeza dándole vueltas con la nueva y catastrófica noticia.

«Cielos, ¿pueden empeorar más las cosas?», se preguntó, cerrando la puerta principal de un golpe.

Al dirigirse a la casa octogonal, se preguntó de nuevo qué demonios le había entrado a su mujer. ¿Era sólo su trabajo lo que la enfurecía de ese modo, llevándola a extremos tan perversos? Nunca había arremetido de ese modo contra él.

Primero pone en venta el edificio Van Vechten, parte del precioso patrimonio de su familia. Y ahora esto. Le traía sin cuidado el dinero. Después de todo, estaba trabajando y ganando una buena suma con el proyecto de Leonie. Además, tenía ahorros de los proyectos en que había trabajado a lo largo de los años. No, no era el dinero. Era una cuestión de principios.

¿Por qué hacía eso de pronto? ¿Qué le ocurría? Si trataba de hablar de ello con ella, se limitaba a negarse o daba una mala excusa. Sam tenía la impresión de que había algo más de lo que parecía a simple vista, algo que se le escapaba, algo que ella le estaba ocultando. Pero ¿qué?

¿Era posible que se hubiera enterado de lo suyo con Leonie? No era la primera vez que se lo había preguntado, sobre todo en vista de su reciente conducta. Pero, si así era, ¿por quién se había enterado? ¿Y cómo? Habían sido sumamente discretos, y sus momentos íntimos habían sido tan escasos y tan privados que le costaba creer que se hablara de ellos.

¿Entonces qué?, se preguntó.

Más perplejo que nunca, decidió que no iba a soportar mucho más la actitud humillante de Minette hacia él. Casi había llegado a su límite.

Pero ¿qué voy a hacer?

Ojalá lo supiera.

Erminda se acercó a la mesa del desayuno y empezó a retirar en silencio los restos del desayuno sin terminar de Sam. Miró a Minette, que bebía a sorbos su café hojeando *Horse and Rider*, aparentemente ajena a la presencia de su criada.

Erminda carraspeó, pero Minette siguió ignorándola.

–Sé que no es asunto mío, señora Nicholson –se atrevió a decir por fin Erminda, luchando por mantener serena la voz aun cuando era una caldera de emociones que amenazaba con desbordarse en cualquier momento–. Pero ¿por qué trata de pelearse con el señor Sam? Él siempre procura complacerla y hacerla feliz.

Minette levantó la mirada con sus ojos azules muy abiertos, primero de sorpresa, luego de divertido desdén.

–Tienes razón, Erminda. No es asunto tuyo. Sólo trabajas aquí, ¿recuerdas?

–No era mi intención entrometerme. Sólo sé que él es un buen hombre. Un hombre bondadoso...

Minette hizo un ruidito de disgusto y la miró por encima de su aristocrático hombro.

–Iba a darte un fin de semana libre, Erminda –la interrumpió. La nota de diversión en su voz se había desvanecido.

Erminda la miró interrogante, arqueando las cejas.

–¿Sí?

–Pero en lugar de ello estás despedida –le espetó–. Recoge tus cosas y lárgate.

–¡Maldita bruja! –replicó Mossy–. Y por supuesto le ha ofrecido la venta del edificio a su queridísima amiga, la maldita Andrea Walker. Para variar.

Se paseaba por la alfombra gris del salón, con el teléfono en una mano y el omnipresente cigarrillo en la otra.

–Entonces ¿por qué estás tan molesta?

–¿Por qué? –exclamó Mossy–. Porque no es a la única agente inmobiliaria a la que se lo ha dado. He tratado de enseñar el edificio tres veces a caballeros de Nueva York muy interesados. ¿Y sabes lo que hacen? –Sin esperar respuesta, sus palabras brotaron en un torrente de indignación–: ¡Cada vez me han dado una excusa mala, como que han perdido las llaves o una mierda así! ¡No me dejan enseñarlo! ¡Me indigna!

–Escucha, Moss, ¿por qué no me dejas invitarte esta noche a cenar y hablamos de ello? ¿Te parece?

Leonie quería escuchar a su amiga e intentar animarla, pero en ese momento tenía las manos ocupadas mezclando pinturas, buscando el tono exacto de amarillo que quería para el salón, un amarillo mantequilla que, según había descubierto, no era fácil de conseguir. La camiseta y los viejos pantalones caqui que llevaba estaban salpicados de pintura, atestiguando sus esfuerzos hasta el momento, lo mismo que sus manos, brazos y piernas.

–¡Por Dios! Vayamos a un tugurio y emborrachémonos.

–No es exactamente lo que tenía en mente –dijo Leonie, riendo–, pero como quieras.

–Estupendo.

–¿Por qué no te pasas por aquí cuando termines de trabajar y decidimos adónde ir? –propuso Leonie.

–Te llamaré antes de salir.

–Muy bien. Hasta luego.

–Hasta luego.

Mossy colgó el auricular y apagó el cigarrillo en un cenicero. El cuerpo le pedía a gritos un descanso esa noche. Había tenido que ponerse al día de trabajo después de su estancia en Nueva York y todavía le quedaba mucho por hacer. Y ahora, gracias a Minette Nicholson, Andrea Walker había frustrado lo que podría haber sido una bonita comisión. Muy bonita, de hecho.

«Es la última vez que esa bruja interfiere en mis asuntos –se dijo–. No seré una mujer rica y con influencias, pero sé cómo vengarme. Y voy a hacerlo, decidió. De un modo u otro, tarde o temprano.»

Erminda dobló con cuidado la última prenda de vestir –una blusa de algodón blanca– y la colocó con esmero en la maleta que tenía abierta encima de la cama. Luego echó un último vistazo a la habitación para asegurarse de que no olvidaba nada.

Primero el armario. Nada.

A continuación los cajones. Todos vacíos.

Por último, el cuarto de baño. Como el día que se instaló.

Satisfecha, colgó sus uniformes en el armario y cerró la puerta. Esas detestables y feas prendas pertenecían a la señora Nicholson, y estaba segura de que no iba a echarlas de menos. Se acercó a la cama para cerrar la maleta, pero de pronto tuvo una idea.

Bajó precipitadamente a la biblioteca, asegurándose de que la señora Nicholson no la veía ni oía. Una vez allí cogió un recuerdo muy valioso y se lo llevó a su habitación.

Se acercó a la maleta, retiró un par o tres de prendas y colocó con reverencia la fotografía de Sam Nicholson en su marco de plata. Se quedó mirándola con ternura, luego volvió a colocar la ropa encima y, con lágrimas en los ojos, cerró la maleta.

Se irguió y recorrió con la mirada la habitación. «La vida que podríamos haber tenido aquí –pensó–. El señor Sam y yo, sin esa bruja.»

Cogió la maleta y salió de la habitación.

«Aunque sea lo último que haga, me vengaré de Minette Nicholson por haber arruinado mi vida.

»Ahora sólo me queda un trabajito que hacer y habré terminado aquí.»

Mossy había pasado horas enseñando casas, hasta caravanas fijas, pero ese día sus esfuerzos habían resultado infructuosos. Ni uno solo de sus compradores potenciales se había interesado en nada. Para coronar una jornada decepcionante, Andrea Walker había vuelto a jugar con ella cuando la telefoneó para pedirle las llaves del edificio Van Vechten.

–Oh, lo siento muchísimo, Mossy –dijo Andrea arrastrando las palabras–, pero un hombre estará en el edificio toooooda la tarde. Seguramente se quedará hasta tarde.

–Entonces mañana –dijo Mossy.

Oyó a Andrea mover papeles.

–Oh, querida, parece ser que mañana también está todo ocupado. Hummm. Te diré lo que vamos a hacer. Te llamaré en cuanto puedas pasar a recoger las llaves, ¿de acuerdo? –Y colgó bruscamente.

Mossy colgó el auricular con un porrazo.

–¡Maldita cabrona! –espetó.

Cogió los cigarrillos, encendió uno y fumó unos momentos pensativa. Luego marcó el número de Leonie.

–¿Sí? –Leonie parecía sin aliento.

–Soy Mossy, querida. Tenemos que dejar lo de esta noche. Ha habido un… cambio de planes.

–¿Quién es él? –preguntó Leonie con tono divertido.

–No, no van por ahí los tiros. Sólo…

Leonie esperó.

–Sólo es un asunto que tengo que atender –dijo Mossy, con una reserva nada propia de ella.

–Muy bien –dijo Leonie, preguntándose por qué se andaba con tanto misterio–. Llámame cuando puedas.

–Lo haré, querida –respondió Mossy, y colgó.

Cogió el paquete de cigarrillos y el mechero y los guardó en el bolso, luego recogió las llaves del coche y se dirigió a su Acura. Subió, lo puso en marcha y arrancó levantando gravilla a su alrededor.

22

Los operarios se habían marchado y la casa estaba silenciosa. Leonie se restregó los últimos restos de pintura y se secó con una toalla. «Parezco un Jackson Pollock», pensó al mirarse en el espejo del cuarto de baño. Había acabado cubierta de pies a cabeza de salpicaduras y estaba convencida de que seguía teniendo una paleta de colores por el cuerpo.

«Bueno, si esto es lo peor que me va a pasar hoy, puedo considerarme una mujer afortunada», pensó. Bajó a la cocina. El horrible hedor del sellador de poliuretano ya casi se había disipado y el suelo tenía un aspecto magnífico. Los viejos tablones de pino brillaban a la luz. Habían limpiado y lubricado las grandes vigas del techo, y agradeció a su estrella de la suerte que hubieran podido conservarlas a la vista.

Acababan de instalar los armarios y los electrodomésticos, y pensó que quedaban bien. Había optado por el verde para los armarios; un tono un tanto aceitunado, que quedaba perfecto con las paredes amarillo sol. Los tiradores de los armarios eran de madera de pino. Lo más llamativo eran las encimeras: bloques de madera maciza. Eran gruesos, sólidos y caros, pero había valido la pena.

Lo mismo que los electrodomésticos. Había sabido que iba a tener que gastar mucho en ellos, sobre todo si quería vender la casa a neoyorquinos adinerados. Estaban de moda las cocinas equipadas con aparatos caros y de primera calidad, aun entre los que venían a pasar los fines de semana, que rara vez cocinaban. Sabía que muchos apenas si entraban en la cocina, pero los electrodomésticos tenían que estar allí, aunque sólo fuera para exhibirlos. De modo que había una enorme cocina económica de gas Garland de acero inoxidable con horno doble y campana, una nevera Subzero también de acero inoxidable, y un lavaplatos Asko supersilencioso.

Alguien llamó a la puerta trasera y ella fue a abrir. Era Sam.

–Sigues aquí –dijo ella sonriendo–. No he visto tu coche y pensé que te habías ido.

–Pensé quedarme por aquí para ver si podía ayudarte en algo.

–No tienes por qué hacerlo. Pero me alegro de que no te hayas ido. Quiero que veas el piso de arriba. Jimmy y yo hemos avanzado mucho hoy. –Jimmy era el chico que Mossy le había buscado para que le ayudara en la casa.

–Me preguntaba qué os traíais entre manos allá arriba. Casi no te he visto.

–Vamos –dijo ella. Le cogió de la mano y lo llevó al tercer piso.

–¡Cielos! –exclamó Sam al entrar en la buhardilla–. Va a quedar precioso, Leonie. Ya lo es.

–Sí.

–La tela de las paredes es preciosa. Parece sacada de una casa de campo francesa.

La *toile* de Jouy era de color blanco hueso con bucólicas escenas en negros y grises.

–Quería más color, pero era demasiado caro. De todos modos así queda bien. El color vendrá con los accesorios.

Jimmy y ella habían pasado todo el día cortando telas, cosiendo tiras cuando era necesario y grapándolas a la guata que ya había grapado a las paredes.

–Todavía tengo que pegar el ribete –dijo ella sosteniendo un trozo de cordón trenzado color crema–. La señora Miller está haciendo las colgaduras, la colcha y la faldilla de la cama, así como los postizos. Todo de la misma tela.

Era una vieja cama de hierro con dosel que había tenido en el guardamuebles. A cada lado, en mesas francesas de madera de frutal, había lámparas de *tole* negra y montones de libros, revistas y jarritas llenas de rosas del jardín. Su leal diván servía ahora de sofá, colocado contra la pared y cubierto de bonitos cojines de seda.

–Aún no he subido la mayoría de los muebles. De momento se quedarán en el cobertizo, donde no estorben.

–¿Dónde has aprendido a hacer todo esto? –preguntó Sam.

Leonie se echó a reír.

–Sobre todo observando a otros hacerlo en el apartamento de Nueva York y en la casa de Southampton. Supuse que yo también podría. Además, Jimmy me ha ayudado muchísimo. Aprende rápido.

–¿Han traído el espejo? –preguntó Sam.

–Ah, sí. Ven a verlo.

Entraron en los cuartos de baño, dos espaciosas habitaciones, todo de mármol y espejo, comunicadas entre sí. La única diferencia entre ambos era que en uno había un jacuzzi y en el otro una ducha acristalada.

–Los operarios han hecho un buen trabajo –dijo Sam, examinando la juntura del espejo con el mármol.

–Ya lo creo –coincidió ella–. ¿Quieres ver el resto?

–Será lo mejor. Estamos llegando a un punto sin retorno en lo que a cambios se refiere. De modo que si quieres hacer alguno, éste es el momento de comunicármelo.

–Creo que no. Sólo quiero que veas lo que Jimmy y yo hemos hecho hoy.

En el segundo piso, lo llevó por las cuatro habitaciones y los dos cuartos de baño para enseñarle dónde había probado con Jimmy la pintura en las paredes y la madera, y grapado trozos de la tela que utilizaría como cortinas.

–Hay una habitación roja, otra azul, otra verde y una especie de habitación dorada –explicó Leonie–. Aunque ninguna es de un solo color, ésos son los colores predominantes.

Sam la miró sonriendo.

–Ahora veo para qué te sirve realmente tu bloc de dibujo.

–Y no sabes cómo –respondió ella–. Vamos abajo.

En la biblioteca, le enseñó un trozo de fieltro verde que habían grapado.

–Es del tono del tapete de billar –dijo–. Y lo conseguí por casi nada. Cubriré con él las paredes, y las cortinas serán de esa tela que parece una alfombra kilim. ¿La ves?

–¿Y qué hay de las estanterías? –preguntó él.

–Mi amigo Pierre vendrá de Nueva York para pintarlas de manera que parezcan de caoba. Es un tipo genial, lo mismo que su trabajo. Ya lo verás.

–Estoy impresionado. Y parece mucho más caro de lo que es en realidad.

–De eso se trata –repuso Leonie.

En el salón le enseñó el amarillo al que por fin había llegado después de varias mezclas.

–Queda muy bien con la seda amarilla de las cortinas, ¿no crees?

–Sí. Me parece perfecta.

–Será una habitación pálida y espaciosa –explicó ella–. La biblioteca, por supuesto, es más oscura. Más... masculina, supongo.

Pasaron al comedor, donde Leonie frunció el entrecejo.

–Esta habitación ha sido todo un reto. Requiere murales encima de los paneles de madera. Pero...

–¿Uno de tus famosos «peros»? –Sam sonrió.

–Verás, mandarlos hacer a mano sería demasiado caro. Comprar suficiente papel de pared que imite murales, como Zuber, también cuesta. Un ojo de la cara. Y si los compras baratos, en fin, parecen eso mismo, baratos. Tenía que llegar a una solución intermedia. Al final encontré un papel con motivos chinos que funciona. No era barato pero queda genial. –Señaló una tira grapada en la pared.

Sam echó un vistazo al papel.

–Estoy de acuerdo –dijo sonriendo.

–Ahora sólo es cuestión de que tus hombres terminen con el parqué de aquí abajo. No podemos empezar a pintar ni a empapelar hasta que terminen el suelo. Tampoco podemos poner más telas. No quiero que nada se estropee.

–Terminarán enseguida. Pero no voy a meterles más prisa de la que ya les meto. Quiero que hagan un trabajo de primera.

–No quiero avasallarte –dijo Leonie, esperando no haber dado esa impresión–. Sólo quería decirte cómo están las cosas.

–Descuida –dijo Sam. La cogió entre sus brazos y la miró a los ojos, luego la besó en la frente.

Leonie lo abrazó y lo besó en los labios.

–¿Una copa de vino?

–Buena idea.

Estaban sentados en la cocina, bebiendo vino. Los nubarrones de la mañana seguían cerniéndose con la amenaza de lluvia, pero ésta seguía sin llegar. El cielo gris y el aire frío eran una combinación deprimente, pero ellos eran inmunes a las inclemencias atmosféricas.

–He empezado a llamar a viejos clientes de Nueva York –comentó Leonie–. Y hay dos o tres interesados en esta casa.

–¡Caramba! Eso es ir deprisa, ¿no?

–Bueno, ya sabes cómo es. Para la mayoría de la gente el tiempo es dinero, sobre todo para los que son tan ricos que dan asco. Confían en que haré una casa que les guste de verdad. Sé lo que quieren, sus gustos y demás. Y ellos saben que si lo hago yo, podrán mudarse el mismo día. Sin problemas, ya sabes. Prácticamente todo estará hecho para ellos.

–Increíble.

–Como lo oyes –continuó ella–. De todos modos, tengo a Mossy sobre la pista de otra casa para restaurar. Y supongo que ya sé quién me gustaría que trabajara conmigo. –Lo miró con picardía.

–¿Quién? –bromeó él–. ¿Acaso yo?

–Bingo. Y tal vez pronto. Ya veremos.

Sam la escudriñó y se quedó complacido con la mezcla de excitación, alegría e ilusión que embellecían sus rasgos.

–No voy a fingir que no sería lo mejor que podría ocurrirme –respondió–. ¿Te lo imaginas? ¿Los dos trabajando juntos en otro proyecto?

–Esperaba que te atrajera la idea. Creo que formamos un gran equipo.

Sam alargó un brazo por encima de la mesa, le cogió una mano y se la apretó con afecto.

–Yo también lo creo.

–También he estado pensando –prosiguió Leonie con tono más serio, mirándolo a los ojos–, y espero no parecer demasiado atrevida ni presuntuosa, que tal vez podríamos montar un negocio. –Bebió un sorbo de vino antes de continuar–: Yo podría comprar propiedades y tú utilizar tus dotes para restaurarlas. –Le apretó suavemente la mano–. Yo las decoraría, como ésta, y dejaríamos que Mossy las vendiera. Podríamos atraer a neoyorquinos con dinero, sobre todo en cuanto hayamos engatusado a un par. Ya sabes, Dios los cría y todo eso.

Él se quedó mirándola, asimilando en silencio la propuesta.

–A veces creo que nos ha juntado el destino, Leonie –dijo por fin–. Que estaba escrito que nos conociéramos. Supongo que ahora estoy más convencido que nunca de que es cierto. Es sencillamente... perfecto.

La euforia invadió a Leonie. No había estado completamente segura de si iba a gustarle la idea. Tal vez viera amenazada su independencia, o creyera que trataba de precipitar las cosas.

«Dios sabe que nuestra relación física es sublime», pensó. Nunca había disfrutado tanto del sexo. Y mentalmente estaban en la misma onda, al menos la mayor parte del tiempo. Y emocionalmente, en lo más profundo de ese misterioso lugar llamado alma, ¿podía ser mejor? No lo creía.

Pero ¿trabajar juntos? Muchos hombres se negarían en redondo. Tal vez interviniera en ello una especie de orgullo masculino, no estaba segura.

Lo miró e hizo un gesto de asentimiento.

–Yo también lo he pensado. Que es el destino. Nuestro destino.

Y era cierto. Juntos, pensó, formaban una fuerza capaz de hacer retroceder las sombras de sus respectivas vidas. Juntos serían capaces de todo.

Sam no recordaba haberse sentido tan feliz, tan lleno de

amor e ilusión por el futuro. Sus temores a un compromiso, a sus emociones, a confiar en sí mismo –y no digamos en otra persona–, parecían estar disolviéndose, convirtiéndose en meros fantasmas, y supo que era gracias al amor que sentía por esa mujer sentada con tanta serenidad frente a él.

Era un amor que había ido en aumento desde aquella primera y poderosa atracción física, a lo largo del verano, y que se había transformado en una fuerza irresistible.

Sólo había una sombra en el camino, pensó. Una fuerza maligna y muy poderosa que amenazaba con destruir la perfección que ellos habían descubierto juntos: Minette.

Cuando terminaron el vino, Sam se levantó para marcharse con renovada determinación. Sabía lo que tenía que hacer, e iba a hacerlo.

23

El cuerpo flotaba boca abajo en la piscina.

El pelo rubio desparramado alrededor de la cabeza apenas se movía en el agua rizada imperceptiblemente por la brisa. Junto al bordillo de piedra, extrañamente incongruente, había una silla de ruedas.

Salvo por el viento que silbaba entre los árboles, un extraño e inquietante silencio había envuelto la escena en un halo de tranquilidad. Hasta las cigarras de principios de otoño parecían haber interrumpido su coro por consideración hacia la difunta.

Inmóvil como una estatua y en silencio, Sam se quedó contemplando el cuerpo durante lo que le pareció una eternidad pero podrían haber sido sólo unos segundos. No lo sabía. El tiempo se había detenido en ese lugar, concentrado en ese espantoso cuadro.

Tuvo la sensación de estar flotando sobre la escena, mirar hacia abajo y ver el cuerpo en la piscina, la silla de ruedas en el bordillo, y su propia figura solitaria, allí de pie, inmóvil, mirando fijamente el cuerpo, paralizado.

Finalmente, en un estado como de trance, volvió sobre sus pasos hasta el invernadero y marcó el 911. Esperó, recorriendo la habitación con la mirada, viéndola con otros ojos por primera vez.

Las exuberantes plantas y trepadoras en flor, tan bonitas en su verde profusión, se burlaban de él, y sus zarcillos parecían alargarse amenazándolo con asfixiarlo, señalándolo con dedos acusadores.

–Soy Sam Nicholson –dijo cuando por fin le respondió una centralita. Dio su dirección y añadió en voz baja, con total dominio de sí mismo–: Se trata de mi mujer. La he encontrado muerta en la piscina.

Cuando colgó, se acercó al mueble bar y se sirvió un whisky. Lo bebió de un trago, luego se sirvió otro, esta vez con hielo y un poco de agua. Se quedó unos minutos mirando al vacío, luego se sentó y esperó, tratando de controlar un impulso desesperado de llamar a Leonie y contarle lo ocurrido.

De pronto se levantó y se dirigió al vestíbulo. No podía permanecer más tiempo en el invernadero, no con esa perspectiva de la piscina. Tenía que distanciarse de la escena. Del cuerpo de Minette.

Se sentó en la suntuosa escalera que llevaba al piso de arriba y, apoyando los codos en las rodillas y la cabeza en las manos, clavó la mirada en la puerta principal, como si allí fuera a encontrar las respuestas a las preguntas que se arremolinaban en su cabeza como anguilas venenosas.

Unos prolongados minutos después –una eternidad esperando–, sonó el interfono de las verjas. Sam se levantó y pulsó el botón para abrirlas, sin molestarse en preguntar quién era.

–¿A qué hora llegó a casa, señor Nicholson? –preguntó el policía, recorriendo con la mirada la biblioteca y percibiendo su oscura suntuosidad para a continuación clavar sus ojos en Sam.

–A las siete o siete y media. No estoy seguro.

–¿Dónde había estado?

–Trabajando en una obra, una casa río abajo. Luego pasé por mi oficina... mi ex oficina –se corrigió–, para recoger unos papeles.

Las preguntas se alargaban interminablemente, implacables y a menudo repetitivas, mientras el forense y un fotógrafo trabajaban en la zona de la piscina, y otros policías pululaban por la casa y el jardín.

Al cabo de un rato el detective fue a hablar con el forense.

Sam salió al invernadero para servirse otra copa. Vio a través del cristal que habían iluminado la zona de la piscina con reflectores, y en ese intenso resplandor observó a unos perfectos desconocidos cerrar la cremallera de una bolsa para transportar el cadáver de Minette, su aristocrática elegancia convertida en algo informe e inhumano por su fealdad y negrura. Por su carácter definitivo, pensó.

Le repugnó esa visión, pero no logró apartar los ojos hasta que los hombres, cargando con el cuerpo, desaparecieron por un lado de la casa.

Cuando por fin se volvió para regresar a la biblioteca, vio al detective Biegner observándolo. Tenía en la mano una pequeña bolsa de plástico.

–Tenemos un problema, señor Nicholson –dijo.

Sam lo miró.

–¿De qué se trata? –preguntó, no movido por la curiosidad, sino para cumplir con las formalidades. Les había dado permiso para registrar la casa y los jardines, del mismo modo que había accedido a responder a sus preguntas.

–Es una nota, señor Nicholson. Supongo que es la letra de su esposa. Estaba en el escritorio del despacho que hay junto a la cocina.

Sam oyó las palabras, pero no las escuchó.

–Aquí pone que alguien la odiaba. «Él» la odiaba y quería quitarla de en medio. –Lo miró con ojos cansados–. No sabe nada, me figuro.

–No, nada.

–Ha dicho que la criada debería estar aquí, ¿no es así? –continuó Biegner.

–Sí. Erminda. Vive aquí pero no sé dónde está.

–Bueno –dijo Biegner, rascándose la cabeza–. ¿Por qué no me lleva a su habitación y echamos un vistazo?

Sam lo condujo escaleras arriba hasta la habitación ahora desierta de la criada. Se quedó parado, mirando alrededor, y luego se volvió hacia el detective.

–Parece que se ha largado –gruñó Biegner, rascándose de nuevo la cabeza.

–No sé qué demonios está pasando. Erminda estaba aquí esta mañana cuando me marché y, que yo sepa, no tenía planes de marcharse.

–¿Alguna idea de dónde podría estar?

–No. Tiene familia en Nueva York, pero no sé quiénes son ni dónde viven.

De pronto cayó en la cuenta de lo poco que sabía de Erminda; cómo, de hecho, esa mujer que llevaba tiempo viviendo bajo el mismo techo que él y su mujer era casi una perfecta desconocida.

Pero una cosa sí sabía: Erminda odiaba a Minette.

–¿Quieres venir aquí? –preguntó Leonie con tono preocupado, pero sin alterar la voz.

Luchaba por mantener la calma. No quería perturbar a Sam más de lo que estaba ya.

El shock inicial de Leonie había remitido hasta cierto punto, pero todavía no había asimilado del todo la noticia; era tan horrible que sencillamente no podía. Seguía pareciéndole demasiado increíble para ser cierta.»

«Esto pasa en las películas –pensó–. No en la vida real. Y desde luego no en mi vida.»

Sabía que Sam la necesitaba más que nunca, y quería estar con él para consolarlo todo lo posible.

–Tal vez te convendría salir de allí –añadió.

–No sé si debo. –Parecía anonadado y poco seguro de sí mismo–. Por supuesto que quiero ir allí. Pero no sé si es lo más prudente, dadas las circunstancias.

–¡Por Dios, Sam! –exclamó Leonie indignada–. Nadie va a pensar que tú has tenido que ver en ello.

–No lo sé –dijo él, preocupado–. Pero me han dicho que no me mueva de aquí. Ese tal Biegner, el detective de homicidios, dijo que seguramente volverían a interrogarme mañana. Están haciéndole la autopsia.

–¿Cuánto tardará?

–Seguramente un par de días. Biegner ha dicho que el forense no estaba muy ocupado, y que siendo Minette quien es... mejor dicho, quien era, la harán rápido.

–Bueno, pues ya les has dicho todo lo que sabes. No te preocupes. ¡Por Dios, si estabas aquí cuando pasó!

–Probablemente.

–¿Qué quieres decir? Te fuiste de aquí a casa.

–Pasé por el edificio Van Vechten para recoger unos archivos que había dejado allí –dijo Sam–. Me había llevado todo lo demás, pero necesitaba esos papeles para mi contable, de modo que no quise llevarlos al guardamuebles. Los dejé allí para recogerlos más tarde.

–Bueno, eso no pudo llevarte mucho tiempo –dijo Leonie. Pero a pesar de su fe incondicional en él, no pudo evitar que la invadiera la preocupación.

–No. No estuve allí más de quince o veinte minutos. Eché un vistazo al viejo edificio como para despedirme de él, ya sabes. Es la única oficina que he tenido.

–Ya. –dijo Leonie. La cabeza le daba vueltas a medida que asimilaba la noticia, el feo rostro de la realidad imponiéndose. Tal vez no sería tan sencillo como había creído al principio–. ¿Qué hay de la criada? ¿Sabes qué puede haberle pasado?

–No –respondió él con un suspiro–. Se ha largado. La policía se está ocupando de ello. He consultado las facturas del teléfono de los últimos meses y he encontrado un número de Queens o Brooklyn al que ella había llamado. Al menos supongo que fue ella, porque ninguno de los dos conocemos a nadie con el prefijo siete uno ocho.

–Ya.

–Todo el asunto es tan demencial que no sé qué pensar. No hay indicios de que entraran por la fuerza. ¡Nada! Y este lugar es una jodida fortaleza. –Sam hizo una pausa, y añadió con tono hastiado–: Las cosas están feas para mí, Leonie. Y más con esa nota.

–No te precipites a sacar conclusiones, Sam. Ni siquiera sabes qué ponía exactamente. Y no parece que pueda demostrar nada.

–Ya. No pienso con claridad. No sé qué me pasa.

–¡Por Dios, Sam! No me extraña. Acabas de encontrar el cuerpo de tu mujer en la piscina. Seguramente sigues en estado de shock. ¿Por qué no vienes aquí o voy yo allí? No deberías estar solo en estos momentos.

–Te lo agradezco, Leonie. Pero creo que debo quedarme aquí donde la policía pueda localizarme en caso de que averigüen algo. Estaré bien. Además, el detective dijo que permaneciera aquí.

–Tal vez deberías llamar a un médico –sugirió ella–. ¿Tienes tranquilizantes? ¿O somníferos?

–Tomaré algo si lo necesito, pero creo que no me hace falta un médico. Sólo me siento... raro. Aturdido. Todo me parece irreal, como si no hubiera ocurrido.

–Oh, Sam. Ojalá estuviera contigo. Llama a algún amigo...

–No quiero ver a nadie. Tú eres la única persona con la que quería hablar. –Suspiró–. Odio acudir a ti con todo esto, pero...

–¡Cállate! –dijo Leonie con vehemencia–. No es nada, ¿entendido? Te quiero. Y eso significa que todo lo que te pasa me concierne. Formo parte de ello y es lógico y natural que me hayas llamado.

–Oh, Dios mío. Te quiero. Haces que me sienta mucho mejor. Sólo con oír tu voz.

–Bueno, llámame a cualquier hora. Podemos hablar toda la noche si quieres.

–Te llamaré por la mañana. Ahora es mejor que me acueste. Tengo el presentimiento de que recibiré la visita de la policía a primera hora.

–¿Crees que podrás dormir? –preguntó ella, sabiendo que era imposible.

–No lo sé, pero lo intentaré. Seguramente mañana será un día muy largo.

–Sam, no dudes en llamarme a cualquier hora de la noche. ¿Me lo prometes?

–De acuerdo –respondió él. Y añadió–: Te quiero, Leonie. Más que a nadie en este mundo. Quiero que lo sepas.

–Lo sé.

Colgaron, y Sam vagó por la casa, de una habitación a otra, sin saber qué buscaba, sin ver nada en realidad. Acabó tumbándose con una copa en un gran sofá Chesterfield en la biblioteca, y trató de cerrar los ojos a la tragedia.

Pero el sueño no llegó. En su lugar vio el cuerpo de Minette flotando grotescamente en la piscina.

En cuanto Leonie colgó el teléfono, volvió a sonar, sobresaltándola. Sam, que vuelve a llamarme, pensó.

–¿Sí?

–Leonie, querida.

Era Mossy, con una voz carente de la alegre ironía tan propia de ella.

–Hola, Moss –dijo Leonie con tono exhausto. El agotamiento físico y emocional se hacían sentir rápidamente.

–No debería llamar tan tarde, pero me he enterado.

–Ya. El mundo es un pañuelo, ¿no?

–No hay nada como los pajaritos de por aquí. El caso es que llamaba para ver si necesitabas compañía.

–Estoy bien, Mossy. –Pero pensó: «No estoy bien. De hecho, estoy muy lejos de estar bien».

–¿Estás segura, querida? Iría encantada.

–Sólo quiero estar sola y dormir un poco. Estoy exhausta. Ha sido un día muy largo, y Sam acababa de colgar cuando has llamado.

–¿Cómo está? –preguntó Mossy, intrigada. Aunque se había propuesto no fisgonear, la tentación fue irresistible.

–Creo que en estado de shock. Aún no lo ha asimilado. También está un poco nervioso, tal vez asustado. Cree que la policía sospecha de él.

–No me extraña. La opinión general es que lo hizo él.

Leonie se enfureció, y todos sus instintos protectores se pusieron en alerta.

–¿Dónde has oído esa… tontería? –balbuceó desafiante.

–Acabo de tomar una copa rápida en el Kinderhook. Algunos hombres ya se habían enterado de todos los detalles por uno de los polis que estuvieron en el lugar de los hechos. Ya sabes cómo es en las ciudades pequeñas.

–Sí. Lo sé. O al menos lo estoy averiguando. Y sé también que son tonterías.

–Vamos, querida. Sólo te estoy informando de lo que he oído. No le estoy acusando de nada.

–Pero tú también le crees culpable, ¿verdad, Mossy? –repuso con voz temblorosa, sin hacer ningún esfuerzo por disimular su hostilidad.

–Yo no creo nada –replicó Mossy tratando de aplacarla.

–Bien. Porque él sería incapaz de hacer algo tan... abominable. ¡Por Dios, Mossy, estuvo conmigo hasta la hora de cenar! Luego pasó por su oficina para recoger unos papeles.

–Espera un momento. No tienes que demostrarme nada, querida. Son los malditos polis los que creen que lo hizo. –Hizo una pausa para dar una calada al cigarrillo–. Y, por supuesto, algunos de los que lo conocen o creen conocerlo.

–¿Qué quieres decir? –preguntó Leonie, todavía furiosa.

–Oh, ya sabes. Las habladurías de siempre..., de gente en su mayor parte insustancial. Que se casó con ella por su maldito dinero. Que ella estaba paralítica y él quería deshacerse de ella. Las tonterías previsibles.

Leonie respiró hondo varias veces. Quería gritar de frustración y rabia, aunque sabía que Mossy se limitaba a repetir rumores maliciosos. Pero los rumores maliciosos pueden ser peligrosos, pensó. Muy peligrosos.

–Creo que es mejor cambiar de tema, Mossy. Esta clase de conversación me subleva. Estoy que me subo por las paredes.

–Lo siento, querida. Ya veo que te he hecho enfadar, pero no era mi intención. Supongo que estoy tan hecha polvo que no pienso con claridad.

–¿Qué te pasa? ¿Qué has estado haciendo, por cierto?

–Nada en particular. Cosas sin importancia, la verdad.

Su voz de pronto sonó falsa, con una nota despreocupada y displicente que Leonie reconoció de inmediato como evasiva.

Al ver que su amiga no iba a ser franca con ella, que tal vez le ocultaba algo, decidió no insistir.

–Mira, será mejor que cuelgue, Mossy. Estoy muy cansada y quiero dormir un poco. Y dejar libre la línea por si Sam me llama de nuevo.

–Por supuesto, querida. Únicamente recuerda que si me necesitas sólo tienes que llamarme.

–Gracias, Mossy. Te lo agradezco.

Después de colgar, Leonie pensó: «Te quiero, Moss, pero esta noche no necesito a una amiga como tú, por buenas que sean tus intenciones. Lo que necesito es alguien que me consuele en mi desgracia».

No fue hasta entrada la noche cuando Leonie se quedó por fin dormida en la cama de la buhardilla, enfundada en un albornoz de seda. De pronto un ruido la despertó de su sueño ligero.

Porque era un ruido, ¿no?

Se incorporó de golpe con todos los sentidos alerta. Mientras buscaba a tientas el interruptor de la lámpara de la mesilla, creyó ver en el umbral que daba a las escaleras un movimiento en la oscuridad.

¡Dios mío! ¡No me lo estoy imaginando!

El corazón empezó a palpitarle. Pero antes de que pudiera reaccionar y soltar un grito siquiera, oyó que alguien la llamaba en voz baja.

–¿Leonie?

¿Podía ser Sam?

–¿Sam? –respondió ella–. ¡Sam!

Él entró en la habitación y, estrechándola entre sus brazos, la cubrió de besos.

–Por Dios, me has dado un susto de muerte.

–Lo siento –se disculpó él–. Lo siento muchísimo. No era mi intención.

–No te preocupes –lo tranquilizó ella, dándole unas palmaditas en la espalda como si fuera un niño.

–Tenía que verte –explicó él–. Tenía que estar contigo.

Más tarde, mientras yacían agotados en la habitación a oscuras y Sam se quedó dormido apoyado en el hombro de Leonie, ésta pensó en la ironía del acto sexual. Frente al dolor y la muerte en sus vidas, hacer el amor había sido un acto de afirmación de la vida.

Sin embargo era una alegría que por una vez no trajo una sonrisa a sus labios. Y se preguntó, no por primera vez: «Oh, Dios, ¿es el principio o el fin?».

24

El fin de semana pareció durar eternamente, prolongándose en una mortificante espera de... ¿qué? Sam y Leonie no tenían ni idea de qué esperar.

El sábado y el domingo ella había trabajado febrilmente en la casa, tratando de apartar sus persistentes preocupaciones. Grapó telas, pegó ribetes, mezcló más pinturas y arrancó malas hierbas en el jardín. Pero por mucho que se esforzara, las preocupaciones seguían acechando, negándose a dejarla en paz, amenazando con minar su recién recuperada seguridad en sí misma y su autoestima.

¿Iba a desmoronarse ese mundo que hacía tan poco tiempo había rebosado de felicidad y esperanza? Se obligó a seguir trabajando frenéticamente, haciendo lo posible por mantener a raya la preocupación y las dudas. Era por las noches, cuando él acudía a ella, cuando las dudas y los temores se desvanecían, sólo para renacer en cuanto él se marchaba por la mañana.

Sam permanecía de día en Van Vechten Manor, por mucho que le costaba estar solo en la enorme casa –una casa lúgubre, le parecía ahora–, devolviendo las llamadas de teléfono de los amigos y parientes de Minette, y esperando noticias de la policía. Pero éstas no llegaban. Sólo el tormento de la realidad, que poco a poco iba asimilando, casi abrumándolo de dolor y remordimientos, y de un miedo paralizante y cada vez mayor, llenaba el vacío dejado por la muerte de Minette y la ausencia de Leonie.

El aturdimiento que había padecido tras descubrir el cuerpo sin vida de Minette había dado paso a una mortificante ansiedad que no lograba superar, que lo dominaba todas las horas que permanecía despierto, y dificultaba y agitaba su sueño.

Cada mañana a primera hora iba a la casa octogonal para dar instrucciones a sus hombres y revisar el trabajo hecho, luego volvía a su casa.

Transcurrieron días antes de que la policía acudiera por fin, alrededor del mediodía. Cuando sonó el interfono le pareció un ruido estridente que no presagiaba nada bueno. Biegner, el detective de homicidios, entró solo y sin prisas, con la misma expresión cansada con que se había marchado el viernes por la noche.

–Ya tenemos los resultados preliminares de la autopsia –anunció con tono práctico.

Volvían a estar sentados en la biblioteca. Sam no se había visto con fuerzas de salir al invernadero que con tanto cariño había construido y del que tan orgulloso se había sentido. Debido a la vista de la piscina.

–¿Qué ha averiguado? –preguntó, y no supo interpretar la expresión de Biegner.

El detective le respondió con una pregunta.

–¿Bebía mucho su mujer?

–No. Bueno... tomaba unas copas de vez en cuando. Ya sabe, en actos sociales. A veces un par de copas antes de comer, pero eso era todo. ¿Por qué lo pregunta?

Biegner respondió con otra pregunta.

–¿Tomaba pastillas? ¿Tranquilizantes o algo así?

–¡No! –exclamó Sam con irritación. Estaba empezando a impacientarse. Las preguntas del detective le parecían irrelevantes e inútiles–. Oiga, ¿a qué viene todo esto?

Biegner lo miró con abatimiento.

–Los análisis indican que en su torrente sanguíneo había una combinación potencialmente letal de alcohol y secobarbital, un compuesto químico que se utiliza como calmante. Eso, y un montón de oxicodona. Percodan, un analgésico.

Sam se quedó perplejo.

–No... me lo creo –balbuceó por fin–. Eso es imposible. Nunca vi a Minette beber demasiado. –Hizo una mueca–.

Bueno, no en años. No desde... que empezamos a salir. Pregunte a cualquiera que la conociera.

–¿Qué me dice de pastillas?

–Ni hablar –respondió Sam–. Casi nunca tomaba nada. No desde que tuvo un accidente de coche hace años. Detestaba cualquier clase de fármaco. No tomaba ni una aspirina a no ser que tuviera que hacerlo. –Hizo una pausa y miró al detective–. Tiene que haber un error.

–No lo hay, señor Nicholson –replicó Biegner–. El forense ha dicho que habría muerto de sobredosis si no se hubiera ahogado.

–¿Ahogado?

La palabra le puso la piel de gallina. Oír la causa de su muerte reducida a esa única palabra ofensiva, pronunciada sin rodeos, hizo todo más real y espantoso. Se imaginó los pulmones de Minette llenándose de agua, la vio agitar los brazos en el agua pidiendo ayuda a gritos.

De pronto le subió un gusto de bilis y por un momento creyó que iba a vomitar. Se levantó y se encaminó al cuarto de baño, pero en ese momento sonó el teléfono. Se detuvo en seco, tragó saliva y volvió sobre sus pasos para contestar.

–¿Sí? –Escuchó, y pasó el auricular sin cable al detective–. Es para usted.

Biegner asintió.

–Sí –gruñó. Luego escuchó mientras Sam lo observaba–. Tráiganla aquí. –Le devolvió el auricular.

–La mujer que trabajaba para usted...

–Erminda Gomez –precisó Sam.

–Sí. –Biegner suspiró–. Van a traerla aquí.

Leonie sacó con aprensión el periódico del cajón donde lo había metido para no verlo. Era el voluminoso periódico del domingo y ella y Sam habían decidido no leerlo. Mientras estaban juntos no querían que nada les recordara innecesariamente lo ocurrido, y menos aún leer conjeturas de la prensa sensacionalista.

Al quedarse sola –era la hora del almuerzo y algunos operarios se habían ido mientras otros se habían sentado a la sombra a comer–, Leonie sintió el impulso de buscar el artículo que sabía que iba a encontrar.

Dejó el periódico en la mesa de la cocina y lo miró con nerviosismo y fascinación. No tuvo que buscar el artículo. Los titulares anunciaban en grandes caracteres:

La heredera Van Hechten ahogada en su lujosa propiedad

Acompañando el artículo había una gran fotografía de Minette Nicholson.

Leonie respiró hondo y estudió la foto. Minette iba vestida con un bonito traje de noche y llevaba en alhajas lo que parecía el rescate de un rey. Discreta y con gusto, pero brillando con aspecto sofisticado para la cámara.

¡Dios mío!, pensó. Era una mujer despampanante. Sam no había exagerado. Era una belleza y la fotografía del periódico lo confirmaba. Su pelo rubio claro y sus elegantes facciones se veían realzadas en la fotografía. Estaba sentada, pero a menos que lo supieras no era evidente que iba en silla de ruedas.

Leonie suspiró y se atusó el pelo, nerviosa. No había duda de lo que había visto Sam en esa encantadora criatura. Y aunque sabía que las apariencias engañaban, le costaba creer que pudiera haber una pizca de malicia o crueldad en una mujer tan guapa y elegante… hasta angelical.

De pronto no pudo soportar seguir mirando la fotografía, ni tuvo valor para leer el artículo. Cogió el periódico y lo tiró a la papelera. Quería perderlo de vista, apartarlo de su mente. ¡Como si fuera posible!

Se paseó por la cocina nerviosamente, respirando hondo. Consultó su reloj. Eran más de las doce. Sam solía llamarla a esa hora para ponerla al corriente.

¿Por qué no había llamado aún? ¿Qué pasaba?

Empezó a preocuparse, imaginándose una docena de diferentes escenarios, las imágenes desfilando por su cabeza como perversos dibujos animados. La más asombrosa era, por supuesto, que la policía había encontrado pruebas de que Sam había matado a Minette. Que lo acusaban de asesinato.

Sacudió la cabeza. Eso era imposible. No podía haberse equivocado con Sam, pensó.

Dejó de pasearse. Es imposible que haya tenido algo que ver con esto, se dijo. Confiaba total y plenamente en él.

Siguió paseándose con ansiedad, recordando la conversación mantenida la noche anterior. Habían hablado en profundidad de la muerte de Minette, pero no habían llegado a ninguna conclusión, decidiendo que ninguna de las posibilidades era verosímil.

–Me marché de aquí el viernes con una idea en la cabeza –había dicho Sam–. Que en cuanto llegara a casa, iba a pedirle a Minette el divorcio. –Miró a Leonie, la angustia disminuyendo el brillo de sus ojos azul verdoso–. Decidí que, no importaba lo que ella dijera o hiciera, iba a seguir adelante.

–Dios mío, Sam –dijo Leonie, comprendiendo–. Y ahora te sientes culpable, ¿no?

Él asintió.

–Decidí que nuestro amor es tan poderoso que es imposible negarlo –continuó–. Pensé, y sigo pensando, que merecemos una oportunidad. Que pase lo que pase, tenemos que estar juntos.

Ella lo abrazó, sabiendo cuánto sufría y deseando desesperadamente que no fuese así.

–Me marché de aquí sabiendo lo que tenía que hacer –añadió él–. Y ya sabes el resto. Cuando llegué allí, la encontré... flotando en la piscina. –Miró a Leonie–. Me sentí como si la hubiera matado yo. Es... una locura. Ni siquiera se lo había dicho aún. –Se le llenaron los ojos de lágrimas–. Ahora sólo puedo preguntarme quién lo hizo y por qué.

Leonie le había creído la noche anterior y seguía haciéndolo... ¿O no?

Se volvió y cruzó el comedor hasta el salón, retorciéndose las manos con nerviosismo.

«Tengo que parar esto ahora mismo –se ordenó–. Es absurdo que considere siquiera la posibilidad. ¿Cómo puedo traicionarlo, aunque sea con la imaginación? Pero ¿y si de alguna manera…? No. No pudo. Es incapaz.»

Subió a su habitación. Quería esconderse de las miradas indiscretas de los operarios. Una vez allí, echó un vistazo a la cama desordenada donde hacía tan poco habían hecho el amor, y las lágrimas acudieron a sus ojos, amenazando con derramarse.

«Por favor, Dios mío –rezó–. No permitas que vuelva a estar equivocada.»

Erminda sonrió a Sam con nerviosismo cuando él salió a recibirla a la puerta, y miró de reojo con miedo y desdén a los dos policías que la habían llevado allí.

–Erminda –dijo Sam, posando una mano en su hombro–. Gracias a Dios estás bien. Estaba preocupado por ti.

–Estoy bien, señor Sam –repuso ella, encogiéndose de hombros–. Estos policías me han traído aquí sólo para hacerme unas preguntas.

–¿Dónde has estado?

–En Queens, en casa de mi hermano. Después de que la señora Nicholson me despidiera…

–¿Te despidió? –exclamó Sam.

–Volvamos a entrar y hablemos de ello –terció Biegner. Señaló con un ademán la biblioteca, luego se volvió hacia los agentes que habían traído a Erminda–. Vosotros esperad aquí fuera.

En la biblioteca, Sam vio a Biegner mirar a Erminda con curiosidad. Era evidente que no sabía qué pensar de esa belleza latina que había sido criada de los Nicholson, y en la expresión de su cara cansada había una mezcla de recelo y desconcierto.

No me extraña, pensó Sam. Erminda estaba apenas reconocible, sin su habitual uniforme. Iba vestida toda de negro, con un top ceñido, tejanos muy ajustados y zapatos de plataforma; le colgaban cadenas de oro del cuello y las muñecas, y grandes aros dorados perforaban sus orejas. El pelo negro azabache y brillante le caía suelto sobre los hombros, y llevaba un maquillaje que, aunque aplicado con habilidad, resultaba algo desconcertante en el campo.

–¿Dice que la señora Nicholson la despidió? –empezó Biegner en cuanto se sentaron.

–Sí. Me despidió. –Miró a Sam–. ¿No lo sabía?

–No tenía ni idea.

–El viernes por la mañana –explicó Erminda–. Después de que se marchara usted a trabajar.

–¿Por qué la despidió, esto... señorita Gomez? –preguntó Biegner.

–El señor Sam y ella habían discutido durante el desayuno.

Sam lanzó una mirada a Biegner, pero no supo interpretar su expresión. «Dios mío. La fosa de mi tumba se hace cada vez más profunda.»

–Después de que se marchara el señor Sam –continuó Erminda– le dije a la señora que no debía ser tan desagradable con él. Que era un buen hombre que siempre trataba de complacerla. Se puso furiosa y me despidió.

–¿Sobre qué discutieron los señores? –preguntó el detective.

–Ella le dijo que había clausurado su cuenta corriente –dijo Erminda–. Dijo que no iba a darle más dinero.

Biegner clavó sus ojos en Sam. Éste le sostuvo la mirada con expresión pesarosa. «Creo que es hora de que deje de cooperar y llame a un abogado», pensó.

–¿Qué pasó entonces, señorita Gomez? –preguntó el detective, concentrándose de nuevo en la criada.

–Me limité a recoger mis cosas y mi ropa –respondió Erminda–. Luego llamé a un taxi para que me llevara a la estación de tren.

Miró al detective con desdén, como si fuera el responsable de las molestias que le habían causado.

–¿Qué tren tomó? –preguntó Biegner.

–El de las 14.29 –respondió Erminda.

–¿Estaba bien la señora Nicholson cuando usted se marchó?

–Sí, supongo que sí.

–¿Se comportó de forma extraña?

Erminda hizo un gesto de negación.

–¿No hizo nada extraordinario? –insistió Biegner.

Ella retorció la cadenilla dorada que llevaba en la muñeca e hizo un mohín con los labios mientras consideraba la pregunta.

–No –replicó por fin–. Nada raro. Me limité a llamar a un taxi, como he dicho. Y antes de marcharme volví a programar las cámaras de vídeo y las alarmas.

Sam se incorporó de golpe y dio un puñetazo en el brazo del sillón.

–¡Por Dios! –exclamó–. ¿Cómo no se me ha ocurrido antes?

Biegner lo miró desconcertado.

–¿Qué?

–Las videocámaras –dijo Sam–. Son sensibles al movimiento. –Miró al detective–. Están escondidas por toda la casa, incluida la piscina. Nos mostrarán quién mató a Minette.

25

Preparado? –preguntó Sam.

Biegner asintió. Había estado a punto de requisar la cinta de vídeo como prueba para proyectarla en la comisaría, pero al final decidió que, dado que Sam estaba deseoso e impaciente por verla, seguiría adelante y la vería allí mismo. Para acabar de una vez.

En la biblioteca a oscuras, Sam puso la cinta en el vídeo y, cogiendo el mando a distancia, se sentó al lado de Biegner. Habían bajado al sótano, donde estaban todos los controles de seguridad, y retirado la cinta de vídeo de la cámara 16 que cubría la zona de la piscina.

Biegner había pedido a Erminda que esperara en el vestíbulo mientras veían la cinta, pero ella se había metido desafiante en la cocina, donde, a juzgar por el estruendo que hacía, preparaba una comida.

Sam respiró hondo, con un horrible presentimiento. Titubeó un momento y luego puso el *play*.

La gran pantalla cobró vida, gris y granulada. Luego, en un instante, los sensores detectaron un movimiento significativo y activaron las cámaras.

Minette apareció en la pantalla, llena de vida, y la cámara enfocó sus movimientos. La silla de ruedas se detuvo con brusquedad en el borde de la piscina, al lado del trampolín. Se movía a trompicones, como una marioneta, porque la cámara cortaba automáticamente las imágenes intermedias, agrupando los movimientos. La imagen resultante era como una serie de imágenes ensartadas.

Sam sintió un escalofrío y le vino un sudor frío por segunda vez en su vida. La primera fue cuando se enteró de la parálisis de Minette. El hecho de que volviera a ocurrirle era como retroceder hasta algo tan terrible como indeleble.

Se aferró a los brazos de la silla para impedir que le temblaran las manos y clavó la mirada en la pantalla, hipnotizado por la visión de su mujer, tan llena de vida y…

¿Qué diantre?

Minette estaba sola.

No se distinguía bien, pero Sam habría jurado que en su cara había una expresión vacía, desprovista de toda emoción, que no registraba nada.

Minette se inclinó ligeramente hacia delante y, aferrándose con las dos manos al borde del trampolín, se levantó de la silla de ruedas. Tenía los brazos y los hombros tan robustecidos después de años de hacerla rodar para compensar sus piernas inútiles, que parecía una maniobra fácil, sobre todo con los movimientos entrecortados de la cinta de vídeo. Pero Sam sabía que, por mucha fuerza que tuviera, no podía serlo. Creyó reconocer una voluntad férrea reflejada en sus ojos, reemplazando la mirada glacial y sin vida que había visto un momento atrás.

Ella se levantó de la silla de ruedas en lo que pareció un movimiento concertado y, arrastrando los pies por el borde de la piscina, se soltó del trampolín.

Cayó al agua con un sonoro *plaf*.

Como una marioneta rota, pensó Sam.

La cámara enfocó por un instante su cuerpo debajo del agua, luego la imagen parpadeó y se volvió gris. El movimiento que la había activado –los movimientos de Minette– había cesado. Pero no había pasado ni un instante cuando los sensores volvieron a encenderla.

Esta vez, aparentemente sin vida, el cuerpo de Minette salió a la superficie y se quedó flotando boca abajo en el agua rizada por la brisa. La cámara lo enfocó un instante y volvió a apagarse.

Sam ocultó la cabeza entre las manos, incapaz de soportar la impresión que le habían producido aquellas macabras imágenes de marioneta.

Biegner lo miró y meneó la cabeza.

–¡Dios mío! Nunca lo hubiera creído. –Suspiró cansinamente.

Sam guardó silencio, incapaz de hablar.

El detective se levantó y le cogió el mando a distancia de la mano. Pulsó *rew* y esperó un momento; la cinta había durado cerca de un minuto. A continuación la retiró del vídeo y se quedó mirándola.

–Me la llevo –dijo–. Los muchachos no van a creerlo. Suicidio.

Sam lo miró.

–No lo entiendo.

–Verá, lo he visto antes –respondió el detective–. Cuando alguien quiere matarse, es capaz de reunir la fuerza de cinco personas. Es como intentar detener a un loco. He visto a una mujer de cuarenta y cinco kilos enfrentarse a cinco o seis policías, y rechazarlos como una especie de luchador sumo. –Hizo una pausa, mirando la cinta que sostenía–. Su mujer estaba decidida a hacerlo.

–No me refiero a eso, sino a por qué –replicó Sam–. ¡Por Dios! Lo tenía casi todo.

–Tal vez se hartó de estar paralítica –dijo el detective–. ¿Quién sabe? Lo que no entiendo es por qué trató de cargarle a usted con la culpa.

–¿Se refiere a la nota?

–Sí. La escribió de su puño y letra, como para meterlo a usted en un aprieto.

–No lo sé. –Se quedó absorto en sus pensamientos–. Supongo que ella también creyó que el sistema de seguridad estaba desconectado. No tuvo en cuenta que Erminda volvería a programarlo antes de irse. Y yo no pensaba con claridad. Supuse que estaba desconectado porque Erminda había estado aquí poco antes. Dios mío, si no hubiera sido por Erminda...

De pronto Sam se quedó lívido, como si no quedara en él rastro de vida. No quería seguir hablando de lo que había ocurrido ni del motivo. De Minette o su historia común, y menos con un desconocido. Su relación no le incumbía.

El detective se dio unos golpecitos en la mano con la cinta de vídeo.

–Será mejor que me vaya –dijo–. ¿Quiere hacerse cargo de la señorita Gomez o pido a mis hombres que se la lleven?

–No se preocupe. Me ocuparé de ella.

Acompañó al policía a la puerta y luego fue al despacho situado junto a la cocina. Quería llamar a Leonie enseguida.

Marcó su número en el teléfono del escritorio, tan tembloroso aún que no lo logró hasta el tercer intento. Mientras esperaba que contestaran, hojeó la correspondencia. Llevaba días allí amontonada. Facturas, folletos publicitarios, catálogos, revistas, más catálogos y un par de cartas.

–¿Sí? –respondió Leonie.

–Soy yo.

–¡Dios mío! Me estaba volviendo loca de preocupación. ¿Estás bien?

–Sí y no. La policía ha estado aquí.

–¿Y? –preguntó Leonie.

–No vas a creerlo.

–¿Qué? –preguntó ella, aún más agitada.

–Minette se suicidó.

–¿Cómo lo sabes, Sam?

Él le habló de la cinta.

–No puedo creer que no se me ocurriera comprobarlo. Pero ya sabes cómo odio todo el paranoico sistema de seguridad de aquí. Nunca le presté atención.

–Debes de estar destrozado... Enterarte de que era tan desgraciada como para hacer algo así.

–Sí. Todavía no lo entiendo.

–Espero que al menos ahora estés tranquilo. Libre de toda sospecha.

–Sí. Me refiero a que sí estoy libre de toda sospecha. Menos mal. Pero queda el enigma de por qué se mató. No lo entiendo. Jamás hubiera dicho que ella, precisamente, se suicidaría. No era esa clase de persona.

–Por lo que me has dicho tú y lo que me ha dicho Mossy, yo tampoco lo hubiera creído. No me hubiera pasado por la cabeza siquiera. Como dices, no parecía ser de las que se suicidan.

–No –dijo él tajante–. Era una mujer muy fuerte. Una luchadora. –Hizo una pausa, hojeando de nuevo la correspondencia–. No sé qué pensar, Leonie. En fin, tengo que ocuparme de Erminda, que Dios la bendiga. Aun enfadada como estaba, y aborreciendo como aborrecía a Minette, conectó el sistema de seguridad antes de marcharse.

–¿Va a volver a Nueva York o se quedará allí?

–No lo sé. Tengo que hablar con ella. Luego podría pasarme por tu casa.

–Estupendo.

–¿Cómo va todo? ¿Se están comportando los hombres?

–Es increíble. Ya casi han terminado de pintar y han empapelado una parte. Han empezado esta mañana. La señorita Miller está aquí, colocando las fundas, y yo la estoy ayudando. He estado limpiando detrás de todos lo más deprisa que podía, tratando de mantener todas las ventanas y puertas abiertas para que se fuera el tufo del poliuretano. Es horrible.

Sam sonrió.

–No tardará en irse. Sólo asegúrate de que todo está bien ventilado para que nadie se maree.

–Lo haré. ¿Vienes luego entonces?

–Sí. Pasaré dentro de un rato. Y...

–¿Sí?

–Te quiero.

–Yo también, Sam.

Sam colgó y empezó a tirar los catálogos y folletos publicitarios a la papelera. Luego amontonó las facturas y volvió a estudiarlas. De pronto le llamó la atención una carta. Iba dirigida a él y marcada con un «personal» escrito con letra anticuada en tinta negra.

¿Qué es esto?, se preguntó. Rasgó el sobre y vio el membrete del doctor Nathanson, el médico de Minette de Manhattan. ¿Dirigida a mí?, se preguntó. Siempre enviaba las facturas a Minette.

Pero enseguida se dio cuenta de que no se trataba de una factura.

Estimado señor Nicholson:

No es sino con seria preocupación, y puede que cuestionable ética médica, que me dirijo a usted para tratar de la salud de su esposa Minette van Vechten Nicholson, dado que ella me ha pedido expresamente que bajo ningún concepto le informe de su reciente diagnóstico.

Sin embargo, tras una concienzuda deliberación, he decidido que debo comunicarle la desafortunada noticia de que han diagnosticado a Minette un tumor maligno en la columna vertebral, y que no le quedan más de seis meses de vida, aunque podría ser cuestión de semanas.

Técnicamente…

Sam siguió leyendo; la carta temblaba en sus manos. Cuando terminó, se quedó paralizado de incredulidad por segunda vez ese día. Miles de preguntas se agolparon en su mente al tiempo que por fin lo entendía todo. Minette se había suicidado, incapaz de soportar su trágico final.

Se sentía pesaroso. Por desgraciada que se hubiera vuelto su relación con ella, no podía evitar pensar que Minette van Vechten, la atractiva heredera, no había tenido mucha suerte en la vida. El accidente en coche que la había dejado paralítica de por vida, un matrimonio desdichado, y por último un grotesco cáncer irreversible. Peor no podía haberle tratado la vida.

No es justo, pensó. Nada justo.

Y se preguntó: «¿Seré capaz de remontar después de esto? ¿O me perseguirá siempre la oscuridad del pasado? –Se le llenaron los ojos de lágrimas–. ¿O sólo seré un terrible talismán de mala suerte para Leonie?».

26

Rojo, dorado, rosa, naranja, morado, amarillo.

Como un pavo real con la cola desplegada, el valle resplandecía con una explosión de color como no se había visto en más de una década. Los días se sucedían embriagadores, revelando sus intensos tonos y deleitando la vista con su magnífico plumaje. En esos momentos el arco iris estaba en pleno apogeo y el aire fresco había dado paso a un frío inconfundible. El invierno estaba a la vuelta de la esquina.

La luz –la misma que había atraído a tantos artistas a ese valle durante generaciones– era increíblemente nítida y pura, convirtiendo el paisaje en un lienzo inmaculado.

Era la época de recolectar manzanas, los árboles estaban repletos de fruta y en el aire flotaba un olor dulzón y embriagador. Las calabazas, redondas y gruesas después del verano, aguardaban su suerte en las mesas de comedor y los porches delanteros.

Leonie disponía la merienda que había preparado para Sam y ella en la glorieta cubierta de hojas. Se levantó y contempló, con los brazos en jarras, su dominio. La casa se alzaba reluciente y majestuosa, como una joya prístina en un perfecto paraje natural.

Cielos, pensó. En otoño esta casa es el paraíso. En efecto, había quedado tan bonita que pensó, y no por primera vez, que tal vez debería echar raíces en ella. Abrir una tienda en el cobertizo y no moverse de allí.

Regresó a la cocina haciendo crujir las hojas caídas. Al llegar a la terraza, se detuvo y miró el río Hudson, que brillaba deslumbrante y plateado al sol, y las poderosas jorobas de las montañas Catskill al otro lado.

Nunca imaginó que se sentiría tan propietaria, pensó. Tan apegada a este lugar, emocional y –¿se atreve mi mente pragmática a pensarlo siquiera?– espiritualmente. Porque ésa fue la palabra que acudió a su cabeza, aunque no tenía ni idea de dónde salía. Era una palabra tan ajena a ella, tan extraña, que hasta le costó aceptarla.

Inspiró una bocanada del vigorizante aire otoñal. No había sabido lo que iba a ocurrir en esa tierra bendita, porque así era como la veía ahora. Había transcurrido tan poco tiempo y sin embargo había vivido tanto allí, se habían producido tantos cambios. Sonrió para sí.

La primera vez que había visto la elegante dama abandonada que era esa casa, se había identificado al instante con ella. Había necesitado ayuda. Que la salvaran, de hecho. Y si miraba atrás, suponía que parte de su fuerte vínculo con ella venía de su propia necesidad de una especie de salvación o curación. Había necesitado curar las heridas de un matrimonio fracasado, de una amistad traicionada. Había necesitado purificar su espíritu, suponía, tras años de benigno abandono.

Trabajar en la casa había sido, se daba cuenta ahora, una especie de terapia para el cuerpo, la mente y el alma. Conforme la casa recuperaba su antiguo esplendor, ella había retomado el contacto consigo misma, con valores y creencias casi olvidados, con una vida interior que casi se había quedado por el camino.

Se preguntó si se sentiría igual de no haber conocido a Sam Nicholson. Tal vez, pensó, pero no lo sabía con certeza, y era absurdo conjeturar. Porque eclipsando todo lo demás, por supuesto, estaba el haber encontrado a Sam.

Ni en sus fantasías más descabelladas se le hubiera ocurrido que allí, en esa tierra casi olvidada por el tiempo, iba a conocer y enamorarse de un hombre al que consideraba su alma gemela. Era como si el destino hubiera conspirado para reunirlos en ese momento de gran adversidad para ella. Y sabía que a Sam le había pasado casi lo mismo.

Una vez más se quedó perpleja ante lo asombroso de todo

aquello. Sean cuales sean los poderes, actúan realmente de forma misteriosa, pensó.

Entró en la cocina y se detuvo a admirar el suelo de tablones de pino hermosamente terminado, las viejas y sólidas vigas, y los armarios perfectamente pintados. Hasta sus electrodomésticos, modernísimos y de primera calidad. Seguía sintiendo una gratificante sensación de logro cuando miraba alrededor y caía en la cuenta de que, con bastante ayuda, ella era responsable de la transformación de ese ruinoso patito feo en un elegante cisne cálido y acogedor. No era poca cosa.

Pasó al comedor, con sus paredes empapeladas con motivos chinos rojos, verdes y amarillos, la sencilla pero elegante mesa Jorge II de caoba, las sillas, el aparador de la porcelana. Suspendida sobre la mesa, una araña neoclásica rusa destellaba a la luz otoñal.

Cruzó el comedor hasta el salón amarillo y se emocionó al ver el parqué restaurado y la repisa de la chimenea de mármol recién pulido con su enorme espejo dorado. Las cortinas de seda dorado pálido se agitaban ligeramente en la brisa que entraba por una ventana abierta. Las sillas y los sofás de esa estancia eran ingleses, grandes y cómodos, con fundas de un lino resistente y duradero. Había mesas, lámparas y sillas antiguas de distintas épocas y procedencias –inglesas, francesas, italianas, austriacas–, pero el conjunto era armonioso y acogedor. La artesanía en madera, pintada de color marfil como en el pasillo, el comedor y casi todos los dormitorios, tenía un aspecto limpio y fresco, y sin embargo no resaltaba. Parecía tener una pátina acorde con la casa y el mobiliario.

Entró en la biblioteca, un silencioso refugio de oscura belleza, con sus estanterías y mobiliario de caoba falsa, su suntuosa lámpara de billar Directoire y las paredes forradas de fieltro verde. El suelo estaba cubierto de una alfombra Tabriz de muchos tonos sobre la que había viejos y cómodos sillones y un sofá eduardianos tapizados en cuero, y un enorme escritorio antiguo de caoba.

Sí, pensó, había logrado lo que se había propuesto, convirtiéndola en una casa elegante y al mismo tiempo confortable. Un poco formal, pero nada rígida ni recargada.

Subió por las escaleras y se paseó por las habitaciones del segundo piso. La habitación roja, con las paredes, cortinas y colgaduras de la cama de un damasco rojo de precio razonable, tenía un aspecto regio y opulento. Sonrió, recordando cómo Sam la había apodado «aposentos del Papa». La habitación azul, pálida y etérea, tal vez femenina, pensó, con sus tonos marfil, rosa pálido y dorado. La habitación dorada, con las paredes, cortinas y colgaduras de la cama de brocado y mucha artesanía de marfil, también regia pero por encima de todo confortable.

De pronto oyó el Range Rover en el camino de grava. Corrió escaleras abajo hasta la cocina, cogió una bandeja repleta de comida y, rodeando la encimera, salió al jardín.

Sam bajó del coche con los ojos más centelleantes que nunca y los dientes blancos resaltando en su cara bronceada.

–¡Eh! ¡Alto ahí!

Leonie se echó a reír, emocionándose como siempre al verlo.

–¿Qué pasa?

Él subió a la terraza.

–Déjame a mí –dijo, besándola en los labios y cogiéndole la bandeja de las manos con un rápido movimiento.

Se dirigieron a la glorieta, donde Leonie había puesto la mesa y empezado a sacar la comida. Sam dejó la pesada bandeja en la mesa y se volvió hacia ella.

La estrechó entre sus brazos y la besó ardorosamente, mirándola a los ojos. Ella disfrutó al sentir su cuerpo contra el suyo, deseando que nunca se apartara, pero al final le despeinó su pelo bañado por el sol y se soltó.

–Antes que nada quiero que me lo cuentes todo –dijo, sentándose y poniéndose cómoda–. Hay vino blanco o sidra de manzana.

–Sidra, por favor –respondió él, sentándose a su lado.

Leonie llenó dos copas y le ofreció una a Sam, que la entrechocó con la de ella.

–Por nosotros –dijo sonriente.

–Por nosotros –repitió ella, sosteniéndole la mirada. Mientras bebía un sorbo de sidra, pensó que nunca lo había visto tan atractivo. Pese a los horrores de las pasadas semanas, tenía la expresión por fin relajada, radiante de felicidad y satisfacción. Como yo, pensó. Podría estar mirándome en un espejo–. ¿Qué tal ha ido? –preguntó sirviendo en un plato pollo frito, salsa picante de manzana y otros testimonios de sus habilidades culinarias.

–Ha sido... interesante –dijo Sam. Luego miró el plato que ella estaba sirviendo–. ¡Caramba! Esto tiene un aspecto exquisito. ¿Qué es?

–Patatas dulces al bourbon –respondió Leonie sirviéndole unas cuantas en el plato–. Garantizadas para curar todos tus males. Y saben tan bien como huelen.

Él rió.

–Cuando dijiste merienda pensé que te referías a queso y vino.

Leonie se sirvió y lo miró.

–¿Quieres hablarme de ello? –preguntó.

Sam dio un bocado.

–El pollo está buenísimo.

–Gracias. Me enseñó a hacerlo Willie, el cocinero de Bobby Chandler.

Sam se limpió las manos con una servilleta.

–Para resumir, Minette me ha dejado dos dólares en su testamento.

–¿Dos dólares? –repitió ella con incredulidad.

Él sonrió.

–Dijo que era todo lo que yo tenía en el bolsillo cuando nos conocimos. –Soltó una carcajada.

Leonie rió con él, pensando que debían de estar un poco locos para encontrarlo gracioso.

–Muy propio de ella –dijo Sam divertido–. ¿Y sabes una cosa?

–¿Qué?

–Me siento realmente aliviado.

–¿Aliviado? –preguntó ella, pinchando con el tenedor un poco de arroz con setas *portobella*–. ¿En serio?

–Sí. Habría tenido la sensación de estar todavía unido a ella y su familia si no me hubiera excluido del testamento. En cambio, así es una ruptura limpia. No debo nada a nadie.

Alargó una mano y le apartó un mechón de la cara, apreciando cómo el sol resaltaba el rojo y el magenta de su pelo. Ella le besó la mano.

–Los abogados creen que puedo impugnar el testamento –continuó él–, y podría hacerlo si quisiera. Mi abogado dice que tengo todas las de ganar. Pero –la miró a los ojos– les he asegurado que no me interesa. Sólo quiero olvidarme de este asunto.

–Coincido completamente contigo –repuso Leonie con sinceridad.

«Qué parecidos somos –pensó–. Olvidar el asunto. Dejar que el pasado sea pasado.»

–Entonces ¿quién se ha quedado con todo el botín Van Vechten?

–Dirck, el primo de Minette. No me agrada personalmente, pero creo que se ocupará de todo tal como Minette habría querido. De cualquier modo, le he dicho que me llevaré todas mis cosas de la casa la semana que viene. Las meteré en un guardamuebles.

–No tienes por qué hacerlo, Sam. Puedes traerlas aquí.

–Ya veremos –respondió él vagamente, bebiendo un sorbo de sidra–. Dirck y yo pasamos por la casa después de la reunión en la oficina del abogado. Ha pedido a Erminda que se quede.

–¿Cómo es eso?

Sam sonrió.

–Creo que entre esos dos hay algo. De hecho, creo que hay una auténtica hoguera a punto de encenderse.

–¡Vaya! –exclamó Leonie–. ¡Si ha estado suspirando por ti como una colegiala enamorada!

–Bueno, ya sabes que tuve esa conversación con ella después de la muerte de Minette. Y le dejé claro que estaba enamorado de ti.

–¿Y crees que hay algo serio entre ella y Dirck?

–Sí. Conozco a Dirck y créeme que va en serio. –Rió–. Y ella la está apreciando de verdad. –Miró a Leonie sonriente–. ¿No sería maravilloso que Erminda se convirtiera en la próxima *chatelaine* de Van Vechten Manor?

–Justicia poética –dijo Leonie, riendo.

–Al salir de allí compré unos crisantemos y los llevé a la tumba de Minette.

Leonie lo miró.

–Un bonito detalle, Sam. Sólo espero que no lo hicieras porque sigues sintiéndote responsable. Tú no tienes ninguna culpa de todo lo que ha pasado.

–Sólo he cumplido con mi deber lo mejor que supe. Puede que no lo haya hecho perfecto, pero lo intenté. Creo que su muerte era algo que estaba fuera de mi control. –Se interrumpió pensativo–. Supongo que pasé por el cementerio para... decirle adiós. Una especie de final formal.

–Me alegra oírtelo decir –dijo ella. Se inclinó y lo besó.

Se oyó un coche en el camino de grava y los dos se volvieron. El brillante Acura blanco de Mossy se detuvo al lado del Range Rover.

Bajó del coche y echó a andar hacia la puerta trasera cuando Leonie la llamó.

–Mossy, estamos aquí.

Mossy se volvió, con su nido de pájaro naranja eléctrico brillando de forma poco natural al sol.

–Ooooh, qué romántico –exclamó, apartando a patadas las hojas al abrirse paso hacia ellos.

Sam y Leonie se levantaron y la besaron.

–Vamos, ataca –ofreció Leonie–. Hay bastante para un ejército.

–Sólo probaré ese vino de aspecto delicioso, querida. Ya va siendo hora de que me adelgace en serio. No voy a comer hasta fin de año. –Se sentó en el borde de una silla y revolvió en su bolso en busca de un cigarrillo, que Sam le encendió–. Gracias, Sam.

Él le sirvió una copa de vino y se la ofreció.

–Más gracias, Sam. A vuestra salud.

–¿Qué te trae por aquí? –preguntó Leonie.

–Hummm. –Parecía decidida a parecer misteriosa–. Tengo que hablar contigo.

–¿Conmigo?

–En realidad con los dos, creo –respondió Mossy, exhalando el humo.

–¿De qué se trata? –preguntó Leonie, que encontraba enloquecedor tanto misterio.

–Veréis, han puesto en venta una casa divina. Hacen falta muchas obras, por supuesto, pero es para morirse. Junto a un viejo molino, en Kinderhook Creek. Retirada, barata y… creo que puedo conseguírosla aún más barata.

Sam y Leonie se miraron. Habían comentado la posibilidad de trabajar juntos en el futuro, pero no habían llegado a una conclusión definitiva. Además, Leonie le había comentado a Sam cuánto le gustaba la casa octogonal, y su idea de echar raíces tal vez allí. Es más, también le había expresado sus dudas acerca de embarcarse tan pronto en otro proyecto de restauración.

Dios mío, no.

Mossy estudió primero a Leonie y luego a Sam con su perspicaz mirada.

–¡Mierda! –exclamó–. ¿Es así como pagáis mis esfuerzos? ¿Con silencio?

Leonie y Sam se echaron a reír.

–Oh, Moss –dijo Leonie–. Lo siento. Es que aún no sabemos qué vamos a hacer.

–¿Nos hemos cansado de nomadismo? –preguntó Mossy arqueando una ceja bien depilada.

–Un poco, la verdad. Va a hacer meses ya, y esta casa está terminada… y preciosa.

–Pero ¿qué pensáis hacer? –preguntó Mossy–. ¿Qué hay de tus planes de embolsarte una fortuna con esta casa?

–Bueno, aún no me han hecho ninguna oferta –repuso Leonie–. Así que… siempre podría montar en el cobertizo un negocio de desechos y antigüedades. Ya sabes. Invertir en unas piezas e informar a mi antigua clientela de Nueva York que he vuelto al negocio.

–¿Y si te hicieran una oferta? –preguntó Mossy.

–¿Qué tratas de decirme, Moss?

–Veréis, queridos, unos tipos de Nueva York escandalosamente ricos me llamaron hace unas semanas. Ex clientes tuyos, Leonie.

–¿Quiénes?

–Los Carson. Claudia y Richard Carson.

–Ya lo creo que son ricos.

–Les he estado enseñando casa tras casa. Todo empezó en la época en que murió Minette.

–¡Por eso desaparecías todo el tiempo! –exclamó Leonie.

–Sí. Quería ver qué pasaba antes de hablaros de ello. El caso es que han visto casi todas las casas de la región. Hasta les he enseñado la fabulosa casa de Kinderhook Creek. Les horrorizó. Quieren algo listo para mudarse. Absolutamente perfecto. Ya sabes cómo son. Como siempre dices, quieren pagar por la mañana e instalarse por la tarde. –Dio una calada al cigarrillo–. Así que…

–¿Qué?

–Así que… los traje aquí –confesó Mossy–. La tarde que fuisteis al mesón.

–¿Los trajiste aquí? –preguntó Leonie–. ¡Ni siquiera me lo comentaste!

–Lo estoy haciendo ahora, querida –replicó Mossy con lógica irrefutable.

–¡La verdad, Mossy! ¿A qué venía tanta reserva?

–Quería darte una sorpresa. El caso es que volví a traerlos el otro día. Te habías ido a esa exposición de arte en el Instituto Clark.

–¿Y qué pasó? –preguntó Sam.

Mossy bebió un sorbo de vino, saboreando el suspense que estaba creando.

–¡Desembucha, Moss! –exclamó Leonie.

–Verás, querida, no te lo creerás –dijo Mossy por fin–. Quisieron comprar la casa en el acto. ¡Y al contado! ¡Con todos los muebles!

–¿Bromeas? –exclamó Sam.

–¿De cuánto dinero estamos hablando? –preguntó Leonie, su espíritu práctico ya en funcionamiento.

Mossy los miró con expresión triunfante.

–Casi cuatro veces lo que pagaste por ella –anunció.

–¿Cómo dices?

–Más del doble de lo que has invertido incluyendo en las obras –continuó Mossy.

–¡Por Dios! –exclamó Sam–. No puedo creerlo.

–Pues créetelo –dijo Mossy–. Decidí apostar fuerte con ellos y ver hasta dónde eran capaces de llegar. De modo que empecé pidiéndoles el oro y el moro. Estaban dispuestos a firmar un contrato provisional, pero yo jamás lo permitiría sin hablarlo antes con vosotros.

Leonie miró a Sam.

Mossy bebió un sorbo de vino antes de continuar.

–Les entusiasmó la casa, enloquecieron con las obras y se quedaron arrebatados con la decoración.

Leonie abrazó a Sam y lo besó en la mejilla.

–Les he dicho que es posible que estés dispuesta a desprenderte de algunos muebles –continuó Mossy–, pero que aún no les has puesto precio.

–Bueno, Mossy –dijo Sam sonriendo, apretando la mano de Leonie–. Creo que le has dado en qué pensar.

–¿Qué dices tú, Sam? –preguntó Leonie, mirándolo a los ojos–. ¿Crees que tendríamos que echar un vistazo a la casa del molino?

–Podría ser una buena idea. Si es un negocio tan redondo como dice Mossy... En fin, valdría la pena echar un vistazo.

–Y compradores como los Carson tampoco se presentan cada día –observó Leonie.

Mossy dejó la copa de vino en la mesa y se levantó.

–He de irme pitando, queridos –dijo–. Espero a un nuevo entrenador particular esta tarde en casa y no quiero llegar tarde.

–¿Un nuevo entrenador? –preguntó Leonie.

–Oh, sí. Tendrías que verlo. ¡Joven! ¡Alto! ¡Robusto! Y...

–¡Para el carro, Moss! –dijo Leonie riendo.

–Mierda –se quejó Mossy, revolviendo en su bolso. Sacó por fin un llavero y lo dejó caer en la mesa–. Aquí tenéis las llaves de la casa del viejo molino. –Luego volvió a hurgar y sacó un papel que entregó a Sam–. Y éstas son las indicaciones para llegar a ella.

–Gracias, Mossy –respondió él.

–Ahora debo irme de verdad –dijo Mossy, volviéndose hacia su coche–. No debo hacerle esperar. ¡Este joven es *factible*! –Y con una sacudida de su cabeza naranja tan acorde con el otoño, se alejó.

Sam se volvió hacia Leonie y los dos se echaron a reír.

–Es un caso.

–Y que lo digas –respondió ella.

–¿De verdad quieres echar un vistazo a la casa del molino? –preguntó él cogiéndole la mano.

–Sí. Estoy impaciente.

–Pero supongo que antes tendremos que acabar de poner ésta a punto. ¿No te parece?

–Sí –respondió ella, apretándole la mano con suavidad–. Tienes razón. Pero me pregunto con qué nos vamos a encontrar.

–Ya veremos –dijo él, rozándole los labios con un beso. Luego la miró a los ojos y añadió–: Quién sabe qué nos deparará el futuro.

CUARTA PARTE

Invierno

27

La nieve caía en gruesos copos, como si mamá Oca y todos sus amigos y parientes estuvieran mudando sus suaves y blancas plumas en el cielo. Había empezado la noche anterior, y el valle se había convertido en un paraíso invernal cubierto de una prístina belleza blanca que pedía a gritos chimeneas crepitantes en habitaciones acogedoras, con bebidas calientes y una buena comida para entrar en calor. Y alguien a quien querías mucho que te abrazara muy fuerte.

Ella miró alrededor asombrada, y la belleza y el dramatismo de la naturaleza volvieron a impresionarla como jamás lo habían hecho en la ciudad. Más adelante en la carretera vio tres ciervos, dos adultos y un cervato. Se detuvieron a mirar el Range Rover antes de cruzar hacia el bosquecillo del otro lado, donde se perdieron de vista.

–¿No son preciosos?

–Desde luego –dijo Sam sonriendo–. Pero ojalá aprendieran a evitar las carreteras.

–Sí. No son muy prudentes, ¿verdad?

Se dirigían por fin a ver la propiedad de la que Mossy les había dado las llaves. Un viejo molino, había dicho, muy necesitado de cuidados tiernos y amorosos. Habían tenido las llaves casi un mes, durante el cual Mossy la había enseñado –sin que nadie se interesara en comprarla– con otro juego de llaves. Entre los retoques finales de la casa octogonal y los trámites de la herencia de Minette, aún no habían tenido tiempo de verla.

–Ése es el camino que hemos de coger a la derecha –dijo Sam–. Según las indicaciones de Mossy, la propiedad está allí mismo.

Redujo y enfiló un camino que se internaba en el bosque.

–Menos mal que tenemos un todoterreno –comentó Leonie.

Habían abierto y cubierto de sal todas las carreteras principales, pero los caminos secundarios, como el que acababan de tomar, estaban sepultados bajo un palmo de nieve.

Sam dejó que el gran coche se deslizara por el camino bordeado de viejos y enormes árboles que se inclinaban bajo el peso de la nieve.

–Es como un túnel de hielo –comentó Leonie–. Qué bonito.

Siguieron despacio y con precaución hasta que se acabó el camino. A la izquierda y al frente había hectáreas de terreno cubierto de espeso bosque, y a la derecha, un claro que se abría a un amplio terreno ajardinado. Sam giró a la derecha y recorrió un breve trecho hasta el claro, donde detuvo el coche.

Leonie bajó del Range Rover en cuanto Sam puso el freno de mano, entusiasmada con el espectáculo. Él se reunió con ella y le deslizó un brazo por la cintura. Le besó en el cuello con ternura al tiempo que contemplaba también el espectáculo del viejo molino.

Estaba situado junto al Kinderhook Creek y rodeado por varias hectáreas de campos y bosque. El río era ancho por allí, de unos quince metros de lado a lado, y con peñascos y grandes rocas desparramados. El borboteo continuo del agua era casi hipnótico.

El molino tenía tres pisos y era una colosal estructura de vigas sin pintar, con varias ventanas pequeñas y tejado de cinc. A la derecha, a unos cien metros del molino, se levantaba la casa.

Leonie le apretó el brazo y señaló.

–Mira. Un neoclásico perfecto.

Y así era. Un edificio neoclásico de dos pisos muy necesitado de cuidados, lo mismo que el molino. La pintura estaba desconchada, los postigos sueltos, las ventanas rotas y los porches hundidos. El jardín o lo que se distinguía de él en la nieve estaba lleno de gigantescos y ancianos robles y arces, pinos y abetos, todos inclinándose bajo el peso de la nieve. Los abedules, los árboles favoritos de Leonie, se elevaban hacia el cielo en grupos de a tres o más, y en su corteza plateada destellaba la luz casi mágica reflejada por la nieve.

Caminaron con dificultad cogidos del brazo, contemplando la propiedad en silencio. Luego Sam introdujo las llaves en la cerradura.

–¿Preparada?

–Sí –respondió Leonie, ansiosa–. Estoy impaciente.

–Yo también. –Abrió la puerta y entraron.

–¡Dios mío! –exclamó ella boquiabierta ante el espacioso vestíbulo con una escalera hermosamente tallada, paneles de madera y murales gastados–. ¡Fíjate en esos murales! ¡Y las escaleras! ¡Es increíble!

Sam se quedó a su lado en silencio, tan emocionado como ella.

–¡Mira, Sam! La madera está intacta. Al menos aquí.

–Vaya. Parece que nadie haya hecho «mejoras» en ella.

Pasearon juntos por la casa, recreándose con sus suelos de tablones, las chimeneas, la artesanía de madera neoclásica, y las generosas y elegantes proporciones de sus habitaciones.

–Tienes razón –dijo Leonie, una vez terminada la inspección–. Parece como si nadie la hubiera tocado nunca.

–Lo cual nos ahorraría una buena cantidad de tiempo y dinero –observó Sam–. No tendríamos que tratar de modernizarla. –La miró con una sonrisa burlona–. Salvo la cocina y los cuartos de baño, que costarán un ojo de la cara.

–Sí. –Sonrió–. No creo que hayan hecho nunca nada en ellos. Al menos no en este siglo. De hecho no parece que los hayan limpiado nunca.

–¿Echamos un vistazo al molino? –preguntó Sam.

–Cuando quieras.

Se acercaron al viejo molino y él abrió la puerta.

–¡Guau! –exclamó, entrando detrás de Leonie.

Era un espacio enorme, con vigas talladas a mano y suelo de tablones de pino.

Leonie lo miró y vio su expresión de sincero asombro.

–Es magnífico –dijo–. Al menos estoy segura de que lo es debajo de todas estas capas de mugre. Me recuerda la primera vez que vi la buhardilla de la casa octogonal. Sólo que ésta es veinte veces mayor.

–Podrían hacerse las oficinas más sensacionales que se han visto por los alrededores –dijo Sam–. Y hay muchísimo espacio. Suficiente... –miró a Leonie– para los dos.

Ella le apretó suavemente el brazo.

–Me encanta que lo expreses así.

–No lo querría de otro modo, cariño.

Recorrieron el viejo molino, luego volvieron a salir y se acercaron a la orilla del río, hipnotizados por su movimiento y el continuo borboteo por encima y alrededor de las rocas. Ese día corría caudaloso, estrepitoso y con fuerza. Sam le pasó un brazo por los hombros y ella le rodeó la cintura.

–¿Qué crees?

–Creo que es un lugar fantástico –respondió él–, además de práctico. Sería un gran sitio para trabajar y vivir los dos. –Se inclinó y le apartó un mechón de los labios–. ¿Qué opinas?

–Exactamente lo mismo. Podríamos utilizar el molino: una oficina de conservación y restauración arquitectónica a un lado, y mi tienda y servicios de decoradora al otro. Y la casa sería un maravilloso sitio donde vivir.

–Tendríamos que hablar con Mossy.

–Puedo llamarla cuando volvamos –sugirió Leonie–. Hemos de actuar deprisa. Los Carson quieren instalarse en la casa octogonal antes de Navidad.

–Bueno –dijo él, frotándose la barbilla–, ¿cómo crees que quedaría un árbol de Navidad en una vieja casa polvorienta y vacía estilo neoclásico que está pidiendo a gritos nuestro especial cariño y amor?

–¿Hablas en serio? –preguntó ella casi sin aliento.

–Ya lo creo. Pero si lo hacemos, hemos de hacerlo juntos. A partes iguales. ¿De acuerdo? –La miró.

Ella le sostuvo la mirada y vio seriedad en sus ojos turquesa. De pronto la embargó la emoción.

«Habla en serio –pensó–. Una sociedad. Los dos enfrentándonos juntos al mundo.» Se preguntó si estaban preparados para eso, si dos almas heridas como las suyas podrían sacar adelante algo juntos. Si lograrían superar sus respectivos pasados, vivir el presente... y construir un futuro.

Sam le levantó la barbilla y la besó con ternura en los labios.

–¿Crees que estamos yendo demasiado deprisa? –preguntó.

Leonie negó con la cabeza.

–No... Al menos creo que no.

Él la atrajo hacia sí.

–Si te entran dudas y te echas atrás, lo entenderé. Pero creo que formamos un gran equipo. Laboralmente y en la vida.

–Yo también lo creo, Sam –respondió ella, sonrojándose al oír el calor de sus palabras–. Es lo que más deseo en este mundo. –Lo miró a los ojos.

–No tenemos que comprometernos a nada si tienes miedo. Podemos esperar. No voy a presionarte. Sólo quiero que sepas que... en fin, que estaré listo cuando tú lo estés.

Leonie asintió, casi temerosa de hablar, con la voz embargada por la emoción. Él le ofrecía todo lo que siempre había querido y soñado, y la realidad era casi demasiado maravillosa.

–¿Sabes? No creo que la vida sea un ensayo –continuó él–. Tal vez ésta sea la única ocasión que se nos presente para ser felices y creo que no deberíamos dejarla escapar.

Ella miró hacia la otra orilla del río, los bonitos árboles cubiertos de nieve, tan magníficos en ese escenario. Aunque nevaba, sabía que los brotes de la primavera ya estaban allí, aunando fuerzas para su vistoso renacimiento tras el letargo del invierno.

«Formamos parte de ello –pensó–. Del interminable ciclo de muerte y renacimiento.» Y de pronto el corazón se le llenó de gratitud. Dio gracias por formar parte de todo ese esplendor, y no tuvo miedo.

Se volvió despacio hacia Sam.

–¿Estás dispuesto a aprovechar esta oportunidad?

–Contigo sí –respondió él–. He querido hacerlo desde el día en que te conocí, pero ahora más que nunca. –Volvió a abrazarla–. Este lugar –añadió abarcándolo con una mano– sería perfecto para formar un hogar... y fundar una familia. Es un gran lugar para volver a empezar, Leonie, y cuando empiezo algo espero que dure hasta el fin de los tiempos.

Leonie sintió que le invadía otra oleada de emoción. Había creído que su anterior matrimonio era para siempre, que soportaría las pruebas del tiempo. Pero se había equivocado. ¿Por qué iba a fiarse ahora de sí misma y de Sam?, se preguntó. ¿Por qué esta vez iba a ser diferente?

Porque con él no sólo compartes metas y ambición, se dijo, sino valores y principios. Cada uno tiene una vida interior de la que se nutre el otro, la vida del alma.

Los dos habían experimentado una toma de conciencia. Sí, una toma de conciencia. Y ella no sabía realmente cómo expresarlo, por lo novedosos y desconocidos que eran esos sentimientos. Pero sí sabía que iba a dejarse llevar por ellos. Y eso incluía intentarlo con Sam.

Levantó por fin la mirada hacia él.

–¿Hablas en serio, Sam, al decir que cuando empiezas algo esperas que dure hasta el fin de los tiempos?

–Sabes que sí. Y espero que tú todavía lo quieras.

–¡Oh, sí! ¡Sí, sí y sí! ¡Te quiero y quiero tus hijos... nuestros hijos! Es lo que más deseo.

Se besaron larga y apasionadamente. Ella pensó que aquella tarde a orillas del río, a la luz plateada de invierno, jamás perdería su radiante perfección en su recuerdo. Estaba segura de que cada momento vivido allí se destacaría, nítido y hermoso, con un significado eterno.

Los momentos que había compartido con ese hombre, por profundos o triviales, tristes o alegres que hubieran sido, habían quedado grabados en su memoria con una singular viveza e intensidad, y se recordó lo que tan a menudo había pensado: que juntos formaban una fuerza capaz de hacer retroceder la oscuridad de sus respectivas vidas.

Lo miró a lo ojos, esos ojos que ya no estaban atormentados ni tristes.

–Te amo.

–Yo también te amo y siempre te amaré –dijo él sonriendo–. ¿Sabes? Si no quieres esperar, podemos ponernos ahora mismo a fundar esa familia.

–Me gusta la idea –respondió Leonie–. ¡Y yo que creía que nunca me lo pedirías!

ÍNDICE